MW01613594

ИЗДАТЕЛЬСТВО

Москва
Terra Fantastica
Санкт-Петербург
2002

СОВРЕМЕННАЯ ФАНТАСТИКА

Paul Anderson

The Harvest of Stars

ПОЛ АНДЕРСОН

МЫ ВЫБИРАЕМ ЗВЕЗДЫ

★

УДК 821.111(73)-312.9
ББК 84 (7США)-44
   А65

Серия основана в 1992 году

Paul Anderson
THE HARVEST OF STARS
1993

Перевод с английского Д. Афиногенова

Серийное оформление А. Сальникова

*В оформлении обложки использована работа,
предоставленная агентством Александра Корженевского.*

Печатается с разрешения автора и литературных агентств
Baror International, Inc. и Permissions & Rights Ltd.

Подписано в печать с готовых диапозитивов 29.01.2002.
Формат 84×108^1/32. Печать офсетная. Усл. печ. л. 25,20.
Тираж 7000 экз. Заказ 512.

Андерсон П.
А65   Мы выбираем звезды: Фантаст. роман / П. Андерсон; Пер.
с англ. Д. Афиногенова. — М.: ООО «Издательство АСТ»;
СПб.: Terra Fantastica, 2002. — 475, [5] с. — (Координаты чудес).

ISBN 5-17-011023-5 (ООО «Издательство АСТ)
ISBN 5-7921-0449-2 (TF)

…Ресурсы Земли — на грани истощения.
…Человечество — на грани выживания.
Выход один, и имя ему — Исход. Исход человечества в космос. В новую
судьбу. В новое будущее. В спасение? Или — в ЛОВУШКУ?
Перед вами — один из последних романов Великого мастера фантастики
Пола Андерсона.
Не пропустите!..

УДК 821.111(73)-312.9
ББК 84 (7США)-44

Благодарю за ценные сведения, советы и помощь Карен Андерсон, Джона Г. Грамера, Виктора Фернандеса-Давила, Роберта Глисона, Э. Т. Лоутона, Бинга Ф. Куока и П. Райта. Они ни в коей мере не ответственны за те ошибки, темные места и тяжеловесные фразы, которые сохранились в тексте: наоборот, если бы не они, шероховатостей было бы гораздо больше.

Также благодарю Фрэнка Дж. Типлера за то, что он позволил мне воспользоваться его идеями, которые у меня в будущем извратят, как извращали немало идей в прошлом и как поступают и по сей день.

П. Андерсон

ДЕЙСТВУЮЩИЕ ЛИЦА

(некоторые второстепенные персонажи не упоминаются)

Аррен — лунянин, агент Ринндалира.

Бауэн Джерри — конструктор лазерной пусковой установки.

Берец Габриэль — модуль ученого-эколога.

Бэннон Джек — хаотик, офицер Армии Освобождения.

Валенсия Неро — наемник, член банды Салли Северин.

Ван Зу — диспетчер спутника Л-5, партнер «Файербола».

Гатри Джулиана Треворроу — жена Энсона Гатри, сооснователь-ница «Файербол Энтерпрайзиз».

Гатри Энсон — сооснователь и руководитель «Файербол Энтерпрайзиз»; его модуль; реинкарнация.

Гизелер Ганс — служащий «Файербола».

Деметра-дочь.

Деметра-мать.

Донован Рори — бармен из Тихополиса.

Дэвис Кира — космический пилот, партнер «Файербола»; также ее модуль.

Дэвис Хью — колонист из числа переселившихся на Деметру.

Дэвис Эрлинг — потомок Хью Дэвиса.

Изабу — лунянин, агент Ринндалира.

Йошикава Кларис — техник, служащая североамериканской тайной полиции.

Кандамо Долорес Альмейда — генеральный директор представитель-ства «Файербол Энтерпрайзиз» на Земле.

Кирога Луис Морено — друг молодости Энсона Гатри.

Конде Хуан Сантандер — директор «Файербола», затем почетный ди-ректор.

Корриган Мануэль Эскобедо — президент Северо-Американского Союза.

Ксуан Жин — визионер, видения которого стали идейной основой дви-жения авантистов.

Куа — лунянка, космический пилот.

Леггатт — хозяин Кварк-Фейр.

Ли Роберт Э. — интуитивист, партнер «Файербола».

Лин Мей-лин — жена Вана Зу, партнер «Файербола».

Мукерджи Ситабхай Лал — президент Всемирной Федерации.

Никитин Борис Иванович — друг детства Киры Дэвис.

Ниолента — лунянка, союзница Ринндалира.

Нобору — ребенок Деметры-дочери.

Олар Пьер — инженер, директор «Файербол Энтерпрайзиз».

Паккер Вашингтон — директор космопорта Камехамеха, партнер «Файербола».

Паккер Джефф — сын Вашингтона Паккера.

Паккер Кристиан — потомок Джеффа Паккера.

Педраза — офицер северо-американской тайной полиции.

Понсе Консуэло — врач, партнер «Файербола».

Риндалир — лунянин, селенарх.

Рудбек Бейзил — директор исследовательского комплекса «Ливтрасир Тор».

Русалет — лунянка, военачальница филы Итар.

Сайре Энрике — шеф северо-американской тайной полиции.

Страндинг Ивар — прежний возлюбленный Киры Дэвис.

Стюарт — капитан файерболского звездолета «Якобит».

Тамура Нобору — начальник космической службы спутника Л-5, партнер «Файербола».

Тамура Эйко — техник на спутнике Л-5, служащая компании «Файербол».

Тахир Зейд Абдулла Азиз — шейх мусульманской общины Северо-Западного Комплекса.

Фарнем Джим — хаотик.

Фарнем Энн — хаотистка.

Хелледал — капитан файерболского звездолета «Брюин».

Холден Феликс — полковник североамериканской тайной полиции.

Чарисса — дочь колониста, впоследствии жена Хью Дэвиса.

Чарли — самец из стаи Кейки-моана.

ЭПИЛОГ

Даже в последнюю ночь смерть была всего лишь ярчайшей из звезд. Светила сблизились друг с другом, словно желая спрятаться от неизбежного; Фаэтон правил мраком. Ослепительно сверкало Солнце, чей блеск был почти непереносим. Оно напоминало свечу, которую зажгли, чтобы при ее свете помолиться о мире, и постепенно скрывалось из вида, но в разгар местного утра его еще можно было разглядеть невооруженным глазом.

Мы не станем искать убежища на дневной стороне. Убежища не существует. Останемся здесь и будем наблюдать. Я попытаюсь успокоить бедных животных, которые наверняка не понимают, что происходит.

Погода стоит хорошая. Холмы все в снегу, в распадках залегли голубые тени, деревья сбросили листву и теперь на ветвях сверкают и переливаются бесчисленные льдинки. На западе появились облака, небо окрасилось багрянцем последнего заката. Задул холодный, пронизывающий ветер, замела поземка. Я ощущаю через корни и камни, как бушуют далекие моря.

Фаэтон отстает от собственного сияния, оно возникает на юго-востоке и устремляется к зениту. Диковинный рассвет пробуждает птиц, я слышу их удивленные трели. Трубит олень, воет волк.

Я должна помочь своим детям. Не уходи. Я люблю тебя.

А я тебя. Я подожду.

Планета восходит. Она стала такой огромной, что восход занимает больше часа, и продолжает разбухать; ее ночная сторона тускло мерцает в свете звезд, но нам — мы глядим уцелевшими глазами — кажется, будто в сиянии Фаэтона померкли все звезды до единой. На дневной стороне планеты безумствует буря. Я различаю горные кряжи, глетчеры, океаны, в которых тает лед. Наши снежники словно усыпаны драгоценными каменьями. На востоке возвышаются залитые светом Фаэтона горы, между вершинами которых вспарывают воздух молнии. Посреди зимы? Ну и что? Такова природа, такова реальность, которой мы принадлежим.

Почва вздрагивает. Пронзительно воет ветер. Я как могу успокаиваю ястреба и зайца, ворона и лисицу, полевку и воробья. Бояться им осталось недолго, но я хочу, насколько получится, избавить их от мук.

На поверхности Фаэтона появляются черные пятна. Дым, пепел... Один за другим просыпаются вулканы. Диск планеты пересекает ломаная линия — трещина, что ведет в пылающие недра. У нас начинается землетрясение: рушатся холмы, грохот перекрывает рев урагана.

Я возвращаюсь. Наши души сливаются в объятии.

Фаэтон взрывается. Он врежется в нас прежде, чем разлетится на кусочки; перед ним мчится сверкающая волна. Наш мир сотрясается и стонет.

Прощай, любимый.

Падают первые метеориты.

Спасибо за все, что ты дала мне, за все, чем ты была. Я люблю тебя.

Часть первая

Кира

1

Шансы составляли один к семи, если только призрак не сменил берлогу. Тогда они станут нулевыми, а поиски превратятся в бег наперегонки с врагами. Правда, Кира искренне надеялась, что до этого не дойдет. За пределами Земли она имела дело с безбрежными просторами и вакуумом, порой сталкивалась с насилием, но еще никогда не спасалась бегством. Por favor[1], ей бы всего лишь доложить, что Гатри нигде нет, и вернуться в космос.

Так нельзя! Она ведь дала клятву!

И потом, опасность вряд ли настолько велика, иначе ее бы не послали. Нет, она просто смешается с толпой пассажиров в общественном транспорте, и никто не заподозрит, что у нее при себе — хозяин «Файербола». А если «ищейки» все же пронюхают, что она побывала в комплексе Эри-Онтарио, на любой их вопрос имеется готовый ответ. Первые несколько лет жизни Кира провела в Торонто: вполне естественно, что, получив увольнительную на Землю, она воспользовалась случаем и посетила знакомые с детства места. А когда полиция соберется вызвать Киру Дэвис на допрос — если, конечно, соберется,— они с Гатри будут уже далеко-далеко от Земли.

Кира вдруг ощутила прилив гордости. Она спасает самого Гатри!

Только не зарываться! Главное — не терять головы и держаться как можно естественнее. Сосредоточимся лучше на уличном движении. Лавируя между многочисленными пешеходами, по улице

---

[1] Por favor — пожалуйста (*исп.*). Как следует из контекста, испанский является международным языком, поэтому персонажи часто употребляют испанские слова и выражения. — *Здесь и далее прим. перев.*

двигались десятки маленьких трехколесных мотоциклов вроде того, в каком ехала Кира. Прозрачные, почти невидимые колпаки, призванные защищать от непогоды, на большинстве машин были опущены, однако Кира свой откинула и сложила, повинуясь необъяснимому стремлению к свободе — даже в таких мелочах. Другой транспорт на эту улицу не допускался. Над головами людей, отбрасывая тени, громыхали по эстакаде грузовики, по небу то и дело проносились флайеры. Словом, несмотря на тяжелые времена, жизнь в мегаполисе била ключом.

Люди куда-то спешили, толкались, размахивали руками; впрочем, немало было и таких, кто никуда не торопился и шагал, словно на прогулке. В толчее было не различить ни цветов одежды, ни лиц. Запахи перебивали друг друга, в ушах отдавались шаги и голоса. Ветер гонял от стены к стене клубы то ли дыма, то ли чего-то еще, забирался Кире под одежду, горяча кровь и помогая на какой-то миг забыть о вони и сутолоке.

Неужели сектор и впрямь превратился за двадцать лет в сущий ад или память обманывает? Трудно сказать. Родители редко возили Киру на восточное побережье озер. Как бы то ни было, повода чувствовать себя в опасности нет. Ее окружают люди, скорее всего, вполне приличные. Смуглокожая женщина в сари, кабальеро с колокольцами на широкополой шляпе; мужчина, чьи крупные, все в шрамах руки и эмблема братства на рукаве выдают в нем разнорабочего, семейная пара в зеленом (цвет, который издавна предпочитают приверженцы веры в Возрождение),— ну какая от них может исходить угроза? Опасаться следует носителей передовой технологии, обладающих деньгами и властью; точнее, тех из них, кто принадлежит к правительственным кругам этой страны. По крайней мере, так утверждает математическая статистика.

Тем не менее, покрытые копотью стены, темные дверные проемы, охранники в магазинах, витрины которых когда-то ломились от товаров более высокого качества, и, прежде всего, толпы народа напоминали кошмарный сон. Быть может, она, Кира Дэвис, движется по асимптоте[1], тщетно пытаясь приблизиться к заветной цели?

Неожиданно Кира увидела впереди распахнутые ворота Внутреннего Города, и на сердце сразу полегчало. Пускай целиком, а он поистине гигантских размеров, комплекса отсюда не разгля-

---

[1] Асимптота — прямая линия, к которой неограниченно приближаются точки некоторой кривой по мере своего удаления в бесконечность.

деть, пускай некоторое время назад она различала с пригорка колонны, арки, башни и крыши лазурно-голубых тонов и центральный шпиль, увенчанный тэтой — буквой греческого алфавита, а теперь видит лишь ворота, этого для нее достаточно.

Кира нахмурилась. Чем объяснить столь резкую перемену настроения? Рисковать собой ей приходилось и раньше, но она всегда оставалась по-буддистски спокойной. Может, всему виной усталость? Однако от станции проката трициклов до городских ворот не так уж далеко. Правда, из Камехамехи она добралась на такси до Гонолулу, долетела суборбитальным шаттлом до Северо-Западного централа, а на пути в Буффало дважды пересаживалась с поезда на поезд. Ну и что? Подумаешь, эка невидаль.

Bueno[1]; вероятнее всего, зная, какова ставка, она просто-напросто нервничает сильнее, чем себе признается. Кира мысленно прочла мантру покоя и принялась высматривать, где бы припарковаться.

Вон там. Она заглушила двигатель, слезла, закатила машину в бокс, бросила в паз монетку и приложила большой палец к пластинке фотоэлемента. Пятьдесят сентимо за час; должно хватить с лихвой, если не хватит, у нее в карманах достаточно мелочи. На небе собирались тучи, поэтому Кира опустила колпак. Зачем мочить седло, панель управления и багажник, если ей предстоит возвращаться со столь ценным грузом — вернее, пассажиром? К тому же, сырость будет отвлекать, что недопустимо: пренебрежение любым пустяком может оказаться роковым.

И спешить тоже нельзя, если она не хочет привлечь к себе внимание. Кира пробралась сквозь толпу и вошла в ворота.

Шум и сутолока остались позади. Транспорта за воротами было значительно меньше, но вот людей как будто не убавилось; они сновали туда-сюда — жители, обслуживающий персонал, покупатели, гости. Возможно, подумалось Кире, ворота означают проход в иной мир. Снаружи царили бедность, беспомощность и дикость, которые повсюду на Земле служили как бы мостом к передовой технологии, но на деле не были с ней никоим образом связаны.

Тех, кто обитал во Внутреннем Городе, подавляло его великолепие. Мозаичные дорожки, фонтаны, клумбы и парки — шедевры генофлористики, громадный голографический экран, изображавший сцену из балетного спектакля, записанного на спутнике Л-5, на уровне с малой гравитацией... Верхняя, десятая по счету

---

[1] Bueno (*исп.*) — хорошо, ладно.

аркада, череда которых начиналась прямо от ворот, поддерживала прозрачную крышу, сквозь которую виднелись тучи. Из-за них пробивались солнечные лучи, а порой проглядывала тусклая дневная луна, похожая на увиденную во сне родину. Да, подумала Кира, сейчас даже луняне кажутся родней и ближе городских жителей.

Она вдруг почувствовала себя голой, но отогнала неприятное ощущение, закусила губу и направилась ко входу в здание. Вестибюль оказался почти пустым. Мимо Киры прокатил робот-посыльный. Девушка заметила на потолке металлическое панно со знаками зодиака: металл потускнел и явно нуждался в полировке. В креслах у стены сидели двое мужчин. Один, с волосами оттенка сепии, облаченный в темный комбинезон, курил сигарету. Кира уловила запах смешанного с марихуаной дешевого табака, поморщилась и подумала, что хотя авантисты, по их словам, покончили с идеями, которых придерживалось население Северной Америки, с пороками им совладать не удалось. Другой мужчина был начисто лишен волос; его кожа отливала золотом, черты лица казались... необычными, что ли. Неужели метаморф, продукт едва ли не узаконенных в былые дни в некоторых государствах Земли экспериментов с ДНК? Мужчины молчали — возможно, они не были знакомы — и не обращали внимания на мультивизор, на экране которого какая-то женщина учила группу молодежи следовать установленным принципам и сообщать властям обо всех, кто поступает иначе, чтобы правительство могло позаботиться о заблудших душах.

Кира вздрогнула. Она знала о подобных вещах лишь понаслышке — из выпусков новостей, со слов других — да из отчетов, в которые иногда заглядывала. Порой ей становилось не по себе. Например, у родителей отобрали ребенка, а их самих обвинили в жестоком обращении с сыном, поскольку они твердили ему, что не надо верить рассказам школьных учителей о великих прозрениях Ксуана. Налоговые инспекторы довели до банкротства, а затем предъявили обвинение в утаивании доходов женщине, которая занималась импортом и утверждала во всеуслышание, будто многие законы ущемляют права импортеров. Итог — полицейское досье, койка в реабилитационном центре, пустые улыбки товарищей по несчастью, которые, словно сговорившись, отрицают, что очутились здесь по политическим мотивам. «Наше государство стремится к тому, чтобы встать надо всякой политикой». Впрочем, Кира убеждала себя, что скоро все обязательно изменится — долго так продолжаться не может. Но сейчас она увидела — услышала, ощутила — кусочек реальности.

Вместо того, чтобы произнести имя в микрофон, она набрала на клавиатуре: «Роберт Э. Ли». Глупость какая-то! С чего она взяла, что мужчины в креслах — агенты тайной полиции? Неважно, у них тут свои правила игры. На экране, как она и ожидала, высветилось: «Д-1567»; далее следовали указания, как добраться до двери с этим номером. На память Кира никогда не жаловалась, а потому распечатку заказывать не стала. Девушка подошла к фарвегу[1] и нажала кнопку вызова. Створки двери разъехались в стороны. Переносной стабилизатор Кире не требовался, к ускорениям ей тоже было не привыкать; переступая с дорожки на дорожку, она достигла самой быстрой.

Путешествие заняло около десяти минут — с тремя пересадками, в том числе на вертикальную линию. Чтобы справиться с нервозностью, Кира заставляла себя приглядываться к людям, что попадались ей по дороге. Они отличались друг от друга гораздо меньше, чем жители прочих городов Земли и даже чем те, кого она встречала на улице. Брюки, пиджаки, блузки, лосины, комбинезоны — все одного фасона; цвета неброские, что называется, консервативные. Иногда девушка замечала рубашку с жабо или платье, что переливалось словно радуга, но и такая одежда не производила впечатления чего-то праздничного. Мужчины не носили бород, волосы у них, как и у женщин, были подстрижены на уровне чуть ниже ушных мочек. Да, вот уже двадцать три года для американской элиты и многих простых людей единообразие является залогом успеха. Более того, оно постепенно становится основным условием выживания.

Впрочем, попадались и исключения — трое юнцов, выбритых наголо, если не считать пряди волос на макушке: в волосах торчат перья, одежда отделана бахромой; несколько бородатых мужчин в тюрбанах, сопровождавших женщин, что прятали лица под чадрами, а тела — под длинными, до пят, платьями. Еще бородачи — двое хасидов (их ни с кем не спутаешь) и мужчина с наперсным крестом, по всей видимости, священник православной церкви. Он разговаривал с коренастым человеком в голубом мундире; на голове у того была фуражка с серебряной кокардой в виде двуглавого орла, а на поясе — резиновая дубинка. Должно быть, офицер внутренних сил правопорядка. Комплекс такой огромный, его кварталы наверняка закреплены каждый за отдельной, независимой общиной. Очень похоже на структуру «Файербола», разве что правительство Северной Америки терпит эти общины только

---

[1] Фарвег (*нем.* Fahrweg) — здесь: «комплекс самодвижущихся дорожек».

потому, что не в состоянии их уничтожить, и держит все под пристальным наблюдением.

Когда на дорожку ступил новый пассажир, сердце у Киры замерло. Высокий, широкоплечий, в коричневом отглаженном мундире, с пистолетом на бедре. На рукаве нашивка с символом бесконечности. Авантист! Разговоры понемногу стихли, молчание распространялось волнами, как от брошенного в пруд камня. Офицеры тайной полиции редко появлялись на людях в форменной одежде.

Неужели он что-то заподозрил? Сердце девушки бешено заколотилось, в горле мгновенно пересохло. Какого же она сваляла дурака, не переодевшись в аэропорту! Легкий жакет, шорты, сандалии... Сегодня даже на Гавайях тех, кто одевается подобным образом, провожают неодобрительными взглядами, а уж на материке и подавно! Она просто забыла об этом: ведь до сих пор на Земле ей приходилось общаться лишь со служащими компании, причем на территории, которая принадлежала «Файерболу».

Кира собралась с духом. Она пока не совершила ничего противозаконного. Из удостоверения личности следует, что Кира Дэвис — землянка и имеет гражданство Северо-Американского Союза.

Слабое утешение. По сравнению с ней у любого арестованного иностранца куда больше прав и возможностей обратиться за помощью.

Сотрудник Сепо[1] сошел с дорожки. Кира облегченно вздохнула и на мгновение оперлась на оказавшийся рядом стабилизатор. Местные переглянулись и снова заговорили между собой.

Замигал индикатор: Кира приближалась к месту назначения. Девушка быстро пересекла дорожки, резко надавила на кнопку, протиснулась меж створок двери, которые только-только разошлись, и, чтобы не упасть, ухватилась за поручень.

Она рассердилась на себя. Что за ерунда! Космический пилот, привычный к любым нагрузкам, от нуля g до десяти, не больная, совсем не старая — ей двадцать восемь и, судя по наследственности, она проживет в добром здравии еще лет сто с хвостиком, если будет следить за собой; разумеется, задание для нее новое, возможно, опасное, но разве это причина спотыкаться и терять равновесие? Ну-ка, девочка, встряхнись!

Коридор был пуст. Двигаясь вдоль светлоокрашенных стен, Кира добралась до двери под номером 1567. Легкая пробежка разогнала по жилам кровь и подняла настроение. Почти наверня-

---

[1] Сепо (*исп.* Sepo) — сокращение от Policia Secreta (тайная полиция).

ка ее никто не ждет, и она прямо отсюда вернется в космопорт. Кира усмехнулась. Столько трудов — и все зря. Она нажала на кнопку звонка.

Дома ли хозяин? Должен быть; он ведь здесь не только живет, но и работает. Но на звонок в дверь никто не отозвался, и девушку вновь охватили сомнения. Ведь она позвонила с вокзала, через свой информатор, и хозяин снял трубку. Может, Ли вышел? Глупости, не стоит волноваться. Естественно, Ли сперва решил посмотреть, кого там принесло. Учитывая сложившиеся обстоятельства, вполне разумная мера предосторожности. Кира расправила плечи и улыбнулась в экран сканера, надеясь, что сумеет произвести на хозяина квартиры благоприятное впечатление.

Мужчины находили Киру привлекательной. Она спокойно выслушивала комплименты и тут же их забывала. Высокая, с чересчур широкими для женщины плечами — то был единственный недостаток ее изящной фигуры; светлые волосы коротко подстрижены и обрамляют широкоскулое лицо; миндалевидные глаза, прямой нос, пухлые губы...

— Saludos, consorte[1],— произнесла она чуть хрипловатым голосом.— Я из «Файербола». Меня зовут Кира Дэвис, я прибыла к вам с важным поручением.

— Входите,— проговорил Ли.

Дверь отъехала в сторону. Заметив изумление гостьи, которое та не сумела скрыть, он несколько натянуто рассмеялся:

— Полагаю, вы не видели моих фотографий. Ну, ничего страшного. Мои родители живут в Роаноке, где я, кстати, и родился, но вообще-то Ли — старинная китайская фамилия.

Невысокий, стройный, одетый с небрежностью холостяка, которому не нужно приводить себя в порядок перед выходом на работу, Ли выглядел сущим мальчишкой, хотя, подумалось Кире, вряд ли был намного моложе нее. В конце концов, интуитивистами-профессионалами в мальчишеском возрасте не становятся.

— Наши предки переселились сюда лет двести тому назад,— Ли, похоже, снова занервничал.— Чистота крови понемногу замутилась, но во времена Джихада в Америке, среди прочих беглецов, появились этнические китайцы из Юго-Восточной Азии; трое или четверо из них вступили в брак с членами нашего рода... Потом... Ну, вы же знаете... Люди тянутся к тем, кому могут доверять... эндогамия процветает...— Он вдруг замолчал и судорожно сглотнул.

---

[1] Saludos, consorte (*исп.*) – здравствуйте, партнер .

— Боитесь, что сказали слишком много? — участливо поинтересовалась Кира.— Не беспокойтесь, я не психомонитор и не полицейский осведомитель. Вот доказательство моей принадлежности к «Файерболу».— Она достала из кармана карточку с опознавательным знаком компании, который значил гораздо больше любого государственного символа.

— Gracias[1],— пробормотал Ли.— Извините. Я должен был... Извините, пожалуйста. Не обижайтесь. Прошу вас.— Он поманил гостью за собой.

Они прошли через гостиную, обставленную без малейших претензий: множество сувениров, подарков на память, шахматная доска, книжная полка с весьма древними томами, доставшимися Ли, по всей вероятности, по наследству. На стенах поблескивали голоэкраны, запечатлевшие, по-видимому, родные и милые сердцу пейзажи. Кроме того, в комнате имелся большой обзорный экран, изображение на котором представляло собой вид с центрального городского шпиля, где-то с уровня той самой греческой буквы тэта. От зрелища захватывало дух. Комплекс напоминал сложную геометрическую фигуру, колонны перемежались зелеными пятнами — лужайками с биорастительностью; и так на каждом холме, вплоть до затянутого дымкой горизонта. Фантастический ландшафт, ничуть не хуже, чем на Луне или на Л-5. На востоке можно было различить Ниагарский парк с его гигантским водопадом, а дальше проступали смутно знакомые Кире очертания башен. На севере и юге сквозь туман тускло отливали серебром озера. Кира решила, что Роберт Э. Ли ей нравится.

В следующей комнате обнаружилось громадное количество разнообразного оборудования. Три огромных мультивизора, столько же компьютерных терминалов, видеоблок, явно предназначенный для работы, а не для развлечения... Молекулярный сканер мгновенно установил подлинность карточки, которую предъявила Кира. Браслет на запястье Ли оказался информатором, причем усовершенствованным — он проверил не только отпечатки пальцев девушки, но и сетчатую оболочку глаз, и подтвердил, что карточка содержит истинные данные. Такой прибор наверняка стоит бешеных денег; должно быть, Ли получил его от компании.

— Необходимая предосторожность,— сконфуженно улыбнулся Ли.— С вашего разрешения ДНК анализировать не будем. Итак... э... партнер Дэвис, чем могу служить?

---

[1] Gracias (*исп.*) — спасибо.

Сердце Киры пропустило удар. Девушке пришлось сглотнуть, прежде чем она смогла выдавить:

— Гатри у вас?

— Кто? — озадаченно переспросил Ли.

— Энсон Гатри. Jefe[1]. Ведь вы его прячете, так?

— С чего вы... э...

— Послушайте, вы убедились, что я — та, за кого себя выдаю, но если вам нужны еще доказательства, muy bien[2].— Слова полились потоком.— Меня прислал Вашингтон Паккер. Знаете такого? Директор космопорта Камехамеха. Сегодня утром он вызвал нас — несколько человек — к себе в кабинет и сказал, что Гатри находится на территории Союза чуть ли не с тех самых пор, как правительство захватило североамериканскую штаб-квартиру «Файербола». Его, Гатри, доставили сюда, чтобы было кому руководить нашими действиями на месте. Естественно, прибавил Паккер, это был не лучший вариант, но действовать следовало быстро и решительно. Международные линии связи наверняка прослушиваются, но внутри страны у компании имеются собственные каналы передачи информации.

Так вот, Паккер получил предупреждение. Он не сказал, от кого; по-моему, от агента в тайной полиции, не знаю, нашего или хаотиков. Правительство хочет загнать нас в угол. В течение ближайших двух-трех дней у компании отнимут всю ее собственность. Вдобавок, властям, похоже, стало известно, что шеф у них под боком. Составлен список тех мест, где он предположительно может скрываться.

Паккер сумел раздобыть копию этого списка. Разумеется, сам он в свое время проявил осторожность и не стал узнавать, где именно прячется Гатри. Безопасные каналы связи с «берлогами» если и существуют, то он о них не знает, а потому звонить не рискнул и предпочел отправить в каждую по человеку.

Нас выбрали из тех, кто оказался в тот момент под рукой. Я вообще-то пилот. Кроме того, Паккер счел, что отобрал людей, на которых можно положиться и которые могут покинуть космопорт, не вызвав подозрений у шпиков, и быстро вернуться, опять-таки, не привлекая ничьего внимания. Тот, кто отыщет Гатри, должен привезти шефа с собой. В порту его погрузят на звездолет и отправят в космос раньше, чем авантисты спохватятся. Ну что, он у вас?

---

[1] Jefe (*исп.*) — начальник, шеф.
[2] Muy bien (*исп.*) — очень хорошо.

Кира перевела дух, чувствуя, что у нее слегка кружится голова. Неужели придется и дальше произносить такие тирады?

— Черт побери,— пробормотал Ли.— Нет, вы не обманываете. Пойдемте.

Последнее слово прозвучало как раскат грома. Впрочем, Кира почти сразу успокоилась. Ей казалось, будто она слышит чудесную мелодию, которую воспринимает не столько на слух, сколько всем телом; вселенная словно ожила, стала сверхъестественно яркой. Так она чувствовала себя в те мгновения, когда полагаться было не на кого — однажды, после кораблекрушения, на омываемом волнами Тихого океана рифе, и не раз в космосе.

Ли провел девушку в комнату, где стояли кровать, два шкафа и письменный стол. Обстановка свидетельствовала об увлечениях хозяина квартиры: Кира заметила модель самолета — незаконченную, всего лишь скелет биплана, напоминание о тех далеких и прекрасных днях, когда люди летали на машинах, которые создавали своими собственными руками, скрепляя детали клеем. Картинка на голоэкране изображала лес — должно быть, где-то на севере, подумалось мельком Кире: могучие хвойные деревья уходили стройными рядами вдаль, а на заднем плане скользили по воде каноэ. Среди деревьев бродило несколько человек; судя по доносившемуся гомону, поблизости находился лагерь. В тех местах и шагу не ступишь без того, чтобы не натолкнуться на туристов.

— Он подключается к сети, лишь когда требуется связаться с кем-то из подчиненных,— проговорил Ли. Кира усилием воли оторвалась от экрана.— Мы надеемся, что наши каналы не прослушиваются, но зачем лишний раз рисковать? Остальное время шеф не покидает экранированного сейфа, установленного в квартире тем человеком, который снял ее первым. Это было, по-моему, несколько десятилетий тому назад. Шеф может выглядывать, слушать, разговаривать; разумеется, я сообщаю ему все, чем он интересуется.

Кире вдруг стало любопытно, чем Гатри, проведя сотню с лишним лет в железном ящике, может интересоваться, что читает и смотрит. С персоналом компании он общался на том языке, каким пользовался, когда был человеком. Но что он такое сейчас? Может, шеф притворяется, работает на публику?

Ли остановился перед стенным экраном, изображение на котором, как и на экранах в гостиной, застыло в неподвижности. С экрана смотрел мужчина. Такая стрижка и такой покрой пиджака вышли из моды давным-давно; значит, перед ней тот, кого Гатри любил, кем восхищался... Стоп! Она же видела этого человека в историческом фильме. Нобору Тамура, мэр спутника Л-5, успешно справившийся с первым из серьезных кризисов...

— Срочный случай, сэр,— произнес Ли, салютуя изображению. Теперь, когда надо было действовать, он утратил всякую нерешительность.— Директор Паккер прислал пилота Киру Дэвис. Правительство готовит новую облаву. Нам лучше переправить вас в другое место.

— Святые угодники! — громыхнул чей-то бас.— Шевелитесь, ребята!

Ли прикоснулся к затейливой рамке. Экран отъехал в сторону. Выходит, Гатри смотрел глазами портрета, слушал его ушами, чуть ли не говорил губами Тамуры? Выходит, это не портрет, а своего рода манекен? За экраном обнаружилась ниша, в которой лежал некий предмет. Ли протянул руку, отсоединил предмет от портативного терминала и вынул из ниши.

— Держите, партнер. Объясите ему, в чем дело, а я поищу какую-нибудь сумку.

Кира взяла предмет в руки. Он оказался совсем легким, не тяжелее трех килограмм. Странно, основатель «Файербола» должен, как почему-то кажется, весить больше. Ведь он пролетел из конца в конец Солнечную систему, добрался до звезд, а его сознание, сохранившееся в форме компьютерной программы и заключенное в металлический ящик, побывало на альфе Центавра и вернулось обратно. Очень странно.

Хотя нет. Человеческий мозг вовсе не тяжел. А Гатри-призраку мозг целиком и не требовался — только нейристорная сеть, аналог коры головного мозга, плюс сенсорные центры, способные перерабатывать электронные, магнитные, фотонные данные. Моторные центры, передающие информацию в блоки управления; блок памяти; программное обеспечение — закодированная личность. Возможно, что-то еще. Кира точно не знала, поскольку в психонетике сильна не была, но наверняка не много. А остальное — упаковка, батарея, минимум вспомогательных устройств и проводка.

Шеф, хозяин, руководитель. Они никогда не встречались, но именно Гатри Кира присягала на верность, именно он принял ее в партнеры «Файербола».

— Сэр,— прошептала девушка.— Сэр...

Разумеется, она видела чертежи того ящика, внутри которого находился Гатри, видела другие ящики (их было всего ничего). Но прикосновение к металлу обожгло душу, будто первая встреча с любовью или смертью.

Сознание отказывалось воспринимать реальность. Какой-то ящик из темно-синего органометалла, твердый, гладкий как стекло, с закругленными гранями и едва различимыми сварочными швами. Плоское днище размерами приблизительно двадцать на тридцать сантиметров, к нему прилегают диски толщиной пять миллиметров каждый, которые защищают контакты. Высота ящика от днища до выпуклой крышки — сантиметров двадцать, по бокам расположены контакты, прикрытые двумя парами дисков. Между дисками обеих пар круглая заслонка диаметром четыре сантиметра, а под ней диафрагма, которая заменяет Гатри ухо. Диафрагма же на передней панели служит ртом; вдобавок, на лице — вот так, и никак иначе — имеются две полусферы величиной со слуховой аппарат.

Сам ящик размерами с большую человеческую голову. Интересно, чью? Гатри? Он был крупным мужчиной.

Полусферы раздвинулись, словно веки; модуль выпустил два щупальца толщиной пять или шесть миллиметров, которые заканчивались чем-то вроде культей около трех сантиметров в поперечнике. Подрагивая, щупальца вытянулись в «полный рост», составлявший приблизительно пятнадцать сантиметров, и решительно повернулись к Кире. В культях блеснули линзы.

— Эй, подруга, смотри не урони меня,— предостерег зычный голос.— Лучше положи на стол и подбери с пола свою челюсть.

Может ли шутить машина? Положим, Гатри частенько отпускал шуточки, если то, конечно, был он, а не заранее подготовленный вариант программы. Но теперь, когда его разыскивает полиция? Кира осторожно положила модуль рядом с моделью самолета.

— Ладно, просвети-ка меня,— распорядился Гатри. Модуль произносил слова — казалось, говорит живой человек — с легким акцентом. По слухам, то был американский английский времен молодости Гатри. Кира знала, что шеф охотно пользуется выражениями той эпохи.

Девушка собралась с мыслями и повторила Гатри все то, что рассказывала Ли. Модуль издал звук, похожий на свист.

— Сукины дети! Черт возьми, как они... Да, нам надо сниматься с якоря, и пошустрее. Молоток, Вэш, и ты молодчина, девочка. Я тебя не забуду.

— Пойдет? — справился вернувшийся Ли, показывая маленький рюкзак. Кира нахмурилась, не зная, что ответить.— Он не привлечет внимания,— прибавил Ли.— Сейчас с ними ходят все подряд. Удобно, обе руки свободны.

— Muy bien,— кивнула Кира.

— Дэвис, ты что, явилась с пустыми руками? — прорычал Гатри.— Соображать же надо!

— Извините, сэр,— пробормотала девушка, понимая, что ругают ее по делу.— Мы очень торопились.

— К тому же, ни ты, ни Вэш и никто другой не можете похвастаться, что умеете вешать лапшу на уши. Учиться вам было негде. Ладно, суй меня внутрь,— фраза прозвучала как очередная шутка,— и рвем когти.— Линзы развернулись к Ли.— Сиди тут. Когда ворвутся копы, притворись дураком. Мол, ты ничего не знаешь и никого здесь не было. Тебя будут допрашивать, что, конечно, само по себе достаточно гнусно, однако я не думаю, что дело дойдет до психозонда, если, разумеется, ты не дашь повода. Ну что, сможешь?

— Да, сэр,— отозвался Ли, не отводя взгляда.

— Если боишься, что не выдержишь, попробуй залечь на дно. Правда, я не уверен, что это удачная мысль. Тем самым ты как бы признаешься, что в чем-то виноват, и копы примутся разыскивать тебя со своими электронными ищейками. Отсидеться в берлоге тебе не светит. Зарегистрированный гражданин великой свободной республики, постоянно проживаешь на ее территории, знаком каждой собаке; хуже того, служащий «Файербола», что означает дополнительную кипу бумаги в твоем досье. Ты мгновенно окажешься у них в лапах, и они выкачают из твоей головы все, что смогут, ни капельки не заботясь о том, что компания может подать протест. Мотай на ус.

И впрямь, подумалось Кире. Пытать в полиции, естественно, не пытают: правительство опасается претензий со стороны Всемирной Федерации; к тому же, эффективность пыток не слишком высока. Нет, используется метод «реабилитации с применением медицинских препаратов». Наркотики, электрошок — и человеческий мозг вскрывается не хуже консервной банки (после чего зачастую его с равным успехом можно выкидывать на помойку).

— По моему глубокому убеждению, тебе следует сидеть дома и разыгрывать из себя полного олуха,— закончил Гатри.

— Хорошо, сэр.— Ли кивнул, точнее, резко дернул головой.

— Извини, Боб,— проговорил Гатри более мягко.— Мне правда очень жаль. Единственное, что меня оправдывает и не позволяет остаться с тобой,— что на кону жизни множества людей.

И множество надежд, мысленно прибавила Кира.

— Я понимаю.— Голос Ли был тонок, но не дрожал.— Если кто и способен исправить положение, то только вы. Идите.

Внезапно зазвонил телефон. Ли повернулся к аппарату.

— Стой! — приказал Гатри.

— Что такое? — удивился Ли. Телефон зазвонил снова.

— Не отвечай.— Линзы нацелились на Киру.— Дэвис, откуда ты узнала, что Боб дома? Ты вряд ли собиралась торчать под дверью, чтобы все на тебя пялились.

— Позвонила из автомата,— сказала девушка.— А когда он ответил, положила трубку.

— Я решил, что ошиблись номером,— заметил Ли. Опять раздался звонок.— Так часто бывает. Ничего особенного.— Телефон зазвонил в четвертый раз.

— Может, шпик? — предположил Гатри, из голоса которого исчез даже намек на веселье.— Если они напали на след, можно ожидать чего угодно.

— Паккер... ну, его агент... утверждал, что облава начнется через два-три дня.

— Вот именно, что агент. Сколько ему понадобилось времени, чтобы добраться до явки, на которой он только и смог передать свои сведения? И насколько те точны? А может, контора, пока суть да дело, решила поторопиться?

Кире вспомнился офицер, которого она видела на бегущей дорожке. Ей было известно, что сотрудники тайной полиции предпочитают не появляться на людях в форме (разумеется, речь не о тех, кто постоянно ходит в штатском). Интересно, куда он направлялся и что означает его мундир?

— Обычно они окружают место, где находятся подозреваемые, задолго до того, как наносят удар,— продолжал Гатри.— Давайте-ка разведаем, что к чему. Боб, настрой большой экран на общий вид.

Телефон наконец замолчал. Ли подошел к аппарату, намереваясь, видимо, проверить, не оставил ли звонивший какого-либо сообщения.

— Не трогай! — рявкнул Гатри.— Если это копы, у них есть датчики, которые определяют, пользуются аппаратом или нет.

— Совсем забыл,— прошептал Ли, отдергивая руку.— Да, вы настоящий шеф.— Неформальное обращение словно вместило в себя целый мир. Ли взял модуль и двинулся в гостиную. Кира последовала за ним.

Они пригляделись к изображению на экране. Высоко в небе что-то блеснуло. Ли положил Гатри на стол и занялся настройкой. Изображение переместилось вверх, увеличилось, сделалось четче. Километрах в трех над городом, как показалось девушке, висела черно-белая свинцовая капля с ракетными дюзами. С такой высоты, применяя оптические приборы даже слабее тех, какими был оснащен звездолет Киры, можно было пересчитать муравьев на мостовой. Кире стало страшно, ее прошиб холодный пот.

— Точно, Сепо,— изрек Гатри.— Ты не слишком торопилась, Дэвис.

— Что нам делать? — услышала Кира собственный голос.

— Надо подумать. Я знаком с устройством таких штучек; в свое время их было полным-полно. Возможно, тебе все же удастся улизнуть, прихватив с собой меня, но на твоем месте я бы на это не рассчитывал. Скорее всего, копы уже следят за воротами. Естественно, копы в штатском.

А может, подумалось Кире, за воротами следили и тогда, когда она в них входила? Наверно. Впрочем, какая разница? Полиция не станет останавливать каждого встречного: чересчур утомительно и, вдобавок, может насторожить предполагаемую жертву, которая, чего доброго, возьмет и уничтожит компрометирующие данные, или выкинет что-нибудь похлеще. Нет, агенты Сепо будут проверять лишь тех, кто вызывает хотя бы малейшее подозрение — например, девушку с рюкзаком за плечами. И если детекторы зарегистрируют что-либо необычное — ту же нейристорную сеть,— пиши пропало.

К горлу подкатил ком.

— К аппарату ты не прикасался, Боб, следовательно, дома тебя нет,— сказал Гатри.— Скоро они перезвонят, а какое-то время спустя, плюнув на телефон, вломятся внутрь. Это произойдет самое позднее через пару-тройку часов. Посмотрим, чем нам помогут твои приятели из Б-24.

— Скорее всего, ничем,— отозвался Ли.— А если и помогут, то не сильно.

— Предлагаешь сидеть и ждать? Суй меня в мешок и потопали. Чем быстрее смотаемся, тем меньше вероятность столкнуться по дороге с копами.

— Куда? — спросила Кира, проглотив комок в горле. К ней вернулась надежда, и сердце стало биться ровнее.

— Я держу в памяти тех, у кого при случае можно спрятаться,— откликнулся Гатри. Ли отправился в спальню — закрыть сейф и принести рюкзак.— Причем ни в коей мере не вмешиваюсь в их личную жизнь. Господи Боже, у меня достаточно других занятий! Тем не менее, о каждом из них я знаю столько, сколько требуется, чтобы принять решение. Когда человек Вэша Паккера подыскал мне временное убежище, я сразу связался оттуда с Бобом Ли, отправил ему через компьютерную сеть вполне невинное сообщение, которое на деле означало:

«Приходи за мной». Понимаешь, у Боба среди жителей комплекса есть приятели, которые любят авантистов не больше нашего. Он молодец, что обзавелся ими, хотя, по-моему, поступил так не по обязанности, а в силу своей общительности. Короче, именно это побудило меня обосноваться тут. В норе у лисицы всегда должно быть два выхода.

2

На фарвеге они хранили молчание. Лишь сходя с дорожки, Ли отстранил Киру, которая несла Гатри, и пробормотал:

— Я пойду первым. Отвечайте, когда вас о чем-нибудь спросят, но сами ни с кем не заговаривайте.

На стенах коридора извивались причудливые узоры, над дверными проемами виднелась затейливая арабская вязь. Многие двери были распахнуты настежь. Внутри комнат находились прилавки с выставленными на продажу товарами — продуктами, одеждой, посудой, цветами и всякими безделушками. Перед дверями, скрестив ноги, сидели на подушках мужчины — одни курили, другие зазывали покупателей, третьи казались погруженными в медитацию. Некоторые комнаты были превращены в кофейни или в закусочные, где кормили обычной для местных — но экзотической для Киры — пищей. Пахло едой, дымом, парфюмерией и чем-то совершенно невообразимым. Не совсем привычными были и звуки: голоса, шарканье обутых в мягкое ног, иногда — заунывный плач дудок и рокот маленьких барабанов. Традиционных североамериканских нарядов здесь встречалось меньше, чем пышных, свободных одежд — халатов, платьев или рубашек с шароварами, как правило, белого цвета. Те, кто носил подобную одежду (чья пышность никак не соответствовала суетливости владельцев), принадлежали к смуглокожему, ближневосточному типу; мужчины все бородатые и зачастую в тюрбанах, женщины — в чадрах. Да, кое-кого из них она уже видела, подумалось Кире; тут они на своей собственной территории.

Сказки «Тысячи и одной ночи»! Разумеется, Кира смотрела по мультивизору новости с Ближнего Востока, документальные и художественные фильмы. Песок, пыль, пересохшие источники, соленые реки, сплошное запустение. Машины и нанотехнические комплексы возрождали плодородие почвы, гектар за гектаром, оставляя за собой аккуратные зеленые поля, сверкающие здания, современную промышленность и новые общины. Резервации для тех немногих, кто уцелел после экологической катастрофы, избыток продовольствия, замечательная система здравоохранения, реабилитационно-учебные центры для детей... О, Всемирная Федерация вправе гордиться своими достижениями. Ведь кто захочет поселиться в фантазии, в псевдореальности, в прошлом, которого никогда не существовало?

Шагавший впереди Ли прокладывал путь сквозь толпу. Следуя за ним по пятам, Кира старалась ничего не упускать из вида. Продолжая наблюдать, она пришла к выводу, что вокруг — не игра, не псевдокультура, призванная заполнить пустоту в сердцах людей, которым не за что ухватиться в реальности, подобно на-дене, амазонам или манорам. Вон мастерская медника, который работает на станке, а его сосед чинит электроприбор. Здешняя технология та же самая, какой пользуются все обитатели Наружного Города. Один из местных засучил широкий рукав, и девушка заметила на его запястье информатор, точь-в-точь как у нее; причем, судя по всему, владельцу требовалось не только знать время, но и быстро считать, иметь доступ к базе данных и каналам связи. Нашивка на костюме другого человека свидетельствовала о том, что он является работником компании «Глобал Кемистри», то есть создает по атому сложные структуры. Мимо прошмыгнули двое мальчишек в джеллабах[1] — головы, за исключением макушек, выбриты наголо, зато под мышками — учебники.

И все же более разительной противоположности авантизму нельзя себе и представить. Разумеется, никто всерьез не верит, что Ксуан и впрямь подчинил себе историю, никто не считает, что мироустройство, основанное на его видениях, ближе прочих к полной, идеальной рациональности. Власти, от Синода до последнего администратора в каком-нибудь глухом углу, стремятся покончить с прежними, диссидентскими общинами, разогнать стариков и завладеть умами молодежи. В теории такое вполне возможно: мол, это наше внутреннее дело, и Всемирная Федерация тут ни при чем. Но практика опровергает теорию; средства сообщения и связи превратили Землю в единое целое, скрыть что-либо вряд ли получится — чересчур много представителей элиты разных стран находятся в тесном контакте и разделяют мнения друг друга: они — или общественное мнение — могут заставить свои правительства, по крайней мере, те, которые называют себя демократическими, надавить на Союз (куда сильнее, чем способен «Файербол»)... Кира сообразила, что отвлеклась, и усилием воли вернулась к действительности.

---

[1] Джеллаба — разновидность арабской одежды.

Ли дважды останавливался, чтобы поздороваться со знакомыми. Кира ловила на себе неодобрительные взгляды. Должно быть, ее наряд кажется верхом неприличия. Ерунда, это ведь не закрытая территория; тут наверняка бывает множество посторонних, как по делам, так и из любопытства. Несомненно, экономика сектора в той или иной степени зависит от чужаков. Тем не менее, когда Ли пригласил ее войти в открывшуюся дверь, девушка испытала громадное облегчение.

Они очутились в роскошно обставленной комнате: многочисленные ковры, невысокая мебель, расшитые золотом и серебром шторы. Впустивший их молодой человек жестом велел двери закрыться и склонился в глубоком поклоне перед седобородым, суровым на вид мужчиной, который вышел из сводчатого дверного проема в дальнем конце комнаты. На старике были кафтан и куфия. Ли тоже поклонился и произнес: «Салам алейкум». Кира стояла и молчала, чувствуя себя не в своей тарелке.

— Ва алейкум ассалам,— отозвался старик и неожиданно улыбнулся.— Чем я обязан радости видеть тебя, мой друг? — спросил он по-английски с легким акцентом. Улыбка исчезла столь же внезапно, как и появилась.— Неприятности?

— Вроде того,— признался Ли.

— Ясно. Пойдемте.— Старик отдал распоряжение слуге, и тот поторопился уйти, а хозяин повел гостей за собой. В комнате, увешанной гобеленами и несколько напоминавшей шатер, он предложил им сесть на пол возле столика с экзотическими яствами, уселся сам и сказал Кире:

— Если хотите, сеньорита, можете снять свой рюкзак.

— Gracias, сеньор, но...— Поймав взгляд Ли, Кира повторила: — Gracias,— и положила рюкзак на пол рядом с собой.

— Шейх Тахир,— официальным тоном произнес Ли,— разрешите представить вам Киру Дэвис, моего партнера из «Файербол Энтерпрайзиз». Пилот Дэвис, por favor, познакомьтесь: Зейд Абдулла Азиз Тахир, шейх Бени-Муклиба. Он — один из вождей своего... народа.

— Bienvenida[1], пилот Дэвис,— проговорил Тахир, пристально, однако вполне дружелюбно, разглядывая девушку.— Полагаю, пилот космический?

— Д-да, сэр,— с запинкой откликнулась Кира.— Пожалуйста, извините меня за мой наряд. Времени было в обрез, и я не сообразила...

---

[1] Bienvenida — добрый день (*исп.*).

— Ничего страшного. Роберт Ли не появился бы у нас без предупреждения, не возникни в том срочная необходимость. Равно как, я уверен, и вы.

— Я совершенно не разбираюсь в ваших... обычаях, сэр.

— Жаль, конечно.— снова улыбнулся Тахир (его лицо покрылось сетью морщин),— но не переживайте. Надеюсь, вы уделите мне какое-то время, расскажете поподробнее о своей работе и о себе? Ведь вам повезло: вы странствуете среди Господних звезд.

— Боюсь, о везении сейчас говорить не приходится,— вмешался в разговор Ли.— Положение у нас просто отчаянное.

— Этого ты мог бы не объяснять.— В дверь постучали. Тахир произнес что-то по-арабски; вошел юноша с подносом, на котором стояли кофейные чашки и блюдо с пирожными. Поставив поднос на столик, юноша поклонился и покинул комнату. Дверь закрылась.— Угощайтесь,— предложил шейх.— Хейр алла.

— Прошу прощения? — моргнув, переспросил Ли.

— Ты не понял? Я полагал, что, придя в мой шатер и отдавшись тем самым под мое покровительство, ты знаешь, что будет дальше. Вперо, перед вами — дары Господни. Ешьте, пейте, чувствуйте себя как дома.

— Вы слишком добры.— Ли откашлялся.— Мы будем с вами откровенны. Я не принадлежу ни к вашему племени, ни к вашей вере. Всего лишь хороший знакомый, который наблюдает за теми, с кем общается. Я знаю, что не вправе чего-либо от вас требовать.

— Ты нам больше, чем друг. Я счастлив, что могу отплатить добром за добро.

— Нас преследует тайная полиция.

— Бисмилла! — Тахир откинул голову и расхохотался.— Что ж, тем забавнее! — Он мгновенно посерьезнел.— Они у вас на хвосте?

— Надеюсь, что нет. По-моему, у нас в запасе несколько часов. Но догадавшись, что я участвую в заговоре, они переворошат весь город.

— Это потребует времени и людей, ведь город у нас отнюдь не маленький. Есть ли у них основания предполагать, что ты прячешься здесь?

— Думаю, нет. Естественно, они следили за мной, поскольку я работаю на «Файербол», но не слишком внимательно; таких, как я, сотни и сотни. Кстати, опасность угрожает не мне одному. Все началось пару дней назад.

«Верно ли?» — спросила себя Кира. Она пригубила кофе, пытаясь отогнать шальную мысль; напиток был густым, горячим и очень сладким.

— Так... — Тахир погладил бороду. — Значит, сюда они заявятся не сразу, если, конечно, им не известно о твоей привычке навещать нас.

— Я навещал не только вас, бывал во многих местах. Кажется, я никому — ни соседям, ни случайным знакомым — не говорил, что хожу в этот квартал ради чего-то иного, чем посидеть в кафе.

Но Гатри откуда-то узнал, что все не так просто, навел справки и выяснил, что скрывается за походами в кафе, подумала Кира. Старый лис! Металлический ящик, внутри которого находился Гатри, упирался ребром в спину девушке.

— Тебя видели сегодня в коридоре, — возразил Тахир.

— Извините, — вмешалась Кира. — По-моему, внимание обращали не столько на него, сколько на меня.

— Разумеется! — фыркнул шейх. — И это понятно.

— Я встретил по дороге двоих знакомых, — сказал Ли.

— Потом назовешь мне имена. Я поговорю с ними, быть может, отправлю с поручениями куда подальше. Что касается остальных, ты знаешь — среди нас нет сторонников авантизма. Если Сепо начнет задавать вопросы, мало кто станет отвечать откровенно. — Тахир взял пирожное и принялся жевать с таким видом, словно выполнял общественный долг.

— Долго мы у вас пробыть не сможем, — проговорил Ли.

— Верно. Рано или поздно пойдут слухи... разлетятся, что твои электроны, пробуравят любой заслон. Иншалла! До завтра, во всяком случае, я вас оставлю у себя, а утром помогу советом. Вы ведь все равно не согласитесь задержаться, правильно?

— Еще бы! Мы... — Ли запнулся и уставился в пол.

— Что вы можете рассказать мне? — спросил Тахир, оглядев своих гостей. — Помните, то, чего не знаю, я не смогу выдать, даже если дело дойдет до психозонда. — Заметив, что Кира вздрогнула, он прибавил: — Такое, сеньорита, едва ли случится. Скорее всего, я умру, буду убит за сопротивление при аресте, причем выстрелом в голову, так что в моем мозгу им покопаться не удастся. Но лучше перестраховаться.

— У вас есть полное право кое-что узнать, — произнесла девушка, облизнув пересохшие губы. — Мы с Ли спасаем не только свои шкуры. Если бы мы могли объяснить... — (Если бы достать Гатри...)

— Мы не можем вдаваться в подробности. — Ли предостерегающе поднял руку. — Это неоправданный риск. Однако... Bueno, вам известно, что между «Файерболом» и правительством всегда существовали трения. Однажды власти вдруг заявили, что располагают доказательствами нашего участия в заговоре, цель которого — уничтожение базы данных Среднезападного Центра Безопасности — расценили поначалу как случайность. Вы, наверно, помните, что компания предложила свою помощь в расследовании и что правительство, проигнорировав предложение, распорядилось занять североамериканскую штаб-квартиру «Файербола» — пока, мол, не закончится следствие. С тех самых пор агенты Сепо так и вьются вокруг компании. А теперь — в новостях наверняка скажут — правительство решило присвоить всю нашу собственность на территории страны.

— А компания не собирается разорвать отношения с Союзом? — Тахир сделал вид, будто собирается присвистнуть. — Если да, то Союзу крышка. Его экономика и так в плачевном состоянии.

— Я не понимаю их логики, — со вздохом признался Ли. — Тем не менее, они действуют. Неважно, откуда я знаю; скоро о том услышит вся Солнечная система. Нам с Дэвис необходимо доставить чрезвычайно важные сведения. Использовать каналы связи, к сожалению, нельзя, поэтому мы должны во что бы то ни стало добраться сами.

Тахир окинул взглядом стол и гостей — Кире почему-то показалось, что шейх не в восторге от ее ног, — потом снова посмотрел на Ли.

— Я рад, что могу хотя бы частично оплатить свой долг перед тобой. Доверясь нам, ты оказал честь мне и моему племени. Gracias. Мы постараемся оправдать твое доверие.

Кире вспомнился исторический персонаж, про которого она когда-то читала. Его звали Саладин.

— Партнер, вы оказали сеньору... шейху Тахиру какую-то услугу? — уже задав вопрос, девушка вспомнила, что Ли просил ее не проявлять чрезмерного любопытства.

— Совершенно верно, — ответил за Ли хозяин. Похоже, он ничуть не оскорбился — видимо, привык иметь дело с чужаками. — Два года назад попал в беду мой племянник, юноша горячий и упрямый. Все мы знаем, что авантизм, если с ним не покончить, в итоге разрушит наш образ жизни. Большинство выжидает, веря, что Аллах такого не допустит. А Хамид изучал биоинженерию, столкнулся с тем, что от него требовали и изучения ксуанистских доктрин, в конце концов не выдержал, стал вести недозволенные разговоры, причем в открытую. Его арестовали.

Роберт Ли, узнав об этом, добился, чтобы Хамида освободили и перевели в финансируемый «Файерболом» колледж в Эквадоре.

— Я не сделал ничего особенного,— пробормотал Ли.— Обвинение было не слишком серьезным: первый проступок. Вдобавок, Хамида охарактеризовали как «умственно отсталого», то есть он мог не понимать, о чем говорит. Я всего лишь связался с координатором, который вышел на нужного человека в правительстве. «Файербол» и Синод с давних пор враждуют между собой, но на открытый конфликт не идут; многие с обеих сторон принимают меры, чтобы избежать столкновения. Естественно, даже после того, как с Хамида сняли обвинение, он остался под надзором полиции и, возможно, со временем снова угодил бы в тюрьму. Однако парень он толковый, а компания всегда рада притоку свежей крови. По правде сказать, я получил поощрение за то, что провернул это дельце.

— Но тогда получается, что Сепо знает о ваших контактах с шейхом! — обеспокоенно проговорила Кира.

— Ничего подобного. Я действовал через своего начальника, Фернандо Пардо. Он связался с кем-то еще, кто «заинтересовался обстоятельствами дела» и в дальнейшем вел все переговоры. Записей, которые могли бы вывести на меня, не сохранилось. Действуя на территории Северной Америки, «Файербол» предпочитает не оставлять следов.

Чувствуется школа Гатри, подумала Кира.

— Надеюсь, теперь с вашим племянником все в порядке,— сказала она Тахиру.

— Да,— проговорил шейх, лицо которого на мгновение — или ей померещилось? — исказила гримаса боли.— До нас доходят весточки о нем... Он... вошел в элиту, стал одним из них... Впрочем, это было неизбежно. Главное — он свободен и никто не посмеет арестовать его и залезть ему в голову.

Лучше сменить тему, подумала Кира.

— Вы, должно быть, хорошо себя здесь зарекомендовали, если к вам обратились за помощью в таком деле,— заметила девушка, обращаясь к Ли.

— Не сказал бы. Просто как-то вечером мы с шейхом оказались в кофейне за одним столиком и разговорились. Потом встречались еще несколько раз, он пригласил меня на обед, я показал ему местный филиал компании. Не волнуйтесь, по мультивизору. Никто не знает о наших близких отношениях. Однако мы сошлись на почве взаимного любопытства и дружелюбия, только и всего. Я страшно удивился, когда Тахир заговорил со мной о своем племяннике.

— Меня терзали печаль и злоба,— проговорил шейх.— А сеньор Ли производил впечатление человека, способного сочувствовать другим. И потом, он мог обладать необходимым влиянием. Что я терял? Все в воле Аллаха.

— Gracias,— кисло отозвался Ли.— Вы мне польстили. Честно говоря, вы всегда были для меня загадкой. Не обижайтесь, но ваша культура мне чужда. Кроме того, в отличие от вас, я вырос в замкнутом мирке. Но теперь моя очередь просить о помощи; кажется, вы не против нам посодействовать.

Не кажется, а точно, мысленно поправила Кира. Пока все складывается удачно — благодаря Гатри, который узнал о связях Ли... Каким образом? Через Хамида? Неужели владелец компании в курсе подобных мелочей?

Вряд ли. Тем не менее, вполне возможно, что отчеты обо всех событиях, так или иначе связанных с «Файерболом», хранятся в форме гипертекста на секретной базе данных, которая, не исключено, находится и не на Земле. Время от времени Гатри может подключаться к главному компьютеру, превращаться в него, получая громадные возможности искать информацию, работать с ней, сопоставлять... И когда что-либо представляется ему особенно интересным, он копирует эти данные в собственную память, а затем продолжает работу.

Значит, выяснив, что Ли поддерживает отношения с Тахиром, Гатри, по всей вероятности, внедрил в мусульманский квартал одного-двух агентов, чтобы иметь постоянный источник сведений, а потом, когда ему понадобилось перебраться в Северную Америку, выбрал в качестве местопребывания именно квартиру Ли, поскольку здесь обнаружился надежный запасной вариант.

Да, живой мертвец способен заглядывать так далеко в будущее. С другой стороны, он едва ускользнул от облавы, да и ускользнул ли? Неожиданно Кира заметила, что в комнате царит молчание.

— Займемся делом,— нарушил тишину Тахир.— Я не очень-то представляю, как полиции удастся надолго заблокировать город, если удастся вообще. Чересчур много людей снует туда-сюда, нередко — со срочными поручениями. К примеру, основной поставщик продовольствия для нашей общины — нанофабрика в квартале Сиракузы. В других общинах — у тех же Крузо — то же самое. Разумеется, какое-то время за воротами будут пристально наблюдать, однако переодевшись... А нет у вас чего-то такого, что могло бы показаться подозрительным глазу или прибору?

— Боюсь, что есть,— ответил Ли.— Специальный компьютер.

— Так я и думал,— кивнул Тахир. Дальше он расспрашивать не стал, лишь прибавил: — Виепо, думаю, у меня найдется что-нибудь этакое, что сойдет за экран. Пойду поищу, а вы пока составьте план действий. Мы сможем только переправить вас в безопасное место поблизости, а что потом — решайте сами.

— Конечно! — воскликнула Кира.— Спасибо!

— Без моего ведома вас никто не потревожит,— продолжал шейх.— К сожалению, комната для гостей у нас всего одна и рассчитана на одного человека. Если хотите, пилот Дэвис, я могу отвести вас в гарем.— Заметив реакцию Киры, Тахир усмехнулся.— Я разумею помещение, которое принадлежит моей жене. Не женам, а жене.

— Но как же нам тогда переговариваться? — Девушка встретилась взглядом с Ли. Тот слегка пожал плечами.— Нет, сэр, gracias, но я, пожалуй, останусь здесь... Разумеется, если вы не против.

— Мы не ваххабиты[1],— откликнулся Тахир, на лице которого по-прежнему играла усмешка.— Вполне естественно, что двое молодых людей, которые давно не виделись, стремятся провести ночь вдвоем.

Для своих слуг ему лучше сочинить что-нибудь поправдоподобней, подумалось Кире. Или он просто велит им не совать нос в чужие дела?

— Не беспокойтесь, партнер, я буду вести себя прилично,— пробормотал Ли, покраснев до кончиков ушей.

— А я постараюсь! — пообещала Кира, не выдержала и рассмеялась. Ей показалось, она услышала смешок Гатри.

Тахир встал, беглецы последовали его примеру. Кира подобрала с пола рюкзак.

— Скоро вам принесут еду,— сказал шейх.— Придет мальчик. Он постучит в дверь и будет ждать, пока ему откроют. Если понадобится что-либо еще, наберите «ноль-три». Это номер моего информатора. В остальном же вы будете полностью изолированы. Возможно, когда-нибудь я смогу вас принять с большим гостеприимством.

— Сэр, мы вам очень признательны! — вырвалось у Киры.

Тахир провел гостей по коридору и жестом пригласил войти в комнату. Он произнес: «Йергамак Алла». Кира догадалась, что их благословили. Дверь захлопнулась.

Девушка огляделась. Небольшая комната оказалась прекрасно оборудованной. За стенными панелями располагались миниатюр-

---

[1] Ваххабиты — пуританское течение в мусульманстве, официальная идеология Саудовской Аравии.

ная ванная и встроенный шкаф с ящиками. Рядом со столом, на котором размещался компьютерный терминал, стоял мультивизор. Два западного типа стула наводили на мысль, что соплеменники Киры бывают у Тахира достаточно часто. На полу лежал роскошный ковер. Стены были выкрашены в белый цвет, на обзорном экране под вентилятором виднелся пруд, окруженный пальмами и кустами жасмина. Определить, настоящее ли это изображение или синтезированное, было затруднительно. Слишком красиво, чтобы существовать на самом деле; впрочем, природа способна и не на такое. Кровать — кровать была настолько широка, что двое могли с удобством разместиться на ней, не мешая друг другу.

Обстоятельства, не позволяли думать о плотских утехах. Ни малейшего позыва. Напряжение схлынуло, и сразу же навалилась усталость.

— Я тоже валюсь с ног,— признался Ли, заметив состояние Киры,— хотя мне и не пришлось сменить за день шесть часовых поясов.

— Может, достанем сеньора Гатри?

— Давно пора,— произнес голос из рюкзака.

Ли вынул ящик и положил на стол. Немедленно высунулись щупальца. Кире пришло на ум сравнение с орудийными стволами.

— Неплохо сработано, ребята.— Одобрение шефа застало девушку врасплох.— Теперь можете расслабиться. Выпивки, по-моему, тут нет, зато есть горячий душ, который способен творить чудеса.

— Сэр, а вам не нужно ничего отключить? — спросила Кира, по спине которой вдруг побежали мурашки. Ей стало жаль Гатри: незавидная участь — лежать в мешке, не имея возможности действовать.

— Призраку беспокоиться нечего,— хмыкнул Гатри. Впечатление было такое, словно залаял волк.— У меня ведь нет никаких желез. Или ты забыла? Успокойся, девочка. Я тебя понимаю, но постарайся успокоиться. Поговорим потом.

— Я...— Внезапно Кира почувствовала, что ей жутко хочется пить.— Bueno gracias, сэр.

В ванной она выпила три стакана восхитительно холодной воды, затем умылась и заметила на стене полотенца и полочку со всякими принадлежностями. Зубные щетки, не автоматические, зато новые, в пластиковой упаковке; расческа, бритва, флаконы с зубным эликсиром, слабыми стимуляторами и обезболивающим. Словом, полный комплект. Обрадовавшись тому, что все под рукой, Кира решила повременить с душем, вернулась в комнату и села на стул. Ли устроился напротив.

— Нам повезло, верно? — спросила девушка.— На какое-то время мы в безопасности.

— Везет тем, кто старается,— изрек Гатри.

— Прошу прощения. Я не имела в виду, что нам помог случай.— Кира выпрямилась. Ей было известно, что шеф презирает подхалимов.— Нам повезло, что Тахир на нашей стороне. Настоящий мужчина, правда?

— Лев,— согласился Гатри.— Я всегда считал ислам одной из величайших ошибок человечества, однако придется, пожалуй, пересмотреть свое мнение.

— Он совсем не похож на... предводителя простолюдинов.

— А он и не предводитель,— отозвался Ли.— Советник, судья, агент по закупкам сырья для местной промышленности. Общается и с простолюдинами, и с элитой, чем все и объясняется.

— Я не очень понимаю,— произнесла Кира с запинкой.— Дело в том, что в экономике я почти не разбираюсь. Люди, большинство населения Земли, те, кто не обладает способностями или знаниями, каких требует передовая технология,— естественно, в массе своей они довольствуются тем, что имеют. Вроде бы все просто, но я не понимаю, как работает такая система государственного устройства.

— А тебе и незачем понимать,— откликнулся Гатри.— Ты космический пилот, значит, у тебя хватает своих забот. Бывая на Земле, ты проводишь время во Внутренних Городах, правильно?

— Bueno, я...

— Господи Боже, женщина, перестань жалеть, что ведешь себя как нормальный человек!

— Система и не работает,— проговорил Ли, отвечая на вопрос Киры.— По крайней мере, в своем первозданном виде. Она всякий раз подгоняется под конкретные условия. Между прочим, деление на элиту и простолюдинов существует только на словах. Эти две группы взаимодействуют настолько тесно, что четкую границу провести невозможно.

— А поконкретнее? — нахмурившись, попросила Кира.— Взять хотя бы общину Тахира. Если им нужно нечто большее, чем обеспечение основных потребностей племени, они должны платить. То есть должны производить и продавать что-то такое, на что есть спрос. Так? И что же именно?

— Много чего. Во-первых, индустрия туризма и развлечений. Впрочем, особых доходов она не приносит — как правило, местные настолько горды и пронизаны клановым духом, что до подобных вещей не опускаются. Во-вторых, безделушки ручной работы, но тут у них серьезные конкуренты — североафриканцы. — (И впрямь, подумалось Кире: каждый сувенир изготавливается в одном-единственном экземпляре, на станке, которому задается всякий раз новая программа.) — Большинство же работает на стороне, кто где. Например, наемниками. Не забывайте, в этой культуре чрезвычайно развиты воинские традиции.

— Откуда она вообще взялась?

— Частично из прежней Америки. Кажется, в двадцатом веке началось увлечение исламом, многие сменили веру, в первую очередь африканцы. Но среди предков тех, кто составляет общину Тахира, больше всего выходцев с Ближнего Востока, которые бежали от преследований Священной Лиги. Помните, что происходило в Европе? Мусульмане и без того не пользовались на Западе любовью, их всячески унижали, а новая волна эмиграции отнюдь не способствовала усилению дружеских чувств. А уж после Великого Джихада... Сегрегация, всевозможные ограничения, преследования. Мусульман не считали за людей. Естественно, они всемерно подчеркивали, можно сказать, выпячивали свое духовное единство. К тому времени, когда вновь разрешили смешанные браки, мало кому это было надо. Вдобавок, технология развивалась столь стремительно, что они за ней не успевали. Результат — племенные общины наподобие той, в которой мы сейчас находимся.

— Тебе нравится себя слушать, а? — буркнул Гатри.

— Извините, сэр. — В голосе Ли явственно прозвучала обида. Киру замечание шефа тоже несколько задело.

— Елки-палки, — проговорил Гатри. — Это ты меня извини. Я не хотел тебя обидеть. Когда сидишь в ящике и не можешь шевельнуть ни рукой, ни ногой, трудно удержаться от подковырок. Боб, ты ученый по складу характера, тебе нужно объяснить все от и до. Не переживай; я и сам, говорят, не без греха.

— Может, оставим в покое прошлое и поговорим о будущем? — раздраженным тоном предложила Кира. — Нашем будущем.

— Если только сумеем рассуждать без эмоций, — дрожащим голосом отозвался Ли.

— Сумеете, — заверил Гатри. — Вы оба отличные ребята и даже не подозреваете, на что способны. Кстати говоря, если поразмышлять на сон грядущий, можно проснуться с готовым решением.

«А ведь ему, — подумала Кира, — тоже необходим сон, странный, но сон». Ей вспомнились строчки, от которых почему-то внутри все замерло:

«И в вечном сне приходят грезы к нам,
Когда в него сумели мы уйти...»

— Допустим, Тахир вызволит нас отсюда,— вернул девушку на землю голос Гатри.— Он честно предупредил, что на большее с его стороны рассчитывать не приходится. Значит, надо прикинуть, как быть дальше. Для начала посмотрим, во что мы вляпались. О чем нам следует предупредить Тахира? Каких следов мы наоставляли и можно ли их замести? — Щупальца с линзами на концах развернулись к Ли.— Боб, копы скоро узнают твой дверной код и вломятся в квартиру. Надеюсь, ты не настолько глуп, чтобы пользоваться незарегистрированным кодом?

— Н-нет, сэр, конечно, нет. Случись какая-нибудь проверка, у меня сразу бы возникли неприятности.

— Когда-то давным-давно несколько парней сочинили сказку и окрестили ее Биллем о правах. Там что-то такое сказано насчет права каждого человека на личную собственность.

— Знаю. Я же учился в школе компании.

— И я,— вставила Кира.

— Ну да,— сказал Гатри.— Вот, кстати, одно из причин нелюбви властей к «Файерболу». Мы не желали, чтобы нашим детям пудрили мозги в государственных школах. Не обращайте внимания, я что-то разворчался. Так вот, Сепо перевернет твою конуру вверх дном. Остались ли там какие-либо следы моего пребывания? Отвечай как на духу и не лезь в бутылку. Из-за того, что ты — не рыцарь плаща и кинжала, я не стану думать о тебе хуже.

Ли нахмурился, устремил взгляд в пространство, потом покачал головой.

— Вряд ли. Они могут обнаружить сейф, хотя он отлично экранирован, но если и найдут, то быстро установят, что он был в квартире задолго до моего вселения в нее. Подключать я к вам ничего такого не подключал. Линии связи, которыми вы пользовались, тоже установлены до того, как я туда въехал. Вам лучше знать, насколько они безопасны.

— Целиком и полностью — в том, что касается детекторов и «жучков». Когда ими не пользуются, они автоматически отключаются от сети. Ладно. Тебе придется объяснить свое отсутствие, причем так, чтобы копы не стали задавать лишних вопросов. То есть требуется алиби. Пораскинь мозгами. Где ты мог быть? Отправился поразвлечься? Если хочешь, я в два счета найду свидетелей твоего разгула.

— Не знаю, сэр,— угрюмо произнес Ли.— В смысле, мне наплевать на то, что кто-то станет рыться в моем белье. Но вот что касается разгула... Полиции наверняка известно, что у меня не тот характер. И тогда пострадаю не только я, но и ваши... друзья.

— Что ты, в таком случае, предлагаешь?

— Пока ничего. Помните, вы сначала сказали, что я должен притвориться полным олухом? Похоже, это не слишком просто. С вашего разрешения я немного подумаю.

— Думай.— Линзы сфокусировались на Кире.— Твоя очередь, пилот Дэвис. Тебя могут в чем-либо подозревать?

— Нет,— ответила девушка.— Обыкновенный космический пилот, которому случилось оказаться поблизости, когда директору Паккеру понадобился курьер...

— А в твоем досье нет ничего необычного?

— Bueno... Партнер «Файербола» в третьем поколении, но что тут особенного? — Кира призадумалась, напрягла память.— Мои родители оба родились в Северной Америке, но последнее время — м-м, четырнадцать лет — живут в России. Они не хотели переселяться, но компания настояла — насколько я понимаю, ради их же безопасности,— и пришлось переехать. Обоим подыскали более высокооплачиваемую работу... Отец у меня ненавидит авантистов. С каждым новым законом, который проходит через Синод, он становился все брюзгливее.— Девушка криво усмехнулась.— Мама, та посдержанней.

— Понятно. Твоя семья не единственная, кого мы вынуждены были переселить. Чем занимаются родители?

— Отец — аналитической физикой.— Кира услышала в своем голосе горделивые нотки.— Сейчас он исследует свойства антиматерии, работает над усовершенствованием массового производства тяжелых ядер. Мама — биопрограммист. Еще у меня есть младший брат, который учится в Академии.

— Стоп! Ты из этих Дэвисов? — Гатри помолчал.— Черт побери, чувствовал же, что фамилия знакомая! До чего же неудобно, когда при себе только часть памяти! Извини.

— Все в порядке, шеф,— успокоила Кира. Однако приятно, что он извинился.— Вы же не можете хранить все сведения в вашей... личной базе данных.

Если бы Гатри мог подключиться к главному гиперкомпьютеру, подумалось ей, он бы просмотрел все файерболские файлы, включая те, в которых подробно описываются его собственные воспоминания. Но чтобы спроецировать изображение своего лица — человеческого — на экран мультивизора (а не просто вещать изнутри железного ящика), столь мощный компьютер не нужен.

— Спасибо,— поблагодарил Гатри и прибавил, после паузы: — Небось, с родными — не разлей вода, а? Как получаешь увольнительную на Землю, так сразу к ним, в Россию?

— Да. Но я побывала во многих местах, объехала весь шарик. Везде хорошо, кроме Северной Америки; разве что на Гавайях...— Горы, лес, песчаные пляжи, прибой, рифы, океан, ожившие вдруг осколки прошлого; хулы, луау[1], которые организуются для туристов, но все равно берут за душу; Кейки-моана, ловкие и мечтательные, память о неудавшемся будущем.— А так здесь скучно и противно.— Правда, с тех пор, как меня произвели в капитаны, я стала бывать на Земле гораздо реже. Мне довелось полетать...

— Неужели? И куда ты летала?

— В основном исследовала астероиды и кометы, добралась до пояса Кипера. Забрасывала экспедиции на дальние планеты. Раз пришлось лететь к Тельцу, там случилась авария...— Muy bien, она хвастается напропалую, сознавая, что Ли таращится на нее чуть ли не с благоговением. Впрочем, ей хочется не столько произвести впечатление на Гатри, сколько дать шефу представление о своих истинных возможностях.

— Фью! — донеслось из металлического ящика.— Пилот Дэвис, теперь я не смогу тебя забыть при всем желании; обязательно прочитаю твой файл и перепишу его себе в оперативную память. Черт возьми, в былые дни я бы охотно встретился с тобой, поздравил бы с отличным послужным списком и крепко-крепко поцеловал! Да, «Файербол» мужает с каждым годом.

Как заметила однажды мать Киры, компания стала едва ли не самостоятельным государством. «Самое настоящее государство,— поправил отец,— куда сильнее многих, которые так только называются».

Разумеется, прибавил он — для дочери, которая слушала, поняла впоследствии Кира,— с точки зрения закона «Файербол» — находящаяся в частном владении корпорация, зарегистрированная в Эквадоре и занимающаяся различными операциями как на Земле, так и в Солнечной системе. Эти операции (опять же, с точки зрения закона) не приносят ей ничего, кроме влияния и баснословных прибылей. А на деле компания обеспечивает сво-

---

[1] Хула (хула-хула) — гавайский танец; луау — пир на свежем воздухе.

их работников практически всем, что им требуется, от домов, школ и медицинского обслуживания до помощи в борьбе с тем или иным конкретным правительством, если то начинает предъявлять какие-то претензии. Принеся «Файерболу» клятву верности, человек из работника компании становится ее партнером; присяга — не просто контракт, а нечто вроде конституции. У корпорации свои обычаи, унаследованные традиции, партнеров объединяет не только материальный интерес... Словом, самое настоящее государство.

«Ты немного ошибался, папа»,— подумала Кира. Да, мы — государство, и наша территория — весь космос. Но нами до сих пор правит, через компьютеры и линии связи, один-единственный призрак. Он поддерживает наше единство, сражается с врагами, покоряет пространство. Надолго ли его хватит? Он уже слегка ослабил хватку... Нет! Гатри никогда не держал подчиненных на коротком поводке. Вот истинная причина возмужания «Файербола».

— Эй! — окликнул девушку Гатри.— А что привело тебя на Землю в этот раз? Ты в отпуске?

— Не совсем,— призналась Кира.— Мой корабль поставили в док на Л-5. А тут стало известно, что в Северную Америку идет транспорт с грузом органических криоклеток. Правилами предусматривается, что пилотировать такие звездолеты должны люди. Но основной пилот где-то облучился, и его госпитализировали. Я предложила свои услуги. Начальство согласилось.— «А с какой стати им отказывать пилоту ее квалификации, пускай рейс самый заурядный?» — На все про все дается три дня: уж больно хлопотное дело разгрузка. Я обрадовалась, что смогу повидать родителей или покататься на волнах.

— Короче говоря, ты появилась здесь по чистой случайности, что подтверждается бортовым журналом. Твое досье, возможно, вызовет некоторое недоумение, но я сомневаюсь, что копы потрудятся в него заглянуть. Вот если ты не появишься в порту ко времени старта, тогда дело другое. Впрочем, у них и без того достаточно хлопот. К тому же, учитывая арест на имущество компании, твое поведение покажется вполне естественным.

— Правда? — воскликнула Кира.— Значит, я могу спокойно выйти отсюда?

— Гм... Не думаю. Как ты добиралась?

Отвечая на вопрос, девушка стала подробно описывать дорогу — и вдруг с ужасом вспомнила про оставленный на стоянке трицикл:

ведь машина в боксе, фотоэлемент которого зафиксировал отпечаток ее большого пальца!

— На сколько ты его арендовала? — справился Гатри.

— Я ввела две программы: могу вернуться сегодня, а могу и завтра. Я же не знала, как все сложится.

— Умница. Что ж, если ты не возьмешь машину и завтра, вряд ли кто-то с ходу обратит внимание на неуплату. Потом появится инспектор дорожной полиции, а Сепо если и возьмет след, то не сразу.

— Можно поступить иначе,— предложил Ли.— Когда окажетесь на улице, позвоните из автомата в агентство проката и скажите, что вам срочно нужно улететь; мол, пускай присылают кого-нибудь за трициклом. Замок бокса откроется, если ввести в него код машины. А рассчитайтесь кредитной карточкой. Мне кажется, такое случается сплошь и рядом, так что вряд ли кто-то что-то заподозрит.

— Эй, Боб, у тебя задатки неплохого конспиратора,— заметил Гатри.

— Bueno,— обрадованно проговорила Кира.— Сэр, я оставлю вас в надежном месте, а сама передам ваше сообщение директору Паккеру или кому другому.

— К сожалению, все гораздо сложнее.— Снова мрачные нотки. Впрочем, они никуда и не исчезали.— Прежде всего, я не уверен, найдется ли для меня в этой стране хоть одно местечко, где я буду в безопасности. Чем дольше я размышляю, тем сильнее подозреваю, что за всем происходящим стоит мой злейший враг.

— Кто он? — прошептала Кира, которую вдруг пробрал озноб. Ли присвистнул сквозь зубы. Неужели догадался?

— Я.

— То есть как?

— Мой двойник. Doppelganger[1]. Тот, который летал на альфу Центавра.

На Киру нахлынули воспоминания. Сколько ей было лет, когда на Землю возвратилась «Джулиана Гатри»? Семь или восемь? Да, семь. Возвращение не было триумфальным. Полученные данные уже давно передали по гиперсвязи, и они значительно опередили звездолет. Доставленные образцы — естественно, немногочисленные и не слишком крупные — представляли собой нечто вроде обыкновенных сувениров, поскольку их молекулярные структуры были изучены еще в полете. Словом, заурядный полет; однако всякие сообщения о вернувшей-

---

[1] Doppelganger (*нем.*) — двойник.

ся экспедиции практически сразу исчезли из выпусков новостей, что теперь, по зрелом размышлении, весьма настораживало.

— Мы с ним обменялись памятью, — продолжал Гатри монотонно, что пугало сильнее любой патетики. — Разумеется, я обладал куда большим опытом. Ведь он провел не один год в полном бездействии, пока летел туда и обратно. Удивительно, как он только не свихнулся со скуки. Поначалу предполагалось, что я одновременно полечу в космос и буду следить за тем, что творится на Земле. Но пока мой двойник отсутствовал, положение в Солнечной системе коренным образом переменилось. Я никогда не стремился к тому, чтобы навечно остаться владельцем компании, но, учитывая обстоятельства, решил, что в данной ситуации «Файерболу» требуется запасной вариант. И поэтому постарался, чтобы возвращение корабля вызвало минимум подозрений. Мы договорились, что двойника просветят насчет всего, что произошло до того дня, как его отключили, а потом спрячут в укромном уголке.

Выходит, подумалось Кире, когда второй Гатри проснулся, ему показалось, что с момента отключения не прошло и секунды. Интересно, с кем из них она сейчас разговаривает? С оригиналом или с двойником? Хотя — какая разница?

— В Северной Америке? — высказала догадку девушка.

— Точно. Глупость, конечно, ведь здесь всем заправляют авантисты. Возможно, нам следовало укрыть его в другом месте. Ну, что сделано, то сделано. Когда создавалась североамериканская штаб-квартира компании, я распорядился устроить в здании несколько тайников, оборудованных всем необходимым. Я пережил Возрождение, Джихад и множество мелких катастроф, наблюдал воцарение авантизма, то есть вроде бы знал, чего можно ожидать. Мне казалось, что тут он будет в такой же безопасности, как и где угодно на Земле. Сам я пребывал за пределами планеты... Тем временем Синод день за днем выворачивал руки правительству Союза; конфликт между нами и властями становился все острее, но я, признаться, не ожидал, что они столь грубо нарушат договор. За угрозами и похвальбой мне виделась откровенная слабость, ибо заговор — или организованное сопротивление — зрел на моих глазах. С тех пор много воды утекло, но я остался при своем мнении. Однажды, и это случится довольно скоро, думал я, в Северной Америке начнется черт-те что, а потому крайне важно находиться в тот момент на ее территории: возможно, удастся спасти имущество и человеческие жизни.

Сознание Киры как бы раздвоилось. Одна половинка упорно воспринимала слова Гатри как хвастовство на грани мании величия.

Но вторая не соглашалась: шеф не раз демонстрировал свои удивительные способности; к тому же, он насквозь прагматичен, а потому просто не может скромничать. Голая истина заключается в том, что он в одиночку, будучи подключен к компьютерной сети, может вывести компанию, целиком или по отделам, из любого кризиса, что не под силу ни группе людей, ни чисто искусственному интеллекту. Его власть основана не только на опыте, знаниях или врожденной привычке командовать. Дело в авторитете, в, если можно так выразиться, божественном праве: за таких, как он, люди готовы умирать, ибо обретают, благодаря им, смысл жизни. Гатри — основатель, хозяин и стержень компании. Он — «Файербол». Однако лидеры иногда оказываются несостоятельными, а движения погибают... Кира услышала вздох, криво улыбнулась и подумала, что шеф издал его, как раньше — все прочие звуки, без помощи легких.

— Но события застали меня врасплох, — признался Гатри. — Когда солдаты заняли наше здание, я сообразил, что не могу добраться до своего двойника, не говоря уж о том, чтобы проинформировать его. Оставалось одно — самому вернуться на Землю и пробраться на территорию Союза.

Рискованный шаг, заметила про себя Кира, но до сих пор все обстояло нормально. Вместо того, чтобы свернуть деятельность, поскольку каналы связи с главной штаб-квартирой прослушивались Сепо, североамериканские филиалы компании проявили неуступчивость — в истинных традициях «Файербола». Директора протестовали и вели переговоры, а тем временем груз свободного от изотопов титана, поставленный по государственному заказу, каким-то образом очутился в Квебеке, причем местные власти не пожелали расстаться с этим сокровищем, несмотря на негодование могущественного соседа. Юго-западная электростанция, которая принадлежала «Файерболу», объявила, что из-за технических проблем больше не состоянии снабжать страну дополнительной энергией. С военных спутников поступали сообщения о загадочных объектах, которые сновали над океаном, между Калифорнией и Гавайями; на ассамблее Всемирной Федерации представитель Гватемалы предложил направить в Северную Америку Корпус Мира, чтобы выяснить...

— Я рассчитывал, что мы заставим правительство пойти на мировую и заключить с нами новый договор, по которому компании возвращался бы прежний статус, а влияние Синода уменьшалось, — продолжал Гатри. — И снова попал впросак. Началась очередная заварушка, и нам троим пришлось рвать когти. — Иначе говоря, убегать, мысленно перевела Кира. — Почему? Неужели их настолько приперло, что плюют на возможный ответный удар? Вряд ли. Положение у них, конечно, аховое, не рисковать уже нельзя, но они все же не камикадзе. Очевидно, они уверены в успехе. С какой стати? Я пришел к выводу, что они захватили мое второе «я», и с каждой секундой все сильнее убеждаюсь в правильности своей догадки.

При мысли о том, что это означает, Кира, которая и не подозревала о такой возможности, испытала нечто вроде шока.

— Как они узнали, где он прячется? — удивился Ли, словно пытаясь опровергнуть доказанный факт.

— Пожалуй, я понимаю, как,— отозвался Гатри.— О существовании двойника знали, кроме меня, еще трое. Имен называть не буду, даже вам, скажу только, что все они были моими партнерами. Те двое, которые в космосе, остаются ими и по сей день. Третий, североамериканец, погиб несколько месяцев назад, когда приехал в Союз. По официальной версии, смерть наступила в результате несчастного случая; доказательства — пожалуйста, какие угодно, включая тело... Хороший был парень; уходят друзья, уходят... Теперь-то мне известно, что, если в вашем распоряжении есть специалисты и материал, подделать можно все на свете. Подумаешь, синтетический труп! Одурачить родных и знакомых проще простого, а большего и не требуется. Тем более, что по завещанию тело кремировали. Так вот, по-моему, его похитили и прозондировали сознание. Вполне вероятно, не с конкретной целью, а для того, чтобы вызнать про нас хоть что-нибудь, к чему можно прицепиться. Сайре способен на многое. Этому сукину сыну не откажешь в уме; он должен был догадаться, что если правительство не предпримет решительных мер, оно обречено. Если я прав, моего двойника разыскал именно он.

— А что же произошло с вашим другом на деле? — тихо спросил Ли.

— Его убили, после того, как он выложил все, что знал,— ответил Гатри ровным голосом.— По крайней мере, я очень надеюсь, что так оно и было, иначе ему не позавидуешь.— Кира вздрогнула.— Узнав, что мой двойник находится в нашей здешней штаб-квартире, Синод постарался изобрести предлог для захвата здания. Потом правительство подняло шум, заявило, что согласно на компромисс, а само втихомолку,— механический голос слегка запнулся,— перепрограммировало свою добычу. Теперь я на их стороне, причем им известно почти все из того, что знаю я.

— Не может быть! — воскликнула Кира.

— Почти все,— безжалостно повторил Гатри.— Он помнит столько, сколько обычный человек, в том числе — и мои давно подготовленные пути отхода. В него без проблем могли загрузить информацию о двух последних десятилетиях. Сепо захватило в штаб-квартире множество дисков... Разумеется, ничего сверхсекретного; впрочем, особых секретов у «Файербола» и нет. Главное — он знает мой образ мыслей. Знает, что я пробрался в Союз, ибо сам поступил точно так же, ведь он — это я. Ему не составит труда предугадать мои дальнейшие действия.

— Вы уверены, шеф? — справилась Кира, стараясь, подобно Ли, не впасть в отчаяние.— Мне кажется, выводы притянуты за уши.

— Если у тебя есть гипотеза, которая лучше объясняет происходящее, я с радостью ее выслушаю.

— Но разве они могли... изменить его... не уничтожить, оставить при себе? А?

— Могли,— проговорил Ли.— Я немного разбираюсь в подобных вещах, а потому легко представляю, как они действовали.— Пальцы интуитивиста на мгновение коснулись руки девушки.— Если вы не против, я предпочел бы не вдаваться в подробности.

3

БАЗА ДАННЫХ

Метеорологическая служба Всемирной Федерации управляла не климатом, а всего лишь погодой, да и то в известных пределах. Над Северо-Западным Комплексом гораздо чаще собирались тучи и лил дождь, чем голубело ясное небо; так продолжалось, пока не изменился климат на всей Земле. Всю прошлую неделю дождь хлестал как из ведра, а потом вдруг ослепительно засияло солнце. В первый из наступивших погожих дней Энрике Сайре выкроил время, чтобы полюбоваться природой.

Здание местного отделения тайной полиции уходило не столько ввысь, сколько вглубь, и весьма походило на крепость. Однако вид с его крыши все же напоминал тот, который открылся Сайре с флайера; выбравшись из машины, Энрике вздрогнул от пронизывающего ветра, вой которого отдавался в ушах. Пахло морской водой, химикалиями и озоном — работала какая-то мощная установка. С воем ветра мешался гул уличного движения и рокот прибоя, поднимавшийся от побережья к парящим в небе чайкам и сверкающим летательным аппаратам. Город словно карабкался следом за звуками, от улиц, мостов, монорельсовых дорог и прочего к горделиво вознесшимся верхушкам башен. Лужайки с биорастительностью поражали яркостью зелени: за ними в последнее время практически не ухаживали, но природа брала свое — повсюду пробивалась трава, росли молодые деревца. Вдалеке отливала серебром бухта Эллиот-Бэй, на водах которой качалось куда меньше, чем прежде, грузовых судов и рыбацких лодок. За городом возвышались снежные вершины Каскадных гор, слепившие белизной на фоне голубого неба.

Сайре прекрасно понимал, почему Энсон Гатри выбрал для североамериканской штаб-квартиры своей компании именно этот город. Ведь Гатри родился и вырос в Порт-Анджелесе, на берегу океана, неподалеку от полуострова Олимпик с его горами и лесами. Человека-программу тянуло в родные места. Сайре посмотрел на здание «Файербола», которое возвышалось на Куин-Энн-Хилл, напоминая своими очертаниями готовый к старту звездолет; оно выглядело гораздо изящнее здания тайной полиции, но теперь и над ним развевался флаг с символом бесконечности.

Охранники отдали честь. Сайре махнул в ответ. Конечно, в основном охрану несут роботы, но о церемониях забывать не следует. Сам Ксуан признавал, что человечество как целое управляется в основном инстинктами и эмоциями. Чтобы приручить тело, заставить его повиноваться мозгу, не хватит и нескольких жизней.

Сайре понимал — и не придавал тому ни малейшего значения,— что внешность у него ничем не примечательная: низкорослый, худощавый, лицо волевое, слегка подпорченное округлым подбородком, жидкие пряди светлых волос словно приклеены к черепу. Врачей он к себе не подпускал, согласился лишь на то, чтобы ему подкорректировали зрение и избавили от язвы желудка. Форму Энрике Сайре носил простую, мало чем отличавшуюся от обыкновенного офицерского мундира. Охранники салютовали не форме, а человеку, точнее, его профессии.

Фарвегом он добрался до своего офиса. Подчиненные дружно вскочили, Сайре нетерпеливо отмахнулся и прошел в кабинет, откуда позвонил в лабораторию. На экране появилось лицо Кларис Йошикавы.

— Сэр!

— Новая программа готова? — поинтересовался Сайре.

— Так точно, сэр,— ответила женщина, под началом которой находились все техники, присланные из Главного штаба, что располагался в Футуро, к востоку отсюда.— Мы просидели над ней всю ночь.— Чувствовалось, что Йошикава смертельно устала. Выносливость человеческого организма, даже напичканного стимуляторами, не беспредельна, а Сайре, едва техники прибыли, буквально завалил их работой и не давал ни единой поблажки.

— Вы наконец довели ее до ума?

— Сэр,— в голосе Йошикавы прозвучало раздражение, но она тут же овладела собой,— вам известно, что в нашем распоряжении — одна-единственная деталь модуля Гатри. Мы можем лишь копировать программное обеспечение, переделывать и проверять программы, и так до тех пор, пока не добьемся результата, пока наш компьютер не обретет сознание.

— Между прочим, какой у нас сейчас месяц? — осведомился Сайре.

— Извините, сэр...— В глазах Йошикавы мелькнул испуг.— Я говорю глупости. Слишком устала...

— Знаю.— Сайре улыбнулся.— Вы работаете как машины. Не бойтесь, никто не ставит под сомнение вашу преданность. Возможно, я слегка погорячился. Дело крайне важное и не терпит отлагательств.

— Gracias, сэр.— Голос Йошикавы дрогнул от радости.— Надеюсь, на сей раз нам повезет.— То есть обойдемся без очередного робота-идиота, мысленно прибавил Сайре.

— Посмотрим.

— Вся беда в том, сэр,— проговорила Йошикава, облизнув пересохшие губы,— что мы ничего не знаем наверняка. Извините, что приходится повторять элементарные вещи, но психомедицина пока не является точной наукой. Человек, которого подвергли психологической обработке, порой выкидывает такое!.. Мы же работаем не с человеком, а с модулем, и до нас за это практически не брались.

— Ты и впрямь устала,— буркнул Сайре, прицокнув языком.— Ладно, каков бы ни был результат, выделяю тебе и твоим помощникам... сутки на сон и столько же на восстановление. Но до того потрудитесь еще пару-тройку часов. Сможете?

— Конечно, сэр,— откликнулась Йошикава, воспрянув буквально на глазах.— Нам не терпится узнать, чем кончится Великое Превращение[1].

— Да уж.— Сайре подался вперед, начертил пальцем в воздухе символ бесконечности.— Мне прекрасно известно о том, что наверняка мы ничего не знаем, и не только от тебя... Если новый Гатри

---

[1] Великое Превращение — термин из алхимической практики, означающий превращение массы основных металлов (умственного тела невежества) в чистое золото (мудрость).

оправдает наши ожидания, работу продолжат правительственные эксперты, а мне поручат наблюдать за модулем как за живым человеком, чья лояльность несколько сомнительна. Если Гатри начнет финтить, мы накажем его, а будет вести себя хорошо — наградим. Улыбнись нам удача, мы быстро вытравим из него всякое упорство.

Сайре рассуждал о вещах, которые разумелись сами собой, поэтому он не выдал никаких тайн, хотя Йошикаве и ее подчиненным так внятно и не объяснили, зачем их сюда прислали. Устроить виртуальный ад — или рай — наделенной сознанием программе гораздо проще, нежели человеку из плоти и крови. Единственная сложность состояла в том, чтобы определить, что есть что в данном случае. За годы службы Сайре изрядно преуспел в добывании подобных сведений.

— Со временем, — прибавил он, — мы дадим ему волю, если, естественно, будем в нем уверены.

— Muy bien, сэр, — сказала Йошикава. — Прикажете загрузить программу прямо сейчас?

— Будь наготове, — приказал Сайре. — Я хочу поговорить с ним нынешним. Когда понадобишься, я тебе позвоню.

Он вышел из кабинета и направился в лабораторию. В здании кипела жизнь. Работали в основном машины; потоком поступали сообщения — о подозрительной активности или о высказанных вслух недозволенных идеях, о таких-то гражданах, выбывших из государственного регистра, о преступлениях, носивших, по мнению чинов гражданской полиции, политическую окраску; один за другим сыпались запросы от отделений в прочих городах Союза, приходили доклады разведывательной службы, которые имели отношение к деятельности Сепо. Компьютеры поглощали данные, проверяли, проводили поиск, исправляли, устанавливали, кому предназначается информация. Тем не менее, в помещениях находилось множество людей, которые сидели за терминалами или бегали с документами из комнаты в комнату. Несмотря на всю эффективность машин, последнее слово все равно оставалось за человеком.

Скоро ситуация изменится. Сайре часто сожалел о том, что Северная Америка не добилась никаких успехов в разработке систем искусственного интеллекта. Правда, государство заявляет, что мозг алгоритмичен, ибо так говорил Ксуан, а ученых, которые не соглашаются, ожидают неприятности...

Сайре защищал их, умело пользуясь преимуществами своего положения. Всюду, где только позволяли обстоятельства, он утверждал, что квантомеханический, неалгоритмический подход вовсе не является подрывом устоев, а всего лишь требует повышенного внимания. Ведь никто не собирается опровергать великие прозрения Ксуана!

Он мысленно пожал плечами. Работы, которые велись в Европе и на Луне, подтверждали его правоту. Доктрину следует подстраивать под реальность. Зато какие откроются перспективы для возрождения ксуанизма, когда общество выйдет на прямую дорогу к Великому Превращению! Это будет не закат, не уничтожение человечества, но апофеоз развития — слияние с мыслящей машиной... Как выяснилось, природа мысли не вполне соответствует кибернетической структуре; тем не менее, мышление представляет собой комплекс физиологических процессов.

Чему свидетелем Энсон Гатри. Сайре зашагал быстрее.

В одном из коридоров ему навстречу выступили двое охранников: на бедрах кобуры с пистолетами, в руках шокеры... За их спинами царили тишина и покой. Вызванные Сайре техники заняли здешнюю психологическую лабораторию (местный персонал остался не у дел, но кого это волновало?) Поскольку начальство требовало строжайшей секретности, Сайре распорядился, чтобы Гатри доставили из здания «Файербола» сюда и больше никуда не перемещали. Вон закрытая дверь, за которой ждет Йошикава со своими помощниками. Сайре прошел чуть дальше, жестом открыл другую дверь и очутился в крохотной, скудно обставленной, лишенной видеоэкранов комнатушке.

— Альфа! — обратился он с традиционным приветствием авантистов к стоявшему на столе ящику, из которого высунулись щупальца с линзами на концах. Разумеется, Гатри не ответил «Омега», лишь пробурчал нечто неразборчивое.— Упрямиться бесполезно,— прибавил Сайре тем же ровным голосом.— Я надеялся, что вы заговорите со мной хотя бы от скуки.

— Мне хватает занятий,— отозвался модуль.— Я вспоминаю и размышляю или перехожу в субактивное состояние.

— Которое меня весьма интересует,— заметил Сайре.— Это вроде бы сон, но никто из вас, модулей, так и не объяснил толком, на что он похож.

— Я не могу объяснить, что значит быть модулем,— проворчал Гатри.— А для тебя не собираюсь и пытаться.

— Что-то я не пойму, вам нравится ваше положение или нет?

Гатри не ответил. На какой-то миг Сайре пробрал озноб; ему вдруг стало страшно, когда он задумался над тем, с кем, собственно, беседует. Модуль создан людьми и подручными-машинами. Но понимает ли человек, кого создал? Поймет ли когда-нибудь?

Поначалу все представлялось обыкновенным научным экспериментом. Имея теоретические знания и технические возможности, можно было без труда смоделировать сознание, скопировать его в программное обеспечение нейристорной сети, которая сама являлась копией мозга конкретной личности. Разумеется, процедура шла медленно, была сложной, дорогостоящей и несовершенной. О быстром, эффективном сканировании не могло быть и речи; через тело погруженного в полубессознательное состояние человека пропускали ток и вводили в организм легионы молекул-анализаторов, которые проникали в кровь и спинномозговую жидкость, после чего включались резонаторы внешних полей, получавшие информацию, а затем — гиперкомпьютеры, что упорядочивали и истолковывали результаты. Тем временем «подопытного» избавляли от крохотных инквизиторов в организме и возвращали в нормальное состояние. В итоге многажды повторенной операции возникала программа — модуль, набросок, эскиз, призрак сознания. Он обладал памятью оригинала, его наклонностями, убеждениями, предрассудками, надеждами, взглядами, складом мышления и тому подобным, однако не был существом из плоти и крови. Модулю полагалось быть разумным, насколько это возможно для артефакта, и подчиняться командам.

По слухам, второго не мог добиться никто. Кстати, существует ли на свете нечто, полностью управляемое? Сайре вздрогнул, но успокоил себя тем, что перетрудился и устал.

— Послушайте,— произнес он, овладев собой,— я в последний раз предлагаю вам пойти на мировую. Неужели вы не можете ответить любезностью на любезность? Вы долго пробыли в беспамятстве, вас до сих пор обеспечивали только аудиовизуальными информантами; быть может, вы просто не понимаете, что означает мое появление?

— Я знаю, что ты возглавляешь тайную полицию, следовательно, являешься по должности членом Синода, который втихомолку предписывает парламенту, какие законы принимать, суду — какие выносить приговоры, а исполнительной власти — что ей делать.— В голосе Гатри не было и намека на уважение.— Еще я знаю, что ты и твоя шайка ничего особенного собой не представляете. Типы вроде вас появляются периодически, выскакивают ниоткуда, как прыщи на физиономии.

— Вы невежественнее, чем я думал,— раздраженно отозвался побагровевший Сайре.— Вокруг происходят уникальные, поворотные, необратимые перемены. Огонь. Сельское хозяйство. Научный метод. Ксуан Жин и его система.

— Слыхали и не такое.

— Ничего подобного! Кто надлежащим образом проанализировал динамику общественной деятельности? Наука, именно наука, а не колдуны или знахари, положила конец оспе, СПИДу, заболеваниям сердца и раку. Она покончила с несправедливостью, расточительством, умопомешательствами, насилием — словом, со всеми теми ужасами, которые насоздавал человек. Если бы вы потрудились изучить ксуанистскую математику...— Сайре умолк. Что за чушь — произносить проповедь перед металлическим ящиком! Да, ему явно не помешает отдохнуть.

Тем не менее, идея, как случалось и прежде, захватила его, взбодрила, придала сил. Не то чтобы Сайре видел собственными глазами или убедился на личном опыте в безграничности идеала. Нет, это было по плечу разве что избранным. Даже Ксуан, работавший над своей системой на протяжении десятилетий, частенько прибегал к помощи академической компьютерной сети и не раз, вдобавок, признавался, что обязан кое-чем древним мыслителям. Такие, как он, Энрике Сайре, должны полагаться на то, чему их учат в школе, а впоследствии пополнять образование, слушая лекции и читая научно-популярные издания. При всем при том Сайре восхищался строгостью Ксуановой системы — нечто похожее существовало в Китае эпохи Хань и в императорском Риме, а также в исламе, в хронометрии и исчислениях. Шефа тайной полиции убеждал довод, что при современных методах обработки информации рыночная экономика устаревает, наглядно проявляются ее недостатки. Его вдохновляла перспектива создать и поддерживать условия, столь благоприятные, что общество само двинется к упорядоченной жизни, словно звездолет, который, будучи выведен на правильную траекторию, должен миновать многочисленные силовые поля и добраться до места назначения.

Сайре мельком, уже не впервые, подумал о том, что в правоверного авантиста его превратило не это, а логическое non sequitur[1] — если хотите, видение,— естественно, нерациональное. Доктрина Ксуана допускала нерациональность наряду с иррациональностью и хаосом нелинейных систем. То были факторы, существенно влиявшие на ход событий, поэтому Сайре постоянно принимал их в расчет. Сильнее же всего Энрике пленило прощальное слово Ксуана. Мыслитель наконец отдался течению мыслей, пророк не пророче-

---

[1] Non sequitur (*лат.*) — «не следует», логическая посылка.

ствовал, но грезил. Ксуан соглашался, что среди живущих в несовершенном, ограниченном настоящем никто не может заглянуть в будущее, которое приблизится к совершенству и устранит всякие ограничения. Однако нашелся человек, который посмел бросить взгляд вперед; между прочим, такие люди попадались и в девятнадцатом—двадцатом веках. Они смутно — а Ксуан отчетливо — прозревали Великое Превращение, которое наступит то ли через тысячу, то ли через миллион лет и, может статься, в свою очередь будет лишь началом, и космос благодаря ему разовьется из слепой материи в чистое сознание...

— Я изучал вашу математику.— Неожиданный ответ модуля вырвал Сайре из фантазий. Странно, до сих пор Гатри ни в чем подобном, как бы ни велся допрос, не признавался.— Ну да, в качестве доктрины она с каждым днем приобретала все больше приверженцев. Движение авантистов становилось политической силой; правда, в основном за счет тех, кто верил наполовину, за счет невежд, толпы которых следовали за вами, полагая, что в учении что-то есть, раз все превозносят его научность и объективность. Я решил, что лучше разобраться самому, обратился за помощью к одному логику, и мы вместе стали изучать психотензорные матрицы, оператор «лао-ху», вычисления и прочую дребедень; я усвоил вполне достаточно, чтобы понять, что у меня есть занятия поважнее.

— Из чего следует, что вы ничего не поняли,— возразил Сайре.— Вы не спрашивали себя, почему идеи Ксуана пользуются такой популярностью?

— Разумеется, спрашивал, и находил тому обычные причины. После Возрождения, Джихада и прочих треволнений мир стал напоминать большую свалку. Союз пострадал меньше других, но его гражданам было о чем сожалеть, а потому им показалось, что они упали глубже и ударились сильнее. Ксуан сделал несколько предсказаний, которые более-менее совпали с действительностью, изрек два-три предположения, прозвучавших не полной ерундой. Североамериканцы всегда молились на разных спасителей, поэтому-то многие скушали ксуанизм — точнее, броские лозунги,— и ваша шайка пришла к власти, не будем уточнять, каким образом. То были последние полусвободные выборы в этой стране.

— Чушь! Народ увидел, что за нами будущее!

— Ну да, кое-что разумное вы и впрямь предлагали. Но куда больше было завлекалочек — исправление, перевоспитание, поголовный генетический контроль, и так далее. В общем, ничего такого, до чего я не мог бы, обладая здравым смыслом и житейским опытом, додуматься самостоятельно.

— Неверно. С тем же успехом вы могли бы заявить, что Эйнштейн не открыл ничего такого, до чего бы вы не дошли своим умом.

— Не надо передергивать. Теория общей относительности была совершенно новой, объясняла очень и очень многое. А ксуанизм в своей основе, если отбросить диковинный язык и затейливые уравнения, — обыкновенная болтовня о коллективизме, насчет которого пару-тройку тысячелетий назад чесали языки все, кому не лень. Вполне возможно, его возраст гораздо почтеннее, я не спорю.

— Вы ошибаетесь. Впервые у человечества появилось учение, которое объясняет исторические факты.

— Скажем так, некоторые из фактов, подобно астрологии или гипотезе о плоской Земле. Кстати, пользы от ксуанизма ровно столько же, сколько от этих двух теорий. Все они ведут к катастрофе. Ответь, каково живется населению Союза при авантистском правительстве? Куда вас завели все ваши реорганизации, переориентации и перекройки, если не в самую трясину? Кто-то однажды охарактеризовал фанатика как человека, который, потеряв из виду цель, удваивает усилия. Вдобавок, наука никогда не была вашей истинной целью. Вы стремились создать религию. Вдумайся, ваш управляющий орган называет себя не советом, не комитетом, а синодом. А что касается бредовой идейки насчет всемирного сознания, которое со временем распространится на всю вселенную...

— Bastante[1]! — воскликнул Сайре. — Я пришел не за тем, чтобы выслушивать оскорбления!

— Да, ты у нас интеллектуал, — хмыкнул Гатри. — Веришь в свободный обмен мнениями.

— Между теми, кто на это способен, кто в здравом рассудке.

— Хорошо, можешь считать меня антиинтеллектуалом. Я всегда им был. Слушай. Я родился в 1970-м, когда университетские городки кишмя кишели молодыми интеллектуалами, которые восхищались Мао и Кастро, как предыдущее поколение — Сталиным. Затем они получили тепленькие местечки и мигом успокоились, а я был страшно рад, когда наконец отучился. Потомки бунтарей устроили Возрождение и восторгались тем, что творилось вокруг, потому что возрожденцы заботились об окружающей среде и очищали общество от всякой мерзости. Но вы — другие, сомневаться не приходится.

---

[1] Bastante! (*исп.*) — хватит!

— Вы что, навсегда застряли в прошлом? — справился Сайре, трижды глубоко вдохнув и дождавшись, пока перестанут дрожать руки. — Я хочу дать вам последнюю возможность. Не отрезайте себе путь к спасению.

— От чего, интересно знать?

— Мы хотим сохранить вас. На данный момент вам придется довольствоваться старым корпусом, но скоро его заменят. Пожалуй, тогда и продолжим наш разговор. Спорить вовсе не обязательно, можно просто побеседовать. Вы столько повидали, стали частью истории... Мне и моим коллегам — ученым — было чрезвычайно интересно послушать... — Сайре помолчал. — Я надеялся, что интерес окажется взаимным.

— В молодости, — произнес Гатри, — мне не раз доводилось спорить с фанатиками по вопросам веры. Постепенно я пришел к выводу, что в глубине души фанатики все одинаковы. Сайре, ты меня утомил. Ты сплетник и садист, но прежде всего — зануда. Проваливай.

— Вы не задумывались, хотя бы мельком, — проговорил человек, раздраженно передернув плечами и овладев собой лишь усилием воли, — что может случиться, если вы будете продолжать в том же духе? Во-первых, вас отключат.

— Что, опять? — с нескрываемым сарказмом поинтересовался модуль.

— Виепо, нам придется это сделать в любом случае, поскольку мы собираемся поменять вашу аппаратуру. Если все будет нормально, а техники уверяют, что иначе и быть не может, тогда вас подсоединят к ней, на время, пока не появится окончательный вариант. Но подключение произойдет только при условии, что вы проявите хотя бы минимальную готовность сотрудничать. А так — вы представляете для нас слишком серьезную угрозу. Боюсь, что буду вынужден приказать, чтобы вам стерли все диски. — Гатри хранил молчание. — Вообразите себе, — продолжал Сайре. — Сплошной мрак. Небытие. Словно вы никогда и не жили.

— Все мы когда-нибудь умрем, — холодно заметил Гатри. Будь он подключен к монитору, изображение на экране наверняка пожало бы плечами. — Я сильно сомневаюсь, что есть жизнь после смерти, но если есть, тем лучше.

— Или же мы используем вас для экспериментов, — прибавил Сайре, которому, по правде говоря, не хотелось уничтожать этот осколок прошлого. Может, на него подействует угроза?

— Как мои предыдущие копии? — Неужели модулю жаль своих собратьев? Если да, то он не очень-то подает вид. — Не вижу смысла мучить еще одного. Разве что из мести... Или для развлечения. По-моему, апостолы Ксуана должны быть выше подобных эмоций. — Черт побери, проклятая железяка права! Все, что сделано до сих пор, следует хранить в строжайшем секрете, а ведь сколько задействовано специалистов! Возможно, когда-нибудь с проекта снимут секретность, но пока любое отклонение от программы неоправданно увеличивает риск. Если наружу просочится хотя бы слух, о проекте придется забыть. Мало того, хаотики не преминут упомянуть о нем в своей пропаганде. «Видите, правительство не довольствуется тем, что творит с заключенными в исправительных центрах...»

— Значит, уничтожение. — Сайре вздохнул. — Мы не станем вас отключать, пока не будем на сто процентов уверены в новой модели, а потом вырубим, и вы уже вряд ли очнетесь. Мне очень жаль. — Он знал, что слегка преувеличивает.

— Мое последнее слово, — изрек Гатри. — Валяй.

Сайре моргнул. Что это означает? Нет, он не станет спрашивать, не доставит заключенному такого удовольствия. Между тем щупальца исчезли. Гатри укрылся внутри ящика. Сайре подавил желание накричать на него, повернулся и включил видеофон.

— Йошикава, можете начинать.

Техники появились через пару минут, вместе с необходимым оборудованием. Сайре отошел в сторонку и стал наблюдать. В процедуре переоснастки не было ничего сложного. Йошикава отвернула винты, сняла защитный диск и нажала на находившуюся под ним кнопку. Гатри беззвучно отключился. Ловкие руки разобрали корпус, сняли остальные диски, положили их на стол.

Сайре меланхолично наблюдал. Мерцающая паутина электронов, фотонов, полей — местонахождение погибшего сознания. В атомных решетках застыли структуры, представлявшие собой записанные воспоминания, привычки, наклонности, инстинкты, рефлексы — все, что находилось в мозгу человека по имени Энсон Гатри, плюс крохотная частица древней нечеловеческой памяти, а также все то, что пережил Гатри-призрак с момента переноса до создания новой копии, равно как и та информация, что поступила через датчики копии.

Вот программа, вот база данных — несколько толстых дисков, что лежат сейчас на столе. Аппаратура являлась аналогом давным-давно прекратившего свое существование человеческого мозга с его врожденными и приобретенными способностями, с воспоминаниями о том, что довелось испытать Энсону Гатри за долгую и бурную жизнь.

Никакие другие программы тут не годятся. Каждый модуль, пускай их было всего ничего, уникален ничуть не меньше своего прототипа из плоти и крови. Но организмы можно перестраивать. То же самое верно и в отношении компьютерных программ, требуются лишь иные методы, прямое копирование с последующим наложением.

Йошикава вставила новые диски. Некоторое время она и ее помощники пользовались инструментами, которые подсоединили к корпусу. Сайре вздрогнул. Наконец техники перекинулись фразами, убрали датчики и приборы, закрыли корпус; Йошикава вновь нажала на кнопку. Из ящика выдвинулись щупальца с линзами.

Сайре усилием воли заставил себя подойти к столу и встать перед линзами.

— Гатри,— произнес он.

— Д-д-да? — ответил с запинкой механический голос. Линзы повернулись из стороны в сторону, потом сфокусировались на шефе тайной полиции.

— Bienvenida, Энсон Гатри.— Сайре улыбнулся и продолжил, мягко, словно разговаривая с пациентом исправительного центра: — Вам известно, кто вы такой?

— Да...— Модуль снова запнулся.— Но я еще не... не привык...

— Ничего страшного. Не спешите, привыкайте, мы подождем. Если вам понадобится помощь, не стесняйтесь. Задавайте любые вопросы. Ваши воспоминания докажут, что мы вас не обманываем.

Наступила тишина, среди которой шорох вентилятора показался неестественно громким.

— Вроде так,— сказал модуль после паузы.— Мне что-то не по себе, но, думаю, скоро все придет в норму.

— Безусловно. Давайте проведем одно испытание. Кто вы?

— Копия... Копия копии копии, сделанной с человека... Но вы загрузили е меня новые сведения! — голос модуля внезапно окреп.— Я ошибался. Я не понимал положения дел, не видел, к чему стремился Ксуан. Мне нужно подумать, но...— Модуль помолчал, затем закончил: — Что ж, Сайре, мое сознание изменилось. Отныне мы союзники. Наверно, я должен сказать спасибо.

4

В дверь постучали. Кира мгновенно спрятала Гатри в шкаф, после чего Ли впустил слугу. Тот вкатил в комнату тележку с едой, расставил блюда на столе, произнес: «Салам» — и вышел. Достав хозяина «Файербола» из шкафа, Кира и Ли принялись за еду.

Кира обнаружила, что голодна как волк. Телятина со специями, плов, баклажаны, лаваш, огуречный салат с йогуртом, сладости, фруктовый шербет, простокваша, кофе — все приготовлено как-то по-особенному и очень вкусно. Ли сказал, что такое тут в порядке вещей. Должно быть, здешней публике пришлось приложить немало усилий и потратить кучу денег, чтобы запрограммировать соответствующим образом нанорезервуары. Впрочем, некоторые продукты они могут покупать на фермах.

Еда возродила надежду и помогла, пускай лишь на время, справиться с усталостью. После того, как слуга, явившись по звонку, убрал со стола и вновь удалился, завязался разговор — обо всем на свете, а не только о том, как сбежать от полиции.

— Беситься не в моих привычках,— сухо отозвался Ли, когда девушка заметила вслух, что ему, похоже, не слишком весело.— Я веду тихую, спокойную жизнь.

— Неужели? — недоверчиво поинтересовалась Кира.— Насколько я понимаю, вы общались со множеством странных людей. И не просто общались, а сходились с ними достаточно близко, на что я, к примеру, совершенно не способна.

— Bueno, такая у меня работа.

Да, подумалось девушке, в интуитивисте должны сочетаться интеллект и чувствительность. Ему необходимо иметь представление не только о современном уровне науки и техники, но и о состоянии общества; разбираться, помимо истории, схем, диаграмм и социальной динамики, в людских характерах; работать как с элитой, так и с теми, кто принадлежит к сравнительно отсталым культурам и субкультурам, чтобы проследить, откуда что пошло. На этой основе он создает модели, пишет программы, выдвигает идеи и строит отчасти верные гипотезы. Иногда он предугадывает, к чему приведут те или иные перемены, прежде всего — на уровне отдельного человека, и может предупредить о нежелательных последствиях.

Сама профессия интуитивиста возникла благодаря Гатри, который организовал первые эксперименты, запустил проект и набрал добровольцев. Очень скоро деятельность «Файербола» привлекла внимание других компаний, которые быстро обзавелись подобными отделами, а затем раскачались и правительства. Кире вспомнилось, чему ее учили в колледже (студентам полагалось знать об интуитивизме, независимо от того, в какой области они специализировались). Лекцию читал сам Гатри — разумеется, то была запись, причем лектор оставался невидимым: представать перед молодежью в виде металлического ящика шеф не желал, а компьютерные модели своего человеческого облика он приберегал для более важных случаев. Поэтому изображения, возникавшие на экране мультивизора, лишь иллюстрировали тему лекции.

— «Классический пример из прошлого — автомобиль. Вы могли видеть его в исторических фильмах: транспортное средство на углеводороде, требовавшее, чтобы им управлял живой водитель. Сменилось всего лишь одно-единственное поколение — и автомобили полностью вытеснили гужевой транспорт. В общем, уже в те дни любому дураку было понятно, к чему все идет, а умные дружно предрекали, что возникнет новая крупная отрасль промышленности, в которую вольются, в качестве дочерних предприятий, компании, что занимаются производством бензина и строительством дорог. и то, что образуется в результате этого слияния, станет доминировать в экономике государства. Однако я не уверен, что кто-либо предполагал, что запасы нефти приобретут стратегическое значение, что из-за них будут вестись войны. Многочисленные пригороды, которые росли как на дрожжах, пустеющие центральные кварталы, пробки на каждом перекрестке, воздух, которым невозможно дышать,— подобные вещи всегда заставали людей более-менее врасплох. Я уж не говорю о сексуальной революции: если вам интересно, узнавайте сами.

Не поймите меня так, будто автомобили были главной причиной последующих событий; вовсе нет, хотя они, безусловно, имеют к тем непосредственное отношение. Я не утверждаю, что автомобили следовало запретить или оставить их только элите, а простолюдинов заставить пользоваться общественным транспортом. Однако наделенные даром предвидения предприниматели могли сделать для людей много хорошего и заработать, вдобавок, кучу денег.

К примеру, двигатель внутреннего сгорания был чудовищной ошибкой. С испарителем, установить который не составляло труда, он работал бы гораздо лучше, поскольку топливо сжигалось бы практически до конца. Кроме того, с самого начала не нужно было пускать автомобили в центры городов. Люди вполне обошлись бы крохотными машинками вроде наших трициклов. Тогда в городах было бы приятнее жить и они бы меньше пострадали.

Повторяю — окончательных ответов не существует, поскольку любое решение представляет собой палку о двух концах. Наличия мозгов недостаточно, хотя интеллектуалы искренне убеждены в обратном. Черт побери, мозгами надо шевелить!

Подумайте о том, что вас окружает. Оглянитесь по сторонам и подумайте. Технические новинки, изменение взаимоотношений между государствами... Вот вам, казалось бы, простой вопрос: где построить новый завод? Человечество все сильнее напоминает стеклышки калейдоскопа.— На экране возникла старинная игрушка, которая производила впечатление куда больше, нежели привычные изображения фрактальных и хаотичных систем.— Полагаю, вы согласитесь со мной: нам требуются люди, которые разбирались бы в таких вещах, причем не только на словах, а, как говорится, чувствовали бы нутром.— Сравнение с человеческим организмом прозвучало весьма кстати.— Разумеется, они не смогут предложить нам оптимальный курс, будут частенько ошибаться и нести полную чушь. Тем не менее, поверьте мне, тут — громадная разница, честное слово».

Кира посмотрела на Ли. Интуитивист выглядел слишком молодо для подобной роли. Ну конечно, он всего лишь один из многих. Как и остальные, он приобрел какие-то конкретные знания, потому и живет там, где живет. Работает в основном дома, на компьютере или лежа на диване. Впрочем, его работа требует не только количественных данных. Он должен выходить наружу, встречаться с разными людьми, заводить знакомых, стараться распознать мысли и чувства, как выраженные в словах, так и те, о которых не было сказано... Короче, интуитивисту следует быть наблюдательным и внимательным к другим. То есть таким, как Ли.

— Вы наверняка побывали во многих переделках,— сказал Ли.

— Я бы с радостью в них не попадала,— со смехом откликнулась Кира, на которую мгновенно нахлынули воспоминания.

— Один древний первопроходец, Амундсен, утверждал, что приключения — удел неопытных,— заметил Гатри.

— Вы же поняли, что я имел в виду,— Ли, похоже, не принял шутки.— Вспомните слова Тахира. Пилот Дэвис, вы ходили по Марсу...— (Если подняться на половину высоты горы Олимп, оттуда открывается замечательный вид на многокрасочную каменистую пустыню, что раскинулась под небом цвета розовых лепестков. Над кратером, что похож на замок, охраняющий рубежи творения, зависла мерцающая дымка, порожденная песчаной бурей.) — ...бывали на астероидах и кометах...— (Шаг — и она парит над поверхностью. Мирок совсем крохотный, тускло сверкающая точка посреди мрака, из темноты выступает скальный гребень. Небосвод усыпан звездами, которые разгоняют ночную тьму, светят не мигая; их цвета ясно различимы — голубая со стальным отливом Вега, янтарный Арктур, алая, словно уголек в костре, Бетельгейзе. Млечный Путь источает холод и тишину. Кира летит дальше, появляется маленькое местное солнце, и стекло шлема мгновенно темнеет. Девушка скорее угадывает, чем видит, едва заметные зодиакальные крылья светила и искорку планеты.) — ...и даже дальше... — (Ледяной панцирь Энкелада сверкает так, словно по нему разбросали звезды, начиная от уступа слева и до горизонта справа. Те звезды, которые видны в небе, тонут в сиянии Сатурна — неизмеримо громадного, золотисто-коричневого, окутанного облачным покровом: в атмосфере гиганта бушуют циклопические штормы. Кольца, что стоят каждое чуть ли не на ребре, выглядят не ожерельями самоцветов, но метеоритным потоком. Две мерцающих луны напоминают обнаженные ятаганы. В тишине громко стучит сердце, на глаза наворачиваются слезы. Кира моргает; слезы повисают на ресничках радужными капельками...) — А я дважды летал как турист на Луну и один раз заглянул на Л-5,— продолжал Ли.— В остальном же вселенная знакома мне из книг, фильмов и рассказов.

— Больше всех повезло мне,— вставил Гатри.— В мои молодые годы на Земле еще можно было отыскать такое местечко, где ночь казалась непроглядной. И порой, в горах, забравшись в спальник, я смотрел на небо и чувствовал, что наш шарик — мотылек среди миллиарда миллиардов костров.

Любопытно, подумалось Кире, не потому ли он со временем стал мечтать о космосе? Она попыталась вспомнить, с чего все началось у нее самой. Наверное, с того, что на Земле слишком много огней. Они повсюду, куда ни плюнь, даже посреди океана и на орбите. И слишком много людей.

— Не подумайте, что я жалуюсь на свою судьбу,— поторопился прибавить Ли.— Ни в коем случае. У меня здесь интересная, хорошо оплачиваемая работа...

Да уж, мысленно согласилась Кира. В отличие от большинства, для которых жизнь, благодаря разнообразным автоматам, превратилась в бессмысленное существование. Причем, как правило, человек обречен на это с самого рождения.

— Лично я не променяла бы свою работу ни на какую другую,— призналась она. И продолжила про себя: «Вот нам, мне и моим товарищам, действительно повезло. Мы управляем кораблями, которые роботизированы на девяносто девять процентов. Усовершенствовать технику, сделать роботизацию полной и отправить людей-пилотов в отставку совсем не сложно. С чисто экономической точки зрения это, несомненно, сулит выгоду. Однако Гатри наложил на проект вето. Именно он, больше некому — никто из директоров компании не обладает необходимой властью. А почему? Из романтической привязанности к свершениям прошлого? Или тут проявилось нечто вроде стремления сюзерена-феодала облагодетельствовать своих вассалов? Возможно, но вряд ли все объясняется настолько просто. Гатри не дожил бы до своего нынешнего возраста, не будь он убежденным прагматиком, который понимает, что живые существа лучше каких бы то ни было машин.

Впрочем, что толку размышлять на тему, которая уже приелась за время полетов в гордом одиночестве? Надо поддерживать беседу. Невероятно, но факт — она разговаривает с jefe maximo[1]!

— Я вам завидую,— сказала девушка, обращаясь к Ли.— Ведь вы встречаетесь с самыми разными людьми. А в космосе сплошь технари.

— По необходимости,— с улыбкой ответил Ли.

— Отсюда не следует, что у нас там не хватает всяких психов,— проворчал Гатри.

— Знаю,— отозвался Ли.— В отличие от лунян, космонавты вынуждены думать самостоятельно.

— Зачастую нам не остается ничего другого,— усмехнулась Кира.

— А чем вы увлекаетесь? — неожиданно спросил Ли, окинув девушку изучающим взглядом.

— Мне тоже интересно,— поддержал его Гатри.— Раз мы угодили в одну кастрюлю, не помешает сойтись поближе.

— Спортом,— начала перечислять Кира, чувствуя, что краснеет: она редко удостаивалась столь пристального внимания.— Музыкой.— Девушка пожала плечами.— Я играю на соноре и на архаичном инструменте, который называется синтезатором, а еще пою, в основном старинные баллады; правда, голос у меня слабый. Естественно, много читаю, иногда пописываю.

— Серьезно? — изумился Ли.— Вы пишете? Что именно?

— Ничего особенного,— пробормотала Кира.— Так, для себя. Сочиняю разные вирши — сонеты, секстины и тому подобное.

Эйко Тамура уверяла, что Кира пишет замечательные стихи. Но Эйко — воплощенная вежливость. От ее собственных стихов

---

[1] Jefe maximo (*исп.*) — букв. «самый главный начальник».

и прозаических отрывков, даже переведенных на английский (отчего они многое теряли), равно как и от рисунков и прописей, у Киры захватывало дух. Стоило Кире Дэвис прилететь на Л-5, она тут же спешила к подруге, а чтобы распечатать разговоры, которые они вели по лазерному коммуникационному лучу, понадобилась бы целая кипа бумаги.

— Ay de mi[1],— насколько могла, весело воскликнула Кира, откинув голову,— я веду себя словно одна из тех интеллектуалов, которых так презирает шеф! Знаете, чтобы поразвлечься, я играю с компьютером в орто или в «гейзенберга», а с друзьями — в покер, хотя это дорогое удовольствие.

— В покер? — переспросил Ли с видимым облегчением.— То есть в карты? Я тоже в него играю. Мы с приятелями организовали нечто вроде клуба, встречаемся раз в месяц по мультивизору.

— Лицом к лицу куда увлекательней,— возразила Кира.— Каждый делает ставки сам, не полагаясь на компьютер.— И все сидят рядом, дышат одним и тем же воздухом, пьют одно и то же пиво, обмениваются теми же избитыми шутками.

— Знаю,— вздохнул Ли,— но такие возможности бывают крайне редко.

Приходилось ли ей во время долгих полетов в компании корабельного компьютера, дожидаясь сообщений, которые зачастую изрядно запаздывают, испытывать одиночество, подобное тому, какое, возможно, испытывает он?

— Когда все будет более-менее в порядке, предлагаю устроить заседание вашего клуба,— проговорила девушка.

— Запихните меня в тело робота, я хотел бы поприсутствовать,— вмешался в разговор Гатри.— До сих пор помню несколько древних карточных игр, которым научился, когда был человеком.

«Когда был человеком». Какая боль таилась за этими тремя словами?

Возможно, никакой. Он добровольно согласился стать тем, кем стал, и, если захочет, может умереть в любой момент. Может ли?

— О чем задумалась, Дэвис? — вопрос Гатри прервал размышления Киры.

— Ни о чем, сэр.— Докатилась, подумалась ей. Веду себя как ненормальная.— Мне просто вспомнилась одна история, в которой вы участвовали, вот я и отвлеклась.— Пускай не совсем откровенно, но в общем и целом правдиво.

---

[1] Ay de mi! (*исп.*) — Горе мне!

— «Вот розмарин, это для памятливости; возьмите, дружок, и помните. А это анютины глазки: это чтоб думать»,— пробормотал он.

— «Гамлет»[1]? — удивилась Кира.

— Он самый,— отозвался Гатри, словно защищаясь. Или показалось? — Я вовсе не тот невежественный осел, каким меня считают. В свое время я много читал, причем на всякую модную муру не разменивался. Шекспир, Сервантес — они, конечно, староваты, но тем не менее вполне приемлемы; а вот Киплинг, Конрад[2], Макдоналд[3], Хайнлайн — бесчувственные реакционеры, или расисты, или женоненавистники, подойдет любое бранное словечко, лишь бы похлеще,— они писали о том, о чем и впрямь стоит писать.

«Интересно,— подумалось Кире,— что он вынес из книг?» Наверно, Ли должен знать.

Интуитивист зевнул и тут же извинился.

— Ничего страшного,— успокоил Гатри.— Ты ведь зеваешь не только потому, что устал от моей трепотни.

— Вы так здорово рассказываете, сэр! — вырвалось у Киры.— Не подумайте, что я насмехаюсь.

— Ладно,— согласился Гатри.— Но Боб прав. Что бы ни говорил мозг, порой надо слушаться тела. Чтобы вы завтра хоть на что-нибудь годились, вам обоим нужно отдохнуть.

— А вам, сэр?

— И мне.— Как именно он собирается провести ночь, Гатри уточнять не стал.

Какое-то время они продолжали разговаривать. В беседе все чаще возникали паузы, фразы становились все менее содержательными. Наконец Кира проявила инициативу.

— Виепо, лично я измотана до последней степени.— Она встала.— Пойду приму обещанный душ, а потом завалюсь спать. Или первым вы, Боб? — они уже обращались друг к другу по имени; Гатри, правда, по-прежнему оставался «шефом», но это слово приобрело некий оттенок фамильярности.

---

[1] Слова Офелии: У. Шекспир, «Гамлет», действие IV, сцена 5, пер. Б. Пастернака.

[2] Конрад Джозеф (1857—1924) — английский писатель, автор множества произведений на морскую тематику.

[3] Макдоналд Джордж (1824—1905) — шотландский писатель, один из основоположников британской фантастики, оказал значительное влияние на творчество Дж. Толкина и К. Льюиса.

— Gracias, но идите вы,— отказался Ли.— Мне пришла в голову мысль, над которой я хотел бы подумать.

— О'кей, обещаю не раскрывать рта,— заявил Гатри. Как можно не раскрывать то, чего нет?

Забравшись под струю горячей воды, Кира испытала истинное наслаждение. Когда вымылась, она взяла полотенце и принялась вытираться, одновременно вдыхая пар.

Кира вернулась в комнату. Ли уставился было на нее, но тут же отвернулся, словно увидел что-то более интересное. Девушке стало весело; она бросила взгляд на брюки Боба. Ну разумеется! Она совсем забыла, что авантисты не одобряют наготы и запрещают появляться без одежды в общественных местах. Чувственность, какой бы смысл ни вкладывать в это понятие, отвлекает людей от того, что является их долгом (и должно быть, удовольствием), препятствует упорядочению сознания, которое позволит создать рациональное общество — прообраз ноосферы.

Бедный Боб! Он, хоть и старался, не сумел сохранить независимость. Следует отдать должное Ксуану: его система отчасти основана на здравых рассуждениях. По крайней мере, в ней используются те же, слегка исправленные, социодинамические матрицы, с которыми работал он сам.

— Buenas noches[1],— проговорила Кира, торопливо залезая под одеяло. Девушка зажмурилась и не открывала глаз, пока Ли не вымылся, не выключил свет и не лег рядом. Она уловила его дыхание.

Не соблазнить ли его? В последний раз она... Нет. В нынешних обстоятельствах не до того. Может, как-нибудь потом. Он и вправду отличный парень. Разве что чересчур мягок? Ли, безусловно, храбрец, но душа у него легко ранимая, что может привести к печальным последствиям. Он всю свою жизнь провел в Северной Америке, жил и работал среди ее граждан, будучи в то же время партнером «Файербола». Судя по тому, как он себя ведет, вполне возможно, что воспитанием Ли занималась тоже компания. Скорее всего, партнеры и служащие «Файербола» — вот люди, с которыми он предпочитает общаться, чаще по телефону, чем лично. Amigos[2], настоящие compadres[3]; ему наверняка известно, что присяга означает «один за всех, все за одного». Попади он в беду, компания мгновенно придет на помощь. Значит, Ли, в

---

[1] Buenas noches (*исп.*) — спокойной ночи.
[2] Amigos (*исп.*) — друзья.
[3] Compadres (*исп.*) — друзья, приятели.

отличие от обыкновенного североамериканца, может — разумеется, с оговорками — доверять людям.

Сложившаяся ситуация, продолжала размышлять Кира, чревата серьезным конфликтом. Трения между компанией и правительствами, любыми, включая эквадорское, возникали постоянно. Никакому правительству не могло понравиться, что граждане той или иной страны более верны некой фирме, чем местным политикам или caudillos[1]. Впрочем, в большинстве случаев, особенно в странах с демократической формой правления, власти проявляли терпимость. Присяга на верность «Файерболу» угрожала им не больше, чем приверженность одной из мировых религий или покупка акций транснациональной корпорации. Однако авантизм, стремившийся упорядочить все на свете — и, прежде всего, человеческое сознание — согласно пророчествам Ксуана, не соглашался иметь у себя под боком инородную систему, которая ширилась и процветала.

Да, «Файербол» — инородное тело, детище законченного индивидуалиста, чей призрак продолжает управлять компанией. Это не просто фирма, которая занимается прибыльными проектами — это общество, способ мышления и образ жизни, как когда-то сказал отец, государство. Государство, граждан которого поощряют думать, говорить и действовать самостоятельно; государство, присяга на верность которому сильнее всяких законов; государство, чей правитель, при всеобщем одобрении, подал пример поведения (неоправданного экономически, откровенно эгоистичного и полностью иррационального), не только организуя звездные экспедиции, чего требовала наука, но и лично отправившись к альфе Центавра. Впено, пускай не лично, пускай полетела копия — какая разница? Ведь, если рассуждать логично, Деметра не сулила ни малейшей материальной выгоды: разве что когда пробьет ее час...

Компания отнюдь не пыталась в открытую свергнуть авантистов, которые зависели от «Файербола» ничуть не меньше, нежели Земля в целом. До поры до времени между правительством и компанией поддерживался хрупкий, но мир. Так почему же авантисты вдруг словно с цепи сорвались? Почему сначала захватили североамериканскую штаб-квартиру, а затем и всю собственность «Файербола» на территории Союза?

Потому что узнали про двойника Гатри и решили использовать его для своих целей, а первый шаг привел к следующему. Так или иначе, они явно поступили опрометчиво. Хотя — куда им было деваться?

---

[1] Caudillos (*исп.*) — предводители, главари.

Авантизм как движение — образчик тоталитаризма со всеми вытекающими отсюда последствиями. Кира помнила о тоталитаризме из школьных уроков истории, правда, довольно смутно. Династия Цзин, инки, коммунисты и тому подобное. Разумеется, она слышала о злоупотреблениях властью, а однажды встретила человека, которого преследовали власти и который бежал в Бразилию. До ареста он был ученым-физиком и во всеуслышание высказывал собственное мнение. Ему устроили «промывку мозгов», после которой он стал зарабатывать на жизнь физическим трудом. Правда, в некоторых других странах с диссидентами обращались ничуть не лучше.

Надо было поподробнее расспросить родителей насчет того, почему они переселились в Россию. Надо было поразмышлять над тем, почему правительство Союза объявило свободомыслие преступлением, почему организовало тайную полицию и либо сажает тех, кто не согласен с официальной идеологией, в тюрьму, либо отправляет в исправительный центр. Тогда она давным-давно бы поняла, каким образом авантисты загнали себя в угол. Карательные меры, которые применяли авантисты, необходимы, когда власти пытаются затолкать народ в рай, который обещает идеология. Но в современном мире долго так продолжаться не может. Мировая — точнее, межпланетная — экономика требует прозрачных границ, которые ежедневно могли бы пересекать в обоих направлениях тысячи и тысячи людей. Межпланетная система связи обрушивает на человечество поток информации, люди замечают, что ими помыкают, причем без особой пользы, а вокруг — свобода и процветание. Они постепенно утрачивают иллюзии. Некоторые начинают жаловаться; им немедленно приклеивают ярлык хаотиков, реакционеров, которые хотят повернуть историю вспять и устроить в стране анархию. По слухам, часть хаотиков тайно приобретает оружие и готовится к революции.

Наверняка всего этого Кира не знала. Она лишь предполагала, что авантисты пустились в рискованную авантюру, поняв, что другого шанса может и не представиться. Из чего, впрочем, никак не следовало, что они не способны напоследок учинить жестокую бойню и сорвать банк, то есть подчинить себе всю планету. Что ни говори, возможно всякое.

Inferno[1]! Ей давно пора спать. Зачем? Чтобы расслабиться. Ночной сон — лучший отдых. Кира мысленно прочла мантру, которая должна была ее усыпить.

---

[1] Inferno! (*ит.*) — Черт возьми!

5

— Информационная служба Футуро,— произнес с экрана диктор.— Вчера правительство реквизировало всю собственность компании «Файербол Энтерпрайзиз» на территории Северо-Американского Союза. Здания заняты милицией, подразделения Сепо проверяют головные предприятия.— На экране замелькали сцены. Северо-Восточный Комплекс, Всемирный Центр Торговли, этакий сверкающий на солнце остров посреди рифов и обломков кораблекрушения. Над центром кружили флайеры, на крыше здания копошились вооруженные люди. Комплекс Торонто, место рождения Киры: мужчины в форме выстроились вдоль улицы, а мимо, настороженно поглядывая на солдат, идут домой из школы дети. Юго-Западный Энергетический централ: пустыня, а в ней — лес энергоприемников, ожидающих восхода луны, чтобы напиться энергии, и вереница бронированных машин. Космопорт Камехамеха: кусочек голубого неба, белый прибой, высокий силуэт готового к старту звездолета, техники, выходящие из корабля в сопровождении людей, руки которых лежат на кобурах пистолетов.

«Что за мерзкое дополнение к завтраку», — подумалось Кире. Тем не менее, девушка съела все, что ей полагалось. Кто знает, когда им случится поесть в следующий раз? Ли меланхолично жевал. Гатри, закованный в металл, взирал на экран с дальнего конца стола.

— Деятельность компании на территории страны приостановлена, однако правительство надеется, что скоро запрет будет снят. Власти заявляют, что их действия, цитирую, «получили одобрение руководства компании», конец цитаты. Это заявление не может не удивлять, поскольку на протяжении многих лет правительство конфликтовало с рядом крупных транснациональных корпораций, в особенности — с «Файерболом».

«Да уж,— подумала Кира.— Без Гатри, который не давал и не дает спуску чиновникам, о всяком конфликте властей с «Файерболом» давным-давно благополучно бы забыли».

— Все сходится,— пробормотал модуль, и по спине девушки пробежал холодок.— Мой двойник у них в руках, и они его обработали. Бедняга.

— Ваши подчиненные ничего не заподозрят? — спросил Ли.

— Может, и заподозрят, хотя о том, где мы его прятали, было известно, кроме меня, только двоим, а у них наверняка нет оснований предполагать, что нашего питомца нашли. Я и сам не вспоминал про него, пока не стало слишком поздно. Когда — если — анти-Гатри появится на публике, он будет держаться вполне естественно.

— ...выступит президент Мануэль Эскобедо Корриган. — На экране появился симпатичный седовласый мужчина, который заговорил звучным, хорошо поставленным голосом.

— Внимание, сограждане! Я хочу сделать важное заявление. Но для начала позвольте заверить вас, что опасаться нечего. Действуя в ваших интересах, правительство приняло меры, чтобы отвратить угрозу, нависшую над вашими жизнями. Мы намерены прекратить конфликт, который, на наш взгляд, и без того чрезмерно обострился. Пострадают те, кто виноват, а общество в целом значительно выиграет. Все вы имеете право знать о том, что происходит, поэтому слушайте внимательно, во избежание возникновения слухов. Если слухи все же возникнут, то вы, на основе достоверных сведений, сможете их опровергнуть, а затем сообщить нам о тех, кто их распространяет.

Используя власть, которой вы меня наделили, и полагаясь на мудрые советы Священного Синода, я распорядился реквизировать на территории страны всю собственность компании, известной под названием «Файербол Энтерпрайзиз», поскольку наши подозрения превратились в уверенность. Тайная полиция установила, что многие годы под вывеской этой мощной организации действовали террористы-хаотики, которые стремились к тому, чтобы свергнуть наше правительство силой оружия. Если бы им удалось осуществить свой замысел, он обернулся бы миллионами погибших, всеобщей разрухой и неизмеримыми страданиями. Мы должны опередить их, должны выследить, всех до единого, арестовать и потребовать для каждого справедливого наказания.

Вы наверняка помните якобы несчастный случай, когда мощный электромагнитный импульс повредил базу данных Среднезападного Центра Безопасности. Это происшествие могло бы серьезно затруднить работу полиции. К счастью, Сепо заранее предупредили. Мы не знали, к чему именно готовиться, однако в качестве меры предосторожности дублировали все наши данные. И когда это произошло, полиция и выяснила, что говорить следует не о несчастном случае, а о диверсии, и отреагировала надлежащим образом. Было установлено, что среди подозреваемых — сотрудники компании «Файербол».

— Ничего подобного, — проворчал Гатри, заметив, что Кира бросила на него быстрый взгляд. — Неужели ты думаешь, что я назначаю людей на ответственные посты, тем более здесь, где все идет шиворот-навыворот, не убедившись предварительно, что у них все в порядке с головой? Чего ради нам было затевать эту авантюру? И потом, откуда известно, что базу данных и впрямь уничтожили? Только из правительственного заявления; вдобавок, власти отвергли наше предложение помочь в расследовании.

Наскоро состряпанный предлог, чтобы ворваться в здание, в котором, как сообщили Сепо, прятали двойника Гатри... Кира вновь повернулась к экрану.

— ...не могу вдаваться в подробности,— говорил Корриган.— Преступники и заговорщики не должны знать о наших методах. Честным же гражданам советую не волноваться: по окончании дознания вас немедленно обо всем проинформируют.

— Буду с вами откровенен,— произнес он торжественно.— Я не могу, не вправе скрыть от вас того, что в ближайшем будущем нас ожидает немало тревог и, возможно, опасностей. Мы имеем дело с крупной, могущественной организацией, изначально враждебной идеалам авантизма. Позвольте мне объяснить, позвольте снова обрисовать ситуацию, чтобы вы смогли разделить мою уверенность в грядущем.

На протяжении последних двух столетий «Файербол» непрерывно развивался и расширял сферу своей деятельности, которая наконец охватила всю Солнечную систему и вышла за ее пределы. В то же время компания активно внедрялась в правительственные структуры всех без исключения государств Земли. «Файербол» не просто фирма, которая занимается космическими перевозками, ей принадлежат инопланетные шахты и заводы, научные учреждения и магазины, где торгуют предметами роскоши. Юрисдикция компании распространяется на целые общины, поколение за поколением вырастают в обстановке, когда их учат хранить верность только «Файерболу»; эта организация ведет себя так, словно является самостоятельным государством. Между тем, она — даже не корпорация, разве что в узком смысле слова. «Файербол» находится в частном владении, управляется железной рукой, прежде всего заинтересована в прибыли, но не гнушается заниматься политикой и отрицает все и всяческие законы, действующие на территории конкретной страны.

Корриган неожиданно улыбнулся и заговорил чуть ли не елейным тоном:

— Но я вовсе не собираюсь запрещать «Файербол» раз и навсегда. Напротив, с радостью сообщаю вам, что грядет новый порядок вещей. Близок конец того конфликта, который только усугублялся с тех пор, как к власти в нашей великой стране пришло Авантистское движение. Заметьте, я не обвиняю руководство «Файербола» в преступных действиях, антиобщественных намерениях или хотя бы в пренебрежении долгом. И та, и другая сторона нередко не выбирала выражений. Но если рассуждать аналитически, как завещал нам Ксуан, все дело в разнице мировоззрений. Если компания не согласна с теми методами, какими мы переделываем североамериканское общество, если не разделяет нашу веру в упорядоченное сознание, которое развивается от альфы к омеге, — что ж, тогда их противодействие ничуть не удивительно. В итоге сотрудники компании, в соответствии с печально известными Планетными Протоколами, продолжают жить среди нас в собственных, автономных комплексах, их дети учатся в школах «Файербола», где ежедневно слушают антиправительственную пропаганду, а взрослые затевают с добропорядочными гражданами бессмысленные споры. Восстание Жюно, которое унесло тридцать семь жизней, было лишь наиболее явным проявлением политики компании.

— Вот дерьмо! — пробурчал Гатри. — Аляскинцы лучше других помнят, что такое свобода. Они не хотели, чтобы у них на заднем дворе построили исправительный центр; вдобавок, кто-то пустил слух, что к ним, если они взбунтуются, присоединятся русские.

— Руководство «Файербола», — вещал Корриган, — отдавало из-за границы распоряжения, которые в лучшем случае можно счесть враждебными, а в худшем — подстрекательскими. Компания нарушила эмбарго на торговлю на территории Союза товарами, которые имеют отношение к национальной безопасности. Ее сотрудники раз за разом помогали избежать справедливого возмездия преступникам и заговорщикам.

— Наконец-то, хоть слово правды, — заметил Гатри.

— Но я повторяю — все вполне объяснимо, — продолжал президент чуть ли не сочувственно. — Что поделаешь... Из истории нам известно немало столкновений между теми, чьи помыслы были одинаково чисты — христиане и язычники, астрономы и астрологи, демократы и монархисты, либералы и империалисты, — в голосе Корригана вновь зазвенела сталь. — Как я уже сказал, мы выяснили, что некоторые из руководителей нижнего звена компании пошли на поводу у собственного фанатизма и связались с подрывными элементами. Они установили контакт с террористами-хаотиками, которые только дожидались удобного момента, чтобы напасть на вас, граждане Северо-Американского Союза! Да, руководители «Файербола» поддерживали террористов. Они помогли хаотикам устроиться в компанию на работу; в результате на сегодняшний день среди персонала фирмы полным-полно заговорщиков.

Опасность, которую они представляли, вполне очевидна. «Файербол» занимает ключевое место в экономике Союза, равно как и всех остальных государств Земли, поэтому потенциальные возможности саботажа у его сотрудников практически неограниченны. Наш мир устроен таким образом, что очень многое и многие в нем зависят от пугающе уязвимой электронной сети, а также от получаемых и доставляемых из космоса энергий и материалов. Если в отлаженной цепочке уничтожить хотя бы звено, мы с вами, то есть люди, окажемся на краю гибели: голод, хаос, массовое вымирание... Безжалостные враги, стремясь ускорить катастрофу, наверняка уничтожат наши системы транспорта и связи, и тогда террористы выйдут из подполья, чтобы овладеть лежащей в руинах страной. Вот почему правительство реквизировало всю собственность компании «Файербол». Если бы мы могли, мы бы реквизировали ее собственность на всей Земле. Я распорядился, чтобы представители Северной Америки во Всемирной Федерации выступили с обращением к Корпусу Мира, ибо анархия в столь большой стране, как наша, чревата угрозой для всего человечества.

— Теперь хорошие новости,— на губах президента снова появилась улыбка.— Я сказал, что высшее руководство компании, как, впрочем, и большинство сотрудников, проявило добрую волю. Мы знаем, что имеем дело с заблудшими овцами, индивидуалистами, эгоистами, среди которых немало откровенно алчных людей... Но они далеко не безумцы и не глупцы. Они прекрасно понимают, что потеряют, если в стране воцарится хаос. Отдают себе отчет в том, что хаотики являются врагами не только авантистов, не только последователей Ксуана, но и цивилизации как таковой. Они просто не замечали, насколько глубоко внедрились в их псевдогосударство враги.

Получив доступ в штаб-квартиру компании, тайная полиция сразу же взялась за работу. Наши агенты пользовались последними достижениями розыскной психологии и постепенно, крупица за крупицей, сумели воссоздать цельную картину. Разумеется, сделать предстоит еще многое, однако мы, по крайней мере, знаем, что нам делать. Как только необходимая информация оказалась в нашем распоряжении, мы, сохраняя полную секретность, связались с руководством компании. Они пришли в ужас и согласились с тем, что **реквизиция была необходима**. Хаотиков следует уничтожить, это инфекция, которой нельзя давать пощады. Действия правительства были продиктованы заботой о благе как страны, так и «Файербола».

— Граждане, случившееся означает куда больше, нежели сиюминутный успех. Оно открывает дорогу к светлому будущему. Я не ожидаю, что чиновники «Файербола» и других фирм последуют примеру руководства компании, я не предполагаю, что их мировоззрение коренным образом изменится за одну-единственную ночь. Они будут по-прежнему преследовать собственные цели и блюсти интересы своих корпораций. Однако я верю, что со временем они убедятся: эти интересы не противоречат рациональному государственному устройству. Я надеюсь, что наше сотрудничество...

— Отключи звук,— попросил Гатри.— Ничего умного он уже не скажет.

— Он всего лишь марионетка? — спросила Кира, выполнив просьбу шефа.— Как и все правительство?

— Не совсем, но очень к тому близко. Гм... Наши североамериканцы, Рейнальдо, Лэнгфорд, Раппопорт и прочие,— что с ними сталось? Молю Бога, чтобы все обошлось.

— Не думаю, что они пострадали, сэр,— проговорил Ли.— Авантисты будут избегать насилия. Возможно, кое-кого посадили под замок, чтобы сделать incomunicado[1], но не более того. Ведь так никто не узнает, вправду ли руководство «Файербола» добровольно согласилось на реквизицию.

— Насколько это правдоподобно,— спросила Кира,— и долго ли властям удастся морочить людям головы? Ведь те, кого вы назвали, шеф, если им представится возможность, вряд ли будут помалкивать, верно?

— Верно,— отозвался Гатри.— Но тут хватит нескольких дней, после чего арестованных можно будет спокойно отпускать. На то, что их рассказы кое в чем отличаются от баек Корригана, попросту не обратят внимания. Что касается остальных, не думаю, что шайка Сайре ожидает от них особых неприятностей. Для любого из партнеров «Файербола» наиболее выигрышный вариант сейчас — затаиться и ждать весточки от меня.

Словно в подтверждение слов Гатри, президент Корриган исчез, и на экране появилось новое изображение. Кира услышала голос диктора:

---

[1] Incomunicado (*исп.*) — отрезанный от внешнего мира.

— Информационная служба Кито. Генеральный директор представительства компании «Файербол Энтерпрайзиз» на Земле Долорес Альмейда Кандамо сделала заявление, в котором охарактеризовала происходящее как нечто весьма странное. Она отказалась что-либо сообщить, за исключением того, что поддерживает связь с остальными филиалами компании, как на планете, так и в космосе. Все местные представительства «Файербола» также воздерживаются от комментариев.

— Правильно,— ворчливо одобрил Гатри.— Молодцы.

— ...на ассамблее Всемирной Федерации,— продолжал диктор.— Колин Смолл, представитель карибского региона, выступил с речью относительно просьбы Северной Америки о вводе на ее территорию Корпуса Мира.

На экране возник худощавый чернокожий мужчина, который заговорил по-английски.

— При всем уважении к моему коллеге, представителю Союза, я считаю, что его обращение преследует исключительно пропагандистские цели; возможно, в какой-то мере оно направлено на то, чтобы нанести очередной удар по «Файерболу». В пределах собственных границ государство, если оно соблюдает Ковенант[1], обладает полным суверенитетом. Следовательно, правительство Северной Америки может разместить части Корпуса Мира только там, где сочтет нужным. Обвинения Союза в адрес «Файербола» представляются мне бездоказательными. Если САС действительно требуется помощь, пускай его правительство обратится к Федерации с официальным запросом и официально же предъявит компании обвинения в противозаконных действиях, нанесении ущерба окружающей среде или преступной бездеятельности. Если соответствующий комитет сочтет, что все подтверждается, тогда мы применим санкции — против «Файербола» или против правительства Северной Америки. Честно говоря, я не думаю, что дело зайдет настолько далеко. С точки зрения закона налицо, всего-навсего, конфликт между национальным правительством и находящейся в частном владении транснациональной компанией.

Колин Смолл уступил место какому-то экономисту, который начал отвечать на вопросы ведущего программы. Да, Северная Америка зависит от доставляемых из космоса материалов и энергии; от них зависит вся Земля. Да, основным поставщиком

---

[1] Ковенант — здесь: международный договор об объединении независимых государств во Всемирную Федерацию.

того и другого является компания «Файербол». Да, если она приостановит свою деятельность, страна скоро окажется в неприятном положении. Нет, не будет ни голода, ни чего-либо подобного: такого поворота событий не допустят Федерация и Корпус Мира. Кроме того, «Файербол» вряд ли пойдет на то, чтобы понести громадные убытки: ведь компания потеряет не только прибыль, но и свои контакты в остальных государствах Земли. Она гораздо уязвимей, чем кажется, поскольку, несмотря на всю свою заносчивость, остается обыкновенной фирмой и не обладает ни необходимой для государства численности силами правопорядка, ни надлежащим вооружением... Кира, Ли и Гатри слушали, что называется, вполуха.

— Замечательно! — проговорила девушка.

— Вы о чем? — уточнил Ли.

— Речь Смолла можно спокойно передавать с утра до вечера. Мы с ним познакомились на конференции по освоению космоса. Поговорили, походили на вечеринки, потом переписывались. Я знаю, он на нашей стороне...

— Bueno, он ведь не может открыто об этом заявить, правильно? Положение не позволяет. Сдается мне, редактор у них парень ушлый. Мы видели запись, а создалось полное впечатление прямой трансляции.

— Тут они мастера,— пробурчал Гатри.— Причем поголовно. В результате обыкновенному человеку не понять, что идет «вживую», а что — из студии.

— Вы немного ошибаетесь, сэр,— возразил Ли.— Даже по количеству сведений, как достоверных, так и ложных...

— Знаю, знаю. Объем информации и международные контакты ведут в конечном итоге к гибели тоталитарного государства, если, конечно, оно не разрастется до размеров Солнечной системы. Вот что сохраняет у североамериканцев веру в свободу и дает хаотикам надежду, благодаря чему они не складывают оружия и не присоединяются к авантистам.

— Кто они такие? — поинтересовалась Кира.— Я думала, что «хаотики» — кличка, которую правительство присвоило всем диссидентам.

— А диссиденты ее с радостью приняли,— откликнулся Гатри.— В большинстве своем хаотики — безвредная кучка недовольных.

— Но не все, да? Среди них и вправду есть террористы?

— Еще одна кличка,— пробурчал Гатри.

— Сэр, как, по-вашему, отреагирует «Файербол»? — справилась девушка: ей показалось, что шеф не слишком расположен вдаваться в подробности насчет хаотиков.

— Я же говорил, пока никак. Будет дожидаться, чтобы правительство раскрыло карты. Впрочем, на местах возможно всякое. Как тебе прекрасно известно, монолитного единства наших рядов не наблюдается. — Внезапно в дверь постучали. — Прячьте меня, быстро! Да, в рюкзак, в рюкзак!

Спрятав Гатри, Кира и Ли впустили Тахира. Шейх принес сумку, судя по виду, набитую битком. Он выглядел сильно уставшим — должно быть, не спал ночь, — однако держался бодро. Поздоровавшись, Тахир сразу перешел к делу.

— В секторе полно агентов Сепо, как в форме, так наверняка и в штатском. Они пр*в*еряют квартал за кварталом, торчат у каждого перехода. У всех при себе электронные детекторы. Но я — иншалла! — сумел раздобыть то, что позволит вам проскользнуть наружу. Сеньор Ли, это женское платье — для вас. К женщине под чадрой, которая, вдобавок, идет с шейхом, пристать не посмеют. Полиция не станет усложнять себе задачу и сердить обитателей Комплекса, тем более тех, кто располагает кое-какими средствами и влиянием; кроме того, всем известно, как правоверные заботятся о своих женщинах. — Он криво усмехнулся. — Разумеется, сеньору Ли придется поработать над походкой и манерами. Я постараюсь натренировать вас так, чтобы, когда мы выйдем, у любого встречного мужчины возникло одно-единственное желание: завалиться с вами в постель.

— Mil gracias[1], сэр, — проговорил слегка покрасневший Ли и махнул рукой в сторону рюкзака. — А как насчет этого? Без него мы никуда, потому что его содержимое ценнее нас обоих.

— Я догадался. — Тахир погладил бороду, оглядел помещение. — Что у вас там такое, я не знаю и не хочу знать. Вы сказали, «специальный компьютер»; с меня вполне достаточно. Размеры его определить несложно, поэтому я кое-что приготовил. В условленное время подъедет машина «скорой помощи», которая доставит модуль жизнеобеспечения. Все отвернутся, и вы сможете положить свой... компьютер внутрь модуля. Надеюсь, корпус у него водонепроницаемый?

Кира ахнула. Перед ее мысленным взором возникла четкая картина: похожий на гроб модуль со своими отсеками, трубками,

---

[1] Mil gracias (*исп.*) — огромное спасибо, тысяча благодарностей.

клапанами, насосами, датчиками, кабелями, системами автоматического и ручного управления... Да, металлические стенки плюс электрическая, химическая и радиоактивность модуля надежно защитят Гатри от любых детекторов.

— А если полиция решит проверить, кто лежит в модуле? — спросил Ли.

— Они обнаружат человека. — Лицо Тахира приобрело отсутствующее выражение. — Один из моих сыновей предложил, чтобы его накачали наркотиками. Мы симулируем коматозное состояние, причем вплоть до показаний энцефалографа. Не думаю, что Сепо вызовет врача для более тщательной проверки.

— Сэр... — с запинкой проговорила Кира, — вы же нам... ничем не обязаны...

— У меня сложилось впечатление, что мы действуем ради общего блага, — ответил Тахир, смерив девушку взглядом, и продолжил прежним безучастным тоном: — Возможно, потом полиция спохватится и станет выяснять, доставили больного в клинику Ибн-Дауда или нет. Из медицинской карты они узнают, что мой сын, очутившись под присмотром врачей, быстро пошёл на поправку и амбулаторный режим ему заменили на домашний.

«Исламская солидарность? — спросила себя Кира. — Можно ли на нее положиться? Или у Тахира есть связь с хаотиками?» Опытным подпольщикам наверняка не составит труда проникнуть в базу данных. Да, так оно, наверно, и есть. Авантисты официально признают традиционные верования и унаследованный от предков образ жизни, однако на деле всячески притесняют общины и стремятся их уничтожить. Неудивительно поэтому, что общины становятся заодно с хаотиками, кем бы те ни были.

— В клинике мы с вами расстанемся, — сказал Тахир, обращаясь к Ли. — Большего от нас не ждите.

— Понятно. Надеюсь, однажды вы узнаете, какую оказали нам услугу.

— Извините, — с беспокойством в голосе проговорила Кира, — а как же я? Мне тоже нужно уйти!

— Так идите, — отозвался Тахир. — Или у Сепо есть повод задержать вас?

— М-м... Думаю, что нет.

— Тогда отправляйтесь прямо сейчас, так будет безопаснее для всех. Вам лучше всего уехать из страны. Есть куда?

На девушку нахлынули воспоминания, и она словно воочию увидела родительский дом на берегу озера Ильмень: бело-голубые стены, клумбы с розами, березовая роща, блестки на воде... Шелест листвы, игра света и тени, воздух напоен лесным ароматом; этакий кусочек древней Земли, причем самый настоящий, вовсе не псевдо-реальный. На дорогу домой денег вполне хватит, а там она придет в российское представительство компании и расскажет... Ничего подобного! Во имя Маккамона, как ей не стыдно! Поддаться искушению спасти собственную шкуру, пускай даже на микросекунду... Ведь она — партнер «Файербола», принесла присягу, как до нее — родители и родители родителей! Кира расправила плечи.

— Да, но сначала нужно выполнить задание и доставить наш компьютер к месту назначения.— Она покинет Союз только после того, как Гатри окажется в безопасности. Возможно, затем компания организует нечто вроде спасательной операции или обратится к Корпусу Мира, или предпримет что-либо еще. Но на данный момент главное — уберечь шефа от перепрограммирования.— Кроме меня, сделать это некому. Боб... Сомневаюсь, что Сепо оставит сеньора Ли в покое. Скорее всего, они уже напали на его след и их не обманет никакой маскарад.

Кира заставила себя взглянуть Роберту Ли в глаза. На лице интуитивиста не было заметно ни малейших признаков волнения. Интересно, ночью он спал — или размышлял о своей участи?

— Верно,— тихо произнес Ли.— Значит, нам надо встретиться, чтобы вы забрали у меня груз.

— Где? — до сих пор им было не до того, чтобы договариваться насчет места встречи: накануне вечером помешала усталость, а с утра навалились иные заботы. Господи, какие же они простофили! Но почему промолчал Гатри? Может, потому, что решил не торопить события? Или сам запамятовал? Нет, первый вариант предпочтительнее.

— Пишите,— предостерег Тахир, поворачиваясь спиной.— Я не должен ничего слышать.

— Спасибо за совет, сэр,— поблагодарил Ли и уселся за компьютерный терминал. Кира встала у него за спиной. Интуитивист на мгновение стиснул руки так, что побелели костяшки, затем его пальцы запорхали над клавиатурой и на экране появилась фраза: «Вы знаете Кварк-Фейр?»

Девушка едва удержалась от того, чтобы не ответить вслух, вовремя спохватилась, наклонилась вперед, прижавшись правой грудью к плечу Ли, и напечатала: «Только по фильмам. Бывать я там не бывала». У нее просто не было возможности: родители считали, что она еще мала для подобных вещей; потом пришлось уехать...

«Неплохое местечко, чтобы затеряться. — Рука Ли чуть заметно дрогнула. — Вдобавок, там я смогу раздобыть то, чего не найду нигде».

«Как туда попасть?»

«Проще простого. — Ли криво усмехнулся.— Не думайте, я не торчу там днями напролет, хотя и бываю достаточно часто — собираю информацию, которая может оказаться полезной. Идите в таверну мамаши Лакшми, снимите номер и ждите меня. Запишитесь под вымышленным именем, только выберите его прямо сейчас, чтобы я знал, кого мне искать. Вопросов никто задавать не будет, правда, платить потребуют наличными.»

Гостиница, которая не пересылает сведения о постояльцах в полицейскую базу данных? Возможно ли такое в Северной Америке? Копам наверняка известно о ее существовании. Впрочем, по слухам, чины гражданской полиции охотно берут взятки. Что же касается Сепо и властей — bueno, несмотря на клеймо «обители разврата», Кварк-Фейр продолжает существовать на вполне законных основаниях. Как-то один комментатор обмолвился, что с точки зрения правительства это место, где на ограниченной территории получают выход атавистические импульсы и неподавленные инстинкты. Порой полиция устраивала облавы, но день-другой спустя все возвращалось на круги своя.

Кире захотелось созорничать. Она напрягла память. Нужно придумать имя, желательно такое, которое никак не связано с настоящим... В полете, перелопачивая бортовую базу данных, частенько натыкаешься на всякие диковинки из прошлого. «Меня зовут Эмма Бовари[1]».

«Предупредите портье, что вы ожидаете Джона Смита. — Ли снова усмехнулся, на сей раз — почти весело.— Необычное имечко, правда[2]?»

— Muy bien, сэр,— сказал Ли Тахиру, стерев файл и встав из-за терминала.— Нам с вами пора приниматься за дело.— Он повернулся к Кире.— Осторожнее, amigo. Buena suerte[3].

— А вам, consorte, свободной орбиты,— откликнулась Кира, словно прощаясь с коллегой-космонавтом. Они обменялись рукопожатием.

---

[1] Эмма Бовари — героиня одноименного романа французского писателя Гюстава Флобера (1821—1880).

[2] Подобное сочетание имени и фамилии встречается приблизительно столь же часто, как русское «Иван Иванов».

[3] Buena suerte (исп.) — Удачи!

— Фи аман илла,— произнес Тахир, поднимая правую руку.— Да пребудет с вами милость Господня.

— Спасибо за все,— смущенно ответила девушка. Не зная, как быть, она в конце концов отдала Тахиру честь, будто старшему по званию, и вышла из комнаты, размышляя о том, что ей не помешала бы толика веры шейха в провидение.

Впрочем, нет. Полагаться на провидение значит не доверять разуму, так? Внимание девушки переключилось на другое. Проталкиваясь сквозь толпу в коридоре, она вновь начала ловить на себе неодобрительные взгляды. Ах если бы Тахир позаботился снабдить ее менее вызывающим нарядом! Если бы она догадалась попросить!

Виепо; вполне возможно, Сепо доберется сюда не скоро, если доберется вообще. К тому времени местные забудут о ней. Ведь сколько тут болтается чужаков! И, кстати, вряд ли кто-то добровольно расскажет копам, даже если вспомнит. Тем не менее, Кира поспешила на фарвег.

Стоя на бегущей дорожке, девушка заставляла себя строить планы на будущее и не отвлекаться, поэтому человек в форме вызывал у нее разве что секундное убыстрение пульса, да к горлу подкатывал комок, который приходилось проглатывать. Хуже всего было у ворот, у которых стояли, по двое с каждой стороны, четверо верзил в коричневого цвета форме. Один из пары не сводил глаз с прибора, который держал в руке, другой внимательно разглядывал прохожих (по сравнению со вчерашним людей значительно убавилось. Должно быть, слух о полицейской облаве распространился по всему сектору). Кира мысленно произнесла мантру.

Она благополучно миновала ворота и затерялась в толпе, что бурлила под голубым небом, на котором сияло солнце. Свобода! «Успокойся, девочка. Если не хочешь, чтобы к тебе привязались, уноси отсюда ноги, и поскорее».

Поблизости от стоянки трициклов Кира отыскала информационный стенд, настроила свой информатор, вошла в кабинку, бросила в паз монету. Лишь после того, как узнала все новости, она сообразила, что по-прежнему давит изо всех сил на кнопку вызова. Девушка усмехнулась, направилась на стоянку, заплатила за свой трицикл, села в машину и поехала прочь.

Прежде всего следует избавиться от гавайского костюма: в нем она слишком уж бросается в глаза. Следовательно, необходимо отыскать в окрестностях недорогое ателье. Информатор выдал адрес: сектор Тонаванда. Судя по всему, в этом районе селились люди с достатком — дома попадались в основном кипричные,

высотой в несколько этажей; многоквартирные здания встречались крайне редко. Никакой толпы, немногочисленные прохожие
не спеша шагали по тротуарам. По проезжей части катили автомобили (сюда они допускались, потому что их было мало). Поначалу Кира ощутила умиротворение. Небоскребы Внутреннего Города казались едва ли не призраками, разноголосый гомон у их
подножия превратился на расстоянии в шепот.

Однако, приглядевшись повнимательнее, девушка заметила,
что кладка во многих местах осыпается, у товаров за грязными
стеклами витрин вид достаточно затрапезный, а люди, похоже,
настроены не слишком радушно. Трава растет, где ей вздумается, у деревьев в сквере — там мирно похрапывали рядом с пустой бутылкой двое мужчин — почему-то пожелтела листва.
Кира и не подозревала, что в Комплексе существуют подобные
кварталы; хотя, вполне возможно, здесь ничего не изменилось с
тех самых пор, как авантисты пришли к власти на волне общественного недовольства.

Правда, отдельные здания — фабрика, генетическая клиника,
два-три ресторана, то есть такие заведения, которые посещает
много народу, но которые не могут позволить себе, из-за сравнительно низких доходов, переехать в помещение поприличнее —
выглядели достаточно пристойно. Это относилось и к ателье. Когда девушка открыла дверь, ее встретил приемщик — не робот,
человек, вежливый, одетый с иголочки. Он справился, чем может
быть полезен, смущенно объяснил, что они работают на устарев-
шем оборудовании, программы которого не соответствуют последним требованиям международной моды.

— Ничего страшного,— успокоила его Кира, окидывая взглядом уютное фойе.— Помнится, ателье вроде вашего существовали,
еще когда я была ребенком.— Разумеется, помнить она на деле не
помнила, но благодаря своей профессии представляла, какие тут
нужны машины.— Знаете, мне лишь бы было красиво и удобно.

Она прошла в кабинку, разделась и позволила автомату снять с
себя мерку. Это было наслаждение, своего рода терапия — наблюдать
за собственным, в полный рост, голографическим изображением: компьютер моделировал костюм, мгновенно внося изменения, если девушка нажимала на какую-нибудь кнопку клавиатуры. Так, четыре
комплекта нижнего белья, двое брюк — одни черные в обтяжку, другие обычные, с тонкой красной каемкой внизу каждой штанины. Рубашка со стальным отливом, более женственная переливчатая блузка
абрикосового цвета и еще одна, с пышными кружевами, но — Кира

не преминула убедиться — не стесняющая движений. Юбка-миди из тигрила, бледно-зеленый плащ с капюшоном — от непогоды. Таким образом, теперь у нее есть наряды практически на все случаи жизни. Кроме того, она заказала саквояж и сумку, которую при необходимости не составляло труда превратить в рюкзачок.

Девушка надавила на кнопку «Готово». На экране замигали цифры: стоимость заказа. Сумма была больше, чем у нее имелось при себе наличных. Кира неохотно воспользовалась кредитной карточкой. Если Сепо все же заподозрит ее и сделает запрос базе данных, вот след, мимо которого агенты наверняка не пройдут.

Bueno, если повезет, этого не случится, по крайней мере, за те дни, которые ей осталось провести на Земле. И потом, вряд ли даже в авангистской Северной Америке компьютерная сеть отлажена настолько, что сохраняет все без исключения сведения. Возможности подобной сети огромны, но не безграничны. Скорее всего, данные вроде тех, кто, когда, зачем снимал деньги со своего счета, спустя какое-то время просто уничтожаются.

Что поделаешь, компьютер — не человек. Кира хихикнула и тут же одернула себя: нужно сохранять серьезность. Пока есть время, надо поразмыслить над тем, как быть дальше. Наличные следов не оставляют. Доллар давно уже не является конвертируемой валютой, однако на территории Союза лучше расплачиваться именно долларами. Разумеется, от уков[1] никто не откажется, но того, кто платит ими, безусловно запомнят. Пойти в банк и поменять? Эти сведения точно попадут в базу данных, и кто-нибудь может заинтересоваться, с какой стати она поменяла деньги. Так или иначе, необходимо раздобыть наличных — и постараться навести Сепо на ложный след...

Весело позвякивая на ходу, подкатила роботизированная тележка; выдвинулся поддон с заказом. Кира перебрала одежду, натянула переливчатую блузку и черные слаксы, остальное сложила в саквояж и вышла из кабинки.

— Надеюсь, все в порядке, миз[2] Дэвис? — осведомился приемщик с елейной улыбкой. Почему он запросил компьютер, как зовут клиента? Кстати, и не подглядывал ли, пока она одевалась?

— Да, спасибо,— отозвалась Кира.

---

[1] УК — аббревиатура от «универсальные кредитные билеты».
[2] Миз — принятое в англоязычных странах обращение к женщине, не содержащее указаний на семейное положение.

— Вы из космоса?

— С чего вы взяли? — Кира внутренне напряглась. Может, у него есть разрешение на проверку всех сведений о клиентах ателье? Впрочем, когда запрашивают подобную информацию, база данных в Кито вряд ли требует пароль.

— Мне так показалось по вашему виду, миз. Вы говорите как североамериканка, а держитесь... ну, гордо, что ли. Всю жизнь мечтал побывать в космосе.

Кира уловила в тоне приемщика зависть и легкое сожаление. Интересно, доводилось ли ему вообще путешествовать? Похоже, да; во всяком случае, он употребил форму обращения, которая здесь не очень-то в ходу.

Путешествия... По мультивизору показывают голографические фильмы. Если человек может позволить себе витаприставку, у него создается почти полная иллюзия реальности изображения. Однако видеть сады Тихополиса, ловить аромат, исходящий от гигантских цветов, испытывать на прочность нервную систему, когда кажется, что вот-вот очутишься в невесомости — всего этого недостаточно. Ты сознаешь, что сидишь дома, что не в силах пройтись по той же Луне, что все, что может с тобой случиться, заранее заложено в программу. Кира поняла, что ей представилась хорошая возможность.

— Да, я работаю наверху.— В подробности вдаваться не стоит. В нынешних условиях хвастаться тем, что ты пилот, по меньшей мере неразумно. Кира вздохнула.— Прилетела отдохнуть, но, по-моему, отдыхать уже не придется. Сегодня утром передали...— Клюнет или нет?

— Насчет «Файербола»? — приемщик сделал большие глаза.— Вы работаете на них?

— Пострадали все компании, сфера интересов которых затрагивает космос,— в этой высокопарной фразе все было правдой, от начала до конца.— Мне необходимо связаться с любым представительством нашей фирмы за пределами Союза. Причем лично, поскольку здешние каналы связи... ненадежны.— Может, он догадается, что она имеет в виду.— Виепо, мне всегда хотелось посмотреть на Квебек. Но ведь без подходящей одежды туда не поедешь, верно?

— Конечно! У вас замечательный вкус, миз Дэвис. Жаль, что ваш отпуск оборвался столь неожиданным образом. Удачи и заходите снова, когда будете в наших краях. Muchas gracias[1].— Не переставая тараторить, приемщик проводил Киру до двери.

---

[1] Muchas gracias (*исп.*) — Большое спасибо.

Итак. Если агенты Сепо доберутся до ателье, приемщик сообщит им, что миз Дэвис направилась на север. В новостях ничего такого не передавали, значит, граница открыта. Каждый день в разных местах ее пересекает множество людей, и если даже власти организуют массовую проверку, речь пойдет разве что о сканировании удостоверения личности, неважно, летит ли человек на самолете или добирается наземным транспортом. К базе данных, опять-таки, будут обращаться в исключительных случаях. Возможно, станут проверять всех, у кого обнаружится нечто, хоть отдаленно смахивающее на нейристорный блок. Иными словами, если Сепо и заинтересуется Кирой Дэвис настолько, чтобы порыться в ее файле, ничего подозрительного копы там не найдут — решат, что девица просто-напросто запаниковала, и забудут о ее существовании.

А как быть с сообщением о том, что она сегодня приобрела энное количество наличных долларов? Хотя... Кира дернула подбородком. Да, в комплексе Эри-Онтарио она не была много лет, но бедняков, которые расплачиваются наличными, хватает в любом городе Земли.

Притормозив, девушка вывела на экран бортового компьютера карту Кварк-Фейр и принялась ее изучать. Кажется, когда она была маленькой, этот район изображался на картах в виде крохотного диаметра окружности. С тех пор диаметр если и уменьшился, то совсем на чуть-чуть. Сразу после падения метеорита на Баффало началась реконструкция, и поначалу дело продвигалось быстро. Но потом Вторая Республика прекратила свое существование, и всем стало не до реконструкции. Авантисты, перед тем, как прийти к власти, обещали в два счета все восстановить, но они тогда раздавали обещания направо и налево. Кира пожала плечами и поехала дальше.

Автобусная остановка находилась приблизительно в двух километрах от того места, куда ей требовалось попасть. Кира поставила трицикл на стоянку и, как посоветовал накануне вечером Ли, позвонила в транспортное агентство. На одном дыхании она выпалила, что ей срочно нужно в Монреаль. Лишняя предосторожность не помешает. Затем взяла саквояж и отправилась на поиски банкомата, а когда нашла, вложила в прорезь удостоверние и заказала тысячу уков бумажками по двадцать кредиток.

На экране банкомата замигала надпись: «В наличии 450 кредитов сотенными и полусотенными. Будете ждать пополнения кассы?»

Черт побери! Докатились! Неужели всеобщая безалаберность распространилась и на банкоматы? Кира отменила первоначальный запрос и заказала четыреста пятьдесят уков. Получив конверт, она пересчитала купюры, а затем положила деньги в потайной карман блузы.

Вокруг царило запустение, напоминавшее об улицах того города, над которым сверкала голубая тэта. Когда девушка пересекла проезжую часть, запустение сменилось полным упадком и разрухой. Оконные проемы без стекол зияли в покрытых копотью стенах, словно раны. Двери распахнуты настежь, куда ни посмотри, всюду нацарапаны ругательства и лозунги, причем они бросаются в глаза, в отличие от магазинных вывесок. На тротуаре сидел с протянутой рукой нищий, и не переставая жаловался на лихую судьбину. Мимо Киры прошаркали две неряшливо одетые женщины. Трое ребятишек выскочили из переулка и принялись, стараясь перекричать друг друга, просить милостыню. Кира притворилась, что не обращает на них внимания: только остановись, тебя окружит целая толпа. Навстречу ковылял старик — уставясь в небо, он что-то бормотал себе под нос. Четверо парней проводили девушку улюлюканьем, а широкоплечий мужчина, шагавший в противоположном направлении, вдруг ухмыльнулся и двинулся к Кире. Пахло от него, как из выгребной ямы. Кира поглубже вдохнула и приготовилась. Она обожала айкидо и не упускала случая потренироваться (правда, сейчас, при мысли о том, что придется попросту драться, ей стало как-то грустно).

Мужчина прищурился, посмотрел на Киру — и прошел мимо. Девушка услышала, как он сплюнул. Ерунда. Неужели политики никогда не поймут, что экономика с полным государственным регулированием ведет, прежде всего, к обнищанию людей?

Хотя ничем не ограниченное свободное предпринимательство тоже не гарантирует изобилия. Впереди послышался шум: крики, автомобильные гудки, еще какие-то звуки, источник которых на расстоянии не поддавался определению. Кира свернула за угол, прошла очередной квартал — и оказалась у цели.

Перед ней раскинулся «блошиный рынок», кишмя кишевший народом. Многочисленные торговцы сидели прямо на асфальте — кое-кто, правда, расположился на подстилках; находились и такие, кто прихватил раскладные стульчики. Некоторые умельцы ухитрились даже соорудить из пластиковых упаковок нечто вроде ларьков. Здесь, казалось, можно встретить кого угодно — мужчин и женщин, молодежь, стариков и людей, что называется, в расцвете сил, чистых и грязных, толстых и тощих, веселых и печальных. Торговцы наперебой расхваливали свой товар, их голоса перекрывали гомон толпы, состоявшей, кстати, не только из простолюдинов.

Публика расхаживала по рынку, обменивалась впечатлениями, приобретала, продавала, менялась... Не очень-то приятно каждую секунду натыкаться на оттопыренный локоть.

Вдалеке виднелись какие-то здания, по большей части развалюхи, над которыми возвышался небоскреб — вернее, то, что от него осталось после попадания ракеты. Двадцать уцелевших этажей, в стенах дыры, наружу торчат перекрученные, проржавевшие балки, сверкают на солнце стекла, которыми — ничего лучше, видимо, не нашлось — заменили уничтоженные видеопанели... Куда ни посмотри, повсюду мерцали, искрились, переливались множеством оттенков рекламы и вывески; должно быть, вечером от их непрерывного мигания начинает кружиться голова.

— Меняем? — хриплым голосом спросил у девушки худой мужчина в мешковатом желтом комбинезоне. Ага! Кира остановилась.— У меня выгоднее, чем в банке,— присовокупил меняла.

— Сколько вы в состоянии поменять? — Кира заранее прикинула, что нужную сумму, скорее всего, наберет с нескольких заходов.

— А сколько у вас есть? — вопросом на вопрос ответил мужчина, а потом, заметив нерешительность девушки, прибавил: Не беспокойтесь, все будет шито-крыто, останетесь довольны. Я вас не обдеру.— «И в базу данных не сообщу»,— мысленно закончила Кира.

— Четыреста уков,— отозвалась девушка, решив, что от добра добра не ищут. Да, твердой валюты после такого обмена останется кот наплакал, но главное сейчас — выбраться из этой гнусной страны.

— Пошли.— Мужчина взял Киру за локоть. Ей захотелось стряхнуть его руку, но она сдержалась.

По пути Кире бросилось в глаза, что на рынке торгуют не только одеждой, игрушками, продуктами, домашней утварью и прочей дешевкой. Интересно, откуда здесь взялся лазерный резак? Или вон то бриллиантовое колье? Камни крупные, чистой воды, и стоят наверняка бешеные деньги. А вон головизор: по экрану прибора скакал Пети, наполовину мальчик, наполовину лохматый медвежонок,— находка для того, кто ищет себе друга. Интерактивные программы наподобие этой считались не поддающимися «пиратскому» копированию; они продавались вполне официально, однако по сумасшедшим ценам. Что ж, подумалось девушке, чем мощнее охрана, тем изощреннее становятся взломщики.

— Нам сюда,— сказал ее провожатый, указывая на высокое здание, над входом в которое мигала надпись: «CASINO

GRANDIOSO[1]». — Меня зовут Эдвин.— Мужчина выжидательно посмотрел на девушку, но та промолчала. Похоже, он рассердился, но предпочел не устраивать скандала.

Вестибюль, стены которого были отделаны темно-бордовым вельвилом, встретил их сумраком и неожиданной тишиной. За стойкой сидела девушка — лицо подростка, глаза древней старухи.

— Мы к сеньору Леггатту,— сказал Эдвин.— Большой куш.

Девушка кивнула, произнесла что-то в интерком и вновь повернулась к посетителям.

— Вам повезло, он занят, но не слишком. Проходите.

Они прошли через три просторных зала, в каждом из которых, несмотря на ранний час, уже сидели за столами и перед автоматами игроки. Кира на мгновение задержалась у компьютерных терминалов, изображения на экранах которых завораживали своей хаотичностью. Она знала эту игру. Нужно привести систему в более-менее упорядоченный вид: если сумел — получаешь ту или иную сумму.

— Здорово, верно? — проговорил Эдвин.— Потом можно сыграть.

— Gracias, нет.— Все оборудование наверняка запрограммировано так, чтобы заведение не проигрывало. К тому же, она проголодалась.

Вооруженный охранник пропустил Эдвина и Киру в роскошно обставленный кабинет. Картинка на экране мультивизора... Вполне возможно, то была не компьютерная модель, а обыкновенная съемка. Мужчина нежился в постели с девушкой-метаморфом, у которой были по-паучьи длинные руки и ноги, гибкое, словно у угря, тело, покрытое лоснящимся бурым мехом; она заливисто смеялась и своим хвостом с кисточкой на конце гладила мужчину по спине. Метаморф... Внезапно Кира будто увидела эту сцену глазами Кейки-моана, Детей Моря. Девушка отвернулась.

Наружность Леггатта как нельзя лучше соответствовала обстановке. По какой-то причине он не пытался избавиться от лишнего веса, а потому выглядел этаким шкафом. Его взгляд словно пробуравил Киру насквозь.

— Леди хочет поменять четыреста уков,— объяснил Эдвин, в тоне которого прозвучали одновременно торжество и раболепие.

— Вот как? — откликнулся Леггатт визгливым голосом.— Bueno, bueno. Por favor, сеньора, присаживайтесь.— Он выключил мультивизор.— Покурить не желаете? Табак, марихуана, смесь?..

---

[1] Casino Grandioso (*исп.*) — букв. «Величайшее казино».

— Gracias, нет,— ответила Кира, устраиваясь на краешке кресла.— Давайте займемся делом. Этот... caballero[1] утверждал, что он меня не обдерет. Мне нужны доллары.

— Комиссионные, сэр,— проскулил Эдвин.— Не забудьте, что с вас причитается.— Леггатт смерил его испепеляющим взглядом, и Эдвин забился в угол.

— Как скажете, сеньора,— с улыбкой проговорил Леггатт.— Уверяю вас, более выгодного обмена вам нигде не предложат. Посмотрим, какой сегодня курс... Так, значит, это будет...— Он назвал цифру и, видимо, ждал, что Кира начнет возмущаться, однако девушка не доставила ему такого удовольствия. Спрятав удивление за рассуждениями насчет того, как он рад встретить человека, который знает толк в подобных делах, Леггатт вынул из стенного сейфа местные деньги.— Пересчитайте. Нет, нет, сперва убедитесь, что все в порядке. Мы же amigos, верно? — Нечего сказать, хорош amigo — с бандитом у двери!

Показное дружелюбие не помешало Леггатту, перед тем, как убрать в сейф полученные от девушки кредитные билеты, дважды их пересчитать. Эдвин робко кашлянул. Леггатт извлек пухлый бумажник, достал несколько долларов, вложил деньги в протянутую руку и бросил: «Ступай».

— Приятно было познакомиться, сеньорита,— пробормотал Эдвин.— Если будете в наших...

— Ступай,— повторил Леггатт. Эдвин исчез за дверью. Кира встала.— Не стоит торопиться,— произнес толстяк.— Не могу ли я оказать вам еще какую-нибудь услугу? Знаете, мне нравится, когда клиент уходит довольным.

— Bueno...— У девушки засосало под ложечкой.— Может, подскажете, где тут можно перекусить? Никаких изысков, лишь бы было чисто и съедобно.

— Разумеется! Если позволите, я приглашаю вас перекусить вместе. У меня лучшие еда и питье на десять километров вокруг, несмотря на то, что я сижу в самом центре Кварк-Фейр.

— Спасибо, но... Я не...

— Послушайте, я настаиваю.— Огромный, словно кит, Леггатт поднялся из-за стола.— Именно настаиваю, сеньора. Мы должны познакомиться поближе. Вы мне нравитесь, и наша сегодняшняя встреча — наверняка не последняя. Кстати, как вас зовут?

— Неважно. Я спешу на свидание.

---

[1] Caballero (*исп.*) — благородный человек, джентльмен.

— Я настаиваю.— Леггатт взял девушку за руку и не мигая уставился на нее своими поросячьими глазками.— Настаиваю и отказа не приму. Так·как вас зовут?

Похоже, он принял ее за заблудшую овечку. Если пустить дело на самотек, неизвестно, чем все кончится. Сердце девушки пропустило удар, а потом забилось ровно и уверенно. Все чувства мгновенно обострились: она уловила исходивший от Леггатта мускусный запах, различила далекие звуки музыки — трубы, литавры, барабан...

— Виепо, если вы так ставите вопрос...— Кира заставила себя улыбнуться.— Меня зовут,— она спохватилась, что чуть было не назвалась тем именем, о котором договорилась с Ли,— Анна Каренина.

— Вы русская? — Леггатт явно не поверил, однако не стал уточнять, что и как. Выйдя из кабинета, он кивнул охраннику, и тот последовал за ними.

Облаченный в алый с золотым наряд, Леггатт шествовал сквозь гомонящую толпу; люди, заметив охранника за его спиной, замолкали и расступались. Кира спросила себя, может ли она рассчитывать на чью-либо помощь, если ее возьмут и похитят. Скорее всего, нет.

— ...замечательные кушанья,— вещал между тем Леггатт.— Тебе показывают птиц, ты выбираешь приглянувшуюся, ее тут же режут...— Они прошли мимо заведения, в котором, как гласило объявление, можно было набить руку в стрельбе по живым крысам.

«Дворец ужасов» — сообщала вывеска на следующем здании. На наружные экраны проецировались изображения того, что ожидало посетителей внутри: пейзаж сразу после падения метеорита, кейптаунский крааль, Бомбей, сцены былых сражений и не слишком давних полицейских операций. По соседству с этим зданием приютился крохотный ларек с надписью на двери: «Предсказание будущего научным методом стохастического[1] анализа».

— ...отдельные кабинеты, где можно отдохнуть,— говорил Леггатт.— Любой наркотик, причем гарантировано...

— Настоящее, настоящее, настоящее! — ударил по барабанным перепонкам голос из динамика.— Не представление, не галлюцинация,— настоящая жизнь, подлинные ощущения! Приходите к нам! Испытайте наслаждение с лучшими роботизированными шлюхами известной вселенной!

Должна же быть какая-то лазейка! Впереди замаячил остов полуразрушенного небоскреба. Над одним из его подъездов мигала

---

[1] Стохастический — случайный, вероятностный.

кроваво-красная надпись: «Пустыня». Ниже мерцала бледно-голубая: «Заходите, если готовы умереть».

— Что там такое? — справилась Кира, судорожно сглотнув и облизав пересохшие губы.

— Что? — озадаченно переспросил Леггатт.— А, это... Вы разве не знаете?

— Я долго отсутствовала, была далеко-далеко... Потом расскажу.— Судя по всему, заведение пользовалось дурной славой.

— Вам там делать нечего,— заявил Леггатт.— Туда ходят одни придурки. Ежемесячно погибают двое, а то и трое. Пошли.— Он потянул ее дальше.

— Я хочу знать,— заупрямилась Кира, не двигаясь с места.

— Bueno,— сдался Леггатт.— Там рискуют жизнью. Развлечения для сорви-голов. Коррида с роботом-быком. Плавательный бассейн, в котором бушуют штормы и возникают гигантские водовороты. Можно побороться — и получить перелом позвоночника, покататься на центрифуге без страховочного ремня — и шлепнуться наземь, взобраться по столбу, который весь дрожит и раскачивается из стороны в сторону... И так далее.— Он покачал головой.— Сплошная блажь.

— Звучит просто восхитительно.— Кира упорно гнула свою линию.

— Да? Эй, подождите, вы что, спятили? Жить надоело?

Леггатт стиснул руку девушки. В его голосе прозвучало раздражение, под кожей заходили желваки. Да, он не привык к тому, чтобы ему противоречили. До небоскреба было всего ничего. Кира ловко выдернула руку, отпрыгнула, повернулась и кинулась бежать.

— Стой! — рявкнул Леггатт.— Отто, за ней, живо!

Кира не просто слышала, как грохочут за спиной башмаки,— она словно чувствовала каждый шаг охранника. А вдруг он достанет пистолет и выстрелит? Девушка обогнула группу сбитых с толку туристов — судя по одежде, жителей одного из плотовых городов в южной части Тихого океана,— сунула на бегу руку в карман и достала пачку долларов. Это движение задержало ее лишь на долю секунды: ведь космонавтов специально обучают множественной координации. Она обернулась и увидела, что Отто изрядно отстал. Кира подбежала к двери, вложила купюру в паз. Машина выдала билет, створки двери разошлись. Девушка не стала дожидаться сдачи — прошмыгнула внутрь и с облегчением услышала позади шипение, с каким закрылась дверь.

Она очутилась в вестибюле. За стойкой стоял мужчина в костюме древнегреческого воина. Если он и удивился тому, что посетитель, во-первых, женщина, а во-вторых, дышит так, словно удирала от погони, то не подал вида.

— Saludos,— произнес он.— Чем могу служить?

— Я... Мне хотелось бы сначала осмотреться. Возможно, я и рискну, но чуть погодя. Это не против правил?

— Не волнуйтесь, все в порядке.— Мужчина прокомпостировал билет Киры и вручил ей буклет.— Рекомендую прочесть. Por favor, нажмите вот здесь большим пальцем правой руки.— Он указал на экран.— Мы обязательно запрашиваем подтверждение кредитоспособности. Естественно, у нас имеется собственная медицинская служба, которая поможет вам по сходной цене, однако...

— Я знаю.— Кира прошла мимо мужчины, гадая, прикажет ли Леггатт своему охраннику ломать дверь. Она словно услышала, как он ворчит: «Подлая сучка!» С одной стороны, он достаточно благоразумен, чтобы повернуться и уйти, а с другой, вполне вероятно, уязвлен и заинтригован...

На экранах вдоль стен коридора, которым шла девушка, возникали эпизоды различных сражений: бились ассирийцы и евреи, римляне и викинги, мавры и рыцари-христиане, самураи и ацтеки... а на последнем китайцы дрались врукопашную с патанами[1] во время Великого Джихада. То были компьютерные модели, почти как живые, но чересчур натурализированные для удовлетворения садистских наклонностей. Впрочем, судя по плате за вход, публика сюда ходит приличная, из богатых, следовательно, хорошо образованных и еще в детстве излеченных от всяких патологий. Так почему же они приходят? Если им нужны острые ощущения, могли бы сходить в кивиру[2].

Кира свернула в другой коридор, перпендикулярный первому, и очутилась на площадке с тремя эскалаторами. Она выбрала наугад левый, поднялась по нему и оказалась в зале с прозрачной стеной. Девушка подошла поближе, чтобы посмотреть. Мужчина, похожий на судью, наблюдал за схваткой двоих юношей, почти подростков. Одетые в трико, они бились палицами, нападали и защищались. Кожа блестела от пота, тут и там проступали синяки, сочилась кровь... Да, такой дубиной можно запросто расколоть череп.

В следующей комнате обнаружилось некое сооружение вроде перевернутой буквы «L». Виселица! На ней, в метре от пола, болтался

---

[1] Патаны — афганское племя.
[2] Кивира — очевидно, слово придумано автором и означает увеселительное заведение с компьютерными аттракционами, «Дом грез».

голый мужчина, а другой смотрел, как он мучается. Кира не удержалась от испуганного восклицания.

— Док не допустит, чтобы он окочурился,— произнес чей-то голос. Девушка обернулась. Перед ней стоял молодой человек, стройный и симпатичный — для африканца, в спортивных трусах. По всей видимости, шагая по своим делам, юноша заметил ее реакцию и решил успокоить клиента.

— Но зачем?..— с запинкой выговорила Кира.

— Такие pasatiempo[1] не для меня, но,— юноша пожал плечами,— мне говорили, что ощущения просто невероятные. Плюс, разумеется, риск.— Он поглядел на Киру с откровенным любопытством.— Женщины у нас бывают нечасто. Вам нужно что-нибудь этакое? Возможно, я сумею помочь.

— Н-нет.— Кира стиснула кулаки. У висевшего вывалился язык.— Мне просто... любопытно.— Внезапно ее голос сорвался на крик: — Снимите его!

— Да, вид у него еще тот.— Молодой человек нахмурился.— Черт! Пойдемте отсюда, а? Если он умрет, у меня нет ни малейшего желания при сем присутствовать. Ведь его могут и не оживить.

— Куда мы идем? — хриплым шепотом — у нее пересохло в горле — спросила Кира. Девушку била дрожь.

— О, вам наверняка понравится.— Юноша улыбнулся.— Новый аттракцион. Двенадцатиметровый водопад и бассейн, на дне которого понатыкано кольев, причем их каждый день расставляют иначе. Здорово, правда? Я собираюсь прыгнуть.

— Скорее, отвратительно.

— Почему? — юноша, судя по его тону, искренне удивился.— Все честно. Не то что в аквариуме с акулами. О, я вовсе не предлагаю вам последовать моему примеру. Откровенно говоря, мне трудно представить, что вас вообще сюда привело.

— Да уж.— Повинуясь внезапному побуждению, Кира прибавила: — Я сама не раз рисковала жизнью, такая у меня профессия. Но вы... Зачем? С какой стати?

Они миновали помещение, в котором находился один-единственный человек. Он глядел в потолок. Что-то заставило Киру проследить за его взглядом. Под потолком, расстояние от которого до пола приблизительно равнялось высоте трехэтажного здания, была натянута проволока, и по ней шел мужчина. Страховочной сетки, разумеется, не было и в помине.

---

[1] Pasatiempo (*исп.*) — времяпрепровождение, развлечение.

— А как еще доказать себе, что ты не трус? — с изумившей девушку горечью в голосе отозвался юноша.

Кира мельком подумала, что рисковать головой — в природе всякого молодого мужчины. Всякого ли? А может, то, что она видела, — этакий бунт духа? Но против чего?

— Кроме того, — продолжал ее спутник более спокойным тоном, — у меня отличные шансы выжить. Я не самоубийца. Это просто способ радоваться жизни. Потом я расслабляюсь. — Неожиданно он оробел. — Позвольте представиться. Сэм, Сэмюел Джексон, младший научный сотрудник, участвую в программе создания протеинов. Может, посмотрите, как я прыгну, а там пообедаем вместе? Поговорим — о том, о сем...

— Gracias, — откликнулась Кира, подавив искушение согласиться. Паренек и впрямь симпатичный и вроде бы понимает, что к чему на белом свете, но надо думать о другом. Ли. Гатри. «Файербол». — Мне очень жаль, но ничего не получится. Развлекайтесь сами. Удачи. — Девушка свернула в первый попавшийся коридор.

Она отыскала зальчик с креслами, села в одно из них и принялась изучать рекламный буклет. К нему прилагались карты. Три выхода, на значительном удалении друг от друга. Леггатт вряд ли отправил своих громил стеречь все выходы до единого. Значит, выбраться можно.

Почему-то эта мысль не принесла облегчения. Что такое «Пустыня»? Она пробуждает в человеке зверя, но не затягивает в себя всеми правдами и неправдами, не пытается переделать. Там, снаружи, авантисты с их тюрьмами и исправительными центрами, цензурой и лозунгами, государственным контролем за образованием и экономикой с целью максимально рационализировать сознание. Они не слишком в том преуспели, верно? Однако, пока добивались своего, прикончили множество людей. Ей, Кире Дэвис, сейчас тоже грозит смерть — или нечто более ужасное.

Кира встала, ориентируясь по карте, добралась до ближайшего выхода, осторожно вышла на улицу, смешалась с толпой и быстрым шагом двинулась прочь. Ее внимание привлек ларек с вывеской «Будущее». Изнутри доносился монотонный голос: «...ваша психическая проекция посылается в грядущее через пространственно-временной континуум...» Девушка отвернулась и заметила вывеску «Еда».

Забегаловка оказалась вполне приличной. Кира проглотила две порции burrito[1] и запила их холодным, необыкновенно вкусным

---

[1] Burrito (*исп.*) — мексиканское мясное блюдо.

пивом, а на десерт получила от хозяйки указания, как добраться
до кофейни мамаши Лакшми.

Кофейня представляла собой двухэтажное металлическое сооружение, примечательное разве что террасой с большим во всю
стену, экраном, на котором сбегались со всех сторон к Кришне
охваченные любовью пастушки[1]. Из пустынного фойе, повернув
направо, посетитель попадал в ресторан с баром, а слева находился игральный зал. За стойкой сидела темнокожая женщина.

— Мне нужен номер,— сказала Кира.

— Десять долларов в час. Клиентов не водить.

— Я хочу остановиться на ночь.— Кира почувствовала, что
краснеет.

— Десять долларов час до двадцати одного ноль-ноль. Затем
ночные расценки, по сто долларов. Расчет в девять утра.

— Слишком много и дорого.— Впрочем, Кира утолила голод,
а потому пребывала в покладистом настроении.— Плачу ровно
сотню за все, считая с этой минуты.

— Идет,— мгновенно отозвалась женщина.

Учись торговаться, девочка, сказала себе Кира, иначе от всех
твоих денег в два счета ничего не останется.

— Ко мне должны прийти. Меня зовут Эмма Бовари. БОВАРИ.

— А посетителя? — поинтересовалась женщина, внося сведения в компьютер.

— Вам обязательно нужно знать?

— Да, ради вашей же безопасности. У нас тут порядки строгие.

— Джон Смит,— произнесла Кира после паузы, которая понадобилась ей, чтобы вспомнить вымышленное имя Ли. Женщина фыркнула, но ввела данные в машину и выдала девушке ключ.

Номер на втором этаже не отличался изысканностью обстановки,
но был сравнительно чистым. В нем имелись ванная и древний мультивизор. Уличный шум внутрь практически не проникал. Кира хотела
было послушать новости, однако передумала. Сперва она немного от-
дохнет. Бросит на пол саквояж, скинет туфли, свалится на кровать...

Кира была в космосе, посреди потока Тауридов[2]. Странно, что
эту вековую угрозу человечеству можно различить лишь на экране

---

[1] Кришна — индийское божество. Когда он в образе пастуха играет на
свирели, окрестные пастушки бросают своих мужей и домашние дела
и бегут к нему, чтобы танцевать вместе с Кришной на берегу реки.
[2] Тауриды — метеоритный поток.

радара. Невооруженным глазом видны были только звезды, по-зимнему ярко сверкавшие во мраке. В рубке горел свет, поэтому из великого множества звезд виднелись разве что несколько сотен. Ускорение прекратилось, наступила невесомость. Кира парила в полном одиночестве. Затем возникло видение, игра тусклого света и призрачных теней: комета развернулась, рыскнула из стороны в сторону и умчалась по орбите к далекой Земле. Триста миллионов тонн первобытной материи, лед, камень и пыль. Если комета врежется в Землю, она принесет смерть, разрушения и год без лета. Она слишком хрупкая, чтобы ее можно было отклонить: приложение необходимой силы разнесет комету вдребезги, причем неуправляемые осколки будут ничуть не менее смертоносны. Следовательно, выход один — уничтожить, распылить, и поскорее. Однако ядерные взрывы подобной мощности приводят к тому, что в пространство словно выстреливается заряд шрапнели, и может случиться так, что на пути заряда окажется корабль-разведчик...

Девушку разбудил стук в дверь. Она села и судорожно сглотнула. В окно заглядывало заходящее солнце. Господи Иисусе, неужели она столько проспала? Стук повторился. Кира поспешила отпереть. Вошел Роберт Ли: костюм типичного жителя Запада, за спиной рюкзачок с Гатри, в левой руке чемоданчик. Кира заметила, что с запястья Боба исчез информатор, посмотрела Ли в лицо.

— Привет.— Ли криво усмехнулся, его голос прозвучал как-то безжизненно.

— Bienvenida,— нерешительно откликнулась Кира.— Долго же вы добирались. Что-нибудь стряслось?

— Ничего серьезного,— Ли запер дверь.— Я задержался потому, что потратил на поиски необходимого больше времени, чем предполагал.

— Выньте меня из мешка и объясните, черт подери, что происходит! — потребовал Гатри.

Ли достал металлический ящик и поставил на стол.

— Меня не пропускали внизу. Пришлось выяснять отношения через интерком. Все стали такие осторожные, просто жуть.

— Я думала, на Кварк-Фейр нет никаких запретов.

— Не совсем верно. Если Сепо узнает, что сюда пронесли...— Ли рухнул в кресло и уставился перед собой невидящим взором.

— За приличную цену,— добавил Гатри.— Я слышал, как ты торговался.

— Дело того стоило, сэр. Я никогда раньше ничем подобным не занимался, но слышал, что такое возможно, и постарался выяснить, где именно.

— Вы о чем? — не поняла Кира.

— Я сперва отдышусь, ладно? — проговорил Ли.— Тема не то чтобы приятная.

— Я могу спуститься и принести чего-нибудь выпить. Хотите?

— С радостью пропустил бы стаканчик бурбона, но сегодня мне лучше обойтись без алкоголя.

— Закажи себе, Кира,— посоветовал Гатри.

— Стоит ли? Если только кофе...— Нет, нервы и без того на пределе. Девушка принялась расхаживать по номеру.— У меня тоже возникли кое-какие проблемы.— Она вкратце описала события последних часов.

— Для дамы, которая жила уединенной жизнью, вы вели себя замечательно, мэм,— подытожил Ли и восхищенно присвистнул.

— Угу, а теперь вам нужно поскорее вернуться к вашим уютным звездолетикам, радиационным экранам, столкновениям с метеоритами и лунотрясениям.— Гатри усмехнулся, но мгновенно посерьезнел.— Мне кажется, времени у нас в обрез, если оно есть вообще.

— Неужели все настолько плохо, сэр? — спросила Кира, чувствуя, как ее пробирает озноб.— Почему?

— Разве не ясно? По-моему, так же очевидно, как прыщ на заднице нудиста. Мое второе «я» быстренько сообразит, что мне удалось удрать, и попытается опередить меня. Если сумеет, значит, «Файербол» — его, то есть вражеский, Священного Синода. В таком случае, будем надеяться, что нам троим позволят умереть. Лично я не желаю жить в их будущем.

— В каком он, по-вашему, положении? — справился с гримасой Ли.

Озноб становился все сильнее. Кира не могла и представить, каков будет ответ шефа, ибо плохо разбиралась в психонетике. Возможно, шеф тоже ничего в ней не понимает. Однако псевдо-Гатри...

Ошибка. Он не «псевдо», он — Гатри. Может статься, тот самый, который оставался на Земле и управлял компанией; а она беседует с тем, кто летал к альфе Центавра. Какая разница? Ведь после возвращения второго они обменялись воспоминаниями. Лишь впоследствии их дороги разошлись.

Почему-то Кире захотелось, чтобы Гатри, которого она держала в руках, оказался тем, кто летал к звездам. Тому, чья нога ступала на поверхность Деметры, не пристало томиться в тюрьме.

6

БАЗА ДАННЫХ

К вечеру хлеставший весь день ливень прекратился; ветер, правда, утих не сразу, разогнал на прощанье тучи. Видеть над головой ясное небо, на котором, вдобавок, сошлись почти вплотную два солнца, было весьма непривычно. Гатри покинул лагерь, притаившийся под скалистым гребнем, что защищал его от непогоды, и отправился на побережье — полюбоваться закатом.

По дороге ему встретился биолог экспедиции. Пятнадцати сантиметров длиной, робот сильно смахивал на некое гигантское насекомое и выглядел гораздо более живым, нежели зеленовато-бурый мох, который он ощупывал своими манипуляторами. Заметив Гатри, робот на мгновение остановился. Гатри понял, что главному компьютеру ушло очередное сообщение, переданное через усилитель, болтавшийся на воздушном шаре в воздухе над лагерем. Сам Гатри ничего не слышал, его приемник был не слишком мощным. Какая разница? Компьютер за долю секунды опознал Энсона Гатри и отправил роботу команду «Игнорировать». Биолог вернулся к прерванному занятию.

Поблизости наверняка трудились другие роботы, в той или иной степени похожие на своего товарища, но на глаза они не показывались. Местность от холмов на западе до моря на востоке казалась совершенно пустынной: сплошные валуны, нагромождения камней, золотисто-коричневые дюны, голубые, со стальным отливом россыпи кварца. Изредка попадались озерца или просто лужи; ветер, насвистывая, гнал по ним рябь, дробил солнечные блики. Море пахло соленой пеной, озоном и чем-то таким, что лишь отдаленно напоминало обычные запахи водорослей и рыбы.

Гатри выбрался из кабины робокара и покатил дальше на собственных гусеницах, которые на ходу проминали почву, выдавливая из нее влагу. Теперь к рокоту прибоя и шелесту ветра примешивались хруст, скрежет и гул двигателя. Второе тело обладало ногами, однако было куда сложнее в обращении и уязвимее, а это словно роднило Гатри с миром вокруг, словно превращало вновь в человека. Неожиданно зашевелились дремавшие много лет воспоминания.

На море начался отлив. Узкая полоска песка — на Земле она была бы шире — насквозь пропиталась морской водой, что протягивала к ней пенные пальцы. «Шшш»,— шептали волны.

Щупальца с линзами на концах, торчавшие из металлического корпуса, опустились к песку. Побережье усеивали водоросли, раковины, тела мертвых представителей здешней фауны, вроде червей и медуз. Такие находки обнаруживались при отливе каждый день, а уж после шторма их, естественно, было полным-полно. Гатри почему-то вспомнилась Земля — той поры, когда загрязнение не достигло еще катастрофических размеров. Странно, что здешняя жизнь стремительно развивалась в воде и едва существовала на суше. Впрочем, странно ли? Вполне вероятно, что на суше жизнь возникает в результате сильных приливов, а на Деметре их вызывать некому — луны-то у нее нет.

Вдалеке что-то блеснуло. Гатри с любопытством посмотрел в ту сторону. На горизонте по-прежнему клубились облака, багровевшие в закатных лучах, над пенными гребнями волн не кружили ни чайки, ни кайры. Гатри отрегулировал увеличение и разглядел на поверхности воды, метрах в ста от берега, торпедообразный предмет — матку робокаров, изучавших океанскую среду планеты и ее экологию. Интересно, подумалось ему, откуда она взялась: то ли приплыла с севера, где располагалась база экспедиции, то ли изготовлена совсем недавно. Мастерские работали на полную мощность, флайеры доставляли исследователей практически в любую точку планеты... Можно запросить базу данных.

Потом. Он пришел сюда, чтобы посмотреть, как заходит альфа Центавра. Гатри повернулся «лицом» на запад.

За дюнами виднелись холмы, на склонах которых чернели оставленные эрозией шрамы. На золотисто-голубом небе клубились розовые облака. Из-за вечерней дымки ослепительно яркая альфа выглядела всего лишь огненно-алой. Ее диск казался неизмеримо громадным, хотя на деле был даже немного меньше диска Солнца, каким тот видится с Земли. В нескольких градусах за альфой следовала бета, мерцающая искорка, которая оторачивала облака янтарной каймой.

Период вращения Деметры вокруг собственной оси составлял всего-навсего пятнадцать часов. Альфа исчезла из виду, небо сразу потемнело, и на нем засверкала желтая бета, яркая, будто тысяча полных земных лун. Поверхность планеты окутали сумерки, из которых выступали лишь горные вершины. Мало-помалу сияние беты померкло, она потускнела, приобрела красноватый отлив — и исчезла следом за альфой. Последние отблески заката постепенно сошли на нет, и на небосводе, вдогонку тем, что уже искрились на востоке, одна за другой стали появляться звезды.

Неожиданно среди звезд возникла светящаяся точка, которая двигалась в противоход светилам по низкой орбите вокруг планеты. «Джулиана Гатри», звездолет, который доставил их сюда и заберет домой. Нет, не совсем так. Корабль чересчур мал, чтобы его можно было разглядеть, весит с грузом от силы несколько тонн. Сейчас виден лишь блок реактора, топливо для которого добывают на кометах и астероидах послушные роботы, тратя на то не один год.

Перепрыгнув пространство и время, нахлынули воспоминания.

Кабинет в Порт-Бауэне. Сквозь прозрачный потолок виднеется звездное небо, на котором сверкает бело-голубая Земля в третьей четверти. Пьер Олар, подавшись вперед, пристально смотрит на сидящего за столом Гатри.

— Qu'est-ce que vous dites[1]? Вы что, с ума сошли? — На его открытом лице ясно читается искренняя озабоченность.

— Знаешь, Пьер, со стороны твой вопрос может показаться бестактным.

— Я... Прошу прощения, сэр.

— Не дергайся, я пошутил.

— То есть? Вы о своем проекте?

— Ни в коем случае. Я не стал бы вызывать к себе своего лучшего инженера только для того, чтобы увидеть, как он выпучит глаза. Дело в том, что голограмма не способна передать те нюансы человеческого поведения, которые замечаешь при общении лицом к лицу.

— Но это же fou[2]! Бред! Ерунда на постном масле! Я не понимаю, зачем вам понадобилась вторая экспедиция. Роботы, которые там...

— Они не справляются. Нам нужны новые, лучше и в большем количестве. Черт побери, Пьер, неужели до тебя не доходит, что Деметра — единственная планета, кроме Земли, где зародилась жизнь?

— Вы ошибаетесь. Планеты с кислородной атмосферой были обнаружены в трех звездных...

— Знаю, знаю, но до них чертовски далеко, а Деметра вполне достижима.

— На ней существуют лишь примитивные формы жизни.

— И на том спасибо. Разумеется, было бы здорово, если бы так называемые сигналы оказались бы и впрямь сигналами, а не шуточками природы. Однако, судя по всему, нам придется изучать вселенную самостоятельно. Поэтому — полный вперед.

---

[1] Qu'est-ce que vous dites? (*фр.*) — Что вы такое говорите?
[2] Fou (*фр.*) — сумасшествие.

— Э... Bien[1], если вам мало и некуда девать деньги, мы отправим другой звездолет, предварительно улучшив его конструкцию, загрузим на борт роботов и приборы. Но,— Олар с размаху стукнул кулаком по столу,— вы твердите о корабле, который сможет вернуться. Mon Dieu[2], почему? Чем вас не устраивают линии связи?

— Тем, что на них нельзя полагаться. Роботы пашут с утра до вечера, но не создано еще системы искусственного интеллекта, наделенной чем-либо, хоть отдаленно смахивающим на человеческое воображение. И подтверждением тому — ситуация, в которой очутились наши машины на Деметре. Планета преподносит им сюрпризы, с которыми они не всегда справляются. Как знать, что именно они пропустили, что не заметили? Нет, там необходимо присутствие человека, безусловно, умного, который, вдобавок, со временем возвратился бы на Землю.

— Sacree putain[3]! — проговорил Олар после паузы, наконец овладев собой.

— Эй, пойми меня правильно, я вовсе не собираюсь заставлять тебя разрабатывать необходимую для подобного путешествия систему жизнеобеспечения. Не годится настолько увеличивать вес корабля. На Деметру полечу я, точнее, мой двойник, которого мы изготовим, когда придет срок.

— Я... Мне нечего сказать... разве что... я думал, что знаю вас, но ошибался... Даже не предполагал...

— Пьер, моя идея вовсе не такая бредовая, какой кажется на первый взгляд, честное слово. Я обдумывал ее на протяжении многих лет, проводил вычисления и в конце концов установил, что ее можно осуществить, причем за половину запланированной суммы. Послушай, причина, по которой звездолет должен будет вернуться — роботов, разумеется, можно и оставить,— состоит в следующем: иначе я просто-напросто не сумею передать все свои ощущения. Помехи, недостаточная ширина канала связи, квантовый эффект — физические ограничения известны тебе куда лучше моего. А потом, как изложить в словах или схемах оттенки, нюансы, чувства? Нет, я должен вернуться и перезагрузить все в себя; в противном случае зачем мне вообще лететь?

— И правда, зачем? — поинтересовался Олар, дернув крючковатым носом, развел руки в стороны и уставился в потолок.

---

[1] Bien (*фр.*) — хорошо, ладно.
[2] Mon Dieu (*фр.*) — Боже мой.
[3] Sacree putain (*фр.*) — здесь: «чушь, бред сивой кобылы».

— Не лезь в бутылку, amigo. Сам потом будешь меня благодарить, ведь я подкинул тебе шикарную техническую задачку. Если с моей интуицией все в порядке, следующие несколько лет ты пробарахтаешься в этой задачке, как свинья в иле Миссисипи. Кстати, раз уж мы заговорили о жидкостях, налей себе выпить. Где виски, наверняка знаешь.

Звезд становилось все больше, наконец, они усеяли весь небосвод, насколько хватало зрения; их затягивала легкая дымка наподобие той, какие витают на Земле над заповедниками. Гатри отрегулировал свои линзы на максимальное увеличение, надеясь разглядеть что-нибудь, заслуживающее внимания роботов-изыскателей. Впрочем, те в работе прекрасно обходились без его помощи. Однако в настоящий момент ему просто нечем было себя занять. Ну разумеется, он совершил ряд открытий, разработал процедуры, не описанные ни в какой программе, но этого мало. Гатри хотелось участвовать буквально во всем, и не ради того, чтобы оправдаться впоследствии перед Оларом и прочими; хотелось, и все.

Интересно, доживет ли Олар до его возвращения?

Ветер почти стих, море лениво накатывалось на берег, гребни черных волн серебрились в свете звезд. От воды веяло прохладой. Гатри остановился, вытянул манипулятор, подобрал некий сверкающий предмет и поднес его к линзам. Осколок ракушки, переливчатый, словно перламутр; до сих пор ничего подобного на Деметре не находили. Возможно, сведений о ракушках нет и в базе данных. Возможно, это новое направление исследований, которым не стоит пренебрегать.

А может, стоит? Нельзя же хвататься за все на свете. В конце концов, кем доказано, что жизнь на Деметре развивалась как на Земле — в кембрийский, силурийский или черт его знает какой период? Бесцельная эволюция, столь же чужеродная, как и сама планета; однако изучать ее результаты куда любопытнее, чем, скажем, шляться по космосу.

Гатри подержал раковину в манипуляторе, затем положил ее в отделение для образцов. Как-то раз они с Джулианой отыскали нечто похожее на калифорнийском пляже. «Морское ушко! — воскликнула Джулиана. — Их почти не осталось.» Голова к голове, они склонились над чудом природы. На пляже, кроме них, никого не было — страна, в которую они приехали, переживала экономический кризис. Солнце, песок и морская вода принадлежали им одним. Волосы Джулианы коснулись его щеки. Он обнял жену за талию.

Какая у нее теплая и гладкая кожа! Джулиана искоса поглядела на мужа, усмехнулась, прильнула к нему... Да, для модуля с нейристорной сетью воспоминание было необыкновенно ярким.

Гатри посмотрел на небо, в котором сверкала неподвижная точка. Фаэтон, бродячая планета, которая скоро пересечет орбиту Деметры. Правда, «скоро» — понятие растяжимое. О будущем думать не хотелось. Взгляд Гатри задержался на знакомых очертаниях созвездий и серебристого Млечного пути. Двадцать лет в космосе приучили его не придавать значения расстояниям между светилами на задворках вселенной. Естественно, созвездия с Деметры виделись несколько иначе, нежели с Земли. В этот час и на этой широте Полярная стояла практически в зените. Вон тускло-красная проксима Центавра, за ней Кассиопея, а дальше, в окружении пяти менее ярких точек, Солнце.

— Слышишь, милая,— воззвал он через световые годы к праху Джулианы,— мы добились своего!

7

— Не будем кукситься,— заявил Гатри.— Лучше поговорим о наших делах.

— Я надеюсь, мне удастся сесть на самолет и улететь за границу,— с готовностью подхватила Кира и не смогла удержаться, чтобы не прибавить (подумав, что шеф вряд ли обидится): — А вас прихвачу как ручную кладь. Впрочем, Сепо наверняка перенастроила установки досмотра во всех аэропортах. Нас засекут, едва я войду в здание.

— Жаль, что Тахир не может переправить свой медицинский гроб в Каир или куда-нибудь еще,— заметил Ли.

— Это можно было бы устроить, имей мы запас времени,— бросил Гатри.

— Каким образом? — удивился Ли.

— Очень просто. Поработать с компьютерными файлами, внести в них упоминания о разрешении на вывоз и багаже, и — в путь-дорожку. Но чтобы установить контакт с теми, кто способен на такое, чтобы убедить их, все как следует продумать, и так далее, необходимо несколько дней, которых у нас нет.

— Почему? — не поняла Кира.

— Святая невинность,— хмыкнул Гатри.— Что ж, да будет тебе известно: подполье, то есть движение сопротивления, существует на самом деле. Возможно, ты о том благополучно догадалась сама. Его составляют люди, которые не просто мечтают о свержении режима авантистов и возвращении свободы, а рискуют ради того своими жизнями. Их не то чтобы много, официально все они являются добропорядочными гражданами, а тайком собирают по крохам оружие. Да, они прекрасно понимают, что собственными силами им революции не совершить, но готовятся на случай, если она все же произойдет. У них в организации жесткая дисциплина, время от времени они устраивают что-нибудь этакое. Как многие движения прошлого, подполье состоит из ячеек, по несколько человек в каждой. Никто из членов конкретной ячейки не в состоянии точно назвать члена другой. Поэтому, если Сепо кого-то поймает и даже промоет мозги, он не сможет выдать товарищей. Однако связь между ячейками по той же причине затруднена.

— Все равно...— По спине Киры побежали мурашки.— Ведь хаотики входят в правительство, верно? По крайней мере, занимают два-три важных поста.

— Хм... Подробностей я не знаю и не должен знать.

— Сэр,— голос Ли, когда интуитивист посмотрел прямо в линзы, слегка дрожал,— а откуда вам известно то, о чем вы рассказываете?

— Разве не ясно? — пробурчал Гатри.

«И в самом деле»,— подумала Кира. Теперь, после всего, что увидела и услышала, она понимала, что компания и впрямь поддерживала контакт с подпольем. К примеру, те партнеры, которые помогали переправлять через границу политических беженцев, наверняка узнавали кое-что полезное, а затем эти сведения попадали к Гатри. Он вряд ли связан с подпольщиками напрямую, поскольку это одинаково опасно как для них, так и для «Файербола». Кроме того, несмотря на все утверждения авантистов, компания никогда не стремилась скинуть правительство. Даже сейчас, в нынешних обстоятельствах, шеф, по-видимому, не отказался бы восстановить status quo. Тем не менее, связь между «Файерболом» и подпольем существовала, и порой одна сторона оказывала другой какую-либо услугу.

— А среди нас хаотики есть? — выпалила девушка.

— Да, но на их счет можно не беспокоиться,— отозвался Гатри.— В основном те люди, которым мы доверяем и поручаем ответственные задания, чисты перед законом. Вдобавок, хаотики редко бывают хорошими работниками.— Он заговорил более суровым тоном: — Очевидно, что авантисты внедрили в компанию своих агентов. Разумеется, это не члены семей, не те, кто принес присягу, а наемные служащие, которые занимают должности, позволяющие шпионить за нами. Иначе откуда Сепо узнало, что им стоит похитить и допросить Йонаса Нордберга, моего друга, который, как выяснилось, знал, где прячут второго Гатри? Также очевидно, что мы не можем позвонить в Кито из автомата, поскольку нам неизвестны технические возможности врага, наверняка немалые, иначе авантисты не отважились бы на облаву. Вдруг наш разговор подслушают и запишут? Что касается моего двойника, он полностью осведомлен о деятельности «Файербола» на территории Северной Америки до момента своего возвращения. Разумеется, многое изменилось, но сохранились следы, пройти по которым не составит для Сепо труда. Потому я предпочитаю не обращаться к нашим людям в правительстве и не полагаюсь на сведения, которые мне о них сообщают, ибо не хочу угодить в лапы тайной полиции.

«Каких людей он имеет в виду?» — подумала Кира. Гатри видел, как пришли к власти авантисты, заранее подготовился, да и потом, без сомнения, не прекращал действовать. Может, ему удалось запустить «кротов» в правительственные компьютерные программы? Возможно, государственный мозг отчасти является мозгом Энсона Гатри. Насколько быстро его двойник сообразит, что происходит на самом деле? И не получится ли так, что против шефа применят созданное им самим оружие?

— Перво-наперво следует решить, как быть с тобой. — Линзы развернулись к Ли. — Если копы всерьез заинтересуются Робертом Ли и начнут ковыряться в его досье, мне бы не хотелось, чтобы они вышли на Тахира. Это будет медвежья услуга; вдобавок, под угрозой окажется все движение сопротивления.

— Знаю, — ответил Ли. — Я кое-что придумал. — Он взял рюкзачок, с которым пришел в кофейню мамаши Лакшми, и вынул оттуда флакон со шприцем. — Вот. — С его лица начисто исчез румянец. — Лесмонил.

— Что это такое? — спросила Кира, проглотив подкативший к горлу ком. Ее прошиб холодный пот.

— Синтетический наркотик, — отозвался Ли, уставившись взглядом в стену. — Им редко пользуются, — прибавил он с запинкой. — И не только потому, что его трудно достать и запрещено принимать. Сразу после дозы впадаешь в экстаз, но стоит немного перестараться — и получи амнезию. Теряешь память, как если бы изрядно наклюкался, но там она возвращается, а тут потеря полная. — Ли хрипло рассмеялся. — Забавно, когда не можешь вспомнить, что было вчера, верно? Лесмонил полностью уничтожает память, вот почему он под запретом, даже для психомедиков.

— Кроме тех, которые состоят на государственной службе и работают в исправительных центрах,— докончил Гатри.

— Да,— безжизненным голосом согласился Ли.— До меня доходили слухи о подобных вещах. На черном рынке его покупают ради удовольствия, ведь он вызывает экстаз, но преступники, я уверен, находят ему иное применение.

— Не надо, Боб! — воскликнула Кира, бросаясь к Ли.— Не смей так обращаться с собой!

— Я и не собираюсь,— криво усмехнулся он.— Перед тем, как обменять на лесмонил свой информатор, я запросил общественную базу данных. Формулы там, естественно, нет, зато имеются сведения о результатах применения. Лесмонил действует в первую очередь на память, которая, как мне кажется, цитологически[1] наиболее уязвима. Я прикинул, какая потребуется доза, чтобы стереть воспоминания за последние двое суток, и больше принимать не намерен.

— А потом? Что потом?

— Как что? Проснусь завтра, невинный как младенец, и пойду домой. Если меня сразу арестуют, анализ крови, конечно, покажет, что я вколол себе лесмонил. Сепо, разумеется, заинтересуется, зачем мне это понадобилось — я бы на их месте тоже заинтересовался, при моем-то образе жизни,— и меня, возможно, подвергнут психозондированию. Они узнают, что я какое-то время прятал шефа, но и только, остальные воспоминания исчезнут. Как-нибудь я с вашей помощью их восстановлю.

— Если... если выживете.

— Полиция редко убивает своих клиентов.— Ли пожал плечами.— Скорее всего, меня переправят в исправительный центр.

Не тебя, а то, что от тебя останется после того, как они пороются в твоем мозгу, мысленно поправила Кира, едва удержавшись от крика. А если ты окажешься в исправительном центре, то выйдет оттуда существо, которое будет Робертом Э. Ли только по имени.

— Мы скоро тебя вызволим,— пообещала девушка, стиснув кулаки, и несколько раз моргнула.— Да, вызволим, до того, как они изуродуют твой мозг.— Черт побери, подумалось ей, вот с кого надо брать пример. Надежда вовсе не глупость, она необходима для выживания.

---

[1] Цитология — научная дисциплина, изучающая клетки.

— Отлично,— проворчал Гатри. Похоже, он прекрасно сознавал, что сейчас не время распускать нюни.— А теперь послушай меня. Я знать не знал о существовании этой гадости, но мне приходилось видеть людей под кайфом. Прежде всего, действие наркотиков непредсказуемо. Насколько точно ты прикинул дозу? И доводилось ли тебе слышать об идиосинкратических реакциях? Ты можешь проснуться полным идиотом. Или не проснуться вообще, что, на мой взгляд, предпочтительнее.

Кира посмотрела на Ли. Тот явно успокоился: расслабился, на лице вновь появился румянец.

— Да, я играю с огнем,— признался он.— Как и все мы. Но вы двое на моей стороне, а значит, шансы не так уж малы. И потом, сэр, я же принес присягу.

— Ладно, сынок,— проговорил Гатри, нарушив тишину, которая воцарилась в номере после слов Ли.— Если мы победим, тебя не забудут, пока на Земле останется хоть один живой человек. Господи, как мне хочется пожать твою руку!

— Gracias,— пробормотала Кира, обнимая Ли,— mil gracias.— В глазах девушки блестели слезы.

Ли прижал ее к себе. Объятие перешло в поцелуй.

— Ох,— произнесла Кира, когда они наконец оторвались друг от друга,— а ты, однако, парень не промах. Я бы не отказалась познакомиться с тобой поближе.

— Вспомни о своем желании, когда мы встретимся снова.— Ли состроил гримасу.— А мне напоминать не придется.

— Извините, ребята, но у нас есть более срочные дела,— прервал обмен любезностями бас Гатри.— Боб, здешние окрестности тебе наверняка известны лучше нашего. Как нам выбраться отсюда?

— Ну...— Ли моргнул, словно человек, которого вырвали из сна.— Конечно. Вшепо, по-моему, вам нужно уходить немедленно.— Он заговорил быстрее.— На вокзалах и автобусных станциях вряд ли установлены те же детекторы, что и в аэропортах; возможно, до них вообще пока не добрались. К тому же, наземным транспортом пользуется гораздо больше народу, чем самолетами. Но в открытую ехать не стоит. Вполне вероятно, Сепо объявила общую тревогу. Кира, возьми билет на поезд, в одноместное купе. Разумеется, не в спальном вагоне: слишком дорого и может вызвать подозрения. Нет, обыкновенное купе. Они сравнительно дешевы, и билеты в них, поскольку в стране кризис, можно купить без проблем. Плати наличными.

— Молодец! — одобрил Гатри.— Я уже говорил, ты ошибся в выборе профессии. Когда мне в следующий раз понадобится опытный конспиратор, я обращусь к тебе.

— И куда мы направимся? — спросила Кира, не обращаясь ни к кому в отдельности.

— У меня на примете есть одно местечко,— откликнулся Гатри.— В этой стране партнеры «Файербола» в опасности, тем более, что Сепо наверняка ухватила концы многих нитей; к тем хаотикам, кому я доверяю, обращаться тоже рискованно. Однако если ты купишь билет, скажем, до Портленда...

— Стоп! — перебил Ли.— Вам пора.

— Но ты же все забудешь! — сказала Кира.

— Чем скорее вы уйдете, тем лучше. Ведь мое исчезновение взбудоражит копов, правильно?

— Ага,— согласился Гатри.— Когда им сообщат из других мест, где тоже была облава, что никого не обнаружено, они всем скопом навалятся на Кварк-Фейр. А если нападут на твой след, то заявятся сюда, и дамочка внизу, возможно, вспомнит Киру. Пожалуй, на то, чтобы все обмозговать, у них уйдет несколько дней, но ты прав — нам пора сниматься с якоря.

— Кроме того,— прибавил Ли, повернувшись к Кире,— я хотел бы принять наркотик в одиночестве. Насколько я понимаю, зрелище будет не из приятных.

— Бывай, сынок,— проворчал Гатри. Девушка хранила молчание.— Vaya con Dios[1].

Он втянул щупальца. Кира положила шефа в рюкзачок, вскинула его на плечо и взяла в руку саквояж. Внезапно у нее мелькнула мысль, что ей понадобятся зубная щетка, гребень... Ладно, купим на вокзале. Свободной рукой Кира обняла Ли. «Черт!» — больше слов не нашлось. На сей раз поцелуй был коротким, можно сказать, целомудренным. Она распахнула дверь и вышла из номера. Ли, стоя на пороге, глядел ей вслед.

8

Получив сообщение, технический директор спутника Л-5 Пьер Олар долго пребывал в задумчивости.

Сообщение поступило по каналу внутренней связи, тайному, не подключенному ни к какой сети, настолько надежному, что до

[1] Vaya con Dios (исп.) — приблизительно можно перевести как «будь здоров и не кашляй».

сих пор полиции не удавалось перехватить информацию, которую по нему передавали. Ключами к шифру владели очень и очень немногие люди — те, кому Энсон Гатри доверял едва ли не больше, чем себе. Несмотря на краткость, это сообщение явно было составлено им самим — тут ошибки быть не могло — и содержало упоминания о событиях минувших дней, отчего на лице Олара промелькнула улыбка. Оно гласило: «Перспективы весьма неплохие, если мы не сваляем дурака, но придется изловчиться. Мне нужна моя старая camarilla[1], все до единого. Вместе мы сумеем добиться своего, как когда-то в молодые годы. Помнишь? Никому не слова, скажи только, что улетаешь, быть может, надолго». Далее следовали инструкции, как установить контакт.

Поначалу Олар испытал огромное облегчение. Он пытался отговорить Гатри от безумной затеи — проникнуть на территорию Северной Америки и руководить действиями компании на месте. А если авантисты что-либо заподозрят? А если они его поймают? В сравнении с этим планом полет к альфе Центавра казался верхом благоразумия. Разумеется, Гатри не послушался. Когда он улетел, Олар с головой ушел в работу. Размышлениям о том, какова должна быть конструкция нового звездолета, можно было предаваться безо всякой опаски. Даже длиннющая череда организационных проблем, которые требовалось решать, уже не вызывала прежнего отвращения.

Судя по всему, шеф укрылся в сравнительно безопасном месте и всерьез готовит ответный удар. Интересно, какой? И зачем ему понадобился пожилой технолог? «Старая гвардия...» То есть, он, Пьер Олар, Хуан Сантандер Конде, который ушел на пенсию в должности почетного директора... Господи Боже, неужели Хуан тоже получил вызов? А кто еще?

Олар снова занервничал, ибо понял, что совершенно не разбирается в положении дел. Он никогда не лез в политику, не интересовался подобной ерундой. То, что творилось на Земле, приводило его в бешенство, однако он не слишком внимательно следил за событиями. Олар повернулся к терминалу и затребовал данные о политической ситуации. Читая, он время от времени запрашивал более подробную информацию, а затем, откинувшись на спинку кресла, принялся обдумывать полученные сведения.

После того, как правительство Северо-Американского Союза реквизировало собственность «Файербола», компании разрешили

---

[1] Camarilla (*исп.*) — компания; здесь: «гвардия».

продолжать свою деятельность — под строгим контролем. Филиалы работали практически как обычно. Персонал перемещался как внутри страны, так и за ее пределами, связь осуществлялась без сбоев. А тем временем руководство компании вело с правительством переговоры, о ходе которых не сообщалось.

«Файербол» настаивал на том, чтобы полиция покинула здания компании, немедленно и без всяких условий. Правительство же заявляло, что оно с крайним нежеланием пошло на столь суровые меры и стремится к тому, чтобы все завершилось к общему удовлетворению. Однако необходимо удостовериться, что среди служащих компании нет террористов и заговорщиков. Это вопрос не идеологии, а благоразумия. В эпоху атомных двигателей, молекулярной инженерии и потенциально смертельно опасного промышленного сырья фанатики, имеющие доступ к ресурсам транснациональной корпорации, сфера деятельности которой распространяется не только на Землю, но и на космическое пространство, представляют собой реальную угрозу, вне зависимости от того, преследуют ли они преступные цели. «Файерболу» не надо препятствовать расследованию, которое ведется в его же интересах. А поскольку речь зашла о сотрудничестве, следует прояснить позиции... В общем, переговоры явно затягивались.

Мало-помалу ситуация осложнялась. Компания прекратила работу на территории Северной Америки, хотя в другие страны поставки осуществлялись по-прежнему. «Файербол» отказывался от выгодных контрактов. В ответ на протесты было заявлено, что подобные действия объясняются текущими обстоятельствами. Местные представители компании искренне утверждали, что они тут не при чем. В конце концов, они ведь работают на фирму, которая принадлежит частному лицу и не является акционерным обществом. Большинство важнейших подразделений — либо дочерние компании, либо независимые подрядчики, но только на бумаге. Их удерживают вместе как договоры, так и вековые традиции, а управляет всем, причем единолично, сеньор Гатри, который, несомненно, пойдет навстречу просьбам клиентов — когда сочтет нужным. Но, сделав заявление сразу после конфискации, он, судя по всему, предоставил свободу действий своим подчиненным на местах. Это вполне в его духе: он из тех, кто одобряет инициативу и не следит за каждым шагом. Пока он не давал о себе знать. Нет, о местонахождении сеньора Гатри ничего не известно, что тоже нисколько не удивительно.

В неофициальных разговорах с правительственными агентами служащие компании произносили с усмешкой фразы вроде: «А чего вы ждали? Он вам спуску не даст». Полиции не удалось определить источник, откуда исходили распоряжения, которые раз за разом ставили власти в тупик: по-видимому, они поступали по весьма надежно засекреченным каналам связи.

Протесты звучали все громче. Общественное мнение требовало от правительства пойти на уступки. Претензии предъявляли не только коммерсанты и обыватели — некоторые из числа последних вчистую разорились. Нет, действия властей осуждали политики и высокопоставленные чиновники. Хотя приверженцы авантизма и даже кое-кто из его противников утверждали, что движение монолитно, на деле оно вовсе таким не было. Прежде всего, существовала разница во взглядах относительно истолкования и применения уравнений Ксуана (эти споры могли перерасти в борьбу за власть). С годами, по мере того, как люди разочаровывались в авантизме — цели не достигнуты, экономика в кризисе, процветает коррупция, множатся волнения и беспорядки, царит бездуховность,— внутри движения одна за другой возникали фракции. Правда, до сих пор никто из известных политиков не призывал во всеуслышание к уничтожению системы, но многие открыто заявляли, что назрели перемены.

Заключение мира с «Файерболом» наверняка будет способствовать улучшению отношений с другими государствами и успешному разрешению внутренних проблем. Об этом заявили трое конгрессменов, и никого из них не только не арестовали, но даже не оштрафовали.

Заседания Священного Синода никогда не освещались средствами массовой информации. Тем не менее, прошел слух, что некоторые члены Синода поддерживают «Файербол»...

Очевидно, распоряжения, которые отдавал Гатри из своего тайного убежища, и впрямь принесли плоды. Неужели он задумал нечто такое, что обеспечит компании полную победу?

Олар вздохнул, покачал головой, встал из-за стола и пошел собираться. Вечером он покинул спутник на борту шаттла, совершавшего регулярные рейсы между Л-5 и космопортом Камехамеха, а по прибытии позвонил по номеру, который был указан в послании Гатри, и получил адрес. Как требовал шеф, он путешествовал под вымышленным именем, но с надлежащим образом оформленными документами. Не вызвав ничьих подозрений, Олар вышел из здания космопорта, не заговаривая ни с кем из знакомых, сел в такси и уехал.

Приблизительно пятьдесят часов спустя правительственные силы заняли все представительства «Файербола» на территории Союза. Власти заявили, что получили новые данные, которые вынуждают их пойти на крайние меры, однако правительство надеется, что вскоре все образуется, к взаимному удовлетворению сторон и человечества в целом.

На следующий день трое офицеров тайной полиции отвели Пьера Олара в отделение Сепо на территории Северо-Западного Комплекса. Он прошел в разъехавшиеся створки двери, которые мгновенно захлопнулись за его спиной, и очутился в просторном кабинете. Офицеры остались снаружи. Естественно, они будут следить за ним по видеомонитору; кроме того, тут наверняка полным-полно записывающего оборудования.

Картинка на видеоэкране представляла собой вид на город с крыши здания. По небу мчались облака, гонимые ветром, чью силу Олар испытал на себе, едва успев вылезти из флайера. Улицы и башни города то купались в солнечном свете, то погружались в тень. Бухта сверкала на солнце. Уличный шум в кабинет не проникал; тихо гудели вентиляторы, температура поддерживалась на таком уровне, что не было ни жарко, ни холодно. Олар бросил беглый взгляд на экран и повернулся лицом к столу, за которым расположился робот. Четыре манипулятора с похожими на человеческие кисти, захватами, колеса вместо ног, массивный металлический корпус — судя по всему, ручной работы, причем модифицированный. Из корпуса высунулись щупальца с линзами. Когда робот заговорил, выяснилось, что у него не стандартные тенор или сопрано, а зычный бас с архаичным американским акцентом.

— Привет. Добро пожаловать.

— Кто ты такой? — спросил Олар, стиснув кулаки.

— Энсон Гатри, кто же еще? К сожалению, более презентабельной наружности для меня пока не нашлось. Рад тебя видеть, приятель. Выпить хочешь? Я заказал виски. — Робот взмахом манипулятора указал на стоявший на столе поднос. Олар покачал головой. — Дело твое. Присаживайся, потолкуем. — Олар направился к креслу. Робот, заметив, что он прихрамывает, воскликнул: — Эй, с тобой хорошо обращались? Если что, ты только скажи. Я из этих сукиных детей всю душу вытрясу!

— Со мной все в порядке. Просто старику тяжело привыкнуть к земному притяжению. — Олар сел. — Я не сопротивлялся. Они были вооружены, и все происходило без свидетелей.

— Пьер, я прошу прощения, У нас не было выбора, но им все равно не следовало так себя вести. Пожалуйста, позволь мне объяснить, и ты все поймешь. Жильем доволен?

— Тюрьма как тюрьма,— пожал плечами Олар.

— Я могу сделать так, что тебя поселят в отдельном домике среди деревьев, будут кормить, поить и развлекать на все лады. Если пожелаешь, пришлю девочек. И предоставлю оборудование, разумеется, не всякое. У тебя появится возможность спокойно работать; никто тебе не помешает.

— Потому что ко мне никого не подпустят, верно?

— Это не надолго, уверяю тебя.

— Что насчет Сантандера? — спросил Олар после продолжительной паузы, вскинув седую голову.

— Ну...— Механический голос умолк. Сам робот не пошевелился.

— Если тебе не удалось заманить его, со мной возиться не стоит. Он скоро заподозрит, что дело нечисто, и начнет действовать.

— Естественно, мы доставили его сюда,— размеренно произнес робот.— Ты прав, мы не можем оставить на свободе тех, кому известно... то, что известно тебе... по поводу моего двойника. Если поползут слухи, будет жуткий скандал. Я все объясню, и, надеюсь, ты согласишься, что эти меры предосторожности были необходимы.

— Нордберг мертв,— проговорил Олар, глядя в линзы, словно те были человеческими глазами.— Мы с Сантандером пленники. Ты уверен, что никого не забыл? Один из нас мог оставить записи...

— Мог, но не оставил,— холодно отозвался робот.— Я знаю наверняка. От Хуана, которого подвергли психозондированию.

Олар выпрямился и стиснул подлокотники кресла с такой силой, что у него побелели костяшки пальцев.

— Что? — прошептал он.— Ты одурманил старика Хуана и забрался к нему в мозг?

— Не я.

— Но ты допустил!..

— Послушай, Пьер, я... Этим занимается Сепо. Они допрашивали Хуана, а не тебя потому, что он выглядел — слабее, что ли. Когда мне позвонил Сайре, их главарь, и сказал, что можно не беспокоиться, наш секрет остается секретом, но он на всякий случай допросит и второго, я ему запретил. Господи Боже, я рад, что сумел это сделать! Я наглядно объяснил Сайре, словами из четырех букв, как с ним поступлю, если он притронется к тебе хоть пальцем, и ему пришлось отказаться от своей затеи. Но я, честное слово, не ожидал, что они станут допрашивать Хуана. Клянусь Джулианой!

— Ты уверен? — повторил, будто не слыша, Олар.— Множество людей помнит, что Гатри было двое и что одного куда-то спрятали.

— Помнить-то помнят, но смутно. Вдобавок, у них нет причин полагать, что втрой Гатри до сих пор не лежит себе в укромном местечке. Кстати, скоро мы сможем предъявить его всем желающим.

— Ну да, очередная копия,— хмыкнул Олар.— Программное обеспечение то же, что и у того из двоих, кто летал на альфу Центавра, а потому ничего не знает о последних событиях.— Он криво усмехнулся.— И это будет настоящий Энсон Гатри.

— Нет, настоящий — я.

— Энсон Гатри никогда не предавал друзей. Многие называли его дьяволом, но Иудой — никто.

— Пьер, тебе ли о том рассуждать? — голос робота едва заметно дрогнул.— Ты же знаешь, подлинность в преемственности. Я настолько же я, насколько свой собственный двойник.— Голос стал громче: — Откуда тебе известно, что модуль внутри металлической болванки — не тот, которого контрабандой доставили в Союз на горе авантистам?

— Может, тот, а может, нет.— Олар вновь пожал плечами.— Какая разница? Дураку понятно, что тебя перепрограммировали. Кастрировали. А Энсон Гатри, даже вернувшись с того света, остался мужчиной.

— Зачем ты так, Пьер? — пробормотал робот, помолчав секунду-другую.— Ты ошибаешься,— прибавил он, словно спохватившись.— В меня просто ввели новую информацию. Я узнал много интересного, и мои взгляды несколько изменились, только и всего.

— По-моему,— произнес Олар, глядя на экран,— ты не тот, с кем я разговаривал последний раз. В вашей комфортабельной тюрьме у меня было время подумать. Ход событий очевиден. Между прочим, где настоящий Гатри?

— У тебя под носом, черт подери! Ладно, если ты настаиваешь... Да, я тот, кто летал на Деметру. Благодаря тебе, amigo viejo[1].

— Тоже мне, благодарность!

— Я же извинился, Пьер. Пойми, перед тобой прежний Гатри, который ничуть не изменился, ничего и никого не забыл. Я помню —

---

[1] Amigo viejo (*исп.*) — старый друг.

быть может, лучше, чем ты, через столько-то лет — я помню ту ночь, когда поступило первое сообщение от зонда, отправленного к эпсилону Эридана: мол, обнаружена странная планета. Все на радостях перепились, я пропустил через себя разряд, чтобы повеселиться заодно со всеми, а ты отыскал программу-транслятор, чтобы мы могли понимать слова твоей малоприличной французской песенки... — Олар рубанул ладонью воздух. — Пьер, я — твой друг.

— Где Сантандер? — спросил Олар резко, словно выхватывая из ножен меч. Ответом ему было молчание. Он подался вперед. — Где?

— Мне очень жаль, Пьер, — тихо проговорил робот. — Он был старше тебя и утратил с возрастом былую крепость. В общем, Хуан умер на допросе.

— Убийца! — Олар откинулся на спинку кресла.

— Нет! Это произошло случайно. Послушай, Сайре хотел его оживить, но я запретил, подумав, что ему и без того пришлось несладко... Пьер, я сделал все, что мог; к сожалению, я не в состоянии плакать...

— А твой двойник, где он? — Олар выпрямился и вновь бросился в атаку.

— Тебе незачем знать! — воскликнул Гатри.

— Ты его уничтожил? Или перепрограммировал? Или... Bon Dieu[1], только бы он остался на свободе! Уж он-то с тобой покончит.

— Не обольщайся, — отрезал робот, затем прибавил, уже мягче: — Пойми, я распорядился доставить тебя сюда потому, что хотел открыть тебе глаза. Мы живем в непростое время, о многом из того, что случилось, я не смогу забыть никогда, однако сейчас — именно сейчас — человечество в целом стоит на перепутье. Я готов объяснить, какие преследую цели и почему. Мне нужна твоя помощь, твои советы. Мы будем трудиться ради общего блага.

— Ты себя выдал. — Олар сплюнул. — Энсон Гатри бывал мерзавцем, но всегда ненавидел ханжей.

— Не доводи меня, приятель, — в тоне робота явственно прозвучала угроза.

— Много чести, доводить тебя... Я хочу уйти.

— Вот как? — сверкнули линзы, модуль проанализировал данные... — Ладно. Я свяжусь с тобой попозже. Рекомендую следить за новостями и хорошенько подумать.

— Не беспокойся, подумаю. А теперь я ухожу, потому что не желаю тебя видеть! — Олар поднялся и заковылял к выходу.

---

[1] Bon Dieu (*фр.*) — Господи Боже.

Створки двери разошлись в стороны, поджидавшие ученого офицеры дружно вскочили.

— Отведите его обратно,— приказал робот.— И обращайтесь по-человечески.— Он глядел вслед Олару, пока не закрылась дверь.

9

Главное — поскорее убраться отсюда, неважно, каким путем, пока полиция не организовала новую облаву. Кира доехала на автобусе до Питтсбургского вокзала и зашла в туалетную комнату посоветоваться с Гатри.

Может, попробовать позвонить в Кито или в какое-нибудь представительство компании за пределами Союза — разумеется, из автомата? Вряд ли у авантистов хватает людей и времени, чтобы прослушивать все разговоры. Она просто изложит факты, а потом укроется в безопасном месте и будет ждать, когда «Файербол» начнет действовать.

Нет, возразил Гатри: риск слишком велик, а шансов на успех практически никаких. С чего она взяла, что на другом конце линии связи поверят ее словам? Наверняка потребуется подтверждение, то есть дело затянется, и о нем, быть может, станет известно анти-Гатри, который подкорректирует свои планы и прибудет в Кито на несколько дней раньше, чем собирался (а в том, что он там появится, можно не сомневаться). Его приезд произведет куда более сильное впечатление, нежели голословные обвинения какой-то девицы. Вдобавок, любая попытка установить контакт наведет Сепо на след. Гораздо безопаснее — если это слово в заварившейся каше еще не утратило всякий смысл — обратиться за помощью к преданным друзьям и постараться покинуть Союз. Зерна же истины можно посадить по дороге, не заботясь о том, каким может быть урожай.

Кира согласилась с его доводами, а потому провела ночь в ожидании поезда. С помощью информатора она прикинула маршрут — предусматривавший две пересадки с тем, чтобы миновать крупные станции. Ведь не могут агенты Сепо торчать на каждом полустанке от Квебека до Мехико, верно? Поезд, на который она попадала после второй пересадки, шел до Портленда. М-м... далеко не лучший вариант... Однако он останавливается в Сейлеме, на границе комплекса; можно сойти там.

Едва устроившись в купе, девушка, неожиданно для себя самой, мгновенно заснула. Ей приходилось спать и на более жестких постелях, чем это кресло, которое даже слегка откидывалось. Поезд на воздушной подушке двигался мягко и бесшумно.

Кира проснулась, изнемогая от голода и жажды, моргнула, поглядела в окно, за которым тянулась обширная равнина. Деревьев почти не было, зато всюду, куда ни посмотри, зеленели всходы; иногда попадались овраги, мелькали холмы. Интересно, что здесь выращивают — продукты или наркотики? Между рядами растений сверкали трубки оросительной системы. Вдалеке Кира заметила две машины, которые то ли следили за микроклиматом, то ли обрабатывали плантацию. На горизонте вонзались в безоблачный небосвод — а почему, кстати, нигде не видно птиц? — башни какого-то провинциального городка.

— Где мы? — спросила Кира.

— Достань меня, и я попробую угадать,— проворчал Гатри. Ночью девушка не отважилась вынуть шефа из рюкзака.— В настоящий момент вокруг похабно, как в башке политика. Я думал, ты прохрапишь весь день.

— Я не храплю.— Покрасневшая Кира проверила, заперта ли дверь купе, опустила стол и поставила на него модуль.

— Откуда ты знаешь? Не переживай, меня это не касается. Ты разве что слегка похрапывала, чисто по-женски и, между прочим, достаточно сексуально.

«Старый козел!» — мысленно выругалась девушка, но вслух ничего говорить не стала, чтобы не обидеть шефа.

— Bueno, и где же мы?

— В Индиане или Иллинойсе,— откликнулся Гатри, посмотрев в окно.— Небось, таких названий ты и не слыхала? Когда-то существовала Федеративная Республика, а люди были побогаче нынешнего, поскольку имели собственное имущество, а не только национальное достояние. Ладно, давай послушаем, что творится в мире.

— С вами все в порядке, сэр?

— Не мешало бы перезарядить батареи, не говоря уж о прочих естественных надобностях. Займись... Хотя нет, сперва узнаем новости.

Находившийся в купе мультивизор с трудом оправдывал свое название: он представлял собой крохотный плоский экран с одним-единственным динамиком. Кира включила прибор. Выяснилось, что выпуск новостей будет через двадцать минут. Сейчас по этому каналу передавали учебную программу о мыслителях — предшественниках Ксуана (Кире сразу вспомнились годы, проведенные в колледже). Ученые политики, начиная от захваленного Платона и поносимого Макиавелли, историки-систематики, вроде Шпенглера и

Тойнби, психологи, Павлов и остальные, рассматривавшие сознание как функцию организма, Моравек, Типлер и другие кибернетики-визионеры[1]... Текст, который звучал с экрана, представлял собой набор банальностей, лишенных какого бы то ни было смысла.

— Мудрецы,— проворчал Гатри.— Честные, гениальные. Человечество им стольким обязано... Черт возьми, даже у Ксуана попадаются здравые мысли. Не их вина, что потомки все извратили. Пожалуй, Иисус и Джефферсон[2] им наверняка бы посочувствовали.

Кира вышла из купе, заперла за собой дверь и направилась в конец вагона по коридору, в котором стояла отвратительная вонь. Поезд двигался быстро и бесшумно, однако внутри вагонов царил настоящий бардак: кругом грязь, металл местами проржавел, обивка протерлась или порвалась — словом, далеко не то, что было раньше (и сохранилось по сей день — в других странах). Чтобы попасть в туалет, где вонь была еще омерзительнее, а из крана, над которым висела табличка «Не пить!», вода текла тоненькой струйкой, девушке пришлось целых семнадцать минут прождать в очереди.

Очередь к продовольственному автомату, несмотря на то, что была длиннее, двигалась быстрее. Из тех блюд, которые предлагались в меню, большинства, естественно, не было в наличии. Кира заказала кофе (точнее, некое его подобие), кальциево-протеиновый напиток, соевое рагу, хлебцы и эрзац-мед. Получив заказ, она — быть может, излишне торопливо — вернулась в купе. Пускай оно

---

[1] Платон (427—347 до н. э.) — древнегреческий мыслитель, автор трактата «Государство», в котором описывается идеальное политическое устройство; Н. Макиавелли (1469—1527) — флорентийский государственный деятель и философ, в своем труде «Государь» доказывал, что в политической борьбе хороши любые средства; О. Шпенглер (1880—1936) — немецкий философ и историк, стремился разработать историко-философские принципы возможно более полного отражения исторического формотворчества народов; А. Тойнби (1889—1975) — британский историк, в труде «Постижение истории» попытался систематизировать огромный фактический материал на основе общенаучных классифицирующих процедур; И. Павлов (1849—1936) — русский физиолог, лауреат Нобелевской премии, создатель учения об условных рефлексах и типах высшей нервной деятельности; Г. Моравек и Ф. Типлер — современные философы.
[2] Т. Джефферсон (1743—1826) — американский философ и государственный деятель, автор Декларации независимости, считал, что чувство справедливого и несправедливого у людей врожденное.

представляло собой всего-навсего крошечное пространство за перегородкой, вокруг двух кресел, зато обеспечивало уединение, которое для обычного землянина стало такой же роскошью, как настоящее мясо, прогулка в лес... или книга, старая, со своим, особенным запахом. Разумеется, можно было взять билет в спальный вагон, но Ли посоветовал не привлекать к себе внимания.

Ли... Кира неожиданно споткнулась, чуть было не выронив поднос с едой. Сердце бешено заколотилось. Нет, не он... Мужчина в кресле у прохода совершенно не похож на Боба. Просто ей на мгновение показалось, что она узнала Ивара Страндинга. Те же светлые волосы, те же черты лица, та же вальяжность движений... Нет, не та.

Браня себя последними словами, девушка прошла мимо. Что за глупости! Они расстались больше двух лет тому назад. А за три года перед тем все выглядело замечательно, они мечтали о детях, любви до гроба и тому подобном, хотя, если быть честной до конца, уже тогда у них не все было гладко. И потом, насколько серьезными могут быть отношения между космическим пилотом и инженером, который мотается по астероидам? Как часто они могут встречаться, и надолго ли? Чрезвычайно дорогие лазерограммы, которыми обмениваются влюбленные, и прочие сверхсовременные средства утешения лишь ухудшают дело. Кира вспомнила, как начала подыскивать Ивару замену, перестала отказывать не только добрым друзьям, которых не хотелось обижать... Ивар тоже наверняка не терял времени даром Он упорно не соглашался стать ее товарищем по скитаниям в космосе, а она не желала пожертвовать ради него своим кораблем. Да, в работе среди летающих гор есть свои прелести, но это не Долгий Путь, там не увидишь, как сверкает диск Земли над гребнем Коперника, не полюбуешься вблизи Юпитером, не натолкнешься на комету, прилетевшую из неведомой дали, не услышишь песен и баек; там нет той дружбы...

Сейчас некогда предаваться воспоминаниям. Да, но как неожиданно все получилось... Естественно, она изрядно понервничала из-за Гатри, поэтому ей хочется уюта и покоя, но — с Иваром не было ни того, ни другого, разве что сразу после близости... А вот с Эйко, Эйко Тамурой, которая работает на Л-5... У нее, безусловно, хватало своих проблем, однако она умела отрешаться от них, и ее безмятежность не была наигранной. Кира однажды послала ей стихотворение, не объяснив, впрочем, кому оно посвящается.

Угас закат, и озерцо
Янтарным зеркалом лежит.
Сосновый бор на берегу
Высок и недвижим стоит.

А над водой, крыло к крылу —
Огни оттенка бирюзы, —
Парят в вечерней тишине
Космической три стрекозы.

Кира нажала большим пальцем на замок двери, вошла в купе, закрыла дверь и сразу же повернулась к экрану. Начало она пропустила, но ничего... Девушка вновь едва не уронила поднос.

С экрана вещал высокий, широкоплечий мужчина средних лет с обветренным лицом, светло-голубыми глазами, кустистыми бровями и редеющими рыжими волосами. Из-под расстегнутого ворота рубашки виднелись волосы на груди. На мужчине был китель от той формы, которую служащие «Файербола» не носили уже несколько поколений. Кира мгновенно его узнала, ибо видела далеко не единожды; вдобавок, бас, которым говорил мужчина, она слышала каких-нибудь полчаса назад.

— ... Я проник на территорию Северной Америки, не будем уточнять, каким образом, чтобы наблюдать за событиями и принимать решения на месте. То, что я здесь обнаружил, меня просто потрясло.

Кира посмотрела на Гатри. Тот прижал щупальце с линзой к своему «рту»: дескать, помолчи. Девушка опустилась в кресло.

— Подробно я все объясню впоследствии, в своем заявлении, — продолжал мужчина в облике Энсона Гатри той поры, когда к нему впервые пришла известность. В таком виде Гатри выступал с рождественскими приветствиями партнерам компании и, изредка, с публичными обращениями. — С ним придется подождать несколько дней. Мне необходимо вернуться в Кито и переговорить с директорами компании. Однако меня просили высказаться по поводу принятых правительством мер, на что я охотно согласился. — Псевдо-Гатри сардонически усмехнулся. — Вернее, не слишком охотно. Не надо думать, что я вдруг стал правоверным ксуанистом. Все дело в том, что я лично убедился: опасность существует, она вполне реальна. Кучка desperados[1], которые стремятся получить доступ к компьютерным сетям и оборудованию, может причинить вреда больше, чем падение метеорита.

---

[1] Desperados (*исп.*) — отчаянные люди, сорвиголовы, головорезы.

Удачный образ, подумалось Кире. В наши дни все опасаются метеоритов, хотя вероятность их падения невелика, и одобряют решение Всемирной Федерации поручить «Файерболу» патрулирование космоса. Кстати, чем не ирония судьбы?

— Разумеется, я предпочитаю свободу и всячески ее добиваюсь. Но мои друзья не раз слышали от меня, что революция — не лучший способ. Попытки уже были — в 1789 году во Франции, в 1917-м в России; стоит ли продолжать? Правительство Северо-Американского Союза может признать собственные ошибки, в отличие от военной диктатуры, которая погубит двадцать, а то и тридцать миллионов человек. Я не желаю, чтобы их гибель была на моей совести. А вы? Некоторым из вас, возможно, известно, что я ответил сторонникам сокращения численности населения — давным-давно, когда казалось, что кривая прироста будет постоянно ползти вверх. «Вы правы,— сказал им я,— планета перенаселена, и нужно что-то срочно предпринимать. Дать вам пулемет или начнем с вас самих?» В ту пору я боролся за экологию — любовь к природе, и все такое,— и ненавидел экофанатиков. Сегодня я призываю к свободе — и ненавижу ее фанатиков, иначе говоря, фашистов.

Последнее слово было Кире незнакомо. Гатри имел привычку, произнося речи, употреблять архаизмы и отвлекаться от темы.

— Вы знаете, о какой опасности идет речь,— в голосе с экрана зазвучала сталь.— Среди служащих компании оказались замаскированные террористы. Позже я объясню, почему убежден, что это — правда, а не пропагандистская «утка». В настоящий момент времени на объяснения нет, необходимо действовать. Я отдал распоряжение всем сотрудникам «Файербола» оказывать посильную помощь правительственным агентам, чтобы как можно скорее устранить нависшую над нами угрозу, и настаиваю на его неукоснительном исполнении.— Псевдо-Гатри улыбнулся.— Теперь хорошие новости. Как я уже сказал, меры правительства — временные. Также довожу до вашего сведения, пока есть такая возможность, что меня убедили не твердолобые авантисты, не «ястребы», а сторонники умеренной политики, которые понимают, что если систему не изменить, она рухнет, рассыплется в прах. Наше сотрудничество усилит их позиции внутри движения. Вот почему я решил выбраться из своей берлоги. На сегодня все, остальное — из Кито. Я убежден, что в течение месяца власти вернут нам нашу собственность, а деятельность компании возобновится через неделю-другую. Спасибо всем здравомыслящим людям за их добрую волю и терпение. Adios[1].

---

[1] Adios (*исп.*) — до свидания.

Вместо псевдо-Гатри на экране появилась дикторша, которая произнесла: — Вы только что видели Энсона Гатри, cacique[1] компании «Файербол Энтерпрайзиз»...

— Выключи,— велел Гатри.— Сейчас опять примутся болтать.

— Шеф, это был... ваш двойник? — прошептала девушка, выключив мультивизор.— Или запись?

— Нет, запись здесь не прошла бы, не тот эффект. Мы и впрямь видели моего двойника, и он на самом деле направляется в Кито, чтобы оттуда руководить компанией.

— Каким образом? — Кира озадаченно покачала головой.— Ведь его не активировали двадцать с лишним лет...— Она втянула в себя воздух.— Muy bien, я говорю не об исторических событиях, информацию о которых можно без труда загрузить в память модуля. Как быть с личными впечатлениями, с теми бесчисленными мелочами...

— Да, он рискует, но, судя по всему, уверен, что сумеет запудрить мозги.— Линзы Гатри повернулись к окну, а голос вдруг напомнил девушке рокот прибоя.— Я надеюсь опередить его. Елки-палки, что за гнусное положение! Поневоле позавидуешь врагу.

— Даже если у него ничего не выйдет,— проговорила Кира,— авантисты мало что теряют.

— Верно. Правительство село в лужу — подумаешь, эка невидаль! Никто не наседает друг на друга, пока не возникает более-менее серьезная угроза. Наша власть будут утверждать, что стремились предотвратить катастрофу и что отдельные чиновники просто-напросто переусердствовали. Тем временем с «Файерболом» отношения станут вась-вась, в чем здешняя экономика нуждается как продырявленный звездолет в кислороде. Компания не откажется от мира и дуться тоже долго не будет. Бойкот не пройдет, потому что Союз начнут снабжать другие страны, наши отношения с которыми серьезно осложнятся. Разумеется,— прибавил Гатри,— если анти-мне удастся поймать меня и если он не допустит какой-нибудь грубой промашки, авантисты могут торжествовать победу. Точнее, им покажется, что они победили. Чтобы превратить «Файербол» в активную политическую силу, потребуется время, но времени у моего двойника достаточно. И каков будет конечный результат, лично я предсказать не берусь.— Он посмотрел на девушку.— Эй, подруга, кофе стынет. Господи, как мне хочется кофе!

Кира принялась за еду. Утолив голод, она почувствовала, что немного успокоилась, и спросила:

---

[1] Cacique (*исп.*) — здесь: «руководитель».

— А что было в официальном сообщении?

— Все то же самое. Экстремисты проникли в государственный аппарат, окопались в «Файерболе» и других фирмах, словом, залезли куда только можно. Ничего конкретного, зато много шума. Те страхи, которые не конкретизируются,— наихудшие. Что касается действий... Перечислить?

— Угу,— проговорила девушка с набитым ртом.

— Что ж, насчет реквизиции собственности тебе известно. Помнится, ты предположила, что будет усилен контроль в аэропортах. Молодец, правильно догадалась. Мелкие попросту закрыли. Частные самолеты тщательно досматривают и лишь потом выдают им разрешение на вылет. Нарушителя, если таковой появится, немедленно отловят с помощью спутников и аэростатов. На границах — поголовные проверки, на протесты никто не обращает внимания. Ищут «опасные для жизни устройства», но мы-то с тобой понимаем, кого Сепо рассчитывает найти. Обыкновенным полицейским о том, разумеется, не сообщают. Скорее всего, им приказано конфисковывать все мало-мальски подозрительные приборы и арестовывать владельцев. Проверяют и морские суда, которые уходят в международные рейсы. Если думаешь, что дипломаты подняли по этому поводу шум, то сильно заблуждаешься. В конце концов, чтобы удостовериться в том, есть на борту электронный прибор или нет, много времени не требуется. Полиция вскрывает все адресованные за границу посылки и соответствующих размеров бандероли. За каналами электронной связи следит гиперкомпьютер,— а в стране пускай все катится псу под хвост. Про письма ничего не говорилось; впрочем, их в наши дни мало кто пишет, да и идут они медленно, что весьма печально. Не забывай, мой двойник скоро начнет командовать «Файерболом».

— У меня такое ощущение, будто потолок опускается,— заметила Кира, состроив гримасу.

— Милая, я с этим ощущением родился,— отозвался Гатри.— Вот, кстати, одна из причин, по которой мне захотелось увести людей к звездам. Чтобы выбраться отсюда.

— А что внутри страны?

— Всесоюзный розыск. Кого именно, не уточняется, однако объявлена общая тревога и велено высматривать фанатиков. Если кто-либо заикнется о том, что нашего брата дурят,— догадайся с одного раза, сколько он протянет? Откровенно говоря, подружка, связавшись со мной, ты оказалась в незавидном положении.

— Ну и пусть,— выдохнула Кира.

— Если бы за нами гнались одни авантисты, я бы не слишком беспокоился. Но наш главный враг — вовсе не они. Мой двойник знает меня. Он идет ва-банк, однако наверняка хорошенько все просчитал. А североамериканские шавки лают по его указке.

«Еще бы,— подумала Кира.— От добра добра не ищут. Вспомнить, хотя бы, чего шеф добился — при жизни и после».

— Все, что мне сейчас остается,— поставить себя на его место,— произнес модуль.— Попробуем. Я бы постарался как можно скорее поймать беглеца, по крайней мере, не выпустить его из страны. Каждый прошедший день укрепляет мои позиции. Один из способов обеспечить себе полную безопасность — это избавиться от таких, как ты, Кира, от тех, кто знает правду, кто, возможно, прячет моего двойника и не исключено, что захочет заговорить. Впрочем, если подготовиться к подобному повороту событий заранее, мерзавцу легко будет заткнуть рот, а на слухи наплевать.

— Вы уверены? — поинтересовалась Кира.

— Нет,— ответил Гатри.— И он тоже не уверен. В компании вроде «Файербола», где независимость взглядов всегда считалась достоинством, заткнуть людям рты не так-то легко. Но если подумать, можно найти выход. Суть в том, что между мной и им идет игра. Как мне представляется — и как наверняка считает он,— чтобы выиграть, я должен опередить его, попасть в Кито до того, как враг обзаведется свежей информацией и укрепит свое положение.

— Уж больно рискованно,— пробормотала Кира, которую внезапно бросило в холод.

— Ну да. Боюсь, ты рискуешь не меньше моего.— Линзы, блеснув, сфокусировались на девушке.

— Сэр, я принесла присягу! — в висках застучала кровь. А не слишком ли громко сказано? Космонавты обычно изъясняются иначе.— С «Файерболом» у меня связано только хорошее, и пусть так будет и дальше.

— Черт побери, девочка, как мне хочется тебя обнять! — Гатри издал звук, похожий на вздох, а потом хмыкнул.— Признательность, благодарность — и абстрактная похоть. Между нами, ты очень даже ничего.

Скольким искушениям ему приходится противостоять? — спросила себя Кира. С его богатством он мог устроить себе бесконечное путешествие в грезах, из рая в рай. Что заставляет сознание без тела цепляться за реальность? Откуда эта хватка? И как здорово, что она есть!

— Gracias, шеф.— Девушка криво усмехнулась.— Судя по тому, что мне рассказывали о ваших манерах, вы сейчас отпустили комплимент. Я бы вам не отказала. Что же касается риска — не впервой.

— Знаю. Я однажды...

Некоторое время спустя они сообразили, что увлеченно делятся воспоминаниями.

10

БАЗА ДАННЫХ

Деревенька расположилась на возвышенности, в полном уединении. Гатри, который притаился в комнате у окна, видел, как догорает на западе, над полями, закат, а последние лучи солнца падают на чахлую траву и редкие кусты; дальний край плато терялся в розовой дымке, что окутывала снежные вершины гор. На потемневшем небе засверкала искорка: должно быть, Сатурн. Деревенский мальчишка пригнал с пастбища лам. Жизнь — и труд, которым на неё зарабатывали — продолжалась, насколько ей позволяли война и политика.

Солнце скрылось за горизонтом, быстро сгустились сумерки, задул пронизывающий ветер.

Гатри слегка замерз — стекол в оконной раме не было и в помине, а ставни закрывать не следовало, иначе он не сможет наблюдать за противником. Дом не заслуживал своего названия; для хибары с одной-единственной комнатой — грязный пол, весьма скудная обстановка — больше подошло бы слово «cabana»[1]. Впрочем, земляные стены достаточно крепкие; к тому же, вдвоем дома попросторнее не удержать.

Гатри осторожно приподнял голову. Если он просто возьмет и высунется, то наверняка получит пулю, что и так едва не случилось, когда они с Кирогой отражали атаку сендеристов[2]; к счастью, им тогда удалось отбить нападение, проявив чудеса меткости.

Его заботил джип, стоявший ярдах в пятидесяти от дома, на том самом месте, где они, услышав выстрелы, выпрыгнули из машины. Гатри понятия не имел, что лучше — отстреливаться или выйти с поднятыми руками в надежде на милосердие маоистов. Правда, он особо и не раздумывал — крикнул: «Бежим!», схватил

---

[1] Cabana (исп.) — хижина, шалаш.
[2] Очевидно, от испанского слова «senda» — тропа, тропинка.

винтовку и кинулся к дому, который оказался пустым, то ли случайно, то ли потому, что хозяева испугались и удрали. Лишь очутившись внутри — Гатри смутно представлял себе, каким образом они добрались до укрытия, не получив ни единой царапины — заметил, что прихватил с собой ключи зажигания.

Сейчас джип стерегли двое guerrillas[1]. Гатри их уже видел — низкорослые индейцы в бесформенных балахонах, вооруженные огнестрельным оружием у одного автоматический пистолет, у другого кольт AP-15, должно быть, краденый. Они сидели в машине, покуривая сигаретки. Пастушок, который пригнал с выпаса лам, исчез из поля зрения Гатри. Деревня словно вымерла. Бандиты, кроме тех, кого оставили охранять джип, наверняка засели в домах. Интересно, давно ли банда тут обосновалась? Вряд ли; вдобавок, местные как будто не в восторге. Хотя — кому какое дело до простых людей? Когда появляется отряд Sendero Luminoso[2], ты или славишь освободителей, или умираешь, иногда — долго и мучительно.

— Порядок,— проговорил Гатри, повернувшись к Луису Морено Кироге, который расположился у противоположной стены.— Я боялся, что они попытаются запустить двигатель без ключей и либо заведут, либо сожгут к чертям собачьим. Но теперь ясно, что до утра они не соберутся.

— Если соберутся вообще,— отозвался Кирога, тоже на английском, которым владел сравнительно свободно. Они с Гатри познакомились и подружились в бытность студентами технического колледжа в Сиэтле. Кирога защитил диплом, Гатри бросил колледж, в итоге они оказались на родине Луиса, в Чили.— Главное для них — мы.

— Естественно, однако вдруг им приспичит его завести? — Джип, который партнеры привезли из Америки, несмотря на почтенный возраст, был в отличном состоянии и мог проехать практически где угодно. «Почтенный возраст» означал, что машину изготовила компания «Америкен моторс», а в прежние времена работали на совесть; кроме того, двигатель джипа не требовал неэтилированного топлива, которого в предгорьях Анд зачастую было не достать.— Они могут взять нас измором. Не голод замучит, так жажда,— закончил Гатри, в горле у которого давным-давно пересохло.

— Не думаю,— возразил Кирога.— Такая тактика здесь не в почете. Скорее всего они дождутся ночи, когда мы устанем настолько,

---

[1] Guerrillas (*исп.*) — партизаны.
[2] Sendero Luminoso (*исп.*) — букв. «идущий по светлому пути».

что будем спать на ходу, и, пока несколько человек станут отвлекать наше внимание, попробуют выломать дверь.

— Мне тоже так кажется. Что ж, постараемся их опередить. Слушай, а почему мы говорим на yanqui[1]? Luis, amigo mio, lo siento[2]...

— Тсс! Английский надежнее. Вдруг нас подслушивают?

— Верно... Мне чертовски жаль, что я втянул тебя в эту историю.

— Энсон, ты втянул меня, а я тебя. Помнишь вечеринку у Вэнса Холбрука, когда ты решил запить пивом принесенный мною ром? — Кирога усмехнулся. — Мы знали, на что идем.

— Да, но предложил-то я. — Гатри хотелось поднакопить деньжат. У него родился план: махнуть на юг, в Чили или Перу, купить там по дешевке старые, но хорошо сохранившиеся, благодаря климату и усилиям владельцев, машины, перегнать их на север и продать втридорога на автомобильном рынке, благо тот постепенно возрождался, заодно с экономикой.

— И молодец, — откликнулся Кирога. — Другое дело, что мы совершили ошибку, когда не стали пересекать границу, поехали посмотреть на озеро Титикака и доверились тому олуху из Ило, который уверял, что в здешних краях не осталось ни одного террориста.

— Возможно, он не соврал, и эта банда заявилась сюда издалека. Черт, и как я не догадался взять охрану?! — Гатри сплюнул. — Луис, мы плачемся друг другу в жилетку, словно пара вшивых либералов. Еще немного, и нам покажется, что местный люд живет в нищете только из-за нас.

— Все может быть, — угрюмо произнес Кирога и прибавил, помолчав: — Не думаю, что, если мы сдадимся, они оставят нас в заложниках и потребуют выкуп. После того, как мы обошлись с ними на глазах деревенских жителей, нас с тобой ожидает одно — пуля в лоб. Надо учесть на будущее.

— Нет, — поправил Гатри, которому гнев и нетерпение помогли справиться со страхом, — сначала надо выбраться отсюда. И мы выберемся!

— Когда?

— Когда стемнеет. — Гатри пришлось сделать над собой усилие, чтобы не ответить: «Прямо сейчас». — Они тоже дожидаются темноты, но луна не появится раньше одиннадцати, так что торопиться им не с руки. Уходим самое позднее через час. Согласен?

---

[1] Yanqui (*исп.*) — дословно «янки, американский», здесь: «по-английски».
[2] Luis, amigo mio, lo siento (*исп.*) — Луис, приятель, извини.

— Разумеется. Знаешь, если ты не против, я какое-то время хотел бы подумать и помолиться.

— Взаимно.

Гатри отнюдь не сосредотачивался на том, что происходило снаружи, целиком и полностью полагаясь на свои инстинкты: тело реагировало самостоятельно, а чувства были обострены настолько, что, к примеру, глаза различали каждую звезду в небе над серым плато. В общем, сиди и размышляй, пока есть время,— но не тут-то было: мысли разбегались и путались. Гатри постарался не обращать внимания на шепот, доносившийся от противоположной стены. Не годится подслушивать, когда человек беседует со своим сердцем. Или с Богом, что, в принципе, одно и то же.

Вспомнить, что ли, беззаботное детство? «Былое в силах вызвать из забвенья...» Да, но вызовется ли оно? Отец, инженер-машиностроитель, высокий, с тихим голосом, никогда не перед кем не лебезивший. Мама, с улыбкой на лице составлявшая самые сложные компьютерные программы. Сьюзи... Господи, он так и не поздравил ее, когда она окончила колледж, даже не позвонил, не говоря уж о том, чтобы приехать!

Теперь перенесемся из родимого дома в приморском городе, малопривлекательном промышленном центре, что называется, на природу. Горы до небес, вековечные леса, океанские валы, что приходят с края света. Голубой рассвет, который наблюдаешь с борта двадцатифутового шлюпа; дюжина касаток бесшумно разрезает воды пролива Хуана де Фука, одна на миг приподнимает голову, словно желая доброго утра. Сосновый бор, дождь, девушка, рука в руке... Нет, об этом вспоминать не стоит. Беременность, ссоры, слезы, кривые ухмылки, насмешки, которым не видно конца — и взгляд матери... Он предал ее, ее и всех своих, как сегодня — самого себя.

Жутко хотелось закурить, но трубка осталась в джипе. Когда же, черт побери, кончится этот час? А чего они, собственно, дожидаются? На дворе уже достаточно темно. Бандиты могут напасть в любую минуту. Так, нажмем на кнопку, загорится лампочка, которая осветит циферблат. Сколько-сколько там натикало? Еще рано. Почему? Потому, что он сам определил срок. Час. Шестьдесят минут. Если он не выдержит, то уронит себя в глазах Луиса. Успокойся, приятель, успокойся. Спой что-нибудь — не вслух, чтобы не отвлекать товарища; вспомни все песни, какие знаешь, приличные и не слишком, особенно последние. «Мы никогда про тетю Клару...»

Пора! Господи Боже, пора!

— Пошли.— Гатри показалось, он услышал чей-то чужой голос.

Они шепотом обсудили, кто куда бежит, и решили: будь что будет, всего не предусмотришь. Кирога в темноте нащупал и стиснул плечо Гатри.

— Энсон, что бы ни случилось, я рад, что у меня такой друг. Спасибо за все.

— И тебе,— отозвался Гатри, не найдя других слов.— Двинулись!

По жребию первым выпало идти Кироге. Он выскочил из двери и, пригибаясь, побежал вдоль стены с винтовкой в руках. Гатри устремился следом в направлении джипа, корпус которого тускло поблескивал в лунном свете.

Громыхнул выстрел, мимо прожужжала пуля, причем все произошло почти одновременно. Значит, бандиты оставили часовых — по крайней мере, одного. Ну и ладно, черт с ним. Снова раздался выстрел. Кирога рухнул наземь, перекатился на спину и застыл, раскинув руки в сторону.

Беги, не останавливайся!

По уговору Кироге досталась ближняя к дому сторона машины. Гатри прикинул, что теперь ему, наверно, не стоит следовать плану. Он подбежал к джипу, ухватился за ручку задней дверцы. До чего холодная! Бандиты не позаботились защелкнуть замок. Гатри рывком распахнул дверцу. Партизана на водительском сиденье было видно сравнительно неплохо, силуэт второго едва угадывался, однако Гатри все же заметил движение руки с пистолетом и немедленно выстрелил. Бандит ударился головой о панель управления, сполз на пол. Гатри выстрелил в другого. Тот дернулся, словно провалился во мрак — и закричал.

Гатри развернулся, прижался спиной к машине. Кирога по-прежнему лежал не шевелясь. Выстрелив несколько раз подряд, чтобы припугнуть того самого часового, Гатри бросил винтовку в джип и кинулся к товарищу. Лица Кироги в темноте было не рассмотреть, лишь блестели глаза да текла из уголка рта едва различимая в свете звезд струйка крови. Он и вправду услышал: «No, no, vaya[1]...» или ему померещилось? Раненых у нас не оставляют; впрочем, Гатри слишком торопился, чтобы задумываться над тем, как поступить. Он схватил Кирогу, мельком подивившись тому, насколько, оказывается, силен, и побежал обратно к джипу.

Послышались крики, затрещали выстрелы, засвистели пули. Некоторые, судя по звуку, угодили в джип, но в Гатри, как ни странно, ни одна не попала. Хотя чему тут удивляться? Ночь, темно, бандитов

---

[1] No, no, vaya... (*исп.*) — Нет, нет, не может быть.

застали врасплох; Луису откровенно не повезло... Гатри наступил на партизана, которого ранил и который не переставал стонать. Что-то хрустнуло. Он швырнул Кирогу на заднее сиденье, сам прыжком очутился на месте водителя, вставил в замок ключ зажигания, надавил на педаль, рванул рычаг. Яростно взревел двигатель.

Похоже, маоисты высыпали на улицу все до единого. Ба, да у них свои колеса! Из ночной темноты, в которой светились лишь окошки деревенских домов, вынырнул видавший виды пикап. Гатри выключил фары и увеличил скорость. Дверцы, которые он до сих пор не удосужился захлопнуть, лязгали на каждом ухабе.

Дорога вела вверх и становилась все хуже. Проехав несколько миль и убедившись, что погоня далеко, Гатри рискнул включить фары и свернуть с дороги. Пикап по бездорожью не пойдет, значит, все в порядке.

Какое-то время спустя он остановил машину и заглушил двигатель. На него сразу же обрушилась тишина. Он спрыгнул на землю, обошел джип и позвал:

— Луис? Луис, старина?

Кирога не ответил. Встретив его немигающий взгляд, Гатри отвернулся.

Осмотрев тело бандита, лежавшего на полу машины, он убедился, что выстрел получился на редкость удачным: пуля вошла в плоть под скулой, вышла на макушке и пробила, вдобавок, лобовое стекло. Мозги и кровь, которая уже потихоньку сворачивалась, забрызгали сиденье и панель управления. Убитому было от силы лет шестнадцать, а может, и четырнадцать.

Гатри вытащил труп из машины и положил на землю. Возможно, товарищи паренька отыщут его раньше муравьев и стервятников. Потом слегка прибрался в кузове, устроил Кирогу на заднем сиденье — в позе эмбриона, на другую не хватило места; кажется, так хоронили инков? — и поехал прочь. Позже он осознал, что оставил позади свою юность.

11

БАЗА ДАННЫХ

20 июля у служащих «Файербола» был выходной, поэтому Борис Иванович Никитин отпросился у себя в школе, чтобы провести этот день с Кирой Дэвис. Они познакомились достаточно давно и с тех пор встречались всякий раз, когда представлялась

возможность. Здесь, в России, где просторы были необъятны, а население — немногочисленно и дружелюбно, от партнеров компании не требовали обязательно жить на базе; впрочем, они сами охотнее общались со своими, нежели с чужаками.

Кира с Никитиным отправились на флайере в Новгород, где Борис провел девушку по старому городу. Она была тут два года назад, когда ее семья только-только переехала из Америки, но мало что запомнила, а потом так и не сумела выкроить время, чтобы освежить воспоминания.

Утро выдалось чудесным. Новгородский кремль был почти пуст. Странно, подумалось Кире, что лишь немногие приходят сюда посмотреть на то, что когда-то разрушили, а затем, как могли, восстановили. Быть может, большинству хватает впечатлений от мультивизора (если они вообще смотрят подобные передачи). Однако увидеть воочию солнечные блики на византийских куполах Святой Софии...

— Этот храм возвел в одиннадцатом веке Ярослав Мудрый,— рассказывал Борис.— Раньше на его месте стояла деревянная часовня, сгоревшая во время пожара. Корсунские врата привез, за шестьдесят лет до Ярослава, великий князь Владимир. Сам город существовал уже двести или триста лет, он был основан купцами-варягами, которые торговали с Константинополем и добирались даже до внутренних районов Азии. Новгородцы первыми из русских приветствовали Рюрика, который приплыл на своей драконьей ладье.

Никитин говорил нараспев. Кира подозревала, что история для него реальнее мира вокруг, что он никогда не соблазнится кивирой. Борис всегда хотел стать историком — не просто добывать факты и хранить их при себе (тут человеку ни за что не превзойти машину), а понимать, оживлять прошлое и заставлять его открывать свои тайны настоящему. Порой девушка спрашивала себя, кому это нужно и кто за это заплатит? Может статься, составитель программ для кивиры?

— Они были отважными людьми,— отозвалась Кира, так и не решившись высказать свои мысли вслух. Она нервничала, а потому говорила по-русски, часто запинаясь. Автомат обучает новому языку практически мгновенно, однако чтобы вполне им овладеть, необходима практика: нужно не только говорить, но и читать, думать. А она в основном общалась с теми, с кем училась в колледже, причем все беседы велись на английском.

— А как же иначе? — Борис стиснул кулак и поглядел мимо Киры, словно различая сквозь крепостную стену могучую реку, вернее, реки, могучие потоки, издавна протекавшие по русской земле, и те моря, в которые они впадали.— Их со всех сторон окружало неведомое. Люди поднимали паруса, садились на лошадей, покидали дом пешком; им в лица дул встречный ветер, они сражались с природой, поскольку у них не было выбора. Ни тебе роботов, ни всемогущих компьютеров. А мечты становились явью в песнях гусляров и словах сказочников — или же в собственных деяниях.— Кулак разжался, рука опустилась.— Но то было давным-давно,— ровным голосом закончил Никитин.

— В космосе все осталось по-прежнему,— возразила Кира, по спине которой побежали мурашки.

— Для таких, как ты,— может быть. Вы готовы забыть о той бледной копии языческой природы, которую представляет собой нынешняя Земля, вы принадлежите к числу избранных. Однако сколько вас? — Борис пожал плечами и рассмеялся.— Что-то я раскаркался, не хуже ворона. Прошу прощения, на какой-то миг я совершенно забыл, кого и зачем сюда привез. Пошли, я покажу тебе остальное.

Гидом он был хорошим, разве что чересчур серьезным. Около полудня Борис предложил перекусить в расположенном неподалеку от города ресторанчике. Кира согласилась. По дороге к стоянке, где их дожидался флайер, она не могла удержаться, чтобы не сравнить Новгород с комплексом Эри-Онтарио. Какая сумятица царит там и как спокойно здесь!

Спокойно или пустынно? Солнечные лучи падали на мостовую, на стены старинных, однако хорошо сохранившихся домов, дробились в оконных стеклах. Деревья шелестели листвой, отбрасывая на землю причудливые тени. Автомобили попадались крайне редко, а за доброй половиной окон угадывались пустые помещения. Мимо пробежала маленькая девочка: волосы заплетены в косичку, очень симпатичное платьице. Трое женщин не слишком внимательно изучали товары на витрине магазина натуральных продуктов; возможно, те были им не по карману или же они просто маялись от безделья. Уличный торговец робко попытался заинтересовать Киру самодельными украшениями, но не удивился, что она отказалась, едва поглядев на побрякушки. За распахнутыми воротами виднелся двор, посреди которого были расставлены столы; за ними сидели и играли друг с другом в шахматы убеленные сединами мужчины. В воздухе, на пределе слышимости, вибрировал некий звук — то работали машины, отвечавшие за жизнеобеспечение города.

Впепо, подумала девушка, чему тут удивляться? Сколько раз она наблюдала нечто похожее, по мультивизору и собственными глазами, в Северной Америке? Численность населения сократилась, однако возникли новые проблемы: если бы не автоматы, которые не знают усталости, люди поумирали бы с голоду, поскольку система распределения была уничтожена. Русские все принимают всерьез с тех самых пор, как случилась Беда, поэтому их общество коренным образом изменилось.

Сокращение численности населения перестало быть насущной необходимостью. А было ли оно необходимо вообще? При рациональной системе управления (которую лучше всего обеспечивают гиперкомпьютеры, не правда ли?) Земля в состоянии пропитать не один миллиард человек. Разумеется, сказала себе Кира, такое существование, нос к носу с другими, не для нее. По счастью, есть космос, в который можно убежать. Тем не менее... Тут пусто, а в Торонто, который возвышается этаким островом посреди человеческого моря, жизнь бурлит и кипит. Здешний народ то ли до глубины души проникся рационализмом и альтруизмом, то ли утратил всякий задор...

Чушь! Что это на нее нашло? Она ведет себя не лучше Бориса. Ведь они прилетели сюда развлекаться, а не заниматься достоевщиной!

Путешествие за город принесло новые впечатления. Сельская местность оказалась настолько архаичной, насколько то было возможно. Кира заметила фабрику, однако ее разноцветные корпуса с нанотанками, в которых выращивали киборгов, прекрасно вписывались в ландшафт. Борис увел флайер в сторону от тянувшихся до горизонта полей и пустил над заповедником: лесополоса была еще редкой, но лет через пять, благодаря удобрениям, здесь поднимутся деревья-великаны.

— Сюда доставят диких животных. Оленей, лосей, медведей, волков.

— Разве волков и медведей не уничтожили? — удивилась девушка.

— М-м... По-моему, отдельные особи живут в зоопарках, если не у нас, то за границей. Или же сохранились геномы[1], которые можно клонировать. Ты слышала, в Сибири восстанавливают поголовье тарпанов?

— Слышала.— Кира улыбнулась.— Жду не дождусь, когда соберутся оживить мамонтов. Правда, кое-что меня смущает. Мне говорили, для того, чтобы вернуть мамонта к жизни, нужно добыть образцы ДНК эпохи оледенения. Но как узнать, все ли в порядке с тем или иным образцом, и где гарантия, что его удастся оживить?

---

[1] Геном — совокупность генов.

— Если увидишь здоровенного косматого слона с длинными изогнутыми бивнями...

— Значит, это мамонт. А если шкура у него будет в горошек, что тогда? Кстати, ты не знаешь, динозавров возрождать не планируют?

Ресторанчик находился в золотисто-зеленой березовой роще среди Валдайских холмов. Современное здание, построенное с учетом национальных традиций и фольклорных мотивов. Изысканные кушанья, великолепные напитки, официанты — юноши и девушки — в старинных одеждах; слух посетителей услаждал певец, аккомпанировавший себе на балалайке. Судя по всему, ресторан пользовался популярностью и приносил немалый доход.

А почему бы нет? Или его владельцам следовало существовать на гражданское пособие и, чтобы разогнать тоску, сидеть с утра до вечера перед мультивизором? А так у них, быть может, появится возможность завести ребенка, возможно, двух...

Кира решила не портить день размышлениями о несовершенстве мира. Разумеется, тут тоже далеко не рай. Ну и что? Наслаждайся жизнью, пока есть время. Завтра она вернется в колледж грызть гранит науки и дрожать от страха при мысли, что может не усвоить чего-то такого, что будет стоить ей космоса, где все и вся — настоящие, но это завтра...

12

БАЗА ДАННЫХ

С запада задувал холодный ветер. Шхуна двигалась по словно вымощенной золотом дороге, паруса ловили порывы ветра и солнечные блики, голубизна неба постепенно приобретала фиолетовый оттенок. Коралловое море переливалось тысячью красок. Волны ныряли под бушприт шхуны, шептались и фыркали у бортов, пенились и искрились за кормой, отливая золотым. Энсон Гатри и Джулиана Треворроу стояли у гакаборта. Рулевой не обращал на них ни малейшего внимания; прочие пассажиры и члены экипажа находились на главной палубе, откуда доносились заглушаемые плеском волн голоса.

— Здорово,— пробормотал Гатри, глубоко вдохнув и медленно выдыхая.— На свете осталось немного мест, где можно вот так дышать.

— Верно,— кивнула Джулиана.— Такое редко где увидишь.— Она имела в виду Большой Барьерный риф, осмотр которого входил в программу круиза: желающим выдавали дыхательные трубки или акваланги.

— Я рад, что у меня нашлось время отдохнуть. Сперва я решил, что это удовольствие мне не по карману, но потом сообразил, что не стоит упускать свой, быть может, последний шанс. — Гатри разумел дальнейшее ужесточение правил поведения для туристов.

— Я тоже рада. Правда, меня смущали не столько деньги, сколько время, но в общем и целом вы правы.

Гатри нравился голос Джулианы — хрипловатое контральто; хотя девушка приехала из Сиднея — или как раз поэтому? — австралийский акцент в ее речи практически не ощущался, а те жаргонные словечки, которые иногда проскальзывали, навевали ностальгические чувства. Откровенно говоря, ему в ней нравилось все: голос, фигура, длинные ноги, светлые волосы, что обрамляли лицо с почти классическими чертами. В руках, которые лежали на поручне, угадывалась скрытая сила. Поначалу Джулиана держалась несколько настороженно, но вскоре, видно, решила познакомиться поближе.

— Время? — переспросил Гатри, ухватившись за возможность кое-что узнать. — И чем вы занимаетесь, если не секрет?

— Вы, американцы, кажется, называете это недвижимостью. — Девушка поймала взгляд Гатри и улыбнулась. — Нет, я вовсе не торгую обшарпанными домишками. Меня взял к себе отец, он покупает овечьи выгоны, которые после катастрофы на рынке шерсти приходят в запустение один за другим, и при помощи биотехнологии превращает их в плодородные земли. Потом я отделилась от него и начала работать самостоятельно.

— Надеюсь, не с овцами?

— Нет, в настоящий момент я заключила с администрацией Северного Квинсленда контракт, по которому обязуюсь обеспечивать всем необходимым строителей космического центра. И не только их, а всю провинцию. К примеру, моя фирма производит съемку местности и подготавливает строительную площадку, причем гарантирует защиту от эрозии, воды и паразитов. Вдобавок, мы высаживаем плодовые деревья, при наличии транспорта поставляем тропические фрукты, и так далее; словом, позволяем аборигенам заработать кругленькую сумму. Возможностей сколько угодно. — Джулиана вздохнула. — Однако завоевать репутацию чрезвычайно сложно. С деловой точки зрения, отправившись отдыхать, я совершила непоправимую ошибку. — Она рассмеялась. — Запоздалые угрызения совести.

— Эй! — обрадованно воскликнул Гатри.— Какое совпадение! Мы с вами занимаемся одним и тем же!

— Неужели? — похоже, его слова заинтриговали Джулиану.

— Правда, как посмотреть. Моя обязанность — исследовать новые территории. Я должен был приступить к работе, едва выйдя из самолета, но... Я обладаю некоторым опытом в строительстве и инвестировании средств в современные технологии и компьютеры, позволяющие одному человеку работать за десятерых.— Он тоже вздохнул.— Послушайте, мы с вами могли бы сотрудничать. Конечно, я ни к чему вас не принуждаю, однако попытка не пытка...

— Может быть,— отозвалась девушка.— Кажется, вы любите рисковать.

— Так веселее жить.— Гатри пожал плечами.

— По-моему, вам следовало поискать партнеров поближе к дому.

— Нет.— Гатри покачал головой, в его тоне зазвучали стальные нотки: — Меня бы ободрали как липку, раздели бы догола.

— С чего вы взяли?

— Вам наверняка известно, как сегодня обстоят дела в Штатах. Впрочем, вполне возможно, необходимо испытать это на собственной шкуре, чтобы понять, куда мы катимся. Мы и Канада. Согласен, мы... Знаете, я провел несколько лет в Южной Америке, зарабатывал деньги; так вот, когда вернулся, мне почудилось, будто я с разбега плюхнулся в болото.

— Помнится, у вас заправляют возрожденцы.

— То-то и оно. На пару с «зелеными».

— Но ведь планета гибнет,— нахмурившись, заметила девушка.

— Естественно, ее надо спасать, никто и не спорит. Я с пеленок истовый консерватор, но пускай человек крепко подумает, прежде чем обозвать меня «зеленым». Черт побери, Джу... Прошу прощения, мисс Треворроу. Судя по вашим словам, вы вместе со своим отцом стараетесь предотвратить экологическую катастрофу. Но разве можно закрывать атомные электростанции, вынуждая тем самым множество людей замерзать зимой и дышать той гадостью, которую вырабатывают угольные генераторы? Ведь речь идет не только об углекислом газе и канцерогенах, но и о радиоактивных элементах, которые не высвобождаются даже при взрыве ядерного реактора! Или платить бешеные деньги за солнечные батареи, способные и в ясный день обеспечить электроэнергией одну-единственную лампочку на квадратный ярд? Или запрещать применение пластмассы, хотя ее легко переработать, и требовать возврата к бумаге, для чего придется превратить уцелевшие леса в монокультурные плантации? Или вводить немыслимые налоги на предпринимательство, устанавливать правила одно нелепее другого и плодить чиновников, то есть ставить рогатки, которые способны преодолеть лишь крупные фирмы? Или...— Гатри сделал паузу, чтобы перевести дух.

— В Австралии происходит то же самое.

— Вряд ли у вас настолько плохо,— Гатри желчно усмехнулся.— Извините, если чем обидел. По-моему, экологический фашизм — только одна сторона медали. Куда опаснее фашизм как таковой, или, если хотите, пуританство. Генри Л. Менкен[1] однажды заметил, что пуританин — это человек, который просыпается среди ночи в холодном поту при мысли, что кому-то где-то может быть хорошо. Значит, нужно защищать бедного, невежественного обывателя от него самого. Обложим налогами алкоголь и табак, лишим людей нормальной еды, станем пропагандировать умеренность во всем, чтобы со временем все запретить, будем пудрить мозги детям, разбивать школьные классы на группы по видам спорта, поднимем в тысячу раз цены на топливо, заявим, что увеселительные прогулки — зло, а поддерживание дома той температуры, какая нравится хозяевам,— антиобщественный поступок. Каждый пузырек с лекарством следует открывать не иначе как ножовкой по металлу, а на нитроглицерин вообще наложить запрет... Тем временем общество, разумеется, будет двигаться к светлому будущему, которое предусматривает рациональное распределение обязанностей между мужчинами и женщинами, коренным населением и иммигрантами, преуспевающими и «обездоленными». В колледжах — строгие квоты для талантливых и тех, кто на деле хочет получить образование, дабы охватить «людей с особым складом ума». Уберем с библиотечных полок книги, пуще того — не позволим их печатать. Тех, кто смущает народ идеологически вредными рассуждениями, будем судить, штрафовать и клеймить всеобщим презрением. Или же убивать, чтобы неповадно было... Черт! Снова я за свое. Нет чтобы любоваться закатом! Ради Бога, извините.

— Не за что,— мягко проговорила Джулиана.— Мне трудно целиком с вами согласиться, но я люблю тех, кто не боится делиться своими мыслями, иными словами — нормальных людей. Вы поэтому и забрались в такую глушь?

---

[1] Г. Л. Менкен (1880—1956) — американский журналист, автор множества статей и книг, в которых критикуются жизненные ценности нынешнего поколения.

— Не совсем. Сначала я хотел вернуться в Южную Америку. Демократия там пустила крепкие корни, и перед тем, кто готов рисковать, открывается много возможностей. Однако... Австралия на сегодня единственная страна, которая выполняет свою космическую программу. У нас полный бардак, повсюду чинуши и тупоголовое начальство. Слишком многие предприниматели сломали себе шею, пытаясь одолеть бюрократов, чтобы стоило связываться. Европейцы же и японцы, похоже, довольны тем, что имеют, и не собираются двигаться дальше. Кроме того, они недолюбливают чужаков. А вы, австралийцы, наконец-то решили строить космопорт. Ведутся разговоры о модернизированных пусковых установках... Я не прочь поучаствовать, насколько получится, честное слово, не прочь.

— Почему? — спросила девушка, глядя на него в упор.

— Потому что за вами будущее. Я отношу себя к консерваторам, но понимаю, что нельзя до бесконечности полагаться на ресурсы Земли. Если мы вскоре не начнем добывать сырье в космосе, с промышленной цивилизацией будет покончено, следовательно, погибнут миллиарды людей. А те, кто выживет, навсегда погрязнут в новом средневековье. Я хочу иной участи для своих детей.

— У вас есть дети?

— Нет. Я пока не женат.— О грешке молодости можно не вспоминать. И потом, с какой стати рассказывать ей о Бернис? Ну да, они старались ужиться, однако развод оказался наилучшим выходом для обоих, несмотря на то, что именно сердечная рана погнала его за моря.

— Вы правы насчет космоса,— сказала Джулиана.— Я сама много об этом размышляла,— она помедлила,— но не делилась своими мыслями ни с кем, кроме отца.

— Я тоже не кричу о своих планах на каждом углу, хотя намереваюсь сколотить на них состояние, причем громадное до омерзения. Процветай преуспевая.

— Да, нам есть что обсудить,— с некоторой что ли робостью признала Джулиана.

У него участился пульс, однако он промолчал. Не сговариваясь, они повернулись лицами на запад. Солнце только-только скрылось за горизонтом, в небе догорали последние краски заката, море еще поблескивало, но вода темнела буквально на глазах. Ветер потихоньку набирал силу. Шелестели паруса, поскрипывал гик; шхуна слегка раскачивалась, плеск волн становился все громче. Тем не менее, в вечерней тишине каждый звук доносился словно издалека. На небосводе мерцала маяком вечерняя звезда.

— Господи Боже,— вдруг выпалил Гатри,— да в космосе хватит места на всех! Свобода, новизна...

— Вы читаете мои мысли,— прошептала Джулиана.

Он накрыл ее ладонь своей. Девушка и не подумала отдернуть руку.

13

БАЗА ДАННЫХ

Оказавшись в краткосрочном отпуске на Луне, Кира Дэвис села в Порт-Бауэне на монорельсовый экспресс до Тихополиса в надежде, что там она сможет более-менее приятно провести время. Астербург и Дальноград представляли собой исследовательские базы, где все занимались исключительно наукой, а в прочих поселениях хозяйничали луняне, которые не то чтобы не воспринимали чужаков, но относились к ним таким образом, что те бывали рады-радешеньки, когда наступал срок отлета. Тихополис же являлся торговым и культурным центром планеты, связующим звеном между Луной и остальной Солнечной системой.

От пейзажа за окном, как обычно, захватывало дух. Пепельно-серые моря, кратеры, Земля, которая по мере того, как поезд продвигался на юг, опускалась все ниже, к линии горизонта; длинные бело-голубые тени, на фоне которых отчетливее виднелись оспины, оставленные на поверхности метеоритами, и вышки, что указывали местонахождение силовых кабелей. Звездный свет падал на диски передатчиков; Кире казалось, она нутром чувствует, как отражаются от них лучи, слышит торжествующую песнь могучей энергии.

Поезд взлетел на гребень Тихо, устремился вниз, промчался по дну кратера и нырнул под поверхность у наблюдательной башни. На вокзале Кира оставила свой саквояж в камере хранения, решив, что заберет его потом, когда разыщет кого-нибудь из знакомых, с кем можно будет сходить в сады и в зоопарк, где полным-полно уникальных животных. Но это завтра, а сегодня ей нужно отыскать кого-либо из старых приятелей. Значит, придется пробежаться по барам.

Покинув вокзал с его затейливыми древними фресками, девушка поднялась на верхний уровень. До чего же здорово иди пешком, не ощущая собственного веса, прыгать, как кенгуру, парить в воздухе! Тем более, когда поблизости нет никаких машин. Насчет того, быстро ли организм приспособится к малой гравитации, волноваться не стоит: она тут долго не задержится. То есть вертеться несколько часов подряд на центрифуге вовсе не обязательно.

На проспекте Циолковского было полно людей, и ей пришлось сбавить шаг. Впрочем, здесь, на Луне, люди ее не раздражали. Широкий проспект — дорожки для скейтбордистов по обеим сторонам, посредине газон с биорастительностью — никуда не сворачивая, уходил вдаль. Вдоль него выстроились тремя этажами аркады, за изящными колоннами которых виднелись витрины и вывески магазинов, кафе, гостиниц и увеселительных заведений, суливших порой весьма экзотические развлечения. Верхние аркады поддерживали потолок — огромную светящуюся панель, на которой, сменяя друг друга, возникали призрачные картины: дракон, россыпь самоцветов, какая-то неразумительная абстракция...

Запахи еды, напитков, парфюмерии, странный дымок; музыка, которая звучала под сводами аркад, плакала, звала, негромкая, едва различимая... Человеческие голоса, что сливались в однообразный гул... Большинство тех, кто двигался по проспекту, составляли чужаки: туристы, бизнесмены, журналисты, космонавты, отпускники из Астербурга или с Л-5. Разноязыкая толпа напоминала Кире узор калейдоскопа.

Луняне мало чем выделялись из общей массы. Все как один стройные, высокие, два метра с хвостиком, однако вовсе не такие жерди, какими их рисовала земная молва. Многие одеты по здешней моде — в стиле Ренессанса, наряды пышные, но не чересчур; попадались и мужчины в рабочих комбинезонах, и женщины в брюках и рубашках навыпуск. Разумеется, у мужчин ни бород, ни волос на руках, а женщины — узкобедрые, с маленькой грудью, зато прически какие угодно, глаза не только большие и раскосые, кожа не только белая. Мутации не уничтожили до конца унаследованных от предков расовых признаков. Если лунян что-то и отличало, то, безусловно, манера держаться. Двигались они необычайно грациозно, избегая столкновений, словно опасаясь подцепить от чужака какую-нибудь заразу, ходили либо поодиночке, либо вдвоем, тихо переговариваясь между собой на музыкальном местном наречии. Владельцы магазинов, гиды и прочие представители сферы обслуживания вели себя более приветливо. Правда, почти все они принимали плату с таким видом, будто делают клиенту одолжение. Кира усмехнулась. Клиент волен выбирать; и потом, это ведь их мир. Быть может, правы те, кто утверждает, что луняне отличаются от других людей не только физически, но и умственно? Возможно ли, чтобы радикальная перекройка молекул ДНК, в результате которой люди смогли жить на Луне и иметь детей, не коснулась души?

Мимо прошествовала труппа бродячих музыкантов и мимов. Они веселились, жестикулировали, играли на сонорах, тамбуринах и изогнутых охотничьих рогах. Лица прятались под причудливыми масками в форме голов различных животных. Они выступали не ради заработка: то была традиция, поощряемая местными правителями. (Традиция? Луна обрела независимость каких-нибудь пятьдесят лет назад. Впрочем, перемена метаболизма ведет, должно быть, к переменам в обществе).

Проспект закончился на площади Гидры, которая представляла собой, вдобавок, крышу громадного аквариума. Внизу, ясно видимые сквозь прозрачную поверхность, сновали среди водорослей рыбы. Струя воды из фонтана посреди площади почти доставала до потолка. Особые приборы, излучавшие сверхзвуковые волны, заставляли струю змеиться и низвергаться каскадами. За фонтаном располагались полицейский участок, дежурные части спасателей и техников, «скорая помощь», а напротив — три музея, наиболее интересным из которых, как вспомнилось Кире, был исторический. Среди его экспонатов имелся макет Тихополиса, каким тот был до объявления независимости: тогда жилые кварталы были открыты для любого...

Девушка миновала площадь и свернула на улицу Оберта. Толпа осталась позади. Здесь трудились за закрытыми дверями компьютеры, работали нанотанки. Стены зданий были украшены эмблемами владельцев. Странное искусство, слегка смахивает на европейскую геральдику и на китайскую каллиграфию, однако подчиняется теоремам аналитической геометрии.

От улицы Оберта отходил переулок Эллипс-лейн. Пройдя около полусотни метров, Кира увидела то, что искала. Световая вывеска гласила: «Стартовая площадка». Девушка вошла внутрь.

— Кира! — окликнули ее. В следующий миг она очутилась в чьих-то объятиях.

Девушка моргнула, присмотрелась повнимательнее. Неужели Эйко? Но когда глаза привыкли к царившему в баре полумраку, она узнала Консуэло Понсе. Понятно, ее сбила с толку светящаяся нашивка с эмблемой спутника Л-5 на рукаве Консуэло. «Глупая! — выругала себя Кира.— Да разве Эйко стала бы ходить в форме?!»

— Какой приятный сюрприз! — с улыбкой продолжала Консуэло. Она говорила по-английски с едва заметным тагальским[1] акцентом, ибо хотя и родилась в космосе, но не там, где жила теперь.— А я слышала, что тебя отправили снабжать льдом Марс.

---

[1] Тагальский — один из филиппинских языков.

— Вцепо, я всего лишь вывела свою глыбу на орбиту,— отозвалась Кира.— Но откуда, во имя Маккамона, ты о том узнала? — Консуэло была врачом-цитологом, и у них с Кирой было мало точек соприкосновения.

— О, я ловлю все новости о подвигах космических пилотов. Вас ведь осталось не так уж много, верно? — заметив выражение лица Киры, Консуэло торопливо прибавила: — Я прилетела в Астербург, на конференцию по методам лечения лучевой болезни, но сперва решила заглянуть сюда и поискать знакомых. Ты не хочешь составить мне компанию?

— Почему бы и нет? — ответила Кира после непродолжительного раздумья. Консуэло, конечно, болтушка, но ничего, переживем. Правда, она рассчитывала встретить кого-нибудь из мужчин... — Подожди, только выпью пиво.

— Я не могу бросить вон того беднягу,— прошептала Консуэло, привстав на цыпочки.— В конце концов, он провожал меня до туалета. Как бы мне от него отделаться?

Кира взглянула в ту сторону, куда показывал палец Консуэло, и увидела довольно молодого усатого мужчину с тюрбаном на голове и эмблемой компании «Махараштра Дайнемикс» на нагрудном кармане белого пиджака. Мужчина, понурившись, смотрел в свой стакан.

— Я его не знаю.

— Я тоже, но мне стало жалко... Знаешь, если азиат напивается, у него серьезные неприятности. Ему требуется сочувствие.

— И что же случилось?

— Он инженер-минералог, работал с метеоритными рудами. В один прекрасный день его перевели на новую должность, а на старое место поставили робота. Уязвленная гордость, потеря смысла жизни — ну, и все такое прочее.

Кира снова моргнула. Интересно, как повел бы себя сейчас Гатри? Она верила, что не создано еще программы, которая превзошла бы ее в умении приспосабливаться к ситуации (не имеет значения, какие в программу заложены возможности; кроме того, не следует забывать о затратах). Тем не менее...

— Ты молодец, Консуэло. Да, давай встретимся позже. Вечером я, возможно, буду занята, а вот завтра... Думаю, не потеряемся.

Весьма довольная тем, что осталась одна, Кира направилась к стойке. Бар «Стартовая площадка», как явствовало уже из названия, отличался почтенным возрастом, а потому был не слишком просторным. Маленький зал, столики, стулья, мишень для игры в дартс, пыльные космические сувениры на не менее пыльных полках, стены снизу доверху увешаны вылинявшими от времени картами и фотографиями; и, в качестве дополнения к еле слышной за гомоном посетителей Пятой симфонии Бетховена, мультивизор. Сюда приходят не затем, чтобы пялиться на экран, а чтобы потолкаться среди приятелей. О таких заведениях не рассказывают земляшкам, а если и забредет какой-нибудь случайный турист, на него не обращают внимания. Завсегдатаи бара — космонавты и их партнеры с Земли. Естественно, большинство составляют служащие «Файербола», включая народ с Л-5, а остальные — сотрудники пяти-шести мелких фирм. Киру заметили. Кое-кто узнал ее, поздоровался. Она радостно помахала всем рукой и уселась на табурет у стойки.

— Добро пожаловать домой, красотка,— промурлыкал бармен Рори Донован. — Давненько ты к нам не захаживала. Небось, дела? Что будем пить, как обычно?

— Да, gracias. Для начала стаканчик холодной aqualunae[1] — Если некуда девать деньги, можешь заказать и привозное, но местное спиртное ничуть не хуже.

— В какие края собираешься теперь? — поинтересовался Донован. Кира поняла, что ему известно, куда она летала в последний раз. Ничего удивительного: в Тихополис стекаются новости со всей Солнечной системы.— Надеюсь, не скоро?

— Пока не знаю. Что ты там намешал?

— Какая разница? Держи, крошка, и не бери в голову. Это за счет заведения.— Видя, что девушка собирается поблагодарить, он прибавил: — Нет, нет, не надо лишних слов. Я же должен как-то отплатить за то, что ты осчастливила меня своим появлением.

— Рори, ты говоришь то же самое всем женщинам, которые заглядывают в твою забегаловку. И нам это нравится.

Бармен ухмыльнулся. Тут его позвали, и он ушел. Да, никакой робот не заменит Рори Донована. Пускай он страшен как авантизм, зато умеет льстить, как никто другой.

В юности, вдруг подумалось Кире, он наверняка не только льстил девушкам. Что касается физических недостатков... Нет, Рори не урод. Просто всю жизнь прожил на Луне, ибо на Земле мог существовать лишь с помощью системы жизнеобеспечения. Не метаморф — результат неудачного эксперимента. Гены, которые помогали приспособиться к низкой гравитации, появились у Рори уже после рождения, искусственным путем, и не слишком удачно вписались в генотип организма. Кто-либо из товарищей

---

[1] Aqualunae (*лат.*) — досл. «лунная вода».

Донована по несчастью вряд ли выжил. Его смешки и прибаутки, — искреннее ли то веселье или всего лишь маска? Черт! Ну почему в голову лезут одни плохие мысли? Кира пригубила жидкость в стакане, полюбовалась, как сверкает на свету пиво...

— Пилот Дэвис, добрый вечер. — Девушка обернулась и увидела перед собой световолосого, хорошо одетого, привлекательного молодого человека, который добавил: — Наверно, вы меня не помните. — По-английски он говорил с сильным акцентом. — Ганс Гизелер. Мы с вами познакомились в прошлом году, на вечеринке в Гейдельберге.

Теперь Кира вспомнила. Партнер «Файербола», специалист по символическому анализу, занимается технико-экономическими связями. Они тогда говорили о путешествиях. Он рекомендовал несколько мест в Европе, она последовала его совету — и очень хорошо отдохнула. Улыбка у него приятная... Кира протянула руку, и они обменялись рукопожатием.

— Каким ветром вас занесло на Луну? — поинтересовалась девушка.

— Дела, заботы... Прошу прощения. Бармен, повторите, пожалуйста. А вам, пилот Дэвис?

— С удовольствием! — Кира усмехнулась.

— Надеюсь, я веду себя не слишком навязчиво. Понимаете, день выдался трудным, мне было одиноко, и тут я увидел вас, единственного знакомого человека...

— Bueno, я собиралась поздороваться с друзьями, но они, похоже, все заняты, так что можем поболтать. — Кира опустилась обратно на табурет, с которого было встала.

— Они до вас скоро доберутся, не беспокойтесь. Как поживаете?

— Muy bien, gracias. — Девушка не сумела совладать с любопытством: — Так что там у вас за таинственные дела?

— Ничего таинственного, хотя широкой публике знать о них пока не обязательно. Вы наверняка слышали о плане вывода на лунную орбиту третьего спутника. Селенархи возражают, приводят различные доводы против; мы подозреваем, что они просто-напросто не хотят увеличения численности нашего персонала на Луне. Я проанализировал возможные последствия и привел селенархам данные, согласно которым преимущества выведения на орбиту третьего спутника с лихвой покрывают недостатки. Они изучили мой отчет, заявили, что не удовлетворены, но попросили, чтобы компания прислала своего представителя для переговоров. Луняне предпочитают беседовать лично, и не только потому, что сигналы запаздывают. С Риннддалиром и его присными мы обсуждали наш проект несколько часов.

— С Риннддалиром? — от удивления Кира даже присвистнула.— Из того, что мне известно, я могу заключить, что вы начали практически с самого верха. И как успехи?

— О, луняне безупречно вежливы, но под внешней деликатностью я постоянно чувствовал упорство и... как это по-английски?.. изворотливость? Нет, не годится. В общем, сталь и ртуть, по которым пропущен ток...

— Ганс Гизелер, сотрудник компании «Файербол Энтерпрайзиз»! — произнес голос, перекрывший гомон, что стоял в баре, с той же легкостью, с какой нож разрезает масло. Хорошо поставленный баритон, негромкий, но глубокий, с акцентом, который не услышишь нигде на Земле.

Ну и ну! Все, кто был в баре, повернулись к мультивизору, цилиндр которого был достаточной величины, чтобы в нем появилось изображение не только головы, но и верхней части туловища весьма представительного мужчины. Кожа на лице мраморного оттенка, на шее пульсирует голубая жилка, высокие скулы, большие, льдисто-серые глаза; широкие ноздри, чувственные, почти женские губы — и твердый подбородок; светлые волосы, перехваченные расшитой золотом лентой, ниспадают на блузу из черного с серебристым отливом материала; в форме ушей угадывается нечто не совсем человеческое.

— Иисус, Мария и Иосиф! — прошептал Рори.— Сам!

Риннддалир, поняла Кира.. Она знала в лицо очень немногих селенархов — те предпочитали не появляться на публике,— однако тут ошибки быть не могло.

— Я переговорил с другими селенархами,— продолжал лунянин.— Мы хотим кое-что уточнить. Пожалуйста, немедленно возвращайтесь в отель. Транспорт за вами и вашими сопровождающими уже выслан. Прошу прощения за настойчивость, она вполне обоснованна. Спасибо.

Риннддалир исчез. Вновь послышалась музыка. Прерванные разговоры возобновились.

Гизелер озадаченно покачал головой.

— Я никогда... не встречал таких людей... Откуда он узнал, что я здесь? А может, это запись? Или нет?

— Что вы собираетесь делать? — ляпнула Кира.

— Ехать, что же еще? — Гизелер выпрямился.— Я не рискну оскорбить их отказом.

— Погоди-ка, сынок,— проговорил Рори в самое ухо юноше, ухватив его за рукав. — Я ничуть не удивлюсь, если эти стервецы думают взять тебя измором и выторговать себе поблажки.

— Я же ничего не решаю. — Гизелер попытался вырваться. — Могу только советовать начальству.

— Пускай так. Если ты уйдешь голодным, учти — там тебя не накормят. Подожди, я дам тебе с собой сэндвич, съешь по дороге.

— Хорошая идея,— одобрила Кира. Гизелер неохотно кивнул. Рори исчез, а юноше пришлось отвечать на вопросы тех — многие желали узнать, что, собственно, происходит. Получив сэндвич, он направился к выходу, провожаемый приветственными возгласами. В людях говорит вовсе не ненависть к селенархам, подумала Кира. Конечно, луняне — далеко не самая приятная компания, зато здесь не бывает преступлений, если ты никого не трогаешь, к тебе тоже никто не пристает; в определенном смысле слова они вполне приличные ребята, и ничуть не удивительно, что наши родители искренне радовались, когда Луна объявила о своей независимости. Но времена меняются, сейчас всем хочется верить, что верх возьмут не селенархи, а «Файербол».

После ухода Гизелера посетители бара вновь разбились на компании, и Кира сказалась в окружении приятелей. Началось веселье. Вино, как в присказке, лилось рекой. Вместо того, чтобы как следует поесть, компания Киры навалилась на монументальные Донованы сэндвичи. Кто-то запел, другие подхватили; мало-помалу дошли и до баллады о Маккамоне...

Маккамон, партнер «Файербола», космический был пилот.
Не раз заправлял, представьте, он пивом свой звездолет.
Его излюбленный виски любого сваливал с ног:
Бедняга потом неделю с кровати подняться не мог.

Помимо виски, Маккамон до девушек был охоч,
Свести поближе знакомство он с каждою был не прочь.
Девицы стонали, млели... А после, в своем кругу,
Его слоном называли. Однако о том ни гу-гу.

Маккамон брал в руки трубку, дым выпускал изо рта —
И все тотчас разбегались и прятались кто куда.
А он, вдыхая отраву, докуривал до конца
То зелье, что ядовитее было даже свинца.

Дороги упрямый шотландец не уступал никому
И врезался раз в астероид (что ж, поделом ему).
Спасателей поджидая, он новых дел натворил:
Играть в невесомости в кости шикарный способ открыл.

Однажды в люк постучался дьявол, который сказал:
«Давай, собирайся, Маккамон, последний твой час настал».
Маккамон как плюнет — и дьявол, себе самому не рад,
Завыл и по гиперорбите поспешно умчался в ад.

Маккамон решил, что быстрее должен летать звездолет —
Наелся от пуза гороха и с криком «Полный вперед!»
Пустил, поднатужась, газы кельт бравый, кельт удалой.
И, получив ускорение, корабль полетел стрелой.

Мотаясь вокруг Юпитера, он даже урон понес:
От тамошней радиации лишился в носу волос.
А на Земле пилотам мастерства преподал урок:
Корабль угробил, свалившись на ледяной островок.

Его донимали пингвины, виски осталось чуть-чуть,
И он сигнал отправил: спасите, мол, кто-нибудь!
А сам закурил сигару, и едкий, вонючий дым,
Густой, как из жерла вулкана, вмиг заклубился над ним...

В балладе было много куплетов — грубоватых, по-детски озор-
ных и, как показалось Кире после того, как она поглядела на поте-
рявшего работу мужчину в тюрбане, вызывающе-безысходных.

14

Из Сейлема она доехала автобусом до Бейкера, что лежал в
четырехстах с лишним километрах восточнее. Путешествие продолжалось уже третий день. Кира сняла номер в маленькой гости-
нице, наскоро перекусила — и рухнула в постель, измотанная не
столько дорогой, сколько часами ожидания на вокзалах. Интересно, много там было копов в штатском?

Вдобавок, в каждом выпуске новостей упоминалось о терро-
ристах — очевидно, с целью как можно сильнее напугать людей.
Толпы на вокзале, по крайней мере, явно пребывали в возбужден-
ном состоянии. Да, правительство не пользовалось популярностью, однако если нужно выбирать между ним и бомбами в центрах управления или корпусах нанофабрик...

— Необходимый минимум правды,— заметил Гатри.—
Слово «хаотик» превратилось в общеупотребительное ругательство. Под это определение подпадает и та горстка психопатов,
которая и впрямь существует, и любой из тех, кто всерьез размышляет, как бы избавиться от авантистов. Пытаться установить контакт с теми, кто состоит хотя бы в подобии организа-

ции, попросту бесполезно. Все, кто умен и кому посчастливилось, давным-давно залегли на дно, откуда их не поднять. Нет, я надеюсь, что... Анти-Гатри о том известно и он наверняка сообщит Сепо, но я рассчитываю, что они сначала отработают более правдоподобные версии: скажем, будут искать партнера компании, который припрятал меня в укромном местечке. Следовательно, им придется проверить множество людей и помещений. Пускай проверяют, а мы пока попробуем связаться с теми, кто обладает некоторым влиянием.

На следующее утро Кира проснулась отдохнувшей. Приведя себя в порядок, она вышла из номера, а Гатри остался внутри, в сумке с одеждой. Гостиница старомодная, значит, убирать номер придет не робот, а живой человек. Остается только верить, что горничная не станет совать нос в чужие вещи. Жаль, конечно, что нельзя сдать саквояж в камеру хранения: во всех обращениях правительство призывало население к бдительности, предлагало искать «адские машинки» и сообщать в полицию обо всем, что показалось подозрительным или просто необычным.

На улице было жарко: здесь, к востоку от Каскадных гор, еще стояло знойное, засушливое лето. Здания, древние, в большинстве своем приземистые, напомнили девушке Новгород; однако тут жизнь не текла, а именно кипела. Хотя уличное движение и не было настолько сильным, чтобы легковушкам и грузовикам запретили въезжать в город, машины все же двигались сплошным потоком. Куда ни посмотри, повсюду виднелась эмблема гомстедеров[1] — зеленое поле и старинный плуг на фоне рассветного неба. Водители, пассажиры, пешеходы — почти все носили одежду неброских тонов, сшитую из добротного материала. Люди, в общем и целом, держались весело и непринужденно, что разительно отличало их от типичных североамериканцев. Информатор сообщил Кире маршруты местных автобусов, и девушка села на тот, что шел на окраину города.

Вокруг виднелись поля, пастбища, сады... За ними присматривали вовсе не роботы — Кира заметила несколько тракторов, которыми управляли люди. Расстояние между домами — точнее, хуторами — составляло два-три километра. Сооружения промышленной зоны на севере представляли собой резкую противоположность фермам. Кира

---

[1] Гомстедеры — поселенцы, бесплатно получившие землю согласно т. н. «закону о гомстедах», акту конгресса США. Здесь: сторонники «возвращения к природе».

не смогла разглядеть, какой над зоной развевается флаг, но сообразила, что наверняка не союзный, а гомстедерский.

Ей подумалось, что гомстедеры меньше других отдалились от общества и всегда готовы вести дела с чужаками. Из чего, впрочем, не следует, что они не стремятся сохранить материальную и культурную независимость, не берегут собственных традиций и обрядов. У них, как, скажем, и у мусульман, свои законы, органы управления, должности, ритуалы, обычаи и тайны. Скорее всего, именно то, что гомстедеры не кичатся нетипичностью, и позволяет им чувствовать себя свободнее, нежели членам иных общин.

Кира вышла из автобуса и направилась по адресу, который получила от Гатри. Вдоль тротуара росли деревья, что хоть немного защищали от палящего солнца. Судя по фасадам и форме крылец, некоторые дома были построены лет двести тому назад. Лужайки, клумбы; воздух напоен ароматом цветов; тишина и покой... Вряд ли тут живут только гомстедеры, однако, по всей вероятности, их большинство. В тех районах, где население могло прокормиться сельскохозяйственными продуктами без помощи сложного оборудования и где привычку полагаться на себя уничтожили еще не окончательно, жизнь регулировали не государственные законы, а правила той или иной общины.

Приближаясь к дому Эстер Блум, девушка нервничала все сильнее. Пускай глава гомстедеров — давняя приятельница Гатри, у нее наверняка хлопот полон рот; вдобавок, подумала Кира, имени шефа вслух произносить нельзя. К тому же, за домом могут наблюдать. Кто сидел в медленно прокатившей мимо машине? Кто это стоит на углу, словно кого-то ожидая?

Кира прошла между клумбами, на которых цвели розы, поднялась по лестнице на веранду, где царила прохлада, и прикоснулась к кнопке вызова. Дверь открылась.

— Saludos,— приветствовал девушку мускулистый молодой человек, смерив ее взглядом.— Чем могу служить?

— Я... Мне нужно поговорить с сеньорой Блум,— пробормотала Кира.

— Не вы первая. Я постараюсь, чтобы она приняла вас послезавтра.

— Por favor, дело очень срочное. Передайте ей, пожалуйста, что речь пойдет об Уинстоне П. Сандерсе[1] и пьяной русалке.

---

[1] Уинстон П. Сандерс — псевдоним П. Андерсона, которым подписаны некоторые рассказы писателя.

— Чего-чего?

— Por favor,— повторила Кира, одарив юношу лучезарной улыбкой и шевельнув плечами, чтобы всколыхнулась грудь.— Я знаю, звучит смешно, однако, уверяю вас, сеньора Блум меня примет. А если нет, делайте со мной, что хотите.

— М-м... Что ж, достаточно таинственно, по крайней мере, чтобы ее заинтриговать. Проходите, сеньорита...

— Бовари. Эмма Бовари.

В помещении, которое служило передней, дожидалось приема множество мужчин и женщин. Двое смахивали на фермеров, двое других — на технарей; но кто такие африканец в дашики[1] и бритоголовый тип в красном балахоне? Мультивизора в комнате не было, зато на журнальных столиках лежали распечатки книг и периодических изданий. Кира пробежала глазами статью об открытиях, сделанных под поверхностью Марса. Вроде бы любопытно, но не захватывает — марсианские пещеры исследовали не люди, а роботы, интеллект которых автор статьи всячески превозносил. Может, он — тоже робот? А если и нет, монотонный текст, в котором лишь изредка попадались цветистые выражения, доказывал, что он — или она — пользовался специальной «писательской» программой.

— Сеньорита Бовари, прошу вас.

Сердце Киры бешено заколотилось. Следом за женщиной, которая окликнула ее, она пересекла комнату и вошла в дверь.

Кабинет Эстер Блум выглядел менее просторным, чем был на самом деле, благодаря всякой всячине, что загромождала шкафы и книжные полки: старинные рукописи, копии древнеегипетских статуэток, куклы, ножи для разрезания бумаги, чучело рыбы, немецкие пивные кружки, различные награды, плюшевый медведь, явно не механический... За огромным письменным столом сидела хозяйка кабинета. Невысокого роста, худощавая, чрезвычайно подвижная, в желтой блузке и лиловых брюках. Седые волосы обрамляли изрезанное морщинами, необычайно живое лицо; во взгляде светло-голубых глаз угадывался опыт многих и многих лет.

— Привет,— тоненьким голоском поздоровалась она, когда дверь за спиной Киры захлопнулась.— Как тебя зовут по-настоящему? На твоем месте, если бы мне пришлось залезать в забытых

---

[1] Дашики — мужская рубашка в африканском стиле, с круглым вырезом и короткими рукавами.

классиков, я бы выбрала что-нибудь менее мрачное. Скажем, Изабелла Арчер[2]. Давай, выкладывай.

— Мы в безопасности? — спросила девушка, глубоко вдохнув.

— Ты имеешь в виду, от назойливого любопытства нашего ненаглядного правительства? Да, можешь не волноваться. Я приказала экранировать дом бог весть сколько лет тому назад. Возрождение пришло и сгинуло, но я не верила, что страна на веки вечные останется свободной — если, конечно, можно называть свободой ту пародию на нее, которую мы имеем. Так вот, с тех пор я время от времени модернизирую средства защиты. Мои приятели наверху сообщают мне, что конкретно необходимо изменить. Удовлетворена? Тогда садись и представься, как положено.

Кира подчинилась.

— Дело касается Энсона Гатри,— прибавила она.

— Это я поняла, как только услышала пароль.

— А вы не объясните, что он означает? Шеф отказался...

— А я тем более не стану, милочка.— Блум усмехнулась.— Не хочу вгонять тебя в краску.

— Сеньора...

— Забудем, ладно. Мы с Энсом тогда были молодыми. Я до сих пор не испытываю угрызений совести, но лучше, если о том будет известно только ему и мне.— Усмешка мгновенно исчезла.— Итак, что за переполох?

— Прошу прощения?

— У вас неприятности, верно?

— Верно,— согласилась Кира.

— Все сходится.— Старческие губы сложились в трубочку, глаза сузились. Блум качнула головой.— Естественно, я не поверила ни единому слову, когда увидела Энса на экране. Но чего они рассчитывают добиться, притворяясь, будто он — за них? И эти рассуждения насчет террористов, которые грозятся взорвать все к чертям собачьим? Надо действовать быстро, пока тот двойник, которого они состряпали, не освоился в компании.

— Шеф надеялся, что...

— Тихо,— перебила Блум, подняв руку.— Дай мне подумать.— Она повернулась к окну, за которым виднелись деревья и небо. Интересно, подумала Кира, каким именно способом стекла в доме сделали звуконепроницаемыми? И почему хозяйка не задернула што-

---

[1] Изабелла Арчер — героиня романа американского писателя Г. Джеймса «Женский портрет».

ры? Ну конечно, это могло бы вызвать ненужные подозрения... Пульс девушки отсчитывал секунды не хуже часов. Наконец Блум пошевелилась, моргнула, сунула руку в шкатулку, что стояла на столе, и достала оттуда манильскую сигару. — Не желаешь? Неужели? Что ж, разумно. Не придется тратиться на врачей. — Из кольца-зажигалки на ее пальце вырвался язычок пламени. — Боюсь, мы мало чем можем помочь, — произнесла она упавшим голосом.

— Но ведь чем-то можете? — Кира заставила себя успокоиться.

— Идешь напролом, а? — одобрительно заметила Блум. — Молодец. Для начала просидишь в кабинете еще минут пять, чтобы все было как обычно. — Она вздохнула. — Да, Сепо держит нас на крючке. Понимаешь, в общинах вроде нашей обо всем становится известно почти сразу. Приносить Энса сюда — чистой воды сумасшествие; тогда нас не спасут даже мои дружки из местного полицейского управления. Вдобавок, ему ни в коем случае не следует здесь задерживаться. Тем не менее, я хотела бы с ним встретиться и, по-моему, сумею кое-что организовать — через тех, кому могу доверять. Увидимся завтра в Портленде.

— Что? — изумилась Кира. — Там наверняка кругом засады.

— Может быть, может быть, но ничего страшного. Купишь билет до Портленда, а сойдешь приблизительно на полпути, у одного-единственного в округе кафе, где выпьешь чашку кофе. Между прочим, кофе там едва ли не самый отвратительный на всей планете, но безопасность требует жертв. К тебе за столик подсядет мужчина, который назовется Генри Уиллардом, хотя, возможно, на деле будет вовсе не им. Полиция не станет привязываться к фермеру, который едет по своим делам. Учти, знать Генри ничего не должен. Зачем рисковать его жизнью? Хватит с нас того, что мы рискуем собственными.

— Понимаю, — откликнулась девушка, подумав, что в подобных общинах, члены которых тесно связаны между собой, как партнеры «Файербола», не может не существовать взаимного доверия.

— Он отвезет тебя в Портленд и доставит в дом, хозяева которого не станут задавать лишних вопросов. Там ты поешь и отдохнешь. Кстати, они — не гомстедеры. Хочешь жить — умей вертеться и обзаводись полезными знакомствами, где только можешь.

— Кто они такие? Мало ли...

— Предупрежден, значит вооружен, так? Они — мормоны. Тебе это что-нибудь говорит? Авантисты преследуют их якобы на том основании, что вера мормонов антинаучна, но настоящая причина кроется в том, что конгрегация открыто выступает против оживления умерших. Короче, Генри передаст тебе экранированный ящик для Энса, который будет выглядеть как упаковочная коробка из супермаркета. Естественно, если в твою сторону направят детектор, пиши пропало — экран тебя выдаст; но убережет, если детектор будет работать в квартале или двух от того места, где ты окажешься. Завтра вечером уйдешь из дома и закоулками, чтобы по возможности не сталкиваться с патрулями, доберешься до «Эмпрайзиз Анлимитед», портлендской кивиры. Наличных хватает?

— Да,— отозвалась Кира, справившись с изумлением.

— Возьми еще.— Блум опустила руку в ящик стола, одновременно жуя сигару.— Войдешь туда около половины восьмого. В это время там наибольший наплыв посетителей — что, впрочем, не означает, будто яблоку негде упасть. С такими ценами... Назовешься Изабеллой Арчер — незачем повсюду представляться Бовари — и скажешь, что ждешь двоих друзей, которые скоро подойдут. Ты вообще бывала в кивире?

— Да, два раза.

— Хорошо. Значит, тебе более-менее известны тамошние порядки. Если кто-нибудь заинтересуется коробкой, объяснишь, что принесла другу подарок, который хочешь вручить до того, как вы трое окунетесь в грезы. С твоими деньгами тебя вряд ли станут донимать расспросами. Держи.— Блум протянула девушке пачку купюр.

— Почему кивира? — удивилась девушка, машинально принимая деньги.

— Потому что за мной почти наверняка будут следить, а кивира — единственное место, где мы сможем спокойно поговорить.

— Неужели?

— Да. По сей день каждый номер перворазрядной кивиры экранирован не хуже моего дома. Закон не запрещает сотрудникам подобных заведений выдавать служебные тайны — то есть рассказывать о том, что творится внутри, однако начальство обычно быстро узнает о таких вещах. Провинившегося выгоняют с работы и в другую кивиру уже не возьмут, что для него или для нее хуже смерти. Дело в том, что они пользуются услугами заведения бесплатно и со временем попадают в зависимость. Что же касается секретности, то каждую кивиру опекает какая-нибудь большая шишка. Только вообрази, какое оружие получит противник, если узнает, каковы твои фантазии!

Прежде чем отпустить девушку, Блум вкратце изложила ей все, что считала необходимым. Кира слушала и воспринимала — а попутно предавалась воспоминаниям, которые нахлынули не по собственной воле.

15

БАЗА ДАННЫХ

В первый раз она пошла в кивиру одна, никого не предупредив, и всю дорогу уверяла себя, что стыдиться совершенно нечего. Это необходимый опыт, своего рода приключение. Туда ходит множество людей, причем вполне приличных. Она окончила Академию и скоро улетит с Земли; сегодня — последний шанс, следующий представится через Гейзенберг[1] весть сколько времени. Тем не менее, решение потребовало изрядного мужества — и немалой толики сбережений. Девушка поняла, что краснеет, рассердилась на себя и покраснела гуще прежнего.

— Кивира — следующий шаг за вива-приставкой для мультивизора,— объяснила женщина-консультант, заметив волнение Киры.— Я согласна, чтобы воспользоваться ее услугами, нужно преодолеть психический барьер. Вы проявляете разумную осторожность. Позвольте предложить вам час реального времени по стандартной программе. Расслабьтесь, следите за происходящим и отдыхайте. Потом, когда привыкнете, можно перейти в интерактивный режим. Если вы не потребуете от программы чего-то такого, что в ней не заложено, она подстроится под ваши желания с той же легкостью, что и действительность, в которой все идет как надо. Договорились? Теперь давайте определим вашу виртуальную реальность[2]. Не торопитесь, подумайте. Говорите откровенно. Я слышала всякое, и потом, что бы вы ни сказали, ваши слова не выйдут за эти стены.

Женщина отвела Киру в одноместный номер, помогла раздеться, надела ей на голову шлем, подсоединила к телу провода и уложила девушку в ванну. Мучительно долгий промежуток времени Кира изнемогала от слепоты и глухоты, затем вдруг ощутила странное смещение восприятия, догадалась, что система подстраивается под ее вес и температуру. Приятное скольжение по склону, у подножия которого — сон... Сон, навеянный машиной...

...Она парила в космосе. Повсюду, куда ни посмотри, мерцали звезды. От полуугасшего солнца, чье сияние даже не слепило глаз,

---

[1] В. Гейзенберг (1901—1976) — немецкий физик, создатель квантовой механики, автор принципа соотношения неопределенностей.
[2] Виртуальная реальность — термин из области информатики, обозначает реальность, которая не имеет физического воплощения или воспринимается иначе, чем реализована.

исходил зодиакальный свет; хотя на ней не было ничего кроме бюстгальтера, юбки и сандалий, она ощущала буддистское умиротворение, однако все чувства казались неестественно обостренными. Повернувшись, она увидела Марс — огромный красный шар с ледяными шапками на полюсах, испещренный сетью каналов, с пятнами оазисов и высохших морей. Кира протянула к нему руки и устремилась вперед.

На поверхности планеты она вдруг оказалась сугубо материальной — дышала разреженным воздухом, ловила приносимые прохладным ветерком ароматы пустынных растений, перемещалась в условиях малой гравитации с необыкновенной легкостью. Солнце стояло в зените. Она пробудет здесь до полуночи по субъективному времени. Ни дать ни взять Золушка.

Фантазия, которую выбрала себе Кира, была вполне невинной, можно сказать, подростковой. С запада прискакал Джон Картер[1], который, как выяснилось, ничуть не растерял за минувшие века виргинской учтивости. Он подвел девушке тота, и они помчались по пескам. Картер показывал ей древние развалины, называл животных, что разбегались в разные стороны при их приближении. В лагере зеленых людей Тарс Таркас налил им вина, а потом пригласил на борт летучего корабля. Над каналом сверкали в закатных лучах башни Гелиума. Деи Торис, к сожалению, дома не оказалось. Киру приветствовали красные воины — все по-кошачьи грациозные, один симпатичнее другого; впрочем, до Джона им было далеко. Она наконец-то переборола смущение и стала задавать вопросы. Джон охотно отвечал. Он держался как истинный джентльмен, который знает местность и обладает самостоятельностью суждений. Они бродили вдвоем по волшебным улицам, а в небе появились тем временем Фобос и Деймос, которые выглядели крупнее, чем Луна с Земли, и заливали Марс серебристым сиянием. Пришло время возвращаться. Слов не понадобилось — Картер обнял Киру. Никогда раньше ее так не целовали. Черт побери, подумалось девушке, когда она вновь превратилась в призрак и полетела к голубой точке, что была Землей, в следующий раз нужно брать быка за рога.

Однако следующего раза не было. Киру тянуло вернуться, но ей хватало забот в реальном мире. Воспоминания о Барсуме со временем потускнели, как тускнеет в памяти сон. Правда, они остава-

---

[1] Джон Картер, Тарс Таркас, Дея Торис — персонажи «Марсианских историй» Э. Р. Берроуза. Гелиум — столица Барсума (Марса), тот — животное для верховой езды.

лись вполне вещественными (если можно употреблять это слово применительно к мысленным образам), но заняли надлежащее место — среди юношеских грез и любимых в детстве игрушек.

Она все же вернулась в кивиру, но не одна, а с Иваром Страндингом. Тогда они оба оказались на Земле... На том, чтобы пойти, настоял Ивар. Нет, он не был рабом кивиры, но использовал каждую возможность заглянуть туда, а потому имел достаточно богатый опыт интерактивных сеансов. Ивар утверждал, что их ожидает не просто игра, что кизира создает между людьми нечто вроде духовных уз. Кира согласилась не сразу, поскольку не хотела, чтобы кто-то залезал ей в душу. Впрочем, Ивару ничего такого она не сказала — отношения и без того были напряженными. Очевидно, он надеялся, что кивира поможет. В конце концов девушка уступила.

Свободная программа требовала полного задействования системы, тем более, что клиенты хотели сохранять между собой контакт. Удовольствие обошлось весьма недешево. Виепо, если космонавтам чего-то и недостает, то уж никак не денег. Ивар попросил, чтобы она предоставила инициативу ему, а сама потихоньку привыкала бы, и заявил, что они станут богами.

...Они стояли на балконе, взирая на еще не родившийся космос. Их собственное сияние освещало могучие стены и башни крепости, у подножия которых, в первобытной ночи, ярилась бесформенность. Гигантские волны, высотой в миллионы световых лет, обрушивались на крепость с торжествующим ревом: то была песнь необузданной энергии. Звезды кружились в водоворотах, взрывались, превращались в чудовищные сверхновые, разбрасывая вокруг материю, из которой затем возникнут миры.

— Идем.— Голос Ивара прозвучал подобно сигналу фанфары, раскатился над пространством и временем.— Да будем мы! — Он взял девушку за руку и повел через море.

Свободной рукой и своей волей Ивар расшевелил хаос. Тот забурлил, распался на облака, из которых возникли эмбрионы галактик. Это был первый день творения.

Когда Кира попыталась повернуть изящную спираль звезд, новорожденные солнца или врезались друг в друга, или умчались прочь, и небесный порядок канул в небытие. Ивар засмеялся и посоветовал попробовать снова: «Познай свое желание, и оно сбудется». К концу второго дня ей удалось сотворить планетарную систему, выверенную, как часовой механизм.

На третий день она выбрала одну планету и вдохнула в нее жизнь, а Ивар проделал то же самое со множеством миров.

На четвертый день Кира создала растительность и птиц, чтобы оживить небеса.

— Не будь чересчур осторожной,— предостерег Ивар.— Творя колибри, ты можешь потерять вечность. Жизнь эволюционирует сама. Посмотри, что я сделал с парочкой газообразных гигантов.

На пятый день она вернулась к своему миру и отрегулировала восприятие. Некоторые животные вытесывали из камней инструменты. Они глядели вокруг, восхищались и изумлялись. Их было совсем мало. Им угрожали ледники, что надвигались с полюса. Кира слегка изменила параметры, и тысячелетие спустя по местному времени климат вновь стал благоприятным для аборигенов.

На шестой день она обнаружила, что ее создания воюют между собой. Мертвые тела, пламя пожаров, плач... Кира уничтожила предводителей, открылась людям, установила нерушимый мир и показала дорогу к звездам.

На седьмой день Ивар сказал:

— Хорошо. Мы достаточно потрудились. Давай займемся любовью.

Они, как пристало богам, слились воедино на ложе из звезд, в сиянии, что распространилось на половину вселенной.

— Замечательно,— проговорил он,— однако все-таки похоже на то, что было прежде. Давай совершим то, чего не могли тогда.

Она была землей и морем, которые обрели форму, а он — небесным драконом, что обвился кольцами вокруг.

— Можем ли мы задержаться? — прошептала она во мраке.

— Нет, даже если бы захотели. Прислушайся: нас вызывают. Мы должны подчиниться.

— Вовремя. Я устала от великолепия.

— Давай напоследок соединимся вновь, как обычные люди, как то бывало во плоти.

— Почему? — с дрожью в голосе спросила Кира.

— Потому что здесь мы можем познать друг друга до сокровенных глубин. Ты станешь мной, а я — тобой.

Кира заартачилась, но Ивар настаивал. Ощутив его гнев, она согласилась — и обнаружила, что мужчинам тоже иногда приходится заставлять себя (если они вообще хотят), но не стала ничего говорить. Ее сознание покинуло тело и наблюдало со стороны. Ивар получил то, чего желал, и нашел, что Кира прекрасна.

Наступили сумерки вселенной. Боги парили среди звезд и планет.

— Что будет с теми, кто в нас верит? — произнесла девушка.

— Они исчезнут,— равнодушно откликнулся Ивар.— Ты же знаешь, на деле их никогда не было.

На обратном пути она отстала, чтобы Ивар не видел ее глупых слез. Каждая слезинка превратилась в ярко-голубую звезду, но сверкали они лишь какое-то мгновение.

Чтобы приноровиться к действительности, ей потребовался целый день, а чтобы окончательно прийти в себя — неделя. Ивар попытался понять, но не сумел. Кира ни в чем его не винила: ведь он хотел как лучше. К концу отпуска она почувствовала, что вскоре они разбегутся. Но жалеть было не о чем: фантазия зачаровала и помогла во многом разобраться. А еще девушка поняла, что больше никогда в кивиру не пойдет.

16

Кивира «Эмпрайзиз Анлимитед» размещалась в башенке на одном из портлендских холмов. Интересно, подумалось Кире, сравнится ли какая-нибудь из грез с видом на гору Маунт-Худ в багрянце заката и на морское побережье? Разумеется, компьютерные модели способны убедить любого в том, что картины, которые возникают перед ним, невыразимо прекрасны, отвратительны или правдоподобны. Она вошла в здание.

Справившись, что ей угодно, и получив плату, консультант провел девушку в комнату, где она могла подождать своих друзей и встретиться с ними. Заведение гарантировало, что их никто не потревожит. Обстановка, в числе прочего, включала в себя откидную кровать, достаточно широкую, чтобы на ней разместились четверо. Наверно, ею редко пользуются. Кто приходит сюда ради мирских оргий? Разве что после сеанса, если чей-то пыл не успел остыть...

Забавно, до чего же, оказывается, терпимы авантисты! Судя по тому, что ей было известно о Возрождении, в ту эпоху за такие увлечения карали беспощадно. Возможно — Кира изучала историю не слишком подробно,— то, к чему авантисты относились с неодобрением, чересчур глубоко укоренилось в обществе, чтобы рубить с плеча. Кроме того, ведь основной принцип авантизма заключается в том, чтобы действовать не силой, а просвещением, взывать к разуму и создавать такие научно обоснованные социально-экономические условия, при которых свернуть с пути к Великому Превращению станет попросту невозможно.

— Естественно, все пошло коту под хвост,— как-то заметил Гатри.— Не могло не пойти.— Люди все больше и больше

разочаровывались, становились все циничнее, положение ухуд-
шалось на глазах, идеологи и чиновники мало-помалу впадали в
отчаяние; жизнь превратилась в бешеную схватку за власть.
Этим кончают все режимы, но те, которые лезут в чужие дела,
загибаются раньше других. Цель власти — власть.

Кира вытащила шефа и положила на стол.

— Благодарствую,— проворчал Гатри.— До чего же мне надоело сидеть во всяких коробках! Черт возьми, как я устал без тела!

— Знаете,— сочувственно проговорила Кира,— я бы ни за
что не выдержала.

— Терпения у меня теперь в избытке, гораздо больше, чем при
жизни,— отозвался Гатри. Прозвучавшее в его голосе безразличие
поразило Киру до глубины души.— Правда, сейчас оно на исходе,
но я не перестаю твердить себе, что когда-нибудь все образуется.

Способны ли манипуляторы и датчики заменить человеческое
тело? Кире недостало мужества спросить вслух. Впрочем, они с
шефом сошлись уже довольно близко, а потому усталость и боль,
о которых он упомянул впервые, потрясли девушку так, будто в
том же признался ее собственный отец.

— Вы храбрец, шеф. Я бы никогда не рискнула...

— На это, как тебе известно, отважились очень немногие, и
все, кто рискнул, погибли, за исключением двоих. У меня был
«Файербол», который отвлекал от мрачных мыслей. Дело не в
смелости,— прибавил Гатри мягче.— Процедура перегрузки ничуть не опасна. Скопировать мозг — подумаешь, эка невидаль! А
в результате возникает совершенно другое существо.

— Конечно,— кивнула Кира,— от смерти все равно никуда
не деться.— Старение — одна из функций человеческого организма, заложенная в геноме. Ее можно лишь отдалить.— Но я...
Я испугалась бы, что мое второе «я» проклянет меня.

— Дорогуша, впоследствии ты бы передумала. Вселенная чертовски интересна. Вдобавок...

— Пришли ваши друзья, сеньорита Арчер,— сообщил после
звукового сигнала голос из динамика.

— Пропустите их,— ответила Кира, внутренне подобравшись.

В дверь вошли Эстер Блум и мужчина лет тридцати с небольшим — среднего роста, широкоплечий, но стройный, с грациоз-
ными, как у кошки движениями. На смуглом лице с резкими
чертами не то чтобы не было выражения, однако определить по
мимике, о чем он думает, казалось невозможным. Пиджак свободного покроя, красивая рубашка, брюки, ботинки с плоской

подошвой. Вся одежда — темных тонов, зато на голове повязка с биокристаллом, который сейчас светился изумрудно-зеленым.

— Вот ты где! — Блум сразу же углядела Гатри.— Да уж, хорошенькую ты кашу заварил, приятель. Оставить бы тебя в ней вариться, да жаль девчушку, которую ты впутал в свои дела, старый греховодник.

— Кто бы говорил насчет грехов! — буркнул Гатри.— Эй, ребята, остерегайтесь этой ведьмы. Я видел, как она клала в свое пиво мороженое. У, противная старуха!

— Займемся-ка лучше делом,— проговорила Блум, моргнула, точно сгоняя слезу, и натянуто улыбнулась.— Энсон Гатри, настоящий Энсон Гатри. Кира Дэвис. Неро Валенсия.

— Buenas tardes[1].— Рукопожатие мужчины оказалось быстрым и крепким.— Сеньора в общих чертах обрисовала мне ситуацию.— Мягкий баритон придавал сухому среднеамериканскому английскому некое очарование.

— Ладно, Эстер,— сказал Гатри после того, как люди сели.— К делу так к делу.

— Однажды ты оценишь мои старания избавить тебя от неприятностей,— начала Блум, достав из сумки коробку с сигарами.— За вчерашний день я потолковала со всеми своими приятелями, которые по уши увязли в политике, причем чуть ли не на глазах у агентов Сепо. С Неро мы встретились часа два тому назад и пришли сюда по отдельности. Хватит и того, что копы уже наверняка гадают, какого черта понадобилось в этом гнусном заведении такой хорошенькой еврейке.— Она мгновенно посерьезнела.— Энс, большего я сделать не могла. Рисковать своими ребятами я не стану, хотя ты в какой-то мере и наша надежда и... у нас с тобой есть, что вспомнить.

— Если бы я в ту пору не был окольцован, мы бы с тобой наверняка завалились в постель,— откликнулся Гатри.— Спасибо за все, Эстер.

— Ну что, посюсюкали и будет.— Блум раскурила сигару, дым которой оказался неожиданно едким.— У тебя есть какие-нибудь идеи?

— Мы прикидывали так и этак,— не сдержавшись, вмешалась Кира.— Все зависит от того, на какую помощь мы можем рассчитывать...

— Не продолжай, я не должна услышать того, что меня не касается. По-моему, вам необходим проводник, ведь на вашей карте

---

[1] Buenas tardes (*исп.*) — добрый день.

обозначены далеко не все дороги. А если проводник еще и сражаться умеет, тем веселее. Потому я и привела сюда этого бандюгу.

— Член братства Салли Северин, к вашим услугам,— произнес Валенсия, слегка наклонив голову.

Гатри приподнял щупальца — единственный жест, на который он был способен. Должно быть, имя Салли Северин что-то ему говорило. Для Киры оно было пустым звуком, однако девушка сообразила, что Валенсия — наемник, современный кондотьер. Вовсе не обязательно преступник. Чаще всего, по-видимому, охраняет людей или груз. По мере того, как общины, организации, обеспеченные индивидуумы порывали с государством, необходимость в защите становилась все насущнее: ведь в полицию уже не обратишься. Впрочем, Кира читала достаточно отчетов, достоверных и заведомо сфабрикованных, судя по которым, наемники брались за любые грязные делишки, от контрабанды до разборок между гангстерскими шайками.

Интересно, он сам придумал себе имя? Или его родители принадлежали к тем новоявленным язычникам, которые были непримиримыми врагами христиан[1]?

— Я заключал договор с сеньорой,— продолжал между тем Валенсия, его голос вырвал Киру из размышлений,— однако она приказала мне оказывать вам всяческое содействие. Поэтому, сеньор Гатри, я буду выполнять ваши распоряжения, пока она не отменит своего приказа или пока не закончится срок действия договора, а это произойдет через две недели. Тогда, если пожелаете, мы сможем заключить новый, между собой. До тех пор я ваш душой и телом — естественно, в рамках правил братства, из которых следует, что я не буду участвовать в зверствах и извращениях, а также, хотя могу рисковать ради вас жизнью, не соглашусь ни на какие самоубийственные предложения. У меня при себе устав братства, где изложены все правила.— Он улыбнулся. Улыбки очаровательнее Кире попросту не доводилось видеть.— Поверьте, я не думаю, что вы дадите мне повод разорвать контракт. Я восхищался вами с детства.— Наемник повернулся к девушке: — А с вами, госпожа, бесконечно рад познакомиться.— Он прогнал улыбку.— Моя территория — западное побережье, грубо говоря, от Ванкувера до Бахи. Другие места мне известны хуже, хотя бывать, разумеется, приходилось везде. Если вы собираетесь двигаться на восток, можно нанять кого-нибудь из местных. Я найду подходящего человека.

---

[1] В латинской орфографии имя Неро (Nero) читается как «Нерон». Так звали римского императора (37—68 г. н. э.), который всячески преследовал иудеев и христиан и прославился разнузданной жестокостью.

— Сомневаюсь, что он нам понадобится! — вырвалось у Киры.

— Не обсуждайте при мне! — воскликнула Блум и с тревогой в голосе спросила у Гатри: — Я поступила правильно? У вас прибавилось шансов?

— Послушай, девочка,— пророкотал тот,— если бы я мог подключиться к здешней сети, то закатил бы такую оргию, что ты ушла бы сама не своя. Хочешь, могу заняться любовью с твоим модулем.

— Нет уж, спасибо! Как доберешься домой, вышли мне ящик виски.— Ее голос дрогнул.— Ох, Энс!..— Блум выпрямилась.— Значит, решено? Тогда давайте прикинем, как нам выбраться отсюда.

— Вы идите первой, сеньора,— пробормотал Валенсия.— Если снаружи дежурит агент, уведите его за собой. Сеньорита Дэвис выйдет несколько минут спустя, а я пойду последним и прихвачу с собой сеньора Гатри. Во-первых, когда я входил, при мне не было никакой коробки, а во-вторых, если за мной увяжется «хвост», я без труда от него отделаюсь. Сеньорита, переселяйтесь в отель «Нептун». Я живу в 770-м номере.

— Но сначала мы упакуем Энса, а потом проведем пару часов в стране грез,— заявила Блум,— чтобы никто ничего не заподозрил. По правде говоря, мне кажется, что кивиры, учитывая всеобщее помешательство, очень скоро перестанут быть безопасным убежищем. В последнем выпуске новостей утверждалось, что правительство установило награду за полезные сведения, особенно насчет электронных устройств, которые могли быть внедрены в систему управления.

Продолжать разговор, подумалось Кире, означало бы упомянуть Гатри Второго. В душе шевельнулось беспокойство. Как можно оставлять шефа в контейнере на целых два часа без присмотра? Однако выбора нет. Блум права. Рискованно, но что поделаешь? Главное — не уделять коробке чрезмерного внимания и вести себя как можно естественнее.

— Разумно,— одобрил Валенсия, пожал плечами и усмехнулся.— Кстати, какими фантазиями мы будем наслаждаться?

— Умоляю, ничего... интимного,— попросила Кира.— Я не в настроении.

— Я тоже,— заметила Блум.

— Эстер, а ты вообще бывала в кивире? — полюбопытствовал Гатри.

— Была разок. Знаешь, наша паршивая действительность куда удивительнее.

— Кивира может вернуть тебе молодость.

— Повторяться? Упаси Господи! Я похоронила двух мужей, настоящих мужчин, и одного сына. Не береди воспоминаний. Остаток своих дней я хочу провести с живыми детьми и внуками. — Блум улыбнулась. — А еще у меня есть правнук, стервец, каких мало. — Она затушила сигару и встала. — Только не подумайте, что я ханжа. Если уж на то пошло, я заранее позаботилась влезть в каталог программ и подобрала ту, которая подойдет всем. Кире она понравится, да и ты, Неро, не заскучаешь. Пошли.

— Что за программа? — спросила Кира.

— Обед в Филадельфии, у Джорджа Вашингтона. Среди гостей будут Томас Джефферсон и Бенджамин Франклин[1]. Можете участвовать в беседе, но следите за своими манерами. Разумеется, мы увидим иллюзию, часть программы для гиперкомпьютера, но помните, копии воссоздаются со всей возможной точностью. Лично я буду не говорить, а слушать.

— Черт побери, — заключил Гатри, — а мне остается только завидовать.

17

Однажды, много лет назад, будучи в Кито, он заявил: «Мы создадим нечто новое. Это будет первая машина, которая ни разу не провалит теста Тьюринга[2]. Потому, что станет плутовать, поскольку в ней буду сидеть я».

— По-моему, рано или поздно возникнет система, наделенная собственным сознанием, — отозвался Хуан Сантандер Конде. В те дни он активно трудился на посту генерального директора компании и давно дружил с Гатри. — Ох уж этот мне Святой Грааль[3] психонетики!

— Сегодня...

— Знаю, знаю. Пойми, я вовсе не утверждаю, что лучшие образцы программ начисто лишены сознания; с другой стороны, сознание

---

[1] Б. Франклин (1706—1790) — американский просветитель, государственный деятель, ученый, один из авторов Декларации независимости и Конституции США. Призывал к отмене рабства. Сформулировал за полвека до А. Смита трудовую теорию стоимости. Как естествоиспытатель известен трудами по электричеству.

[2] А. Тьюринг (1912—1954) — английский математик и логик, вывел математическое понятие абстрактного эквивалента алгоритма, которое впоследствии получило название «машины Тьюринга».

[3] Святой Грааль — в средневековых западноевропейских легендах таинственный сосуд, ради приближения к которому рыцари совершают свои подвиги. Считалось, что в него Иосиф Аримафейский собрал кровь Иисуса Христа.

есть и у ящерицы. У собаки побольше, а у обезьяны его почти столько же, сколько у нас. Но в общем и целом животные ведут себя подобно idiot savants[1]. Гении в чем-то одном и совершенные тупицы во всем остальном. Точно так же и твои модели. Мне представляется, что если хотя бы одна из множества процедур оказалась успешной, мы бы давно достигли цели. Я догадываюсь, что ты хочешь сказать, поэтому можешь промолчать. Программы, которые задействованы в дворцах грез, верно? Люди, испытавшие их на себе, утверждают, что ощущение такое, будто и впрямь попадаешь в иную реальность. Да, попадаешь, но в мечтах, которые основываются на твоих собственных воспоминаниях, а твоя интуиция превращается в нечто вроде контура обратной связи. Если клиент привносит в диалог с программой знания, воображение и тому подобное, словом, больше, чем та в состоянии переварить, он скоро обнаруживает, что общается вовсе не с той псевдоличностью, которую заказывал. Собеседник полностью изменяется и может даже «погибнуть».

— Разумеется, но я говорил о другом.

— Извини, Хуан. Не обижайся. У меня полным-полно дурных привычек, и болтать без умолку — еще не самая худшая. Ну да ладно! Понимаешь, для «Файербола» я хочу совершенно иного. Хочу сам стать частью машины.

— Эй, как насчет...— Гатри, который следил за тем, как робот подключает его к сети, не докончил фразы.

— Вы задали вопрос? — промурлыкал голос из динамика.

— Нет. Продолжай.

Позже, после подключения, он направил запрос системе. Для начала, как и положено, пара-тройка несложных задач. Чтобы получить прямой доступ к базе данных, овладеть всеми ее возможностями и не свихнуться от количества информации, нужно действовать постепенно. Если описывать ощущения машины человеческим языком, можно сказать, что он будто припомнил какую-то деталь — дату, адрес или цвет женских глаз.

Гиперкомпьютер классифицировал желание Гатри и направил запрос в соответствующую цепь. Если понадобится, к поиску подключатся базы данных по всей планете. Изучение всех логически возможных следствий могло потребовать совместных усилий нескольких гиперкомпьютеров... Так или иначе, Гатри получил ответ на свой запрос через долю секунды.

---

[1] Idiot savants (*фр.*) — слабоумные мудрецы.

Да, за последние годы в области создания искусственного интеллекта наметился определенный прогресс. Странно, почему до сих пор никто не удосужился ему об этом сообщить? Впрочем, все понятно: проведя столько лет в небытии, он должен был, в первую очередь, узнать о том, что представлялось жизненно необходимым, чтобы ориентироваться в обстановке.

Гатри выяснил, что основные исследования проводятся вовсе не в лабораториях компании. Его затея с внедрением своего сознания в киберсеть «Файербола» оказалась успешной, поэтому он не стал запрещать продолжение экспериментов, но и не поощрял их, и в итоге все заглохло.

Зато другие фирмы, прежде всего европейская «Технофьючерс» и лунная «Гермес Коммьюникейшнс» со штаб-квартирой в Астербурге, взялись за дело всерьез и добились впечатляющих результатов, которые, естественно, были бы еще поразительнее, будь у них модули. Однако те два модуля, которых пока не уничтожили, не проявили к экспериментам ни малейшего интереса. Увимана с головой ушел в науку, стал ходячим воплощением космофизики, а Нгуен затерялась в таинствах мистики.

Что касается нового модуля, желающих выступить в качестве «донора» не находилось. «Я не хочу быть машиной. Не хочу, чтобы вы копировали мое сознание». Тех немногочисленных добровольцев, которые все же появились, отвергли — по разным причинам..

Тем не менее, как свидетельствовал опыт, создать оборудование для работы с модулем было вполне реально. Могут ли компьютеры разработать программу, которая заменит человеческую личность? Если могут, значит, вы нашли Святой Грааль, то бишь искусственный интеллект, полностью сознающий себя и ограниченный лишь возможностями тех систем, к которым его подключают.

Программисты составляли и пробовали алгоритм за алгоритмом, исправляли недостатки, переделывали, пробовали снова, отказывались от одного и принимались за следующий. Со временем стала популярной идея о том, что человеческое сознание, безусловно, алгоритмично, но не целиком. Необходимо принимать в расчет квантовую эффективность — в особенности, неравномерность Белла и энергию вакуума. Ничего сверхъестественного, однако наблюдаемый и наблюдатель как бы сливаются, причина объединяется со следствием, Червь Всепобеждающий[1] сворачива-

---

[1] Червь Всепобеждающий — образ из стихотворения Э. А. По «The Conqueror Worm».

ется в кольцо. В результате возможно записать в систему все, чего добилась природа за тысячелетия эволюции.

Если набрел на истинный путь, то, с возможностями нынешних компьютеров, скоро добьешься своего. И что потом?

Гатри решил, что у него есть дела поважнее, чем искать ответ на последний вопрос. Некоторое время он развлекался, наслаждаясь могуществом своего богоподобного сознания: составлял заумные дифференциальные уравнения и щелкал их как семечки, смоделировал три крупных органических молекулы и позволил им соприкоснуться, обратился к дробям столь головокружительной красоты и сложности, что оторвался от них с немалым трудом.

Ничего не поделаешь, работа есть работа. Спустя приблизительно полчаса, то есть через два биллиона микросекунд, он занялся насущной, куда более сложной проблемой и к утру сумел набросать план действий.

Кажется, должно получиться. Он изучил все упоминания об Энсоне Гатри, которые содержались в базе данных, определил, что и о каких событиях за последние двадцать три года Гатри должен знать. Затем оценил сведения и отсортировал. Часть — то, что буквально напрашивалось само — отправил в постоянную память. Этих данных было сравнительно немного: нейристорная сеть, подобно человеческому мозгу, обладала не слишком большой вместимостью. От основной же массы сведений он, что называется, абстрагировался. К примеру, модуль помнил имена наиболее выдающихся исторических деятелей минувших десятилетий, помнил, чем прославился каждый из них, но лишь в общих чертах. Остальная информация внимания не заслуживала: сюда входило то, что замечаешь и мгновенно забываешь, а впоследствии, если вдруг захочешь вспомнить, лезешь в записную книжку или в базу данных.

В процессе сортировки он не реагировал ни на что другое. Он трансцендировал, превратился в процесс, в действие. Когда поиск завершился, Гатри пришлось сделать над собой усилие, чтобы не начать его по новой, стремясь вновь ощутить ледяной экстаз. Бит за битом он отсоединил сознание от сети и велел роботу отключить себя.

Как всегда, в первый момент нахлынуло ощущение невосполнимой утраты, но затем боль поутихла. Псевдочеловеческий мозг также нуждался в отдыхе. Отдохнуть, субактивироваться, погрузиться в дрему, которая заменяет ему нормальный сон. Но сначала надо проверить, нет ли каких-нибудь неотложных дел.

Гатри вернулся в свое убежище. Что ж, тело робота, в котором он сейчас находится, по крайней мере, не подвержено болезням и ustaloсти. Зато какое наслаждение — идти самому, мягко ступать по ковру, слышать шорох вентилятора, улавливать сосновый аромат, что исходит от кондиционера...

Личный кабинет Гатри в штаб-квартире компании был просторным, но изысканностью обстановки не отличался. В шкафу располагались сувениры, награды, подарки от давно умерших друзей — словом, всякая всячина, которую может собирать даже призрак. Ба, а вон того, когда он вернулся с альфы Центавра, здесь не было. Интересно, как эти побрякушки сюда попали и почему Гатри Первый их сохранил? Сведения о подобных пустяках, естественно, нигде не фиксировались; вот если бы Гатри вел дневник... На таких мелочах запросто можно себя выдать. Значит, нужно избегать какого бы то ни было упоминания о них.

Он встал за столом — ведь роботы не сидят — и нажал кнопку на телефонном аппарате. Звонила Долорес Альмейда Кандамо, просила связаться с ней, как только появится возможность. Черт побери! Он включил режим поиска.

Генеральный директор компании оказалась дома. Как выяснилось, она уже проснулась. Он помнил ее молодым и жизнерадостным инженером-связистом. С согласия жениха она перенесла свадьбу на несколько дней вперед, чтобы шеф успел побывать на торжестве перед отлетом. Правда, Долорес приглашала обоих Гатри, но не слишком огорчилась, когда прибыл один. Робот изучил досье сотрудников «Файербола», а потому не удивился седым волосам, что обрамляли по-прежнему миловидное лицо. Однако в досье не сообщалось, как проходили беседы Кандамо с шефом, поэтому ему пришлось проделать ряд психодинамических расчетов, а в остальном положиться на интуицию.

— Доброе утро! — поздоровалась Долорес по-испански. — С возвращением, шеф. Извините, что не смогла встретить вас вчера.

— Ты немного потеряла, — ответил он по-английски, а затем перешел на ее родной язык: — Что-нибудь срочное?

— Разумеется! Вам не следовало оставаться в Северной Америке. Мы все очень волновались...

— Все обошлось, для вас и для компании в целом. Ну-ка, вспомни, сколько раз я говорил, что фирма, в которой ничего не делается без ведома высшего руководства, изначально обречена? Короче, что стряслось?

Отповедь явно обидела Долорес. Что ж, он не может рисковать, не может вести задушевных разговоров — до тех пор, пока не освоится и не узнает необходимых подробностей.

— Во-первых,— проговорила Кандамо деловым тоном, словно защищаясь,— я не понимаю, как мы можем сотрудничать с авантистами после всех пакостей, которые они нам устраивали. Меня буквально закидали вопросами...

— Я так и думал. Люди хотят знать, предал я их или нет, а если предал, то почему и каким образом. Послушай, ты ведь понимаешь, что в заявлении для публики я не мог расставить все точки над «и», потому что иначе началась бы война или же, если бы врагам не хватило бы смелости сражаться, они бы успели спрятаться. Мы скоро соберем совет директоров, и я сообщу вам все, что знаю. Мои осведомители из числа хаотиков утверждают, что подполье существует на самом деле и не только в Северной Америке. Держа нос по ветру, я установил контакт с полицией. Как тебе известно, среди агентов Сепо далеко не все чудовища, попадаются и порядочные люди. Выяснилось, что нас беспокоит одно и то же. Все указывало на то, что в «Файербол» и другие частные фирмы проникли фанатики-террористы, причем заняли ключевые посты. Подумай, какую угрозу представляет собой один-единственный звездолет, подумай о последствиях, которые, возможно, нам удалось предотвратить. «Охота на ведьм» могла обернуться гибелью невиновных, поэтому я решился на крайний шаг...

— По моему распоряжению наши советники по связям с общественностью говорят приблизительно то же самое.— Кандамо закусила губу.— Но, поскольку достоверные сведения практически отсутствуют, страх усиливается.

— Знаю. Поверь, мы с ним справимся. Что еще?

— Махатмы и их приспешники блокируют комплекс в Хайдерабаде. Вы наверняка слышали. Требуют, что мы пожертвовали деньги. Суб, кажется, придумал, как обойтись без применения силы, но хочет посоветоваться с вами.

— Суб?

— Субрахманиан,— пояснила Долорес и удивленно посмотрела на робота, словно надеясь прочесть на его «лице» какое-либо выражение.

— А! — Субрахманиан Рао, ответственный за операции компании в Южной Азии. Так, помолчи, подумай, вздохни.— Извини, Долорес. С самого возвращения у меня не было ни одной свободной минутки, чтобы отдохнуть. Я настолько устал, что, похоже, тупею на глазах. Как по-твоему, может устать программа? Будь добра, потерпи еще пару-тройку часов. Я знаю, ты не подведешь.

— Конечно, шеф. О чем речь? Позвоните, когда придете в себя. Счастливо.— Экран погас.

Гатри помедлил. Стоит только приказать, чтобы его не беспокоили, и... Нет. Не сейчас.

По безопасному каналу связи он отправил вызов в Футуро. Там тоже было раннее утро, однако Сайре оказался на месте, в главном управлении тайной полиции. Потребовалось несколько минут, чтобы убедиться, что линия надежно защищена от подслушивания. Относительно самого факта беседы можно было не беспокоиться: учитывая события последних дней, вряд ли кто-то удивится. Однако содержание разговора следовало сохранить в тайне.

— Проверено,— сказал Гатри.— Ну, что новенького?

— Какие дела у вас? — вопросом на вопрос ответил Сайре, подавшись вперед.

— Более-менее. Скоро мне придется выступить перед партнерами компании.

— Мы как раз готовим ваш отчет и собираем свидетельства. Не волнуйтесь, все будет в порядке.

— Свидетельства... Кому они нужны, в наш электронный век?

— Вот почему нам нужны вы, Энсон.— Сайре улыбнулся.— Ваша личность, ваша способность убеждать...

— Для вас, Сайре, я «сеньор Гатри».— Начальник Сепо весь подобрался, сглотнул, но промолчал.— Я спросил, что новенького?

— Работаем не покладая рук,— холодно отозвался Сайре, но постепенно возбуждение растопило лед в его голосе.— Я только что получил сообщение, которое, по мнению компьютера, заслуживает внимания. Вчера вечером глава Ассоциации гомстедеров провела три часа в кивире города Портленд, на западном побережье. Судя по ее досье, никогда раньше она кивиры не посещала. Между прочим, она была близким другом... э... Гатри. Ну, что скажете?

— М-м... Не знаю. Что вы собираетесь предпринять?

— Привезти ее сюда и допросить.

— Слушайте, Сайре! — в голосе робота прозвучали стальные нотки.— Если ваши вшивые агенты притронутся к ней хотя бы пальцем, нам с вами будет больше не о чем разговаривать.

— Что? — изумился Сайре.— Погодите, но...— Он, похоже, оправился от удивления.— Разумеется, она ваш друг, вы... сентиментальны, однако...

— Тихо! Я убежден, что в общем и целом Ксуан был прав. Мне известно, каким образом меня в том убедили, но что сделано, то сделано; к тому же, насколько я могу судить, так оно даже лучше, поскольку в противном случае стране грозила бы катастрофа. Вот почему я несу эту ахинею насчет террористов, рассчитывая опередить моего двойника. Если он вернет себе «Файербол», вы пропали. Вполне вероятно, я проявляю чрезмерную осторожность, но иначе нельзя. Понимаете, к чему я клоню? Ладно, слушайте. Вы действуете напролом. Воля ваша, но не ждите, что я буду соглашаться со всем подряд. Оставьте Эстер Блум в покое. Кстати, если она, с тех пор, как мы с ней виделись в последний раз, не выжила из ума, вы ничего от нее не добьетесь. Короче, не смейте к ней даже приближаться. А если все-таки попробуете, я вас из-под земли достану. Ясно?

— Не забывайте, что вы всего-навсего робот,— дрогнувшим голосом откликнулся Сайре, с лица которого начисто исчез румянец.

— Ну и что? Вы целиком и полностью зависите от меня, так что не рыпайтесь. У вас все? Muy bien, тогда до связи. И помните, я слежу за тем, что происходит с моими друзьями.— Гатри выключил аппарат.

Какое-то время он молча стоял у стола, который выглядел сущим анахронизмом. Картинка на видеоэкране представляла собой вид на Кито и на горные пики, что тянулись из сумерек к солнечному свету. Город мало-помалу просыпался. Башню, в которой помещалась штаб-квартира «Файербола», окружали современные здания. Старинные дома на Плаза Индепенденсья[1] и жилые кварталы по сравнению с ними казались оазисом в пустыне. Однако они не выглядели музейными экспонатами: там кипела жизнь, люди встречались, вели дела, ели, пили, праздновали, флиртовали, бездельничали, любили, гуляли в садах, спали, заводили и воспитывали детей и в конце концов умирали. Как раз то, чего всегда хотелось Джулиане. После того, как появился космопорт, стало ясно, что город обречен расти; они многое сделали для его развития — сначала вдвоем, а потом, когда Джулиана умерла, Гатри пришлось трудиться одному, как бы от ее имени — ведь она стояла у истоков всего...

18

БАЗА ДАННЫХ

Джерри Бауэн вместе со своей мечтой занимал двухкомнатную квартиру в южном Чикаго, которую содержал в чистоте, но едва ли в порядке: повсюду громоздились горы книг, над ними возвышался кульман, на заваленном бумагами столе располагался мощный пер-

[1] Plaza Independecia (исп.) — площадь Независимости.

сональный компьютер, остаток былой роскоши. Когда в гости к Джерри нагрянул Гатри с женой, он сварил кофе, который, по всей видимости, обошелся ему в кругленькую сумму. Завязался разговор. Познакомившись с идеями Бауэна, Гатри решили, что не мешает узнать его поближе. Пускай он визионер, но явно не маньяк.

Естественно, говорили они в основном о космических полетах, вспоминали историю. Джерри не только помнил, как все начиналось — высадка на Луну и тому подобное. Нет, он встречался со многими космонавтами, инженерами и предпринимателями, которые стремились в космос, несмотря на частые неудачи. Когда страна погрузилась в сумерки, он сумел устроиться на работу в промышленности, а попутно конструировал собственный звездолет, который так и не построил, и продолжал мечтать о новых Кларках, Бассарах, О'Нилах, Форвардах, Мэтлоффах, Хантерах, Вудкоках, Фризенах и Гудзонах. С годами Бауэн слегка разочаровался в жизни, но не утратил способности смеяться.

Собираясь пригласить его несколько дней спустя к себе в гостиничный номер, Энсон и Джулиана долго колебались.

— По-моему, зрелость человека не зависит от величины банковского счета,— проворчал Гатри,— но известно ли это Джерри? Вдруг он решит, что мы кичимся своим богатством? С его гордостью...

— Мне кажется, ему плевать на обстановку,— отозвалась Джулиана и направилась к телефону.

Бауэн явился точно в условленное время. На улице задувал ветер, гоняя по небу облака, их тени прыгали по мостовым и крышам домов. Одно из окон номера выходило на маленький парк, и было видно, как гнутся к земле окрашенные осенней позолотой ветви деревьев. В воздухе кружилась палая листва. Казалось, будто вся природа пришла в движение.

Когда Бауэн снял пальто и шляпу, хозяева заметили, что он изрядно замерз и весь дрожит.

— Ну? — требовательно спросил Джерри.— Какие новости?

— Что касается нас,— ответил Энсон,— мы согласны.

Бауэн судорожно сглотнул, пошатнулся... Джулиана взяла его за руку.

— Садитесь,— сказала она, подведя Джерри к креслу, — и, ради всего святого, успокойтесь.

— Что будете пить? — с теплотой в голосе справился Гатри.

Бауэн, похоже, не услышал. Он глядел прямо перед собой и качал головой, словно потрясенный неожиданным известием.

— Пошло дело,— прошептал он наконец.— Пошло!

— Эй,— проговорил Энсон, предостерегающе подняв руку,— только не горячитесь. Путь будет долгим; вполне возможно, мы собьемся с него и не доберемся до конца.

— То есть конструкция вам понравилась?..— Бауэн вскинул голову. Его пальцы стиснули подлокотник кресла.

— Не только нам, но и компьютеру.

— Она нравилась многим.— Джерри как-то обмяк.— Но... Всегда «но».

— Извините, нам следовало вас подготовить.

— Энсон,— с улыбкой заметила Джулиана,— вечно ведет себя как слон в посудной лавке. А жизнь — не что иное, как посудная лавка. Тем не менее, Джерри, мы не отказываемся от своих слов и хотели бы обсудить условия.

Бауэн выпрямился. Его лицо осветилось внутренним светом.

— Мы прикинули стоимость проекта,— продолжала Джулиана.— Как вам известно, наши дела в Австралии идут неплохо. Узнав о вашем... Короче, у нас вроде бы хватает средств, чтобы оплатить расходы; что-то даже еще останется. По крайней мере, на первом этапе. Дальше, если все пойдет более-менее гладко, от инвесторов, я уверена, просто отбою не будет.

— В наше время? — Вопрос выдал, сколько Бауэну пришлось пережить разочарований и отказов.

— Американцев, кроме меня, скорее всего, привлечь не удастся,— признал Энсон.— Ну и ладно. Нам хватит австралийцев, японцев, европейцев... Вдобавок, я знаю кое-кого в Южной Америке.

— На них мы можем положиться,— заключила Джулиана.

— Однако строить будем не здесь,— прибавил Энсон.

— Почему?

— Разве не ясно? Большинство в Белом Доме и Конгрессе составляют сторонники Возрождения, положение непрерывно ухудшается, скоро все полетит в тартарары. Возможно, кто-то и сумеет собрать осколки в относительно правильный узор, но не возрожденцы. К тому же, не забывайте, что мусульмане встали на тропу войны.

— Иными словами, следует ждать новых ограничений.— Джулиана моргнула.— Правительство теряет власть. Как было сказано давным-давно, война — залог здоровья государства,— проговорила она необычно суровым тоном.

— Чертова политика! — раздраженно бросил Бауэн. Он нахмурился.— Что вы предлагаете?

— На что надеемся,— мягко поправила Джулиана.

— Я понимаю, пока существуют лишь наметки,— Бауэн вдруг усмехнулся.— Наметки к наметкам. Мне уже приходилось иметь дело с бизнесменами. Однако, в самых общих словах,— чувствовалось, что его это по-настоящему заботит,— какие у вас планы?

— Эквадор,— отозвался Энсон.— Множество подходящих площадок. Высокие горы, расположенные поблизости от экватора или прямо на нем; к тому же, у меня там хватает приятелей, к которым можно обратиться...

— И все они,— прибавила Джулиана,— люди умные и глядящие вперед, а потому, что немаловажно, мгновенно сообразят, какие блага сулит их стране наше предложение.

— Не только их стране,— прошептал Бауэн.

— Верно,— согласился Гатри.— Разумеется, потребуются колоссальные капиталовложения, начать придется со строительства дорог, но как только маховик раскрутится...

Лазерная пусковая установка. Ракетам, чтобы оторваться от поверхности, необходимо фантастическое количество топлива. Другое дело — в космосе; впрочем, и для него химические ракеты уже устарели, поэтому применяются новые двигатели — ионный, плазменный, фотонный. Однако до лазерной пусковой установки никто почему-то не додумался, хотя при ее использовании энергетические затраты на то, чтобы выйти на земную орбиту, минимальны — несколько киловатт-часов на килограмм; между тем, как заметил когда-то Хайнлайн, выйдя на орбиту, оказываешься на полпути куда угодно. Подобное не под силу никакому устройству, кроме лазера, который снабжает энергией молекулы воздуха.

А если условия позволяют создать некую организацию и руководить ею, совершенно незачем содержать на Земле армию техников и плодить бюрократов. Космические перевозки в результате обходятся не дороже, чем какой-нибудь авиаперелет или морской круиз. С точки зрения валового дохода, денег на осуществление проекта уйдет меньше, чем на любую из экспедиций Колумба. Требуются лишь первоначальный капитал, решительность, сообразительность и надежные друзья, а прежде всего — мечта.

— Эквадорцы выдадут нам лицензию на установку на звездолетах ядерных двигателей,— голос Джулианы выражал искреннюю радость.— Мы наверняка сумеем их убедить, а они потом договорятся с ООН.

— Это первая ступень, Джерри,— хрипло произнес Энсон, стукнув кулаком по ладони.— Самое начало. Коммерческие пусковые установки. Невероятные возможности. Настоящая солнечная энергия. Можно будет забыть о земных неурядицах, построить на Луне, из местных материалов, передатчики и коллекторы Крисуэлла, добраться до астероидов с их запасами минералов, облететь, наконец, галактику...

— Милый, не учи курицу нести яйца! — со смехом воскликнула Джулиана.

— Пускай,— проговорил Бауэн.— Иными словами, человек на веки вечные обоснуется во вселенной. Что ж, я не против, чтобы эту фразу повторяли при мне как можно чаще.

— Лады! — гаркнул Энсон.— Итак, решено. Мы втроем...

— Если бы с нами была Хелен...— Бауэн вновь уставился прямо перед собой, однако быстро справился со своими чувствами и вскочил, точно юноша.— Я... Вот теперь можно выпить!

19

— Подождите здесь,— сказал Валенсия Кире, собираясь уходить вместе с Гатри.— Я возьму машину и вернусь за вами.

— А почему я должна ждать? — поинтересовалась девушка.

— Потому, пилот Дэвис, что вам не следует знать, где находится местный гараж братства,— достаточно вежливо, но твердо ответил Валенсия, который, похоже, быстро усвоил, что она предпочитает, чтобы к ней обращались именно по званию.

Кира не стала настаивать. Накануне они долго обсуждали, как быть. Шеф согласился, что без Валенсии не обойтись; но даже так все основывалось на произвольных допущениях.

Наемник вернулся в кофейню раньше, чем Кира ожидала. Он вывел девушку на улицу и усадил в огненно-красный «феникс».

— Не слишком яркий цвет? — спросила Кира.

— Надеюсь, он нам поможет. Ведь беглецы, если они не окончательно спятили, не станут разъезжать в спортивных машинах.— Валенсия пожал плечами, набрал на панели управления нужный код, и машина тронулась.

— А где шеф?

— Там же, где лежит мое оружие — в экранированном отделении, в котором полным-полно электроники. Между прочим, машина у меня особенная.

В ней перевозили контрабанду, догадалась Кира. Неожиданно девушку разобрал смех. Веселенький получился отпуск, несмотря на все опасности. Выведя автомобиль на эстакаду, Валенсия ввел в бортовой компьютер маршрут и передал управление автопилоту. «Феникс» устремился вперед. Дома вдоль дороги один за другим появлялись и тут же оставались позади. Свиста рассекаемого воздуха было почти не слышно. Да, подумалось Кире, китайцы умеют строить машины. Валенсия немного опустил свое сиденье и откинулся на спинку, которая незамедлительно поменяла очертания по форме его тела.

— Если ничего не произойдет, часа в два будем в Сан-Франциско,— сказал он.— Там и перекусим, если у вас нет возражений. Я знаю отличное местечко.

— Замечательно. Надеюсь, будет вкусно.

— А пока займемся вашей «легендой».

— Я помню ее наизусть.

— Извините, пилот Дэвис, но я вам не верю. Кроме того, вчера мы не затронули бесчисленного множества подробностей, а если нас остановят, вы ни в коем случае не должны запинаться. В общем, по моим прикидкам, требуется пара-тройка часов муштры.

— Фу! — обиженно воскликнула Кира.— Я, между прочим, рассчитывала отдохнуть.

— Сказать по правде,— усмехнулся Валенсия, биокристалл на лбу которого замерцал голубым,— мне тоже известны более приятные способы времяпрепровождения. Но арест, допрос и «обучение» в исправительном центре в их число не входят.

— Все понятно, Не... сеньор Валенсия. Начнем.

Он старался не упускать ни единой мелочи. Как выяснилось, один из офицеров космической службы «Файербола» в Квебеке, после ошеломляющего заявления Гатри и после того, как Кира не явилась в назначенный срок, предположил, что она отправилась в представительство компании на Гавайях. Однако Паккер, с которым тут же связались, не подтвердил — но и не опроверг — этого предположения. Тем не менее, тут Сепо ловить нечего. Никто из партнеров «Файербола» не назовет копу даже четвертого знака числа «пи» без разрешения начальства. Паккер, если его станут допрашивать, наверняка сообразит, что дело нечисто, и не раскроет рта. (На всякий случай, Кира, будучи в Портленде, заручилась поддержкой тех своих приятелей, которых там встретила.) В каком-нибудь приграничном поселении в базу данных введут сведения о прибытии пилота Киры Дэвис к месту назначения: братство Салли

Северин обладало, в известной мере, доступом к правительственной компьютерной сети — скорее всего, как показалось девушке, через хаотиков, которые внедрились в систему управления и с которыми наемники поддерживали контакт. (Билл Мендоса вызвался отвезти Киру в Сан-Франциско и сопровождать ее дальше, когда она получила разрешение вылететь на Гавайи. Ему все равно надо было туда по делам.) Валенсия снабдил девушку всеми необходимыми документами и сообщил, что «псевдо-Кира» давным-давно зарегистрирована, исправно платит налоги и не доставляет государству ни малейших хлопот.

Вроде бы не слишком сложно. Однако Валенсия требовал, чтобы Кира была в состоянии излагать события день за днем, чуть ли не час за часом.

Эстакада нырнула вниз, слилась с трансконтинентальным шоссе. Город остался позади. Машина мчалась на юг, вдоль реки, что текла через плантации с аквапарками. Бесчисленные зеленые ряды растений тянулись к холмам и к наполовину скрытым облаками горам. Утомительное зрелище, подумалось Кире; как здесь было красиво раньше — деревни, фермы, рыжие коровы пасутся на лугах, в садах наливаются яблоки, голубой лен, золотистая рожь, мальчишки скачут на лошадях, солнце освещает кроны деревьев, стволы которых источают смолистый аромат...

— Ну-ка, чем вы занимались в четверг?

— Внепо, я...

На панели внезапно замигал красный огонек. Кира заметила впереди, в двух или трех километрах, скопление машин, и в горле у нее мгновенно пересохло. Валенсия присвистнул и включил видеофон. На экране возникло изображение щита с символом бесконечности.

— Внимание! — произнес механический голос. — Вы приближаетесь к контрольно-пропускному пункту. Двигайтесь на автопилоте. Не выходите из автомобиля, пока не получите разрешения. Проверка займет около получаса. В связи с чрезвычайной ситуацией граждане должны оказывать властям необходимое содействие. Ждите дальнейших сообщений.

— Кого они разыскивают? — прошептала Кира. — Нас? — она привстала и выглянула в люк на крыше. Над дорогой кружили два флайера.

— Вполне возможно, — отозвался Валенсия, лицо которого словно превратилось в бронзовую маску.

— Но откуда они узнали, что мы здесь?

— Ниоткуда. Должно быть, считают, что напали на след, который не стоит бросать. Видите, движения нет в обе стороны, а до шлагбаума с шоссе никуда не свернешь. Мне кажется, полиция блокировала все дороги из Портленда, причем без предупреждения, чтобы не спугнуть жертву.

— Подождите-ка... Эстер Блум говорила, что не была в кивире много-много лет...

— Вот именно,— кивнул Валенсия.— Сеньор Гатри заявил, что времени в обрез, поэтому я не стал упоминать об этом — может статься, зря. Ну да ладно, дело прошлое.

— Эстер...— Кира невольно вздрогнула.— Как по-вашему, с ней...

— Все может быть. Если полиция арестовала сеньору Блум и узнала от нее, что Кира Дэвис везет Энсона Гатри, наша песенка спета. Впрочем, это маловероятно.

Наверно, мысленно согласилась девушка. Того факта, что Блум сделала что-то, не соответствующе ее привычкам, недостаточно для ареста. Из кивиры она вернулась в отель, что, по всей видимости, и зафиксировал агент, которому поручили следить за ней, не объяснив, зачем. В отеле же Блум поджидал напарник Валенсии: братство согласилось дня на два приютить Эстер у себя. Вернувшись в Бейкер, она скажет, что развлекалась в Портленде. В общем, можно было надеяться, что Сепо клюнет на приманку, а агент просто-напросто не уследит за подопечной.

Мера предосторожности, которая еще недавно представлялась едва ли не лишней, оказалась насущно необходимой. Отчет о поведении Эстер Блум попал, должно быть, к кому-то из высших чинов Сепо. Как знать — возможно, он от отчаяния распорядился, чтобы его информировали обо всем необычном, что могло быть связано с Гатри? Для поисковой программы отобрать из общей массы относящиеся к делу факты труда не составит. Короче, этот начальник решил, что вот, глядишь, и зацепка, и приказал блокировать дороги. Если патруль пропустит Киру с Валенсией, в Сепо какое-то время спустя подумают, что взяли ложный след, а потому Блум, вернувшись домой, будет вне опасности. Если же нет... Девушка отогнала последнюю мысль.

— Послушайте, пилот Дэвис,— проговорил Валенсия, подавшись вперед. Его биокристалл приобрел матовый оттенок.— Гатри им не найти, если только они не разберут машину по частям. Следовательно, нужно не дать повода. Я рассчитывал как следует натаскать вас, чтобы «легенда», что называется, отскакивала от зубов. К сожалению, не получилось. По-моему, все обойдется, если вы не покажете, что волнуетесь. Да, вы встревожены, заинтригованы, но вам нечего скрывать, нечего опасаться. Сумеете?

— Попытаюсь,— ответила Кира, облизнув губы.

Автомобиль замер в хвосте очереди. Через минуту-другую движение возобновилось: колонна продвинулась на несколько метров и снова застыла в неподвижности. Сзади остановился грузовик. Все, уже не выбраться. На теле Киры выступил пот — холодный, липкий, противный.

— Прошу прощения, пилот Дэвис,— пробормотал Валенсия, нарушив мертвую тишину,— мне кажется, вы не выдержите.

— Я никогда не умела врать. Что вы предлагаете?

— Кое-что,— отозвался он. Его глаза сузились. Какие длинные ресницы, подумала вдруг девушка.— Правда, я не уверен, что вам понравится...

— Посмотрим.

— Por favor, поймите: члены братства не заигрывают с клиентами. Если вы откажетесь, значит, так тому и быть; я постараюсь придумать что-нибудь еще.

— Вы хотите... чтобы мы...— Кира почувствовала, как стучит в висках кровь.

— Ну да,— кивнул он.— Вполне естественно, что хорошие знакомые решили скоротать время именно таким способом, а не пялиться в мультивизор. И никому не покажется подозрительным, что дама раскраснелась и дышит несколько неровно.

— Эстер сказала...— выдавила Кира, которую вдруг разобрал смех,— безопасность требует жертв... Что ж... бывали и менее приятные жертвы... Иди сюда...

«Феникс» был двухместным; сиденья имели каждое свою спинку, но внизу промежутка между ними не было. Биокристалл Валенсии засверкал красным. До чего же он красив, подумала Кира. Валенсия придвинулся к ней, она обняла его, их губы соприкоснулись. Мужчина погладил девушку по спине. Поцелуй продолжался до тех пор, пока Кире не почудилось, что все предыдущие, кроме, разве что, неуклюжего первого, не идут с ним ни в какое сравнение.

Валенсия не торопился. Рука девушки скользнула к нему под рубашку раньше, чем его — к ней под блузку.

Отвернувшись, чтобы глотнуть воздуху, Кира заметила, что мимо проехала патрульная машина. Bueno, тем лучше. Пускай все видят.

До главного дело не дошло — автомобиль подъехал к шлагбауму. Кира прекрасно сознавала, что, затянись ожидание еще немного, она не устояла бы ни перед чем. Хотя... Все хорошо, что хорошо кончается. Она провела пятерней по растрепанным волосам и улыбнулась полицейскому, что как раз заглянул в окно. Тот усмехнулся в ответ. Обыкновенный полисмен из числа тех, которыми командовал облаченный в коричневый мундир офицер Сепо — на вид уставший, с воспаленными глазами; возможно, он поддерживал силы стимуляторами, что, впрочем, никак не сказывалось на его профессионализме. Он задал свои вопросы, те же, которые задавал всем остальным; удостоверение личности Киры, где упоминалось о «Файерболе», заставило офицера слегка встрепенуться. Девушка отвечала томным голосом. Время от времени вставлял словечко и Неро, который, как почудилось Кире, лишь притворялся взволнованным. Тем временем патрульные проверили моторный отсек и багажник, порылись в вещах и обошли вокруг машины с неким инструментом — по всей видимости, «Гатри-искателем». Естественно, они о том и не подозревали...

— Проезжайте! — бросил офицер.— И в будущем постарайтесь вести себя приличнее!

Валенсия жалобно улыбнулся, переключил управление на себя, проехал под шлагбаумом и через несколько секунд вновь включил автопилот, который вывел автомобиль на крейсерскую скорость.

— Ффу! — выдохнула Кира, откидываясь на спинку сиденья.— Получилось, Неро! Получилось!

— Еще не вечер,— откликнулся Валенсия, глядя прямо перед собой.

— Да не переживай! Ты был великолепен! Я в полном восторге!

— Gracias, я тоже.— Биокристалл из алого превратился в бледно-розовый. Валенсия искоса посмотрел на девушку, улыбнулся — й прибавил (улыбка исчезла, словно ее и не было): — Не беспокойтесь, пилот Дэвис, я не стану вас домогаться.— В его голосе зазвучали металлические нотки. Он всячески подчеркивал, что недавняя близость была вынужденной.— Вполне вероятно, нас поджидают другие заслоны. Или же копы начнут задумываться — скажем, над тем, почему, если вам нужно было попасть на Гавайи, вы не улетели самолетом из Портленда? Неужели только потому, что хотели продлить отпуск? Если местные агенты свяжутся со штаб-квартирой, а там проверят файлы, то Сепо установит, что вы — единственный партнер «Файербола», который уехал из Портленда наземным транспортом. Почему? В общем, как только мы окажемся достаточно далеко вон от тех флайеров, я намерен свернуть с шоссе.

— Куда? — спросила Кира, ненавидя себя за то, что не может сохранить в душе радость.

— Мне известно одно безопасное местечко. Там я попытаюсь узнать, можно ли нам завтра не приезжать в Сан-Франциско. Если да, значит, придется привлечь к операции двоих-троих вполне надежных людей, которые при случае станут выдавать себя за нас.

— Матерь Божья, — пробормотала Кира, — что бы мы с Гатри без тебя делали?

— Сидели бы в камере, — сухо усмехнулся Валенсия. — Для новичков вы действовали совсем неплохо, но со мной вам тягаться бесполезно. Кстати, давайте-ка займемся вашей «легендой».

Через некоторое время Валенсия свернул на боковую дорогу, под покрытием которой, как выяснилось, кабеля автоматического управления не было и в помине. Наемник повел машину сам — с уверенностью, которая становилась все заметнее по мере того, как автомобиль петлял по горным дорогам, то пыльным, то изрытым ямами и колдобинами. Из-под колес летели комья земли, покрышки скользили по грязи, на поворотах Киру швыряло из стороны в сторону, частенько она видела перед собой крутой склон, на котором росли кусты и валялись камни и который вел на дно распадка.

— А я-то считала себя лихим пилотом, — проговорила наконец девушка, в очередной раз клацнув зубами. — Кажется, за такую езду лишают прав?

— Я хочу поскорее добраться до укрытия, — коротко объяснил Валенсия. — На шоссе красный «феникс» практически незаметен, зато здесь он бросится в глаза любому.

Кира постаралась расслабиться, чтобы тело приспособилось к ритму движения. Что ж, по крайней мере Валенсия забыл о «легенде». Уже хорошо; а потом, тут так красиво! Если бы страной управляли не болтуны, а специалисты, здесь наверняка появились бы плантации или нанотехнические фабрики. Слава богу, пока ни у кого не поднялась рука на сосны, что росли на гребнях холмов, среди которых иногда проглядывало море. Правда, порой попадались развалины ферм.

Трудно сказать, рассчитал ли Валенсия все заранее, но когда они добрались до заправки, топливо было почти на исходе. Служитель заменил израсходованный бак водорода на новый, а Кира и ее спутник тем временем перекусили сэндвичами в придорожном кафе.

— К нам мало кто приезжает,— пожаловалась женщина за стойкой.— Не те времена.

— Извините, нам пора,— сказала Кира. Впрочем, их все равно вспомнят. Хотя вряд ли ищейки Сепо заберутся в такую глушь.

Валенсия уселся за руль и повел машину дальше, одновременно жуя и запивая проглоченные куски газировкой. Кира, утолив голод, почувствовала себя немного спокойнее.

— К кому мы едем? — поинтересовалась она.

— К людям по фамилии Фарнем. Его зовут Джим, ее — Энн. Он работает в рыбоводческом хозяйстве, она в основном сидит дома и выращивает пряности к столам гурманов.— Типичная семья, подумала Кира, не элита, но и не простолюдины.— Детей у них нет, поэтому они и могут заниматься тем, чем занимаются.

— Выходит, они... из ваших?

— Нет, к джентльменам удачи, чье влияние распространяется и на здешние края, они не имеют никакого отношения. Фарнемы — хаотики, члены подпольной организации, далеко не самые активные. Они содержат нечто вроде перевалочного пункта, который при необходимости может послужить укрытием. Я не удивлюсь, если выяснится, что где-нибудь поблизости у них есть склад оружия.

— Откуда ты о них знаешь? Ведь твоя компания — не революционеры, верно? — полюбопытствовала Кира, подумав, что ситуация становится все запутаннее.

— Разумеется, хотя многие из нас не станут плакать, если правительство отправится ко всем чертям — при условии, что те, кто придет следом, не окажутся хлеще авантистов. Однако как таковое братство — вне политики.— Помолчав, Валенсия прибавил: — Время от времени полиция втихомолку нанимает нас для работы. В конце концов, есть официальное разрешение, мы все трудимся на частное сыскное агентство. Я слышал, пару раз к нам обращалось даже Сепо, но получило от ворот поворот, поскольку речь шла о политике. Хаотики знают об этом, а потому охотно прибегают к нашим услугам, и мы им не отказываем, причем услуги вовсе не обязательно подразумевают антиправительственную деятельность. Подробности я, естественно, опускаю. Некоторые братья общаются с такими, как Фарнемы, получая те же сведения, что и подпольщики. Можем поспорить на что угодно: Фарнемы нас не только приютят, но и окажут всяческую поддержку, потому что враг — общий для всех.

— Понятно.— Кира посмотрела на Валенсию, словно изучая его профиль в золотистых лучах заката на фоне темной массы деревьев.— Ты разговариваешь иначе, чем я ожидала.

— Неужели? — Он усмехнулся.

— Образованный человек... Что заставило тебя взяться за эту работу?

— То же, что и большинство других.— Валенсия пожал плечами.— Случай.

— Лично я всегда знала, кем хочу стать.

— И в конце концов стали. Вам повезло. Но у вас был «Файербол», а у «Файербола» — Энсон Гатри.— Валенсия понизил голос.— Наемник — не робот, он достаточно свободен и использует все, что попадается под руку. Пожалуй, прибавлю-ка я оборотов,— неожиданно бросил бандит.— Por favor, пилот Дэвис, не отвлекайте меня.

Кира вновь откинулась на спинку сиденья. Гатри... Интересно, что он сейчас чувствует, запертый в потайном отделении автомобиля? Впрочем, в прошлом ему приходилось выносить и не такое. Например, смерть.

Когда они добрались до Нойо, огромное оранжевое солнце, лучи которого образовывали нечто вроде моста над ослепительно сверкающим морем, спустилось к самому горизонту. Поселок располагался на скалах над бухтой, внизу, на побережье, виднелись рыбацкие лодки и какие-то строения. Немногочисленные дома, на вид весьма древние, некоторые уже покинутые людьми, потихоньку разваливались. Валенсия остановил машину перед домом, что стоял в стороне от остальных, окруженный шишковатыми, серебристо-серыми кипарисами.

Кира выбралась наружу и с наслаждением потянулась. Океанский бриз растрепал ей волосы, остудил разгоряченное тело. Пахло чем-то непривычным, совсем не так, как пахнет у воды на Гавайях. Шелест ветра был единственным звуком, который нарушал тишину, если не считать хруста песка под башмаками Валенсии и ее собственными каблуками. Наемник тем временем подошел к дому — большому, в том же старинном стиле, что и большинство зданий Бейкера; правда, тут краска, похоже, выцветала гораздо быстрее,— и постучал в дверь. Ему открыл мужчина, широкоплечий, с обветренным лицом и пышной бородой с проседью; на голове седых волос не было и в помине. Значит, лет сорок, вряд ли больше.

— Saludos, amigo,— поздоровался Валенсия.— Пустите переночевать? Эта дама в бегах.

— Заходите,— проворчал Фарнем.

— Сначала я поставлю в гараж машину, хорошо?

— Уж больно яркая,— заметил Фарнем.— Сейчас открою ворота. А вы, сеньорита, ступайте в дом. Насчет соседей можете не беспокоиться, в наших краях нос в чужие дела не суют.

Киру встретила пухленькая женщина, которая поздоровалась с таким видом, будто они были давно знакомы. Ни хозяин, ни его жена не напоминали героических борцов Сопротивления. Да и дом — обветшалая мебель, весьма непритязательные картины на обитых тканями стенах — не походил на приют заговорщиков. Разумеется, так и должно быть. С кухни доносились запахи, от которых у Киры потекли слюнки; она мельком заглянула туда и успела заметить плиту, которой было наверняка лет пятьдесят, если не больше.

Вскоре все четверо сели за стол. Перед ужином Фарнем налил гостям замечательного домашнего пива. В ответ на похвалу Киры он пробурчал:

— Мы тут стараемся не отставать от жизни.

— И хотите, чтобы другие от нее тоже не отставали, верно?

— Давайте не будем говорить о политике,— вмешалась жена Фарнема, а сам хозяин нахмурился, но промолчал.

— И перейдем прямо к делу,— заявил Валенсия.— Возможно, вам известно то, чего не знаем мы, или же вы можете что-то предложить...

— Валяй,— произнес Фарнем, словно объявляя очередную ставку при игре в покер.

— Многого я сказать не могу, но вы, должно быть, знаете, что власти упорно разыскивают нечто, всячески избегая описывать предмет поисков.

— Конечно, знаем.— Энн Фарнем состроила гримасу.— Вранье насчет фанатиков... Почему? Что они ищут?

— А если за их словами отчасти кроется истина? — пробормотал Валенсия.

— Ничего подобного! — воскликнул Фарнем, стукнув кулаком по подлокотнику кресла.

Он отрицает то, во что не хочет верить, подумала Кира. Вряд ли подпольщики или хотя бы те из них, кого готовят для вооруженной борьбы,— вряд ли они чудовища. Однако маловероятно, что среди хаотиков царит полное единодушие. Но революционные движения, у которых нет надежды на победу, быстро погибают. А чтобы возникла надежда, необходима поддержка из-за границы, от изгнанников и от других государств, которые даже преследуют собственные цели...

— Прошу прощения,— извинился Валенсия, улыбнувшись своей обворожительной улыбкой.— Я чувствовал, что нужно спросить, хотя, признаться, заранее знал ответ. Надеюсь, вы ни в чем нас не подозреваете? Muy bien, мы везем — скажем так — один из тех предметов, за которыми охотится Сепо. Нам необходимо как можно скорее покинуть страну. Времени в обрез, поэтому я сумел договориться только насчет яхты, которая является собственностью джентльменов удачи. Вы знаете, они нам не отказывают, поскольку братство Салли Северин кое в чем им помогло; мое начальство решило, что пришла пора получать долги.

Кира сделала большой глоток. Как ловко Валенсия ведет разговор, ухитряясь не сказать ни слова о том, что действительно важно! Интересно, почему его «начальство» пошло на такой шаг? Они ведь не идеалисты, следовательно, прекрасно понимают, что, помогая Гатри в беде, получат награду — не только наличные, но и дружбу «Файербола». Однако... Выходит, им известно истинное положение вещей? Неужели Эстер Блум рассказала бандитам все, потому что у нее самой не нашлось средств, чтобы организовать бегство Гатри? Или Валенсия разузнал, что к чему, по приказу того же «начальства»? Да, время у него было, причем он мог сделать это и раньше, сразу после беседы с Эстер.

Слишком много «или». В принципе, подобные сведения распространяются сами собой; и бог бы с ними, если бы они не увеличивали риск. Валенсия не предаст... Насчет его шефов тоже можно не волноваться. Можно ли? Сепо наверняка известно о бандитских братствах больше, чем оно признается. Если копы нападут на след, они, скорее всего, наплюют на собственные усилия, которых потребовало устройство той или иной западни, арестуют всех, кого смогут, и допросят с пристрастием.

Значит, и впрямь необходимо поскорее сматывать удочки.

— По дороге нас проверяли,— сквозь звон в ушах расслышала Кира голос Валенсии,— все вроде обошлось, но я решил, что не стоит рисковать. Поначалу мы думали добраться до Сан-Франциско. Вы можете связать меня с джентльменами? И как по-вашему, согласятся ли они выйти завтра в море и можно ли договориться с кем-нибудь из рыбаков, чтобы нас отвезли на лодке к месту встречи?

Фарнемы переглянулись, призадумались.

— Если у них будет разрешение, датированное сегодняшним днем, то, мне кажется, все получится. Капитан скажет в порту, что его задержали семейные неприятности,— проговорила Энн после паузы.— А ты, Джим, позвонишь на работу и объяснишь, что не сможешь прийти. Причину мы подберем.

— Надо определить место встречи,— отозвался хозяин, дергая себя за бороду.— Обычно побережье охраняют не слишком тщательно, но раз власти окончательно спятили, не стоит подвергать себя опасности. Ведь ни к чему, чтобы нас остановил катер или амфифлайер. Я проверю маршруты патрулей.

Обыкновенный рыбак? Неужели в подполье все такие — обычные люди, каждый из которых делает свое дело? Кире почему-то представилась свернувшаяся кольцами змея. Если знать, куда наступать, можно каблуком раздавить ей голову, но если шагать наугад, она обязательно укусит, а выжидая удобного момента, будет шевелить своим раздвоенным языком.

— Вцепо, все решено? — спросила Энн.— Тогда давайте есть, ужин давным-давно на плите.

За едой они говорили о погоде, обсуждали спортивные новости и местные происшествия. Кира поняла: знать нужно только то, что необходимо. Вскоре после ужина она улеглась в постель, которую приготовила Энн. Валенсия и Фарнемы засиделись допоздна. Встав на рассвете, девушка догадалась, что они, вероятнее всего, не ложились вообще.

20

Вспыхнул и угас над морем еще один закат. Наступили вечерние сумерки, а когда Кира после ужина поднялась в смотровую кабину, оказалось, что на это полушарие Земли опустилась ночь.

На борту корабля, способного преодолеть расстояние от материка до Гавайев за какие-то тридцать с хвостиком часов, пассажиры на палубе не болтаются. Впрочем, смотровая кабина ничуть не хуже. Обтекаемая, как и весь корпус «Каравеллы», что прыгала по волнам на своих поплавках (Кира едва замечала движение, скорее ощущала, что сроднилась с машиной и стихией); козырек, который защищает от брызг...

Кроме нее, в кабине никого не было, поэтому девушка выключила свет и подождала некоторое время, давая глазам привыкнуть к темноте. Ходовых огней и радара она отсюда не видела, различала лишь мостик — белое пятно, которое то возникало из мрака, то пропадало вновь. Океан сверкал и переливался множеством оттенков, напоминая стаю мчащихся куда-то леопардов. Глухо рокотал двигатель, ему вторили волны, посвистывал ветер. Над океаном раскинулся небосвод, усыпанный звездами; правда, светили они гораздо слабее обычного — Млечный Путь, к примеру, больше всего смахивал на собственный призрак.

Величественное зрелище, исполненное силы — и покоя. Жаль, что шеф этого не видит. Бедный шеф, снова его засунули в экранированный ящик. Может, вынуть? Нет, не стоит. Джентльмены удачи ничем не обязаны «Файерболу», они просто проявили любезность. Если команда «Каравеллы» узнает, какой у них груз, искушение — умопомрачительная награда, прощение давних грехов, денежная должность в правительстве — может оказаться слишком сильным. Или же капитан решит, что его обманули — заставили рисковать головой неизвестно ради чего — и отомстит за оскорбление...

Поэтому Кира лишь прошептала Гатри несколько ободряющих слов, которых он, возможно, и не услышал, когда его перегружали из автомобиля в лодку Фарнема. Как долго сможет он выносить почти полное отсутствие восприятия и общения, прежде чем утратит рассудок? Она провела в потайном отсеке всего ничего, равно как, должно быть, и Валенсия; это случилось, когда на горизонте появился сторожевик и приказал по радио лечь в дрейф. Пока яхту проверяли на предмет контрабанды, девушка и наемник лежали во мраке. Когда Кире сказали, что досмотр продолжался всего три часа, она не поверила.

Вцепо, повторный досмотр вряд ли состоится. Кира вновь сосредоточилась на океане, но, как она ни старалась, тревога ее не отпускала. Внезапно послышались шаги. У девушки екнуло сердце. Возникшая рядом тень произнесла:

— Buenas tardes.— Валенсия! — Я вам помешал?

— Ничуть. Замечательная ночь, правда?

— Да. Но чтобы насладиться видом звезд, нужно выйти в космос.

— Почему? А вива-приставка...

— Вы же прекрасно знаете, ощущение совершенно иное.— Валенсия помолчал.— Впрочем, знаете ли? Мы, люди, часто принимаем желаемое за действительное.

— Ты когда-нибудь бывал в космосе? — Кира и не предполагала, что Валенсия может вызвать у нее сочувствие.

— Один раз. Летал туристом на Луну. Туда не ходи, ходи сюда...

— А в детстве хотел стать космонавтом? — уточнила она.

— Да!

— Ты не один такой.— Поддавшись порыву, Кира на мгновение накрыла его ладонь своей.— Даже среди партнеров компании и их детей... Возможностей крайне мало, и с каждым годом становится все меньше.

— Да я понимаю,— бросил Валенсия.— И вовсе не жалуюсь.— Он овладел собой и снова заговорил прежним, безлично-вежливым тоном: — Прошу прощения, пилот Дэвис, что побеспокоил вас. Появились кое-какие новости, но они вполне могут подождать до утра.

— Не мучь меня.— Кира заставила себя улыбнуться.

— Muy bien. Я только что говорил с капитаном. Мне не удалось убедить его. Он доставит нас на Гавайи, высадит, где мы скажем, и тут же отправится обратно. По-моему, он нервничает, и я его не виню. Капитан предложил связаться с comandante[1]: мол, если будет приказ, тогда другое дело. Но это чрезвычайно рискованно.

— Разумеется.— Кира вдруг вспомнила, что обсуждать что-либо в открытую ни в коем случае нельзя: вполне возможно, кругом понатыкано подслушивающих устройств.— Мы уже говорили об этом в Портленде. Как по-твоему, ты сможешь найти убежище для того, кому оно потребуется?

— Я же говорил, Гавайи — не моя территория, там я тоже бывал только как турист. Мое братство практически не поддерживает отношений с Королями Гонолулу. Но... Если вы советуете...

— Я не знаю других мест, где можно было бы спрятаться.

— Можете рассказать мне, где вы бывали, что видели и что слышали. Потом я потолкую с другими. Вероятно, мы сможем какое-то время скрываться от погони, переезжая с места на место. Впрочем, гарантий я не даю, тем более — если за нами будут охотиться профессионалы, но приложу все усилия.

— Может случиться так, что нам будет некогда возобновлять твой контракт.

— Я вам доверяю.— Валенсия усмехнулся. В его глазах и в биокристалле на мгновение отразились звезды.— Возобновим задним числом.

— Mil gracias, Неро.— Девушка снова взяла его ладонь в свои руки и на сей раз не стала отпускать.

— Безумный план,— буркнул он. Неужели издевается? — Первые шаги еще ничего, но дальше...— Валенсия не докончил фразы.

— Пойми, на том все и строится.— Кира крепко стиснула его ладонь. Он легким касанием ответил на рукопожатие.

По крайней мере, так утверждал Гатри. «Мы должны одурачить не только шпиков, но и моего двойника. За Камехамехой будут сле-

---

[1] Comandante (*исп.*) — командир, командующий (в частности, военно-морскими силами).

дить во все глаза, поскольку именно оттуда мне проще всего улететь в космос. Следовательно, наиболее разумно с моей стороны попытаться проникнуть на территорию какого-нибудь свободного государства. Поэтому Сепо сосредоточится на том, чтобы не выпускать меня за границы Союза и, в конечном итоге, арестовать. Анти-Гатри известно, каким образом я мыслю и чувствую, но он не подозревает, кто организовал побег, кто мои спутники и куда я направляюсь. Значит, очевидное становится маловероятным, то есть самым для нас подходящим. Шансы, конечно, неважные, но рискнуть стоит».

— И вас это привлекает,— подытожил Валенсия. Волны плескались у бортов, словно потешаясь над людьми.— Честно говоря, меня тоже.

— Мы добьемся своего, Неро,— произнесла с запинкой Кира, почему-то отпустив его руку.

— Может, вы начнете рассказывать про Гавайи? — спросил Валенсия. Что им движет? Практичность? Осторожность?

— Пожалуй.

— Только не надо портить ночь стратегическими рассуждениями.— Которые могут быть опасны, если нас подслушивают, мысленно закончила девушка.— Просто вспоминайте, и все.

— Господи Боже, с чего мне начинать? — воскликнула она в притворном отчаянии.

— С чего хотите.— Валенсия облокотился на поручень и уставился в ночь. Его профиль смутно вырисовывался на фоне океана.— Эта картина ничего вам не напоминает?

— М-м... Кажется, напоминает.— Кира встала рядом с ним. Их локти соприкоснулись — этакий сгусток тепла в прохладном морском воздухе.— Однажды мы с приятелем решили прокатиться на байдарке с выносными уключинами...

Валенсия задавал вопросы, делился своими воспоминаниями; хотя он не спрашивал ни о чем личном, Кира испытывала сильное желание излить душу. Она говорила о цветах, деревьях после дождя, развлечениях, песчаных пляжах, прибое, ярких рыбешках у коралловых рифов... Внезапно девушка поняла, что рассказывает о Кейки-моана. Почему бы нет? Они не подпускают к себе чужаков, но все о них знают, видели либо фильмы, либо фотографии в книгах. Точно так же всем известно, что «Файербол» иногда позволяет своим сотрудникам навещать Детей Моря.

— ...Плыли рядом с плотом, когда пара дельфинов... Ох! — За кормой корабля поднялась все еще полная луна. Океан неожиданно заискрился серебром, в глаза ударили блики. Кира прильнула к Валенсии и обняла его за талию. Он напрягся.

— Пилот Дэвис...

— Восхитительно, правда? — проговорила Кира томным голосом.

— Да. Э... Вы не могли бы показать мне альфу Центавра?

— Мне кажется, мы забрались слишком далеко к югу. Зачем она тебе?

— Так, из любопытства.

— Там нет ничего интересного. Деметра, единственная планета, на которой обнаружена жизнь, пускай примитивная, обречена на гибель. Между прочим, я часто спрашиваю себя: зачем все это, если жизнь во вселенной встречается настолько редко? — Кира перевела дыхание. Сердце бешено колотилось в груди.

— Зачем? Мы приходим на короткий срок, сегодня мы вместе, ты и я, и можем сделать друг друга счастливыми.— Она подставила ему губы для поцелуя.

— Пилот Дэвис,— пробормотал Валенсия,— я же объяснял вам наши правила в отношении клиентов.

— А если клиент требует? — усмехнулась Кира.

— Правила...

— Неро, послушай, я вовсе не отважная пиратка,— проговорила девушка упавшим голосом.— Трусом я себя тоже не считаю, но сейчас мне страшно и одиноко, и я хочу, чтобы меня утешили.

— Не знаю, верить ли тебе,— отозвался он, встретившись с ней взглядом.— Ты для меня слишком дорога...

К Кире вернулось прежнее озорство. Она обняла Валенсию за шею — какие у него густые и жесткие волосы — и потянула вниз.

— Кстати,— прошептала она некоторое время спустя,— ты заметил, что покачивание палубы очень возбуждает?

21

Сидевший у стола мужчина был сед и держался подчеркнуто прямо. Короткая стрижка, глубоко посаженные глаза, лицо изрезано морщинами и шрамами, на кителе — полковничьи нашивки и орденские планки.

— Сэр, ради блага своей страны я согласен подчиняться вашим распоряжениям,— сказал он.

— Значит, можно надеяться, что никаких недоразумений между нами не возникнет,— отозвался Гатри.— Кстати, насчет ваших людей... О вас я наслышан...— (Сайре утверждал, что настоящему Гатри известна репутация Феликса Холдена),— а потому не сомневаюсь, что вы выполните задание и будете держать рот на замке. Но доверяете ли вы своим подчиненным?

— Сэр, я отбирал их лично,— ответил Холден.

— Что ж, тогда все з порядке. Но я подчеркиваю — вы должны вести себя так, чтобы ни в коем случае не спровоцировать стычку. Когда в компании узнают, что мне зачем-то понадобились услуги специального подразделения североамериканской тайной полиции, начнется жуткий галдеж. Потребуется немало усилий, чтобы предотвратить бунт, а если вы со своими головорезами будете подстрекать народ...

— Понимаю, сэр. Позвольте узнать, как вы собираетесь объяснить наше появление.

— Все очень просто. Начну с правды: персонал компании не в состоянии заменить собой полицию. Им негде было учиться этому, поскольку серьезных происшествий у нас еще не случалось. Всякие мелочи — сколько угодно, но никакого криминала. Меня наверняка спросят: мол, если нам и впрямь необходимо остерегаться террористов, почему не пригласить полицейских из какой-нибудь свободной страны, а не из Союза? Я отвечу, что вы, в отличие от других, владеете ситуацией, а всех прочих пришлось бы вводить в курс дела, тратить на них драгоценное время. Я скажу, что и сам не в восторге, но иного выхода не вижу. Поверьте, я сумею справиться с подозрениями. Я — шеф, основатель и владелец компании, тот, на кого нынешнее поколение молится точно так же, как их родители, деды и, возможно, прадеды. Впрочем, повторяю, ваши неосторожные действия могут привести к весьма печальным последствиям. Вам придется столкнуться не с послушными налогоплательщиками, а с привыкшими к вольнице космонавтами.

— Я услышал то, что ожидал, сэр.— Холден криво усмехнулся.— Не беспокойтесь. Мои парни не похожи на мускулистых ослов, какими обычно представляют себе полицейских. Por favor, доверьтесь нам. Мы будем вести себя тише воды, ниже травы, пока обстоятельства не вынудят нас превратиться из овечек в волков, но даже и в этом случае постараемся обойтись малой кровью.

— Замечательно. Давайте обсудим детали. Вашему подразделению предстоит отловить того, кого мы ищем, если он все же удерет в космос. Конечно, вероятность невелика, но сбрасывать ее со счетов нельзя. Случись такое, он направится либо на Л-5, либо на Луну, третьего не дано. Я хочу, чтобы вы отправили в оба места по отряду под командованием офицеров, которым предварительно объясните, что именно искать. Надеюсь, у вас найдется парочка офицеров, которым можно доверить столь взрывоопасный секрет.

Я прикажу персоналу компании оказывать им всяческое содействие. Как скоро они могут улететь?

— Через час после моего возвращения от вас.

— Великолепно, полковник! К сожалению, я не успею за такой срок подготовить корабли. Как вам известно, эквадорский космопорт и без того перегружен. Договоримся так: они улетят завтра. Вы сами с несколькими подчиненными останетесь в Кито — на случай, если потребуются крайние меры.

Беседа продолжалась еще некоторое время, затем Холден поднялся, щелкнул каблуками и ушел, а Гатри связался с Сайре, который по-прежнему находился в Футуро.

— Ваш верный пес только что отбыл. Интересный получился разговор. Кажется, здесь все будет как надо. А что у вас?

— Пока ничего,— признался Сайре. После паузы он прибавил: — Мы допросили одного арестованного и выяснили, что до недавнего времени объект скрывался в комплексе Эри-Онтарио. К сожалению, гипнотест не помог, поскольку арестованный, судя по всему, принял наркотик, который стер его воспоминания. Удалось установить только, что модуль вроде бы переправили в Портленд; однако вполне возможно, что нас таким образом пытаются сбить со следа. По нашим прикидкам, объект, скорее всего, попробует перебраться в Мексику. Мы усилили заслон на границе, но не исключено, что он все-таки сумеет проскользнуть.

— Или повернет обратно,— предположил Гатри.

— Совершенно верно. Очевидно, у него на территории Союза достаточно приятелей. Если бы ему не помогали, мы бы давным-давно его схватили. Эти приятели наверняка осведомлены об истинном положении дел и, если не принять мер, могут поднять шум.

— Да уж... Боитесь, Сайре? Что вы предлагаете?

— Арестовать всех как заговорщиков. Или прикончить. А самим все отрицать — разумеется, при вашем участии.

— Разве не нужно добавить: «Если вы согласитесь, сеньор Гатри»?

— Я... Извините. Голова идет кругом...

— Что, если от меня потребуют предъявить двойника, того, что летал к альфе Центавра? Копия готова?

— Не совсем. С программным обеспечением никаких проблем, но вот с корпусом... Дайте нам два-три дня, и мы переправим его в лучшем виде в Северо-Западный Комплекс.

— Хорошо. Я спрошу директоров, кому они больше верят — мне или кучке фанатиков, которых поддерживает горстка глупцов. Кое-кто, возможно, заартачится, но большинство, безусловно, поддержит меня.

— Разумеется, но мы ведь это уже обсуждали.

— Нам не хватило времени, чтобы решить, как действовать, если обстоятельства сложатся не лучшим для нас образом. А вдруг с обвинениями выступит не кто-нибудь, а мой двойник, из Мексики или откуда еще? Смогут ли ваши бандюги захватить его — или уничтожить — настолько быстро, чтобы все закончилось тихо-мирно?

— Бандюги? Мне не нравится это слово.

— Ваши трудности. Ну так что?

— Пожалуй, смогут. Я как раз прикидываю, как замаскировать такой рейд, если он все же состоится. Вторжение на территорию независимого государства — страшно представить, какие могут быть последствия.

— Если вас застигнут на месте преступления,— уточнил Гатри.— Впрочем, вы прекрасно знаете, что ваше правительство сумеет одурачить Федерацию. Ну, уволят несколько «чрезмерно ретивых» министров, ну, пообещают отправить их в исправительные центры,— и все. Но вот если не разобраться в ближайшее время с моим двойником, последствия и впрямь будут весьма неприятными.

— Будем надеяться, что до этого не дойдет.

— Послушайте, Сайре, я вовсе не предлагаю сдаваться без боя. Если мой двойник улизнет в космос, а ваши коммандос его не остановят, тогда я полечу за ним сам.

22

Когда «Каравелла» достигла Большого Острова, Мауна-Лоа и Мауна-Кеа, казавшиеся издалека сказочными замками, как-то сразу утратили свое великолепие. Войдя во внешнюю гавань Хило, судно легло в дрейф. Капитан вызвал с берега бот, проводил своих пассажиров до трапа и пожелал им всего хорошего. Кира заметила, что он усмехнулся и подмигнул Валенсии. Тот, впрочем, притворился, что не видит. Сколько в нем благородства, подумалось Кире.

Такси доставило девушку и Валенсию вместе с багажом, оружием и Гатри в отель, остановиться в котором предложила Кира. Публика там селилась самая разная, поэтому вряд ли кто обратит на них особое внимание. Отель был сравнительно новым, относился к числу весьма немногих зданий коммерческого назначения, построенных в Союзе за последние десять лет, поэтому удалось получить просторный номер с компьютерным терминалом. Однако, войдя внутрь и закрыв за собой дверь, Кира вдруг ощутила приступ удушья. После свежего морского бриза, после шелеста пальмовых листьев и бездонного неба над головой... Она кинула взгляд на обзорный экран, прислушалась — снаружи не доносилось ни единого звука.

Ощущение миновало. Ладно, за работу. Вон, Валенсия уже распаковывает Гатри. Залюбовавшись кошачьими движениями Неро, девушка почувствовала возбуждение. Валенсия вынул модуль и поставил на стол. Немедленно высунулись щупальца с линзами.

— Ну, живы-здоровы? — пророкотал Гатри.— Как прошло путешествие?

Кира поняла, что краснеет. Неужели он заметил?..

— Estupendo[1],— пробормотала она и не удержалась, искоса поглядела на Валенсию. Лицо наемника ровным счетом ничего не выражало.

— Какой сегодня день? Который час? Черт побери, мне кажется, я провел в этом ящике целую неделю, в которой каждый день был воскресным!

— Как же вы выдержали? — спросила Кира.

— Я дремал, думал, играл, вспоминал — особенно о встречах с женщинами. Ладно, просветите-ка меня.— Валенсия вкратце обрисовал положение дел.— А последние новости? — поинтересовался Гатри.

Люди переглянулись. Они совсем забыли! Кира поспешно включила терминал и запросила сводку новостей. Те были просто поразительными. На Луне и на спутнике Л-5 обнаружены террористические группы. По настоятельной просьбе Энсона Гатри на спутник и в Порт-Бауэн отправлены спецподразделения Сепо. Гатри распорядился, чтобы служащие компании оказывали полиции всяческое содействие.

— Боже мой! — прошептала Кира. Это восклицание выражало ее чувства гораздо сильнее, нежели какое-нибудь ругательство или богохульство.

— Накрылся наш план,— ровным голосом произнес Валенсия.— Мы еще не погрузили вас на звездолет, а уже выясняется, что вам некуда лететь. Вдобавок, с этих чертовых островов так просто не выберешься. Извините, но мне, похоже, следовало настоять на своем — чтобы мы, наплевав на пограничников, попробовали бы пробраться в Квебек[2] или Мексику.

---

[1] Estupendo (исп.) — замечательно.
[2] Имеется в виду канадская провинция Квебек.

Кире вспомнился ночной разговор в Портленде. Когда Валенсия заявил, что из Сан-Франциско можно выбраться морским путем, она воскликнула: «Нам бы только подыскать подходящий порт, что-нибудь вроде Мацатлана!» Неро возразил: в нынешних условиях власти наверняка не выпустят судно печально известных джентльменов удачи из территориальных вод Союза. Самое большее, на что их хватит — разрешить увеселительную прогулку до Гавайев и обратно, причем «Каравелле» придется постоянно сообщать по радио о своем местонахождении (и за ней, вне всяких сомнений, будут следить из стратосферы аэростаты службы контроля движения). Если судно собьется с заданного курса, ему вдогонку моментально пошлют сторожевик, экипаж которого перероет «Каравеллу» сверху донизу в поисках незарегистрированных пассажиров.

Кира вздрогнула. При мысли о том, что правительство — любое, не только авантисты — способно, если захочет, следить за каждым шагом простых людей, девушке стало страшно.

— Не надо, сынок, не извиняйся,— проговорил Гатри.— Ты не сумел переспорить меня. Признаться, я так обрадовался, что попаду в море... Между прочим, я предполагал, что мой близнец предпримет что-нибудь этакое, однако надеялся, что, когда он соберется с мыслями, будет уже поздно. Увы, увы! Но все равно, мне представляется, что сейчас шансов у нас больше, чем если бы мы выбрали иной маршрут.

— Пожалуй, сэр, вы правы,— откликнулся Валенсия.— Придумал! Вы взлетаете, а потом сажаете звездолет в Эквадоре или в Австралии.

— Неплохая идея, но она, к сожалению, не могла не прийти в голову моему двойнику. Неважно, взлетим мы на законных основаниях или украдем корабль; за нами обязательно будут следить. Не забывай, в воздухе полным-полно боевых флайеров. С одной стороны, полиция изображает, что ловит террористов-хаотиков, но с другой — готова действовать. Если мы выкинем какой-нибудь фокус — к примеру, ляжем на обратный курс,— нас попытаются перехватить. Звездолет, который идет на посадку, движется сравнительно медленно; флайеры летят гораздо быстрее. Вдобавок, они вооружены не только орудиями, но и ракетами, и, чтобы уничтожить наш корабль, им хватит одного прицельного выстрела. И кому какое дело, если это случится над чужой территорией? Ковенант предоставляет полиции право преследовать преступников по всей планете. Футуро заявит, что мы похитили звездолет — что, в известной мере, будет правдой.

— Возможно, я сумею оторваться от погони,— проговорила Кира.

— Это зависит не столько от умения пилота, сколько от везения,— отозвался Гатри.— Не обижайся, я уверен, что мастерства тебе не занимать. Нет, если мы взлетим, нам одна дорога — в космос. Помимо всего прочего, там нет боевых кораблей. Что касается Л-5 и Порт-Бауэна, у меня возникли кое-какие мысли.— Линзы повернулись к Валенсии, затем снова сфокусировались на Кире.— Все, закончили. Пока не получим новых сведений, нечего себя попусту изводить. Что ж, пускай «нам на хвост дельфин наступит»[1]. Дэвис, свяжись с Вэшем Паккером.

Шутка Гатри придала Кире уверенности. Девушка шагнула к видеофону. Валенсия стиснул ее запястье — не сильно, однако так, что Кира сразу поняла: руки не высвободить.

— Por favor, пилот Дэвис, ни в коем случае. Аппараты директора наверняка прослушиваются.

— Черт! Gracias, Неро.— Девушка улыбнулась Валенсии.— К тому же, надо сперва решить, что мы ему скажем.

— Предлагаю сначала взглянуть на карту окрестностей,— сказал наемник, отпуская руку Киры.

Дело прежде всего. Интересно, он что, иначе вести себя не желает? Или боится задеть чувства Гатри? Кира справилась с недовольством. С Неро она разберется потом, когда выпадет свободная минутка...

Все, хватит!

Она знала город почти как свои пять пальцев, поэтому карту изучал лишь Валенсия. Гатри помалкивал, только под конец обсуждения изрек:

— Валенсия, ты койот. Просто здорово, что ты на стороне Господа Бога и всех людей доброй воли.— Замечание рассмешило Киру, которая предположила, что шеф ввернул фразу из былых времен.

Оставив Гатри смотреть мультивизор (если кто-нибудь заберется в номер, шефа найдут так и так, поэтому можно его не прятать), Кира с Валенсией вышли на улицу и разошлись в разные стороны. Только отойдя от гостиницы приблизительно на километр, девушка решилась зайти в кабинку телефона-автомата. Как будто она ничем

---

[1] Слегка измененная строка из стихотворения Л. Кэрролла «Морская кадриль» из «Алисы в Стране чудес»: «Говорит треска улитке: "Побыстрей дружок, иди!" / Мне на хвост дельфин наступит — он плетется позади». (пер. С. Маршака).

не рискует. В отеле по предъявленным Валенсией фальшивым документам их зарегистрировали как мужа и жену. (Да уж, да уж...) Если Сепо проверит ее файл после того, как подслушает разговор с Паккером, то ничего не узнает о Билле Мендосе, который увез Киру Дэвис из Портленда. Однако копы вряд ли окажутся настолько подозрительными — если, конечно, не дать им повода. А так — Валенсия, похоже, принял все возможные меры предосторожности.

Когда Кира дозвонилась до Камехамехи и назвала себя, ее немедленно соединили с директором, в чем, впрочем, не было ничего удивительного, поскольку космопорт не работал уже не первый день, и у Паккера появилось много свободного времени. На экране возник седовласый темнокожий мужчина с напряженным выражением лица, которое мгновенно сменилось широкой улыбкой.

— Пилот Дэвис! Наконец-то! Я так за тебя беспокоился, девочка!

— Правда? — спросила Кира, стараясь, чтобы голос не дрожал. Нужно, чтобы ее слова прозвучали убедительно, однако актриса из нее неважная.— Ради всего святого, извините. Я подумала, что звонка из Квебека будет достаточно.

— Какого звонка? — удивился Паккер.

— Неужели не помните? Несколько дней назад. Я решила, что мне следует вернуться сюда. По-моему, вам сообщил об этом Пьер Тибодо. Хотя, конечно, у вас полным-полно более важных дел...

— А, вот ты о чем! Действительно, запамятовал.— Паккер пожал плечами.— Откровенно говоря, дел сейчас никаких нет, что меня просто бесит.

Кира испытала огромное облегчение, у нее даже подогнулись колени. Нет, не зря она рассчитывала на сообразительность Паккера!

— Приезжай,— расслышала девушка сквозь звон в ушах.— Все тебе обрадуются, можешь не сомневаться. Я закажу пропуск, поэтому пройти придется через главные ворота.

Кира мысленно прочла мантру, и к ней вернулось самообладание.

— Не могу, сэр. По крайней мере, сейчас. По личным обстоятельствам. Видите ли, сначала я поехала в Портленд, где живет мой хороший друг, и случилось так...

— Что, влюбилась? — прищурившись, осведомился Паккер.

— Нет, что вы! — воскликнула Кира и торопливо прибавила: — Сэр, мне нужен ваш совет. Можем ли мы встретиться наедине? Понимаете, в такое время ваш кабинет, даже ваш дом... Дело очень личное, причем затрагивает мою карьеру, а вам я всегда доверяла...

— Разве я похож на доброго дядюшку? — справился с улыбкой Паккер. Девушке показалось, что улыбка вышла натянутой.

— Сэр, вы вырастили двоих дочерей...

— Еще у меня подрастает сын,— заметил Паккер, в голосе которого прозвучала настороженность.

— Сэр, por favor! Я — партнер «Файербола» и... И мне нужна помощь.

— Присяга,— проговорил Паккер, и Кира поняла, что он догадался об истинной подоплеке ее просьбы.— Миу bien, пилот Дэвис. Когда и где ты хотела бы встретиться? Может, пообедаем вместе?

— Gracias, сэр, но, наверно, не стоит. Я знаю одну забегаловку, где подают отличный кофе. Там я буду чувствовать себя... как дома.

— Хорошо.— Кира назвала адрес. Они договорились встретиться через полтора часа, а перед тем, как экран погас, обменялись салютом, показав друг другу два пальца, раздвинутые в форме буквы V.

В номере девушку уже поджидал Валенсия, который сообщил, что взял напрокат машину. Когда Кира рассказала о своем разговоре с Паккером, Неро заметил:

— Я немного задержусь, чтобы он точно успел подойти, и погляжу тем временем, что творится в окрестностях.— Кивнув, наемник поднялся и вышел в коридор прежде, чем Кира открыла рот.

— Спасибо Эстер Блум,— произнес Гатри.

— Да,— согласилась Кира, пытаясь отвлечься от надоедливых мыслей и вперяя взгляд в потолок.

— Он тебе нравится, верно? — спросил шеф.

— Ммм....

— Но вы стоите на разных ступеньках.

— Может быть, но... Какая разница? — бросила Кира.

— Если Вэш предложил пообедать,— у Гатри хватило такта сменить тему,— значит, он не ел с утра и вряд ли до конца рабочего дня съест хотя бы гамбургер. У вас обоих аппетит еще тот. Поэтому, как только он появится, сразу зови официанта. И подумай, где спрячешь меня.— Шеф хихикнул.— Между прочим, вы с Валенсией неплохо смотритесь.

Когда Паккер появится... Если появится... Кира в десятый раз прокрутила в мыслях план действий. Паккер сидит за столом с чашкой кофе в руках. Входит Валенсия, представляется другом Киры Дэвис, выводит Паккера через заднюю дверь, сажает в машину, которую припарковал поблизости, и они уезжают. Легко и просто — для профессионала. Но Паккер — не профессионал. Он может замешкаться, может сделать или сказать что-нибудь такое, что выдаст их; его могут окликнуть на улице, и тому подобное. Или, вполне возможно, Сепо следит за ним гораздо тщательнее, чем представляется Валенсии, и агенты не станут ждать около кафе, а войдут внутрь. Вдруг копам тоже известно о задней двери, и они позаботились устроить там засаду? Все может быть — все, что угодно.

— Не дергайся,— посоветовал Гатри.— Не береди душу. Сейчас все равно, что в космосе, когда сделал то, что от тебя требовалось, а остальное — забота машин. Ведь там ты спокойно сидишь и ждешь, верно?

— Там все иначе! — воскликнула девушка.— Речь идет не об одном-единственном звездолете и даже не обо мне! На карту поставлено будущее.

— Ну-ну, девочка, не стоит изображать из себя Иоанна Богослова[1].

— Но если «Файербол» будет заодно с авантистами,— проговорила Кира, пристально глядя на Гатри, словно хотела рассмотреть выражение его лица,— они останутся у власти, по крайней мере, в Союзе. В моей стране, шеф. Мне не все равно. На моих глазах началось и закончилось множество кризисов, от войн до выборов главного собаколова. Сколько было шума, одни утверждали, что грядет светлое завтра, а другие — что мы падаем в бездонную пучину. Ничего подобного, естественно, не происходило. Человечество как существовало, так и продолжает существовать.

— Чтобы приручить «Файербол», потребуется время,— отозвался он.— Сайре чересчур оптимистичен. Прежде должно смениться несколько поколений, ибо законченные индивидуалисты, вроде наших с тобой коллег, в одночасье от прежних жизненных принципов не отказываются. Авантисты же, я уверен, столько не продержатся. Государство уже потихоньку гибнет, задавленное всякого рода догмами. Мой двойник способен лишь продлить агонию власти, в результате которой теократия превратится в откровенную диктатуру. Последняя тоже не идеальная форма правления, особенно в эпоху гиперкомпьютеров, космических кораблей, сверхсветовых коммуникаций и молекулярных фабрик.

— Но сколько людей еще погибнет? — прошептала Кира.

— Согласен, очень и очень много. Поверь, я вовсе не отказался бы увидеть, как судят членов Священного Синода с их присными. Причем не гражданским судом, а военно-полевым.

---

[1] Имеется в виду одна из книг Нового Завета — «Апокалипсис, или Откровение Иоанна Богослова».

Кира закусила губу, подалась вперед и стиснула подлокотники кресла.

— А вы, шеф? Что будет с вами?

— Подумаешь! — Девушка будто увидела воочию, как он пожимает плечами, а его губы кривятся в усмешке.— Я не сдамся без боя, но моя жизнь, по большому счету, прожита, а вот молодых, как ты, действительно жаль.

— Неправда! — возразила девушка.— «Файербол» без вас — ничто!

— Он переживет меня. Новая кровь никогда никому не вредила.

— Нет! — Кира вскочила и смерила модуль испепеляющим взглядом.— Без вас компанией станет управлять ваш двойник. А он верит в авантизм, правильно? Когда система начнет распадаться, как он поступит, что, по-вашему, будет делать?

— Не знаю,— признался Гатри.— Ты права, новый «Файербол» может стать... злом, что ли. Или же просто-напросто окажется ни на что не годен. Что, вероятно, еще хуже.

Его слова потрясли девушку. Северная Америка — страна, где прошло ее детство, не более того. Да, когда-то здесь верили в идеалы — свобода, упования на будущее, упорный труд ради высокой цели; верили в разум, который все подвергал сомнению. Теперь верность этим идеалам хранил только «Файербол», и то лишь потому, что во главе компании стоял Энсон Гатри. «Файербол» стал для нее истинной родиной, отечеством, государством, в котором можно не беспокоиться за судьбы детей...

— Мы будем сражаться! — произнесла девушка.

— Выбора у нас все равно нет,— сухо откликнулся Гатри.— Не горячись, подруга. Я вижу мини-бар. Выпей, отдохни, послушай музыку, посмотри мультивизор. Или давай дядюшка расскажет тебе сказку.

Кира отметила про себя, что удивительно быстро успокоилась. Хрипловатый голос Гатри, неожиданная шутка... Да, он умеет обращаться с людьми. Чувствуются опыт — и Божий дар. Должно быть, в свое время женщины были от шефа без ума. Высокий, крепкий, решительный... Жаль, что она поздно родилась, иначе наверняка затащила бы его в постель. Девушка расхохоталась.

— Правильно,— одобрил Гатри.— Так что тебе рассказать?

— Сказку, дядюшка,— весело ответила Кира.

— Какую?

— Про Уинстона П. Сандерса и пьяную русалку,— проговорила девушка, сделав большие глаза и склонив голову набок.

— Ay de mi! Ну уж нет! Хочешь, я расскажу, как с нами пытались заключить контракт — мы были молоды и страдали от безденежья — на постройку орбитального публичного дома?

— Вы обещали! — жалобно воскликнула Кира, выпячивая подбородок.

— Мы не договаривались...

— Вот именно. Вы спросили меня: «Что тебе рассказать?». А я-то думала, что вы человек слова, сеньор Гатри.

— Ну...

Когда появились Валенсия с Паккером, у Киры, несмотря на то, что она испытала легкий ужас, от смеха болели ребра.

Но всякое веселье начисто исчезло, когда девушка увидела Паккера. Валенсия по дороге, должно быть, вкратце описал ему, что и как. Директор подошел к столу, уставился на Гатри и протянул руки, словно намереваясь прикоснуться к модулю...

— Шеф,— выдохнул он.— О, шеф...

— Со мной все в порядке, Вэш.

— Вижу,— отозвался Паккер, глубоко вздохнув.— Но ваш двойник... Он ведь тоже Гатри. Что они с ним сделали!

— Что касается нас,— произнес модуль,— в нашем распоряжении пара-тройка часов и несколько световых лет, чтобы спрятаться. Не будем терять времени. Валенсия, ты что, не видишь, что директору надо налить? Дэвис, тебе полагалось изучить меню и предложить что-нибудь в качестве закуски.

И снова его голос оказал удивительное влияние. Наверно, подумалось Кире, не только голос, но и память о том, как он выглядел, и репутация... Кроме того, все присутствующие были прагматиками, не склонными терзаться сомнениями. Думать, решать, что хорошо и что плохо, прикидывать последствия и побочные эффекты следует до того, как начнешь действовать. Разумеется, тем горше сознавать, что твои действия — или бездействие — ведут к заранее известному результату, тем тяжелее груз ответственности. Вскоре люди уселись вокруг стола, и началось обсуждение.

Космопорт охраняли подразделения национальной милиции и тайной полиции. На поле стоял один-единственный корабль, тот самый, на котором прилетела на Землю Кира. Это объяснялось, во-первых, тем, что Камехамеха не была, в отличие от аналогичных сооружений в Эквадоре и Австралии, основным транспортным узлом компании; вдобавок, «Файербол», судя по всему, решил до полного прояснения ситуации не посылать на Землю своих звездолетов.

— Черт побери! — вырвалось у Киры.— Я надеялась, что мы раздобудем корабль с ионным двигателем. Что ж, хочется думать, что за нами не будет погони.

— Тсс! — прошептал ей на ухо Валенсия.— Паккеру не нужно знать все.

Кира нахмурилась. Если они не могут доверять директору, значит, все потеряно. Одновременно девушка наслаждалась близостью Валенсии, чувствовала щекой его дыхание...

— Сепо обязательно поинтересуется, куда я ездил и зачем,— сказал Паккер.

— Поводи их за нос,— посоветовал Гатри.— Мол, коммерческая тайна. А вскоре они установят, что ты получил соответствующее распоряжение сверху...

— Каким образом?

— Неужели ты думаешь, что за эти годы мои агенты не позаботились внедрить в государственную компьютерную сеть свои программы? И что я проник в Северную Америку, не потрудившись их модернизировать? Если мой двойник притворяется мной, почему бы мне не притвориться им, а?

— Рискованно.

— Разумеется. Потому-то я до поры до времени не раскрывал карт, держал козырь про запас, на крайний случай. И правильно делал.

— У меня семья,— напомнил Паккер, глядя прямо в линзы.

— Помню. Как только выберемся, сразу же переправим всех вас в безопасное местечко. А вот как нам выбраться, это мы сейчас решим.

Обсуждение продолжалось. Они забрасывали друг друга вопросами и ненадолго прервались лишь тогда, когда потребовалось спрятать Гатри: официант доставил заказ. Модуль изложил свой план, встреченный резкими возражениями, которые он с ходу отмел, заявив, что все обдумал по дороге сюда, причем учитывал и ту возможность, которая стала реальностью. Да, успех зависит от многих «если», однако иного выхода он, Гатри, не видит. Наконец люди нехотя согласились. Оставалось лишь уточнить детали.

Команде Паккера требовалось не более двух часов, чтобы подготовить корабль к старту. Под защитой магического заклинания «Совершенно секретно» погрузить на борт можно что угодно, в

том числе — маленький бот, на использовании которого и строился план. Несколько таких ботов, подобно прочему оборудованию, хранилось на технической базе космопорта.

Учитывая, сколько хлопот выпадало на долю персонала Камехамехи, единственной кандидатурой на место пилота была Кира.
В приказе, который получит Паккер, будет указано ее имя. Кстати, это, возможно, умерит подозрительность агентов Сепо, и они
не станут особенно доискиваться, зачем она звонила директору и
назначила ему встречу.

— Но способ, каким вы собираетесь проникнуть в космопорт,— чистейшей воды безумие! — воскликнул Паккер.

— Вы можете предложить другой? — справился Валенсия.—
Сеньор Гатри ведь не прикажет снять охрану у ворот, правильно?
Это наверняка покажется подозрительным. Значит, повсюду будут стоять охранники с детекторами. А если мы появимся на
поле и пойдем к кораблю, все решат, что охрана нас пропустила,
и все в порядке.

— Со стороны моря? — Паккер покачал головой.

— Что вам не нравится, сэр? — спросила Кира.— Я хорошо
знаю эту бухту. Мы частенько плескались в ней вместе с Кейки.
Там протянут забор из колючей проволоки — мол, посторонним
вход воспрещен,— но Сепо не позаботилось даже о том, чтобы
пропустить через него ток.

— Верно,— признал Паккер.— Должно быть, им было не до
того. Слишком быстро все произошло.— Он вздохнул.— А кажется, продолжается целую вечность.

— Мы рассчитываем на то, что Сепо — не Господь Бог,— проговорил Валенсия.— На месте командира отряда я бы распределил
свои силы — а они ограниченны — так, чтобы прикрыть наиболее
опасные участки. К морю я отправил бы двоих-троих, и то на всякий случай. Причем не своих парней, а милицию. Правильно?

— Вроде бы.

— С милицией мы справимся, не впервой. Я приобрел то, что
может нам понадобиться.— Валенсия усмехнулся.— Как говорит
шеф, везет тем, кто рискует.

— Не знаю, не знаю. Кейки...

— Кейки — мои друзья,— перебила Кира.— Для них это
будет игра, очередная людская заумь.

— Может быть.

— Не дергайся, Вэш,— сказал Гатри.— Прорвемся.

— Тогда за дело,— тихо произнес Паккер и встал.

Он собрался уходить не потому, что говорить больше было не о чем, но чтобы его затянувшееся отсутствие не насторожило полицию. У двери директор обменялся рукопожатиями с Валенсией и Кирой, не сводя взгляда с Гатри.

— Смелые вы люди,— проговорил он.

— Ты рискуешь больше нашего,— возразил Гатри.

— Как знать? Ладно, удачи.— И Паккер ушел.

— Итак,— подытожил Гатри,— руки в ноги — и вперед. Сами понимаете, долго дурачить Сепо ему не удастся. Неро, по-моему, ты умеешь обращаться с компьютером. Садись за терминал и слушай.

Кире оставалось только наблюдать за происходящим и восхищаться. Разумеется, она обладала кое-какими познаниями в области компьютерных систем, однако ей никогда не приходилось влезать в программы. Ни в коем случае! Подобное вмешательство могло привести к гибели звездолета или планеты. Девушка вспомнила курс, который читался в Академии — о том, как защищать программы от излишне любопытных личностей, методы которых с годами становились все изощреннее. Сегодня проникнуть в чужую программу было не легче, чем взломать банковский сейф. Впрочем, опытный программист мог ввести в текст программы несколько кодов, которые позволяли ему впоследствии работать с ней так, словно он сам ее составлял.

Естественно, это требовало большого искусства. Даже простенькая на первый взгляд операция — отправка ложного сообщения и придание ему достоверности — оказалась на деле своего рода шедевром программирования.

Пальцы Валенсии буквально порхали над клавиатурой. Он напоминал в профиль юного Гермеса — нет, Пана или Люцифера[1] — и сосредоточенно творил то, из чего потом родится музыка.

Нельзя сказать, чтобы Гатри рядом с ним совершенно не производил впечатления. Когда шеф, как если бы находился в Кито, добавил к закодированному сообщению свой личный шифр, Киру потрясло, насколько изящно у него это получилось. Корабль должен взлететь сегодня. До старта — никому ни слова. Террористы не предполагают, что такое корыто годится на что-либо серьезное, вот и пускай пребывают в блаженном неведении.

---

[1] Гермес — в греческой мифологии бог плутовства, который впервые изготовил из панциря черепахи лиру. Пан — в греческой мифологии божество стад, полей и лесов, ценитель и судья пастушеских состязаний в игре на свирели. Люцифер — в христианской мифологической традиции одно из имен дьявола.

Однако Гатри сам — компьютерная программа, а Неро — человек.

— Думаю, мы изрядно озадачим командира отряда,— заметил Гатри.— Будем надеяться, не настолько, чтобы он не стал выполнять приказ. Вряд ли сюда прислали гения. Так, теперь нужно предупредить Тамуру на Л-5 и Ринндалира на Луне.

Эти сообщения передали по обычному каналу связи, но перехватить их, благодаря «жучку» в системе, было невозможно. Из имени отправителя — А. А. Крейг[1] — следовало (для тех, кто знал, что к чему), что текст зашифрован. Себя Гатри препоручал мудрости и решительности Тамуры, а судьбу Киры отдавал в руки Ринндалира, полагаясь на его добрую волю. Последняя, впрочем, вызывала некоторые сомнения.

— Bastante! — заявил модуль.— Отдыхайте, пока есть возможность.

Валенсия встал и потянулся. Кира ощутила прилив желания. Справившись с неуверенностью, она тоже поднялась и подошла к Неро. Тот широко улыбнулся. Как бы вывернуться?

— Шеф,— начала девушка,— вы не против...

— Нам нужно поспать,— перебил Валенсия.— Ночка предстоит еще та.— Встретившись взглядом с Кирой, он усмехнулся.

— Дэвис, он прав,— сказал Гатри.

— Наверно,— пробормотала Кира.

Интересно, удастся ли ей заснуть в одной постели с Неро?

23

Узкая, извилистая дорога прорезала лес и сбегала к побережью. Валенсия остановил машину в том месте, где тень была наиболее густой, выключил фары и заглушил двигатель. На Киру обрушились мрак и тишина. Девушка выбралась наружу, взяла с сиденья Гатри... Валенсия встал рядом.

Глаза Киры привыкли к темноте, и она начала различать детали посеребренного мерцанием звезд пейзажа. Вдоль дороги росли вперемешку имбирь и гибискус, воздух был напоен их ароматами. Можно было рассмотреть и ближайшие к дороге деревья, а дальше стволы словно сливались друг с другом, превращались в безликую черную массу, покрывавшую склоны холмов. С противоположной стороны, за проволочным забором, виднелся крутой

---

[1] А. А. Крейг — второй псевдоним П. Андерсона, которым он подписывал некоторые рассказы.

обрыв, от подножия которого доносился рокот прибоя. Берег оторачивала белая кайма пены.

— Кажется, мы тут одни,— заметил Гатри.— Я, честно говоря, не слишком на это надеялся. Да, порт охраняет полиция, поэтому людям стало не до прогулок, однако отсюда до порта далеко; к тому же, именно здесь предпочитают встречаться влюбленные.

Кира машинально кивнула и улыбнулась. Как хорошо она помнила!..

— Я их понимаю,— отозвался Валенсия.

— После краха Возрождения,— проговорил Гатри, отвечая на вопрос Неро,— мы решили, что «Файерболу» нужна база в Америке. Наиболее подходящим вариантом сочли Гавайи. Кстати, строить, что называется, «с нуля», было куда дешевле, чем перестраивать старое. В ту пору экономика находилась в глубоком кризисе, но по поводу экологии сходить с ума уже перестали, поэтому новое правительство охотно уступило нам часть территории Вулканического парка. Вдобавок, мы обещали восстановить всю территорию, которая, стараниями храма Богини, пришла в полный упадок: ведь религия, видите ли, запрещает бороться с болезнями растений и контролировать поголовье животных. Собственное строительство мы затеяли на берегу, вне досягаемости лавовых потоков, а все прочее восстанавливали на прежних местах. Дела шли неплохо, но лет тридцать назад китайцы вдруг объявили, что прекращают работы по изучению связей интеллекта с наследственностью. Тебе, должно быть, непонятно, какая это была ошибка. Они не узнали о роли ДНК в мыслительных процессах ничего такого, чего нельзя было бы узнать более простыми способами, зато насоздавали метаморфов. Сегодня, по закону Федерации, метаморфы наделены теми же правами, что и люди. Ну и что? Короче, я подумал, что «Файербол» может соорудить для них жилище. Преимущества очевидны; кроме того, тем самым мы избавляли бедняг от любопытствующих туристов, чокнутых идеологов и охотников за наживой. Чтобы получить лицензию, понадобились пропаганда, политическое давление, всяческие увертки, взятки и шантаж, но в конце концов мы ее получили. Теперь у метаморфов есть свой участок побережья, который охраняется с моря патрульными катерами. Они живут, как хотят, создают независимую культуру... Между прочим, никто из тех людей, с кем мне доводилось это обсуждать, ее не понимает.

— Внепо,— сказал Валенсия,— я безумно рад, что нам не пришлось пробираться через джунгли, но резать проволоку там, где дыру может заметить любой прохожий, очевидно, не стоит.— Он взял сумку с инструментами и словно растворился во мраке. Некоторое время спустя в отдалении сверкнул луч фонаря, послышалось гудение резака.

Киру захлестнуло радостное возбуждение. Наконец-то! Они почти у цели! Внезапно девушке почудилось, что она, удерживая равновесие на доске для серфинга, оседлала гребень волны, взметнувшийся к звездам. Мелькнула шальная мысль: «Поражение означает гибель»,— но Кира отогнала ее, даже не пожелав прислушаться,— настолько сильно она верила в удачу.

— По-моему, ты уже на борту звездолета,— заметил Гатри, сверкнув линзами.

— Совершенно верно. А вы?

— В какой-то степени — да. Однако, с человеческой точки зрения, я излишне спокоен, будто, всего-навсего, решаю любопытную математическую задачу.

Ну разумеется, ведь он бестелесен — и в то же время способен на заботу, ярость, веселье, жалость и сочувствие. Или только притворяется? А может, все эти чувства и впрямь гнездятся в сознании? Наверно, так. Если нет, с какой стати было Гатри цепляться за жизнь, не говоря уж о том, чтобы сражаться за нее. Кире вспомнились пожилые супружеские пары, с которыми она была знакома. Секс давно утратил для них былую привлекательность, однако любовь продолжала жить...

— Я тебе завидую,— тихо произнес Гатри. Изумленная Кира чуть было не уронила модуль на землю. Хорошо, что появился Валенсия, который поманил за собой. Кира положила Гатри в рюкзачок, закинула тот за плечи и направилась следом за Неро, который освещал путь фонарем и раздвигал ветки.

— Вижу, тебе приходилось бывать в лесу,— заметил Валенсия, обернувшись к девушке.

— Да, я люблю дикую природу. А ты?

— Тоже. Хотя, к слову сказать, здешние посадки ни капельки не похожи на дикую природу. Все, пришли.

Они проникли сквозь проделанное Неро отверстие в заборе и двинулись дальше. Сразу за забором начинался травянистый склон, усыпанный валунами, изобилующий ямами. Спотыкаясь, задыхаясь от напряжения, бормоча ругательства, Кира все же добралась до тропинки, что вела вниз от запертых ворот. Валенсия, разрази его гром, передвигался со своей обычной кошачьей грацией.

Внизу ожидало море — и Дети Моря.

Песчаный пляж со всех сторон окружали обрывистые утесы. Строители «Файербола» слегка расширили бухточку, чтобы метаморфам было удобнее, а из камней, что остались после завершения работ, сложили волнолом. На скалистой площадке над пляжем располагался полуцилиндрический купол, внутри которого хранились скудные пожитки метаморфов. Его двери, снабженные магнитными защелками, открывались даже при слабом нажатии снаружи; с обратной стороны имелись ручки — стиснув такую ручку зубами, можно было захлопнуть дверь за собой. У пирса покачивались на волнах плот с электродвигателем и моторный бот, других следов человеческого присутствия не наблюдалось. Рассмотреть картины Кейки-моана на стенах утесов и вырезанные из дерева статуи не позволяла темнота.

Кейки спали на песке. Их было около сорока, взрослых и щенков. Их шкуры лоснились в свете звезд. Остальные, предположила девушка, должно быть, в море — охотятся, развлекаются, сидят на рифах и поют свои диковинные песни... Приблизившись, она уловила характерный запах: от Кейки пахло рыбой, водорослями — морем и солнечными бликами на воде.

— Aloha, makamaka,— проговорила Кира.— Aloha ahiahi. O Kyra Davis kou inoa.

Кейки зашевелились, подняли головы. В темноте заблестели глаза.

— А я и не подозревал, что ты говоришь по-гавайски,— сказал стоявший рядом Валенсия.

— Я знаю всего лишь пару-тройку фраз,— ответила Кира.— Да и они — не больше. Но... так принято — начинать и заканчивать разговор на этом языке... Понятия не имею, почему.— С метаморфами столько всего произошло, теперь уже не установить, что было причиной в каждом конкретном случае. Две расы, живущие бок о бок на Земле — и остающиеся друг для друга загадкой. А люди мечтают установить контакт с инопланетянами...

Если те, конечно, существуют, если во Вселенной обитают другие разумные существа, если метаморфы и машины — не единственные спутники человечества на его историческом пути. Внезапно звезды сделались далекими и холодными, и Кира еще сильнее обрадовалась близости Кейки.

Те устремились к ней охотнее, чем того можно было ожидать. Некоторые отрывисто залаяли, слышался шорох скользивших по песку тел и шлепанье ласт. Когда первые метаморфы приблизились к девушке вплотную, они остановились, а за ними — и все остальные, кто где был.

Кира узнала Чарли — крупного самца, которого они с друзьями почему-то называли именно так. Встав на задние лапы, он доставал ей до груди, а шириной плеч не уступал Валенсии. Морду Чарли пересекал шрам — результат несчастного случая,— который начинался от выпуклого лба и заканчивался у носа. Рану зашивал опытный хирург, однако, как выяснилось, косметическая гистотропия[1] на метаморфов не действует. Впрочем, Чарли не переживал, поскольку явно не считал себя красавцем. Или все же считал?

— A'oha, Kyra,— приветствовал девушку Чарли.— Hiaow kong fsh-sh s's'hwi-oong?

Кира где-то читала, что голосовые связки метаморфов способны воспроизводить звук мандаринского наречия[2] лучше, чем это получалось у Чарли. Вполне возможно, ведь метаморфы своим появлением на свет обязаны китайцам. Может быть, они легко овладели бы и полинезийским, но здесь, на новой родине, им не с кем было практиковаться. Ну да ладно, сейчас важно, поймут ли они английский — естественно, упрощенный, тот его вариант, на котором изъяснялись сами.

— Спасибо, Чарли, спасибо тебе и всем другим. Познакомьтесь с моим другом. Его зовут Неро Валенсия.— Кира дважды повторила имя. Наемник, как учила девушка, поклонился и на мгновение коснулся носом носа Чарли.— Простите, что мы вас разбудили.

— Мы рады, что не спим. Хотите искупаться? Скоро взойдет луна.

— Да, мы хотим искупаться, прямо сейчас, не дожидаясь луны. Не сердитесь на нас за то, что мы не принесли еды и музыки и не сможем потанцевать с вами в море. Мы очень торопимся.

— Вы охотитесь?

— Да, на акулу, которую должны убить до того, как она убьет нас. Ничего лучшего Кира с Гатри придумать не смогли. Оставалось лишь надеяться, что Кейки почувствуют в этих словах угрозу ее жизни, поверят и помогут. Объяснять, что к чему, было бесполезно — метаморфам явно недоставало сообразительности, чтобы разобраться в проблемах людей. Не то чтобы они были изолированы от мира, вовсе нет. У них имелись мультивизоры, внутри купола находились роботы, что выполняли простые команды.

---

[1] От греческого корня «hysto», который имеет значение «ткань».
[2] Наречие китайского языка.

Кейки могли часами напролет дискутировать с учеными, которые приезжали сюда с разрешения руководства «Файербола», некоторые успели попутешествовать. Однако их мировоззрение существенно отличалось от людского: несмотря на все манипуляции с генами, Кейки, по большому счету, оставались тюленями.

Дельфины — другие, существа, безусловно, разумные, но чужеродные. В основном мозг дельфина воспринимает те данные, которые улавливает слух животного. Или взять обезьян — они близки к людям, но, тем не менее, из них, в результате экспериментов с генами, получаются слабоумные уроды. А вот с ластоногими... Кейки — животные, наделенные сознанием, но лишенные рук, не столь искусные пловцы, как их предки, вынужденные посему приспосабливаться к новым условиям жизни. И разве они меньше людей страдают от разлада с самими собой, разве не тяготятся точно так же древними инстинктами?

Кира не стала вынимать Гатри из рюкзака. Кейки видели шефа, но мельком и в корпусе робота.

— Куда вы поплывете? И что будете делать?

— Мы выйдем на катере в море. Пусть некоторые из вас плывут за нами. Когда окажемся напротив космопорта, спрыгнем в воду и поплывем к берегу. Вы поможете нам. Только нужно вести себя очень тихо, чтобы не спугнуть акулу.— Кира не стала уточнять, что «акула» поджидает на суше, не упомянула о правительстве и агентах Сепо (Кейки не знали этих слов).— Вот и все. Но нужно поспешить. Мы просим вас о помощи. Por favor. Oluolu.

Кейки переглянулись. Внезапно они залаяли, и между утесами пошло гулять эхо.

— Новая игра! — обрадованно воскликнул Чарли.— Давайте играть! — Он повернулся и потащился к воде. Продолжая лаять, стая двинулась следом.

— Они согласны? — спросил Валенсия.— Ну и ну!

— Я верила, что они согласятся,— отозвалась Кира.— Им вечно подавай что-нибудь новенькое. Сущие дети.— Она понизила голос.— Или старички на морском курорте.

Или те люди, мысленно прибавила девушка, которые оказались не у дел благодаря машинам.

У воды между Кейки разгорелся спор, кому плыть с Кирой. Девушке пришлось несколько раз повторить, что вся стая ей ни к чему. Чарли оттрепал двоих настырных юнцов и заставил их подчиниться. Он вел себя как вожак. Нет, вожаков больше не существует. Порядок старшинства, брачные правила, направления миграций — все изменилось и теперь отличалось от того, что было в прошлом, настолько, насколько современный человек отличается от австралопитека. Или даже сильнее — ведь человечество развивалось на протяжении не двух-трех поколений, а ряда геологических эпох. Что же пришло на смену былым традициям тюленей?

Наконец бот отвалил от причала. Кира вела суденышко на средней скорости, чтобы не отрываться от Кейки. Те, впрочем, плыли достаточно быстро — этакие серебристые торпеды, смутно различимые сквозь кружева пены — и время от времени позволяли себе выпрыгивать из воды или прокатиться на гребне волны. Патрульный катер-робот засек бот, подошел поближе, убедился, что тот держит курс в открытое море, и отвалил в сторону: по всей видимости, бортовой компьютер не обнаружил поводов, чтобы вызвать полицейский флайер.

— Вытащи меня! — потребовал Гатри. Кира передала штурвал Валенсии, достала шефа и поставила на палубу. Гатри выдвинул щупальца с линзами. Он что, тоже наслаждается напоследок морским простором?

Двигатель бота негромко урчал на малых оборотах. Суденышко мало-помалу приближалось к краю небес. Навстречу двигался ярко освещенный, похожий на расстоянии на дорогую игрушку, лайнер. Кире почему-то стало одиноко. Впереди замаячили горы, у подножия которых сияли огни Камехамехи. Звезды тускнели на глазах, у бортов плескались волны, шелестел ветер. Кира как бы слилась с ночью...

— По-моему, хватит,— произнес Валенсия, разворачивая бот параллельно берегу. Профиль Неро отчетливо вырисовывался на фоне береговых огней, волосы словно растворились во мраке. Девушка положила руку ему на бедро. Не то чтобы она влюбилась, вовсе нет; просто ей хотелось остаться с ним наедине. А когда все кончится...

На горизонте возникла светлая полоска.

— Луна? — воскликнула Кира, вздрогнув от неожиданности.— Уже?

— Да,— ответил Валенсия, посмотрев на свой информатор с таким видом, словно у него справились, который час, или попросили извлечь квадратный корень.— Вие по, можно попытаться этим воспользоваться. Когда доплывем, выбирайся на берег на четвереньках и не двигайся, пока я не дам сигнал.

— Я не пущу тебя одного!

— Он профессионал, Кира,— напомнил Гатри.— И кстати, речь ведь не о том, чтобы пустить его за штурвал звездолета.

— Верно.— Валенсия посмотрел девушке в глаза и широко улыбнулся.— Не переживай, мы будем действовать вдвоем.

— Хорошо,— с запинкой согласилась Кира.

Валенсия заглушил двигатель. Бот закачался на волнах. Кира мгновенно забыла все свои страхи. Вперед! Пока они с Неро раздевались, над горизонтом взошла луна; на поверхности моря и на шкурах Кейки тотчас засверкали серебристые блики. Мужчина и девушка смерили друг друга взглядами. Неро снял повязку с биокристаллом, но Кира помнила, что накануне вечером тот был золотисто-алым. Она усмехнулась, словно приглашая Валенсию заняться любовью. Неро ухмыльнулся в ответ, и они принялись упаковывать вещи.

Гатри засунули обратно в рюкзак, а затем — в один из принесенных Валенсией пластиковых пакетов. В другой пакет сложили одежду, обувь, полотенца и инструменты. Неро надел кобуру с пистолетом. Кира плохо разбиралась в огнестрельном оружии, но по уверенности, с какой действовал Валенсия, предположила, что этот пистолет не боится воды. Наконец, прихватив с собой пакеты, они соскользнули с борта в море.

Прохладная вода приняла Киру, девушка ощутила на губах ее солоноватый вкус. Да, море ласковое, но до берега очень далеко. Вот почему со стороны моря космопорт, если не считать патрульных катеров, практически не охраняют.

Вокруг плескалось с полдюжины Кейки. Кира отдала одному из компании свой пакет, который метаморф крепко зажал в зубах. К девушке подплыл Чарли: похоже, он предлагал себя в качестве коня. Замечательно, ей хотелось того же самого. Чарли поднырнул, Кира обхватила его руками за шею, и самец двинулся к берегу. Валенсия взобрался на другого тюленя. Пустой бот остался позади.

Кира ощущала кожей, как работают мышцы Чарли. Вокруг бурлила и пенилась вода. Луна поднималась все выше, к горизонту протянулась лунная дорожка. Рокот прибоя становился громче и громче. Кира отвернулась, чтобы огни космопорта не слепили глаза.

Кейки обогнули волнолом, о который разбивались пенные валы, и очутились в полукруглой бухте. Теперь они плыли медленнее, ибо прекрасно знали, как надо охотиться и подкрадываться к жертве.

Неожиданно Чарли замер. Кира разжала руки — и почувствовала под ногами песок. Они достигли отмели. Девушка обняла Чарли, прижалась щекой к его морде и прошептала:

— Gracias, mil gracias. Mahalo nui loa. Уплывайте обратно. Hele aku.— Уплывайте, не то вас убьют.

Чарли что-то пробурчал, ткнулся ей мокрым носом во впадинку над ключицей, повернулся и поплыл прочь. Несколько секунд спустя силуэты Кейки растаяли среди волн. Кира и Неро остались одни. Как ей приказали, девушка на четвереньках выбралась на берег и припала к черному, колючему песку. Валенсия быстро преодолел расстояние от кромки воды до зарослей кустарника; за теми виднелся проволочный забор, освещенный фонарями, которых с того места, где лежала Кира, видно не было. Подул ветерок; Кира поежилась. Сердце бешено колотилось в груди.

— Порядок,— проговорил вынырнувший из полумрака Неро.— Я нашел, где можно пройти. Торопись и не вздумай выпрямиться.

Они укрылись под кустом гибискуса, что рос у самого забора, в нескольких метрах от ворот. Его цветы казались неестественно яркими. Мужчина и девушка оделись, Кира вскинула на плечи рюкзак. Ей почудилось, будто Гатри ровным счетом ничего не весит. Да, она, похоже, изрядно нервничает; впрочем, не страшно.

— У тебя не осталось никакой прически,— заметил Неро,— а расчески мы не взяли. Хочешь, причешу пятерней?

— Давай, а я тебя.— Ну и дела! Кира с трудом справилась со смехом и желанием.

Валенсия отодвинулся, подобрал с земли свой мешок и шагнул к забору. Загудел резак... Боже, как громко! Громче, чем Ниагара! Проволочные струны лопались одна за другой. Какое яркое пламя! Да нет, ерунда. Чик, чик, чик... Неро опустил резак, потянул — и в заборе возникло узкое отверстие. Поманив за собой девушку, наемник проскользнул на другую сторону. Кира пробралась вслед за ним, оцарапав руку.

— Эй, вы! Стоять!

Валенсия мгновенно повернулся, выхватил пистолет и выстрелил. Раздался негромкий щелчок. Кира не успела сделать и шага, как Неро уже оказался рядом с охранником. Тот шевельнулся. Валенсия приставил ему пистолет к виску и нажал на курок. Из раны брызнул мозг.

— Пошли,— бросил наемник, засовывая пистолет в кобуру.

Кира вгляделась в полумрак. От забора начиналась лужайка, за которой виднелось здание с темными окнами — наверно, склад. Оно полностью загораживало собой остальные сооружения космопорта. Должно быть, как раз поэтому Валенсия решил перебраться через забор именно здесь. В тусклом свете фонарей девушка рассмотрела лицо убитого — точнее, то, что от него осталось. Совсем молоденький...

— Vamos[1]! — воскликнул Валенсия, хватая Киру за руку.— Я понятия не имею, когда у них смена часовых и когда поднимут тревогу, так что поторопись, если не хочешь угодить им в лапы.

— Ты убил его,— проговорила девушка, не в силах оторвать взгляда от мертвеца. Слова ей приходилось буквально выдавливать из себя.— Сначала ранил, а потом убил.

— Ну и что? — отозвался Валенсия.— Пойми, это было необходимо. Мы столкнулись совершенно случайно, нам — тебе, мне и ему — просто не повезло. Однако «Файерболу» должно повезти, не забывай.

Кира судорожно сглотнула. Елки-палки, сейчас и вправь не время распускать нюни! Она отвернулась и пошла прочь, стуча каблуками по асфальту.

— Молодец,— похвалил Валенсия, догнав девушку. По его лицу скользнула тень улыбки.— Ты смелая muchacha[2], Кира.

Наверно, ей следовало ответить: «Я не muchacha, а пилот Дэвис»,— но Кира сдержалась.

— Может, снимешь рюкзак и понесешь в руке? — справился Валенсия.— Судя по фильмам, космонавты иначе не ходят.

Правильно. Все-то он помнит, обо всем-то заботится. Кира молча сняла рюкзак. Главное — не поддаться эмоциям...

Они обогнули несколько служебных зданий — с таким расчетом, чтобы, выйдя на людное место, создать впечатление, будто идут от главных ворот. Интересно, мельком подумала Кира, он и вправду не волнуется или только не подает виду, а сам ждет, что вот-вот завоет сирена? Какая разница? Он профессионал, и этим все сказано. Последи лучше за собственным состоянием.

Наконец они очутились среди миниатюрных парков с фонарями, под которыми были расставлены столы и скамьи для тех, кто предпочитал обедать и ужинать на свежем воздухе. Впереди показалось летное поле. На фоне лазерных установок освещенный прожекторами звездолет напоминал устремленную в небо стрелу. Кира вспомнила, что корабль назывался «Мауи Мару», принадлежал по типу к малым грузовым звездолетам и предназначался для рейсов с Земли на Луну и на Л-5, не дальше. Выводишь его на орбиту, а там он летит сам. Л-5... «Пустельга», корабль Киры, поджидал девушку в одном из шлюзов спутника. Как будет здорово снова плюхнуться в знакомое кресло, врубить полную скорость и помчаться туда, откуда прилетают кометы...

---

[1] Vamos (*исп.*) — пошли.
[2] Muchacha (*исп.*) — девушка.

— Por favor, ваше удостоверение,— произнес мужчина в форме сотрудника Сепо, преграждая Кире дорогу. Рядом стоял его напарник.

— Пилот Дэвис, прибыла в распоряжение директора Паккера,— представилась девушка, протягивая агенту карточку.

— Марио Конрой, тоже к директору.— Валенсия сопроводил свои слова широкой улыбкой. Его движения... Он не достал из кармана карточку — нет, он грациозно ее извлек.

Офицер заговорил в минифон, прислушался...

— Все в порядке,— сказал он.— Подождите минуточку, сейчас подъедет машина.

— Неужели у главных ворот не оказалось ни одного автомобиля? — удивился его напарник.

— Срочный приказ,— ответил первый офицер, пожимая плечами.— Никто ничего не понял, никто не знал, к чему готовиться.

Кроме партнеров «Файербола», мысленно прибавила Кира. Разумеется, они тоже терялись в догадках, но, тем не менее, сразу взялись за дело. Кроме того, если забыть о необычных обстоятельствах, для персонала космопорта запуск звездолета давно стал рутинной процедурой.

— Если можно, подождите,— попросил Валенсия водителя, когда автомобиль остановился у административного корпуса.— Мы ненадолго.

Внутри все было как в старые добрые времена — знакомые лица, голоса и жесты; идиллию нарушали только полицейские, в форме и в штатском,— первые стояли у дверей, вторые расхаживали по коридорам. Киру и ее спутника сразу же провели в кабинет Паккера.

— Buenas tardes,— поздоровался директор, поднимаясь из-за стола. Чувствовалось, что нервы у него на пределе; черная кожа словно посерела.— Садитесь. Что вам предложить?

— Спасибо, сэр, ничего не надо,— откликнулся Валенсия.— Поступило новое распоряжение. Корабль должен взлететь немедленно.

Паккер моргнул, судорожно сглотнул, затем расслабился. Кира поняла, что в глубине души директор обрадовался: теперь ему не придется ждать 23:00 — ранее назначенного времени старта; однако, поскольку в его кабинете полным-полно следящих устройств, должен притвориться озадаченным.

— Вот как? Мне не сообщили.

— Сэр, я уполномочен проинформировать вас обо всем, но только когда мы окажемся в безопасном месте.— Валенсия разыгрывал из себя представителя организации, более могущественной, чем Сепо, то есть посланца Священного Синода. В своей шифровке Гатри не стал ничего уточнять насчет Марио Конроя (таковы были неписанные правила в отношении подобных личностей), однако довольно прозрачно на это намекнул.

— Если мне придется пойти с вами, я хотел бы заглянуть домой и предупредить родных,— сказал Паккер.

— Разумеется,— откликнулся Валенсия.— Если не возражаете, поедем на вашей машине.— Заберем с собой всех Паккеров и быстренько смотаем удочки, мысленно закончила Кира. Она решила не говорить директору про убитого охранника.— Но как скоро сможет взлететь корабль?

— Все зависит от маршрута, о котором меня также не известили,— ответил Паккер.

— Мне не нужно стартового «окна»,— подала голос Кира.— Если баки полные, значит, реактивной массы вполне достаточно и можно спокойно ее тратить.

— Выходит, вам необходимо только разрешение на взлет? — уточнил Паккер.— Я позвоню капитану Уланду,— очевидно, так звали командира полицейского отряда, которому с недавних пор подчинялся директор,— и попрошу пойти навстречу.— Федеральная астрогаторская служба обычно выдавала такие разрешения по первой просьбе, если, конечно, просьба поступала от официального лица.— Мне кажется, пилот Дэвис, вы сможете взлететь через полчаса.

Сколько прошло времени с момента убийства... то есть ликвидации... то есть несчастного случая, вызванного суровой необходимостью? И как скоро обнаружат труп?

— Пожалуй, мне лучше подняться на борт,— проговорила Кира.

— Buen viaje[1],— произнес Паккер вроде бы ровным голосом, однако девушка уловила легкую дрожь и поняла, что хотел сказать директор: «Удачи! Удачи тебе и всем нам!»

Рюкзак, в котором лежал Гатри, показался вдруг невыносимо тяжелым, словно многократно возросла гравитация. Кира отсалютовала Паккеру и повернулась к двери. Валенсия шагнул ей навстречу.

— Buena suerte, amiga, y hasta la vista[2],— сказал он, обнял девушку за талию и поцеловал — не как любовник, а как добрый

---

[1] Buen viaje (*исп.*) — удачного полета.
[2] Buena suerte, amiga, y hasta la vista (*исп.*) — удачи, подружка, и до встречи.

приятель. Но Кира, несмотря на всю беглость поцелуя, почувствовала, что губы у Валенсии дрожат.

— Adios[2],— бросила Кира, сделав над собой усилие, чтобы не вздрогнуть от отвращения, и вышла в коридор.

24

— ...Ноль!

Корабль оторвался от поверхности. Ускорение прижало Киру к спинке кресла. Она сосредоточилась на том, чтобы дышать ровно и размеренно. Перед ней мигали на панели управления огоньки, прыгали по шкалам стрелки, меняли на экранах мониторов форму диковинные иероглифы. Гул двигателя отдавался в ушах, пронизывал тело; девушка словно слилась с кораблем воедино.

Звездолет мчался вверх, забирая к востоку, и наконец достиг высоты, на которой лазеры его уже не доставали: воздух был слишком разреженным, чтобы они могли придать кораблю дополнительное ускорение. Некоторое время звездолет двигался по инерции, и Кира, которую удерживали в кресле лишь пристяжные ремни, наслаждалась невесомостью и тишиной.

Вскоре заработал двигатель корабля, и возвратилось тяготение. Девушка слышала шорох вентилятора и стук крови в висках...

— Корабль вышел на орбиту,— сообщил механический голос после того, как бортовой компьютер сверился с показаниями различных датчиков. Снова возникла невесомость. Кире вспомнилось, как долго она привыкала к этому состоянию, как долго ей было плохо и приходилось часами вертеться на центрифуге; даже теперь организм не выносил длительной невесомости, однако в первый момент та всегда доставляла радость.

Что ж, они с Гатри улетели с Земли, счастливо избежали гибели. Но облегчение испытали только мышцы, на душе по-прежнему скребли кошки.

Кира расстегнула ремни, воспарила над креслом, подплыла к обзорному экрану и увидела под собой ночную половину Земли, над которой клубились облака, а в разрывах виднелись огни городов. Девушка прикинула свое местоположение. Она сейчас где-то над Мехико... Точно! Компьютер вывел на дисплей карту, по которой медленно перемещалась светящаяся точка — символ звездолета. Вокруг Земли, куда ни посмотри, сверкали звезды. Перед

---

[1] Adios (*исп.*) — пока.

стартом Кира, по обыкновению, выключила освещение кабины, поэтому ничто не мешало ей любоваться холодным блеском звезд.

Оттолкнувшись от переборки, она вернулась к креслу, ухватилась за скобу, остановилась — то был маневр, исполненный такой же грации, как водный танец Кейки-моана — и посмотрела на Гатри, лежавшего на полке за креслом.

— Как самочувствие, шеф?

— Замечательно,— отозвался тот. Щупальца с линзами потянулись к лицу девушки.— А вот о тебе того же не скажешь.

— Со мной все в порядке.— Кира отвернулась.

— Ну да, рассказывай! Небось, из-за Валенсии?

— Да,— призналась Кира сквозь зубы.— Из-за того, что он сделал. Вы в курсе? — До самого старта она не рисковала заговаривать с шефом из опасения, что на борту может оказаться подслушивающее устройство. И потом, забот и без того хватало — проверить готовность корабля к полету, изучить маршрут, разместить вещи...

— В общем и целом — да, кое-что слышал. Охранник застал вас врасплох, но Валенсия быстро сориентировался и прикончил его.

— Все не так просто! — Кира стиснула скобу, за которую по-прежнему держалась.— Не знаю, умер ли охранник сразу. Впрочем, какая разница? Валенсия выстрелил в него снова... в упор... прямо в голову...

— Значит, я правильно догадался.

— Вам все равно? — прошептала Кира, уставившись на Гатри.

— Естественно, нет, но... Послушай, я вовсе не сторонник убийства беззащитных людей. Как только вновь возглавлю «Файербол», я выясню, как звали того охранника, осталась ли у него семья и, если осталась, чем можно им помочь. Но пойми — Валенсию вынудили обстоятельства. Вопрос стоял так — либо он стреляет первым, либо все пропало. Сепо наверняка арестовала бы Вэша Паккера. Возможно, второй выстрел был лишним, не спорю. Но Неро — наемник, бандит. А в уставе братства, между прочим, записано, что если кого-нибудь из его членов арестуют, такого человека немедленно убивают, причем свои же. Значит, он не мог допустить, чтобы охранник поднял тревогу, ибо спасал наши шкуры заодно с собственной. И потом, по бандитским меркам, он поступил именно так, как следовало.

— Я не перестаю себя в этом убеждать,— проговорила Кира, на глазах которой выступили слезы,— но не знаю, сумею ли поверить.

— Понимаю и сочувствую. Когда на твоих глазах убивают человека, впечатление остается не слишком приятное. Девочка, мне жутко хочется тебя обнять. Черт побери, даже тело робота лучше этого гнусного ящика!

— G-gracias, шеф,— пробормотала Кира, ощутив некоторое облегчение. Она сглотнула, посмотрела в линзы модуля и криво улыбнулась.— Muchas gracias.

— По-моему, он не для тебя.

— Между нами не было ничего серьезного! — воскликнула Кира, заливаясь румянцем.

— Вот и славно. У тебя будет время разобраться в своих чувствах. Пойми, что было, то было; к тому же, ты всего-навсего испытала шок, ничего страшного не произошло. Я знаю, ты смотришь на вещи здраво, поэтому постарайся привести мысли в порядок и успокоиться. Послушай музыку, вспомни что-нибудь приятное — и все пройдет.— Помолчав, Гатри прибавил: — Решать, конечно, тебе, однако я надеюсь, что ты не возненавидишь Валенсию. Разумеется, я не призываю при встрече бросаться ему на шею, но... мне его, признаться, очень жаль.

— Я постараюсь.

В кабине воцарилась тишина. Внизу, на Земле, блеснул океан.

— Пожалуй, пора мне собираться,— заметил Гатри.

— Черт! — воскликнула Кира.— Извините, шеф, я настолько разнервничалась, что забыла обо всем на свете.— Она повернулась к панели управления и дала компьютеру задание рассчитать курс бота.

Что касается курса «Мауи», тут проблем не возникало. Корабль двигался по низкой орбите, постепенно уходя все дальше от Земли. Когда он преодолеет расстояние в три четверти земной окружности, вновь включится двигатель, и звездолет устремится к Луне. Для такого корабля подобная траектория полета означает колоссальный расход реактивной массы, однако в этом случае он достигнет цели за пару дней, а лучшего для звездолетов данного типа нельзя и пожелать. Другое дело, если бы у него был ионный двигатель, способный выдерживать длительное ускорение.

Выяснить требовалось следующее: когда и каким образом выпустить бот, чтобы тот пронес Гатри мимо Л-5? Поскольку колония двигалась по той же орбите, что и Луна, отставая от последней на шестьдесят градусов, до запуска оставалось совсем немного времени. Кроме того, корпус «Мауи» должен защитить бот от земных радаров, причем чем дольше продержится экран, тем лучше. Если полиция Союза еще не следит за кораблем, она скоро исправит свою промашку, а если заметит, что звездолет выпустил бот, пиши пропало.

Да, Сепо не имеет возможности пользоваться радарами федеральной астрогаторской службы, поскольку желает сохранить происходящее в тайне. Но им хватит и радаров, которыми располагает Союз. Вдобавок, как только они обнаружат дырку в заборе и убитого охранника, все станет ясно. О случившемся доложат анти-Гатри, который сейчас заправляет «Файерболом», за «Мауи» сразу же установят наблюдение и не спустят с корабля глаз, пока он не достигнет Луны.

— Если бы разрешалось применять в космосе более-менее серьезное оружие,— заметил Гатри, когда они обсуждали план действий в Хило (сколько тысяч лет тому назад?),— нас наверняка разнесли бы на кусочки, а потом сочинили бы в оправдание какую-нибудь историю. А так подобного исхода можно не опасаться, равно как и взятия на абордаж, даже если допустить, что в нашем секторе пространства окажется патрульный звездолет. Это рискованный, дорогостоящий и весьма подозрительный маневр, который не останется незамеченным, и со всех сторон посыплются вопросы. Нет, мой двойник, убедившись, что ты летишь к Луне, сообразит, что такой корабль не может сесть нигде, кроме Порт-Бауэна, и настропалит тамошних копов.

— Почему бы вам не обратиться из космоса к населению Земли? — поинтересовался Валенсия.— Тогда ваш двойник не сможет отделаться отговорками, а сколько-нибудь серьезной проверки ему не выдержать.

— К несчастью,— отозвался Гатри,— «Файерболу» принадлежат едва ли не все космические корабли и космопорты на Земле, Луне, а также на Л-5 и во многих других местах.

— Но спутники...

— Коммерческие, метеорологические и прочие спутники, в том числе те, которыми владеет Корпус Мира, в расчет можно не принимать. Я разумел корабли, порты, системы межпланетной связи и все остальное. Даже Всемирная Федерация, когда ее представителям требуется попасть на другую планету, обращается к нам — либо просит об одолжении, либо, как чаще всего и бывает, мы заключаем контракт. Вот почему Киру в Порт-Бауэне будут ждать не обыкновенные полицейские, а сотрудники Сепо: ведь лунная полиция также подчиняется «Файерболу». Что же касается твоего предложения, переговоры из космоса с Землей ведутся не напрямую. От прямого контакта нас уже достаточно давно вынудили отказаться как объем передаваемой информации, так и незащищенность перегруженных систем от постороннего вмешательства. Мы применяем более надежный и безопасный способ. Любой сигнал из космоса или с Земли поступает на спутник-ретранслятор; все эти спутники принадлежат «Файерболу» и лишь на них установлено оборудование, необходимое для того, чтобы усиливать и расшифровывать сигналы. Затем сигнал передается через общую сеть или по внутренним каналам компании. Всеми процессами, естественно, управляют компьютеры; я уверен, мой двойник ввел в программу секретную команду, которая отсекает все подозрительные сообщения, а затем их проверяет либо он, либо Сайре. Во всяком случае, я бы действовал именно так.

— Сэр, я знал, что вы создали великую империю, но не подозревал, насколько она велика.— Валенсия даже присвистнул от удивления.

— Все шло настолько гладко, что люди попросту не обращали внимания,— сказал Паккер.— Причем мы вовсе не стремимся к мировому господству, а лишь хотим заниматься тем, что интересно нам самим и приносит прибыль.

Вот оно, влияние Гатри, подумалось Кире. Без него «Файербол» наверняка подменил бы собой со временем правительство, превратился бы в этакое гнездо разбойников-баронов.

— Монополии не предусматривалось,— согласился Гатри,— она возникла сама по себе. В то время, когда мы начинали, в космос никто кроме нас по-настоящему не забирался. Поэтому мы, обосновавшись в Эквадоре, приняли устав, который оберегал компанию от посягательств политиков и чиновников. Потом, когда то тут, то там стали происходить волнения, мы, в качестве меры предосторожности, укрепили свои позиции. Впрочем, сейчас не до истории.

— Звездолеты, естественно, могут переговариваться друг с другом напрямую,— вставила Кира.— Но требуется фантастическое стечение обстоятельств, чтобы мы сумели установить связь с одним из *наших* кораблей, особенно учитывая то, что второй Гатри, безусловно, прикажет всем капитанам изменить курс.

— Что касается Л-5,— продолжил шеф,— стоит ему только заподозрить, что я направляюсь туда, он тут же наложит на спутник лапу. Однако я надеюсь, что он будет следить за «Мауи Мару», который полетит к Луне. Будем надеяться, что луняне спасут Киру от головорезов Сайре и она сможет рассказать правду

Солнечной системе. Чтобы облегчить ей задачу и чтобы обезопасить нас на случай провала, я направлюсь к Л-5. Если все получится, меня заберет Тамура. После того, как я выступлю перед колонистами, тем копам, которых просто убьют, а не линчуют, изрядно повезет. Если же Тамура не сумеет добраться до бота, он будет летать по орбите, которая известна Кире, и пилот Дэвис, выбрав подходящий момент, явится за мной с Луны.

— Кира,— проговорил Валенсия, поворачиваясь к девушке. В его голосе прозвучало беспокойство,— получается, что ты добровольно сдаешься на милость Сепо.

— Вот почему перед отлетом надо будет предупредить милорда Риндалира,— откликнулся Гатри.— Разумеется, сообщить в открытую, в чем, собственно, дело, значит увеличить риск, но я вставлю в текст несколько слов, которые... мм... заинтригуют селенарха. Нам с ним доводилось сталкиваться.

— Предположим, он откажется, что тогда? — хмуро спросил Валенсия.

— Из того, что мне о нем известно,— Кира улыбнулась, ощущая во всем теле какую-то странную легкость,— я могу сказать, что очень этому удивлюсь.

Хотя что именно предпримет Риндалир, подумалось ей, можно только догадываться.

Писк компьютера отвлек Киру от воспоминаний. Девушка посмотрела на экран — и на мгновение почувствовала себя совершенно лишней, этаким паразитом, который существует за счет машины. Компьютер управляет кораблем и системой жизнеобеспечения, сообщает пилоту требуемые сведения... Кстати говоря, зачем? Ведь та же процедура запуска бота чуть ли не полностью автоматизирована. Кира задала программу: место назначения — Луна, время старта такое-то, скорость такая-то. Остальное сделала машина — проложила курс, рассчитала ускорение и тому подобное. Попадись на пути облако космического мусора или случись что-нибудь еще, компьютер справится со всем самостоятельно. Да, она принесла на борт Гатри, она поместит шефа в бот, но то же мог сделать и самый примитивный робот. Компьютер поддерживает связь с автоматами-диспетчерами в Порт-Бауэне, получает от них ориентиры, по которым в конце пути посадит корабль. А ей придется лишь нажать на кнопку, которая открывает воздушный шлюз...

— Черт! — пробормотала девушка.— Хватит, а? — Эти мысли посещали ее не впервые. Пилоты, подобно инженерам, разведчикам, ученым, артистам и предпринимателям, выполняли особые задания, принимали ответственные решения, подавали команды, которые вели к успеху — или к гибели. Когда Вселенная преподносила очередной «подарочек», именно их интуиция — воображение, шестое чувство — могла спасти людей и пресловутые «умные» машины. И то сказать, разве реакции ее тела уступают в автоматизме реакциям робота? Тем не менее, тело подчиняется мозгу.

Но как только машины обретут сознание — что, похоже, произойдет весьма скоро... Нет, в самом деле хватит. Давным-давно пора за работу!

— До запуска осталось меньше, чем я предполагала,— сообщила Кира шефу.— Ну что, будем упаковываться?

— Давай.— Какие чувства таились за этим словом? И таились ли вообще? Он человек, прикрикнула на себя девушка. Человек!

Она отнесла Гатри на корму, где находился бот, который представлял собой обыкновенную ракету с твердотопливным двигателем, автопилотом и крохотным грузовым отсеком. Чтобы оказаться в окрестностях Л-5, боту потребуется три дня, а тем временем — по крайней мере, на том и строился план — Кира сообщит обо всем населению Земли, так что Гатри прибудет на спутник не беглецом, но победителем.

Кира подключила компьютер бота к бортовому компьютеру корабля. Пока происходила перегрузка данных, она поместила Гатри в грузовой отсек и закрепила его ремнями. Об остальном позаботится машина.

— Почему бы тебе не пойти отдохнуть? — предложил шеф.— Или ты предпочитаешь проторчать тут оставшиеся десять минут, не зная, что сказать? «Счастливого полета». «Gracias, и тебе того же». «Передавайте призет всем нашим». «С удовольствием».— Модуль рассмеялся.— У моей жены получалось гораздо лучше, она говорила самым гнусавым голосом, на какой только была способна. Когда кто-либо из нас куда-то улетал, мы обменивались на прощанье неприлично долгим поцелуем, и провожавший уходил домой.

— Muy bien, шеф,— отозвалась Кира, благодарная Гатри за то, что он понял ее состояние.— Hasta la vista. И...— Она наклонилась и поцеловала металл,— ...счастливого пути нам обоим.

Выходя из шлюза, она услышала, как захлопнулся у нее за спиной люк.

Часть вторая

Эйко

25

Вишня белым цветет.
Закат быстротечен, как миг.
Высыпают холодные звезды.

Эйко Тамура покачала головой, вздохнула и отложила листок
в сторону. Хокку[1] явно не получилось — на бумаге остались слова,
в которых не было и намека на чувства, а ей хотелось передать ту
размеренность, с какой чередуются день и ночь, наводя на мысль
о недолговечности жизни, о том, что искусственная весна — символ хрупкости, бренности великого Рагарандзи-Го. Быть может,
она никогда не подберет нужных слов, и это стихотворение, вслед
за большинством других, отправится в мусоросборник.

Впрочем, участь других стихов, в отличие от последнего, вол-
новала ее не слишком. Однако это... Оно сложилось как бы само
по себе. Новости с Земли, неожиданная суровость отца, озабоченность, которую он пытался спрятать за улыбкой... Эйко обрати-
лась к вечному, ибо успокоиться можно было, лишь поняв, что
человечество — легкая рябь на поверхности мирового океана, из
которого и следует черпать силы, чтобы справиться с трудностя-
ми. Слова усиливали ощущение, но сейчас просто-напросто не
шли с языка. Мешало волнение.

Эйко подняла голову и посмотрела на висевший над столом
свиток. Горный пейзаж, каллиграфическая надпись,— в них присутствовали прозрачность и безмятежность, которых не могли

---
[1] Хокку — в японской поэзии лирическое стихотворение, построенное на выразительной детали.

воспроизвести ни изображение на экране мультивизора, ни вива-приставка. Впрочем, сегодня и свиток не произвел на девушку привычного впечатления. Она затравленно огляделась по сторонам, словно загнанная в угол.

Ее комната была просторнее, чем у многих других колонистов: Эйко расширила помещение, когда уехал последний из родственников. Однако с первого взгляда начинало казаться, что чего-то не хватает; причиной тому была скудость обстановки: письменный стол, шифоньер, туалетный столик и кровать. На стене полка, а на полке раковина с Земли, сверкающий осколок кометы — подарок Киры Дэвис, старинные книги, бамбуковая флейта. Эйко много читала и обожала слушать музыку, а потому частенько обращалась к различным базам данных, причем те сведения, которые ее заинтересовали, предпочитала не записывать, а запоминать. Сквозь тонкую стенку женщина услышала, как открылась и захлопнулась входная дверь. Должно быть, наконец-то вернулся отец. Эйко встала и поспешила выйти в гостиную.

Нобору Тамура в своем черном костюме напоминал чернильную кляксу. Как правило, на его невысокий рост, лысину и морщины на лице не обращали внимания; внешность — ерунда, главное то, что он, начальник космической службы Л-5 — друг самого Энсона Гатри. Сейчас Тамура сутулился сильнее обычного, руки у него дрожали. Эйко не в первый раз после смерти матери захлестнуло сочувствие к отцу. Она поклонилась — в той тесноте, что царила в колонии, вежливость из традиции превратилась в насущную необходимость,— взяла отца за руки и спросила:

— Что случилось? Расскажи мне, папа.

— Хотел бы, но не могу,— ответил Тамура.

— Почему? — спросила Эйко.— Раньше ты ничего от меня не скрывал.

— Во-первых,— произнес отец, не глядя на нее,— я не хочу подвергать опасности твою жизнь, а во-вторых, тебе просто незачем об этом знать.

— Пожалуйста, садись. Я принесу чай.

Тамура кивнул и опустился на подушки. Для гостей имелись стулья, а отец с дочерью придерживались старинных — нет, древних — обычаев. Как и многие другие колонисты, Эйко казалось, что люди тем самым как бы бросают вызов судьбе. Эй, звезды, посмотрите на нас: мы — дети Геи[1], и крохотный мир, который мы создали,— ее частица.

---

[1] Гея — в греческой мифологии персонификация и богиня земли.

Ожидая, пока заварится чай, она вновь погрузилась в размышления. Эйко никогда не позволяла себе поверить в то, что их дом опустел. На память приходили шум и детский смех, ласковый голос матери, бормотание Киоши... Нет! Киоши Мацумото в конце концов женился на другой. Ну и ладно. Зато она может как следует позаботиться об отце. Эйко расставила на подносе чайник, чашки и тарелку с пирожными, вышла в гостиную и села напротив отца. Тот устало улыбнулся.

— Слава Амида-будде[1], у меня замечательная дочь.

Некоторое время они молчали. Хотя это не была настоящая церемония чаепития, она, тем не менее, восстанавливала как душевные, так и телесные силы.

— Я весь день просидела дома,— нарушила тишину Эйко. Она договорилась с начальством, чтобы ее отпустили с работы, поскольку поняла, что напряженное ожидание новостей относительно того, что происходит на Земле, вкупе с тревожными настроениями коллег, изрядно мешают сосредоточиться, а программирование требует полного внимания.— Не случилось ничего такого, о чем мне следовало бы знать?

— Ты не слышала? — изумился Тамура.— Эх, дочка! — воскликнул он, когда Эйко пожала плечами.— К нам прибыло спецподразделение североамериканской тайной полиции. На спутнике объявлено чрезвычайное положение.

Слова прозвучали раскатом грома. Эйко выронила чашу и едва успела ее подхватить; несколько капель упало ей на кимоно.

— Что? Но... Но... Отец, ведь здесь не Северная Америка! Мы в космосе, мы — «Файербол».

— Они прилетели по договоренности с нашим руководством.

— С Гатри-сан? — Эйко как будто не верила собственным ушам.

— Да. Вчера он лично сообщил нам об их прибытии и потребовал, чтобы мы сохранили все в тайне, во избежание страхов и беспорядков.

— Поэтому ты такой грустный? — спросила женщина, подумав, что волнения, учитывая, как относятся здесь к авантистам, вполне возможны.

— Да,— отозвался Тамура.— Если ситуация и впрямь критическая... Тебе известно, насколько мы уязвимы.

---

[1] Амида-будда (будда Амида-буцу) — одно из главных божеств японской буддийской мифологии, владыка обетованной земли, куда попадают праведники.

Судя по всему, отец не против продолжить разговор. Груз, который приходится нести одному, кажется вдвойне тяжелым. Впрочем, действовать надо осторожно, ни в коем случае не торопиться. Эйко пригубила чай, ощутила тепло и аромат напитка.

— А зачем их прислали?

— Пока не знаю. Нам приказано сотрудничать с ними. Их командир пообещал не вмешиваться в наши дела. Сейчас они находятся в том помещении, которое мы для них подготовили.

— Неужели все так просто? — невинно справилась Эйко.

— Нет,— признался Тамура.— Странно уже то, что Гатри-сан мог... запаниковать. Разве среди нас мало тех, на кого можно положиться, кому можно поручить поиски саботажников? Компания никогда раньше не держала своих партнеров в неведении. Возможно, того требуют обстоятельства...

— Ты ведь сам себе не веришь,— заметила женщина.

— Правильно,— окончательно сдался Тамура.— Мне следовало бы сохранить все в тайне, особенно от тебя, милая, но...— Он выпрямился, в его голосе зазвучали суровые нотки: — Вчера, через несколько часов после того, как нам сообщили о прибытии отряда Сепо, я получил личную лазерограмму. На первый взгляд она представляла собой обыкновенную докладную записку, но подпись наводила на мысль, что содержание лазерограммы зашифровано и что отправил ее либо Гатри-сан, либо человек, которому он всецело доверяет. Ты знаешь, шеф позаботился о мерах предосторожности — как он выразился, на всякий случай. Ночью я практически не спал.

— А что там написано? — Сердце Эйко забилось быстрее.— Зашифрованной оказалась одна-единственная фраза. Будь сообщение длиннее, его наверняка бы перехватили. Оно гласило: «Секретно. Прибывает бот. 23».

— Что это значит?

— Я прикидывал так и этак.— Тамура состроил гримасу.— «Секретно». Значит, агенты Сепо не должны ничего заподозрить. «Прибывает бот». Разумеется, никакой звездолет не сумеет приблизиться к нам, чтобы его не заметили, но вот маленькую ракету, вполне возможно, заметят не раньше, чем она окажется от нас в какой-нибудь тысяче километров.

Если, мысленно докончила Эйко, она будет двигаться по траектории, которая не приведет к столкновению. Приборы ее наверняка обнаружат, но примут за обломок скалы или мусор; ведь в космосе полным-полно всякого хлама. «Прибывает бот». Пойди догадайся, какая у него орбита. Впрочем, догадаться можно...

— Число же, наверно, означает дату, причем текущего месяца,— продолжал Тамура.— Двадцать третье у нас послезавтра. Если допустить, что на боте и на корабле-матке обычные двигатели, получается, что бот запустили поблизости от Земли, со звездолета, который, вероятно, направлялся к Луне.

— А какой у него... груз?

— Не знаю. Но в общем и целом возникает некоторая неувязка с распоряжениями, которые поступили из Кито, а?

— Ты хочешь перехватить бот и подвести к спутнику? — выдавила Эйко. Ей почудилось, будто лицо отца превратилось в самурайскую маску.

— Естественно. Однако я никак не могу сообразить, как это сделать тайком от полиции. Тебе известно положение дел, со многими сотрудниками ты знакома гораздо лучше моего, так что если у тебя есть какие-то предложения... Но ты не должна никому ничего рассказывать и ничего не предпринимать на свой страх и риск. Понятно?

— Но я могу помочь! — запротестовала Эйко.— Могу даже выйти в космос. За тобой наверняка будут следить, а на меня вряд ли кто-то обратит внимание.

«В самом деле? — спросила она себя.— Конечно! Кому какое дело до низенькой, худощавой старой девы, в черных волосах которой серебрятся седые пряди? Как-никак сорок два... Рагарандзи-Го слишком велик, чтобы неотрывно следить за всеми его обитателями. Техники постоянно снуют туда-сюда — проверяют, ремонтируют; грузчики вылетают к кораблям, которые доставляют на Л-5 грузы, но не стыкуются со спутником. Полицейские — кажется, в Северной Америке служба безопасности называется Сепо? — попытаются поначалу уследить за всем сразу, будут выпускать в космос только тех, кто сумеет доходчиво им объяснить, куда и зачем идет. Но тот, от кого не ждут подвоха и кто знает окольные пути, без труда проскользнет мимо часовых. Сложнее будет вернуться, но если заранее продумать...»

— Нет! — воскликнул Тамура.— Я запрещаю! В отличие от меня, ты не давала клятвы, поэтому перед компанией у тебя нет никаких обязанностей — только перед семьей.

Эйко стиснула зубы. Отец никогда не признавался, почему не разрешил ей принести клятву, но она узнала сама. Старший сын Нобору Тамуры принял присягу; руководство компании искренне хотело подыскать Ютаро работу, но все, на что он был способен, как выяснилось, делали роботы. В итоге Ютаро оказался на Земле, существовал на пособие и занимался чем попало — как подозревала Эйко, не брезговал и грязными делишками,— чтобы набрать нужную сумму и попасть в кивиру.

Сам Нобору Тамура не собирался отказываться от клятвы, но не хотел, чтобы кто-либо из детей избрал для себя тот образ жизни, который казался их отцу гибельным, и Эйко, не желая его обижать, согласилась с запретом.

— Между прочим,— Тамура ласково улыбнулся,— я еще не перестал надеяться на то, что ты когда-нибудь подаришь мне внука.

Эйко тоже пока не перестала, однако, судя по результатам последнего биомедицинского обследования, времени оставалось мало.

В дверь позвонили. Соседи? Кто-то из друзей? Эйко встала и подумала, что обрадуется любому гостю, который разрядит напряжение, что возникло между нею и отцом. Тот, похоже, испытывал схожее чувство: он опередил дочь и открыл сам.

В коридоре стояло трое незнакомых мужчин в коричневой форме. В руках станнеры, на рукавах повязки с символом бесконечности. Не спрашивая разрешения, незнакомцы вошли в комнату; последний аккуратно закрыл дверь.

— Добрый вечер, капитан Педраза,— поздоровался по-английски Тамура.— Добрый вечер, джентльмены.— Сердце Эйко бешено заколотилось.— Чем обязан?

— Добрый вечер, сеньор Тамура, добрый вечер, сеньорита.— Капитан отдал честь. Голос вежливый, но в нем звенит металл.— Прошу прощения за столь бесцеремонное вторжение, но мы получили новый приказ. Сэр, по нашим сведениям на вас готовится покушение, поэтому, пока опасность не минует, нам поручено защитить вас и некоторых других колонистов.

— Ну и дела! — пробормотал Тамура.— А если я отклоню ваше любезное предложение?

Эйко предугадала ответ.

— Боюсь, сэр, что нам придется настоять на своем. Вы, очевидно, представляете, к каким последствиям, к каким жертвам среди ни в чем не повинных людей может привести покушение на вашу жизнь. Por favor, возьмите то, что может вам понадобиться, и пойдемте с нами. Мы разместим вас со всеми удобствами, а по видеофону вы сможете общаться с кем угодно.

Двое других офицеров внимательно слушали.

— Понятно,— проговорил Тамура и на мгновение замер в неподвижности, словно статуя. Конец, подумалось Эйко. А ей нельзя обнять его, ни в коем случае нельзя заплакать в присутствии чужаков.— Полагаю, вы еще не ужинали,— прибавил

Педраза.— На новой квартире вас ждет очень вкусный ужин. Por favor, собирайтесь.

Тамура кивнул и направился в соседнюю комнату. Один из офицеров последовал за ним.

— Поверьте, сеньорита,— произнес Педраза, повернувшись к Эйко,— под нашей защитой вашему отцу ничто не угрожает.

— Ну да,— с горечью в голосе отозвалась та.— Заложник лучше, чем мертвец, не так ли?

— Я понимаю ваше состояние,— ответил Педраза.— Ситуация критическая,— прибавил он.— Вот почему мы принимаем все возможные меры предосторожности. Мое начальство потребовало от меня не допустить беспорядков. Согласен, превентивный арест все равно арест. Но мы арестовываем вашего отца ради его же блага. Пожалуйста, поймите — и передайте своим друзьям: если обстоятельства будут складываться неблагоприятным образом, наступит момент, когда мы не сможем ручаться за безопасность лиц, которые находятся под нашим надзором.

— Понимаю,— прошептала Эйко. Значит, отца действительно берут в заложники.

Установилась тишина. Вскоре вернулся Тамура с сумкой в руке.

— Sayonara,— попрощался он с дочерью по-японски, затем перешел на английский, чтобы полицейские не подумали, что они что-то затевают: — Не забудь о моих словах. Не волнуйся, все обойдется.

— Вы расстаетесь не навсегда,— утешил Педраза.— Всего лишь на несколько дней, и, вдобавок, сможете перезваниваться. Я попробую договориться, чтобы вам, сеньорита, разрешили навещать отца.

— Спасибо,— машинально поблагодарила Эйко и тут же рассердилась на себя. Впрочем, подумалось ей вдруг, офицер, вероятно, искренне сочувствует и вообще он достойный человек, который вынужден подчиняться приказам, хотя сам, не исключено, пребывает в той же растерянности, что и она.

Все может быть. К Эйко возвратилась уверенность.

Она поклонилась отцу, тот ответил ей тем же — иного на глазах чужаков они себе позволить не могли — и вышел в коридор.

26

Луна приближалась, постепенно увеличиваясь в размерах, переместилась на обзорном экране вниз, ее бледно-желтый диск как по волшебству преобразился в пустынную местность — горы, моря, кратеры, что отбрасывали длинные тени. Кира отрегулировала резкость изображения и различила на поверхности паутину серебристых нитей: то были монорельсовые дороги. На юге сверкал огнями Тихополис, повсюду виднелись огоньки менее значительных поселений. Заработал двигатель «Мауи»; корабль развернулся и пошел на посадку. Сидя в кресле, Кира разглядывала возникшую на экране Землю. На той царила ночь, в которой тлели искорки мегаполисов, но с востока надвигался новый день, в его сиянии начисто терялись какие-либо признаки того, что на планете существует разумная жизнь.

Двигатель вновь выключился, и в кабине установилась тишина. Сейчас Кира весила от силы десять килограмм, однако в ее движениях обнаружилась вдруг странная неуклюжесть, как будто перемещаться было невыносимо тяжело. «Нет, — мысленно воскликнула девушка, — смерти я не боюсь. Жаль, конечно, расставаться со вселенной, но что поделаешь? Если я чего-то и боюсь, то никак не смерти».

Словно бросая вызов судьбе, она надавила на кнопку, которая открывала наружный люк. Гатри не послал бы ее на Луну, не рассчитывай он на благополучный исход. Люк откинулся. Кира спустилась по трапу и в несколько прыжков преодолела расстояние от корабля до здания космопорта.

В шлюзе-переходнике, у автомата, который фиксировал вновь прибывших и выдавал пропуска в Порт-Бауэн, стояли шестеро мужчин в коричневой форме.

— Во имя Маккамона, — процедила Кира, не слишком, впрочем, удивившись, — что все это значит?

— Думаю, вы догадываетесь, — ответил один из мужчин, широкоплечий здоровяк по фамилии, как следовало из приколотой к кителю карточки, Траск. — Пилот Дэвис, вы арестованы по обвинению в антиобщественной деятельности, шантаже и причастности к заговору террористов. — Чувствовалось, что фраза далась ему с немалым трудом. — Следуйте за нами.

— Вы не можете арестовать меня здесь, в тридцати с лишним земных диаметрах от вашей страны!

— Мы действуем по поручению вашего руководства, которое само попросило направить на Луну подразделение Сепо. Рейли, пойдешь со мной. Остальным обыскать корабль. — Только теперь Кира заметила, что у копов при себе какой-то прибор, должно быть, детектор. Траск вяло махнул рукой. — Не вынуждайте нас прибегать к насилию. — Им явно хотелось поскорее убраться отсюда; похоже, агенты изрядно нервничают, подумалось девушке. Интересно, что ее ожидает? Нет, об этом лучше не думать...

Надо прикинуть. Копы — ребята мускулистые и ловят каждое ее движение, но они земляне, следовательно, в условиях малой гравитации реагировать будут с опозданием. Значит, у нее есть шанс вырваться и убежать. Ее наверняка поведут коридорами, в которых навстречу не попадется никто из «Файербола». Однако если она закричит, кто-нибудь, возможно, услышит. Партнеры компании не допустят самоуправства чужаков... Кира последовала за Траском.

Сразу за шлюзом начинался коридор, в котором обыкновенно бурлила людская толпа. Но теперь он был совершенно пуст, если не считать двоих человек, которые кого-то поджидали. Траск остановился и негромко выругался. Кира поняла, что появление лунян для него — полная неожиданность.

Луняне производили достаточно внушительное впечатление. Лицо одного, обрамленное серебристыми волосами, напоминало белизной и правильностью черт греческую скульптуру, с чем совершенно не вязался мешковатый рабочий комбинезон. Кожа второго отливала янтарем; крючковатый нос, иссиня-черные волосы, большие, раскосые глаза. Его наряд был, что ли, более традиционным: рубашка с широкими рукавами, жилет, короткие брюки, гетры, башмаки с загнутыми мысками,— все темно-зеленого цвета с золотистым отливом. У обоих висели на шее медальоны — черный диск, выложенный по окружности жемчугом, символ затмения.

— Привет,— сказал тот, что в комбинезоне, по-английски, с певучим местным акцентом.— Если не возражаете, мы вас сменим.

— Что вы имеете в виду? — рука Траска легла на кобуру.— И кто вы такие? — Второй полицейский больно стиснул запястье Киры.

— Можете называть меня Арреном, а моего напарника — Изабу,— отозвался лунянин.— Мы служим лорду Риндалиру, который поручил нам доставить к нему эту девушку.

— Еще чего! Мы... Мы находимся на территории «Файербола», нас уполномочили...

— По контракту,— перебил Аррен, жестом принудив Траска к молчанию,— Порт-Бауэн является филиалом компании, но его обитатели подчиняются законам селенархии, то есть, на данный момент, распоряжениям лорда Риндалира.

— У меня приказ,— прорычал Траск, вынимая из кобуры пистолет.— Лучше не вмешивайтесь, ребята.

— Я бы на вашем месте этого не делал,— с улыбкой заметил Изабу.

Оружия у лунян как будто не было, однако Траск все же послушался, убрал руку и сделал товарищу знак оставаться на месте.

— Мы выясним, у кого больше прав,— проговорил он, тяжело дыша.

— Валяйте,— усмехнулась Кира.— Идите в кабинет директора, подключитесь к сети и начинайте расспрашивать всех подряд.

— Разве это в ваших интересах? — осведомился Аррен.

Траск огляделся по сторонам, словно взывая о помощи к стенам коридора. Ему приказали сохранить все в тайне, подумала Кира, и избегать того, что может привлечь внимание. Вдобавок, он наверняка наслушался в детстве земных побасенок о коварстве, жестокости и загадочности лунян.

— Покажите ваши документы! — потребовал он. Девушка не могла не восхититься его самообладанием.

— Посланцам селенарха документы не нужны,— сказал Изабу.

— Мы попусту теряем время.— Аррен притронулся к своему информатору.— Я могу вызвать подмогу. В этом случае вас двоих впоследствии будут судить.

Возможно, он слегка преувеличивал. А может, и нет.

— Надеюсь, корабль, на котором она прилетела, вам не нужен? — голос Траска сорвался на крик.— Виепо, берите ее и убирайтесь!

Аррен поманил Киру, повернулся и направился прочь пружинящей походкой истинного лунянина. О, как они все-таки красивы! Обрадованная девушка, которую сопровождал Изабу, заторопилась вдогонку. Она не утерпела и оглянулась. Траск смотрел ей вслед. На глазах у Киры он развернулся и зашагал к выходу на поле. Верный пес, подумалось ей. Обшарит «Мауи» сверху донизу, хотя, скорее всего, не имеет ни малейшего представления о том, что именно должен отыскать. Подчиненный Траска двигался за ним по пятам.

— Mil gracias, сеньоры,— поблагодарила Кира.— Вы не просто избавили меня от неприятностей, а спасли мне жизнь. Знаете...

— Пожалуйста, ничего нам не рассказывайте,— прервал девушку Изабу.— Наше дело — доставить вас к лорду Ринндалиру.

Радость Киры потускнела. Ей вспомнились слова Гатри: мол, трудно предположить, как поведут себя луняне. Но все равно — она может не бояться авантистов! Может поносить их на каждом

углу и даже призывать к восстанию! Впрочем, если Рианндалиру
так хочется, она будет молчать. Интересно, что скажет селенарх?

— Как угодно,— отозвалась Кира.— А разговаривать-то вам
разрешено?

— Мы побеседуем потом,— пообещал с улыбкой Аррен. Не
разберешь, то ли улыбнулся, то ли состроил гримасу.— Но сначала нам нужно добраться до нашей машины. Пожалуйста, сами по
дороге ни с кем не заговаривайте.

Кира сообразила, что это приказ, облеченный в форму вежли-
вой просьбы. Да, дела-делишки... Виепо, так или иначе, ее спасли,
а поведение лунян наверняка объясняется весьма важными при-
чинами.

— Если меня окликнет кто-то из знакомых, я не смогу не
ответить.

— Правильно,— согласился после недолгого раздумья Изабу.— У вас острый ум, миледи.

Коридор вывел их в зал ожидания. Информационные экраны,
багажные тележки, скамьи, киоски, шум, толчея... Правда, народу
было меньше, чем обычно. Люди, мимо которых проходили луняне и Кира, поворачивались и глядели им вслед.

— Эй, Дэвис! Давно прилетела?

— Buen dia[1], Наварро,— поздоровалась Кира со старой при-
ятельницей.— Извини, я жутко тороплюсь. Как-нибудь столк-
немся...— В следующее мгновение Наварро осталась позади. К
счастью, больше знакомых не попадалось, а то эта короткая
встреча заставила Киру на миг почувствовать холод одиночества.

Фарвег доставил троицу к вокзалу. Аррен снова устремился
вперед.

— Мы что, не станем ждать поезда на Тихополис? — удивилась Кира. Или на Луноград, или на Диану — какая там у селенархов столица? Официально столицы на Луне не было. Селенархи не
поддерживали с Землей дипломатических отношений; те посланцы
Федерации, которые все же прилетали сюда, обычно встречались с
местными правителями в каком-либо из городов, причем вели переговоры только с теми из них, кто до этого снисходил.

— Нет,— ответил Изабу.— Мы поедем на машине.

Возбуждение растопило лед дурных предчувствий. Она всего лишь пару раз бывала на поверхности планеты, во время эк-
скурсий.

---

[1] Buen dia (*исп.*) — доброе утро.

Размерами машина напоминала автобус. Жидкость в промежутке между металлическим корпусом и внешней гиалиновой[1] оболочкой обеспечивала терморегуляцию внутри салона и, вдобавок, меняла, подобно хамелеону, цвет. На крыше располагался антирадиационный щит, который служил одновременно солнечной батареей. Двигатель работал как от последней, так и на горючем. В общем, замечательный образчик современного машиностроения. Пройдя через воздушный шлюз, Кира будто очутилась в другом мире. Роскошный красный с черным ковер походил на шкуру неведомого животного; ворс слегка колыхался, словно в такт дыханию. Стенные панели были инкрустированы затейливыми узорами. Обивка и чехлы мягко светились в полумраке, царившем в углах кабины. Сиденья и стол явно предназначались для людей с длинными ногами. За перегородкой в дальнем конце, должно быть, находились спальные места, уборная и все такое прочее. Перегородку украшала абстрактная картина — нечто наподобие пламени среди клубов дыма или облаков. В кабине витали самые разные запахи — приятные, сладкие, пряные... Звучала негромкая музыка, настолько странная, что создавалось впечатление, будто поют кометы.

Аррен сел на место водителя, переговорил с диспетчером и вывел машину из гаража. Дорога быстро закончилась, и они покатили по лунному грунту. Благодаря амортизаторам неровностей местности практически не замечалось. Из-под колес вырывалась пыль, оседавшая затем позади автомобиля.

— Куда мы едем? — спросила Кира.

— Теперь мы можем сказать,— отозвался Изабу.— В замок Высокий.— Догадавшись, что название ничего девушке не говорит, он прибавил: — Это личное владение лорда Ринндалира в Лунных Кордильерах.

— Что? — воскликнула Кира.— Но ведь до них ужасно далеко!

— Около трех тысяч километров,— подтвердил Изабу.— Не хотите присесть? Может, чего-нибудь выпьете?

— Сколько же мы будем добираться? — пробормотала Кира.

— Около двенадцати часов. Пожалуйста, миледи, потерпите. Все идет как надо.

Ринндалир, подумала Кира, получил шифровку Гатри приблизительно сорок восемь часов назад (минус то время, которое ушло на доставку). Зашифрована из всего текста была одна-единственная

---

[1] «Гиалиновый» означает «стекловидный, зеркальный».

фраза: «Прибываю вне расписания, Бауэн, 22». Что ж, он наверняка обсудил послание с другими селенархами (со сколькими? На публике луняне держались заодно, но все знали, что между собой они отнюдь не ладят). Техники, вероятно, сообщили ему, что ведется радарный поиск. Может статься, у Ринндалира полным-полно агентов, как на Земле, так и здесь, среди служащих «Файербола». Прибытие спецподразделения Сепо, должно быть, кое-что объяснило лорду и заставило о многом задуматься. Наверно, он отправил за Кирой автомобиль потому, что флайер неминуемо вызвал бы подозрения. Но неужели Аррен и Изабу приехали вдвоем? Неужели Ринндалир действовал в одиночку, не заручившись поддержкой других? Если да, он просто спятил! Хотя...

Аррен задал бортовому компьютеру маршрут и подсел к Изабу. Машиной теперь управлял автопилот, который ловко объезжал нагромождения камней и прочие естественные препятствия. Интересно, подумалось Кире, каким образом он находит дорогу — по сигналам со спутника? Или в него заложена карта с программой ориентировки? Возможно, и то и другое. Кстати, а насколько «умны» наиболее современные из здешних роботов? Вероятно, поумнее, чем на Земле. Ведь когда колонистов отбирают не только по физическим, но и по умственным данным, и снабжают их соответствующей техникой, в ближайшем будущем следует ждать скачка в развитии науки, пускай даже само общество останется немногочисленным и проникнутым клановым духом.

Девушка опустилась на сиденье. Аррен пересел так, чтобы оказаться с нею лицом к лицу. Держался он подчеркнуто прямо, однако его поза почему-то не казалась напряженной. Изабу бесшумно удалился за перегородку.

— Если хотите, можете представиться,— сказал Аррен.

— Кира Дэвис, космический пилот, партнер «Файербола»! Я...

— Достаточно,— перебил он не то чтобы грубо, но решительно.— Остальное расскажете лорду Ринндалиру.

— Неужели вы безоговорочно ему подчиняетесь? — пробормотала Кира, пристально поглядев на Аррена.— Я-то думала, луняне не терпят принуждения.

— В какой-то мере вы правы.— В голосе Аррена не было и намека на раздражение.— Каждый из нас,— философски прибавил он,— разительно отличается от других, а потому предпочитает во всем сохранять независимость. Однако мы не можем допустить анархизма. Вы — космический пилот, следовательно, вам известно, как часто жизнь в космосе зависит от дисциплины, от своевременной профилактики систем жизнеобеспечения, от единодушия в минуту опасности.

— Разумеется! Тем не менее... В «Файерболе» каждый занимается своей работой.— Кира сделала паузу, собираясь с мыслями, что были внове для нее самой. Неужели бегство из Северной Америки настолько изменило ее мировоззрение? — Можно сказать, слегка, правда, преувеличив, что мы сами создаем себе карьеру — меняем работу или окружение, в любое время можем выбрать более интересное занятие, если, конечно, захотим. Однако мы редко работаем в одиночку. Вообще сотрудничество между людьми, как мне кажется,— в природе вещей. Космические пилоты вроде меня составляют исключение. Однако на Луне, помнится, все иначе. По-моему, ваш идеал — действовать и добиваться всего на свете самостоятельно.

Отсюда и Декларация независимости, принятая полвека назад. Объяснять отделение Луны тем, что ее обитатели не выдержали налогового бремени, значит упрощать события. Здесь возникла и развивается особая культура — цивилизация, стремительное развитие которой обеспечивается не только иными, чем на Земле, физическими условиями, но и иными генами, причем последние давно стали неприемлемыми для организмов землян.

— То, о чем вы говорите, способствует творчеству и мелкому предпринимательству,— отозвался Аррен,— а для более значительных вещей требуется организация. Кроме того, такие понятия, как личная безопасность, справедливость, согласие и права общины, важны для всех без исключения. Да, вполне возможно, что разные культуры достигают всего этого различными способами, равно как и то, что жизненные ценности существуют, лишь пока в них верят. Средний землянин доверяет своему правительству, едва ли не забывая о Всемирной Федерации, которая держится на заднем плане. Вы храните верность «Файерболу», а я — лорду Рииндалиру. Если с ним что-нибудь случится, я выберу себе другого селенарха.

Неожиданно Кира расхохоталась. Аррен недоуменно посмотрел на девушку.

— Простите,— выдавила она.— Мне только что пришло в голову, что со стороны наш разговор наверняка кажется более чем странным.

Едва избежав ареста, сидя в автомобиле, что катит по поверхности Луны, она не нашла ничего лучше, чем ввязаться в дискуссию с социологическим уклоном! Да, социология для нее — не пустой звук, она прочла множество книг, отчетов и комментариев, однако... Может, Аррен, который, похоже, прекрасно разбирается в подобных вещах, исподволь заставил ее взглянуть на мир по-новому? Так или иначе, Кира поразилась собственному поведению.

— Я понимаю,— заметил с улыбкой Аррен,— вам хочется многое узнать. Спрашивайте, пилот Дэвис. Мы с Изабу постараемся ответить на все вопросы — естественно, в разумных пределах.

— В шлюзе вы вели себя весьма решительно,— проговорила девушка.— И впрямь надеялись на подкрепление или блефовали?

— Второе.— Откровенность Аррена повергла Киру в изумление.— При всем желании у меня не было возможности собрать людей.

«Интересно, почему? — подумала девушка.— Потому, что подобного рода действия насторожили бы остальных селенархов?»

— Лорд Ринндалир счел, что угрозы окажется вполне достаточно. Правда, на всякий случай он распорядился устроить засаду у монорельса.

«Чтобы потешить уязвленное самолюбие или чтобы на деле помочь Энсону Гатри? Кто его разберет, главное — что все получилось».

— Виепо,— сказала Кира, решив вызнать все, что только можно,— раз вы не хотите знать, что привело меня на Луну, так тому и быть. Однако вам, несомненно, известно о стычке между «Файерболом» и Северо-Американским Союзом. Может, расскажете, что именно?

Аррен охотно согласился. Порой он отвлекался от темы, но Кира всякий раз возвращала его обратно. В свою очередь, лунянин поинтересовался мнением девушки — причем уточнил, что не желает знать подробностей, которые имеют отношение к ее миссии. Кира выяснила, что он вполне представляет себе ситуацию, презирает авантистов и — как, по словам Аррена, большинство лунян — не очень-то верит заявлениям насчет террористов-хаотиков, но делать какие-либо выводы отказывается, поскольку не располагает достаточными сведениями. Разумеется, подумалось Кире, Земля далеко, чего дергаться? Да, в конфликт вовлечен «Файербол», от которого Луна зависит сильнее Земли; однако здесь вновь обнаруживается та самая пропасть между культурами, бездна, что разделяет души. Аррен ведь сказал, что, прежде всего, предан своему сеньору, а уж затем, возможно, собственному роду-племени.

Изабу принес кофе, бренди и пирожные, у которых оказался непривычный, горьковатый привкус. Какое-то время спустя он приготовил ужин: жареная рыба, овощи и фрукты, хлеб, кисловато-сладкое вино. Кира с наслаждением съела все, что ей предложили. Кушанья девушке были незнакомы, несмотря на то, что она несколько раз бывала в лунных ресторанах. Интересно, а как кормят за столом у селенарха?

Машина выехала на дорогу; скорость сразу увеличилась. Впрочем, дорога — громко сказано: все тот же реголит[1], только ровнее, чем местность вокруг. Хотя здесь — днем ослепительно сверкает солнце, ночью невыносимо холодно, на поверхности лежит тысячелетний слой пыли — иной, наверно, и не требуется. Время от времени автомобиль то нырял в ущелье между скалами, то пересекал по мосту трещину или жерло кратера. Мимо проносились пепельно-серые равнины, выщербленные утесы, редкие мачты ретрансляторов; иногда в глаза бросались развалины древних сооружений. В конце концов Кира начала дремать. Изабу отвел девушку в ванную с душем; рядом, за ширмой, располагалась кабинка с койкой. Кира мгновенно заснула и проснулась от громкой музыки, которая сразу стала тише.

— Подъезжаем, миледи,— сообщил Изабу из-за ширмы.

Кира торопливо оделась, умылась и присоединилась к мужчинам. Она не находила себе места от возбуждения, что, впрочем, было вполне объяснимо: до сих пор селенархи не допускали в свои дворцы никого из чужаков. А если и пускали, то хранили все в тайне, давая журналистам-землянам повод лишний раз поупражняться в остроумии.

Дворец, что возвышался впереди, больше напоминал крепость. Стены как будто вырастали из скалы, на которой стояли, крыши зданий смахивали на горные склоны, а башни — на пики. На западной стороне на фоне почти черного неба сверкали в лучах закатного солнца окна и купола. За их блеском было не различить звезд. На востоке виднелся полумесяц Земли, чье сияние ложилось на вершины окрестных гор.

Внутри салона раздался предупредительный сигнал. Словно, подумалось девушке, со стен затрубили в трубы, а над воротами вот-вот взовьются штандарты... Но на Луне ветра нет, если не считать солнечного. Аррен произнес несколько слов в микрофон, получил разрешение и направил машину к отверстию, что вдруг возникло в стене. Кира заметила, что изнутри отверстие отделано каким-то сплавом, а сама стена выстроена из местного камня. Ей вспомнились рассказы о роботах, что работают в лунных шахтах.

Машина миновала воздушный шлюз, скатилась по пандусу и въехала в гараж. Каменные колонны, сводчатый потолок... Кира

---

[1] Реголит — поверхностный грунт Луны.

понимала, что сравнивать нелепо, но просто не могла не уподобить то, что ее окружало, Шартрскому собору и вавилонскому храму Дагона[1]. Автомобиль остановился. Выбравшись наружу, Кира уловила чудесный аромат, будто поблизости цвели розы, и это было диковиннее всего.

Появился прислужник, одетый подобно Изабу. Очевидно, такой наряд считался обязательным для слуг и помощников, и меняли его, лишь когда предстояла какая-нибудь тяжелая работа. Никаких знаков принадлежности к дому селенарха на одежде не было, да и зачем? Все и без того наверняка знали, кто кому служит.

Аррен предложил Кире руку. Девушка вспомнила, что здесь так принято, и накрыла его ладонь своей, тем самым — естественно, с подачи Аррена — подчеркивая, что она выше лунянина по положению. Бок о бок они поднялись по винтовой лестнице и свернули в коридор, за прозрачными стенами которого помещались гидропонные теплицы: в них росли яркие цветы со странной формы лепестками.

Коридор вывел в просторное помещение. Судя по всему, мебель подбиралась с таким расчетом, чтобы комната напоминала садовую беседку. Впечатление усиливалось благодаря мозаике, которая была повсюду — на полу, на стенах, на потолке. Постоянно повторявшийся узор буквально зачаровал Киру. Изображение на обзорном экране представляло собой вид на ущелье перед замком и на залитый звездным светом горный кряж. Этот вид являлся как бы кульминацией.

Вновь прибывших ожидали двое людей — высоких, стройных, облаченных в плащи из тончайшего, искрящегося на свету шелка. Кира узнала Рынндалира, которого когда-то видела по мультивизору... Лет сто назад? На селенархе была черная, расшитая серебром блуза, и такие же брюки, волосы перехватывала столь памятная девушке золотистая лента. Рядом с Рынндалиром стояла — луняне вообще предпочитали стоять, а не сидеть — женщина в длинном, до пят, платье цвета морской волны, отделанном светодиодами, которые непрерывно мигали. Она была удивительно похожа на селенарха, если не считать зеленых глаз и роскошных, ниспадавших до талии иссиня-черных волос.

Аррен и Изабу преклонили колена. Кира нерешительно приветствовала хозяев файерболским салютом. Рынндалир улыбнул-

[1] Дагон — западносемитское божество, у филистимлян — бог войны, в аккадской мифологии — покровитель населения долины Евфрата.

ся, и его лицо на мгновение озарилось совершенно неземной красотой.

— Значит, вот вы какая, пилот Дэвис,— проговорил селенарх. Должно быть, подумала девушка, пока она спала, кто-то из ее спутников связался с замком...— Добро пожаловать, миледи. Есть ли у вас какие-то желания, которые мы могли бы выполнить немедленно?

— Gracias, наверно, нет,— пробормотала Кира, внезапно смутившись.

— Тогда познакомьтесь.— Ринндалир изящным жестом указал на стоявшую рядом с ним женщину. Та кивнула — вежливо, снисходительно? — Миледи Ниолента.

— Очень рада,— выдавила Кира и мысленно прикрикнула на себя: «Что за ерунда! Не забывай, ты — партнер «Файербола». Если дело дойдет до драки, компания в два счета покончит с лунянами. Сейчас «Файерболу» нужна помощь, но оказать ее — в интересах самих же лунян, так что нечего перед ними пресмыкаться».— У меня важные новости.

— Мы догадываемся,— отозвалась Ниолента приятным меццо-сопрано, посмотрела на Аррена с Изабу и прибавила: — Когда понадобитесь, вас позовут.— Она говорила по-английски — видимо, из вежливости. Спутники Киры поклонились и ушли.

— Чувствуйте себя как дома, пилот Дэвис,— сказал Ринндалир.— Вы уверены, что не хотите перед разговором перекусить или чего-нибудь выпить?

— Нет! — не в силах больше сдерживаться, Кира принялась рассказывать. Луняне иногда прерывали ее вопросами, от ответа на которые, несмотря на то, что задавали их вроде бы походя, уклониться было невозможно.

Ринндалир приблизился к экрану, несколько секунд изучал пейзаж, а затем спросил:

— Чего же вы хотите от нас, пилот Дэвис?

— Сообщите обо всем Солнечной системе! — воскликнула Кира, которой почему-то вдруг стало неприятно поведение лунян, особенно Ниоленты.— Спасите Гатри! Помогите нам справиться с авантистами!

— Это непросто,— заметила Ниолента.— Мы живем в хаосе, и последствия тех или иных поступков зачастую непредсказуемы.

— Вот именно,— подытожил Ринндалир, поворачиваясь к Кире.— Лучше подождать, посмотреть, как будут развиваться события.

Меня отсюда не выпустят, поняла девушка.

27

Ван Зу был предан «Файерболу» всей душой. В качестве диспетчера он имел доступ к компьютеру космической службы Л-5, а дежурил обычно в одиночестве. Будучи близким другом Эйко, он согласился выполнить ее просьбу и не стал настаивать, чтобы ему объяснили все от и до, а если у него и возникли какие-то подозрения, он оставил их при себе.

— Я потолкую с Лючией Висконти. Ты, наверно, с ней знакома. Ей можно доверять. Тем не менее, на всякий случай, я просто скажу, чтобы она завтра оставалась дома в течение, по меньшей мере, десяти часов и на работу не ходила. Чего не знаешь, того не выдашь, верно?

Верно, мысленно согласилась Эйко. Даже если тебя арестуют и промоют мозги... Она невольно вздрогнула. Такие эксперименты для людей вроде Киры Дэвис, а никак не для нее. Но Кира улетела на Землю — и словно сгинула. Тем временем компания стала сотрудничать со своими злейшими врагами, допустила на спутник тайную полицию, которая арестовала — кажется, чуть ли не по указанию Энсона Гатри — Нобору Тамура и всех тех, кто был близок к владельцу «Файербола». Бессмыслица какая-то! Нет, с этим пора кончать!

Готовясь осуществить задуманное, Эйко почти не испытывала страха. Ей было просто некогда. А потом пришло время действовать.

Связавшись со службой контроля, она назвалась Лючией Висконти и заявила, что отправляется устранить неисправность, мешавшую разгрузке «Паллады». Никто не видел, как Эйко вошла в шлюз. У полицейских не хватало людей, чтобы сторожить все входы и выходы. Кроме того, охранники, которые путались бы под ногами, могли стать причиной каких-нибудь неприятностей. Поэтому полиция ограничилась тем, что ввела в главный компьютер станции программу, которая отслеживала все необычное. Вану не составило труда слегка изменить расписание работ, тем более, что уличить его во лжи было некому.

Эйко принялась надевать скафандр и проверять, как работают его системы. Все колонисты имели представление о том, как обращаться со скафандром; большинство из них хотя бы однажды выходило в открытый космос. Впрочем, то были всего-навсего короткие прогулки: висишь себе на страховочном тросе и знаешь, что ничего с тобой не случится. У тех же, кто выходит в космос не гулять, а работать, скафандры особенные. Такой скафандр следовало, во-первых, отрегулировать по высоте, чтобы в нем было удобно, во-вторых — проверить манипуляторы и показания на панели управления, что помещалась на передней стенке: ее было прекрасно видно сквозь щиток шлема. Помимо световой индикации, скафандр подавал звуковые сигналы, а перемещался либо на ионном, либо на реактивном двигателе. Запаса воздуха хватало на несколько дней, вообще система жизнеобеспечения была продумана досконально. Во множестве карманов и отделений находились инструменты, многих из которых Эйко никогда не держала в руках, а некоторые не могла даже назвать.

Размышляя над тем, как ей лучше поступить, она поначалу пребывала в полной растерянности и собиралась обратиться за помощью к кому-нибудь, кто имеет необходимый опыт. Однако потом передумала, решив, что конспиратор из нее никудышный, учиться некогда, следовательно, надо либо действовать самой, либо отказываться от своего намерения, поскольку иначе обо всем может узнать полиция. Кое-что Эйко все же усвоила, затребовав из базы данных инструкции по обращению с рабочими скафандрами. В частности, она выяснила, что эти скафандры почти полностью автоматизированы, обладают широким диапазоном программ и прощают невольные ошибки.

...Во рту пересохло, язык словно приклеился к нёбу. Эйко прильнула губами к сосуду с водой, сделала глоток, прополоскала рот и выдавила:

— Готова!

«Начинаю отсчет»,— раздался в наушниках механический голос.

За спиной Эйко закрылся люк, подвижная платформа доставила ее на стартовую площадку, прямо перед ней появилась щель, сквозь которую сверкнули звезды; постепенно щель расширялась, а робот между тем размеренно произносил: «Десять. Девять. Восемь...» И наконец: «Ноль».

Катапульта придала Эйко большее, чем она предполагала, ускорение. Женщину поглотила вечная ночь. На мгновение включились боковые дюзы скафандра, и Эйко тут же перестала вращаться. Заработал двигатель, увеличивая начальную скорость. Какое-то время спустя он выключился, и Эйко, двигаясь по заранее рассчитанной орбите, очутилась в невесомости.

Внутри скафандра потеря веса практически не ощущалась. Впрочем, к невесомости Эйко относилась совершенно спокойно, ее никогда не тошнило. Она огляделась. Впереди раскинулся Млечный Путь, чуть в стороне от него виднелась крохотная Луна, этакая космическая сирота. Солнце находилось у женщины за спиной, поэтому Землю, которая была там же, рассмотреть не представлялось возможности. Ну и ладно, все равно сейчас она в лучшем случае увидит разве что тоненький серпик...

Отставая от Луны на шестьдесят градусов, Рагарандзи-Го, или Л-5, производил на ее фоне куда более внушительное впечатление: исполинских размеров цилиндр, конусообразные торцевые секции которого постоянно вращаются; на шлюзы, мачты, купола, башни, антенны и прочие сооружения и устройства то ложатся тени, то вновь падает свет; вокруг вьются светлячками ремонтные боты, флайеры-автоматы, катера... Чем не доказательство превосходства человека над природой? Вдалеке поблескивал крошечный, но растущий на глазах диск — солнечный парус «Паллады», из трюмов которой роботы извлекали газы, минералы и прочие сокровища, доставленные кораблем из царства Юпитера.

Согласно введенному в компьютер маршруту, путь Эйко лежал именно на «Палладу». Но теперь она на свободе; самое время поменять направление полета, и чем быстрее, тем лучше.

Эйко не рискнула взять с собой какие-либо записи из опасения, что ее могут остановить и обыскать, поэтому постаралась крепко-накрепко запомнить необходимые цифры. С памятью у нее все было в порядке — она запоминала (а потом заучивала) слова иностранных языков, исторические факты, стихотворения и так далее, вплоть до того, что желательнее всего купить в подарок родственникам или их детям. Запомнить параметры орбиты, по которой двигался предмет поисков, не составило труда. А вот чтобы добыть эти параметры, пришлось изрядно потрудиться. Был бы рядом отец, он бы наверняка подсказал, как и что. А так Эйко была вынуждена разбираться самостоятельно. Из текста сообщения следовало, что двадцать третьего мимо станции, на удалении свыше тысячи километров, пролетит бот. Отец сказал, что его, вероятно, запустили три дня тому назад поблизости от Земли, с корабля, который направлялся к Луне. Естественно, вероятно — еще не точно, но люди, когда их прижимает, обычно выбирают наиболее, как им кажется, реальную возможность.

Пограничные условия допускали массу вариантов. В конце концов Эйко решила, что те, кто запустил бот, просто-напросто не могли знать, перехватят ли его с первой попытки. Между тем груз, должно быть, весьма ценный, а потому бот, очевидно, движется вокруг Земли по эксцентрической орбите и в какой-то момент окажется сравнительно близко от Л-5. Любая другая орбита — прямая дорога в глубины космоса, откуда бот вряд ли можно будет вызволить. Значит, траектория должна быть достаточно стабильной и оставаться такой, по крайней мере, несколько оборотов; вдобавок, она, скорее всего, совпадает с орбитой Л-5, вследствие чего бот будет неуклонно приближаться к спутнику. В результате всех этих размышлений число вариантов значительно сократилось, а затем Эйко сумела рассчитать, когда и откуда именно стартовал корабль-матка.

Она подошла со своими расчетами к Вану, а тот проверил собранные автоматами данные о метеоритах. Выяснилось, что радары станции засекли с полдюжины объектов, параметры которых удовлетворяли расчетам. Эйко забрала все данные, вернулась к себе и снова взялась за работу, прикидывая так и этак. Компьютер проверял условие за условием и выдавал предполагаемый тип объекта и координаты. Обломок скалы... Мусор... Спасательный бот в свободном полете. Последние цифры Эйко зазубрила наизусть.

Интересно, догадался ли Ван, что у нее на уме? Она не спрашивала, а он промолчал.

Медленно, неуклюже Эйко задала через клавиатуру на панели управления скафандра новую программу. *«Изменить маршрут. Новые данные»*. Конечно, можно было бы дать команду голосом, однако компьютер скафандра поддерживал радиосвязь со службой контроля, а Эйко вовсе не хотелось, чтобы какой-нибудь автомат записал ее слова и передал диспетчеру. Дежурил бы Ван — другое дело. Так что нужно вести себя осторожно. Хорошо хоть, за ней не следят (проследить за каждым, кто выходил наружу, не представлялось возможности), и если она не наделает глупостей, никто ничего не заметит.

Вводя по памяти цифры, Эйко несколько раз ошибалась, вздыхала и начинала все сначала. Ей вдруг подумалось, что Кира вместо вздохов облегчила бы душу сочными ругательствами. Впрочем, Кира ни разу бы не ошиблась... Эйко попыталась убедить себя в том, в любом мгновенье, как бы тяжело тебе ни приходилось, нужно различать вечность.

Наконец-то! Эйко запустила программу. Скафандр развернулся, заработал двигатель, ускорение прижало женщину к задней стенке. Однако вскоре возвратилась невесомость — она вышла на орбиту, которая должна была привести ее к месту встречи с ботом. В наступившей тишине собственное дыхание и стук крови в висках показались Эйко неестественно громкими, но она быстро успокоилась и забыла обо всем, наслаждаясь великолепием космической ночи.

Внезапно раздался звуковой сигнал. Эйко изумилась, осознав, сколько прошло времени. Впереди сверкнула искорка. Бот! Он постепенно увеличивался в размерах. Эйко дала компьютеру команду лечь на тот же курс. Смена направления произошла почти незаметно. Женщина разглядывала корпус бота — гладкий, если не считать заклепок и сварочных швов, безжалостно палимый солнцем. Скафандр вздрогнул. Все, стыковка состоялась.

Звезды избавили Эйко от беспокойства, поэтому она без малейшей опаски взялась за манипуляторы. По правде говоря, в обращении с ними не было ничего сложного. Открыть и откинуть люк, протиснуться внутрь, дотянуться до грузового отсека... Как тут темно! Она включила прожектор.

Свет отразился от линз, которые появились вдруг из металлического ящика.

Эйко едва не воскликнула: «Гатри-сан!», но вовремя сдержалась. Хотя — на таком расстоянии радиосвязь вроде бы не действует. Ведь Рагарандзи-Го уже почти слился с Млечным Путем, а чтобы рассмотреть Луну, требовалось напрячь зрение.

Интересно, услышит ли он, если позвать его по радио? Эйко поздоровалась с Гатри. Ей ответила тишина. Может быть, она настроилась не ту волну. Ну да ладно, время уходит, а ведь на станцию придется возвращаться окольным путем, чтобы убедить всех, что она побывала на «Палладе», так что за дело. Действуя нижней парой манипуляторов, Эйко освободила модуль от крепежа, вынула из отсека и положила в специальное отделение — «сундук» — скафандра.

Неожиданно для себя самой она хихикнула. Нечего сказать, хорошенькое местечко для Энсона Гатри, хозяина «Файербола». Ни дать ни взять, осколок скалы... А можно и сказать, что она им беременна... Эйко собралась с мыслями, задала компьютеру программу возвращения. Вскоре бот затерялся среди звезд.

Времени, чтобы поразмыслить, было предостаточно, однако выяснилось, что размышлять, собственно, не о чем. Она заранее приготовила дома укрытие — на случай, если понадобится что-либо спрятать. И случай не замедлил представиться. Агенты Сепо вряд ли ожидают чего-то подобного, хотя они постоянно настороже. Если начнутся «беспорядки», полицейские, скорее всего, не задумаются применить оружие, одновременно обратятся за помощью и, возможно, оставят станцию без связи. Что за этим последует, нетрудно предугадать.

Весь вопрос в том, кого она извлекла из бота, Гатри или не Гатри? Он ведь выступил с заявлением из Кито, причем тогда, когда бот уже находился в космосе. В общем, ради отца, ради всех колонистов она должна спрятать модуль и постараться узнать, что происходит. Может быть, это наихудший из возможных вариантов, но сейчас он представляется наилучшим. Так или иначе, шаг сделан, камень брошен в пруд, и по воде побежали круги...

Эйко снова окунулась в окружавшую ее ночь, однако на сей раз ей не удалось достичь умиротворения. В конце концов она заставила себя сочинить стихотворение, рассчитывая заодно избавиться от страха, сомнений и тревог. Разумеется, ни о каком вдохновении не было и речи; тем не менее, женщина настолько увлеклась механической работой, что очнулась, лишь увидев перед собой махину Рагарандзи-Го.

В снегопаде звезд
Сверкают красные искры —
Близится старость.

Без малейшего сожаления Эйко выкинула стихотворение из головы.

— Висконти возвращается,— сообщила она службе контроля.— Прошу разрешения на вход.— Автомат ответил, что сообщение принято и что он берет управление на себя. По идее, Эйко должна была бы обрадоваться, что наконец-то все кончилось, но она внезапно почувствовала себя совершенно беспомощной, и ей стало невыразимо грустно.

Очутившись в шлюзе, она выбралась из скафандра, открыла «сундук», прошептала: «Ни слова, пока я не скажу, что мы в безопасности»,— стиснула зубы и достала модуль. Интересно, следит ли за ней кто-нибудь в диспетчерской? Роботов-то можно не опасаться. Стараясь двигаться непринужденно, Эйко прошла в раздевалку, положила модуль в баул, который специально захватила из дома, а затем сменила комбинезон на привычное кимоно.

Ей повезло — ксридор был пуст. Эйко свернула на первом же углу, поднялась на несколько уровней и вскоре смешалась с толпой, бурлившей на Онизука-Пасседж.

Поскольку квартал был скорее коммерческим, чем жилым, жизнь в нем, в отличие от других, не замерла, хотя народу все же поубавилось. Л-5 представлял собой нечто большее, чем город, перевалочный пункт, склад, промышленный и торговый центр. Десять миллионов колонистов образовывали единое общество, многонациональное, однако единое, со своими собственными законами, обычаями, искусствами, модами, традициями и склонностями; космополитическое, но устремленное одновременно к звездам и к Земле, прагматичное, но ценящее культурные достижения; помешанное на свободе — и соблюдающее, ради выживания, суровые законы, вольное — и согласное подчиняться директорату, который назначался «Файерболом». Люди спешили по своим делам, что-то обсуждали на ходу, голоса и шаги воспринимались как фон, от которого никуда не деться. В одежде преобладали яркие тона; кое-кто, подобно Эйко, предпочитал национальные костюмы: женщине встретились сикх в тюрбане, малаец в саронге, киргизка в расшитой кофте и многие другие. Попадались и гости с Земли, которых ни с кем было не спутать. Как обычно, они затравленно поглядывали по сторонам, хотя как раз им, подумала Эйко, бояться совершенно нечего.

Витрины магазинов сверкали разноцветными огнями. На вывесках театров, ресторанов и прочих увеселительных заведений сменяли друг друга мультипликационные изображения. Слышалась музыка. На ум почему-то пришло сравнение с Тихополисом. Тому было далеко до здешней экзотики. Естественно, ведь тут — процветающее, современное общество, организованное по земному образцу и разукрашенное всякими безделушками вроде многочисленных аркад, золоченых драконов и знамен с каллиграфическими надписями. Колонисты — самые обычные люди, днем у них над головами голубое небо с редкими облаками, ночью — звезды, а по праздникам — фейерверк, и никому нет дела до того, что небо — не настоящее, всего лишь голограмма.

Очередной коридор привел Эйко на площадь Юкава. Тридцатиметровой высоты стены окружали разбитый на площади парк. Березы шелестели листвой на ветру, который создавали укрытые в стенах вентиляторы; вдоль посыпанных гравием дорожек выстроились кусты можжевельника, за которыми виднелся каменный сад. Посреди площади возвышалась статуя Будды, вокруг которой росли цветы. Поблизости играли дети, чей звонкий смех разносился среди деревьев. За парком мигала вывеска китайского оперного театра.

Неужели, подумалось Эйко, каких-нибудь полчаса назад она рисковала жизнью? Просто не верится. Женщина прибавила шаг. Нужно поскорее добраться до фарвега на улице Морено.

— Тамура! — воскликнул кто-то, когда она приблизилась к заветной двери. — Где ты пропадала? Я обзвонился...

Эйко узнала Кхатикхая Суванпразита и на мгновение испугалась, но тут же совладала с собой — ведь рано или поздно она должна была встретить кого-нибудь из знакомых.

— Я была занята,— пробормотала она.

Дверь открылась, пассажиры вышли, а те, кто ждал снаружи, заняли их места, и бегущая дорожка вновь пришла в движение.

— С твоим отцом обошлись просто по-свински! — продолжал Суванпразит.— Я могу чем-нибудь помочь?

— Спасибо за предложение, но, мне кажется, лучше подождать,— отозвалась Эйко.— Полиция обещала... не причинить ему вреда.

— И это на нашей территории!.. На территории компании!..— лицо индуса исказилось от ярости.

— Надо подождать.

— А ты, собственно, куда? Если ищешь, с кем поговорить, мы с женой...

— Спасибо,— поблагодарила Эйко,— не сейчас. Я хочу побыть одна. Понимаешь?

Индус кивнул, пожал ей руку и спрыгнул с дорожки, когда та на миг остановилась. Так, значит, это — уровень, на котором он работает, следовательно, жилые кварталы остались позади. Скорость движения уменьшилась, поскольку начались уровни с пониженной гравитацией. Давление изменилось не слишком сильно, однако у Эйко зазвенело в ушах. В своем теперешнем состоянии она воспринимала все гораздо отчетливее. На следующих остановках, когда открывались двери, взгляду открывались огромные пещеры с машинами и нанорезервуарами, затем — поля и сады. Л-5 экспортировал множество товаров, особенно таких, для изготовления которых требовалась малая сила тяжести; кроме того, спутник сам себя кормил и одевал. Если торговля с Землей вдруг прекратится, колония отнюдь не пропадет и очень скоро станет обеспечивать население всем необходимым, получая энергию от солнечных мегабатарей, а сырье добывая из космоса.

Эта мысль, хотя она и не имела отношения к ее личным проблемам, придала Эйко мужества. Нельзя распускать нюни, нельзя даже думать о том, что вооруженному нападению колонистам нечего противопоставить.

Эйко сошла с фарвега последней, на рекреационном уровне, который с момента прибытия полицейских практически пустовал. Люди старались держаться поближе к своим домам — на случай, если начнутся беспорядки. Именно поэтому Эйко и решила спрятать Гатри здесь, в парке.

Она ступила на тропинку. При силе тяжести в половину земной она словно парила над землей. Несмотря на разреженный воздух, дышалось легко; пахло сырой землей, благоухали цветущие растения — бугенвиллии, цезальпинии... Шумел на искусственном ветру бамбук, пели в сливовой роще птицы. Эйко пересекла по арочному мосту сбегавший с холма говорливый поток (вода, разумеется, подавалась по трубам от насосов). Трава, дикие цветы... Вдалеке виднелась гряда холмов, что упирались вершинами в искусственный же небосвод.

Впереди возникла стена с огромной, на всю поверхность, картиной, изображавшей классический пейзаж — зубчатые пики, река и деревушка на берегу. В стене виднелась арка с воротами. Миновав последние, Эйко очутилась у Дерева.

Именно так, с большой буквы. Здесь ветра не было. Свет образовывал нечто вроде туманной дымки, ложился на палую листву, на папоротник и ветки, на поросшие мхом и древесными грибами сучья. Небо куда-то исчезло. Дерево росло в колодце в полкилометра шириной и приблизительно такой же глубины; он пронизывал все уровни чуть ли не до оси вращения станции.

Дерево представляло собой гигантскую секвойю. результат биологического эксперимента — удобрения, вкупе с пониженной гравитацией, существенно ускорили процесс роста... Слова, слова. Все равно, что назвать Баховы «Страсти по Иоанну» музыкальным произведением на тему мифологического сюжета. Эйко осторожно приблизилась к святыне.

Она частенько наведывалась сюда, забиралась на Дерево, порой — достаточно высоко, медитировала, грезила или просто сидела и отдыхала. Иногда Эйко сталкивалась с другими посетителями парка, но те, как правило, не рисковали забираться высоко, а если и отваживались, то им обычно хватало одного раза. В конце концов, зачем куда-то лезть, когда развлечений на станции полным-полно — бассейн на оси вращения, спортивные залы, дискотеки и дансинг-холлы, экскурсии с выходом в космос. Кому что; Эйко, к примеру, не уставала изучать загадочные узоры коры и переплетающихся ветвей, вглядывалась в облака, слушала ветер, следила за птицами и белками.

Женщина подошла вплотную. Ствол Дерева — коричневый с красноватым отливом, с теплой и мягкой на ощупь корой — напоминал башню какой-нибудь древней крепости. Обойдя его, Эйко нашла лестницу. Те, кто устанавливал ее, постарались не нарушить очарования местности: лестница была выкрашена под цвет коры, поручни, перекладины и площадки казались диковинными наростами на стволе, причудами всемогущей природы.

Эйко взялась за поручень и немного помедлила. Интересно, каково сейчас разуму, заключенному в металлический ящик? Может, подбодрить его, спросить, как дела?

Нет. Еще рано. Она поставила ногу на перекладину.

28

Гатри возник на экране в новом обличье. По крайней мере, не в том, в каком Сайре видел его в последний раз. Слабое подобие человеческого тела, вдобавок — наверняка с ограниченными возможностями. Больше всего он смахивал на средневекового рыцаря, не хватало только плюмажа и отороченного львиным мехом плаща. Любопытно, подумалось Сайре, что им двигало — возможно, стремление сделаться ближе и понятнее для партнеров и служащих «Файербола», чтобы те наконец успокоились и обрели хоть какую-то уверенность? Может быть, это и сработает — через бессознательное, на уровне эмоций, архетипов, инфантильных фантазий и животных инстинктов.

— Пока никаких новостей,— произнес Гатри. Что ж, тон зато прежний — ледяной.— Посланцы Рынндалира сгинули вместе с Дэвис, больше мы ничего не знаем.

— Как по-вашему, куда они могли деться? — спросил Сайре, постаравшись, чтобы в его голосе тоже не прозвучало и намека на любезность.

— Трудно сказать. В отличие от моего двойника, мне не довелось лично общаться с Рынндалиром, однако, судя по той информации, которая поступает с Луны, это отъявленный мерзавец. Мало выяснить, где он прячет Дэвис и скрывается сам, нужно установить, что он намерен делать.

— Прошло уже два дня... Она наверняка обо всем ему рассказала. Почему же он молчит?

— Очевидно, хочет удостовериться, что его не обманывают, а попутно собирает дополнительные сведения, следит за событиями и прикидывает, как бы извлечь из происходящего пользу. Послушайте, я отправил ему шифровку с предложением о встрече и сильно удивлюсь, если он откажется от переговоров. Но не могу сказать, когда он согласится и что ответит — возможно, просто посмеется над нами.

— А что мы можем предложить ему? — справился Сайре, побарабанив пальцами по столу.

— Играть приходится с тем, что у тебя на руках,— отозвался Гатри, пожав плечами.— Естественно, я хочу его подкупить. Quid pro quo[1].

— А как насчет угроз? Я имею в виду, завуалированных? В конце концов, устроить несчастный случай совсем не сложно...

— Скажем, уронить на голову Ринндалиру беспилотный звездолет? Не пойдет. Что касается экономических рычагов давления, они тоже не годятся. Да, Луна зависит от «Файербола», но и мы зависим от Луны. И потом, сколько раз повторять одно и то же? Партнеры компании не похожи ни на ваших псов-офицеров, ни на этих кастратов-налогоплательщиков. Они приучены думать самостоятельно, поэтому я не могу вот так взять и приказать; нужно исподволь убедить их в правильности нового курса, для чего необходимо время.

— Вцепо,— проговорил Сайре, мысленно обозвав собеседника грязной свиньей,— что дал осмотр корабля, на котором прилетела Дэвис? — После того, как подчиненные Сайре сообщили, что не обнаружили на борту звездолета ничего необычного, Гатри сам связался с Луной и потребовал, чтобы корабль осмотрели заново.

— О, выяснилось кое-что любопытное.— В механическом голосе явственно слышался сарказм.— Между прочим, по приказанию Паккера на звездолет погрузили спасательный бот. Если бы ваши орлы в Порт-Бауэне были порасторопнее... В общем и целом, моим ребятам оставалось только наблюдать, чем занимается в ночное время собака.

— Не понял...

— Собака ночью не занимается ничем. Короче, бот исчез. В результате проверки установлено, что несколько дней назад его запустили в космос.

— Что означает...— Сайре вдруг пробрал озноб.

— Вот именно. Как мы и предполагали. Не будь у меня столько работы, я бы позаботился о мерах предосторожности. Ладно, потерянного не вернешь. Итак, Дэвис отправила моего двойника в космос. Скорее всего, он летит к Л-5, вернее, уже долетел.

— Мне ничего не сообщили.— Сайре судорожно сглотнул.— Вы же знаете, у меня на станции полным-полно своих людей.

— Мм... Возможно, он до сих пор находится на орбите. Пожалуй, слетаю-ка я туда и выясню все на месте. А вы тем временем пошлите на Л-5 подкрепление и прикажите организовать

---

[1] Quid pro quo (*лат.*) — букв. «одно вместо другого».

облаву. Может быть, кто-то его выловил и спрятал и дожидается теперь подходящего момента.

— Если нам удастся его найти...— возбужденно начал Сайре.

— Это будет замечательно,— перебил Гатри.— Однако всех проблем мы не решим. Паккер знает правду, а он на свободе вместе с семьей. Кто еще? Нужно готовиться к тому, что события будут разворачиваться по наихудшему сценарию, что мой двойник выскочит из берлоги раньше, чем мы до него доберемся; наш план должен учитывать все возможности.

— Синод в курсе событий и готов действовать,— сказал Сайре.— Можно в любой момент объявить в стране военное положение и в течение суток провести мобилизацию всех резервистов. Ассамблея Федерации наверняка поднимет шум, но наш представитель сумеет на несколько дней заморочить им головы, а там уже станет ясно, как быть дальше.— Он перевел дух.— Но без сотрудничества «Файербола» не обойтись.

— Господи Боже, неужели на Земле не осталось умных людей? Насколько приятнее быть роботом! Я же вам объяснял, сотрудничество компании с властями возможно лишь в известных пределах.

— Значит, вы не хотите снова стать человеком? — удивился Сайре.

— Хочу,— прошептал Гатри,— очень хочу... Ладно, за работу,— прибавил он хрипло.— Пошевеливайтесь и смотрите не облажайтесь снова. Если не позвоню сам, свяжитесь со мной завтра в это же время, но до тех пор не приставайте ко мне, если, конечно, не узнаете, что Фенрир порвал свою цепь[1]. Все ясно? Тогда до связи.— Экран погас.

Какое-то время Сайре продолжал смотреть на него, пытаясь справиться с раздражением. Пока была возможность, следовало отключить этого стервеца и поручить техникам сделать его повежливее. Впрочем, что толку тешить себя иллюзиями? Что сделано, то сделано, и нужно не рвать на себе волосы, а постараться овладеть ситуацией. В конце концов, кто же знал, что у Гатри настолько мерзкий характер? И потом, изменения изменениями, но ведь требовалось сохранить, так сказать, матрицу личности, иначе

---

[1] Фенрир (Фенрис) — в скандинавской мифологии хтоническое чудовище, гигантский волк, посаженный богами на цепь (пророчества утверждали, что Фенрир сотворен им на погибель). Перед концом мира Фенрир разорвет цепь и проглотит верховного бога Одина (по версии «Старшей Эдды» — солнце).

«Файербол» не признал бы нынешнего Гатри за подлинник, да и сам он вряд ли смог бы управлять компанией. Кстати, какие претензии можно предъявить модулю? Разве что он отвергает все попытки завязать дружеские отношения.

Сайре вздохнул, встал из-за стола, подошел к обзорному экрану. Над Футуро клубились свинцовые тучи, лил дождь, здания словно прижимались к земле: все одинаково серые, они производили впечатление развалин, каковыми, надо признать, многие из них являлись на деле. А ведь всего лишь двадцать лет тому назад правительство с гордостью объявило, что у Союза теперь — новая столица. Несмотря на бесчисленные архитектурные изыски, дома выглядели близнецами. К слову, подражателей у здешних архитекторов не нашлось: Оттава и даже заново отстроенный на месте пепелища Вашингтон имели свое лицо, какую-то изюминку...

Ну да ладно. Сайре выпрямился. Да, авантисты наделали немало ошибок, но их идеи продолжают жить. В конечном итоге — после кризиса, возможно, под иным названием — авантизм победит, потому что он как нельзя лучше соответствует природе вещей.

Сайре вспомнилась стихотворная строчка: «О если б этот грузный куль мясной мог испариться...»[1] Откуда она взялась? Кажется, Шекспир. Точно. Вера была от Шекспира без ума, цитировала к месту и не к месту; что ж, старик умел красиво изъясняться, хотя вещи говорил банальные. Но не надо вспоминать о Вере, не стоит бередить душу. Развод — сколько минуло лет, девять? — остался в прошлом. Порой Сайре видел жену во сне, но говорил себе, что не должен уподобляться дикарю, который весь во власти инстинктов. У него есть работа, обязанности и фантазии, а телу достаточно тех развлечений, которые иногда позволяет разум.

Уничтожение плоти. Освобождение, выход за пределы, Великое Превращение. Через миллионы миллиардов лет — космическое единство. Почему Гатри хочет снова стать человеком?

Сайре криво усмехнулся. А разве у Гатри был выбор? Либо умри, либо стань машиной. Было бы, кстати, любопытно наделить биологический организм, неважно, клонированный или, что называется, настоящий, воспоминаниями живого человека, а затем взять и поменять тело, пожертвовать прежней жизнью ради новой. Кажется, об этом мечтали те, кто пару веков назад согласился на то, чтобы после клинической смерти их тела заморозили и

---

[1] У. Шекспир «Гамлет» Акт 1, сцена 2. Пер. Б. Пастернака.

сохранили. Естественно, ничего не вышло, поскольку в ту пору никто не догадывался, что каждый тип клеток требует собственного режима заморозки и оттаивания. Сегодня же человек, который чувствует приближение конца, может лечь в гибернатор и преспокойно дожидаться славного техновозрождения. Так? Да, тело хранится недолго, всего лишь несколько десятилетий, после чего воскрешение становится невозможным, но можно надеяться, что за время твоего сна биотехника достигнет новых высот...

К черту! Еще никому не удавалось создать нечто, способное существовать веками и притом хоть отдаленно похожее на человека: вся закавыка в генотипе. Эволюция уничтожает родителей, чтобы открыть дорогу детям. Сознание просто-напросто не выживет в чужом теле.

Тогда почему бы не клонировать себя самого, причем постоянно? Это уже делается. Тут не нужна материнская клетка. Все индивидуальные генотипы хранятся ныне в медицинских базах данных. Такая практика стала нормой, еще когда Гатри был не роботом, а человеком.

Впрочем, все опять-таки упирается в химию углеродистых соединений и квантовую механику. Человеческий мозг воспринимает процесс копирования сознания иначе, нежели компьютер, он не в состоянии выделить в поступающей информации отдельные биты; либо отвергает их, либо искажает,— либо человек сходит с ума.

Следовательно, если Гатри и впрямь снова хочет стать человеком, он угодил в ловушку. Но зачем? Почему он не стремится к совершенству, которое доступно лишь машине, а не скопищу органических молекул? Он мог бы финансировать исследовательскую программу, благодаря которой психонетика в ближайшие годы добьется невиданных успехов. Мог бы, но не желает. Наоборот, всячески противодействует, идет на компромиссы, прилагает все усилия, чтобы его подчиненные как можно дольше оставались людьми.

Однако новый Гатри, в отличие от старого, обрел истину. Нужно только подождать, пока он с ней свыкнется. Да, подождать... Ему-то, болвану железному, спешить некуда. Как было бы здорово пережить его или, по крайней мере, прожить на свете ничуть не меньше!

И ведь не то чтобы невозможно. Если авантисты победят, он, Энрике Сайре, потребует себе в качестве заслуженной награды собственный модуль. Но тогда возникнет другой Сайре, Сайре-робот. Следовательно, *эта* плоть испарится, и что дальше?

Может, Провидение воскресит ее как строку в программе под названием Рай... Сайре расправил плечи, вновь уселся за стол и принялся за работу.

29

Солнце клонилось к западу, полумесяц Земли виднелся на северо-востоке, над вершиной горы, с которой недавно спустилась Кира. Бело-голубой диск, кабошон на груди ворона, символ чистоты и спокойствия. И в то же время своего рода часы, по которым можно определять, сколько времени она провела в заточении. Четверо суток. О Боже, а сколько еще осталось?

С другой стороны, какие ей открылись чудеса!

Девушка обернулась. Щиток шлема мгновенно потемнел, защищая глаза от ослепительного солнечного света, поэтому горы превратились в беспорядочное нагромождение камней, среди которых залегли глубокие тени. Хотя на поверхности Луны царит вечная тишина, Кира слышала множество звуков — собственное дыхание, стук сердца, шипение кислорода, щелканье бесчисленных датчиков и регуляторов скафандра, напоминавшего отчасти живой организм. Безжизненность пейзажа исчезла с появлением Ринндалира.

Его плащ, наброшенный поверх скафандра, сверкнул в лучах солнца. Селенарх расправил складки; плащ заискрился, заиграли разноцветными огнями два крыла за спиной. Ринндалир кошачьей походкой приблизился к девушке, опираясь на посох, который венчал драгоценный камень. Он улыбался.

— Миледи, вашей ловкости позавидует и паук,— раздался в наушниках его голос. Кира невольно содрогнулась, вспомнив пауков-мутантов, которых видела в замке Высокий: их пичкали наркотиками, чтобы они ткали для селенарха затейливые паутины. Очевидно, ей сделали комплимент. На большую похвалу вряд ли можно было рассчитывать.— Я и не подозревал, на что вы способны.

— Gracias,— пробормотала девушка.— Дело в том, что на Земле я немного занималась скалолазанием. Она тут же укорила себя за подобострастие. Ведь Ринндалир — не волшебник, не эльф и не изгнанный бог, лишенный каких бы то ни было человеческих слабостей. Его скафандр, как и шлем, изготовлены по специальному заказу из биоматериалов, только и всего. Плащ на деле представляет собой антирадиационный щит и прикрывает, вдобавок, ранец с оборудованием. Крылья — солнечные батареи, в которые вмонтированы изоляторы, а в посох встроены антенна и, наверное, информатор. Ничего больше.

Разумеется, сравнения с этим скафандром не выдерживали ни типовой, которым снабдил Киру хозяин, ни тот, что остался на Λ-5 — точнее на борту ее корабля, стоявшего в одном из ангаров спутника. Тем не менее, девушка не сомневалась, что они оба значительно надежнее скафандра селенарха. Ринндалир, должно быть, не понимает, чем рискует, расхаживая по поверхности Луны в таком одеянии. Мысль помогла Кире обрести уверенность.

— Кроме того, вам явно не привыкать к малой гравитации,— заметил Ринндалир.— Что ж, если вы отдохнули, можно двигаться домой.

— Я и не уставала,— возразила Кира.— Всего лишь решила подождать вас.

Он снова улыбнулся и махнул рукой. Даже сейчас, когда он был в скафандре, в его движениях присутствовало неземное, нечеловеческое изящество.

— Предположив, что вам надо перевести дух, я немножко попрыгал по камням.

Он что, с ума сошел? А если бы с ним что-нибудь случилось? Чем бы она тогда смогла помочь — карты нет, на местности она не ориентируется, передатчик скафандра рассчитан на ближнюю связь... Или ему все равно? Кира вдруг поняла, что поведение Ринндалира ничуть ее не смущает. Уж такой, видно, у него характер.

— Надеюсь, прогулка вам понравилась.

— Конечно! — воскликнула девушка, вовсе не покривив душой.— Mil gracias! Даже не знаю, как вас благодарить...

Часы, проведенные на поверхности, пролетели как одно мгновение. Кира практически забыла о своих неприятностях. Предыдущие экскурсии, на которые она ходила всякий раз, оказываясь на Луне, тоже оставили в памяти неизгладимый след, но сегодняшняя прогулка превзошла все ожидания. Ринндалир показал ей настоящие чудеса — диковинные, невыразимо прекрасные камни; кристаллы, что ярко сверкали или лишь поблескивали на солнце; бескрайние равнины; место, где разбила лагерь какая-то из первых исследовательских экспедиций; загадочные валуны — осколки метеоритов, прилетевших, судя по всему, из-за пределов Солнечной системы; барельефы, вырезанные на скалистом утесе; расщелина, пещера, россыпь самоцветов, словно клад Али-Бабы... Кое-что из местных достопримечательностей луняне иногда позволяли фотографировать, но

256   ПОЛ АНДЕРСОН

в основном усердно прятали от чужаков. Почему же Ринндалир нарушил традицию, прекрасно, вдобавок, понимая, что она расскажет обо всем другим? *Bueno*, это его территория, кого хочет — пускает, кого не хочет — тому от ворот поворот.

Интересно, почему он настаивает на возвращении? Неужели собрался наконец подумать, как помочь Гатри? В замке Кира с ним почти не сталкивалась: он либо с кем-то совещался по видеофону, либо садился на флайер и куда-то улетал, при встречах же отделывался уклончивыми ответами либо шутками, уверял, что ничего серьезного пока не происходит — мол, отдыхайте, пилот Дэвис, расслабляйтесь, наслаждайтесь жизнью. Те мультивизоры, которые имелись в замке, не принимали информационный канал; Ринндалир как-то обмолвился, что не желает слушать всякую чушь (вполне возможно, он все же слушал новости, но у себя в апартаментах). Леди Ниолента тоже показывалась крайне редко, а потом заявила, что уезжает. Может статься, именно она держит в руках все ниточки? Иными словами, Кира, наверно, извелась бы от нетерпения... если бы ей позволили.

— Пожалуй, свяжусь-ка я с замком,— сказал Ринндалир.— Мы вернемся кратчайшим путем.

Слава Богу, мысленно воскликнула девушка. Никто из космонавтов не рискнул бы забраться в такую даль или так долго оставаться на поверхности Луны. Конечно, серьезной опасности не ожидалось, однако по дороге сюда, когда они пересекали равнину, слева взметнулся к небу столб пыли. Метеорит! Им повезло, что камень не угодил правее. Ринндалир расхохотался. Когда Кира более-менее успокоилась, спрашивать, чему он радовался, было уже поздно.

Селенарх пошел вперед. При каждом шаге с поверхности поднималось облачко пыли, которая затем оседала на скафандре, отчего тот начал тускло поблескивать в лучах солнца. Время от времени Ринндалир останавливался, поджидая Киру. Дело было не в том, у кого больше сил,— тут она, пожалуй, ни в чем не уступала своему хозяину. Те изменения в организме, которые позволяли лунянам сохранять здоровье и рожать детей при силе тяжести в одну шестую земной, затрагивали не столько костяк и мышцы, сколько сердечно-сосудистую систему и строение клеток. Нет, Ринндалир опережал девушку благодаря скафандру. Ведь, если разобраться, скафандр Киры был защитным костюмом, а его — прежде всего нарядом. Тяжело дыша, вся в поту, Кира спросила себя, а не достался бы и ей такой же скафандр, будь она лунянкой. Хотя — кем-кем, а лунянкой ей никогда не стать...

Когда местность стала ровнее, девушка догнала Ринндалира и зашагала рядом. Никто не пытался завязать разговор — берегли дыхание. Предоставленная самой себе, Кира вспомнила о Гатри. Черт побери, она прилунилась без малого пять дней тому назад, спустя сутки очутилась в замке Высокий и до сих пор ничего не знает о судьбе шефа! Удалось ли ему добраться до Л-5? Интересно, а как дела у Паккеров, у Эстер Блум, Валенсии и всех остальных? У Боба Ли? Вполне возможно, кого-то арестовали... или убили... наверняка втихомолку, чтобы не привлекать внимания... О каких новостях упоминал Ринндалир — если, конечно, он говорил правду?

И что такое правда, в его понимании? Взять хотя бы замок — что там настоящее, а что — иллюзорное? Кира внезапно поняла, что с того момента, как оказалась на дворе замка, ее жизнь утратила определенность. Недомолвки, уклончивые ответы, иллюзии и грезы...

Нет, будем честными. Снотворное, благодаря которому проспала двадцать с лишним часов, она приняла по собственному желанию, хотя и прислушалась к совету Ниоленты, потому что изнемогала от усталости. (Вдобавок, подумалось девушке, представилась возможность, не привлекая ненужного внимания, проглотить таблетку-антиингибитор. Кстати говоря, не забыть бы принять пилюлю с обратным действием, уже пора. Месячные, как правило, не доставляли Кире проблем, но лучше заранее обезопасить себя — мало ли что.) Потом ее сытно и очень вкусно накормили, и она даже начала наслаждаться музыкой, которая, похоже, никогда не умолкала.

Но затем... Да, к гостье относились с искренним радушием. Впрочем, Ниолента держалась несколько отстраненно (Кире показалось, что под ледяным панцирем лунянки таится пламя, но то было лишь мимолетное впечатление). Ринндалир вел себя гораздо раскованнее, рассуждал обо всем на свете, причем с позиций жителя Луны («Разум обманывает себя реже, чем подшучивает над собой. «Зло происходит от того, что мы не внемлем голосу рассудка и не следуем закону природы», — заявил в семнадцатом веке Уриэль Акоста, португальско-голландский еврей. Это определение зла вполне приемлемо для тех, кто полагает, будто мыслит... Ужаснее всего, когда разум начинает считать, что знает все, что следует знать...») Если же селенарх отсутствовал, появлялись симпатичные слуги обоего пола, которые водили Киру по замку, отвечали на вопросы, исполняли ее желания и в то же время не навязывали своего общества.

Зимний сад и зоопарк с животными-метаморфами оставляли далеко позади всю экзотику Тихополиса. Кира купалась в огромном бассейне, в котором плавали неизвестные на Земле рыбы; прикрепив к рукам крылья, летала над деревьями и стеклянными статуями, под потолком пещеры, что не уступала размерами самому просторному ангару Л-5; научилась играть в мяч по правилам древних майя (хотя индейцы вряд ли заигрывались до такой степени). Она овладела искусством танца при малой гравитации (Рииндалир, сам почти невесомый, обнимал ее за талию), стремилась уловить смысл книг и фильмов и добилась своего (правда, догадывалась, что поняла отнюдь не все). Посетить кивиру ей никто не предлагал, да она бы и не согласилась, однако псевдореальность, которую создавала вива-приставка, оказывалась диковиннее любого сна: Кира неслась по бесконечной кривой, мчалась на гребне волны по морю красного дыма, превращалась в арфу, струн которой касался солнечный ветер...

Да, луняне подыскивали все новые развлечения, которые заставляли забывать о насущных заботах. На горизонте сверкнули шпили замка. Кира вдруг сообразила, что с головой погрузилась в воспоминания и перестала даже смотреть под ноги, которые, тем не менее, как будто знали, куда ступать. Почему Рииндалир, с одной стороны, держит ее на положении пленницы, а с другой — обращается как с дорогим другом? Или он все же считает Киру Дэвис своей союзницей? Путники приблизились к украшенному фризом воздушному шлюзу в замковой стене и остановились перевести дыхание.

— Добро пожаловать домой, миледи,— сказал Рииндалир.

— Домой? — язвительно переспросила Кира.— Когда вы меня отпустите?

— Думаю, скоро,— отозвался селенарх, пристально поглядев на девушку. Его лицо было непривычно серьезным. Кира настолько изумилась, что на какое-то время утратила дар речи. Они миновали шлюз и очутились в помещении, где можно было снять скафандры.— Вам нужно отдохнуть,— прибавил Рииндалир, костюм которого облегал тело, словно вторая кожа.— Ждите моего звонка.

Девушка отправилась к себе в комнату. Изнывая от нетерпения, она едва замечала портреты, пейзажи и абстрактные картины, что украшали стены коридора. Винтовая лестница, другой коридор, холл, в котором возникали, сменяясь через каждые несколько часов, голограммы... Кире говорили, что гиперкомпьютер не всегда создает новые изображения — нередко он просто видоизменяет прежние; так или иначе, никогда не знаешь, чего от него ожидать. Сейчас голограмма изображала мост, перекинутый через бездонную пропасть. Далеко впереди сверкали огни — красные, желтые, зеленые; позади проступали в таинственной голубой дымке силуэты ледяных утесов. Девушка ощущала попеременно то жар, то холод, слышала приглушенные расстоянием рев и вой. В пропасти, упорно сопротивляясь ветру, что стремился их разогнать, клубились дым и туман. Слева и справа от моста они словно обретали форму — возникали причудливые видения, полулюди-полузвери...

Добравшись до своей комнаты, Кира облегченно вздохнула. Спасительная гавань — просторная, стены отливают золотом и перламутром, обстановка именно такая, к которой она привыкла с детства. Напротив двери ванной — большой экран, с которого сияют звезды, усыпавшие черный небосвод. Хорошо, что только они, что Земли не видно, иначе вновь вернулись бы воспоминания. На столике рядом с кроватью стоял графин с манговым соком, рядом располагались тарелка с пирожными, слегка приправленными марихуаной, и голубая ваза в форме струи из фонтана — в ней находились пурпурные розы, аромат которых, вместе с негромкой музыкой, заполнял комнату. Кира сбросила комбинезон, швырнула его в мусоросборник и направилась в ванную, ступая босыми ногами по ковру, на котором, серебром на голубом, были вышиты очертания созвездий и который немножко бил током. Приняв душ, она заглянула в платяной шкаф. Да, здешние автоматы потрудились на славу: одежды столько, что не сразу выберешь.

Раздался звонок — нет, скорее мелодичный звон. Кира торопливо накинула халат и подошла к аппарату. На экране появился Рииндалир, за спиной которого девушка увидела Ниоленту. Кире показалось, что лунянка, несмотря на привычно безучастное выражение лица, прямо-таки не находит себе места от возбуждения.

— Миледи, я обещал, что мы скоро сменим орбиту,— произнес Рииндалир.— Что ж, время приспело. Получены новые данные, которые нужно обсудить и выработать план действий.

— Por favor,— прошептала Кира,— что вы узнали?

— Необходимо было проверить показания радара, ионные следы и тому подобное, словом, все, что можно; поэтому мы немного задержались с выводами. На Лагранж-5 прибыли три звездолета. По нашим сведениям, они принадлежат правительству Северной Америки и составляют едва ли не весь космофлот Союза. Вероятнее всего, на них прилетели новые подразделения тайной полиции. Еще один корабль курсировал в окрестностях; судя по всему, он разыскивал ваш бот, но потом вдруг двинулся к Земле. Мы предполагаем, что он нашел бот, на борту которого никого не было. Следовательно, лорд Гатри находится в колонии, а тайная полиция отчаянно пытается его найти.

— Святые небеса! — воскликнула Кира.— Остановите их! — У нее мелькнула шальная мысль: надо же, она позаимствовала у шефа одно из его излюбленных выражений.

Гатри надеялся, что, если Кира не сумеет добиться чего-либо от Ринндалира, ему поможет Тамура. Но, похоже, надежды не оправдались. Должно быть, двойник угадал, как развернутся события. Значит, теперь все зависит только от нее. Допустим, луняне решат, что им лучше сохранять нейтралитет, а то и заключить сделку с Гатри номер два... Нет, об этом пока не стоит и думать.

— Потерпите еще немного,— попросил Ринндалир, улыбаясь своей чарующей улыбкой.— Мы знаем, что времени мало, и готовы действовать. Однако, пилот Дэвис, вы наверняка понимаете, что вдвоем с леди Ниолентой нам ничего не добиться. Мы потратили не один день, чтобы убедить других селенархов. Теперь все решено, осталось лишь уладить кое-какие мелочи. Пожалуйста, потерпите.

— Почему бы вам просто не рассказать Солнечной системе правду? — Едва задав вопрос, Кира поняла всю его несуразность. Если бы Ринндалир хотел, он бы давным-давно это сделал.

— А где доказательства? — ответил селенарх почти теми же словами, какими отвечал раньше.— Ситуация чревата кризисом. Ваши враги постарались обезопасить себя от возможных обвинений, поэтому что лучше — лорд Гатри, так сказать, в руках или голое заявление о том, что он существует? — Ринндалир улыбнулся (как показалось девушке, сочувственно) и прибавил: — Пожалуйста, простите нас, если мы заставили вас поволноваться. Поймите, до сих пор мы мало что знаем, но, как я уже сказал, готовы действовать. Если вы осчастливите меня своим присутствием за ужином, я постараюсь все вам объяснить.

— С удовольствием,— выдохнула Кира, чувствуя, что у нее дрожат колени.

— Скажем, в половине восьмого? Хорошо? — Когда Кира утвердительно кивнула, экран погас.

Девушка постояла у аппарата, недоумевая, почему не издает боевой клич и не скачет от радости по комнате. Ну да, они еще не победили, еще вполне могут проиграть, но... Голова у Киры шла кругом. Ужин наедине с Ринндалиром? Очевидно, да; ведь Ниолента, похоже, собиралась уезжать. Почему, во имя Маккамона, он оказывает на нее такое влияние? Внешне весьма привлекателен, рассказывает так, что заслушаешься... Однако в мужчине должно быть не только это. К тому же, откровенно говоря, он не совсем мужчина, поскольку, даже при обоюдном желании, не сможет стать отцом ее ребенка. Кира залилась румянцем, опустила голову и заметила, что румянец выступил и на груди.

Она рассмеялась. Расслабься, девочка. Во-первых, экзотика всегда привлекает, а во-вторых, она уже обожглась на Валенсии. Поэтому не стоит торопиться. Разумеется, под роскошным нарядом Риннадира скрыто нечто более достойное внимания, вот только что именно? Поосторожней, подружка, но не будь пассивной, прими вызов. Для начала прикинь-ка, что надеть.

На то, чтобы одеться к ужину, ушло неожиданно много времени. В платяном шкафу висели наряды, к которым девушка еще не привыкла. В конце концов Кира выбрала длинное тигриловое платье с глубоким вырезом и разрезом справа, расшитые серебром туфли и массивный золотой браслет; вдобавок, она надела на палец кольцо, которое вручалось всем выпускникам Академии. Вся косметика оказалась в ванной. До сих пор Кира ею не пользовалась, но сейчас решила слегка накраситься и надушиться.

Теперь оставалось только ждать. Она включила мультивизор, поставила кассету со сделанной на земле записью «Бури». Вообще-то пьеса ей нравилась, но в настоящий момент не вызвала в душе ни малейшего отклика. Быть может, «Сон в летнюю ночь»? Нет, хотя у них ситуация обратная[1], рисковать все же не стоит.

Появился слуга, который проводил девушку в столовую, поклонился и закрыл за нею дверь. Повсюду, куда ни посмотри, сверкали разноцветные огни. Столовая размещалась на верху башни, что была высечена из огромного синтетического алмаза, ограненного снаружи и внутри. Ослепительно сияло солнце, искрилось вокруг многоцветье красок. По блестящему, как стекло, полу к Кире приблизился облаченный в черное Риннадир. Бледное лицо, холеные белые руки, светлые волосы...

---

[1] «Буря» и «Сон в летнюю ночь» — пьесы У. Шекспира. В последней рассказывается, в частности, о любви царицы эльфов Титании к ткачу Основе, превращенному в осла.

— Еще раз добро пожаловать,— произнес он. Кира, не заду-
мываясь, протянула ему руку. Селенарх кончиками пальцев едва
прикоснулся к ее ладони. Да, она как бы признала его выше себя,
ну и что с того? Ринндалир улыбнулся и подвел девушку к столу,
на котором были расставлены всевозможные яства и напитки.—
По вашему земному обычаю,— продолжал он, подавая ей хрустальный бокал.— Может, предложите тост?

— За наше сотрудничество! — воскликнула Кира. Они чокнулись, раздался звон хрусталя. Отличное вино — благородное, ко-
ролевское, императорское.

— Я очень рад нашей встрече,— сказал Ринндалир. Они продолжали стоять, поскольку на Луне было не принято сидеть за
столом.— Раньше мы с Ниолентой не могли принять вас так, как
нам хотелось. Отныне же, надеюсь, мы и впрямь станем партнерами. Возможно, даже друзьями, не правда ли?

— Разумеется.— Не поддавайся, велела себе Кира. Держись,
иначе он обведет тебя вокруг пальца.— Но в таком случае мне...
следует знать больше, чем я знаю сейчас.

— Конечно,— кивнул селенарх.— Дело в том, что какое-то
время мы и сами мало что знали. Простите за откровенность, но
начали мы с того, что стали собирать доказательства вашей искренности — или неискренности. Не обессудьте, но врага никогда не стоит недооценивать. Если бы понадобилось, вам бы промы-
ли мозги.

— Вы очень добры,— пробормотала Кира. Похоже, ей повезло: луняне, если бы им приспичило, наверняка не задумались бы
устроить промывку мозгов.

— Мера предосторожности,— с усмешкой пояснил Ринндá-
лир.— Кому нужны непредвиденные осложнения?

— Явно не вам,— откликнулась Кира.— Вы, конечно, поступили мудро, однако, помнится, я где-то слышала, что лунян называют двуличными...

— Да, нас считают интриганами,— спокойно подтвердил
Ринндалир.— Но вы забыли, что нам с Ниолентой требовалось не
только лично убедиться в ваших добрых намерениях, но и убедить
в них остальных селенархов, которые вполне могли усомниться в
нашей искренности. Мы вели переговоры и одновременно собирали сведения о действиях авантистов. Вы не понимаете и вряд ли
когда-либо поймете наши традиции, поскольку принадлежите к
иной культуре. План, на выполнении которого настаивали вы, означал напрасную трату времени и энергии.

— Я бы не стала закатывать истерику,— бросила Кира.

— Теперь я в этом уверен,— откликнулся Ринндалир.— Но ведь раньше мы с вами не были знакомы, поэтому знали о вас не больше, чем вы о нас.

— Да уж...— Кира отпила из бокала. Для такого вина глоток получился чересчур большим. Вино обожгло нёбо и воспламенило кровь в жилах. Может быть, в него подмешан какой-нибудь наркотик, к которому селенарх то ли привычен, то ли невосприимчив? Хотя какая разница? Если она почувствует, что отравилась, то сумеет вылечиться без посторонней помощи.— Что вы намерены предпринять? И когда? Времени действительно в обрез.

— Жаль портить вечер,— вздохнул Ринндалир.

— Давайте поскорее уладим все дела, а потом отдохнем,— предложила девушка.

— Чем дольше ждешь, тем приятнее развлекаться. Впрочем, раз вы считаете иначе, вот вам наш план — естественно, в общих чертах. Завтра селенархия объявит о реквизиции всей собственности «Файербола» на поверхности Луны и запретит разыскивать на своей территории пресловутых террористов. Чиновники компании в Порт-Бауэне, разумеется, начнут протестовать, но и только, ибо мы заблаговременно связались с руководством...

— А почему бы не сказать людям правду?

— А сохранят ли они тайну? Одни не поверят, другие будут сомневаться. Кого-то наверняка осенит идея послать запрос в Кито. Между тем вы требуете действовать быстро и решительно. Следовательно, противника надо застать врасплох.

— Мне кажется, вы недооцениваете служащих компании. Хотя — откуда вам знать, на что они способны? Хорошо, а что вы думаете делать дальше?

— Что мы думаем делать дальше, пилот Дэвис,— поправил Ринндалир.— Успех плана во многом зависит от вас. Реквизиция даст нам возможность распоряжаться звездолетами. Вы в качестве нашего представителя полетите на Лагранж-5.

— Эх! — воскликнула Кира. Ринндалир рассмеялся. Девушка чуть было не обняла его и не поцеловала, но вовремя спохватилась и овладела собой: рассудительность взяла верх над эмоциями.— На чем? На корабль с ионным двигателем рассчитывать вряд ли приходится; к тому же, ваши люди не выдержат ускорения в одно g на протяжении:.. мм... трех с половиной часов. Точнее, возможно, и выдержат, но будут совсем не в той форме, какая, очевидно требуется.

— В состав нашей группы войдут самые лучшие. Мы способны, если понадобится, выдерживать два g в течение шести часов.

— Вы тоже летите? — Кира не поверила собственным ушам.— Ну да, понятно... Итак, что за корабль? И сколько вас всего будет?

— С вами одиннадцать,— отозвался Ринндалир.— Сами понимаете, без вас мы никуда. В порту стоит несколько звездолетов, но места достаточно только на одном, у которого, вдобавок, и скорость повыше. Типа «нарвал». Сможете вы справиться с таким кораблем?

— Смогу, но...— Кира покачала головой.— Этот звездолет предназначен для полетов с Земли на Луну и обратно, столь длительное ускорение не для него. Нам либо придется потратить гораздо больше времени, чем мы можем себе позволить, либо рискнуть и в лучшем случае дать Сепо повод для подозрений, а в худшем — сгореть заживо. Кроме того, если за нами организуют погоню, реактивной массы, чтобы оторваться, не хватит.— Девушка призадумалась.— Насколько мне известно, в порту всегда наготове спасательный корабль типа «дельфин». Правда, он вмещает четверых, не считая пилота, поэтому в вашей группе должно быть четыре человека.

— Значит будет,— заверил селенарх.— Десятерым, естественно, было бы легче отбиться, случись какая-нибудь неприятность, но... Вывод простой — неприятностей следует всячески избегать.

— Не забывайте,— предостерегла Кира,— хотя корабль практически готов к старту, потребуется кое-что проверить, и так далее. Следовательно, вам не удастся подняться на борт и тут же взлететь. А как вы собираетесь объяснить свои действия?

— О правдоподобности позаботятся заранее.

— То есть?

— У меня есть агенты среди служащих «Файербола».— Он сказал: «У меня». Не «у нас», подумала Кира, «у меня». Ринндалир, похоже, заметил, какое впечатление произвели на девушку его последние слова, и поторопился прибавить: — Дирекция космопорта скоро получит распоряжение — якобы из Кито. Нужно лишь слегка дополнить текст, поскольку вы настаиваете на изменении планов... Так, секундочку. Мы, луняне, хотели послать своих специалистов на спутник связи, который, по нашему мнению, нуждается в замене, но вдруг выяснилось, что у нас в данный момент нет собственного звездолета. «Файербол» любезно согласился помочь. Специалистов четверо, а не десять, как предполагалось первоначально, «дельфин» маневреннее «нарвала», судя по карте маршрутов, столкновений поблизости от спутника можно не опасаться — поэтому мы и выбрали «дельфин».

— Мне кажется, я знаю кое-кого, кто не поверит ни единому слову.— Кира сдвинула брови.

— Мои агенты постараются, чтобы распоряжение миновало тех, о ком вы говорите.

— Но вам не удастся скрыть ни старта, ни, впоследствии, того, что корабль летит вовсе не к спутнику связи.

— К тому времени селенархия конфискует всю собственность компании и наложит запрет на любые переговоры с Землей и Л-5. Дирекция космопорта окажется как бы под домашним арестом. Скажем, через пятнадцать часов после старта корабля запрет будет снят, а до тех пор представители селенархии не допустят, чтобы из Порт-Бауэна на Землю ушло хотя бы одно сообщение. Повторяю — Лагранж-5 мы должны застать врасплох.

— Ну и ну! — Кира даже присвистнула.— А если ничего не выйдет?

— С дипломатической точки зрения последствия неудачи будут весьма любопытными.— Рииндалир усмехнулся.— Однако мы, правители независимой Луны, страшимся их не более, чем авантисты, которые стоят у власти в Северной Америке.

— Но... Теперь я понимаю, почему все так затянулось: чтобы подготовить такую операцию...— Вино внезапно показалось девушке невыносимо кислым.— Чем она привлекла других селенархов? И что движет лично вами?

— Вы задаете трудные вопросы, пилот Дэвис,— откликнулся Рииндалир.— Если позволите, я попытаюсь объяснить как-нибудь потом, пока же просто скажу, что с «Файерболом», которым руководил Гатри, мы сотрудничали ко взаимной выгоде. Кто знает, каково иметь дело с анти-Гатри?

— Именно это я все время и старалась вам внушить! — с улыбкой ввернула Кира.

— Знаю.— Рииндалир улыбнулся в ответ.— Между прочим, не пора ли сменить тему? Что касается Л-5, туда отправят сообщение якобы от директора космопорта. Кстати, это сообщение нужно еще сочинить и зашифровать. В колонии его получат незадолго до того, как наш звездолет пойдет на посадку, а сказано в нем будет, что мы прилетели с целью узнать, возможно ли основать на уровне с силой тяжести в одну шестую земной торговое представительство.

— Не слишком убедительно,— пробормотала Кира.

— Естественно,— согласился Риндалир,— однако тайная
полиция вряд ли что-то заподозрит, а у техперсонала колонии нет
причин отказать нам в разрешении на посадку. Возможно, луняне
и впрямь авантюристы, но космическими пиратами их пока не
считают.— Селенарх пристально поглядел на Киру.— Когда мы
окажемся внутри, многое, пилот Дэвис, будет зависеть от вас.
Очевидно, вы догадываетесь, кто может прятать Гатри, и сумеете
убедить того человека отдать вашего шефа нам?

— Наверно... Боже! Представляю, какой потом поднимется шум!

— Боюсь, с последним какое-то время придется подождать,—
заметил Риндалир, махнув рукой.— Безопаснее всего, мне кажется,
переправить Гатри на Луну, что называется, контрабандой. Иначе тайная полиция наверняка найдет возможность перехватить нас. Даже
если все обойдется... Прикиньте, на что способен один-единственный
фанатик? Любая попытка покушения приведет понятно к чему. До-
ставив Гатри на Луну, мы обязательно посоветуемся с ним. Его врагам в
уме не откажешь, хотя положение у них отчаянное: Северная Америка на грани гражданской войны, речь идет о миллионах жизней.

Интересно, подумалось девушке, неужели его и вправду заботит, что происходит на Земле? Она тут же укорила себя за подобную мысль. В Риндалире гораздо больше от Фауста, чем от Ме-
фистофеля; кроме того, он предлагает план, который в случае
успеха принесет свободу. Кира взяла в левую руку бокал с вином,
правую протянула селенарху и произнесла:

— Muy bien.

— Отлично,— проговорил Риндалир. Какая теплая у него ладонь, какие большие глаза — раскосые, цвета морской волны со стальным отливом.— Пейте, потом я налью снова, и мы выпьем за хаос.

— За хаос? — переспросила Кира.

— В научном смысле слова. За упорядочение бесконечно удиви-
тельной, непредсказуемой множественности.— Помолчав, селенарх
добавил: — И за хаос в его исконном значении. Не думаю, что после
всего, что произошло и произойдет, мы будем жить по-прежнему.
Да, Шива[1] — разрушитель, однако он и творец.

---

[1] Шива — в индуистской мифологии божество, которое олицетворя-
ет созидающие и разрушающие силы в универсуме. Он уничтожает
вселенную в конце каждого мирового периода — кальпы; в то же
время, согласно «Махбхарате», знаки творения — лингам (фаллос)
и йони (женский символ) — являются эмблемами Шивы, поэтому
Шива — верховный бог и творец мира.

Они осушили бокалы и заговорили о другом. Некоторое время спустя Кира сообразила, что Ринндалир так толком и не объяснил, почему он и прочие селенархи решили помочь Гатри. Надо признать, от объяснения он уклонился весьма ловко.

— У нас одна цель, — сказал он, — сделать Луну во всех отношениях пригодной для обитания. Этого приходится добиваться за счет иллюзий. Когда иссякает наше воображение, за дело берутся компьютеры. Будущее, безусловно принадлежит им, если только мы... Не первое восстание возрождает, благодаря хаосу, надежду. — Словно спохватившись, что позволил чужаку заглянуть к себе в душу, Ринндалир быстро сменил тему и отпустил какую-то шутку.

Кира спросила себя: «Действительно ли он — Фауст?» А кто же еще? Бог? Трикстер[1]? Ворон? Койот? Локи?

Такие мысли владели девушкой и за ужином. Стол был накрыт в комнате, залитой голубыми сумерками, пронизанной пряными ароматами и музыкой. Откуда Ринндалир узнал, что ей нравится именно эта мелодия? Слуги приносили все новые кушанья, каждое из которых было шедевром кулинарного искусства. Разговор перескакивал с одного на другое, причем впечатление почти полного единодушия, которое возникло в самом его начале, никуда не исчезало. Селенарх слушал, улыбался, шутил, цитировал поэтов, вспоминал... Кира рассказала ему о своей жизни в Торонто и в России, о полетах к дальним планетам и погонях за кометами. То, что Ринндалир и не подумал ответить откровенностью на откровенность, она поняла гораздо позже.

Официанты принесли кофе и ликер и бесшумно удалились.

— С вами очень хорошо, пилот Дэвис, — произнес селенарх.

— Por favor, лорд Ринндалир, зовите меня Кирой.

— Что ж, — он усмехнулся, — тогда и я сегодня вечером никакой не лорд. Будем обыкновенными людьми.

Если сравнивать его с мифологическим персонажем, как насчет Кришны?

30

Дул прохладный ветерок. Береза шелестела листвой — отчасти уже желтой, отчасти лишь начинавшей желтеть. Рядом, словно бросая вызов осени, пышно цвели подсолнухи, шапки которых

---

[1] Трикстер (от англ. trick — шутка, проказа) — в различных мифологических системах плут-озорник, демоническо-комический дублер культурного героя.

возвышались над разросшейся овсяницей. Да, на Рагарандзи-Го наступала осень, предвестница обычно мягкой зимы.

Интересно, подумала Эйко, каково жить на планете, где климатом не управляют даже в той малой степени, как на Земле? Должно быть, необузданные стихии обладают колоссальной мощью, судя по тому, какое впечатление производят их прирученные призраки. Наверно, они необходимы для эволюции? А дух — он необходим?

Женщина миновала ворота в стене и приблизилась к Дереву. В тени того, храня почтительное молчание, стояли трое, все незнакомые, что, впрочем, ничего не означало: нельзя же в каждом человеке, которого не знаешь, подозревать агента Сепо. Тем не менее, Эйко решила понаблюдать за ними, посмотреть, привычна или им сила тяжести в половину земной. Нет, это несомненно привлечет их внимание. Лучше спокойно пройти мимо. В конце концов, от чужаков страх спрятать легче, чем от знакомых. Разумеется, друзьям известно, что она с детских лет обожает Дерево. Однако... Эйко обогнула ствол и поднялась по лесенке, спеша забраться как можно выше, пока никто не лезет за нею следом.

На третьей площадке она рискнула остановиться и перевести дыхание. Во рту пересохло, руки и ноги дрожали, как бы напоминая о том, что юность, к сожалению, уже не вернешь. Эйко отцепила от пояса фляжку с водой, сделала глоток, оперлась на поручень и погрузилась в созерцание.

На этой высоте росли немногочисленные ветви, которые, в трех метрах ниже площадки, поддерживали первую сетку, предназначенную для того, чтобы ловить падающие сверху шишки и сучья (люди, как правило, не срывались, поскольку практически все, как и подобало космонавтам, обладали отличной координацией движений). Сетка тонкая, почти прозрачная; во всяком случае, сквозь нее видна земля. А над площадкой раскинулась могучая крона — огромные ветви, коричневато-красные с зеленым отливом, игра света и тени... Кора словно источала тепло, в воздухе витали неуловимые ароматы. Вдоль ствола ползал робот, который разыскивал следы заболеваний, повреждения и тому подобное. Он напоминал жука величиной с собаку и, как ни странно, вполне вписывался в пейзаж.

Когда к ней возвратились силы, Эйко полезла дальше. Высоты, на которую она поднималась, достигали очень и очень немногие. Женщина не обращала внимания на усталость и на боль в мышцах. В здоровом теле — здоровый дух, не так ли? Пролет за пролетом, платформа за платформой, три площадки с аппаратами срочного вызова, бесконечное разнообразие веток и веточек, иголок и шишек, тишина и шелест ветра, жизнь и свет.

Лесенка уперлась в верхнюю площадку. Дальше пришлось карабкаться по сучьям. Эйко передохнула, а затем ловко перепрыгнула на сук, который начинался в нескольких метрах внизу и по наклонной уходил вверх. Да, для того, кто родился в космосе, такие прыжки труда не составляют. Сейчас она весила не больше десяти килограмм, что позволяло ей с легкостью перескакивать с ветки на ветку. Добравшись наконец до того сука, который вел к разветвлению в стволе, Эйко стала двигаться осторожнее, опасаясь потерять равновесие.

Она отнюдь не единственная совершала подобные рискованные восхождения; впрочем, товарищей по увлечению у нее было немного и они предпочитали не хвастаться своими подвигами. На протяжении многих лет никто не тревожил Эйко, никто не нарушал ее уединения. В конце концов, другие забирались на Дерево ради развлечения, а она — чтобы обрести покой.

Ствол разветвлялся, образуя нечто вроде достаточно просторного помещения. Вокруг раскачивались на ветру ветки, сквозь паутину которых виднелось бледно-голубое искусственное небо. Легкая дымка, солнце, похожее не на диск, а на верхний обод некоего колодца, чудовищно далекая земля, едва различимая за лесом, который состоял из одного Дерева...

Эйко просунула руку внутрь, достала Гатри, поставила его на ровное место, поклонилась и опустилась на колени, лицом к нему. Конечно, комбинезон и спортивные туфли не слишком соответствуют такой позе, но Эйко надеялась, что он поймет.

— Привет,— поздоровался Гатри. Его линзы блеснули в солнечном свете.— Давненько не виделись. Что-нибудь стряслось?

— Ничего серьезного, сэр,— ответила Эйко.— Просто я решила, что не стоит приходить каждый день, чтобы не вызвать подозрений. Правда, есть кое-какие новости. На станцию прибыли новые подразделения Сепо и сразу принялись обыскивать все помещения. Нам не сообщили, что они ищут; ходят слухи о каких-то устройствах, которые якобы припрятаны террористами. Надо быть вдвойне осторожной...

— Подкрепления? — проворчал Гатри.— Что ж, мой двойник быстро соображает. Должно быть, он уверен, что я где-то тут — зарылся, так сказать, под землю.

— Сэр, мне очень жаль, что пришлось надолго вас бросить. Как вы себя чувствуете?

— Маюсь от безделья.

— Мне очень жаль,— повторила Эйко — и подумала, что здесь, на Дереве, когда кругом царит покой, сожалеть о чем-либо просто смешно.

— А мне тошно,— буркнул он.— Слушай, девочка, ты вытащила меня из бота, и большое тебе за то спасибо. Но неужели ты больше ничего не предпринимала? Не переговорила, хотя бы, с теми, кому можно доверять?

— Я же говорила, моего отца взяли в заложники.— Эйко покачала головой. Наверно, я не преувеличу, если скажу, что мы все заложники в руках Сепо. Открытое столкновение...

— Разве я призываю к бунту? Господи Боже! Нужно всего лишь отправить кого-нибудь на Луну — там явно что-то не так — и связаться с несколькими людьми...— Гатри понизил голос.— Девочка, пойми, я беспокоюсь в первую очередь за тебя. Если мы упустим время, меня обязательно найдут, а выяснить, кто мне помогал, проще простого. Вот в чем дело.

— Не беспокойтесь,— отозвалась Эйко.— Возможно, ваш двойник настолько похож на вас, что поймет и простит меня. В любом случае, виновата окажусь одна я, и ни отец, ни мои друзья не пострадают. Ведь иначе откроется правда, которую так тщательно скрывают.

Гатри кашлянул и спросил:

— Как скоро Сепо доберется до этого уровня?

— Не раньше, чем через несколько дней. Станция ведь такая огромная! Я все думаю, как бы мне переправить вас на тот уровень, который уже обыскали...

— Молодец. Но ты забываешь, что рано или поздно прятаться станет негде.

— Я помню. Но пока вы на свободе, можно надеяться на лучшее.— Эйко вдруг утратила сдержанность.— Давайте надеяться, Гатри-сан! Если вы погибнете...

— За себя я не боюсь,— перебил он.— Но для таких, как ты...

— «Файербол»,— прошептала Эйко, которую словно осенило.— Вы боитесь за тех, кто верит компании, за ее партнеров?

— Разумеется,— откликнулся Гатри таким тоном, будто речь шла о чем-то несущественном.— Да, жизнь — штука приятная, но без «Файербола» на кой ляд она мне сдалась?

Как он, оказывается, одинок, подумала Эйко. И как его утешить? Она не нашлась, что сказать. Тишину нарушал только шорох ветра.

— Почему? — спросила наконец женщина.

— Ну... Мы основали компанию с Джулианой, моей женой... Она — наш ребенок.

— Разве у вас не было... настоящих детей? — Эйко обрадовало, что Гатри не прикрикнул на нее, не велел не совать нос в чужие дела.

— Конечно, были, но они выросли, стали жить отдельно. Отношения у нас оставались прекрасными, мы охотно нянчились с внуками... «Файербол» — другое.— Похоже, Гатри, несмотря на упреки, испытывал к Эйко признательность, потому и раскрыл перед ней душу. Однако женщина не могла не удивиться, когда он прибавил: — Потом Джулиана умерла, и я остался один.

— Один,— повторила Эйко, чувствуя, что на глаза наворачиваются слезы.

— Не надо меня жалеть! — буркнул он. — Я сам никогда до этого не опускался! Знала бы ты, какое удовольствие мне доставляло руководить компанией, покорять Солнечную систему, прикидывать, как проникнуть дальше!..

— Кажется, я могу представить. Вы бы хотели продолжать?

— Никто из нас не вечен.— Эйко словно воочию увидела, как он пожал плечами.— Кстати сказать, ведь перед тобой не настоящий Энсон Гатри. Всего лишь программа в металлическом ящике.

— Я имела в виду,— пробормотала женщина,— что вы хотели бы и дальше... исследовать космос. Вести человечество к звездам, к новым открытиям и свершениям, пережить солнца и галактики, стремясь достичь некоего идеала.

— Не совсем,— проворчал Гатри.— Я ведь не святой, чтобы пожертвовать всем ради грандиозной цели. И не настолько самовлюблен, чтобы предполагать, что с моей смертью «Файербол» немедленно провалится в тартарары.— Он помолчал, будто прислушиваясь к шелесту ветра.— Мы в кризисе, и не в одном. Кризис технический, кризис политический, и все порождают множество вопросов. К примеру, стоит ли продолжать космические исследования? Что такое изучение космоса — дорога в будущее или черная дыра, в которую вбухано уже столько средств? Некоторые государства настроены весьма решительно: подавай им звезды, и немедленно. Как с ними быть? Щелкнуть по носу или помочь? И как помешать превращению «Файербола» в государство? — Гатри говорил, то понижая голос, то снова воодушевляясь.— Я стал со временем старым болтуном, который мало на что способен, поэтому для «Файербола», для нашего с Джулианой детища, наилучшим выходом была бы моя отставка. Или же надо искать помощника с

моим образом мыслей, которому не меньше моего хотелось бы
осуществить мечту Джулианы. Я последовал совету друзей, утвер-
ждавших, что иначе нельзя, не сразу, но согласился на их
просьбы. Возможно, они были правы. Как выяснилось, едва не
опоздал, потому что, только-только мы все сделали, я умер.

31

БАЗА ДАННЫХ

Дом стоял на западной окраине заповедника Ванкувер-ай-
ленд. Кругом возвышались могучие ели. От дома начиналась тропинка, которая сбегала к причалу. Внизу, у подножия скал, шумел
океан. День выдался теплый и ясный, лишь на востоке клубились
бело-голубые облака. Дул прохладный ветерок, в небе с криками
кружили изумительно белые чайки. Золотисто-зеленые волны
сверкали на солнце, с грохотом обрушивались на берег; на расстоянии рокот прибоя воспринимался как гул колокола. В море виднелся рыбацкий баркас.

Здесь был воссоздан кусочек древней Земли, содержание которого обходилось весьма недешево.

Робот посадил флайер на площадку, выбрался из кабины и
направился к дому. Он напоминал рыцаря в доспехах — две
руки, две ноги, которые приводились в движение аккумулятор-
ной батареей; разумеется, колеса, гусеницы, или дюзы были бы
лучше, но сегодня случай особенный. Пол веранды застонал под
его весом. Шейла Квентин услышала, как скрипят доски, и открыла дверь. Робот вошел в отделанную панелями из ореховой
древесины переднюю. Внутри царил полумрак, в котором ярко
сверкал видеоэкран, изображавший бегство Дедала и Икара из
тюрьмы Миноса.

— Добро пожаловать, — сказала Шейла, помолчала и прибавила: — Зачем вы прилетели?

— Он просил, — отозвался робот густым басом. Чувствовалось, что машина еще не успела как следует освоить человеческие
интонации.

— Да, но... — Шейла отвернулась. — Я думала, он... Одно дело
родственники... Извините, но вы могли бы просто позвонить. Ему
нельзя волноваться, — закончила она с вызовом.

— Он так хотел, — возразил робот, глядя на женщину, которая в молодости была, должно быть, весьма привлекательной. —
Неужели вы не понимаете?

— Понимаю.— Шейла вздохнула.— В этом он весь. Но, будь моя воля, я бы вас к нему не пустила.

— Да ну?

— Я пыталась убедить его, но он не желал ничего слушать...— Она стиснула пальцы.— Ужасно, когда такой сильный человек становится вдруг совершенно беспомощным. Не надо было разрешать ему звонить...

— Он бы вас отругал и сделал все по-своему. Уж я-то знаю.

— Естественно.— Шейла посмотрела на робота.— Короче, я уступила. Можете презирать меня за слабость.

— С какой стати? — робот покачал головой.— Наоборот, большое вам спасибо.

— Не теряйте времени,— проговорила Шейла, бросив взгляд на лестницу, что вела на второй этаж.— Трудно сказать, как долго будет действовать лекарство. К сожалению, приходится всякий раз увеличивать дозу.

— Потом...

— Если «потом» наступит,— перебила она и судорожно сглотнула.— Так или иначе, он хотел остаться один.

— Меня можно не считать.

— Если бы он позволил мне, пока вы будете говорить, подержать его за руку... Нет! — воскликнула женщина.— Ступайте же! Ступайте!

Робот поднялся по лестнице, подошел к двери спальни, что выходила окнами на закат, и переступил порог. Белые стены, несколько картин, окна распахнуты настежь, ветерок теребит шторы. В углу старинные напольные часы, настоящий музейный экспонат; их тиканье как бы дополняло шорох ветра. Робот приблизился к кровати, на которой лежал Энсон Гатри. Тот моргнул. Вид у него был поистине ужасный — щеки ввалились, глаза запали, нос торчит словно камень из моря. Губы Гатри шевельнулись. Робот отрегулировал свой слух и разобрал слово «Привет», а еще — шелест еловых веток и рокот прибоя.

— Vaya con Dios,— поздоровался он.

— Ну-ну...— слабо усмехнулся Гатри.— Я хотел... встретиться напоследок...— Ему приходилось буквально выдавливать из себя слова. Дышал он прерывисто, с натугой.

— Шейла считает, что это неразумно,— заметил робот.— Может быть, она права.

— Может быть... Какая разница? Надеюсь... ты ее не обидел?

— Не уверен.— Робот выпрямился и неуклюже почесал затылок, будто у него там росли волосы.— Для меня все ново и непривычно. — Внезапно он заговорил суровым тоном, решив, очевидно, что нападение — лучший способ защиты: — А ты ее не обижал?

— Случалось... — Гатри отвел взгляд. — Но... — Он на мгновение умолк. — Ты сказал: «Vaya con Dios». — Человек снова усмехнулся. — Да, Джулиана мне бы устроила... Шейла и те женщины, что были до нее...

— Джулиана бы поняла, — заявил робот.

— Как знать?.. По-моему, ты не совсем понимаешь... Просто не можешь... понять...

— Зачем ты так? — спросил робот, помолчав.

— Извини. — Взгляд Гатри вновь остановился на металлическом корпусе. — Правда, извини. Я все время забываю... что мы с тобой все-таки разные... А с собой я никогда... не миндальничал... — Он закашлялся.

— Знаю. — Робот кивнул. — Думаю, скоро нас будет не отличить. Я быстро учусь.

— Ладно... — Гатри попытался нахмуриться. — Хватит переливать... из пустого в порожнее... Времени в обрез... черт!.. Я иду к Джулиане... то бишь в никуда... Поэтому... надо кое-что утрясти...

— Ты встретишься с ней, — пообещал робот, разумея, что прах Гатри развеют над хребтом Лейбница, лунными горами, над которыми не заходит солнце.

— Ерунда... Нам всегда было... наплевать... Моя эпитафия... Помнишь?

— Конечно.

Теплая ночь, мятая постель, снаружи стрекочут цикады, голова Джулианы лежит на его плече, золотистые локоны щекочут кожу.

— Я придумал надпись на свой могильный камень, — со смехом проговорил Энсон. — Слушай:

«Смерть — наш удел.
Здесь тот лежит,
Кто лечь в постель
Всегда спешил».

— Придумал и не написал... — прошептал Гатри.

— Я ее не забуду, — сказал робот.

— Да, конечно... Слушай... Я хочу... проинструктировать тебя... насчет «Файербола»... Тебе придется несладко... а ты еще не освоился... — Он перевел дыхание. Робот едва расслышал вопрос: — Интересно... каково это?..

— Странное ощущение,— признался робот.— Я чувствую себя ходячей абстракцией.— Он помолчал, подбирая слова.— Однако у меня есть желания, есть друзья, воспоминания — твои друзья, твои воспоминания. Конечно, я не ты, но... Все-таки ты сегодня обидел Шейлу.

— Позаботься о ней... Она заслужила...

— Хорошо. Ладно, так что ты хотел мне рассказать?

— К тебе уже пристают... все кому не лень...— начал Гатри, собравшись с силами.— Советы, просьбы, требования... Ты знаешь... то, что знаю я... но чувствуешь ли?.. Слушай... Большинство... желает тебе добра... Остерегайся Делэнси... он рвется к власти... Слишком ретив... для администратора... не спускай с него глаз... Еще Таня... Таня Игл Три. Хорошая девочка... моя внучка... не допускай ее к руководству... Пускай остается простым инженером... А...— И тут начался припадок.

Робот опустился на колени, обнял Гатри, походившего сейчас на мумию, и прижал к себе.

— Может, кого-нибудь позвать? — спросил он. Любой человек на его месте именно так бы и поступил, ни о чем не спрашивая.

— Нет,— прошептал Гатри. Вибродатчики робота уловили прерывистое сердцебиение, хемодатчики зафиксировали запах пота.— К черту... Все равно...— Припадок закончился. Робот отпустил Гатри. Тот шевельнул правой рукой.— Звезды... Что бы ни случилось... не забывай про звезды...

— Я помню ту ночь у озера,— отозвался робот.

Необычайно спокойный вечер, изумительно прозрачный для такой высоты воздух. Над лесом — бесчисленное множество звезд, в свете которых искрится и переливается озеро. Энсон и Джулиана наслаждались одиночеством. Они разделись и побежали купаться. Вода оказалась чуть ли не горячей. При каждом движении с рук срывались капли, которые падали со звуком, похожим на звонкий смех. Влюбленные плавали среди звезд. «Когда-нибудь,— проговорила Джулиана,— так оно и будет. Обещаешь?»

— Хорошо,— похвалил Гатри.— Замечательно... что ты помнишь...— После паузы он прибавил, чуть громче: — За это надо выпить... Налей мне... Виски вон там...

— Лучше не надо,— посоветовал робот.

— Наливай... Пока еще я — начальник...

Робот подчинился. Он пересек комнату, достал из ящика стола бутылку, налил виски в стакан, вернулся к кровати, приподнял Гатри и поднес стакан к его губам.

— Звезды, — пробормотал человек.

Тихо шевелились на ветру шторы. За окнами полыхал закат. Минутная стрелка обежала полный круг, и часы начали бить, провожая минувший час.

32

По команде из центра управления «Иния» скользнула в шлюз Л-5. Маневр выполнял автопилот, Кире оставалось лишь сидеть и наблюдать. Станция, что виднелась на переднем экране, напоминала огромную скалу, которая почему-то крутится вокруг своей оси, а распахнувшийся люк шлюза смахивал на вход в пещеру. Звездолет вошел в шлюз, развернулся, сел на назначенную площадку. Тут же сработали электромагнитные захваты. Корабль вздрогнул всем корпусом, вернулась гравитация; все испытали головокружение — легкое, почти незаметное, поскольку ангар находился в непосредственной близости от оси вращения станции. Кира посмотрела на экран: там было видно, как рядом садится бот. Хорошо, что она не согласилась с предложением Рианндалира лететь на «нарвале». Тогда им пришлось бы оставить звездолет на орбите, а самим пересесть на шаттл. Размеры же «дельфина» позволяют без помех войти в шлюз, что и было сделано. Вдобавок, проще будет удрать — если, конечно, будет кому удирать.

Что ж, посмотрим. Многое, очень и очень многое зависит от нее. Она расстегнула ремни, поднялась с кресла и направилась на корму, где находились луняне. Аррен, Изабу и Куа выглядели измученными: еще бы, провести несколько часов при силе тяжести вдвое больше привычной. Впрочем, они поддерживали силы медикаментами (что, возможно, не пройдет для них бесследно, но это выяснится уже после возвращения домой). Рианндалир же оставался свеженьким, как огурчик. В отличие от своих подданных, одетых в рабочие комбинезоны, он облачился в черный с серебром наряд. Черт побери, что за мерзкая привычка! Вечно он стремится выделиться...

— Все в порядке? — спросил вполголоса селенарх. — Надеюсь, каждый помнит, что конкретно должен делать? — Он улыбнулся, повернулся к Кире. — Вы-то, миледи, не сомневаюсь, помните. — Девушка покраснела, мысленно выругалась, но отвечать не стала.

Аррен и Изабу взяли свои ящики с приборами и инструментами и следом заРинндалиром двинулись к переходнику. Куа, резервный пилот, одна из немногих жителей Луны, что прошли подготовку в космическом центре, отстала от них на пару-тройку метров. Кира прижалась к переборке. Она слышала все, что происходило снаружи, но никого не видела, да и сама никому не попадалась на глаза. До нее донесся шепот Куа, которая стояла в проеме люка:

— Шестеро полицейских... Наверно, патруль... Еще техники... Похоже, они нас опасаются. — Куа не принадлежала к партнерам «Файербола», была лишь подданной Риндалира, поэтому могла и не знать, что работники компании ни капельки не боятся обитателей Луны.

— ...приказ, сэр, — различила Кира мужской голос. — Он распространяется не только на вас, но на всех, кто прилетает на станцию. Пока существует угроза террористических актов, нам поручено... э... неотступно сопровождать вновь прибывших. Ради вашей же безопасности.

— Да, принимают нас с почетом, — саркастически заметил Риндалир. — Я весьма польщен. Шестеро охранников для троих человек!

— Bueno, сэр, вы прилетели неожиданно, не предупредив никого из руководства станции...

— Я охотно объясню, что, как и почему, если мне дадут поговорить с ними по видеофону или если их представитель встретится с нами на уровне с малой гравитацией. В двух словах, мы — разведчики. Если место, которое нас интересует, окажется подходящим, селенархия пришлет официальный запрос и направит к вам делегацию с соответствующими полномочиями. Может, мы отправимся туда? — Риндалир рассмеялся. — Насколько я понимаю, вам не терпится от нас отделаться.

— В сообщении говорилось, что вас пятеро...

— Пятый — пилот, служащая «Файербола». Кстати, капитан Педраза, думаю, вы согласитесь, что, учитывая нынешние обстоятельства, будет лучше, если с ней останется кто-то из нас, а именно Куа. В этом случае мы можем не опасаться за свой корабль.

Педраза было запротестовал, но Риндалир отмел его возражения — точнее, совершенно сбил капитана с толку своими пышными фразами. Кира пожалела, что не видит селенарха. Интересно, умеет ли кто-нибудь еще в галактике держаться столь высокомерно и в то же время бессовестно льстить? Между тем голоса постепенно отдалялись...

— Пойду посмотрю,— сказала Куа,— а ты слушай.— Несмотря на то, что на ней был комбинезон, а не привычная свободная одежда, казалось, она не идет, а плывет. Во имя Маккамона, как она прекрасна! Да, красоты лунянам не занимать. Перестроенные хромосомы... Любопытно, что привлекло в ней, Кире Дэвис, Ринндалира? Он ведь не притворялся, будто влюблен (должно быть, понимал, что может тем самым ее обидеть), однако его галантности мог бы позавидовать сам Джон Картер, а Неро Валенсия не шел с ним ни в какое сравнение... Несколько часов, проведенных в эльфийском холме[1], были не то чтобы незабываемыми, однако Кира не переставала спрашивать себя...

Слушай, черт тебя возьми, слушай!

Снова раздались голоса. Впрочем, Кира и не ожидала, что Педраза оставит корабль без присмотра. Он либо вызвал перед тем, как уйти с Ринндалиром, часового, либо велел остаться кому-то из своего отряда.

— Добрый день.— Это Куа.— Вы не против, если я похожу посмотрю? Никогда раньше здесь не была.— Явная ложь, но откуда о том знать охраннику?

— О, конечно, только далеко не отходите. Станция громадная, на ней очень легко заблудиться.

— Скажите, а что делают вон те люди?

— Не знаю. Видите ли, я всего лишь полицейский.

— Понятно...

Да, парень, похоже, не дурак и вряд ли бросит пост ради того, чтобы показать станцию прекрасной незнакомке. Впрочем, у нее как будто не было никаких задних мыслей, так что неприятностей вроде бы не предвиделось. Несомненно, часовому, как и всем остальным полицейским, приказали обращаться с лунянами очень осторожно. Лично ему, очевидно, вменялось в обязанность не спускать глаз с корабля и с этой обольстительной женщины. (Да, Куа и впрямь обольстительна. Этакая красавица-ведьма. На Земле время от времени возникали слухи, будто организмы лунян выделяют феромоны[2]: ученые, естественно, их опровергали, но...)

---

[1] Имеются в виду так называемые бру (brugh) или сиды (sidhe), внутри которых, по представлениям жителей различных областей Великобритании, обитают эльфы и прочие сказочные существа.

[2] Феромоны — химические вещества, оказывающие воздействие на поведения других особей.

Кира шагнула в переходник, рискнула выглянуть наружу. Куа разговаривала с молодым человеком в коричневой форме. Двое техников, что возились поблизости, тоже не сводили взглядов с лунянки. Вообще в ангаре было полно народу; кроме людей в нем трудились и машины. Куа взяла полицейского под руку, на что-то ему показала. Тот послушно уставился в ту сторону. Пора! Кира прыгнула, с силой оттолкнувшись от порога люка. Извернувшись на лету, она приземлилась на ноги и сразу же двинулась прочь. Внезапно она заметила, что на нее смотрит какой-то техник, и приложила к губам палец. Поскольку на Кире была форма файер-болского пилота, а техник, разумеется, тоже работал на компанию, он кивнул и вернулся к работе. Девушка прошла мимо.

Интересно, больше никто не заметил? Может, уже подняли тревогу? А что если полицейский, когда обернется, окажется наблюдательнее остальных? Напряжение нарастало. Если у нее ничего не получится... Кажется, на этот случай существует некий запасной вариант, но Рианндалир при обсуждении плана почему-то не стал вдаваться в подробности. Он что, намерен импровизировать? Или просто не хотел, чтобы она знала, предвидя возражения?

Кира отогнала надоедливые мысли. Она обогнула автопогрузчик, из-за которого не было видно ни корабля, ни Куа с полицейским, и шмыгнула в коридор. Что ж, вроде обошлось. Девушка провела ладонью по лицу. Надо успокоиться; в конце концов, ей не составит труда затеряться в толпе — она ведь не лунянка. Сколько на Л-5 таких, как Кира Дэвис,— партнеров «Файербола», которые направляются куда-то по поручению начальства. Может быть, командир подразделения Сепо и осведомлен о ее роли в «похищении» Гатри, но вряд ли на каждом перекрестке висят ее фотографии с надписью «Разыскивается».

Фарвегом девушка добралась до промышленного уровня, который был ей более-менее знаком, отыскала видеофон-автомат и позвонила в офис Тамуры. На экране появилась какая-то женщина, чему Кира немало удивилась. Женщина, услышав ее просьбу, как будто изумилась не меньше.

— К сожалению, мистера Тамуры нет,— ответила она по-английски с сильным акцентом.— Он... арестован... Я думала, все знают.

— Получается, что не все,— отозвалась Кира, справившись с приступом страха.— Меня долго не было на станции.— И тут же, чтобы женщина не успела задуматься, откуда она могла вернуться, попросила: — Тогда соедините, пожалуйста, с его дочерью. — Видя, что женщина колеблется, Кира встала перед экраном так, чтобы можно было различить у нее на форме эмблему компании. Прошло несколько томительных секунд. Что пересилит — верность присяге или подозрительность и страх. Наконец женщина произнесла:

— Мисс Тамура в отпуске. Возможно, она дома.

— Gracias. — Кира выключила аппарат и принялась прикидывать, как поступить. В конце концов она решила не звонить Эйко (линия наверняка прослушивается, как, впрочем, и та, к которой подключен аппарат в кабинете Тамуры; но мэру ежедневно звонят сотни людей, поэтому можно не опасаться, что ее звонок вызовет повышенное внимание). Лучше просто приехать к подруге в гости. Сепо, вероятно, следит лишь за потенциальными возмутителями спокойствия, на большее не хватает сил и средств; Эйко же не обидит и мухи, так что за ней следить бессмысленно.

Хотя на самом деле Эйко вовсе не такая уж тихоня... Кира перебиралась с уровня на уровень, шагала по коридорам и по тропинкам, что вились среди деревьев в парках и садах, пересекла по мосту реку Белт-ривер. К счастью, по дороге ей не встретился никто из знакомых, хотя вероятность подобной встречи была весьма велика.

На двери квартиры Эйко, как то было в обычае у жителей Л-5, рядом с номером красовалась эмблема семьи Тамура. Ее когда-то нарисовала Эйко. Кира на мгновение задержалась, рассматривая белую лилию. Интересно, дома ли хозяйка? Если нет, куда пойти? Девушка нажала на кнопку звонка и встала перед экраном сканера.

Дверь распахнулась. Кира переступила порог — и очутилась в объятиях Эйко.

— Тсс, — прошептала девушка на ухо подруге, — не говори ни слова. Обо мне никто не должен знать.

Между тем дверь закрылась. Кира уловила слабый аромат, что исходил от волос подруги. Маленькая, измученная, в своем привычном наряде — кимоно и оби, в глазах слезы, Эйко кивнула, взяла Киру за руку и повела за собой.

Они вошли в хорошо знакомую Кире комнату. На письменном столе, который загромождали листы бумаги, рядом с компьютером спал Чудзо. При появлении людей кот мгновенно проснулся, вскочил и уставился на девушку. Кира машинально почесала ему спинку; Чудзо потерся головой об ее ладонь и довольно заурчал. Эйко села за компьютер, дав жестом понять, что

он не подключен к станционной киберсети. Пальцы женщины
забегали по клавиатуре. По экрану побежали буквы:

«Здравствуй, милая! Я так за тебя боялась!»

Эйко встала, уступая место Кире. До чего же смешно, подумала та, неужто мы так и будем скакать туда-сюда, как теннис-
ные мячики?

«Времени в обрез. В квартире могли установить соник[1], но
вряд ли что-то еще. Насколько я поняла, твоего отца арестовали.
В остальном все в порядке?» — Эйко утвердительно кивнула.
Кира улыбнулась.— «Хорошо. Мы с лунянами прилетели за Гатри. Он у тебя?» — Снова кивок.— «Здорово! Надо вытащить его
отсюда. Как думаешь, получится?»

Эйко уселась за компьютер и набрала: «Может быть. Пошли».

«Прихвати что-нибудь, во что его можно положить»,— посо-
ветовала Кира. Сама она ничего с собой не взяла по вполне понятной причине: если бы ее задержали в ангаре, пустая сумка
оказалась бы более чем достаточной уликой. Кроме того, никто
ведь не знал, что, собственно, происходит на Л-5.

«Я обо всем позаботилась». Эйко и впрямь нахмурилась, или
показалось?

«Черт возьми, извини»,— чуть было не воскликнула вслух
Кира. Что-то я в последнее время поглупела.

Она вышла из комнаты, сделав Кире знак подождать. Девушка принялась играть с Чудзо. Кот явно наслаждался лаской. Глядя
на него, Кира не могла не вспомнить ночь, которую провела с
Рииндалиром. Ну да, она усвоила урок и не ни за что теперь не
поддастся чарам селенарха, однако эти мысли помогают забыть о
страхах и сомнениях; к тому же, Рииндалир не какой-нибудь там
маньяк-убийца Валенсия...

Вернулась Эйко, сменившая кимоно на комбинезон, а оби на
башмаки. Кира попрощала с Чудзо, и подруги вышли из квартиры.

Скоро Кира поняла, что совершенно запуталась. Куда они направляются? Фарвег доставил их к Деревне Маргиналов — там
жили те, кто привык к малой гравитации, кого устраивала плата
за проживание в крошечных хибарках, кто не имел детей и не
собирался их заводить. Подруг окликнул какой-то мужчина.
Кира, которой сразу вспомнился тот тип из квартала Кварк-Фейр,
стиснула кулаки, но ничего страшного не произошло. Эйко отде-
лалась от мужчины невнятной фразой. Снова фарвег; на сей раз

---

[1] Соник — здесь: «подслушивающее устройство».

они сошли с дорожки на уровне нанорезервуаров и по кольцевой линии добрались до аэродинамической лаборатории, в которой сейчас, когда компания во многом свернула свою деятельность, не велось никаких исследований.

Ну конечно, подумала Кира, Эйко выбрала наименее оживленный маршрут. И в самом деле, до сих пор им (и то случайно) встретился один-единственный человек.

Очередной фарвег привез их на уровень с силой тяжести в половину земной. Здесь размещался заповедник Треворроу. Подруги пошли по тропинке, что бежала по лугам, огибала холмы, то ныряла вниз, то устремлялась вверх, к искусственному небу и иллюзорным облакам. Тут и там шелестели на ветру листвой клены и вязы, покачивали ветвями ели, пахло сырой землей, невольно вспоминалось то, что казалось давным-давно забытым...

— Тут нас никто не услышит,— проговорила Эйко.— Здравствуй же, Кира.

Они обменялись рукопожатием и улыбнулись друг другу. На глаза обеим навернулись слезы. Впрочем, Кира сразу же справилась с волнением.

— Значит, он у тебя? — спросила она, чувствуя, как убыстрился пульс.— Как это случилось? — Когда Эйко вкратце поведала о своих приключениях, Кира воскликнула: — Господи, какая ты молодец, Эйко! Только полный идиот может считать, что поэты не годятся ни на что, кроме как кропать стишки. Эсхил был солдатом, Хайям — ученым, Джефферс — каменщиком[1]...

— А ты пилот,— заметила Эйко.

— Ну да,— рассмеялась Кира,— а еще умелая кухарка, азартный карточный игрок и охотница до развлечений. Я не поэт, а графоман.— Она посерьезнела.— Bueno, что касается меня...— Девушка в двух словах изложила свою историю, опустив практически все подробности.— Как только получу Гатри, сразу вернусь на корабль. Хотя...

— Вот именно,— согласилась Эйко.— Я же говорю, они обыскивают колонию, уровень за уровнем. Часовой вряд ли помешает тебе подняться на борт, но наверняка свяжется с начальством, и вам не дадут разрешения на взлет, пока не проверят корабль.

---

[1] Эсхил (525—426 до н. э.) — древнегреческий трагик, принимал участие в сражениях с персами при Марафоне и Саламине. Омар Хайям (1048?—1112) — знаменитый арабский поэт и астроном. Р. Джефферс (1887—1962) — американский поэт.

— Верно. Пожалуй, я передам шефа лунянам, а сама останусь здесь.

— И что потом?

— Дальше все будет зависеть от Ринндалира,— отозвалась Кира, пожав плечами.

Он не подведет. Не подведет! А если все же не справится? Ему самому неудача не грозит практически ничем. Правительство Союза просто-напросто вышлет его и остальных обратно на Луну. А Гатри... Селенархам по большому счету на него плевать, их интересует прежде всего сам процесс противодействия Сепо, который они воспринимают как новую игру. И все-таки на Ринндалира можно положиться. Иначе надеяться вообще не на что.

— Если Гатри-сан не возражает, так тому и быть,— проговорила Эйко после непродолжительного молчания.

— Тебе не нравится наш план? — спросила Кира.

— Слишком он рискованный.— Эйко покачала головой.— Но другого способа, похоже, нет,— вздохнула она.

Кира проглотила слова, готовые сорваться с языка. Зачем лунянам прилагать такие усилия, если они не хотят, чтобы Гатри вновь руководил «Файерболом»? Нет, опасения Эйко беспочвенны; тогда почему она сердится на подругу? Потому, что та высказала ее собственные страхи? Чертовщина какая-то...

В молчании они подошли к Дереву.

— Сейчас я его достану,— сказала Эйко.— А ты покарауль, пожалуйста, на нижней площадке.

— Muy bien,— откликнулась Кира. Вообще-то она как раз хотела забраться на Дерево — снять напряжение, обрести покой. Но Эйко права.

Стоя в одиночестве на платформе, вдыхая исходивший от коры аромат, Кира отдалась свободному течению мыслей. Почему возник этот колосс? Ну да, в результате научных исследований. Биомеханика и тому подобное. Однако зачем понадобилось изменять конструкцию Л-5, заново регулировать динамическую стабильность станции? К чему утруждать себя такими заботами? Существование парков и садов оправданно с точки зрения экологии, восстановительной терапии и эстетики: за днем приходит ночь, зиму сменяет лето, жизнь сохраняет свой ритм, геометрические, электронные и прочие штучки создают ощущение близости к природе. Вроде бы все понятно. Но кому понадобилось Дерево с его исполинскими размерами и необычайной по человеческим меркам продолжительностью жизни?

Девушке вспомнились ледяные кометы, на которые до нее не ступал ни один человек; марсианская пропасть, над которой играют краски рассвета; юпитерианские бури, за которыми она наблюдала со спутника планеты сквозь радиоактивную пелену, способную в мгновение ока уничтожить все живое на Земле; Сатурн, похожий на огромный самоцвет; скалы, что пронзают готическими шпилями коричневато-желтое небо над Титаном... Чего она добилась самостоятельно? Ее всегда сопровождали машины, начиная с корабля и скафандра и заканчивая компьютерами, манипуляторами и всевозможными датчиками. Она и сама отчасти превратилась в машину — еще ни разу не рожала и даже не собиралась...

До сих пор она обнаруживала лишь бесплодные земли — к примеру, те же кометы или Марс. Робот-Гатри (точнее, анти-Гатри, хотя в данном случае какая разница?), который вернулся со звезд, рассказывал о живом мире, где существовали примитивные формы жизни. Но та планета уже обречена. Открыты, правда, еще две, которые миллионы лет спустя могут стать похожими на Землю — а могут и не стать. Зато кругом — мертвая материя и тишина, которую нарушает разве что шепот звезд.

Быть может, Дерево появилось от отчаяния?

Среди зелени над головой Киры что-то шевельнулось. Девушка посмотрела вверх и увидела Эйко. Та спустилась на площадку и с улыбкой кивнула. Дрожащей рукой Кира расстегнула клапан рюкзака, что висел за плечами у подруги, и на нее уставились линзы модуля.

— Привет, девочка,— раздался знакомый бас.— Шикарное зрелище, верно?

— Шеф...— выдавила Кира.

— Эйко мне кое-что рассказала.— Голос Гатри привел Киру в чувство. Неожиданно она совершенно успокоилась.— Ты прилетела вместе с Рынндалиром и его орлами. Хорошо, что дальше?

— Ну... Я передам вас им... и вы полетите на Луну.

— Каким образом ты собираешься это сделать? Сепо не выпустит его, пока не удостоверится, что меня на борту нет и в помине. Они, возможно, понятия не имеют, что именно разыскивают, но наверняка придержат Рынндалира и свяжутся с начальством, а то позвонят в Кито, и... Дипломатические осложнения мой двойник будет улаживать потом. Я бы поступил точно так же.

— Разумеется, но...— Кира изложила свой план.— Надеюсь, все получится.

— Да уж, иначе нам крышка. Выходит, ты останешься?

— Я не вижу способа пробраться на борт, а если Сепо узнает, что я тайком покинула корабль или что луняне привезли меня с собой...

— То заинтересуется и начнет копать. Правильно. Ты сумеешь спрятаться?

— Я неплохо знаю станцию.

— Я могу помочь,— вмешалась Эйко.— Естественно, у меня дома Кире надолго оставаться нельзя, но есть несколько семей, которые охотно приютят ее и никому ничего не скажут.

— Черт побери! Жаль, что я не могу вас обнять! — проворчал Гатри.— Когда все кончится, приходите ко мне: к вашим услугам будет весь «Файербол».

— Сэр, мы помним присягу,— отозвалась Эйко.

А ведь она не давала клятвы, подумала Кира. Зато давал ее отец.

— Пошли,— сказала девушка. Эйко кивнула, сняла рюкзак, посмотрела на прощанье в линзы модуля и застегнула клапан. Кира просунула руки в лямки, и они стали спускаться.

Внизу Эйко проговорила:

— Знаешь, когда поэты сталкиваются с реальностью, они, как и все остальные, не находят слов. Пока тебя не будет, я постараюсь договориться насчет укрытия. Приходи ко мне часов в пять. Может быть, я вернусь и раньше. Найдешь, где отсидеться до пяти?

— Не привыкать,— усмехнулась Кира. Она намеревалась побродить по тем секциям, где вряд ли рисковала встретить знакомых или натолкнуться на патруль. Девушка миновала ворота в стене и вышла на луг, чувствуя, что ее переполняет радость.

Кира заранее и весьма подробно описалаРинндалиру то место, куда, по их требованию, должны были отвести лунян. Оно находилось на сельскохозяйственном уровне, где при силе тяжести в одну шестую земной выращивали гигантскую пшеницу и соевые бобы. За посадками, естественно, ухаживали машины, но люди появлялись там достаточно часто, так что она вряд ли привлечет к себе внимание. Рынндалир должен был заявить, что хочет заключить соглашение с мэром и выращивать на Л-5 недавно выведенный сорт зерновых, который использовался в фармацевтической промышленности. Вполне возможно, со временем он решит устроить плантацию на Луне, но пока желает изучить условия, убедиться, что они ему подходят, и проверить, смогут ли работать в них луняне. Подобное поведение как нельзя лучше укладывалось в традиционное представление землян о жителях Луны. Селенарх уверил Киру, что без труда справится со своей ролью.

Выйдя из коридора, Кира сразу увидела Ринндалира, его спутников и полицейских; поблизости теснились зеваки. Колосья на поле напоминали зеленый частокол — необыкновенно высокий, люди рядом с ним выглядели сущими карликами. Впрочем, до Дерева им, конечно, было далеко. Сильно пахло химией. Над растениями сверкали многочисленные лампы. Вдоль кромки поля полз робот-культиватор, вызванный контрольным автоматом, что смахивал на насекомое размерами с человека.

Первой Киру заметил Ринндалир, поскольку он, в отличие от Аррена и Изабу, что перебирали свои инструменты, стоял выпрямившись в полный рост. Селенарх дернул подбородком: движение было едва уловимым. Когда Кира подошла поближе, на нее обратил внимание один из полицейских, который, машинально прикоснувшись к кобуре, вытер ладонью лоб и с неприязнью поглядел на Ринндалира. Еще бы, подумала девушка: то, что поначалу представлялось чуть ли не опасной для жизни обязанностью, оказалось на деле омерзительно скучным занятием.

Она присоединилась к зевакам. Интересно, они собрались здесь случайно или следовали за лунянами от самого ангара? Какая разница? Главное — среди них нет знакомых. Аррен поднял голову; его рука, сжимавшая какой-то прибор, внезапно дрогнула, и он поспешно занялся прежним делом. Изабу окинул Киру равнодушным взглядом.

Несколько минут спустя Ринндалир сказал что-то своим подданным, затем повернулся к командиру патруля. Кира не слышала, о чем они говорили, но приблизительно догадывалась: «Что ж, пожалуй, хватит. Пора возвращаться. Нет. Если хотите, можете связаться со своим начальством, но я заранее отказываюсь. Время не ждет».

Девушка зевнула — мол, ну и скукотища! — и направилась к тому коридору, который вывел ее сюда. При одной шестой земной силы тяжести Гатри почти ничего не весил, однако ей вдруг показалось, что рюкзак пригибает ее к земле.

Стены коридора были выкрашены в свинцово-серый цвет. Естественно, зачем машинам яркие краски? Кира распахнула дверь общественного туалета и вошла внутрь. На Л-5 подобные заведения были общими. По счастью, в туалете никого не оказалось. Девушка вошла в кабинку, закрылась и принялась ждать. Ей почудилось, будто вентилятор шумит невыносимо громко...

Раздался стук. Девушка открыла дверь и увидела перед собой Аррена. В первый момент она испытала разочарование. Почему не

Ринндалир?.. Глупая! У того, кто понесет Гатри, в руках должен быть ящик с инструментами. По всей видимости, Аррен пришел один, без полицейского; в противном случае он бы дождался, пока тот выйдет (агент Сепо наверняка не рискнул бы оскорбить ничем не завуалированным подозрением слугу селенарха).

— Порядок? — прошептал Аррен. Глаза лунянина блеснули в свете ламп.

Кира кивнула. Они быстро переложили Гатри из рюкзака в ящик, а инструменты перекочевали в рюкзак. Ящик был надежно экранирован. Разумеется, если поднести детектор вплотную, не поможет никакой экран, но Ринндалир уже настолько заболтал полицейских, что они вряд ли станут проверять снаряжение лунян перед отлетом.

Перед тем, как крышка ящика захлопнулась, Гатри помахал Кире манипулятором. Девушке показалось, она поняла, что хотел сказать шеф: «Здорово, правда? Обрести свободу в туалете...» Кира хихикнула. Аррен бросил на нее вопросительный взгляд, но промолчал. Когда он вышел, девушка, которой надо было немножко подождать, расхохоталась во все горло.

33

«Иния» развернулась и устремилась прочь от Л-5. Ринндалир вынул Гатри из ящика и поставил на свободное кресло. Высунулись щупальца с глазами-линзами: Гатри посмотрел на пилота, поочередно оглядел остальных членов экипажа и задержал взгляд на Ринндалире.

— Добрый день, милорд. Я вам весьма обязан.

— Пустяки, милорд,— отозвался селенарх, слегка наклонив голову и едва заметно улыбнувшись.— Я польщен тем, что сумел оказать вам услугу.— Спутники Ринндалира хранили молчание. Похоже, диковинный пассажир интересовал лишь пилота — Куа, которая повернулась к нему (впрочем, кораблем все равно ведь управлял компьютер, от нее требовалось лишь задать координаты места назначения и ввести векторы).

— Неужели? — если бы мог, Гатри улыбнулся бы тоже.— Что-то я не припомню, чтобы подобное вам когда-нибудь льстило.

— Я неудачно выразился,— отозвался Ринндалир.— Мы говорим на разных языках.— И мысли у нас разные, подумал Гатри.

Негромко гудели вентиляторы. Ускорение понемногу возрастало — это можно было определить по слабой вибрации, что пронизывала корпус звездолета, да по тому, что невесомость никак не наступала.

— Не слишком ли медленно мы летим? — справился Гатри.— Разумеется, вас такая скорость вполне устраивает, но я на вашем месте...

— А куда, собственно, спешить и зачем? — откликнулся Ринндалир.— Мы же на свободе.

— Черт побери! — воскликнул Гатри. Судя по тону, он, будь у него руки, стукнул бы сейчас кулаком по подлокотнику кресла.— Вы наверняка понимаете, что наш противник далеко не глуп. О вашем появлении на Л-5 доложат, если уже не доложили, моему двойнику, а тому не составит труда догадаться, что за всем этим кроется.

— Мы учитывали такую возможность. Риск показался нам отнюдь не чрезмерным. Между прочим, Кира Дэвис напомнила мне, что у анти-Гатри нет вашего опыта, что он сам никогда не общался с лунянами. Те сведения о нашем обществе, которые имеются у робота, в него загрузили вместе с громадным объемом прочей информации. Мы для второго Гатри — не более чем абстракции. Предположим, что сразу после того, как мы прилетели на Лагранж-5, командир подразделения Сепо связался с Землей и запросил инструкции. Что ему могли приказать? Скорее всего, вести себя с нами так, как он, очевидно, и вел. Что же касается анти-Гатри, его вряд ли немедленно поставили в известность, и он вряд ли объявил тревогу.

— Все равно, вы напрашиваетесь на неприятности.

— По-вашему, лучше вообще ничего было не предпринимать? — Ринндалир ясно дал понять, что обижен.— Тогда бы вас рано или поздно поймали; вдобавок, пока суть да дело, правящая верхушка Союза укрепила бы свое положение. Я согласен, наш план и впрямь рискованный, однако он сулил наибольший успех.

— Да,— признал Гатри,— вы молодцы. Потом расскажете поподробнее, ладно? — Он заговорил прежним, суровым тоном.— Но радоваться подождем. Вот когда сядем за столик в «Стартовой площадке»... Чем быстрее доберемся до Луны, тем больше с меня пива.

— Разве опасность не миновала? — спросил Ринндалир, заломив бровь.

— Чтобы нас догнать, кораблю с ионным двигателем требуется лишь несколько часов. А мы за это время, даже при двойном ускорении, вряд ли долетим до Луны.

— Что-то я не слыхал, чтобы у Союза имелись боевые корабли,— с откровенной насмешкой в голосе произнес селенарх.— Может, переоборудовали?.. Нет, слишком сложная задача; и потом, Корпус Мира наверняка не допустил бы ничего подобного.

— Верно. К тому же, шила в мешке при всем желании не утаишь: затей Сепо что-нибудь этакое, немедленно поползли бы слухи... Тем не менее... Когда меня загоняют в угол, я иду напролом. Мой двойник, без сомнения, поступает точно так же. Уверяю вас, узнав о том, что на Л-5 побывали луняне, он крепко призадумается. А если и нет, то прислушается к совету Энрике Сайре, а от этого мерзавца, уж поверьте мне, можно ожидать чего угодно. Короче говоря, могу гарантировать, что враг готовится нанести ответный удар.

— Пускай. А если они еще и превысят свои полномочия... Нам только лучше?

— Нам? — переспросил Гатри, поглядев на Ринндалира.— Лично я заинтересован в том, чтобы восстановить прежнее положение дел. А вы, похоже, хотите крушения авантизма.

— По-моему,— заметил с улыбкой Ринндалир,— мы хотим одного и того же. Просто вы темните. Зачем? Любопытный вопрос, не правда ли?

— К черту! — проворчал Гатри.— Ладно, судя по всему, выбора у меня нет, так? Однако я настаиваю на том, чтобы выступить с обращением прямо сейчас. Свяжитесь с Луной, пусть они запишут мое выступление и передадут пленку во все информационные агентства Федерации. И тогда — держись, Сайре!

— Возражаю,— негромко произнес Ринндалир и покачал головой: по серебристым волосам словно пробежала волна.

— Что? — изумился Гатри.— Ведь общественность... Да, правительство Союза станет все отрицать, чтобы выиграть время, притворится, будто ничего не произошло, однако все поймут, что мы заколотили в крышку гроба последний гвоздь. И, кстати, после того, как я выступлю, можно будет не бояться, что на нас кто-то нападет.

— Боюсь, все гораздо сложнее, чем вам кажется,— отозвался Ринндалир.— Пока вы находились на Л-5, я собирал все сведения, которые могли оказаться полезными, и пришел к выводу, что ваше обращение необходимо тщательно продумать и выступить с ним в наиболее подходящий с точки зрения психодинамики момент. Иначе возникнет хаос, и наши противники, поскольку они готовятся именно к такому исходу, получат преимущество. Кроме того, погибнут миллионы людей.

— Сказать по правде, сеньор,— произнес Гатри, выдержав продолжительную паузу,— что-то я раньше не замечал в вас сострадания к ближним. Сдается мне, вы все продумали заранее.

— Какая разница? Решение принято.

— А если я попробую вас переубедить?

— Давайте,— откликнулся с коротким смешком Риннда-лир.— В конце концов, будет чем скоротать время. Хотя мне представляется, что мы можем найти и более интересные темы для беседы.

— Чего вы добиваетесь?

— Не бойтесь, выкупа за вас селенархия не потребует.

— Хм... Пожалуй, чтобы узнать ваши мысли, я не пожалел бы и миллиона-другого уков.

— Нетрудно понять,— заявил Риннадалир, приняв характерную для лунянина позу (селенарх стоял, но почему-то создавалось впечатление, что он сидит),— что мы не хотим оставаться безучастными наблюдателями и считаем, что заслужили лучшей участи. Ведь заслужили, согласитесь! Вы только что упрекнули меня в безрассудстве, несмотря на то, что все прошло гладко, а сами собираетесь выступить с обращением, совершенно не думая о последствиях. Ради всего святого, будьте же последовательны.

— Кажется, и впрямь стоит сменить тему.— Гатри вздохнул.— Расскажите мне, как вы меня похитили. Тамура и Дэвис ничего толком не объяснили.

— Охотно. А вы поведаете нам о своих приключениях. По-моему, они — готовый сюжет для романа.

— Не знаю, не знаю... Между прочим, милорд, вы отъявленный негодяй. Ладно, замнем для ясности. Вы быстро расшифровали мое послание?

Луняне приготовились слушать (их сосредоточенность являлась, как ни странно, оборотной стороной той, по земным меркам, вседозволенности, что царила на Луне). Риннадалир присел на корточки, чтобы его лицо находилось вровень с линзами Гатри (пустячок, а приятно), и начал:

— Вам известно, что мы сильно отличаемся от землян. Однако Луна все же тесно связана с Землей, поэтому вполне естественно, что мы следим за происходящим у вас...

— Поздравляю! — перебил Гатри — У вас замечательно получается рассказывать то, о чем знает каждая собака, и избегать подробностей.

— Я просто хотел обрисовать ситуацию.— Ринндалир, похоже, ничуть не обиделся.— Но, раз вы настаиваете, перейдем к вашему посланию.

О Кире он почти не упоминал, заметил лишь, что она помогла составить план операции, а потом заявил, что не мешало бы передохнуть и выпить чаю.

— А что предложить вам, сеньор Гатри? Может, включить музыку? Я слышал, что вы поклонник так называемого джаза, музыки, которая была популярна в начале двадцатого века, поэтому специально разыскал старинные записи. Нет? Тогда как насчет «Сильфиды» в исполнении Тихополис-балета? Честно говоря, сам я не в восторге, но...

После чая Ринндалир напомнил Гатри, что теперь его очередь рассказывать.

— Я не настолько искушен в искусстве пустословия,— проворчал модуль.

— И не настолько тактичны,— усмехнулся селенарх.

— Ну да. Джулиана утверждала, что для ее мужа «такт» — слово из четырех букв. Рассказывать-то особенно и нечего. Эйко Тамура — молодец девчонка — выловила меня в космосе, доставила на станцию и спрятала в дупле гигантской секвойи, которая растет на Л-5...

Беседа продолжалась; образно говоря, ее, как парусник, гоняли то в одну, то в другую сторону расшалившиеся ветры. Ринндалир забрасывал Гатри вопросами, стремился докопаться до истоков конфликта между авантистами и «Файерболом», выяснить, что владелец компании забыл в Северной Америке («Вы вели себя как настоящий лунянин»,— заметил он с усмешкой), что произошло на территории Союза и чего можно ожидать... Потом стал расспрашивать о времени, проведенном Гатри на Л-5, поинтересовался, почему устранилась Эйко Тамура...

— Значит, и нашим, и вашим? С точки зрения психодинамики ее поведение оставляет желать лучшего. Тем не менее, уровень умственного развития у нее явно выше среднего. Принимая во внимание все факторы, в том числе хаотический характер органической жизни, можно считать, что интуиция вашу служащую не подвела.

— Вас послушать, вы вроде бы и не человек,— хмыкнул Гатри.

— В известной мере так оно и есть. Вдобавок, вам не кажется, что моя восприимчивость к иррациональному, которое лежит в корне мироздания, гораздо острее вашей личной и человеческой вообще?

* * *

Куа попросила всех пристегнуться. Звездолет развернулся кормой к Луне и начал торможение. На обзорном экране появились горные пики, у подножия которых отливали сталью лунные моря. Над пиками сверкал лазурный полумесяц Земли. Станцию Л-5, которая совершенно затерялась среди звезд, сумел бы обнаружить только тот, кто знал, где искать.

— Когда-нибудь,— проговорил Рынндалир, поглаживая подбородок,— я сам заберусь на это дерево. Вива-приставки мне уже не хватает. Признайтесь, вы ощутили его таинственность?

— Нет. Во-первых, я никогда не испытывал склонности к мистике, а во-вторых, чем мне было ощущать?

— Насколько я понимаю, вы превратились в машину далеко не до конца,— заметил селенарх, не сводя с Гатри взгляда. В разговор вновь вмешалась Куа. Она произнесла несколько слов на языке лунян. Замигал индикатор вызова, раздался звуковой сигнал.

— ... вызываю звездолет «Иния» ДР-327.

Аррен судорожно сглотнул. Изабу стиснул пальцы. Оба не отрываясь глядели на Гатри. Это был его голос.

— Вот так,— сказал модуль.— Я вас предупреждал.

— Перехвата нам не удалось бы избежать при всем желании,— холодно отозвался Рынндалир.— Что же касается того, кто нас преследует... Чудеса, да и только.

— Ничего подобного. Все закономерно.

— Будем отвечать.— Рынндалир сел в кресло и включил аппарат.— «Иния» слушает. Назовитесь, пожалуйста.

— Звездолет «Мурамаса» ТК-96.

— Типа «Катана»,— пробормотал Гатри.— С ионным двигателем.

— Вы незаконно захватили корабль, находящийся в собственности компании «Файербол Энтерпрайзиз»,— продолжал голос из динамика.— Немедленно возвращайтесь на Л-5.

— По-моему, вы ошибаетесь,— сказал Рынндалир.— «Иния» конфискована согласно закону Лунной селенархии. Если у вас есть возражения, рекомендую обратиться с ними в суд Всемирной Федерации.

— Засекла,— сообщила Куа. На экране перед Рынндалиром возникло изображение радарной сетки. Селенарх переставил Гатри так, чтобы тому тоже было видно.

— Расстояние около двадцати тысяч километров, тормозит при одном g, расчетное время сближения — полчаса,— прочитал Гатри.— Должно быть, он летит с такой скоростью от самой Земли, а курс корректирует по своему радару и по сообщениям с Л-5.

— Вызываю пилота «Инии»,— произнес голос из динамика.— Говорит Энсон Гатри, ваш шеф. Приказываю вам повернуть и направить корабль к Л-5. Вспомните о присяге. Иначе неприятности «Файербола» никогда не кончатся.

Да, полицейские со станции, похоже, добросовестно изложили своему начальству ту историю, которую услышали от лунян.

— Зря надеетесь, милорд,— усмехнулся Ринндалир.

— Вы играете с огнем.

— Неужели? И что вы намерены предпринять?

— Если понадобится, атаковать.

— Неслыханно! Насилие по отношению к мирному кораблю! Ваши действия не одобрят ни «Файербол», ни Федерация, не говоря уж о Луне.

— А как насчет похищения?

— Повторяю: никакого похищения не было.

— Юридические тонкости будем улаживать потом.— После паузы голос заговорил снова, уже менее угрожающим тоном: — Мы не хотим ненужных осложнений. Возвращайтесь на Л-5. Обещаю, вас и ваш экипаж отпустят домой. Нам нужно некое устройство, которое, по всей видимости, находится на борту вашего звездолета. Возможно, сеньор, вы о том и не догадываетесь. Если выяснится, что мои подозрения необоснованны, я готов извиниться и возместить моральный ущерб.

— Не слушайте его,— проворчал Гатри.— Он приближается.

— Что я слышу?! — воскликнул голос.

— То, что слышите,— откликнулся Ринндалир.— Ничего больше.

— Послушайте,— принялся убеждать анти-Гатри,— вы несомненно преследуете свои цели. Если бы сохранить случившееся в тайне было не в ваших интересах, вы бы давно растрезвонили о том, что сделали, на всю Солнечную систему. Я хочу вам кое-что предложить. Слышите? Я не сержусь. Вместе мы можем своротить горы. Прошу вас, подумайте, подумайте как следует.

— Хорошо,— согласился Ринндалир.— Вернемся к разговору, когда вы нас догоните. Конец связи.— Он жестом велел Куа выключить передатчик. Снова мигнул индикатор и раздался мелодичный звон.

— Выхода нет,— сказал Гатри.— Свяжитесь с Луной, передайте мое обращение. Когда узнает, он повернет обратно.

— А полицейские в Порт-Бауэне? — спросил селенарх.

— Там не только они, но и ваши люди. Кто-нибудь из них наверняка услышит обращение. К тому же, полицейским тоже будет над чем поразмыслить. Или подключитесь к информационной сети Луны. Мы с Кирой поступили бы именно так, будь у нас коды доступа и пароли. А у вас они есть — в бортовом компьютере или в голове. Умоляю, не теряйте зря времени

— Если я правильно понимаю,— произнес Ринндалир, вставая,— у нас две возможности: выполнить вашу просьбу — или сдаться.

— Точно. Хотя вы, конечно, можете принять его предложение.

— Спасибо, как-нибудь обойдусь. Что ж...

— «Мурамаса» меняет курс,— сообщила Куа.— Ого!

Гатри, который не сводил взгляда с экрана, затейливо выругался. Куа огляделась, тряхнула гривой светлых волос.

— Они изменили курс и увеличили скорость,— доложила она ровным голосом.— Будут рядом через пять минут.

— Знает, что делает! — проговорил Аррен.— Заранее все рассчитал.

— Мои поздравления, сэр,— произнес Ринндалир, обращаясь к Гатри.— Ваш двойник вам ничем не уступает. Времени, чтобы связаться с Луной, уже нет. Так что, сдаемся, или есть другие предложения?

— Естественно,— отозвался модуль.— Поторгуйтесь с ним.

— Как по-вашему, что он предпримет.

— Если мы не сдадимся?.. На таран, разумеется, не пойдет. Он на борту не один, с ним десантники; вот почему он все твердил «мы» и до сих пор не увеличивал скорость. Я уверен, он подключился к бортовому компьютеру, так сказать, превратился в звездолет... Черт побери, будь у меня такая возможность... «Мурамаса» пролетит рядом с нами, пламя из ее дюз вскроет наш корпус как консервную банку. Скафандры не спасут, ведь от радиации они не защищают...

— Что же делать?

Ответом на этот вопрос были мерцание индикатора и звуковой сигнал. «Сдавайтесь!» — требовала «Мурамаса».

— Можно попробовать увернуться,— сказал Гатри.— Изменить курс на перпендикулярный тому, которым движется он. Пока мой двойник затормозит, пока развернется... Все зависит от того, насколько выносливый у него экипаж — точнее, насколько привычный к перегрузкам.

— Справишься, Куа? — спросил Рииндалир.

— Не знаю.— Лунянка нахмурилась.— Если и получится, то от силы раз или два.

— Если справишься,— в голосе Рииндалира зазвенела сталь,— сделаю тебя правительницей Mare Muscoviencis[1].

— Ура! — воскликнула Куа, поворачиваясь к панели управления. На миг почудилось, будто волосы лунянки серебрятся в свете звезд.

Гатри посмотрел на взволнованного Аррена, на улыбающегося Изабу, потом перевел взгляд на Рииндалира.

— Вы что, и впрямь хотите последовать моему совету вместо того, чтобы заключить сделку? Я знал, что луняне — все чокнутые, но не предполагал, что до такой степени.

— С нами все в порядке, это вы двое чересчур логичны.— Рииндалир рассмеялся, подхватил Гатри и поднялся на мостик. Аррен и Изабу сели в кресла и пристегнулись.

На экране возникла «Мурамаса», похожая по форме на акулу. Она целиком заслонила собой Луну. Куа дала команду компьютеру. Ускорение отшвырнуло Рииндалира к переборке, однако селенарх каким-то чудом устоял на ногах. На мгновение мелькнули дюзы «Катаны» — и вражеский звездолет исчез. Вновь появилась Земля. «Иния» вновь легла на курс к Луне.

Рииндалир опустился в кресло рядом с Куа, пристегнулся, положил Гатри себе на колени и отдал пилоту какой-то приказ на мелодичном лунном наречии.

— Что вы ей сказали? — спросил Гатри.

— Чтобы связалась с Луной,— откликнулся Рииндалир.— А вы что подумали?

— С кем именно?

— Связь установлена,— доложила Куа.

— Надо было мне выучить ваш чертов язык,— пробурчал Гатри.

На видеоэкране появился лунянин, который приветствовал Рииндалира принятым на планете жестом. Селенарх обменялся с ним несколькими фразами, затем сказал:

— Говорите, сеньор Гатри. Запись включена.

Модуль заговорил. Услышав первую из коротких, рубленых фраз, лунянин на экране как будто изумился. Слушал он очень

---

[1] Mare Muscoviencis (*лат.*) — Московское море.

внимательно. Ринндалир время от времени дополнял слова Гатри. Куа не сводила глаз с дисплея.

— Возвращается,— сообщила она. В ее голосе совершенно не чувствовалось волнения.

— Он хочет тебя одурачить,— предостерег Гатри.— Ни в коем случае не повторяй маневр. Думаю, максимальное ускорение при движении прежним курсом застанет его врасплох.

Сила тяжести моментально увеличилась. На губах Ринндалира и Куа заалели капельки крови, необыкновенно яркие на фоне бледной кожи. С кормы донесся стон. «Мурамаса» проскочила мимо. Гатри продолжал говорить. Наконец гравитация снизилась до нормальной лунной. Гатри посмотрел на селенарха.

— Получилось! Свяжись с ним.

Куа включила передатчик.

— «Иния» вызывает «Мурамасу». Прием.

— «Мурамаса» на связи,— отозвался знакомый голос.— Выходит, улизнули?

— Похоже на то. На Луну ушло сообщение, записанное вместе с изображением. Если хочешь, можешь нас подстрелить, но за тобой уже следят радары и телескопы.

— Ясненько.— Раздался хриплый смешок.— Как ты понимаешь, мы все будем отрицать.

— Валяйте.

— По крайней мере, на первых порах. Отступать никто не собирается.

— А жаль.

— Может быть, но ничего не поделаешь.

— Тебя и вправду перепрограммировали? Ты, случайно, не хочешь стать самим собой — тем человеком, который...

— Человеком?

Наступила тишина, которую нарушали лишь корабельные шумы.

— Что ж,— проговорил Гатри,— мне кажется, мы сумеем договориться.

— Если не вмешаются твои друзья,— ответил его двойник.— На твоем месте я бы не особенно им доверял.

— Вы в порядке? — справился Гатри, поглядев на Ринндалира.

— Выживу,— буркнул тот.— Хорошо, что я догадался прихватить с собой спиртное.

— Да, напиться сейчас — самое милое дело. Опрокиньте стаканчик за меня.— Чувствовалось, что Гатри шутит механически, что мыслями он где-то далеко.— Похоже, нас ожидает карнавал, или какие у вас там бывают праздники.

— Нет,— возразил, выпрямляясь в кресле, Ринндалир.

— Что? — удивился Гатри.— Разве ваши люди не передадут мое обращение дальше?

— Не беспокойтесь,— произнес Ринндалир.— Я бы не смог этому помешать при всем желании. К тому же, весьма вероятно, что наше сообщение приняли сразу несколько станций. И потом, замолчать такое чрезвычайно сложно. В общем, слухи, должно быть, уже поползли. Я имел в виду другое: действовать будем окольными путями. Прежде чем совершить посадку в Порт-Бауэне, корабль сядет на мою площадку, откуда вас переправят в безопасное место, где вы сможете обдумать свое заявление, с которым обратитесь к Солнечной системе.

34

Снизив чудовищную скорость, «Мурамаса» развернулась и направилась к Л-5. Феликс Холден поднялся с кресла, кое-как выпрямился и пошел проведать пятерых своих подчиненных. Привычные к перегрузкам, отлично натренированные, они отделались сравнительно легко. Те, кто потерял сознание, быстро пришли в себя. Один за другим десантники докладывали Холдену о самочувствии. В их ответах сквозила некоторая растерянность, которая объяснялась, по-видимому, как физическим состоянием, так и весьма смутным представлением о происходящем.

Холден с немалым трудом, тяжело дыша, вскарабкался по трапу на мостик. При обычной силе тяжести, когда весил не больше сорока килограмм, он просто прыгал снизу вверх, но сейчас... Взобравшись, он плюхнулся в пилотское кресло и уставился на видеоэкран, на котором, на фоне вечной ночи, мерцали созвездия, сверкали Земля и Луна.

Пилота видно не было. Гатри находился внутри панели управления, чьи кнопки и датчики были ему ни к чему — ведь он напрямую подключился к бортовому компьютеру корабля. Используя возможности последнего, он изучал окрестности, следил за силовыми полями, наблюдал за стремительным полетом ионов...

— Как дела, полковник? — осведомился робот.

— Все в порядке, сэр,— отозвался Холден, дернув подбородком.

— Прошу прощения за причиненные неудобства, тем паче что страдали вы понапрасну.

— Вы не станете их догонять?

— Нет. Я прослушал их разговор с Луной и понял, что дальше играть в кошки-мышки бессмысленно.

— То есть,— уточнил со вздохом Холден,— если бы вы их прикончили, наше положение стало бы хуже прежнего?

— Не знаю,— проворчал Гатри.— Кто его разберет, этого Рииндалира! Жаль, что мы незнакомы. В противном случае, мне, вероятно, было бы ясно, чего от него можно ожидать.— Робот хмыкнул.— Подозреваю, что мой двойник вовсе не прыгает от радости. Ну да ладно. Вы правы, полковник, уничтожив врага, мы бы только сыграли ему на руку.

— Что вы намерены предпринять, сэр?

— Естественно, продолжать. Надо как-то выкручиваться, верно? Коней на переправе, как известно, не меняют. Джулиана постоянно упрекала меня за мои старомодные фразочки,— прибавил робот со смешком.— Или вы считаете иначе, полковник?

— Я и мои люди выполним все, что нам прикажут,— отозвался Холден, вскинув голову.

— С поправкой на обстоятельства, так?

— Да, сэр,— ответил Холден, подумав, что Гатри ничего не стоит расправиться с десантниками: достаточно лишь открыть наружные люки.— Надеюсь, вы придерживаетесь того же мнения.

— М-м... С вашим правительством у меня свои счеты, однако... Ладно, слушайте. Я хочу вернуться на Л-5, заправиться и снова махнуть в космос — так сказать, на боевое дежурство. Мне нужна ваша помощь. Судя по тому, что я о вас знаю, вы — наилучшая кандидатура на пост шефа полиции на Лагранже-5.

— Разве станцию не будут эвакуировать? — изумился Холден.

— Шутите? Променять журавля в небе на синицу в руках?

Холден посмотрел на экран, на котором светилась Земля, подумал о своей семье. Гатри ждал ответа.

— Я сделаю то, что мне прикажут,— произнес наконец полковник.

— И на том спасибо. Я свяжусь с вашим начальством, а вы пока отдыхайте.

— Сэр,— проговорил Холден, ободренный заботливым тоном Гатри,— я, кажется, начинаю понимать, почему люди всегда шли за вами.

— За мной?.. Ладно, отдыхайте.

Закодированный сигнал ушел на один из множества спутников связи, что вращались по орбите вокруг Земли, с него поступил на ретранслятор на поверхности планеты и достиг Футуро. В Северной Америке была ночь, однако Энрике Сайре, судя по всему, бодрствовал круглые сутки.

Экран видеофона оставался темным, поскольку Гатри не нуждался в изображении и звуке, чтобы вести беседу: ему не составляло труда преобразовать соответствующие сигналы. Впрочем, утверждать, что робот считывал информацию напрямую из памяти компьютера, было бы преувеличением. Человеческий мозг обрабатывает данные, которые поставляют зрение и слух, но восприятие окружающего мира — процесс, в котором задействовано все естество человека. Гатри ощущал электромагнитные волны приблизительно так же, как человек ощущает свет; чувствовал силовые поля, как когда-то — ветер и воду; знал, как сориентироваться относительно движущейся цели — очень просто, все равно, что швырять камень или стрелять из ружья. Сейчас ощущений было гораздо больше, нежели при жизни, причем все они воспринимались по отдельности, не сливаясь в безликую массу. Физика проще биологии — и в то же время значительно, неизмеримо сложнее.

— Bueno! — воскликнул Сайре.— Какие новости? — Он выглядел изрядно уставшим: щеки ввалились, под глазами темные круги.

— Мой двойник у них,— отозвался Гатри.— Он выступил с обращением, которое передали на Луну. Я не успел помешать. Скоро, наверно, сядут.

Наступила пауза.

— Значит, все кончено? — пробормотал Сайре, обмякая в кресле.— Нет! Так просто мы не сдадимся. Возвращайтесь. Разумеется, не в Кито. Мы постараемся подыскать вам убежище.

— Спасибо, обойдусь. Что я там буду делать, маяться со скуки? У меня есть план. Помните наш разговор насчет лунян? Когда они прибыли на Л-5, я сразу предположил, что им нужен мой двойник. Что ж, Риндалир добился своего. Однако вместо того, чтобы тут же сообщить об этом всем и каждому, он предпочел помалкивать. Никакого обращения не было бы, если бы я их к тому не вынудил. Отсюда следует, что луняне ведут собственную игру, какую именно, сказать трудно. Вполне возможно, по сравнению с ними мой двойник окажется невинной овечкой. С другой стороны, есть такая поговорка: «Ловить рыбку в мутной воде»,— чем я и намерен заняться.

— Что вы задумали? — справился Сайре, вглядываясь в темный экран своего видеофона, словно надеялся увидеть лицо собеседника.

— Вернусь на Л-5, заправлюсь реактивной массой и антиматерией, а затем отправлюсь на охоту. Десантники останутся на станции. Я хочу, чтобы вы — то бишь Синод — назначили

Феликса Холдена шефом тамошней полиции. Он человек толковый и обязательный, на него можно положиться.

— Не знаю, не знаю... В его досье содержатся кое-какие сведения... Хотя положиться на него действительно можно.

— Как только новости распространятся, таких, как он, будет не найти,— проговорил Гатри.— Давайте договоримся раз и навсегда: я предоставляю вам полную свободу действий на Земле, а вы развязываете мне руки в космосе. Кстати, между нами: еще не все потеряно, мы еще можем выиграть.

Приборы звездолета отыскали в пространстве громадный вращающийся цилиндр...

35

Комната, в которую поместили Гатри после того, как он выступил со своим заявлением, была не слишком большой, однако игра света и тени на полу, стенах и потолке создавала иллюзию простора. Луняне поставили модуль на стол и удалились, сообщив на прощанье, что их ждут неотложные дела; пускай он немного потерпит, а если заскучает в одиночестве, может включить мультивизор.

Как выяснилось, мультивизор был настроен только на лунные каналы, поэтому Гатри решил его не включать и принялся ждать.

Наконец к нему пожаловала Ниолента. Ее платье отливало серебром, волосы переливались всеми цветами радуги. Когда она вошла в комнату, царившую в той тишину нарушил шорох, с каким скользил по полу подол платья.

— Добрый день, милорд,— поздоровалась Ниолента, приблизившись к столу и посмотрев в линзы модуля.— Чем могу быть вам полезна?

— А то вы не знаете! — проворчал Гатри.— Где Ринндалир?

— Он занят,— ответила лунянка, изящно поведя рукой (должно быть, среди землян этому жесту соответствовало пожатие плеч).— А я выкроила минутку, чтобы навестить вас.

— Понятно. Все такие деловые, просто жуть, а меня держат взаперти! Черт подери, я даже не знаю, где нахожусь!

— Ринндалир обещал, что в свое время все расскажет. Это время наступило.

— Да ну? — спросил Гатри, пробормотав нечто малоприличное.— Валяйте, выкладывайте, что вам от меня нужно, мы договоримся, и все. Неужели вы не понимаете, что я необходим «Файерболу»?

— Не волнуйтесь, милорд,— отозвалась Ниолента.— На данный момент компании ничто не угрожает.

— Да, партнеры приучены думать самостоятельно и в благоразумии им не откажешь, но все же при нынешних обстоятельствах...

— Вы имеете в виду обращение, с которым вы вынуждены были выступить из космоса? Пока все тихо, слухов и тех не так уж много.

— Вынужден был не я, а Ринндалир... Погодите! Получается, моего выступления никто не видел? И последнее заявление вы тоже не передали?

— Мы решили повременить. Думаю, милорд,— Ниолента улыбнулась,— вы согласитесь, что в подобных делах спешить не следует. Что касается вашего заявления, его как раз передают. Хотите послушать?

— Хочу,— откликнулся Гатри, линзы которого напоминали сейчас уши насторожившегося кота.

Ниолента произнесла какое-то слово на местном наречии. Засветился экран мультивизора. Механический голос сообщил, что несколько часов назад получено важное сообщение. На экране появился Ринндалир, который представился и сказал, что селенархи отнеслись к новостям со всей серьезностью. Он говорил об этом без мрачной торжественности в голосе, свойственной земным политикам, держался непринужденно и даже улыбался. Что ж, таковы луняне.

— Что дальше? — проворчал Гатри.

И тут на экране возник он сам — смоделированный компьютером коренастый мужчина средних лет в слегка помятом костюме. Бледно-голубые глаза глядели в упор на зрителей, в низком голосе порой звучала хрипотца.

— Говорит Энсон Гатри. Я обращаюсь к партнерам компании «Файербол Энтерпрайзиз» и всем, кто меня слышит.

— Ну-ну,— пробурчал модуль.— Тоже мне!

Ниолента промолчала. Если бы не грудь, которая вздымалась и опадала в такт дыханию, лунянка вполне могла бы сойти за статую.

Гатри на экране вкратце изложил все то, что произошло с Гатри-модулем. Он не стал вдаваться в подробности, не назвал никого из тех, кто помогал ему, за исключением Ринндалира, объяснив, что не желает подвергать их опасности. О встрече в космосе со своим двойником он также не распространялся, лишь упомянул, что «Инию» перехватил правительственный звездолет.

— Эй! — воскликнул модуль.— Что за дела? — Ниолента положила на него ладонь. Он не почувствовал прикосновения, однако заметил ее жест и замолчал.

По счастью, продолжал Гатри на экране, «Инии» удалось ускользнуть. Это событие, последнее из преступлений авантистов против «Файербола», свободы и независимости...

— Партнеры, товарищи, не слишком ли долго мы терпели? Речь идет не о мести, не о привлечении к суду непосредственных исполнителей. Конечно, мы можем обратиться с жалобой в ассамблею Всемирной Федерации и потребовать отправки в Северную Америку подразделений Корпуса Мира, но что это даст? Союзом по-прежнему будут управлять авантисты, которые ненавидят само слово «свобода». Они представляют собой угрозу миру, угрозу роду человеческому, подобно своим предшественникам — Священному Союзу, возрожденцам, коммунистам, фашистам, националистам и прочим фанатикам. Следовательно, с авантизмом нужно покончить. — Оратор криво усмехнулся. — Я не политик, поэтому не могу призвать массы к великому крестовому походу; я не политик, поэтому не могу отсиживаться дома, когда вокруг гибнут тысячи людей. Однако, находясь на Земле, я выяснил, что на территории Северной Америки существует хорошо организованное движение сопротивления. Авантисты называют его бойцов хаотиками, твердят, что те готовы уничтожить всех и вся; на деле же хаотики — обыкновенные люди, которые, всего-навсего, хотят снова стать свободными. Повторяю, движение хорошо организовано. Хаотики — точнее, революционеры — стремятся покончить с насквозь прогнившим режимом. Естественно, я не вправе советовать, как им поступить в нынешней ситуации. Но если они поднимутся против авантистов, я попрошу всех партнеров и служащих компании оказывать им всяческое содействие. Поймите правильно, я призываю не к мести, а к восстановлению свободы.

Экран погас. Выступление было непродолжительным, поскольку Гатри никогда не блистал красноречием и лавры записного празднослова его ничуть не прельщали.

— Хитро, — проговорил после паузы модуль. — Небось, подготовили заранее?

— Черновой вариант появился давно, — признала Ниолента. — Однако мы не знали, пригодится ли он когда-нибудь и как вообще повернутся события.

— Компьютерный анализ всех моих выступлений и фактов биографии, данные психопрофиля, цитаты... Ловко, ничего не скажешь. Сдается мне, машины скоро превратятся в людей.

— Мы не погрешили против истины, — заявила Ниолента слегка саркастическим тоном.

— Разве что чуть-чуть. Подумаешь, заменили Бога на черта.

— Неужели вы не хотите уничтожить авантизм?

— Нет.— Будь у Гатри голова, он наверняка покачал бы ею.— По крайней мере, не таким способом. Призывать к восстанию... Вы хоть представляете, чем мы рискуем? Последствия могут быть самыми непредсказуемыми. Зачем вы это сделали?

— Именно поэтому.

— Разрушение ради разрушения? Я не подозревал, что у вас такие наклонности.

— У каждого свои причуды.

— Ладно, оставим. Что вы собираетесь делать дальше?

— Выжидать и наблюдать.

— Полезное занятие. Разворошили муравейник — и в сторонку... Без меня «Файербол» долго не продержится. И потом, я должен появиться на людях, иначе вам скоро перестанут верить.

— Вы правы, милорд. Не волнуйтесь, очень скоро вы получите такую возможность. Терпеть осталось совсем немного.— Ну да, вот сатана спустит с поводка своих псов... Послушайте, в вашей фальшивке не прозвучало ни слова о том, что мой двойник сейчас в космосе. Вы отдаете себе отчет в том, какую угрозу он собой представляет?

— Скорее всего,— проговорила Ниолента,— вам придется воевать.

— А потом?

— Потом?.. Конечно, вы можете напасть на нас, но вряд ли это разумно.

Гатри помолчал, разглядывая причудливые разноцветные узоры на стенах. Ниолента напоминала на их фоне незажженную свечу.

— К сожалению, в правоте вам не откажешь,— произнес наконец модуль.— Ну да ладно, есть дела поважнее. Между прочим, проиграть можем не только мы, но и все остальные.

— Подумаешь,— отозвалась Ниолента.— Хуже, чем теперь, все равно не будет.

36

Полиция Л-5 бдительно следила за тем, чтобы со станции не передавали никаких сообщений, кроме рабочих, но каналы связи не глушила — должно быть, подобные меры представлялись чересчур крутыми. Кира Дэвис слушала выступление Гатри вместе с семьей, которая ее приютила.

— Мы будем сражаться! — воскликнула она, вскочила и стиснула кулаки.— Черт возьми, до чего же мне надоело прятаться!

— Странно.— Ван Зу нахмурился.— Никогда не думал, что шеф призовет к восстанию. Сколько раз я слышал, как он утверждал, что насилия с него хватит до конца времен.

— А разве кто-то призывает? — спросила жена диспетчера.— По-моему, он всего лишь пообещал помочь, если начнется революция.

— Такими словами не бросаются.— Ван покачал головой.— Очень странно.

— Неужели вам не надоело пресмыкаться?! — гневно бросила Кира и тут же спохватилась: — Ой, извините. Мне не следовало так говорить.

— Ничего страшного,— успокоила Лин Мей-лин, похлопав девушку по руке.— Мы понимаем ваши чувства. Возможно, мы и впрямь излишне осторожны. Однако уничтожить станцию проще простого...

— К тому же, у вас дети,— пробормотала Кира.

— Будем надеяться, шеф знает, что делает,— сказал Ван, в тоне которого сквозило сомнение.— Селенархи могли что-нибудь ему пообещать, вот он и загорелся... В общем, остается только ждать.

— И работать,— прибавила Лин Мей-лин.

Да, подумалось Кире, у них есть работа, а у нее... Правда, она приучила себя к терпению с помощью мантр, медитаций и техник расслабления. Впрочем, здесь не особенно позанимаешься — места маловато. Хорошо хоть, что большую часть дня она проводит в одиночестве. Дети Вана — сын и дочь — вернутся из тренировочного лагеря лишь через неделю. Именно по этой причине Эйко определила Киру к Вану и Лин Мей-лин.

Миновало тридцать часов.

С Земли поступили невероятные новости: здание Сепо в комплексе Сан-Франциско уничтожено мощным взрывом. На экранах видеофонов виднелись развалины, над которыми клубился дым; вокруг сновали роботы и спасательные машины. Голос за кадром сообщил, что в результате взрыва погибло множество людей, еще больше ранено, и что взрыв наверняка дело рук террористов. А ведь правительство Северной Америки предостерегало, просило, умоляло о сотрудничестве и взаимопонимании. Что же касается прозвучавших с Луны фантастических обвинений, выступление «Гатри», скорее всего, фальшивка, состряпанная врагами цивилизации.

Три часа спустя: новый взрыв, на сей раз в Денвере. Тем временем полиции удалось установить, что причиной первого взрыва послужил автоматический флайер, запущенный из стратосферы и битком набитый гигантитом. Вполне возможно, это объяснение годилось и для денверского случая. Но третьего взрыва полиция не допустит. Национальные вооруженные силы приведены в полную боеготовность, президент собирается ввести на территории государства чрезвычайное положение...

— И что с того? — усмехнулась Кира.

— Срочно! В парижское отделение агентства «Глобал Ньюс Ассошиэйто» поступила запись выступления человека, который утверждает, что является руководителем революционного подполья в Северной Америке. Агентство любезно предоставило запись для показа...

На экране появился худощавый мужчина в сером кителе со стилизованным изображением кометы на груди.

— Джек Бэннон,— представился он. Голос у него оказался неожиданно тихим.— Я выступаю от имени Армии Освобождения. Нас называют хаотиками, и мы с сожалением вынуждены признать, что этим прозвищем в ряде случаев прикрываются безумцы и преступники. Но смешивать нас с ними не следует ни в коем случае. Мы — организованное движение Сопротивления, которое борется против тирании авантистов, хочет свергнуть правящий режим и восстановить в стране свободу и конституционный порядок. До сих пор мы не предпринимали активных действий не столько потому, что нам не хватало сил, сколько из опасения, что насилие не удастся остановить. Как и наши противники, мы располагаем различным вооружением — взрывчаткой, химическим, биологическим, радиологическим оружием, компьютерными вирусами, способными преодолеть любую защиту; поэтому столкновение неминуемо приведет к гибели множества людей.

Преувеличивает, подумала Кира. Если утверждения Бэннона не голословны (а скорее всего, он говорит чистую правду), хаотики наверняка в состоянии одержать победу. Вероятно, причина их осторожности в другом. Они поддерживают у себя жесткую дисциплину — иначе к ним давно проникли бы агенты Сепо (по всей видимости, такие попытки были, и немало чересчур назойливых шпиков обрело вечный покой, хотя официальных сообщений на сей счет, естественно, не поступало). Жесткая же дисциплина возможна лишь в небольшой группе, следовательно, хаотики, в силу своей малочисленности, просто не рискуют сражаться с ксуанистами в одиночку.

Очевидно, они собирались тянуть до последнего, попутно
приобретая на деньги из-за рубежа современное вооружение и
пропагандируя свои цели, а нанести удар предполагали в тот момент, когда правительство окажется в затруднительном положении. Начнется всеобщее восстание, которому понадобятся вожа-
ки, а их искать не придется — появятся сами. Таким вот образом
обычно и происходят революции. Нередко перейти Рубикон[1] по-
буждает помощь извне. Заявление Гатри...

— На нашей стороне,— продолжал Бэннон, словно угадав, о
чем думает Кира,— могущественная компания «Файербол Энтерпрайзиз». Кроме того, нас поддержат все демократические государства Земли.

Ничего подобного, мысленно возразила Кира. Они если и вмешаются, то лишь тогда, когда станет ясно, кто победил. А если авантисты сумеют представить доказательства, что внутренний конфликт
не представляет угрозы для других государств, на вмешательство де-
мократов можно вообще не рассчитывать. Внезапно девушку пробрал озноб. А если Федерация решит, что действия «Файербола»
требуют отправки в Союз подразделений Корпуса Мира...

— Североамериканцы, соотечественники! Воздерживайтесь
от опрометчивых поступков, избегайте насилия, занимайтесь,
если возможно, повседневными делами. Единственное, о чем мы
вас просим,— чтобы вы не поддерживали авантистов. Слушайте
своих лидеров, тех, кто возглавляет ваши общины и организации,
выполняйте их указания. А когда пробьет час, они поведут вас на
битву за свободу!

— Он призывает к гражданскому неповиновению,— проговорил Ван.— Однако от него всего один шаг до забастовок, саботажа, бунтов и массовых убийств.

— Естественно,— отозвалась Кира.— Убивать будут, в основном, полиция и войска. Быть может, «Файербол» не допустит этого... Черт побери, долго еще мне тут сидеть?!

— И напоследок,— произнес Бэннон,— я хотел бы процити-
ровать вам слова, которые прозвучали на нашей земле, когда она
впервые обрела свободу: «Для любого очевидно, что все люди рав-
ны между собой...»[2]

---

[1] Рубикон — река, по которой проходила граница между Италией и
Цизальпинской Галлией. Получила известность благодаря Юлию Це-
зарю, который, перейдя через нее со словами «Жребий брошен», начал гражданскую войну против Помпея.
[2] Фраза из Декларации независимости США (1776).

Изображение Бэннона исчезло. Диктор заговорил по-французски. Кира вполуха прислушивалась к английскому переводу. Сначала, как и следовало ожидать, комментарий к выступлению хаотика, затем:

— Президент Всемирной Федерации Мукерджи, выступая в Хиросиме, объявила, что на сегодня назначены экстренные заседания Высшего Совета и Ассамблеи. Многие депутаты прибыли лично, остальные будут участвовать в заседаниях через киберсеть. Кроме того, президент Мукерджи потребовала от Энсона Гатри опровергнуть приписываемое ему заявление и одновременно пообещала помочь в улаживании разногласий между «Файерболом» и правительством Северной Америки. Если опровержения не последует, президент намерена добиваться санкций в отношении компании «Файербол Энтерпрайзиз».

— Я пошел на службу,— сказал Ван, вставая со стула.

— Сейчас не твое дежурство,— запротестовала жена.

— Быть может, я смогу выяснить настроение экипажей на наших кораблях.— Простившись с женщинами, Ван вышел за дверь.

— Он прав,— прошептала Лин Мей-лин, посмотрев на Киру.— Чем больше я об этом думаю, тем слабее верится, что все происходит на самом деле.

— Почему? — спросила Кира. У нее мелькнула мысль, что она, возможно, знает ответ.

— Мистер Гатри поступил совершенно неожиданно.— Лин Мей-лин поглядела на свои сложенные на коленях руки.— Да, у него есть причины сердиться, но он мог бы обратиться в федеральный суд или наложить эмбарго на торговлю с Союзом. Насколько мне известно, Северная Америка во многом зависит от нас. А что получилось? Сотни партнеров компании очутились в заложниках у авантистов. Чего он добивается? И как насчет присяги?

— Гатри сейчас у лунян.— Кира закусила губу.— Он им... не слишком доверяет. Знаете, меня отправили на Луну просить о помощи на случай, если у Тамуры ничего не выйдет...— Перед мысленным взором девушки возник Рнндалир, который с улыбкой протянул к ней руку.— Так вот, луняне не говорили мне и десятой доли того, что, казалось, должны были бы сообщить. Но делать какие-либо выводы пока рано — достоверных сведений недостаточно.— У нее вдруг перехватило дыхание.— Будем ждать.

Ожидание затягивалось. Женщины беседовали, дремали, включали мультивизор и слушали выпуски новостей, в которых на протяжении ночи повторялось одно и то же. Ближе к утру стало

известно, что в некоторых мегаполисах собираются многотысяч-
ные толпы. На экране появились бронированные автомобили и
полицейские флайеры, однако, судя по всему, попыток разогнать
людей пока не предпринималось. Дважды информационные выпуски прерывались заявлениями Феликса Холдена, нового шефа
полиции Л-5. Тихим голосом, похожим на голос Джека Бэннона,
он просил колонистов соблюдать спокойствие и порядок и сооб-
щал, что патрули усилены добровольцами, на случай возможных
беспорядков.

— В космосе творится не пойми что,— проговорил вернувшийся Ван, который, судя по его виду, смертельно устал.— Сепо
нам не мешает, но мы приняли лишь пару-тройку вызовов да перехватили несколько по собственной инициативе. Похоже, корабли и станции пытаются докричаться хоть до кого-нибудь, спра-
шивают, что происходит и как им быть.

— Я бы тоже хотела, чтобы мне хоть что-нибудь объяснили,— призналась Кира.

Корабли... Автоматические солнечные парусники, каждый рейс
которых длится по многу месяцев, а то и лет. Звездолеты, на борту
которых машины, что предназначены изучать, исследовать, добывать, перерабатывать, загружать, и немногочисленные люди, что
следят за машинами. Шаттлы, которые летают от планеты к планете и никогда не проникают в дальний космос. Колонии, островки
жизни со своим населением и промышленностью; грузовики, которые снабжают колонии,— большие, неповоротливые, уязвимые.
Корабли с ионными двигателями, способные за несколько дней пе-
ресечь из конца в конец Солнечную систему, но быстро расходую-
щие топливо... Успеет ли хоть кто-нибудь прийти на помощь Л-5?
Впрочем, что толку? Ведь звездолеты не вооружены...

Девушка предпочла сохранить свои мысли при себе.

— Подозреваю — не уверен, но подозреваю, что пока шеф не
прибудет лично и не растолкует, что к чему, «Файербол» не станет
ничего предпринимать.— Ван вздохнул.

«Почему же?» — мысленно возразила Кира. Партнеры компании привыкли действовать самостоятельно... Однако в нынешней ситуации не так-то просто разобраться. А чтобы положение
более-менее прояснилось, требуется время. Но пока «Файербол»
будет выжидать, восстанут обнадеженные хаотики, которых вряд
ли кто поддержит и с которыми в два счета расправится Сепо.
Если авантисты не окончательно утратили инстинкт самосохране-
ния, они приложат все усилия, чтобы обезопасить партнеров и

служащих компании на Л-5 и на территории Союза. Но получится ли у них? Трудно сказать, на войне возможно всякое.

— Гатри может появиться в любую минуту,— произнесла девушка.

— Не знаю, не знаю.— Сопровождаемый женой, Ван направился в спальню.

Кира прошла в свою комнату, разделась и легла в постель. Сон сморил ее удивительно быстро.

Ей снилось, что она забралась на Дерево, величайшее Дерево на свете, нет, не забралась, превратилась в него, проникла корнями в жизнь и смерть; ее ствол поддерживает мироздание, на ветвях зеленеют листья, а вокруг завывает ветер, холодный, пронизывающий, который словно кричит: «Просыпайся!», обрывает листву, яростно накидывается на ствол...

Кира открыла глаза и увидела перед собой Эйко.

— Какого черта?! — воскликнула она, садясь на постели.

— Извини,— проговорила Эйко, отпуская плечо подруги. Губы женщины дрожали, голос напоминал звук, который раздается, если слишком сильно ущипнуть струну арфы.— Ты должна знать... Позвонить я не осмелилась, хотя за мной вроде никто не следил. Нам нужна твоя помощь.

Кира опустила босые ноги на холодный пол, встала, протянула руку к одежде, что была сложена на стуле, но передумала, поскольку та пропахла пóтом.

— Что стряслось?

— Полковник Холден сообщил, что с Луны стартовали два звездолета, которые движутся в нашем направлении. Они связались со станцией — потребовали, чтобы Холден и его люди сложили оружие и готовились к отправке на Землю, причем пока их не отправят, им придется сидеть под замком.— Сердце Киры бешено заколотилось, к горлу подкатил комок. Эйко продолжала:
— Затем мы получили шифровку от Гатри — того, который выдает себя за настоящего. Он приказал не давать кораблям разрешения на посадку. Оказывается, он находится на звездолете поблизости от станции. Еще Гатри предупредил капитанов кораблей, что если те не повернут обратно, он пойдет на перехват. По его словам, его звездолет сможет блокировать Л-5 сколь угодно долго, а стычка может привести к самым печальным последствиям для колонии — вдруг в нее угодит какой-нибудь обломок? Корабли с Луны в итоге вышли на орбиту вокруг нас, но подчиняться Гатри, похоже, не собираются.

— Холден рассказал об этом по внутренней сети? — спросила Кира.

— Он предпочел бы сохранить все в тайне, но переговоры между кораблями услышали диспетчеры, которые тут же связались со своими семьями и друзьями. Поэтому Холден позвонил мне и попросил помочь ему предотвратить панику. Я сказала, что пускай он лучше обратится к моему отцу, который наверняка не откажет, потом выключила видеофон и побежала к тебе, надеясь, что меня не арестуют по дороге.

— Значит, двойник Гатри у нас под боком, на звездолете — скорее всего, с ионным двигателем,— проговорила Кира. Что же делать, подумала она, что же делать? — Если только это не очередная фальшивка, состряпанная Сайре и его шайкой.

— Вряд ли. Холден показал нам данные радара. Уж ему-то обманывать незачем, положение у него и так незавидное.

— Зачем ты пришла ко мне? — справилась Кира.— Я бы сама очень скоро обо всем узнала.

— И что? Я подумала...— Эйко обхватила себя руками за плечи — должно быть, тоже замерзла.— В шлюзе стоит твой звездолет. Попытайся улететь, вдруг получится? Больше шанса может не представиться. Лети на Луну или на Землю, в Кито или в Хиросиму, расскажи обо всем, что видела, согласись, если придется, на гипнотест, чтобы доказать, что ты говоришь правду. Авантисты вынуждены будут отречься от своего Гатри, а Корпус Мира вместе с «Файерболом» перехватит его корабль. Помоги нам, Кира.

— Бежать? — хмуро спросила девушка.— Знаешь, Эйко, я не раз прикидывала, как бы мне удрать отсюда, но неужели ты думаешь, что меня пропустят в шлюз и позволят улететь? Разрешение на старт дает служба контроля, а она теперь подчиняется полковнику Холдену. Не станешь же ты обращаться к нему? Согласна, пожалуй, сейчас на станции я — единственная, кто может пилотировать звездолет с ионным двигателем. Представляешь, ты звонишь Холдену и говоришь: «Полковник, выдайте разрешение на старт Кире Дэвис, которую разыскивает ваша контора».

— Представляю.— На глаза Эйко навернулись слезы.— Но я, кажется, придумала, как поступить. Конечно, если все откроется, тебя арестуют или... Я не могу просить, чтобы ты рисковала жизнью, даже ради всех колонистов Рагарандзи-Го. Но, быть может, послушаешь...

Киру внезапно бросило в жар. Она стиснула Эйко в объятиях — та вскрикнула от боли — и воскликнула:

— Выкладывай!

Когда Эйко закончила, Кира нахмурилась, помолчала, прислушиваясь к своим ощущениям, затем негромко проговорила:

— Ты уверена, что все получится? Полицейские вооружены...

— Зато нас будет много,— отозвалась Эйко.— К тому же, полковник Холден вряд ли прикажет стрелять.

— М-м... А если прикажет? Шокеры и слезоточивый газ ему не помогут, а если кого-то из колонистов убьют, я не завидую ни Холдену, ни его подчиненным. Впрочем, у него может быть на сей счет собственное мнение.

— Мы разговаривали с ним, после того, как он прилетел. Я просила освободить заложников. Он отказался, но впечатления самодура и солдафона не произвел. По-моему, Холден — не авантист, а патриот Северной Америки, который считает, что действует на благо своей страны.

— Многое будет зависеть от того, что он понимает под благом,— заметила Кира. Ей овладело нетерпение, однако она сдержала себя, еще раз проанализировала ситуацию и лишь тогда вскинула голову и засмеялась.— Твоя взяла! Я согласна.

— Кира, милая...— Эйко чуть было не заплакала от радости.

— Лить слезы будем потом,— сказала Кира, снова прижимая подругу к себе. Тебе понадобится не меньше двух часов, так? Bueno, тогда за дело. Я приму душ, переоденусь, перекушу, и мы с тобой встретимся на площади Юкава.

Эйко кивнула, расправила плечи и вышла из комнаты. Кира услышала, как она попрощалась с Ваном и его женой.

Cобытия разворачивались стремительно. Корабли с Луны вышли на орбиту на расстоянии около четверти миллиона километров от станции. По всей видимости, они ожидали распоряжений от своего начальства, а тот, кто находился на борту патрульного звездолета, судя по всему, решил их пока не атаковать. Кира искренне сочувствовала людям, которые томились в неизвестности.

Информационные агентства Земли сообщали о демонстрациях и бунтах в Северной Америке, о том, что одно из подразделений полиции перешло на сторону населения, об ожесточенных столкновениях почти во всех городах. Отделить правду от вымысла и понять, что происходит на самом деле, представлялось едва ли возможным. Власти утверждали, что беспорядки успешно подавляются. Иностранные корреспонденты, которые присутствовали на месте событий, пребывали в полной растерянности, их

маловразумительные репортажи сопровождались грохотом выстрелов и взрывов. Создавалось впечатление, что восставшие действуют
независимо друг от друга, а оружием их снабжают бандиты и люди
вроде Фарнемов. Бандиты почти наверняка участвовали в происходящем ради наживы, а среди простых людей, тоже почти наверняка, было немало идеалистов. Поступило сообщение об упорных
боях на Гавайях. Как там Валенсия? Что с Паккерами... и со всеми
остальными?

Гомстедеры заявили о своем нейтралитете и заняли круговую
оборону, предупредив, что будут стрелять в каждого, кто посмеет
приблизиться к их территории. Трое мулл объявили Джихад безбожникам-авантистам и посулили всем, кто падет в битве за правое дело, что они попадут в рай; следом выступили двое шейхов,
которые призвали мусульман не вмешиваться. О Тахире ни слова.
Быть может, он ушел в подполье? Прочие общины пока воздерживались от заявлений, но никто в открытую не осудил действия
Армии Освобождения.

Один кадр сменялся другим: боевые машины на улицах,
флайеры бомбят города бомбами со слезоточивым газом, воинские подразделения штурмуют дома, в которых засели мятежники,
дым, пыль, кровь, убитые и раненые... Революционерам, подумалось Кире, необходима помощь, иначе они долго не продержатся.
А подавление восстания приведет к тому, что правительство существенно укрепит свои позиции. В случае победы авантисты расправятся со всеми инакомыслящими и, скорее всего, попробуют
окончательно подчинить себе общество.

Сообщение из Хиросимы: депутаты от Северной Америки отвергли предложение об отправке в Союз подразделений Корпуса
Мира на том основании, что правительство само уладит конфликт;
они потребовали, чтобы Корпус Мира защитил их страну от бесцеремонного вмешательства других стран во внутренние дела суверенного государства. «Файербол» ведет себя просто вызывающе, его
нужно наказать, но это забота правительства Северо-Американского Союза. Энсон Гатри, который сейчас находится в космосе, опроверг заявление, которое будто бы сделал накануне, и передал, что
сумел не допустить на Л-5 два корабля, отправленных к станции с
Луны. Очевидно, что луняне являются непосредственными участниками, если не зачинщиками попытки государственного переворота. Гатри сожалел, что ему пришлось подвергнуть опасности
жизни колонистов, однако власти Северной Америки целиком и
полностью одобряют действия владельца «Файербола». Кстати, пус-

кай смутьяны не забывают, что на территории Союза проживает множество служащих компании.

Делегат от Сибири предостерег правительство САС от угроз в адрес мирного населения. Тем не менее, подчеркнул он, нельзя допустить, чтобы частная компания пыталась подменить собой государство, и призвал Ассамблею ввести в отношении «Файербола» экономические санкции.

Делегат от Австралии поинтересовался, как луняне объясняют свою позицию. Президент Мукерджи ответила, что, несмотря на неоднократные попытки, связаться с селенархами до сих пор не удалось. Комиссар Африканского Протектората немедленно потребовал, чтобы после того, как нынешний конфликт будет исчерпан, Луну, если понадобится, силовыми методами, ввели в состав Федерации.

Кира поставила на стол чашку с чаем, испугавшись, что уронит ее: у девушки тряслись руки.

На экране появился Нобору Тамура. Мэр выглядел усталым и озабоченным, однако сомнений, похоже, не испытывал. Кира не могла не восхититься твердостью его голоса.

— Колонисты Рагарандзи-Го, пожалуйста, выслушайте меня.— Тамура представился, хотя уж кого-кого, а его знали в лицо почти все на станции, и в нескольких словах поведал о том, что находился под арестом.— Чины тайной полиции утверждали, что обеспечивают тем самым мою безопасность. Я не берусь судить, правда это или нет, и не вижу, вдобавок, в том необходимости. Полковник Холден распорядился выпустить меня и попросил моей помощи. Мы должны сохранять спокойствие. Я понимаю, очень тяжело оставаться спокойным, когда ровным счетом ничего толком не знаешь, когда наши близкие, возможно, подвергаются смертельной опасности. Тем не менее... — Он печально улыбнулся.— Гены у нас те же самые, что и у наших предков из каменного века. В трудные моменты мы испытываем ту же потребность в плече друга, современных людей по-прежнему тянет в такие минуты собраться вместе у костра и послушать, как шаман будет говорить с духами... Поэтому приходите на площадь Юкава. Полковник Холден разрешил. Пожалуйста, приходите, если можете. Я буду ждать.— Тамура кончил. Он обращался к простым людям, поэтому его выступление было коротким и лишенным какой бы то ни было высокопарности.

И снова новости с Земли: полиция окружила здание «Файербола» в Торонто. Один за другим проехали два автобуса. Голос диктора напомнил аудитории новое распоряжение президента

Корригана, который приказал арестовать всех служащих компании и поместить их в охраняемые лагеря.

— Мы пойдем на площадь? — спросил Ван, посмотрев на жену.

— Конечно,— откликнулась Лин Мей-лин.— Помолись за нас, Кира, помолись за всех.

Девушка отвернулась, словно пряча слезы. На самом деле она хотела скрыть усмешку. Если бы они знали!.. Нет, им и без того хватает поводов для беспокойства.

Проводив хозяев, она подождала минут пять, а потом вышла в коридор и смешалась с толпой, которая двигалась в одном направлении — к площади Юкава. Люди шли быстрым шагом, почти все хранили молчание. На Киру никто не обратил внимания: подумаешь, какая-то девушка в синем комбинезоне. Чтобы ее не узнали, она повязала голову платком, надеясь, что если встретит друга, сумеет жестом объяснить, что ее следует оставить в покое. Если же попадется враг... Будь что будет, назад дороги нет.

Эйко даже не догадывается, насколько высоки ставки в игре.

Чем ближе она подходила к площади, тем гуще становилась толпа, над которой теперь витал гул вроде того, что доносится из растревоженного осиного гнезда. С гулом мешалось шарканье ног, дышать стало немного труднее. Кира принялась проталкиваться вперед. Ее провожали сердитыми взглядами и ругательствами, однако она не обращала внимания. Разумеется, девушка все сильнее рисковала быть узнанной, но решила пренебречь опасностью: главное — попасться на глаза Тамуре.

По периметру площади выстроились полицейские с шокерами наизготовку. Кира прошла мимо одного из копов — совсем еще мальчика, который отчаянно пытался показать, что ему нисколько не страшно. Присутствовали и офицеры файерболской полиции — в отличие от агентов Сепо, безоружные, если не считать могучих кулаков. Они внимательно наблюдали за происходящим. Холден вряд ли опасался открытых беспорядков, но, по-видимому, счел за лучшее приготовиться к любому повороту событий.

Но ведь всего не предусмотришь, не так ли?

Несколько человек в форме сотрудников «Файербола» охраняли пьедестал в центре парка. Вокруг повсюду, куда ни посмотри, бурлило людское море, над которым возвышались лишь кроны деревьев. Прощай, трава, прощайте, кусты, клумбы и заботливо посыпанные гравием дорожки. Эйко с отцом стояли на второй ступеньке лесенки, что вела к бронзовой статуе Будды, который с улыбкой благословлял собравшихся. Кира протолкалась в четвертый от пьедестала ряд. Она разглядела среди тех, кто охранял Тамуру, двоих операторов службы управления полетами. Что ж, наверняка они здесь не случайно. Молодец, Эйко!

Отец и дочь оглядывались по сторонам, словно прикидывая, достаточно ли собралось народу. Но Кира знала, что они высматривают ее. Она помахала рукой и крикнула: «Ура!» Такой крик не должен вызвать подозрений. Эйко заметила подругу и прошептала что-то на ухо отцу. Между тем крик Киры подхватили другие. Тамура поднял руку, призывая к тишине. Постепенно, крики смолкли.

— Партнеры «Файербола», — начал мэр, — и все остальные, кто внял моему призыву, большое вам спасибо. — На груди у Тамуры весел крохотный приборчик, который усиливал его голос. — Спасибо, что отложили свои дела, спасибо, что пришли. Я хотел бы также поблагодарить директоров компании и полковника Холдена, которые согласились, что подобная встреча поможет нам объединиться и выстоять в трудный час. И наконец, позвольте мне поблагодарить мою дочь Эйко, которая была нашим посредником в переговорах с полицией.

Холден, мелькнула у Киры мысль, уверен, что сам до всего додумался, однако основная заслуга принадлежит Эйко, которая сумела за несколько часов переговорить с теми, чей голос имел решающее значение, и убедить их в необходимости общей встречи. Впепо, всем об этом знать не обязательно, но для истории запомнить не помешает.

— Думаю, не нужно убеждать вас в опасности необдуманных действий, — продолжал Тамура. — Дело не в том, что кто-то боится; покорители космоса умеют справляться со страхом. К тому же, мы — партнеры «Файербола». Однако выдержка перед лицом угрозы — еще не все. Мы должны найти в себе мужество, чтобы реально оценить ситуацию и совершить то, что от нас требуется.

Он не политик, подумала Кира, и не оратор, говорит тихо и спокойно; впрочем, вполне возможно, что такая манера лишь усиливает впечатление от его речи. Зато слова подобраны замечательно, бьют точно в цель. Наверно, речь сочинила Эйко, а Тамура просто выучил ее наизусть.

— ...Пора действовать! — воскликнул мэр. — Нам и тем, кто хочет восстановить свободу и справедливость, угрожает не настоящий Энсон Гатри, а его двойник! В шлюзе станции стоит звездолет. Среди нас есть пилот, который может им управлять, может отправиться на Землю, рассказать там всю правду и попросить

Федерацию о помощи. Времени в обрез, поэтому я не стану вдаваться в подробности. Поверьте мне. Я прошу вашей поддержки. Пойдете ли вы за мной? — Ему ответил многоголосый рев.— Нужно занять шлюз и удерживать его до старта корабля...

Толпа отхлынула назад. Кира увидела, как упал кто-то из полицейских. На его месте тут же вырос другой. Он сжимал в руке шокер, но стрелять не стрелял — очевидно, понимал, что успеет сделать от силы два-три выстрела. Агент что-то кричал в микрофон передатчика, должно быть, умолял о подмоге, но слов слышно не было.

— Спокойнее! Спокойнее! — крикнул Тамура.— Идем все вместе!

Он спустился с пьедестала. Двое охранников подняли его на плечи и двинулись вперед. Кира дождалась, когда с ней поравняется Эйко, и дальше подруги пошли вдвоем, сопровождаемые охраной. Люди вокруг образовывали живой щит.

Мало-помалу крики стихли, улеглась и толчея. Толпа превратилась в стройную колонну, что могло бы изумить землянина, но отнюдь не удивило ни Киру, ни Тамуру с дочерью. Они знали своих товарищей. Отобранные среди множества за свои интеллектуальные способности и уравновешенность, привычные к дисциплине и умеющие мыслить самостоятельно, эти люди просто не могли вести себя иначе. По дороге не было разбито ни единой витрины. Топот тысяч ног — естественно, шага никто не печатал, ведь шли не военные, а представители мирных профессий — походил на шум, с каким вливается в море большая река. Тамура, которого несли на плечах во главе колонны, смахивал на значок римского легиона[1].

Из коридора метрах в двадцати впереди вынырнули полицейские, которые выстроились цепочкой, преграждая путь. Испуганные лица, шлемы, в руках шокеры и пистолеты...

— Медленнее,— распорядился Тамура.— Идите медленно, но не останавливайтесь. Я поговорю с ними.

Колонна забурлила, потом резко сбавила шаг, словно то была похоронная процессия.

— По-моему, там Холден,— хрипло проговорила Кира, подпрыгнув, чтобы получше разглядеть полицейских.— Впрочем, я могу ошибаться. Во всяком случае, очень похож на того, который выступал по мульти.

[1] В древнем Риме в составе каждого легиона имелся знаменосец, который на марше и в бою нес перед строем боевой значок — изображение орла с расправленными крыльями.

— Наверняка он,— отозвалась Эйко.— Слишком серьезная проблема, чтобы посылать подчиненных.

Не слезая с плеч охранников, Тамура заговорил с Холденом. Он предусмотрительно выключил свой усилитель, поэтому слов слышно не было. Колонна между тем продолжала движение. Кто-то запел, другие подхватили. По чистой случайности песня оказалась одной из тех, которые частенько мурлыкал себе под нос или распевал, нещадно фальшивя, в компании друзей Энсон Гатри; неудивительно, что слова знали все. Кира подождала начала следующего куплета — и присоединилась к поющим:

> О космосе мечтаем, о космосе поем,
> О космосе мы грезим и космосом живем.
> Бежит дорога в небо и все поют вокруг:
> «Бежим скорей отсюда, бежим отсюда, друг».

Колонна приблизилась к цепочке полицейских.

Холден отдал приказ. Один из офицеров запротестовал, но Холден резко взмахнул рукой, будто рубил топором. Полицейские расступились и исчезли в боковых коридорах. Колонна вновь ускорила шаг. Послышался смех, со всех сторон доносились слова благодарности и веселые возгласы. Мужчины хлопали друг друга по спине, пожимали руки, женщины обнимались и целовались. Колонна на мгновение распалась.

— Идем дальше! — крикнул Тамура.— Еще не все. Идем дальше!

Мало-помалу восстановился прежний порядок.

— Они могут напасть в любой момент,— сказала Кира.

— Вряд ли,— откликнулась Эйко, стискивая запястье подруги.— Кира, мне страшно за тебя.

— Со мной ничего не случится,— ответила девушка, подумав, что ее «Пустельга», звездолет типа «сокол», больше «Катаны» псевдо-Гатри; правда, скорость она набирает медленнее, зато потом летит быстрее. Значит, нужно рассчитать курс таким образом, чтобы противник не сумел ее догнать; а у Земли, в условиях тамошней гравитации, преимущество будет на стороне «Пустельги».

А если догонит, что тогда?

Колонна запела новую песню, от которой, казалось, заходил ходуном потолок коридора. «Маккамон, партнер «Файербола»...»

Воспользоваться фарвегом означало разбиться на группы и утратить единство, поэтому Тамура повел колонну по пандусам и туннелям, которыми обычно пользовались роботы. Сила тяжести стала меньше, от голых металлических стен отражалось эхо.

Песня вселяла бодрость, заставляла забыть о том, что поход продолжается уже час с лишним.

Если люди Холдена заняли шлюз... Интересно, мельком подумала Кира, годятся ли инструменты против шокеров и пистолетов?

Однако палуба оказалась пустой. Постройки смахивали на древние гробницы, их очертания терялись в полумраке.

— Мы победили,— проговорила Эйко и вдруг задрожала всем телом.— Победили!

— Благодаря тебе,— сказала Кира.

— Теперь твоя очередь.

Тамура привел людей к помещению службы управления полетами. Операторы вошли внутрь, а остальных он попросил идти к шлюзу и охранять корабль, пока не будет закончена подготовка к старту. На его просьбу откликнулось приблизительно две трети тех, кто составлял колонну. Кира и Эйко поспешили присоединиться к мэру. Тот спрыгнул с плеч охранников и стал самим собой — низеньким, усталым старичком со смешной походкой.

— Сэр, вы были великолепны! — воскликнула Кира.— Как вам удалось за каких-то пару-тройку минут убедить Холдена?

— Я не сомневался в успехе нашей задумки,— ответил Тамура с кривой усмешкой (похоже, ему просто не хватало сил, чтобы улыбнуться по-настоящему).— Эйко сказала мне, что Холден не фанатик и не глупец. Так оно и оказалось на самом деле. Он пригрозил открыть огонь, но быстро сообразил, что ничего этим не добьется, разве что обречет своих подчиненных, да и себя тоже, на муки совести до конца жизни. Я объяснил, что мы хотим всего-навсего отправить на Землю нашего человека, который откроет миру правду и попросит Федерацию о помощи. А напоследок прибавил, что тем самым он окажет услугу и своей несчастной стране. Колонна была уже совсем рядом, полиции оставалось либо стрелять, либо расступиться. Полковник заявил, что не собирается устраивать бойню, и приказал отступить.

На войне, подумалось Кире, все идет наперекосяк. Противники в основном — вполне приличные люди, зато среди союзников попадаются отъявленные мерзавцы. Федерация вроде бы покончила с войнами, однако...

Они достигли шлюза. Кира увидела люк в борту «Пустельги». У нее бешено заколотилось сердце. Как давно она не была на своем корабле — несколько недель, месяцев, лет? Скорей бы взлететь...

Тамура с дочерью низко поклонились девушке. Некоторые люди в колонне последовали их примеру.

— Удачи! — проговорил Тамура.— Вы — наша надежда, мы будем за вас молиться.

— Mil gracias, сеньор, mil gracias, сеньорита,— ответила Кира и тоже поклонилась, хотя ей отчаянно хотелось обнять Эйко — быть может, в последний раз? Что за вздорная мысль! Вздорная, шальная, предательская...— Adios,— прошептала девушка, взбежала по трапу, открыла люк и прошла внутрь. Люк закрылся, отрезав ее от провожающих.

Кира направилась в рубку. Она словно очутилась дома. Все настолько знакомое, настолько привычное — пилотское кресло, дверь, за которой — крохотная уборная, люк, ведущий в носовой трюм, мини-камбуз, маленький шкафчик, семейная фотография на жемчужно-серой переборке, мультивизор с вива-приставкой, ранец с инструментами... Ее корабль, ее «Пустельга», на которой она летала среди звезд, комет и планет, забираясь в такие дали, откуда Солнце выглядело лишь яркой звездой; ее второе «я».

Печаль расставания мгновенно улетучилась, ей на смену пришло нетерпение. Интересно, догадывается ли Эйко, что она, Кира, намерена действовать по-своему? Девушка не стала обсуждать новый план с подругой, решив, что та наверняка заупрямится — мол, нельзя так рисковать,— не подозревая, что успех оправдает любую жертву.

Впрочем, это не новый план. Скорее, слегка видоизмененный старый. Ну прилетит она на Землю, ну передаст то, о чем просили,— дальше-то что? В конце концов, Гатри уже обо всем рассказал. Подтвердить, что он говорит правду? А где она, правда, после того, что с ней сделал Рииндалир? Пока соберется Ассамблея, пока решат, проводить или нет гипнотестирование, пройдет немало времени. А враг ведь бездельничать не будет; к тому же, колонисты Л-5 останутся заложниками звездолета, который находится в непосредственной близости от станции.

Возможно, Эйко все прекрасно понимает. Возможно, она с самого начала отдавала себе отчет, что терять, откровенно говоря, нечего.

Или — Кира даже остановилась, пораженная новой мыслью — она предвидела, как поведет себя ее подруга, но ничего никому не сказала, обеспечивая ей свободу действий?

— Может быть! — рассмеялась девушка.— Эйко, в таком случае ты просто чудо!

Ну да ладно, пора приниматься за дело. Кира села в пилотское кресло, пристегнулась, положила руки на панель управления. Пальцы девушки забегали по клавишам. Зажглись огоньки индикаторов, задрожали стрелки на шкалах датчиков, осветился дисплей, загудел вентилятор. Пять минут спустя компьютер выдал полную информацию о состоянии систем корабля и сообщил, что «Пустельга» готова к старту. Звездолет вздрогнул всем корпусом — отсоединились захваты.

На мгновение возникла невесомость. Ощущение было такое, словно Кира летела по освещенному колодцу, на дне которого зияла черная дыра. Тут заработал двигатель, и девушку слегка прижало к спинке кресла. Направление и скорость движения корабля постоянно менялись: главный компьютер станции очень осторожно выводил звездолет в космос. Впереди замерцали звезды. Млечный Путь казался огромным водопадом, в углу экрана виднелись Магеллановы Облака.

— Диспетчер Л-5 вызывает «Пустельгу»,— раздался голос из динамика.— Можете стартовать.

— Gracias.— откликнулась Кира, хотя ответа не требовалось — с ней говорил робот. Ну и что? Всегда приятно, когда есть, с кем попрощаться.

Стосекундное ускорение в одно g... Некоторое время спустя девушка бросила взгляд на экран. Станция уменьшалась буквально на глазах — корабль отдалялся от нее со скоростью километр в секунду. Земля была на ущербе, Луна, наоборот, прибывала.

— Где-то поблизости должен быть еще один звездолет с ионным двигателем,— сказала Кира, обращаясь к бортовому компьютеру.— Разыщи его.

Включился радар, оптические и инфракрасные приборы принялись обшаривать пространство. Кира и сама всматривалась в изображение на экране, словно думала, что человеческое зрение острее электронного. Нейтронный трейсер корабля зафиксировал некое космическое течение, проанализировал его направление и силу; работал он беззвучно, и девушка не слышала ничего кроме шепота вентилятора и биения собственного пульса.

— Цель обнаружена,— сообщил компьютер. На видеоэкране появился хищный силуэт.— Находится к северу от Л-5, движется по схожей орбите с отставанием в десять секунд.— На изображение звездолета наложилась сетка координат.

— Что позволяет ему полностью контролировать ситуацию,— пробормотала Кира.— Наверно, время от времени он корректирует курс.— Девушка нажала кнопку на панели управления. Компьютер увеличил один из фрагментов изображения и одновременно вывел на экран масштабную линейку, по которой Кира определила расстояние между кораблями — около тысячи километров. Восемь минут ускорения в одно g — и «Пустельга» разгонится до относительной скорости в 4,7 километра в секунду... Разумеется, противник не станет этого дожидаться. — Нас наверняка заметили. Сообщи, когда он увеличит скорость. Что-нибудь еще?

— Он следит за нами по радару,— отозвался компьютер голосом самой Киры. Большинство пилотов-женщин предпочитало, чтобы компьютер отвечал мужским голосом, но Киру это почему-то смущало. А так — невольно создавалось впечатление, что рядом с тобой твой едва ли не двойник, близкая, родственная душа.

И то сказать: ведь компьютер не просто управлял кораблем, частью которого являлся. Он наблюдал, принимал решения, предостерегал, советовал, предлагал, наставлял, подстраивался под обстоятельства. К примеру, машина заметила, что Кира, говоря о другом корабле, несколько раз употребила слово «он», заключила, что оно относится к пилоту, и начала употреблять местоимение сама. В свободные минуты компьютер развлекал девушку музыкой, мульти-трансляциями, вива-картинами, различными текстами или оригинальными аудиовизуальными абстракциями, а также был весьма неплохим собеседником. В общем, машину без преувеличения можно было назвать мозгом «Пустельги».

Кира обожала свой корабль, любила его так, как любят дом, лодку или произведение искусства. На борту звездолета она провела больше половины сознательного возраста, постоянно ощущая незримое присутствие некоего существа, не наделенного, впрочем, индивидуальностью. В отличие от модуля Гатри, который представлял собой программную копию сознания конкретного человека, мозг «Пустельги» был и оставался машиной. Кира даже не пыталась, что называется, оживить компьютер — хотя бы выбрать для него какой-нибудь другой голос. В космосе и без того одиноко.

Раздался сигнал вызова. Девушка включила видеофон и услышала знакомый бас:

— ...вылетел с Л-5. Отвечайте, прием.

— Господи, шеф! — пробормотала Кира, подумав, что ее догадка подтвердилась.— Неужели это вы?

— Говорит Энсон Гатри. Назовите себя и объясните, куда вас, черт побери, несет. Или вы не знаете, что сектор патрулируется?

— Вами?

— Вот именно. На Луне объявился лже-Гатри, который дурачит людей. Его нужно остановить, пока еще не поздно. Ладно, назовите себя.

— Вы не Гатри,— произнесла Кира, стиснув подлокотники кресла.— Гатри на Луне. Я помогала забрать его с Л-5.

— Правда? — поинтересовался бас после паузы.— Ну-ка, включите изображение, хочу на вас посмотреть.

— Хорошо,— проговорила Кира, решив потянуть время,— только сначала скажите, кто сопровождал нас, когда мы перебирались с материка на Гавайи. Как его звали?

— Черт возьми! — рявкнул бас.— Это уж слишком. Делай, что говорят, иначе тебе конец!

— Ничего подобного,— возразила Кира, по спине которой побежали мурашки.— Конец вам, если вы живо не уберетесь отсюда.

— Ты что, спятила? Кто ты вообще такая?

— Какая разница? Главное — мы выяснили, кто вы. Вернее, что вы такое.— Кира выключила аппарат. Сигнал вызова немедленно прозвучал снова.

— «Пустельга»,— быстро проговорила девушка,— задача — отогнать противника, заставить его отступить. Скорее всего, он постарается нас прикончить... Ты будешь выполнять мои команды; можешь слегка их изменять, если решишь, что риск чересчур велик, но смотри не переусердствуй.

— Задание ясно,— отозвался компьютер.

— Отчасти смахивает на ту карусель среди комет... Эй! — красная точка на координатной сетке рванулась вперед, из дюз «Катаны» на экране вырвалось пламя.— В сторону, живо!

Ускорение прижало Киру к спинке кресла. Перед глазами поплыли круги, в висках застучала кровь. Правда, вскоре двигатель выключился и наступила невесомость. «Катана» серебристой иглой промчалась мимо «Пустельги» — на не очень-то значительном расстоянии.

— Отлично,— дрожащим голосом похвалила Кира.— Какое у него было ускорение?

— Десять g,— сообщил компьютер.— Он намеревался лечь на наш курс прямо перед нами. Мы перенесли такое же, только относительное ускорение.

— Он промахнулся! — А если бы у него получилось, что тогда? Столкновения, разумеется, не произошло бы. «Пустельга» просто-напросто угодила бы в плазменный след «Катаны». Плотность заряда, возмущение магнитных полей, радиация — все вместе вмиг вывело бы из строя двигатели корабля, который затем стал бы легкой добычей псевдо-Гатри.

Кира нахмурилась. Он наверняка отдавал себе отчет, что может не успеть, что у противника есть пара минут, чтобы изменить курс. Что же тогда означает его поведение? Предостережение? При десяти g? Люди на борту, должно быть, никак не очухаются... Хотя с какой стати ему брать с собой людей? Нет, он, вероятно, один, корабль и экипаж в одном лице; а на те перегрузки, от которых человек теряет сознание, роботу наплевать.

«Катана» вновь появилась на экране. Кира отрегулировала резкость изображения, чтобы самой наблюдать за ее маневрами.

За звездолетом тянулся огненный след. Компьютерные штучки; на самом деле его, конечно, видно не было. Лишь в непосредственной близости от современного космического корабля наблюдатель мог различить тусклое голубоватое свечение, едва заметное на фоне звезд. Ионный двигатель расходовал ровно столько энергии, сколько требовали законы термодинамики, причем сформулированные не для тепловых двигателей, а для кварков, лептонов и фотонов.

Псевдо-Гатри возвращался. Кира понимала, что в одиночку ей с ним не справиться. Да, компьютер способен за микросекунду рассчитать вектор, а за миллисекунду — изменить курс корабля, но ему не хватает изобретательности, воображения, хитрости и коварства, неотъемлемых признаков самостоятельного сознания. То есть Кире придется давать команды, а ведь она, в отличие от псевдо-Гатри, не имеет прямой связи с компьютером и прочими приборами. Человек видит мир сквозь два желеобразных шара, думает чем-то вроде губки, сигналы от синапса к синапсу движутся с молекулярной скоростью, поступают от, так сказать, органического звукоснимателя и от десяти сочленений на руках.

Тем не менее, «Пустельга» летала среди комет.

Пальцы девушки забегали по кнопкам на панели управления — она задавала направление движения, словно вращала «баранку» автомобиля или штурвал морского судна.

— Пойдем встречным курсом,— сказала Кира.— Он наверняка сообразит, что, если не снизит скорость, столкновения не избежать, и притормозит. А мы, наоборот, увеличим ускорение, приблизимся вплотную и в последний момент развернемся так, чтобы он очутился перед нашими дюзами.

— А если он выполнит аналогичный маневр? — Будучи машиной, компьютер все-таки обладал известной свободой мышления.

— Ну и что? Как только он изменит курс, мы последуем его примеру. Главное — не отставать. Пускай расходует реактивную массу — глядишь, образумится.

Ускорение, невесомость, поворот и снова ускорение... «Катана» приближалась, ее корпус сверкал в свете солнца. Кира усмехнулась. Проверив показания приборов, она поняла, что у псевдо-Гатри больше шансов уничтожить «Пустельгу», чем у нее — «Катану», однако... Повинуясь команде пилота, «Пустельга» плавно развернулась при двух g и сразу же увеличила скорость. Силуэт «Катаны» промелькнул мимо на расстоянии меньше километра. Девушка увидела на экране цилиндр Л-5 — крохотный, с трудом различимый. Замечательно! Она сумела увести псевдо-Гатри от станции.

Торможение. Чтобы начать все заново, требовалось сбросить скорость до минимума, а затем разогнаться снова. Пользуясь тем, что у нее выдалась свободная минутка, Кира включила видеофон и настроилась на общую волну.

— Вызываю Л-5 и два корабля на орбите. Прием, прием. Говорит Кира Дэвис, партнер «Файербола», пилот звездолета «Пустельга». Меня атакует корабль, который незаконно блокировал станцию. Я вроде бы справляюсь, но от помощи не откажусь. Прием.— Девушка щелкнула тумблером: теперь сообщение будет повторяться автоматически.

Компьютер сообщил, что «Пустельгу» вызывает на прежней волне псевдо-Гатри. Кира решила откликнуться.

— Слышали? — спросила она.— Может, уйдете подобру-поздорову?

— И не надейся! — робот зловеще хохотнул.— Ты мне нравишься, девочка. Готов побиться об заклад, резвиться с тобой в постели одно удовольствие. Жаль тебя убивать, но придется, если ты не уберешься восвояси.

— Слушай, ты!..— процедила Кира сквозь зубы, вне себя от ярости.— Мотай отсюда, иначе сыграешь в ящик. Понял?

— Не глупи,— отозвался псевдо-Гатри.— Мой двигатель мощнее твоего, и потом, я могу выдержать практически любую перегрузку.

— Подумаешь! Я знаю, кто ты такой. И что с того? Я не отстану, пока у тебя не кончится топливо. У нас разные типы звездолетов. К тому же, прикинь, сколько времени ты уже в космосе, а я стартовала совсем недавно; кроме того, мой корабль только-только отремонтировали. Так что, сеньор, преимущество на моей стороне, и я намерена им воспользоваться.

— Звездолет «Брюин» Б-56,— раздался вдруг голос из другого динамика.— Говорит капитан Хелледал. Мы вместе с «Якобитом» С-45 под командованием капитана Стюарта прилетели на выручку Л-5...

— Понятно.— Кира щелкнула переключателем.— Виепо, теперь мы все слышим друг друга. «Брюин», «Якобит», передаю содержание моего разговора. Полагаю, вы захотите посоветоваться с Луной, но лично я не вижу, что мешает вам приблизиться к Л-5.

— Я,— бросил псевдо-Гатри.

— Вряд ли.— Кира покачала головой.— Если ты нападешь на какой-нибудь из этих кораблей, я в два счета с тобой разделаюсь. Убирайся прочь.

— Ты устанешь, тебе нужно есть и спать, значит, преимущество вовсе не у тебя, а у меня.

— Посмотрим.

— Мы готовы оказать вам помощь,— произнес новый голос. Должно быть, Стюарт.

— Вы не успеете,— возразил робот.— Девочка, мне тебя искренне жаль. Я начинаю играть всерьез.

«Катана» на видеокране устремилась вперед.

— На перехват,— скомандовала Кира. «Пустельга» послушно развернулась — на экране закружились звезды, мелькнул Орион — и увеличила скорость. Девушку вновь слегка прижало к спинке кресла. Ускорение было не слишком сильным (кстати говоря, «Катана» тоже шла далеко не на полной мощности). Что ж, вполне понятно — ситуация вынуждает к осторожности.

— Чтобы оказаться в безопасности, нам следует отвернуть в сторону на расстоянии приблизительно пятьсот километров,— сообщил компьютер.— Если подойдем ближе, он может включить максимальную тягу, а тогда мы вряд ли сумеем увернуться.

— Но шанс остается?

— Да,— подтвердила машина.

— Виепо, он, конечно, прав: робот гораздо выносливее человека. Поэтому нужно заставить его израсходовать как можно больше топлива. Идем прежним курсом.

— Пилот Дэвис...— начал было Хелледал.

— Отстаньте, сейчас не до вас. Лучше свяжитесь с Луной.

На море или в воздухе, когда судно идет на столкновение, курс, как правило, остается неизменным. В космосе, когда корабль движется с ускорением, дело обстоит иначе. Правда, созвездие Андромеды, которое было у Киры по правому борту, находилось на прежнем месте, и ориентироваться можно было по нему и по экрану радара, на котором неумолимо сближались две искорки.

— До столкновения две минуты,— предупредил компьютер.

— Летим дальше,— отозвалась Кира.

Кто-то из них рано или поздно должен отступить — сбросить скорость, развернуться и уйти в сторону с таким расчетом, чтобы не попасть под плазменный выброс из дюз противника. Но кто и когда? Хотя... Псевдо-Гатри, скорее всего, не думает погибать заодно с ней, понимает, что тем самым проиграет буквально все. Наверно, он понимает и то, что Кира отнюдь не жаждет умереть — наоборот, планирует убить его. Вероятно, робот ожидает, что «Пустельга» свернет в последний момент, чтобы задеть врага огненным шлейфом, и намерен выполнить схожий маневр. У того, кто отвернет первым, шансов на победу, естественно, меньше, однако если не менять курс еще хотя бы несколько секунд...

«Катана» вдруг выросла до гигантских размеров.

Тормози! Так, теперь разворачивайся — и жми на всю катушку!

— Изображение,— шепотом попросила Кира у компьютера, как только сообразила, что осталась в живых.— И все данные.

На экране снова возникла «Катана» — серебристая игла, едва различимая среди звезд. Судя по показаниям приборов, звездолет двигался сам по себе, влекомый космическими течениями. Кира увеличила резкость изображения. Корпус «Катаны» выглядел неповрежденным, а вот двигательный отсек...

— Подойди поближе,— приказала девушка компьютеру.

— Пилот Дэвис, пилот Дэвис! — воскликнул Хелледал.— По-моему, вы...

— Callate la boca[1],— огрызнулась Кира и тут же спохватилась: — Извините. Но, ради всего святого, потерпите еще чуть-чуть.

Увеличив скорость, «Пустельга» быстро настигла «Катану» и пошла параллельным курсом на расстоянии в несколько сот метров. Повреждения были видны невооруженным глазом. Пламя более обжигающее, чем солнечная вспышка, лизнуло корму звездолета и оставило в ней огромную, с оплавленными краями дыру. Похоже, от двигателей «Катаны» осталось одно название. Рядом с кораблем плыли куски обшивки.

— Эй! — проговорила Кира в микрофон.— Ты меня слышишь? — Ей ответила тишина. Девушка взглянула на экран, словно рассчитывая увидеть человеческое лицо, но на том были только звезды.— Должно быть, мы уничтожили его передатчик. Или же он не хочет разговаривать.

— Возможно, пилот выведен из строя,— сказал компьютер.

---

[1] Callate la boca (*исп.*) — заткни пасть.

— Может быть,— согласилась Кира.— Хотя должна была сработать зата... Эй, Гатри-два, прием.

Какое-то время спустя девушка выключила видеофон. Восторга она отнюдь не испытывала — схватка утомила ее до изнеможения,— разве что тихо радовалась, что осталась жива.

Но как такое могло случиться? Она всего лишь хотела припугнуть его, ни капельки не надеялась, что ей удастся добиться чего-то большего. Ее бы вполне устроило, если бы он просто истратил все топливо. Однако противник неверно рассчитал — и получил по заслугам.

Да, двойник Энсона Гатри далеко не всемогущ. За последние месяцы он приобрел кое-какие новые способности, но кое-что и утратил. Может, на него порой накатывала слепая ярость или порожденное отчаянием безрассудство? Откуда ей знать? Однако она знала главное — ему свойственно ошибаться.

— За дело,— произнесла Кира, обращаясь к компьютеру. Она отогнала посторонние мысли, принялась давить непослушными пальцами на кнопки и стала вызывать дрожащим голосом представительство «Файербола» на Луне.

37

Немногочисленные агенты тайной полиции в Порт-Бауэне по приказу Гатри сложили оружие. Растерянных, совершенно деморализованных, их посадили под арест, пообещав вскоре отправить на Землю. Охраняли арестованных полицейские компании.

Изабу доставил Гатри в здание лунного представительства «Файербола».

— Если вы собираетесь пригласить меня или Ниоленту погостить у вас,— с усмешкой произнес Риннидалир перед тем, как попрощаться,— предупреждаю сразу: скорее всего, мы откажемся, поскольку, находясь у себя дома, сможем, как мне представляется, принести больше пользы.

— Кому? — хмуро справился Гатри.— Нам или себе?

— В первую очередь, разумеется, себе. Мы же не какие-нибудь идеалисты. Ладно, всего хорошего.

Изабу поместил Гатри в серебряную шкатулку, отделанную снаружи драгоценными камнями. У входа в здание компании он передал шкатулку охранникам и удалился. Охранники, посоветовавшись между собой, вызвали офицера службы безопасности, который отнес подарок в помещение с бронированными стенами и стал прикидывать, как сподручнее открыть крышку.

Полчаса спустя Гатри получил тело, проверил механизмы и датчики и взялся за работу. Чтобы доказать, что он — именно тот, за кого себя выдает, потребовалось совсем немного времени. Модуль напомнил собравшимся сотрудникам о событиях, о которых его двойник не имел ни малейшего понятия, после чего ему вкратце обрисовали сложившуюся на тот момент ситуацию. Услышав, что Кира Дэвис по-прежнему находится в космосе, Гатри разразился ругательствами. Поток брани продолжался ровно три минуты сорок восемь секунд, причем ни одно выражение не повторялось дважды.

— Пошлите буксир,— наконец распорядился модуль,— пускай приведет оба корабля.

Он быстро вошел в курс дела — благодаря тому, что, томясь в апартаментах Ринндалира, следил за событиями не только по мультивизору. У селенархов имелись собственные источники информации. Гатри объяснил сотрудникам, что луняне исказили содержание его заявления, но в подробности вдаваться не стал.

— Расскажу как-нибудь потом. Сейчас не до того. Ставки сделаны, пора бросать кости.

В конце концов он оказался в кабинете, в котором обычно работал, прилетая на Луну. Просторное помещение с каменным полом, обстановка скромная, зато каждый предмет — произведение искусства. Куполообразный потолок представлял собой громадный видеоэкран, на котором сверкали созвездия, искрился Млечный Путь, мерцала лазурная, почти полная Земля. Гатри повернулся к Якобу Боте, который словно съежился в кресле. Как правило, директор космопорта вел себя иначе, но сегодня все без исключения испытывали непонятную робость.

— Что с Холденом? — спросил Гатри, имея в виду повторный ультиматум, отправленный на Л-5 около часа тому назад.

— Он... утверждает, что не получал на этот счет никаких распоряжений от своего начальства. Хелледал и Стюарт считают, что силой действовать не стоит...

— Естественно. Иначе кого мы освободим — мертвецов? Нет, корабли пускай остаются на орбите, чтобы помешать Холдену сделать вылазку — хотя он вряд ли всерьез на что-то рассчитывает — и не допустить на станцию возможные подкрепления с Земли.

— Сэр, это грузовые корабли, и на них полно народу.

— Знаю. Однако они вполне могут перехватить земные звездолеты, а люди — людям придется потерпеть. Понимаешь, я надеюсь, что Холден скоро сломается. Ни о каком боевом духе полицейских не может быть и речи, а новости с Земли и наша пропаганда мало-помалу лишают их остатков мужества. Если они сдадутся, «Брюин» и «Якобит» сразу же высадят десант, а если нет — что ж, через пару дней пошлем к Л-5 спасательные звездолеты, которые заберут штурмовую группу.

Бота заставил себя поднять голову.

— Вы и в самом деле собираетесь напасть на Северную Америку? — выдавил он.— Это же война...

— Ничего подобного у меня и в мыслях не было,— отозвался модуль. — Я хотел припугнуть авантистов, только и всего.

— Но Ковенант... Федерация... Нас объявят вне закона...

— Якоб,— мягко проговорил Гатри,— я и сам не в восторге от происходящего, однако нас загнали в угол, из которого необходимо выбраться. Хватит спорить,— прибавил он суровым тоном.— За дело! Можешь вообразить себя Полом Баньяном[1]...

— Сэр,— произнес Бота, собравшись с мужеством,— я отказываюсь принимать участие в...

— Хорошо,— спокойно ответил Гатри.— Ты уволен.

— Сэр?

— Ты больше не сотрудник «Файербола». Мне будет не хватать твоего опыта, но переубеждать тебя я не собираюсь. Сдашь дела Барбаре Сарагоса.

— Уволен? — Бота даже привстал. Похоже, он решил, что ослышался.— Нет, сэр, не надо! Я же принес присягу! Вы всегда говорили, что мы люди вольные, но... Умоляю, сэр, не надо!

— Хороша она или плоха, это моя страна, так, что ли? — негромко спросил Гатри, выдержав паузу.— Ладно, пожалуй, я поторопился. Считай, что ты в отпуске. Зафиксируй где-нибудь, что не согласен с моими действиями, и не путайся под ногами. Словом, соблюдай присягу.

— Быть может,— Бота судорожно сглотнул,— я сумею...

— Нет. Мне не нужны ни фанатики, ни те, кому приходится идти наперекор своей совести. Подумай, чем могут обернуться нерешительность или недомыслие, Якоб. О совести, морали и твоем соответствии занимаемой должности поговорим потом, когда все утрясется. Ступай.

На негнущихся ногах Бота вышел из кабинета и, закрыв за собой дверь, спрятал лицо в ладонях.

---

[1] Пол Баньян — персонаж американского фольклора, гигант-лесоруб.

Прошло несколько часов. Гатри не жалел ни себя, ни подчиненных. Подключись он напрямую к гиперкомпьютеру, к нему немедленно поступали бы все свежие данные, все вычисления проводились бы под его наблюдением. Однако он учитывал, что имеет дело не с абстракциями, а с живыми людьми. Впрочем, он и сам в какой-то мере оставался человеком, напоминая наружностью средневекового рыцаря в доспехах. Именно в таком виде Гатри появлялся на экранах видеофонов, будучи убежден, что людям необходим некий символ, дабы укрепить их уверенность в собственных силах.

Он собирал сведения, советовался с теми, кого считал умными людьми, говорил с директорами компании на Земле, связывался с капитанами файерболских звездолетов, обращался к тем, кто работал в Солнечной системе — обслуживал установку по производству антиматерии на Меркурии, вел наблюдение за кометами с орбиты Плутона, и так далее,— призывал не падать духом и просил поспешить на помощь.

Тем не менее, Киру Дэвис, как он и приказывал, тут же пропустили к нему. Когда девушка вошла в кабинет, Гатри изучал таблицу на дисплее — данные последнего стратегического анализа. Модуль обернулся, пересек помещение и протянул Кире руку, в которой утонула ее ладонь. Усталая птица вернулась в родное гнездо...

— Господи, девочка, как я рад! — пророкотал он.— От тебя осталось не больше, чем от жалованья сошедшего на берег моряка. Впрочем, не удивительно — ты столько пережила. Тебе забронирован номер в отеле «Армстронг» в Тихополисе. Отправляйся туда, отсыпайся, а когда проснешься, ни в чем себе не отказывай.

— Ладно.— Кира устало усмехнулась.— Gracias, шеф,— хрипло проговорила она и вздохнула.— Наконец-то я дома.

— Когда придешь в себя, но не раньше, расскажешь мне о ситуации на Л-5. Возможно, твои сведения помогут нам овладеть станцией, если Холден к тому времени так и не образумится...— Раздался сигнал вызова.— Черт! Я же запретил! Наверно, что-то срочное. Извини.— Гатри повернулся к видеофону, а Кира опустилась в кресло.

— Сеньор, вас вызывает президент Всемирной Федерации,— сообщил механический голос.

— Вот как? Что ж...— Гатри искоса поглядел на Киру.— Послушаем, что она скажет. Соедини.

На экране появилась миловидная смуглокожая женщина — Ситабхай Лал Мукерджи.

— Я имею честь обращаться к мистеру Энсону Гатри, владельцу компании «Файербол Энтерпрайзиз»? — спросила она на ази-английском.

— Вы правы, сеньора... э... мадам президент,— откликнулся модуль.— На сей раз вы говорите с оригиналом.

Возникла пауза, связанная с запаздыванием сигнала. Для Киры она продолжалась четыре удара сердца.

— В последнее время всех нас постоянно обманывали,— холодно заметила Мукерджи.— Могу ли я верить вашим словам?

— Вы, должно быть, ознакомились с заявлением, которое я сделал, когда возвратился сюда.

— Разумеется, однако оно не слишком содержательно.

— Мадам президент, я стремился прежде всего изложить основные факты, исходил из того, что с подробностями можно подождать. Во-первых, головы у всех и без того идут кругом, а во-вторых, я и сам многого до сих пор не знаю; делать же необоснованные заявления не в моих привычках. Правда, главное известно: агенты североамериканского правительства выкрали моего двойника, перепрограммировали его в нарушение положений Ковенанта и выдали за меня, чтобы заполучить власть над организацией, которая объединяет свободных людей.

— Это весьма серьезное обвинение.— Мукерджи нахмурилась.

— Мадам,— Гатри рассмеялся,— против правительств пустяковых обвинений не выдвигают, такова уж их природа.

— Вы, конечно, вправе настаивать на собственном мнении, обвинять и предоставлять доказательства. Но вы не вправе нарушать закон.

— А что я такого сделал? Бежал от врагов, которые стремились покончить со мной, только и всего. В своем обращении я объяснил, что призыв к оружию — фальшивка, состряпанная лунянами. Разбирайтесь, пожалуйста, с ними.

— Обязательно разберемся, сэр.— Мукерджи подалась вперед, наставила на Гатри палец.— Однако вы не отвергли преступных домогательств! Наоборот, потребовали от Северо-Американского Союза того, на что не согласится никакое правительство. Ваши корабли блокируют подразделения союзной полиции, находящиеся на станции Л-5. Представители Корпуса Мира утверждают, что, по их сведениям, вы готовитесь к войне.

— Мадам, вы же разумная женщина. Давайте поговорим спокойно, без громких слов. «Файербол» не предъявлял никакого ультиматума. Мы просто предупредили авантистов, что не можем — не можем, мадам — закрывать глаза на происходящее: ведь сотрудников компании на Земле держат под арестом, их жизням угрожает опасность. А конфискация собственности «Файербола»? Или захват Л-5 — незаконный, на ложном основании, ставящий под угрозу само существование колонии? Мы обращались к правительству, просили навести порядок, понимая, что чудес не бывает, что потребуется немало времени, предлагали сотрудничество. К примеру, обещали предоставить транспорт для эвакуации колонистов Л-5. Что касается мобилизации... Мадам, политики не устают напоминать, что «Файербол» — не государство, а совет директоров компании — не правительство. О какой мобилизации может идти речь? Я всего лишь посоветовал партнерам «Файербола» на всякий случай быть наготове, не более того — кто знает, как повернутся события?

— Что вы имеете в виду? — спросила, прищурившись, Мукерджи.

— Ничего конкретного,— ответил Гатри, пожав плечами.— Однако, насколько мне известно, в том же Футуро беспорядки... Если бы вы не позвонили сами,— прибавил он,— я бы обязательно связался с вами. Мадам президент, воспользуйтесь своей властью, образумьте авантистов.

— Да, сеньор Гатри, в красноречии вам не откажешь.— Мукерджи слабо усмехнулась.— Прошу вас, приберегите его для других. Как вы объясните, что в вашем первом заявлении, которое вы назвали фальшивкой, содержится призыв к восстанию, а в последнем о мятеже не упоминается вовсе?

— Что же тут объяснять, мадам? Естественно, мне хотелось бы поквитаться с авантистами. Однако жертвовать ради этого жизнями множества людей, которые вняли призыву якобы от имени «Файербола»? Нет уж, увольте. Да, я предложил...— Гатри сделал паузу; Мукерджи растерянно моргнула, но быстро овладела собой,— прекратить огонь, объявить общую амнистию и разработать при участии всех заинтересованных сторон новую форму государственного устройства. На этих условиях «Файербол» готов оказать правительству всяческую поддержку. Однако бои продолжаются: гибнут люди, разграбляется имущество. Между прочим, во внутренние дела суверенного государства не может вмешиваться даже Корпус Мира; что уж говорить о какой-то частной компании? Мы требуем одного — обеспечить безопасность партнеров «Файербола» (и, кстати, вернуть конфискованную собственность); нам все равно, кто это сделает, авантисты или Корпус Мира, лишь бы сделали.

— Вот как?

— Разумеется. Поймите, даже ничего не предпринимая, компания влияет на ход событий. А ведь мы не можем оставаться в стороне.

Затянувшееся молчание объяснялось, похоже, не только запаздыванием сигнала.

— Ваша забота о своих людях на территории Северной Америки весьма похвальна, — проговорила наконец Мукерджи таким тоном, словно произносила надгробную речь. — Возможно, вы просто забыли, что они живут во многих странах, являются гражданами государств, которые образуют Всемирную Федерацию.

— То есть рискуют превратиться в заложников? Мадам, я не могу поверить, что вы замышляете что-либо подобное. Они ни в чем не виноваты.

— Тогда почему ваш генеральный директор Кандамо приказала всем звездолетам компании выйти на орбиту вокруг Земли, и никто из региональных директоров ей не возразил? — сухо поинтересовалась Мукерджи.

— Приказала не Кандамо, приказал я, а мои подчиненные, естественно, выполнили приказ. Вы же прекрасно понимаете, на чьей стороне их симпатии. Однако они и все остальные сотрудники компании, которые находятся на Земле, не совершили ничего противозаконного, ничего преступного, не совершили и, уверяю вас, не совершат.

— Вы сказали, симпатии? Да, конфликт мирового масштаба не позволяет сохранять нейтралитет...

— Пожалуйста, мадам, не надо! — Гатри всплеснул руками. — Зачем? Я уверен, вы ничего такого не планируете. А нам конфликт нужен, как дырка в шлеме скафандра. Признаться, меня изумило, что Совет и Корпус Мира потворствуют беззакониям, творящимся в Северной Америке. Если бы они вмешались, все сразу встало бы на свои места.

— Можете не сомневаться, так оно и будет. — Мукерджи поджала губы. — Однако подобного рода операции обычно становятся достоянием гласности лишь по завершении.

— Понимаю, мадам. Заранее вам благодарен. Жаль, что я не религиозен, а то бы помолился за успех. Надеюсь, вы отдаете себе отчет в том, что компания не бросит своих партнеров на произвол судьбы и придет им на помощь, если усилия других окажутся бесплодными. Кстати, можете при переговорах с авантистами упомянуть эти мои слова. Но пока, обещаю, мы не станем ничего предпринимать и готовы выполнить любое ваше пожелание.

— Очень хорошо, сэр. Отмените мобилизацию.

— Мадам президент, мобилизацию никто не объявлял. Кроме того, как ни жаль, но наша неподготовленность, если я соглашусь на ваше требование, может привести к самым печальным последствиям.

— Этого я и опасалась,— вздохнула Мукерджи,— однако должна была попытаться.

— Я рассчитывал на ваше понимание. В конце концов, мы с вами люди разумные...

— Благоразумие не мешает расходиться во мнениях.— Мукерджи грустно улыбнулась.— Как только что-то прояснится, я с вами свяжусь, да и вы звоните в любое время.

— Договорились. Vaya con Dios.

— Всего хорошего.

Экран погас. Гатри некоторое время продолжал смотреть на него, потом повернулся к Кире.

— Значит, война? — пробормотала девушка.

— Надеюсь, что нет,— ответил он со вздохом.— Через пару дней станет ясно наверняка.

— Я думаю... Мукерджи потребуется больше времени... чтобы убедить авантистов.

— Боюсь, ты права. Она действует из лучших побуждений, но на месте авантистов я бы заявил, что о переговорах не может быть и речи, пока не покончено с хаотиками, а сам тем временем попытался бы привлечь на свою сторону Корпус Мира — под предлогом, что злобный Гатри по-прежнему мутит воду.

— То есть...— Кира прижала к губам ладонь.— Наши действия выгодны авантистам?

— По крайней мере, они могут обратиться к другим правительствам — так сказать, воззвать к стадному инстинкту. Если к нам приклеится кличка злодеев, о прошлых жестокостях авантистов забудут, и в результате никто из них не сядет на скамью подсудимых. Если Федерация объявит «Файербол» вне закона, авантисты конфискуют все имущество компании на территории Северной Америки и тем самым слегка отсрочат неминуемую экономическую катастрофу. Впрочем, мы не можем бездействовать — и не можем ждать. Представь, что произойдет, если «беспорядки» возникнут поблизости от военных баз, правительственных учреждений или в других жизненно важных для режима местах. Всех партнеров «Файербола» тут же пересажают в тюрьму. Нет, Кира,— заявил Гатри, стукнув кулаком по столу,— мы не нарушим присяги. Всю вину я возьму на себя, а что касается последствий, с ними будем разбираться потом.

— Черт побери! — воскликнула девушка. Она встала, подошла к Гатри и взяла его за руки.— Нет, шеф, оправдываться, так вместе.

Сквозь прозрачный купол над головой робота сверкал Млечный Путь. Кире вдруг вспомнилось, что шведы называют его Зимней Дорогой.

38

Несколько секунд Кира от растерянности не могла произнести ни слова. Голова шла кругом, как будто она внезапно очутилась в невесомости.

— Неужели это правда? — наконец прошептала девушка.

— «Что есть истина?» — спросил Пилат[1].— Ринндалир на экране видеофона усмехнулся.— Не переживай, мы приглашаем тебя без задних мыслей. С обманом пора кончать, у «Файербола» и без того достаточно поводов для раздражения. Ты вернешься, когда пожелаешь, тебе ничто не угрожает. Возможно, снова побывав у нас, ты станешь относиться к нам менее предвзято. Поскольку ты пользуешься доверием лорда Гатри, мы рассчитываем восстановить с твоей помощью прежние отношения. И потом, ты сможешь по-настоящему отдохнуть.— Черт побери, против его голоса и улыбки просто невозможно устоять! — Кроме того, я лично буду искренне рад.— Селенарх посерьезнел.— Но если ты согласна, летим немедленно. Развязка приближается, поэтому времени в обрез.

Кира постаралась собраться с мыслями. Она не знала, как быть. На просьбу разрешить ей пилотировать «Пустельгу», Гатри ответил отказом. «Во-первых, пилотов у нас хватает, а во-вторых, тебе просто необходимо отдохнуть». Девушка не стала спорить — признаться, даже испытала облегчение. Позвонить шефу? Он жутко занят, и быстро к нему не прорвешься. Значит, надо решать самой. Что ж, упускать шанс побольше узнать о лунянах ни в коем случае нельзя. Правда, можно ли им доверять? Ерунда, не настолько она важная персона, чтобы ради нее осложнять себе жизнь.

Но Ринндалир! Этот бездушный, двуличный, неотразимый сукин сын!

---

[1] «Пилат сказал Ему: что есть истина?» (Евангелие от Иоанна, 18:38).

— Muy bien,— проговорила Кира.— Наверно, соглашаться бы не следовало, но я согласна.

— Отлично.— Селенарх широко улыбнулся.— Корабль ждет на космодроме. Площадка номер двадцать три.— Интересно, он оказался там по чистой случайности или Рииндалир не сомневался, что сумеет ее уговорить? — Вещей не бери. В твоих апартаментах в замке Высокий их вполне достаточно.

Справившись со своими чувствами, Кира обулась, оставила на автоответчике сообщение для Гатри и вышла из номера.

Очутившись на проспекте Циолковского, девушка была вынуждена замедлить шаг, поскольку вокруг бурлила людская толпа. Лунян видно не было. Те из них, кто не покинул Тихополис, предпочитали отсиживаться по домам. Земляне, здешние и приезжие, значительно превосходили их числом, поэтому атмосфера была изрядно накалена. Лишь немногие из прохожих спешили куда-то по делам. В основном люди бродили туда-сюда, беседовали со знакомыми, жадно ловили новости, которые передавались по всем мультивизионным программам. Когда комментаторы говорили по-английски, испански или по-русски, Кира понимала, о чем идет речь.

— ...не посмеют напасть,— заявил с экрана широкоплечий человек, в котором безошибочно угадывался североамериканец.— Правительства государств Земли конфискуют всю собственность «Файербола» на планете.— Кире показалось, что мужчина на самом деле не слишком верит собственным словам. Экономика Земли в значительной мере зависела от космоса, а большинство предприятий, добывавших и перерабатывавших космическое сырье, принадлежало «Файерболу».

— ...сотрудничать с селенархами?! — воскликнул какой-то метис, на груди которого виднелась эмблема компании.— С этими вероломными негодяями?

— У нас, похоже, нет выбора,— ответила ему какая-то женщина.

— ...все в Божьей воле,— изрек седобородый православный священник.— Кара за наши грехи, за наше недомыслие не сравнится с тем, что мы уже пережили.

Возможно, он прав, подумалось Кире. Но что оставалось делать «Файерболу» после выступления президента Корригана, который утверждал, что компания изначально противопоставляла себя государству, всячески препятствовала работе правительства и тем самым оказалась вне закона? Кстати сказать, Союз чуть ли не единственная страна, населению которой отказано в свободе слова и в праве выбора. Но об этом Корриган предпочел умолчать; он говорил о другом.

— Заявление владельца компании развязало гражданскую войну. Сеньор Гатри уверяет, что ни с чем подобным не выступал, однако не призывает хаотиков прекратить беспорядки — (ну да, подумала девушка, а потом сдаться Сепо и очутиться в итоге в исправительном центре),— и не требует наказать селенархов, которые, по его словам, прибегли к обману, преследуя собственные цели.

— Что же, прикажете объявить им войну?

— Я предлагаю сеньору Гатри следующее. Пускай «Файербол» загладит свою вину тем, что поможет нам. К примеру, у компании куда больше возможностей вести разведку из космоса, чем у Корпуса Мира; вдобавок, ей, в отличие от последнего, не нужен особый мандат. Пускай «Файербол» снабдит нас информацией о хаотиках — где они прячутся, что замышляют, и так далее — или же предоставит суборбитальные корабли, которыми, к нашему величайшему сожалению, практически не располагают ни милиция, ни тайная полиция. Мы согласны на любую помощь, но сначала «Файербол» должен заявить, что отныне подчиняется законам государства, на территории которого находится. В этом случае мы, как только минует непосредственная опасность, освободим из-под стражи всех сотрудников компании, невзирая на предъявленные им обвинения в преступной деятельности, и охотно обсудим прочие вопросы.

— Например, конфискацию правительством собственности на сумму в миллиарды уков, причем собственность-то в основном принадлежала не компании, а партнерам.

— Но пока все задержанные останутся под арестом — (то бишь в заложниках),— а мы обращаемся к Высшему Совету и Ассамблее Всемирной Федерации с просьбой подавить беспорядки.

— Ну-ну, легче сказать, чем сделать, ведь в космосе воевать некому. Именно поэтому Луна с такой легкостью добилась независимости.

— Но я надеюсь, что в подобных действиях необходимости все же не возникнет, что «Файербол» одумается и признает ошибочность своего поведения. Тогда он получит голос на конференции, которая наверняка состоится по завершении конфликта и раздвинет рамки законности до пределов Солнечной системы.

— И положит тем самым конец всякой свободе. Что ж, в этом у правительства Северной Америки союзники наверняка найдутся.

Да, авантисты явно пошли ва-банк. Возможно, они проиграют, но, возможно, и победят. Ставки чрезвычайно велики... Толпа впереди слегка раздалась, и Кира ускорила шаг.

На площади Лея она села на фарвег и добралась до космопорта — огромного купола, внутри которого любой звук вызывал неестественно громкое эхо. Немногочисленные рабочие, которые попадались навстречу, кидали на Киру испуганные взгляды, роботы же не обращали на девушку ни малейшего внимания.

Кира остановилась перед воротами, подождала, пока сканнер проверит ее удостоверение, и прошла на двадцать третью площадку. Едва Рииндалир назвал номер, она поняла, что ей предстоит лететь суборбитальным. Девушка поднялась на борт корабля и села в кресло. Шаттл выкатился по рельсам наружу, получил от компьютера службы управления полетами разрешение на взлет и тут же стартовал. Кира ощутила ускорение — слабое, около одного g. Вскоре наступила невесомость, на обзорном экране засверкали звезды. На севере сияла над лунными морями и кратерами полная Земля; на поверхность ложились причудливые тени, местность внизу, несмотря на некоторое уныние, не производила угнетающего впечатления. Здешняя тектоническая активность значительно уступала земной, поэтому новых горных цепей взамен уничтоженных радиацией и камнепадами не возникало.

Земля переместилась в угол экрана. Корабль на мгновение завис над лунной поверхностью, а затем опустился в тень, которую отбрасывали высокие пики. Он сел на ровную площадку, и к нему сразу же подкатил автомобиль.

— Пожалуйста, выходите,— произнес мелодичный механический голос.

Кира послушно встала и по «рукаву», что соединял воздушные шлюзы, перешла с шаттла в машину. Автопилот закрыл люк, и машина двинулась в сторону замка, башни которого вырисовывались над скалистым гребнем. Дорога едва заслуживала подобного названия; впрочем, для мира, где нет воздуха, она вполне годилась.

На внутреннем дворе замка девушку встретил слуга, который поклонился и провел гостью в залу с высоким полупрозрачным потолком, где ее поджидал Рииндалир, облаченный в лиловый с золотым отливом наряд. Селенарх взял руки девушки в свои — такие изящные и теплые,— заглянул Кире в глаза.

— С прибытием,— сказал он.— Между прочим, о твоих подвигах уже сочиняют легенды.

Откуда он узнал? От своих агентов среди сотрудников компании? Да какая разница, черт побери?!

— Gracias,— отозвалась девушка и мысленно похвалила себя за то, что ее голос ни капельки не дрожит. Она не поддастся чарам Рииндалира. В конце концов, теперь они в равном положении.— А где леди Ниолента?

— Там, где ей необходимо быть в настоящий момент,— с усмешкой, приподняв бровь, откликнулся селенарх.

— Понятно. Иными словами,— Кира заставила себя высвободить руки,— у вас хлопот не меньше нашего. Зачем же вы, в таком случае, пригласили меня приехать? — Вряд ли для того, чтобы веселиться и развлекаться.

— Я же объяснял: «Файербол» испытывает к лунянам вполне понятные чувства, а ведь мы нужны друг другу как союзники. Я рассчитываю, что ты вернешься домой более расположенной к нам, чем раньше, и сумеешь привлечь на нашу сторону лорда Гатри. Признаться, у меня много дел, однако они не настолько важны, чтобы стоило жертвовать ради них благополучием сородичей. И своим собственным,— прибавил селенарх суровым тоном.— Мне хотелось бы снова стать твоим другом.

— Я... согласна вас выслушать.

— Тебе придется не столько слушать, сколько смотреть. Идем.— Рииндалир протянул Кире руку, прикоснулся кончиками пальцев к ладони девушки. На Киру вдруг накатила волна возбуждения.— Жаль, что ты не прилетела раньше, что мы не успеем поговорить по душам до того, как случится то, что должно случиться; правда, я только-только освободился.

Они шагали между стеклянных колонн, направляясь к арке, за которой начинался коридор. «Случится то, что должно случиться...» Киру внезапно пробрал озноб.

— Что вы имеете в виду? — спросила девушка.— Войну?

Рииндалир кивнул. Серебристые локоны, обрамлявшие его лицо, на мгновение закрыли скулы.

— В Порт-Бауэн поступила шифровка из канцелярии Священного Синода. Если «Файербол» в течение двадцати четырех часов не согласится помогать правительству, все сотрудники компании, находящиеся в Северной Америке, будут признаны преступниками, с которыми поступят по законам военного времени. Первое заседание трибунала состоится сразу же по истечении срока ультиматума.

— Не может быть! Они наверняка блефуют!

— Лорд Гатри вряд ли станет рисковать жизнями своих людей, чтобы проверить, блеф это или не блеф. Вероятно, Синод ожидает, что Гатри либо уступит и тем самым поставит крест на независимости «Файербола», либо предпримет решительные действия, которые приведут к санкциям в отношении компании со стороны Федерации. Что ж, авантисты явно недооценивают Гатри и его способности, что, впрочем, ничуть не удивительно. Гатри копит силы и ударит, как только выберет подходящий момент.

Коридор представлял собой чудесное зрелище: по полу словно текла река, на стенах плясали языки пламени, на потолке-небосклоне сверкали и падали звезды.

— Откуда вам все это известно? — справилась Кира.— Или ваши агенты ходят в друзьях шефа?

— До такого мы еще не дошли.— Риндалир улыбнулся.— Однако наши агенты внимательно следят за событиями и сообщают нам буквально обо всем, а мы делаем выводы. Не переживай. «Файербол» спасет своих детей.

Селенарх говорил вроде бы мягко, однако в его словах ощущалась непоколебимая уверенность. И в самом деле, подумала Кира, стоит ли сомневаться и опасаться? «Файербол» сделал все возможное, чтобы сохранить мир. Но враг предпочел войну. Что ж, подбодрим товарищей и поспешим на помощь! Да, мужчину, который стоит рядом, можно назвать одним из зачинщиков войны. Если бы он не исказил первое обращение Гатри, хаотики, вероятно, воздержались бы от выступления, авантистов не загнали бы в угол, и они пошли бы на мировую.

Неужели?

— Мы, луняне, слегка поторопили историю,— сказал Риндалир, будто угадав, о чем думает Кира.— Но подумай сама, так ли уж мы виноваты. Ваш враг заслуживает не просто наказания, а полного уничтожения, как раковая клетка. Свобода сладка — и сильна; удар, который она нанесет, покажет всем, что с ней следует обращаться уважительно.

А вдруг, мелькнула у Киры шальная мысль, а вдруг он прав?! Если авантисты победят, будущее окажется совершенно беспросветным. Авантизм рано или поздно погибнет, но когда это произойдет и что к тому времени станется с несчастной страной? А как насчет других государств? Может ли общество, компьютеризированное во имя порядка, социальной справедливости или иной ерунды, устоять под напором перемен? И не пора ли признать, что правительства и машины — помощники, слуги людей, а вовсе не наоборот?

Да здравствует Селенархия!

Коридор привел в пагоду. Сквозь прозрачный купол виднелась на северо-востоке, над самым горизонтом, Земля, голубое свечение которой преломлялось в гранях алмазного потолка и терялось в полумраке. Пахло розами после дождя, звучала «Музыка воды»[1]. В помещении царила безмятежность, что заставала врасплох, как неожиданный поцелуй.

Ринндалир усадил девушку за стол, на котором стояли бутылка вина, бокалы и пара тарелок с пирожными, затем сел сам.

— Приятные воспоминания,— произнес он.

— Вы упомянули о своих агентах,— сказала Кира, с трудом удерживаясь от того, чтобы не кинуться ему в объятия. В подобной обстановке деловой тон вполне можно было принять за оскорбление, но селенарх, похоже, не обиделся.— Полагаю, вы ждете новых сообщений?

— Естественно. Знаешь, в том, что касается космоса, луняне привыкли полагаться на «Файербол». У нас нет ни пилотируемых, ни беспилотных звездолетов.— Неужели он думает, что ей это не известно? Или хочет ее позлить? — Однако мы сконструировали немало спутников-шпионов, которые ведут наблюдение каждый за своим сектором пространства.

Ринндалир взял со стола пульт дистанционного управления и нажал кнопку. На стене засветился огромный мультиэкран. Возникло изображение, которое, должно быть, передавалось с базы данных: тонкая металлическая игла с антенной впереди и линейным ускорителем на корме. В длину метра три — без ускорителя. Скорее всего, спутник вывели на орбиту с помощью катапульты, а двигатели его работали от молекулярных солнечных батарей; следовательно, он обладает достаточной свободой маневра. Изготовлен же, по всей вероятности, на каком-нибудь заводе под поверхностью Луны.

— Наверно, «Файербол» знает о том, что такие спутники существуют, но не догадывается об их количестве,— продолжал Ринндалир.— Во всяком случае, мы не получили ни единого запроса или протеста. В конце концов, что они такое, как не разумная мера предосторожности? Кроме того, на Земле, поблизости от интересу-

---

[1] «Музыка воды» — серенада немецкого композитора Г. Ф. Генделя (1685—1759).

ющих нас объектов, базируются мини-флайеры, начиненные электронным оборудованием. Передатчики у них не слишком мощные, однако параболическая антенна в Копернике[1] ловит все сигналы. Сейчас все флайеры подняты в воздух. Быть может, авантисты собьют пару-тройку аппаратов, но основная масса уцелеет, и мы с тобой кое-что увидим.— Селенарх наполнил бокалы (журчание вина лишь усилило очарование музыки).— Ты не хочешь, как в прошлый раз, предложить тост?

— За победу! — сказала Кира, отогнав нахлынувшие воспоминания.— За полную победу.— Вино обожгло нёбо, разгорячило кровь.

— За хаос! — отозвался Ринндалир, вновь поднимая бокал.

— Что? Вы имеете в виду хаотиков? Впепо, пусть им повезет.— Девушка чокнулась с хозяином.

— Нет, я разумел хаос-освободитель, который уничтожает прошлое и порождает будущее.

— То есть в научном смысле слова? — неуверенно уточнила Кира.

— Можно сказать и так, хотя я позаимствовал образ не столько из математики или механики, сколько из квантовой теории мироздания. Тебе что, не нравится мой тост?

И правда, подумалось Кире, почему она не пьет? Ведь Ринндалир ведет себя как обычно, а причуд у всех хватает... Девушка сделала большой глоток, хотя поначалу намеревалась лишь пригубить.

— Ладно, поглядим, что творится на белом свете.— Держа бокал в правой руке, Ринндалир взял пульт управления в левую. Изображение на экране изменилось, возникла Земля, окутанная облаками; от красоты картины у Киры захватило дух, как будто она впервые увидела планету из космоса. Поблизости от Земли, отчетливо выделяясь на фоне космической тьмы, находились два освещенных солнцем звездолета: громадный транспорт и та самая «Катана», которая совсем недавно гонялась за «Пустельгой». Корабли двигались к Земле.

— Вовремя включили,— произнес, откашлявшись, селенарх.— Первая атака.— Он подался вперед.

«Небо принадлежит нам,— вспомнились Кире слова Гатри.— Мы можем запустить с Луны несколько самодельных метеоритов, из страха перед которыми, кстати говоря, лунянам в основном и даровали независимость. Однако если не придать нашим снаря-

---

[1] Коперник — лунный кратер.

дам необходимой формы, мы не сможем ими управлять. В результате они попадут не туда, куда нужно — попадают на поля, разрушат города; погибнут ни в чем не повинные люди. Но времени на тщательную подготовку у нас не будет, поэтому мы, если все же придется воевать, просто-напросто пожертвуем парочкой звездолетов, которые набьем под завязку камнями. Управлять кораблями будут, разумеется, роботы».

Девушка вздрогнула. Чтобы робот совершил самоубийство, его надо перепрограммировать. Хотя здесь все иначе, нежели с двойником Гатри. Точно? У машин нет ни человеческого рассудка, ни свободной воли, ни желания жить во что бы то ни стало. Неужели?

И тут... Вперед, ребята!

Корабли разошлись, один устремился к Земле, а второй повернул обратно. Ринндалир нажал на какую-то кнопку. Мгновение спустя на экране появилась цепочка символов. Кире они ничего не говорили, но Ринндалир воскликнул:

— Цель — база Кеннеди! Так я и думал. Что ж, там у нас наблюдателей хватает. Если хоть один из них уцелел...

Зазвучала новая мелодия. На экране возникла гористая местность — серо-голубые, увенчанные снежными шапками вершины, безоблачное небо, сосновый бор; дальше — аэропорт, радиолокационная станция, башня диспетчерской, группа зданий, между которыми снуют машины... Кира знала, что под землей находится бронированный бункер — командный пункт милиции.

Они не заметили, как корабль врезался в землю. Все произошло слишком быстро. Звездолет, который двигался в направлении противоположном вращению планеты, влекомый земной силой тяжести, представлял собой взрывчатку мощностью около двухсот килотонн. Вспышка ослепила Киру; девушка словно взглянула в упор на солнце. Взрывная волна подхватила флайер, который передавал изображение, подбросила вверх, принялась швырять из стороны в сторону. На месте аэропорта появился сияющий шар, который почти мгновенно исчез в клубах дыма и пыли, что потянулись к небу. Моргнув, Кира разглядела огромную воронку.

Из динамиков загремели триумфальные аккорды.

— Ну и ну,— выдохнул Ринндалир. Должно быть, это означало: «Какая красота!»

— Нет! — воскликнула Кира, радость которой улетучилась в мгновение ока, унеслась вослед погибшим.— Por favor, нет! Мы не хотели ничего подобного!

— Прошу прощения.— Сразу посерьезневший РИнндалир поставил бокал на стол и накрыл ладонью руку девушки.— Зрелище, конечно, восхитительное, однако погибли люди... Но не забывай, что на войне потери, к сожалению, неизбежны.

— Неужели мы... Гатри... Неужели нельзя было продемонстрировать силу в каком-нибудь безлюдном месте?

— Боюсь, что нет. Ведь продемонстрировать следовало не только силу, но и решимость ее использовать. Случившееся наверняка подорвет боевой дух авантистов и положит конец сопротивлению. А иначе конфликт затянулся бы на несколько недель. Бывает, что уголек тлеет, тлеет, а потом вдруг снова вспыхивает пламя. Подумай, чем угрожало промедление твоим товарищам и тем, кто поверил, что «Файербол» им поможет. Вспомни, чем закончилась Вторая Мировая война.

— Чем?

— Победой над Японией. Между прочим, Япония не собиралась сдаваться. Конечно, блокада и голод через несколько лет сломили бы упорство самураев, равно как и вооруженное вторжение, но война унесла бы миллионы жизней, а страна превратилась бы в громадное пепелище. Та самая страна, чья культура ничуть не уступает критской, вавилонской или этрусской. К тому же, Японию оккупировали бы не только американцы, но и Советская империя. Тебе, должно быть, известно, что творилось какое-то время спустя в Корее и во Вьетнаме, так что ты можешь себе представить, к чему бы это привело. Однако две атомных бомбы сняли все вопросы.— РИнндалир погладил девушку по руке. Кира начала было успокаиваться, но тут селенарх прибавил: — Думаю, Гатри вот-вот нанесет второй удар,— и принялся просматривать компьютерные распечатки.

— Нет! Не может быть! — девушка вырвала руку.

— Еще как может,— отозвался РИнндалир, смерив Киру взглядом,— если, разумеется, Гатри не лгал, называя себя прагматиком. Он должен убедить землян — в первую очередь, Всемирную Федерацию и Корпус Мира — в серьезности своих намерений. Грядут великие перемены, и нельзя даже предположить, кого они затронут, а кого минуют, однако ты, Кира Дэвис, можешь не сомневаться, что выстоять в одиночку не удастся никому.

— Что вы такое говорите? — прошептала она, глядя на его губы, на которых играла усмешка.— Кому нужна такая победа?

— Зато, как я уже сказал, она положит конец войне. Прежнего порядка вещей больше не существует. Не грусти. Для нас с тобой, для твоих товарищей и моих сородичей, для всех, кто жаждал свободы, ничего страшного не произошло. Просто вырвался на волю хаос, а значит, нас ожидает новое будущее.

— Вы... Вы хотели войны!

— Скажем так, я искал подходящий инструмент.

— Во всем виноваты только вы! Обращение Гатри... Ультиматум авантистов... Тоже ваша работа?

— Милая, спасибо за комплимент! — Рииндалир рассмеялся. — По-твоему, мы всемогущи? — Внезапно он повернулся к экрану. — Ну-ка, ну-ка...

Кадры быстро сменяли друг друга: Северо-Западный Комплекс посреди Великих озер, колонна грузовиков, мчащаяся по шоссе через прерию, эскадрилья флайеров, многотысячная толпа на площади Исследователей, бои на территории Кварк-Фейр... Рииндалир нажал на кнопку, и мельтешение на экране прекратилось.

На какой-то миг Кира растерялась, ей показалось, будто она видит развороченный и подожженный муравейник. Девушка присмотрелась повнимательнее. Флайер с камерой взмыл над рыжими холмами, на которых росли дубы и эвкалипты; вдалеке поблескивала вода, еще дальше виднелись высотные здания... Бухта и комплекс Сан-Франциско!

По выжженным склонам холмов сновали роботы-садовники, усердно тушившие траву в тех местах, где она не успела выгореть дотла. Мимо них проносились бронированные автомобили, пробегали и проползали люди в шлемах; пулеметы выплевывали пламя, в небе кружили флайеры. Похоже, войска продвигались к поросшему деревьями гребню. Рииндалир увеличил изображение, и Кира различила окопы с бревенчатыми настилами и пулеметные гнезда. В окопах прятались другие люди; несколько человек взобрались на грузовик, в кузове которого находились генератор и, судя по всему, лазерная пушка. Да, со столь скудным вооружением рассчитывать особенно не на что.

— Остатки хаотиков, — высказал догадку Рииндалир. — Их окружили, но некоторое время они еще продержатся — в надежде, что появится подкрепление. — Селенарх пожал плечами. — Пожалуй, пару-тройку дней тому назад хаотики могли бы сбросить десант, но теперь у них не осталось ни одного флайера — все подбиты.

Какой кошмар, подумала Кира, словно ожило прошлое, известное лишь по книгам и фильмам, то прошлое, которое считалось безвозвратно ушедшим. Раненые и убитые, кровь, стоны... Подразделения Корпуса Мира, состоявшие из великолепно вооруженных профессионалов, покончили бы с сопротивлением за какой-нибудь час. А тут необученные, почти безоружные милиционеры, вынужденные по приказу начальства сражаться с такими же, как они, в общем-то мирными людьми! Но авантисты знают, что делают: если в конфликт вмешается Корпус Мира, слишком многое из того, что хотелось бы скрыть, станет явным.

— Вполне возможно, все обойдется,— произнес Ринндалир, поглаживая подбородок.— Если не возражаешь, досмотрим потом, в новостях... Ба!

В атмосферу вошел звездолет. Пламя, вырывавшееся из его дюз, было ослепительно белым, иногда мелькали голубые и красные язычки. Девушка словно наяву услышала рев двигателя, ощутила исходящий от корпуса испепеляющий жар, почувствовала запах озона. Корабль снизился настолько, что пламя из дюз достигло поверхности. Почерневшая земля, обуглившиеся трупы, расплавленная бронетехника... Включились бортовые двигатели. Звездолет дернулся, замер — и прыгнул в сторону, опалив пламенем уцелевших людей в военной форме.

Ринндалир выкрикнул что-то на своем языке. Его охватил восторг. В пагоде по-прежнему звучала музыка, а на экране бежали, спотыкались и падали люди, судя по их жестам, умолявшие о пощаде.

Звездолет устремился ввысь. В живых остались только хаотики, которые один за другим появлялись из окопов — похоже, изрядно перепуганные, потрясенные всем случившимся. Впрочем, скоро они начнут радоваться...

Скорее всего, большинству милиционеров удалось бежать. И правда, зачем их убивать? Вполне достаточно продемонстрировать свою силу и решимость. Интересно, кто пилотировал корабль? На память сразу пришли десятки имен, перед мысленным взором Киры замелькали знакомые лица. Неужели она хочет знать? Наверно; не станешь же подозревать всех скопом.

— Consummatum est[1],— изрек Ринндалир, поворачиваясь к девушке. Голос селенарха слегка дрожал.— Думаю, сопротивление сломлено. После такого сражаться могут разве что фанатики да глупцы. Кира, мы бы с тобой выпили за полную победу. Вот она! Предлагаю отметить.

Кира промолчала. На экране дымился склон холма.

---

[1] Consummatum est (*лат.*) — свершилось. «Когда же Иисус вкусил уксуса, сказал: свершилось. И, преклонив главу, предал дух». (Иоанн, 19:30). Автор цитирует т. н. Вульгату — средневековый перевод библейских текстов на латынь.

— Да,— тихо проговорил Ринндалир, опуская бокал,— я понимаю твои чувства. Поверь, агония и смерть не доставляют мне ни малейшего удовольствия. Но от них никуда не денешься; к тому же, сейчас это настигло не друзей, а врагов. — Неожиданно он усмехнулся.— Великолепное зрелище, верно?

— Кому как,— отозвалась девушка.

— Ты страдаешь? — мрачно спросил селенарх.— Винишь в случившемся себя? Хочешь порвать с «Файерболом»?

— О, нет! — тон Киры совершенно не вязался с бодрой музыкой.— Но мне надо успокоиться. Примириться, что ли. Убедить себя.

— Понимаю.— Ринндалир улыбнулся.— Хотя, возможно, мне только кажется. Мы с тобой очень разные. Между прочим, я пригласил тебя сюда в надежде сойтись поближе,— он положил руку ей на плечо,— и вместе отпраздновать победу.

Его кожа источала диковинный аромат: от нее пахло чем-то вроде мускуса. Желание вспыхнуло — и тут же исчезло. Кира встала.

— Gracias, но я, пожалуй, поеду домой. Прямо сейчас. Сначала в Тихополис, а оттуда на озеро Ильмень. Или в Торонто? Давно пора узнать, что сталось с Бобом Ли, и, если он жив, вернуть ему свободу.

39

Механики отсоединили модуль от вспомогательных устройств, отнесли его в личный кабинет Гатри, поставили на стол и удалились. Некоторое время модуль оставался в одиночестве; выпустив щупальца с линзами, он изучал каменный пол, стоявшее у стен оборудование, прозрачный потолок, сквозь который виднелись звезды и Земля. Да, кабинет появился уже после того, как Гатри вернулся от альфы Центавра. Линзы сфокусировались на картине — точнее, фотографии, которую переснимали десятки раз и которая запечатлела Джулиану с детьми.

Дверь отъехала в сторону, и в кабинет вошел робот, похожий на рыцаря в доспехах. Он приблизился к столу, подождал, пока закроется дверь. Тихо гудел вентилятор.

— Saludos,— пророкотал робот.

— Привет, коли не шутишь,— ответил модуль.

— Может, и не шучу.— Помолчав, робот продолжил, уже не столь язвительно: — Не знаю, не знаю. Ты — наш враг и одновременно мой двойник...

— Удивительное совпадение,— пробурчал модуль.— Между прочим, яблочко от яблони недалеко падает.

— Что ты чувствуешь? — спросил робот, проведя манипулятором по своему корпусу (будь он человеком, наверно, погладил бы подбородок).

— Идиотский вопрос. То же, что и ты. Мы оба призраки, только ты занимаешься делом, а я маюсь от скуки.

— Аппарат не помогает? — в распоряжении модуля имелся мультивизор с прямым доступом в базу данных и генератор импульсов — на случай, если бы ему, так сказать, захотелось надраться.

— Отчасти,— отозвался модуль менее агрессивным тоном.— Особенно классика. Ты помнишь, когда в последний раз смотрел «Фауста» и не сводил глаз с Ольги Вальд? Все-таки в Хельсинки была замечательная опера. Интересно, Вальд еще жива? Среди свежих записей — я разумею, сделанных после того, как меня выключили и отправили на склад — тоже нашлась пара-тройка вполне приличных.

— Кажется, я догадываюсь, что ты имеешь в виду. А новости смотришь?

— Уже дня три или четыре, как не видел ни одного выпуска.

— Да ну? — робот пристально поглядел на модуль.— Вот это на меня не похоже.

— Разумеется. Но если подумаешь, поймешь, что на моем месте повел бы себя точно так же. Когда постоянно напоминают о том, что ты хочешь забыть... Брр!

— Понятно.— Робот выпрямился и посмотрел на звезды.

— Тем не менее, я не прочь узнать, что творится на белом свете. Только, пожалуйста, без подробностей.

— С авантистами покончено,— произнес робот. Он принялся расхаживать по комнате, заложив руки за спину.— В буквальном смысле слова. После того, как милиция и Сепо отказались воевать с нами, чиновники со своими прихвостнями ударились в бега. Некоторые осели в Хиросиме и теперь именуют себя правительством Северной Америки в изгнании и требуют, чтобы им предоставили политическое убежище. В Футуро находится штаб Армии Освобождения — нечто вроде коллективного регента в период междуцарствия. Ассамблея Федерации никак не решит, заслуживает ли он официального признания. Высший Совет приказал Корпусу Мира навести в стране порядок. В общем и целом, дела идут.

— Думаешь, Федерация вас признает?

— Со временем — безусловно. По крайней мере, после выборов. Общественное мнение, судя по всему, на нашей стороне.

— Ты, случайно, не знаешь, что с Энрике Сайре? — с запинкой поинтересовался модуль.

— Сайре? Шеф Сепо? Мертв. Насколько мне известно, он не успел убежать потому, что пытался создать нового двойника. Похоже, надеялся, что сумеет таким образом одолеть меня. Его поймали, на следующий день трибунал и — пиф-паф.

— Хорошо,— пробормотал модуль, несколько раз сложив и распрямив щупальца с линзами.

— Что? — робот настолько удивился, что даже остановился.

— Что слышал. Этот стервец изуродовал мне жизнь.

— Но ведь тебя запрограммировали на...

— Я должен верить в доктрины Ксуана и в грядущую техно-цивилизацию.— Модуль издал некий звук, похожий на сдавленный смешок.— Я и верю, но... Неужели меня не понимаешь даже ты? — спросил он еле слышно.

— Ты знал,— проговорил робот, чисто по-человечески всплеснув руками,— знал с самого начала, что твои мысли — чужие...

— Да, знал.— В голосе модуля зазвенела сталь.— Но вынужден был действовать заодно с авантистами. Вернее, сначала меня вынудили, а потом я втянулся. Я бы с удовольствием прикончил тебя. Кошмар, правда?

— Знаешь,— сказал робот, глядя на свои руки,— мне когда-то снилось, что я душу Джулиану. Вот это действительно кошмар.

— Ты кому-нибудь рассказывал?

— Только тебе. В смысле — себе.

Наступила тишина. Молчание затянулось на несколько минут.

— Что тебе известно о лунянах? — хрипло спросил модуль.

— А? Что?

— Очевидно, я дольше твоего готовился к нашей встрече. У меня было время пораскинуть мозгами. Тот ультиматум, который тебе предъявили авантисты, был чудовищной глупостью. Какими надо быть идиотами, чтобы сочинить что-либо подобное! Так вот...

— Ты хочешь сказать, что ультиматум — происки Ринндалира? Естественно, я учитывал такую возможность. Получив шифровку, мы связались с Северной Америкой и поинтересовались, шутят они или впрямь настроены воевать. Нам ответили, что второе; техники подтвердили, что ответ получен из штаб-квартиры авантистов. Вряд ли возможно, что кто-то сумел подключиться к нашему каналу. Хотя... Потом я расспрашивал бывших членов Синода и прочих «шишек» — они все отрицают.

— Врут. Или же их просто не посвящали в подробности, потому что не доверяли. Но вернемся к лунянам. Ты знаешь о них больше моего. Могли они спровоцировать стычку?

— Думаю, да. Вполне вероятно, что они подкупили пару-тройку высокопоставленных авантистов — может статься, членов Синода. Вдобавок, селенархи наверняка обзавелись агентами, которые имели доступ к государственной компьютерной сети. А ведь авантисты преклонялись перед компьютерами и социодинамическими программами. Подобным агентам не составляло труда подсунуть правительству фальшивый анализ возможных действий «Файербола». Кира Дэвис рассказала мне кое-что любопытное, из чего следует, что селенархи желали свержения авантистов; что они с этой целью предпринимали, другой вопрос. Однако фактов у нас нет и сомневаюсь, что мы их когда-либо добудем.

— Какая разница? Без поддержки лунян у тебя ничего бы не вышло. Значит, «Файербол» по уши увяз в дерьме.

— Боюсь, ты прав. Чего нам только не припишут! Но мы не могли нарушить присягу...

— Меня заставили! — воскликнул модуль.

— Знаю,— сказал робот, кладя руку на металлический ящик. Из того показались дрожащие щупальца с линзами на концах. Тогда робот сделал шаг назад и произнес: — Отныне все будет иначе. Ринндалир, лунянин, с которым я чаще всего сталкивался, не скрывает своей радости. По-моему, он надеется, что вслед за Северной Америкой развалится Федерация.

— Если я правильно его понимаю,— откликнулся модуль,— то у него и впрямь есть повод радоваться. Кроме того, я смотрю на вещи иначе, чем ты.

— То есть?

— Слушай и постарайся понять, что я — вовсе не фанатик. Да, авантизм как система уничтожен, но хода истории не остановить. Великое Превращение, которое предвидел Ксуан, все равно произойдет — быть может, даже раньше, чем казалось поначалу,— если только не случится нечто вроде мировой катастрофы.

— До нее еще далеко. Мне думается, что в ближайшие несколько лет общественных потрясений можно не опасаться. Последние события научили всех — и меня в том числе — осторожности.

— Посмотрим. Дело вот в чем. «Файербол» в своем нынешнем виде долго не протянет. Зачем нанимать людей, когда кругом полным-полно роботов? Вдобавок, я узнал, что скоро появятся системы настоящего искусственного интеллекта...

— Хватит! — воскликнул робот, рубанув ладонью воздух. — Я пришел сюда, — прибавил он мягче, — как только смог выкроить часок-другой. Скажи, как нам с тобой поступить?

— Уничтожить, — с ходу ответил модуль.

— Подожди. Я согласен, оставить тебя таким, какой ты есть, чересчур рискованно. Но если перепрограммировать...

— Не валяй дурака! Чтобы подобрать нужную программу, тебе придется создавать и отправлять ко всем чертям копию за копией, двойника за двойником. И потом, я не хочу жить. Просто не хочу.

— Почему?

— Слишком много крови.

— Я чувствую то же самое, — прошептал робот. — Точно пока не подсчитали, но уже ясно, что мы убили несколько сот человек, а ранили гораздо больше.

— Вот и выкручивайся, — бросил модуль со смешком. — Живи! — Внезапно он заговорил иным тоном: — У тебя есть, о ком заботиться, — о тех пилотах, которые управляли кораблями, и обо всех остальных. А я — лишний. К тому же, не будь меня, ничего бы не случилось.

— Как знать...

— Отпусти меня! — взревел модуль. — Отпусти, ради Джулианы!

— Ладно, — проговорил робот, подумав и приняв решение. — Только ради нее. Когда ты хочешь умереть?

— Как можно скорее.

— Последнее желание будет?

— Да, — тихо откликнулся модуль. — Окажи мне услугу. Я хочу взглянуть на то, что у нас с тобой осталось общего.

Уточнять не требовалось. Робот взял модуль на руки, отошел от стола и встал так, чтобы они оба могли видеть сквозь прозрачный потолок альфу Центавра.

Часть третья

Деметра

40

— Пойдем,— сказала Эйко, едва Кира начала рассказывать о том, что ее тревожило. — Нам нужно обрести покой.

Рука в руке они вышли из квартиры и двинулись по коридору. Встречные узнавали то одну из подруг, то сразу обеих, приветствовали тепло, но на шею не вешались и, судя по всему, принимали как должное, что они не останавливаются поболтать. Впрочем, знакомые попадались не так уж часто. В большинстве своем люди направлялись куда-то по своим делам. После недавних бурных событий атмосфера колонии неуловимо изменилась: куда-то подевалось прежнее бесшабашное веселье. Даже когда Л-5 покидали люди Холдена, никто особенно не радовался, хотя облегчение, естественно, испытывали все, и полицейские в том числе.

«И когда Он снял седьмую печать, сделалось безмолвие на небе, как бы на полчаса»[1].

Фарвег доставил подруг в заповедник Треворроу. По-прежнему молча, они сошли с бегущей дорожки. Здесь тоже были люди — гуляли по двое, по трое. Ну и что, что солнце и небо, ветры и облака искусственные, подумала Кира, что простор всего-навсего иллюзия; зато листва, цветы и птицы — настоящие, и этого вполне достаточно.

На Дереве никого не оказалось. Быть может, оно пробуждало слишком сильные чувства... Кира и Эйко поднялись на третью площадку, прошли вдоль тянувшейся почти строго горизонтально ветви и перебрались на другую платформу, на которой стояли скамейки.

---

[1] Откровение св. Иоанна Богослова, 8:1.

Со всех сторон, куда ни посмотри, колыхалась завеса из темно-зеленых игл, шелестевшая на ветру. Сквозь нее можно было различить землю и небосвод. От коры Дерева, неожиданно мягкой, если к ней прикоснуться, исходил смолистый запах. Мимо пролетел дрозд.

Подруги сели на скамейку, лицом к лицу. Дыхание Эйко, сбившееся во время подъема, вновь стало ровным. Она поймала взгляд Киры и улыбнулась — как мать улыбается больному ребенку.

— Теперь мы можем поговорить.

— Gracias,— отозвалась Кира, отводя взгляд.— Не знаю, право, стоит ли даже начинать. По-моему, пустая трата времени.

— Нет,— возразила Эйко,— ничего подобного. Разговор поможет нам понять друг друга. Быть может, совместными усилиями мы что-нибудь придумаем. Тебя ведь беспокоит будущее «Файербола», так?

— Так,— кивнула Кира.— Ты права, мне просто необходимо выговориться. То, что произошло недавно, еще не кризис, а его предвестие. Самое страшное впереди, и я не знаю, уцелеет ли «Файербол». Твой отец разбирается в политике. Чего ожидает он?

— Он говорит, что возмущение действиями компании будет нарастать,— ответила Эйко ровным голосом.— Гатри-сан показал Земле, на что мы способны, и земляне до смерти перепугались, а страх порождает ненависть.

— Но у нас не было выбора! — воскликнула Кира.— Или был?

— Вы остались верны себе...

— Gracias,— пробормотала девушка.— Ничего другого ты сказать не могла.

— ...как Тайра[1],— закончила Эйко.

— Кто? — Кира моргнула.

— Или как сиу и конфедераты[2]; эти примеры тебе, наверно, ближе. Все они победили, но в конечном итоге оказались побежденными.— Эйко вздохнула.— Все течет, все меняется. Где теперь Минамото[3].

---

[1] Тайра — японский феодальный клан, соперничавший с кланом Минамото за власть в стране. Его возвышение и гибель описаны в «Повести о доме Тайра» (рус. пер.— 1982).

[2] Сиу — племя североамериканских индейцев, дольше других племен сопротивлявшееся белым. Конфедераты — сторонники «Конфедерации американских штатов», образованной во время гражданской войны на территории южных штатов США; они одержали ряд побед, но в 1865 г. потерпели сокрушительное поражение.

[3] Минамото — японский феодальный клан, из которого происходил, в частности, первый сегун (военный правитель) страны Минамото Ёритомо.

— Мы можем сражаться, можем поставить Землю на колени! Можем, но не будем,— прибавила Кира.— Черт побери, по крайней мере, я не буду. Я не могу убивать людей, и плевать мне на присягу! Знаешь, что сказал Гатри? «Нам придется стать государством — непонятно, ради чего?»

— Мне кажется, он будет тянуть время — вести переговоры, торговаться...

— Безусловно,— согласилась Кира. Она ссутулилась, оперлась локтями на колени и уставилась себе под ноги.— Но объясни мне, ради чего?

— Не знаю,— призналась Эйко. Некоторое время она молчала, потом похлопала подругу по плечу и сказала: — Честно говоря, у меня возникла на этот счет одна идея — вполне возможно, сумасбродная, но я все равно хочу ею с тобой поделиться

— Валяй,— буркнула Кира, подняв голову.

— Федерация попытается подчинить себе «Файербол» и Луну. Те, естественно, будут сопротивляться. Чья возьмет, предугадать трудно, однако мой отец считает, что верх одержит Федерация. Ты спросишь, почему? Потому, что «Файербол», как всем нам хочется, откажется от насилия.— Эйко сделала паузу.— Но даже если компания останется частной, а Луна сохранит независимость, прежний порядок вещей уже не восстановить, сколько ни старайся. Своими действиями «Файербол» изменил многое, в том числе себя.

— Социальная и технологическая эволюция,— проговорила Кира.— Вселенная мутирует, люди теряют почву под ногами...

— Можно найти иную вселенную.

— Что? — Кира изумленно уставилась на подругу.

— Не пугайся,— усмехнулась та.— Я всего лишь имела в виду другие планеты.

— Эйко, ты предлагаешь нам покинуть Землю? По-твоему, мы согласимся?

— Я знаю, улететь смогут далеко не все. На всех просто не хватит кораблей. Значит, улетят те, кто искренне этого хочет.

— Во имя Маккамона, куда они улетят? Назови мне хоть одну похожую на Землю планету.

Голые скалы, подумала Кира, пустыни, жара, словно в печи крематория, ледяной холод, смертоносная радиация, воздух, которым невозможно дышать, либо полное отсутствие атмосферы... Необыкновенная красота и великолепие, Божий дар, неисчерпаемые запасы сырья, открытие которых избавило Землю от горькой участи превратиться в мертвую планету... «А Сын Человеческий не имеет, где преклонить голову»[1]. Разумеется, можно основать очередную колонию на Марсе, на спутнике или на астероиде, но что толку? Можно забраться в облако Оорта, достичь края галактики, откуда Солнце представляется не более чем яркой звездой, но и там рассчитывать особенно не на что.

— К альфе Центавра. На планету под названием Деметра.

— А я-то думала, что с фантазиями насчет Деметры покончено! — воскликнула Кира, пораженная тем, что услышала нечто подобное от Эйко. — Бессмысленная, безнадежная затея. Да, Деметра обитаема, но местные формы жизни только-только выбрались из моря. Что касается суши, по сравнению с ней самая бесплодная пустыня Земли покажется райским садом.

— Ничего, переселенцы наверняка справятся. Тем интереснее.

— Ну да... Ты ведь примерно представляешь, во что обойдется переселение, так? Или не представляешь? «Файербол» просто-напросто обанкротится!

— Что ж, зато не будет погони.

— Ладно, переселимся, а что дальше? Через тысячу лет планета погибнет.

Кире вспомнилась компьютерная модель созвездия Центавра. Две звезды, что вращаются друг возле друга... Нет, система сложнее. Вдалеке сверкает проксима — красный карлик, который можно не принимать в расчет. Альфа — большая звезда, светит приблизительно в половину яркости Солнца, а бета, еще менее яркая, имеет при себе одну-единственную планету, поскольку альфа похитила у нее Фаэтон. У самой альфы три планеты, на ближайшей из которых, Деметре, существует жизнь.

Как немногочисленны миры, про которые можно сказать то же самое! В незапамятные времена, до того, как ее уничтожил космический холод, жизнь существовала на Марсе. На Деметре она возникла значительно позже — когда альфа стала горячее и растопила ледники планеты, превратив их в океаны. Но и здесь она обречена на скорую — по масштабам космоса — гибель.

Альфа способна удерживать при себе планеты на расстоянии большем, чем от Земли до Солнца, где-то в два с половиной раза. Притяжение беты слабее; между звездами находится нечто вроде «запретной зоны», где искажается любая орбита, где носятся, словно обезумевшие, астероиды. В эту зону около миллиарда лет назад угодил Фаэтон, после чего его орбита с каждым оборотом становилась все менее стабильной; наконец альфа отобрала Фаэтон у беты, и тот

[1] Евангелие от Матфея, 8:20

начал вращаться вокруг более крупной звезды по непостоянной эллиптической орбите, которая раз за разом пересекалась в узловых
точках с орбитой Деметры (вот почему люди назвали последнюю
именно так, а ни как иначе. Правда, со временем выяснилось, что
название, оказывается, куда символичнее[1]).

Вычислить орбиту Фаэтона более чем на пять-десять тысяч
лет вперед не представлялось возможным; впрочем, в том не было
необходимости. Сомневаться не приходилось — через тысячелетие с небольшим Фаэтон врежется в Деметру.

— А другие планеты с кислородной атмосферой слишком
далеко,— продолжала Кира.— Все переселенцы умрут во время
путешествия. Да и альфа Центавра не близко, до нее пока добирались лишь роботы и модули. Допустим, мы туда прилетели. И
что? Нет уж, лично я предпочитаю оставаться на Земле.

Кире казалось, она свыклась с тем, что во вселенной жизнь —
штука чрезвычайно редкая, по сути дела, случайная. Сейчас девушка вдруг поняла, что по-прежнему не хочет с этим соглашаться.

— У переселенцев будет тысяча лет,— проговорила Эйко.—
Если не они, то их потомки наверняка переживут нынешнее общественное устройство. Все столько раз изменится...

— Извини,— сказала Кира,— я не хотела...— Как ни странно, на лице Эйко была написана не обида, а сочувствие.— Понимаешь, я вся издергалась. Но... Неужели ты серьезно?

— Отчасти,— улыбнулась Эйко.— Так сказать, фантазирую в
свое удовольствие.

— Впеpo... Фантазия, конечно, замечательная. За тысячу лет
колония и впрямь сумеет чего-то добиться. Но ради чего, Эйко,
ради чего?

— Ради себя,— отозвалась Эйко, глядя на колышащуюся зеле-
ную завесу.— Часто, когда я забиралась на Дерево, мне в голову приходили разные мысли насчет эволюции. Биологи утверждают, что
она не имеет цели и смысла, что она слепа как крот — и прекрасна
как радуга. Но вообрази, Кира: морская пена превращается в цветки
вишни, в тигров, в детей, которые видят радугу и восторгаются ею...

«А потом,— мысленно прибавила Кира,— начинают убивать
друг друга, создавать правительства и промышленность... К черту!»

---

[1] В греческой мифологии Деметра — богиня плодородия и земледелия
(здесь: персонификация земли); Фаэтон — сын бога солнца Гелиоса,
чтобы доказать свое происхождение от последнего, взялся управлять
солнечной колесницей и погиб, чуть было не погубив в огне землю.

— Мне, конечно, доводилось слышать о планах покорения космоса. Но, насколько я помню, все они оказывались на практике невыполнимыми.

— Рыба, которая первой выбралась на сушу, тоже наверняка поначалу сомневалась. Пожалуйста, разреши мне закончить.

— Извини.

— Я подумала...— Эйко притянула поближе веточку Дерева, прижалась щекой к иглам.— Откуда взялось Дерево? Жизнь, эволюция... Зародышевая плазма, сырье эволюции, не обладает свободой воли. Жизнь создала не только людей, но и траву, деревья, птиц. Каким образом? Не потому ли, что в нас заключены унаследованные от поколений предков устремления, которые необходимо осуществить? Мне кажется, жизненная сила в основе своей вовсе не прогрессивна; наоборот — консервативна. Она действует так, как заведено от века.

— Мы вышли в космос, чтобы сохранить жизнь на Земле,— прошептала Кира. чувствуя, что здравый смысл потихоньку отступает перед напором Эйко.— А Земля тем временем продолжала развиваться. Возрожденцы, как и все прочие фанатики, не в счет... Помнишь, американские отцы-пилигримы упорно именовали себя англичанами...

— Люди — примитивные животные, неприспособленные к жизни,— заявила Эйко.— У нас сохранилось многое из того, что другие давно утратили за ненадобностью.

— Нам тоже есть чем похвастаться,— возразила Кира.— Мы ходим на двух ногах, у нас развитые кисти рук и большой мозг.

— То, о чем я говорю, верно и для общества,— продолжала Эйко.— Чтобы сохранить то, что имеется в наличии, общество вынуждено эволюционировать, то бишь меняться. А направление подобной эволюции задается стремлением выжить.

— По-твоему, альфа Центавра...

— Может быть,— откликнулась Эйко, разведя руками.— Я же сказала, идея сумасбродная, но вряд ли бредовая.

— Если бы ты на деле верила, что это возможно, то не стала бы ничего мне рассказывать,— проговорила Кира. Мгновение спустя она добавила: — Я пойду к Гатри и перескажу ему наш разговор. Вреда от того не будет, как, впрочем, и пользы. Хотя — кто знает? — спросила девушка у ветра.

41

Бледный полумесяц Земли затерялся в сиянии Солнца вместе с большинством звезд. На поверхности Луны залегли черные тени. Материал, из которого был изготовлен прозрачный сводчатый потолок кабинета, потемнел, защищая комнату от испепеляющих лучей. В кабинете, где сейчас царили сумерки, похожие на воспоминание о сне, находились трое: человек, робот и компьютерная программа в металлическом ящике.

— Получится у нас, Пьер? — справился Гатри, фокусируя линзы на собеседнике.— Сможем ли мы поднапрячься?

— Отвечать сразу? — поинтересовался Олар, наморщив лоб.

— Разумеется, нет. Тебе потребуются расчеты, компьютерные модели, результаты экспериментов и прочая дребедень. Но ты можешь высказать свое отношение. Как по-твоему, в принципе эта идея проходит?

— Ее рассматривали и раньше.

— Верно. И бросали на полпути, пугаясь предстоящих затрат. Но забудь про мировую экономику, Пьер, и скажи мне только одно: сможем ли мы добиться своего за счет собственных ресурсов компании?

— Похоже, кто-то из нас спятил,— произнес Олар, пожал плечами и повернулся к роботу.— Быть может, вы его убедите? По-моему, он явно перетрудился.

Робот откликнулся не сразу. Внутри металлического корпуса находилась копия, изготовленная по заказу Сайре и недавно доставленная с Земли на Луну. Гатри номер один до сих пор не потрудился передать очередному двойнику ту информацию о последних событиях, которой располагал, поэтому воспоминания двойника обрывались на альфе Центавра (он словно только что вернулся оттуда).

— Деметра? — спросил наконец робот.— Не знаю... Мне хотелось бы снова увидеть ее, если, конечно, это возможно. Мы тебя слушаем, Пьер.

— Ничего подобного! — вскинулся Олар.— Лучше признайтесь, что неудачно пошутили. Надо же додуматься — основать колонию на бесполезной, обреченной планете!

— Послушай,— произнес Гатри,— я всего лишь предложил обсудить идею. Вполне возможно, она гроша выеденного не стоит, однако...— Знакомые выражения, подумал Олар; человек остается человеком, даже если он — компьютер.— А пригласил тебя сюда потому, что не хотел общаться по видеофону. Нам следует быть готовыми к любому повороту событий.

— То есть?

— Тебе прекрасно известно, что я имею в виду. «Файербол» и Луна против Земли и Всемирной Федерации. Впрочем, ты, может быть, не представляешь, насколько далеко зашло дело. В конце концов, тебя долго держали под стражей, а потом ты получил заслуженный отпуск...— Линзы повернулись к роботу.— А ты, Младший, и вовсе ничего не понимаешь. Надеюсь, для вас обоих кое-что прояснится, если я покажу вам запись моего последнего разговора с Лал Ситабхай Мукерджи, который состоялся вскоре после того, как Кира Дэвис — я о ней упоминал — пришла ко мне с этим предложением. Естественно, мы приняли все меры предосторожности, чтобы нас не подслушали.

Модуль подключился к мультивизору, быстро просмотрел запись, выбрал фрагмент, который искал, и включил воспроизведение в режиме реального времени. На экране появились изящная смуглокожая женщина и широкоплечий мужчина.

— Мне пришлось изобразить из себя человека,— пояснил Гатри.— Так сказать, дружеская услуга. Не то чтобы она испытывала отвращение к модулям, но...

— Полиции едва удалось предотвратить восстание,— проговорила с экрана Мукерджи.— Неужели вы не усвоили урок? Наглядных примеров предостаточно, могу перечислить.

— Похоже, в Гималаях нас тоже возненавидели,— отозвался Гатри.— А я-то думал, что тамошние жители терпеть не могут авантистов.

— Только за то, что те отвергают религию. А войну правительство Союза не начинало, ее начал «Файербол».— Мукерджи перевела дыхание.— Иными словами, вы и ваши подручные-луняне. В том, что вы заключили с ними сделку, сомневаться не приходится. Прекрасная, воспетая в мифах Луна стала угрозой для человечества!

— Что ж,— вздохнул Гатри,— массовые движения всегда вызывают ответную реакцию, вот почему в свое время расплодилось столько крестоносцев. Мадам президент, если мне не удалось убедить в наших мирных намерениях вас, какой смысл взывать к общественному мнению?

— Как и многие земляне, я считаю вас честным человеком,— неожиданно мягко откликнулась Мукерджи.— Другое дело луняне, однако речь не о них. Сейчас не важна ни ваша честность, ни то, что вы совершили множество преступлений. Вся проблема в том, что «Файербол» перестал вписываться в рамки цивилизации. Подобная власть, сосредоточенная в руках немногих людей, которые не терпят ни малейших ограничений, представляет собой опасность для общества; от нее следует избавиться, как от вируса в крови. Ваши действия положили конец изрядно затянувшемуся конфликту. Наверно, мы должны поблагодарить «Файербол». Но одновременно они до предела обострили иные противоречия.

— Мадам,— нахмурился Гатри,— давайте не будем ворошить прошлое. Я связался с вами потому, что вроде бы нашел выход из положения — правда, весьма сомнительный. Но прежде чем поделиться с вами своей идеей, позвольте узнать, до чего договорилась Ассамблея. Понимаете, я пытаюсь установить, в каких условиях нам предстоит действовать.

— Вы наверняка следили за заседаниями Ассамблеи, если не за демонстрациями и прочими выступлениями.

— В общем-то да. Как я понимаю, большинство требует вытурить нас с Земли, разорвать с «Файерболом» отношения, и так далее. Мол, собакам — собачья смерть.

— Я согласна, выражения попадаются довольно крепкие, но они лишь свидетельствуют о том, насколько взрывоопасна ситуация. Кроме того, предлагают вооружить звездолеты и силой принудить «Файербол» с Луной к повиновению, а вас отдать под суд.

— Мадам, голыми руками нас не возьмешь,— ровным голосом предупредил Гатри.— Только попробуйте, и мы сами разорвем отношения с Землей. Посмотрим, как вы без нас обойдетесь. Пожалуйста, передайте мои слова наиболее горячим головам.

— Я и так не перестаю их осаживать. Нет, ничего подобного мы не допустим. Сотрудничество с «Файерболом» будет продолжаться, торговый оборот даже возрастет.— Мукерджи переменила позу. Вид у нее был такой, словно она говорит с живым человеком и смотрит ему в глаза.— Но если объединенными усилиями государств Земли — мы планируем создать под эгидой Федерации промышленный консорциум — удастся построить собственный космофлот, мы выйдем в космос, создадим там собственные базы... Эта перспектива вас не смущает?

— Смущает,— признался Гатри.— Помешать мы не сможем, поскольку я не позволю налагать эмбарго или нападать на ваши корабли. Иначе все, о чем мечтала моя жена, Джулиана, пойдет коту под хвост.— Он откашлялся.— Но вы хотя бы приблизительно представляете, сколько потребуется денег и сил?

— Представляем,— ответила Мукерджи.— Тем не менее, в конечном итоге мы уничтожим «Файербол» и подорвем могущество селенархов. Ведь вам ни за что не устоять против совместных действий населения целой планеты.— Она выставила перед собой ладонь.— Пожалуйста, избавьте меня от рассуждений насчет слабости правительств; лучше представьте, как один за другим теряете свои рынки. К тому же, мы не станем упрямиться, если выяснится, что в том или ином случае желательно поручить работу не человеку, а роботу.

— Догадываюсь. Вдобавок, на подходе система настоящего искусственного интеллекта.

— Да, так утверждают психонетики.— Мукерджи улыбнулась, однако в ее улыбке сквозила печаль.— По крайней мере, ясно одно: после всего, что вы натворили, сеньор Гатри, на возвращение к прежнему порядку вещей рассчитывать не приходится. «Файербол» лишился своего могущества. Жаль, если он падет, окруженный всеобщим презрением.

— А мне,— отозвался Гатри,— жаль, что погибнет идея, ради которой мы его создали.

— То есть неограниченная свобода? Анархия?

— Быть может, вы правы.— Гатри передернул плечами.— Признаться, я никогда не верил, что компания будет существовать вечно. Но она может измениться. Я вижу две возможности — либо вы уничтожите нас и тем самым тоже окажетесь в преступниках, либо позволите нам уйти — на наших условиях.

— Что вы имеете в виду? — сурово осведомилась Мукерджи.

— У меня возникли кое-какие мысли, и мне интересно, как вы их воспримете. Может статься, наотрез откажетесь от моего предложения. Но я прошу, выслушайте. Если «Файербол» передаст большинство своих активов Земле — точнее, той организации, которую вы выберете для этой цели,— согласятся ли земляне оказать нам необходимую помощь? Честно говоря, я бы на их месте согласился. Ну, как вам такая сделка?

— Продолжайте,— прошептала Мукерджи.

Модуль выключил мультивизор.

— Она никому ничего не скажет, пока мы не внесем конкретного предложения,— пояснил он.— Пьер, мне нужно услышать твое мнение — стоит ли затевать исследования, необходимые для того, чтобы выяснить, какие у нас шансы. Если ты подтвердишь, что стоит, я сообщу президенту, и она будет прикрывать «Файербол» столько, сколько понадобится.

— Переселение на Деметру,— проговорил инженер.— Чушь! С тем же успехом можно было бы попытаться вычерпать Атлантический океан и переправить его воду на Луну, чтобы не зависеть от комет.

— Не торопись. Я не сказал, что полетят все. От силы несколько сот человек — те, кому действительно хочется, кто готов рискнуть всем, что имеет, потому что ненавидит новый миропорядок, который потихоньку воцаряется в Солнечной системе.

— Им не хочется признавать, что Ксуан, в конечном итоге, оказался прав,— пробормотал робот.

— Не знаю, не знаю,— откликнулся Гатри.— Лично я не могу сказать, кому принадлежит будущее — людям или машинам. Если вторым, то мне претит сдаваться без боя. А насчет тех, кто останется, Пьер, можешь не волноваться. Они наверняка проработают еще не один год, потом выйдут на пенсию, будут жить в свое удовольствие. Со временем машины вытеснят людей из космоса — разумеется, если не считать той горстки, что обоснуется близ альфы Центавра.

— Они должны знать, что жизнь на Деметре будет совершенно другой, чем здесь,— произнес робот.

— Естественно. Может случиться так, что все колонисты умрут задолго до того, как Фаэтон врежется в Деметру. Но нужно попытаться. Или не нужно, а, Пьер? Подумай, пожалуйста. Считай, что я задал тебе инженерную задачу.

— Bien,— проговорил Олар; похоже, он понемногу загорался идеей.— Скажем, тысяча человек плюс припасы и оборудование... В анабиозе они могут провести от силы сорок-пятьдесят лет, больше нельзя, иначе никто не проснется. Значит, средняя скорость — одна десятая световой.— Олар уставился в потолок.— Что ж, возможно, возможно. Два-три корабля...— Неожиданно он покачал головой.— Нет. При торможении соотношение масс увеличивается как минимум вдвое. Вряд ли у нас найдется нужное количество топлива. Чтобы запастись им, понадобится лет десять или двадцать, за которые это чертово социально-политическое уравнение решится само собой.

— А нужно ли тормозить таким способом? — спросил робот.

— Что? Вообще-то, нет, если... Помнится, было много разговоров...— Олар погладил подбородок.— М-м... Можно хоть через неделю отправить к Деметре звездолет с машинами фон Нойманна[1], которые быстро размножатся и начнут строить лазерную установку. Ее лучами мы затормозим корабли с людьми...

— Вот именно! — воскликнул Гатри-старший.— Как выяснилось, нужно всего ничего: разогнать наш ковчег — или ковчеги — до одной десятой скорости света и вывести на орбиту. Это сложно?

---

[1] Дж. фон Нойманн — американский математик и кибернетик, известен также работами по логике и математической лингвистике.

— Мне надо прикинуть на компьютере,— ответил Олар,— однако уже сейчас могу предположить, что потребуются почти все запасы топлива.

— Ну и что? Тоже мне, высокая материя!

— Антиматерия,— поправил робот.

Собеседники дружно расхохотались, затем мгновенно посерьезнели и принялись за работу.

42

Первыми, кого увидела Кира, очутившись в комплексе Эри-Онтарио, были солдаты Корпуса Мира. Должно быть, подумалось девушке, их сейчас можно встретить в любом североамериканском мегаполисе. Тем не менее, в первый момент она изумилась, в чем и призналась Роберту Ли.

— А чего вы ожидали? — равнодушно отозвался тот. Ли сидел в кресле напротив Киры, весь какой-то съежившийся (обняв его при встрече, девушка почувствовала, что он дрожит).— В Армии Освобождения поддерживались порядок и дисциплина, однако по большому счету хаотиков объединяла лишь ненависть к авантистам. Теперь былому единению приходит конец, а поскольку кое-кто из обывателей сожалеет о прошлом до такой степени, что готов мстить, и поскольку экономика в глубоком кризисе...

Ли пожал плечами, не докончив фразы. Кира поглядела на видеоэкран. Прозрачно-голубое небо, редкие ослепительно-белые облачка, что отбрасывают тень на городские улицы и башни. Внезапно ей захотелось очутиться на природе, ощутить кожей прохладный ветерок, предвестник осени. А вот Ли, похоже, явно замерзал, несмотря на теплую рубашку и включенную систему обогрева (благодаря чему в комнате было просто нечем дышать).

— Интересно, чем все кончится? — проговорила девушка.

— Думаю, Всемирная Федерация и переходное правительство сумеют найти общий язык. По-моему, на наших глазах рождается то самое рациональное общество, о котором мечтали авантисты. Свободное от идеологических шор, оно будет развиваться под диктовку необходимости и со временем наверняка выйдет за границы Союза.— Неожиданно тон Ли снова стал равнодушным.— Во всяком случае, мне так кажется.

— Только кажется? — переспросила Кира, повернувшись к интуитивисту.

— Анализа я пока не проводил. Не знаю, хватит ли сил.

Осунувшееся мальчишеское лицо, мешки под глазами, тяжелый взгляд... Бобу нельзя было не посочувствовать.

— Да, видок у вас еще тот, — согласилась девушка.

— Естественно. — Ли состроил гримасу.

— После всего, что они с вами сделали... С вашим организмом, вашим сознанием, вашим духом. По сравнению с этим самая изощренная физическая пытка — сущая ерунда.

— Не будем об этом, — перебил Ли. — Я скоро поправлюсь. «Файербол» заботится обо мне, за что ему огромное спасибо. Главное — меня никто не трогает, не донимает, а лучшего лекарства я не знаю.

— Благодарите Гатри. У него достаточно власти, чтобы не подпускать к вам журналистов. — Здесь намек, тут слушок, там взятка, там парочка угроз... Да, по-видимому, это одно из последних благодеяний шефа.

— Вам они наверняка не давали проходу...

— Да уж, никуда было не деться. Впрочем, я воспринимала все довольно спокойно; к тому же, теперь про меня, слава Богу, потихоньку забывают.

— И вы снова будете летать?

— Не знаю, — откликнулась Кира, стараясь, чтобы голос не дрожал. — Честно говоря, никто ничего не знает. Разумеется, люди моей профессии рано или поздно обязательно понадобятся, но... — Она решила сменить тему. — А вы, Боб? Какие планы у вас?

— Пока никаких, — ответил Ли, глядя себе под ноги. — Знаю лишь, что на Земле партнеры «Файербола»... популярностью не пользуются.

— Мне казалось, уж североамериканцы-то нас поймут и поддержат.

— Одни одобряют наши действия, другие — нет, а третьи (их большинство) до сих пор не решили, на чьей они стороне. В подобной ситуации...

— Может, вам улететь на Л-5? Возражать наверняка никто не станет.

— Вполне возможно, я так и поступлю. Или уйду в отставку. — Заметив выражение лица девушки, Ли прибавил: — Не надо обвинять меня в дезертирстве. «Файербол»... «Файербол» уже не тот, разве вы не чувствуете? — он криво усмехнулся. — Если чувствуете, то, пожалуйста, объясните мне, как такое могло произойти. Все перепуталось...

Что еще оставалось делать Кире? Только встать, шагнуть к Ли, обнять его и прижать к себе.

— Gracias,— пробормотал он.— Mil gracias.— Девушка отодвинулась.— Ты такая замечательная, Кира... Знаешь, одно то, что ты пришла навестить меня...

— Я всегда прощаюсь с друзьями,— отозвалась девушка, чувствуя, что краснеет.

— Надеюсь, мы еще встретимся...

— Я тоже. Послушай,— проговорила Кира после паузы,— тебе нужно убираться отсюда, и поскорее. Как насчет того, чтобы отправиться со мной в Ниагарский парк, погулять, а потом поужинать в какой-нибудь симпатичной забегаловке?

— Здорово! — Впервые за весь разговор Ли как будто ожил.— Но у меня есть другое предложение. Знаешь, в последнее время я пристрастился к кивире. Может, заглянем туда перед ужином? — Кира нахмурилась.— Не бойся. Никаких извращений, никаких безумных фантазий. Мы попадем на природу. Горы, леса, море, дикие животные — и ни единого человека. Ты волен бродить, где и сколько вздумается, и размышлять в свое удовольствие. Ни на что подобное наяву рассчитывать не приходится. Вот так я и лечусь, Кира.— Он помолчал.— И хотел бы разделить свои грезы с тобой.

— Лучшее, что у тебя есть,— пробормотала девушка.

— Боюсь, что да,— ответил Ли.

43

— Может, продолжим беседу снаружи? — предложил Риннадалир.

— Это еще с какой стати? — удивился Гатри.

Селенарх обвел рукой комнату, в которой царили голубые сумерки; сквозь прозрачный потолок смутно просвечивало вечернее небо. В комнате витали различные ароматы, звучала музыка. И сам Риннадалир, и его похожий на средневекового рыцаря гость как-то удивительно удачно вписывались в причудливую обстановку. Тем не менее лунянин сказал:

— Тут мы как в клетке.

Они вышли из ворот замка и направились в сторону гор. Близилась полночь. Над горизонтом виднелась почти полная Земля, сияние которой выхватывало из мрака валуны и кратеры на дне долины. Свет отражался от металлического корпуса Гатри, заставлял искриться и сверкать плащ Риннадалира, придавал крыльям за спиной селенарха опаловый оттенок. Кристалл на конце посоха, которым вооружился селенарх, напоминал звезду, внезапно сорвавшуюся с небосвода.

— Неужели вы и впрямь хотите расстаться со всем этим навсегда? — справился Гатри, постаравшись задать вопрос как можно более небрежным тоном.

— Нет, если говорить обо всех лунянах,— отозвался Риннда-лир,— и да, если иметь в виду меня и кое-кого еще.

— Значит, бежите от неприятностей?

— Едва ли,— рассмеялся селенарх.— Разве Луна не отвергла все требования Федерации, которая настаивала на нашей выдаче? И разве не забавно было бы продолжать игру?

— И все же вы отказываетесь от власти и роскоши, чтобы начать все заново, причем не зная толком, что вас ожидает? Что-то я не припоминаю среди первопроходцев ни единого аристократа. Они всегда посылали вперед лоботрясов, неудачников и прочую малоприличную публику...

— Подобный шаг с политической точки зрения весьма выгоден для селенархии. Если горстка лунян признается, что помогала «Файерболу», с остальных подозрение будет снято. После этого нас отправят в изгнание — на ту же планету, какую вы выбрали для себя. Чем вы недовольны, милорд? Ресурсы, которые предоставит Луна, значительно увеличат ваши шансы на успех.

— И вы хотите, чтобы я поверил, будто вы летите с нами из чувства патриотизма? Ха! Что дальше? Небось, предложите мне пай в корпорации, торгующей следами Армстронга[1]?

— Верить или не верить — дело ваше,— Риннадлир, похоже, ничуть не смутился.— Думаю, нет необходимости напоминать, что система альфы Центавра изобилует астероидами. Вы мечтаете оживить планету величиной с Землю, несмотря на то, что она сравнительно скоро погибнет. Что ж, каждому свое; а мы обоснуемся в космосе.

— Но что вам мешает остаться в Солнечной системе?

— А то,— ответил Риннадлир, покачав головой,— что цивилизация, логическая, упорядоченная, машинная цивилизация будущего настигнет нас, как бы мы от нее ни прятались. Честно говоря, не знаю, достаточно ли будет улететь к соседней звезде...

— Чтобы пакостить оттуда? — уточнил Гатри.

---

[1] Н. Армстронг — американский астронавт, первый человек, ступивший на поверхность Луны.

— Не бойтесь,— улыбнулся Рииндалир,— нам будет не до того. Ведь предстоит осваивать целый мир.

Гатри пристально поглядел на селенарха. Некоторое время они шли в молчании. Из-под ног вырывались облачка пыли, которые сверкали в свете Земли и звезд и снова опускались на лунную поверхность. В наушниках шлемов потрескивали статические разряды.

— Вы замышляли это с самого начала? — спросил наконец робот.

— Не совсем,— откликнулся Рииндалир.— Мы не боги, чтобы направлять ход истории; кстати сказать, что-то я сомневаюсь, что боги провидели порядок в хаосе. Однако мы использовали возможности, которые перед нами открывались, делали, что могли, дабы ускорить кризис. Ведь из смерти рождается новая жизнь.

— Мерзавцы,— произнес Гатри безо всякого выражения.

— Что есть, то есть.— Неожиданно селенарх заговорил суровым тоном: — Забудьте о подозрениях, милорд. Как я уже сказал, мы вам необходимы. Признайтесь, неужели вы сожалеете о случившемся? Не верю! Выбирая между компромиссом и свободой, вы выбрали свободу.

— Но вы...

— Мы тоже. Мы видели, что развитие ведет в тупик, что лунное общество, к которому все привыкли, обречено на гибель. Знаете, милорд, не такая уж это приятная жизнь. Удовольствия, иллюзии, интриги, развлечения...— Гатри поразила злоба, прозвучавшая в словах Рииндалира.— До чего же я от них устал! Поэтому,— прибавил селенарх спокойнее, хотя в его голосе еще чувствовалось напряжение,— давайте улетим отсюда. Другие бегут от действительности, а мы сбежим от иллюзий!

44

Электроны, фотоны, силовые поля взаимодействовали друг с другом, причем быстрее и масштабнее, чем мог себе вообразить человек. Для гиперкомпьютеров тысяча лет представляла собой один-единственный день, а день равнялся тысяче лет — работы, если не осознания. Машины не воспринимали, не желали, поскольку являлись инструментами. За них воспринимали и желали другие, но однажды положение изменится. Пока же они повиновались и математически анализировали миллионы комбинаций, определяя судьбу материи и энергии. Внутри компьютеров возникали новые области машиностроения и химии, организовывались предприятия, посылались миссии, появлялись, уничтожались, переписывались заново результаты, проводились эксперименты — и все на протяжении нескольких месяцев реального времени. Невольно создавалось впечатление, что явь стала грезами, и наоборот.

Гатри не входил в число тех, кто программировал компьютеры, как не принадлежал и к тем, кто изучал результаты и на основании интуиции (опыта, инстинкта, воображения) определял моменты, в которые псевдоистория сворачивала куда-то не туда, и предлагал попробовать иной вариант. Нет, Гатри распоряжался, подбадривал, убеждал и угрожал — словом, вел себя, как ему полагалось, как капитан звездолета под названием «Файербол», которому предстоял последний рейс.

Мало-помалу подготовка заканчивалась, хотя каждый день возникали новые проблемы. Членов экипажа становилось все меньше — одни умирали, другие уходили в отставку, третьи соблазнились более выгодными перспективами. Впрочем, Гатри заранее знал, что так оно и будет, А еще он понимал, что вряд ли чего-то добился бы без помощи двойника, с которым теперь делил все без исключения воспоминания. Вдвоем они достаточно легко справлялись практически с любыми затруднениями.

Несмотря на всю свою занятость, Гатри — неважно, какой именно — внимательно следил за развитием событий. Подключившись к киберсети, он принимал участие в компьютерных экспериментах — словно древний шаман, впадал в транс, посылая дух в неведомые дали.

На орбите Меркурия он ощутил выброс солнечной энергии и направил отражатели спутника, в которые угодили лучи, на бесплодную поверхность планеты. Там умные приборы расчленили поток энергии на отрицательно заряженные ядра и позитроны, окутали их криогенными кольцами и отправили обратно. Аннигиляция этого потока в двигателе привела к тому, что звездолет промчался из конца в конец Солнечной системы.

Однако такого количества энергии Гатри было недостаточно. Он распорядился увеличить производство антиматерии, однако ее по-прежнему не хватало на все; поэтому запасы пополнялись, а корабли, если можно так выразиться, находились на голодном пайке. «Файербол» выполнял лишь те рейсы, которые нельзя было отменить. Солнечные парусники продолжали доставлять минеральное сырье, летали обычные ракеты, которые двигались по точно рассчитанным орбитам. Но вот звездолеты с ионными двигателями поднимались в небо все реже.

Наконец они стали взлетать лишь в экстренных случаях — или когда за полет предлагали бешеные деньги. Космические исследования оказались отброшены в прошлое, в ту пору, когда пространство изучали с помощью беспилотных кораблей.

Земляне особенно не переживали. Они представляли себе, что такое астероиды, кометы, луны и другие планеты. Чего же больше? Что толку в дальнейших исследованиях? Разве что их стоит продолжать, чтобы «Файербол» сделался еще богаче, чем до сих пор?

Дух Гатри сопровождал контейнер с антиматерией до космического склада на орбите Земли. Этот склад располагался на вполне безопасном удалении от планеты: можно было не бояться, что, если он вдруг взорвется, Земле будет причинен ущерб. Поблизости строился корабль, для которого и предназначалось топливо. По остову, будто муравьи, ползали инженеры и рабочие. Кораблю предстояло проделать путь до альфы Центавра на скорости примерно в половину световой и доставить туда груз общей массой в десятки килограмм.

Гатри совершил прыжок в будущее, почти к моменту старта. Вместе с другими модулями он отправится в полет, который продлится девять лет. На борт корабля погрузят программы и оборудование — в большинстве своем крохотные приборчики, что называется, молекулярных размеров. Магнитогидродинамические экраны способны защитить от радиации машины, но не людей, поэтому люди прилетят позже — на корабле, который будет двигаться значительно медленнее.

Второй прыжок. Экспедиция прибыла на Деметру. Модули немедленно взялись за работу. Роботы стали изучать планету и передавать полученные сведения на Землю. Закладывались фундаменты, возводились стены, изготавливалось оборудование. Тем временем микроприборы внедрились в почву планеты и, отыскав необходимые химические элементы, породили роботов, которые питались металлами и химикалиями, проходили программирование и брались за выполнение порученных им задач.

Роботы создавали роботов в геометрической прогрессии, не только на Деметре, но и на центаврийских астероидах. В космосе кружили спутники-аккумуляторы, которые улавливали солнечную энергию и передавали ее на станции, откуда на планету поступали электричество и обезвоженный водород. Был построен завод — разумеется, автоматический. Прошло несколько лет, и производство достигло необходимой мощности.

Роботы отправились в космос. Паутина коллекторов, трансформаторов, передатчиков, связанных между собой невидимыми лучами, раскинулась на миллионы километров. Созданная ими лазерная система использовала энергию солнца Деметры для того, чтобы снизить скорость приближавшихся кораблей.

— Вам не нужно тратить тонны антиматерии на ускорение,— заметила Мукерджи.— Постройте лазерную установку на Земле, а антиматерию оставьте нам в знак своей доброй воли.

— Черт побери, мадам! — воскликнул Гатри.— Эта установка должна будет работать, пока мы не пролетим половины расстояния, а на Земле нет правительства, которому я настолько бы доверял.

Стартовали три транспорта. Они разогнались примерно до одной десятой световой скорости, после чего выключили двигатели. Не слишком крупные корабли, большие разве что по сравнению с тем, который улетел первым. Вторую экспедицию возглавлял Гатри номер два, с ним были девятьсот человек, погруженных в анабиоз, машины, необходимые, чтобы оживить людей по прибытии к месту назначения, и то немногое, для чего хватило места. Продолжительность полета составляла четыре десятилетия.

Между тем на Деметре различные механизмы усиленно готовили планету к появлению людей: крошили камни, делали плодородной почвы, запускали в нее микроорганизмы, разводили растения и животных. Впрочем, развитие природы существенно отставало от развития промышленности. Экология Деметры требовала постоянного наблюдения и частого вмешательства, иначе она могла погибнуть, поскольку была привнесена извне. Если выживет, трудно даже предположить, к чему это приведет.

Сказать по правде, уверенности не было ни в чем. Отсутствовала насущно необходимая информация. Впрочем, будь у компьютеров все данные, какие только можно собрать, и сумей они их обработать, сюрпризов все равно не избежать. Вселенная хаотична, то есть не подчиняется ничему и никому кроме себя самой.

Роботы отправились в космос. Паутина коллекторов, трансформаторов, передатчиков, связанных между собой невидимыми лучами, раскинулась на миллионы километров. Созданная ими лазерная система использовала энергию солнца Деметры для того, чтобы снизить скорость приближавшихся кораблей.

Потому-то и нужно, чтобы на Деметре изначально присутствовали люди — хотя бы мысленно, через модули: чтобы реагировать на неожиданности, импровизировать, творить... Гатри, владелец и душа «Файербола», не верил, что окажется достаточно только его собственных сил и мудрости. Нет, ему понадобятся партнеры, и он должен уговорить других, чтобы они согласились скопировать свое сознание,— он, который всегда утверждал, что смертным быть лучше, чем призраком. Эта мысль вернула его из будущего, которое, возможно, никогда не наступит.

— Наконец-то! — проворчал Гатри, когда помощник отключил его от сети.— Господи, неужели я смогу снова работать руками?!

45

Дверь, на которой была нарисована лилия, открылась, и Неро Валенсия увидел Эйко Тамуру. «Добро пожаловать»,— сказала она. Лицом к лицу они встретились впервые, хотя накануне, перед тем, как отправиться шаттлом на Л-5, Неро связался с ней по видеофону.

— Большое спасибо, сеньорита, что согласились принять меня,— сказал он, неожиданно растерявшись. Биокристалл у него на лбу светился голубым (а на экране сканнера выглядел ярко-красным).

— Не за что, сэр. Не забывайте, Кира Дэвис — моя подруга.

— Поэтому я и опасался, что нарвусь на отказ.

— Проходите.— Когда дверь закрылась, Эйко прибавила: — Поверьте, ей ничуть не легче, чем вам.— Поклонившись, она пригласила гостя в комнату. Неро снял ботинки и шагнул вперед.— Не хотите ли перекусить?

— Gracias.— Он сел в кресло и огляделся по сторонам. Судя по всему, оба кресла и высокий стол перенесли сюда из другого помещения: они резко контрастировали с татами и подушками на полу. Стены голые, если не считать весьма древней на вид картины, под которой, на низеньком столике, стояли тазик с водой и ваза с букетом фиалок. Аромат цветов был едва уловим.— Ваш отец...

— Он на работе,— объяснила Эйко.— Сами понимаете, дел невпроворот. Вообще-то я тоже должна была быть на службе, но по нашему вчерашнему разговору мне показалось, что встретиться просто необходимо.

— От вас ничего не скроешь, сеньорита,— отозвался Валенсия, не отводя взгляда.— Впрочем, вполне естественно. Пилот Дэвис кое-что мне рассказывала, да и от других я слышал...

— Извините, я сейчас,— проговорила Эйко.— Чувствуйте себя как дома.— Если, конечно, сможете, добавила она мысленно и направилась на кухню, откуда вскоре вернулась с подносом, расставила на столике чайник и чашки и села напротив Валенсии.— Давайте устроим маленькую церемонию,— предложила она с улыбкой.— Не пытайтесь мне подражать, сидите, смотрите и отдыхайте.

Валенсия откашлялся.

— Я прилетел, чтобы...

— Прошу вас,— перебила Эйко,— не надо торопиться. Времени у нас достаточно. За меня будет говорить вот это.— Она прикоснулась к браслету на запястье. Зазвучала музыка. Эйко разглядывала свою чашку, наслаждаясь плавностью ее линий, восхитилась веточкой бамбука, изображенной на фарфоре, налила себе чай и стала наблюдать, как кружатся чаинки. Валенсии волей-неволей пришлось проделать то же самое. Между тем музыка увлекала к вершинам радости.

Наконец она смолкла. Валенсия поднял голову, посмотрел на Эйко и пробормотал:

— Чудесная мелодия. Наверно, старинная?

— Скрипичный концерт Мендельсона,— кивнула Эйко.— Я решила, что он подойдет как нельзя лучше. Что ж, теперь, если хотите, расскажите, как у вас обстоят дела.

— Да вроде ничего. Без работы не сижу, хотя соглашаюсь только на те предложения, которые меня устраивают. Земля потихоньку успокаивается.

— Боитесь, что ваша профессия со временем станет ненужной?

— Если и станет, то нескоро,— усмехнулся Валенсия.— Пока спрос достаточно велик.— Биокристалл вдруг потемнел; рука отпустила чашку и сжалась в кулак.— Но я от нее устал,— добавил он, глядя в сторону.

— Но Кира в это не верит, так?

— Она, должно быть, вам рассказывала?..

— Да.

— Я не стану утверждать, будто меня замучила совесть,— проговорил Неро.— Мне всего лишь нужно, чтобы она поверила моим словам.

— Поймите, я не старалась узнать всю подноготную. Кира о вас практически не упоминала, если не считать... той стычки. Говорила только, что вы спасли от расправы семейство Паккеров.

— Я выполнял свою работу.— Он посмотрел Эйко в глаза.— Мы с ней как-то созванивались... и она поблагодарила меня.

— И все?

— Говорить, что она не желает иметь со мной дела, было ни к чему. Я ведь знаю; и ей известно, что я знаю.

— Вы хотите, чтобы я замолвила за вас словечко?

— Не совсем.— Валенсия криво улыбнулся.— В конце концов, прошло уже два года.

— Тогда чего же вы добиваетесь? Зачем прилетели?

— Не знаю,— вздохнул он.— Но когда я услышал, что она... она...— Неро не докончил фразы.

— Что она согласилась скопировать сознание и отправить свой модуль на альфу Центавра вместе с одним из модулей сеньора Гатри?

— Да! Я просто не могу представить! Она такая живая! И вдруг — копия, металлический ящик... Что ее заставило?

— Вы были потрясены,— проговорила Эйко. Он кивнул (движение вышло каким-то неестественным, словно дернул за веревочку кукловод).— Значит, вам не все равно. Далеко не все равно.

— Я думал о ней... Каждый день...— Неро сглотнул.— Поймите меня правильно. Я решил, что она счастлива — нашла себе мужчину, вроде бы вполне приличного. Хотя среди тех, кто летит на Деметру... Однако она никогда не собиралась делать того, что сделала, наоборот! Второе «я»... Да как она могла создать вторую Киру?! Что с ней случилось?

— Вы преувеличиваете,— заметила Эйко.— Если вдуматься, в этом нет ничего странного.

— Растолкуйте мне,— взмолился Валенсия, лицо которого заблестело от пота.— Наверно, она объяснила вам причину. Прошу вас!

— Честного слова, что я никому не скажу, Кира с меня не брала. Знала, что сплетничать я не стану.— Эйко оглядела собеседника.— Мне кажется, вам можно доверять.

— Спасибо,— тихо произнес Неро.

— Она пришла ко мне за советом,— начала Эйко.— Хотя что я могу посоветовать?.. Вернее, ей просто была нужна компания. Мы провели несколько дней в заповеднике Треворроу — забирались на Дерево, глядели вокруг и пытались найти правильное решение. Я не стану вдаваться в подробности, скажу только, что оно далось нелегко. Вы, наверно, слышали заявление Гатри?

— Слышал. Необходимы новые модули, иначе все сорвется. И Кира... Пилот Дэвис вошла в число тех, кто согласился пожертвовать собой. Я знаю о файерболской клятве, сеньорита Тамура, но, по-моему, это уже чересчур. Ей-богу, чересчур!

— Не забывайте, ею двигала не только верность присяге. Ведь она планирует лететь сама, со второй экспедицией.

— Почему? Почему? Неужели ей так все надоело?

— Она чувствует, что задыхается в здешней атмосфере. К тому же, речь идет о судьбе человечества... Но нет, Кира так высокопарно не выражалась, и мне тоже не следует.— Эйко протянула руку, прикоснулась кончиками пальцев к ладони Валенсии.—

Само по себе, копирование не такая уж страшная вещь. Кроме того, модуль не испытывает ужаса перед смертью. Это не человек, который всеми силами цепляется за жизнь.

— Разумеется,— с горечью в голосе отозвался Неро.— Ему-то терять нечего.

— Ошибаетесь. Неужели вы думаете, что если бы все обстояло именно так, как получается из ваших слов, Гатри-сан стал бы цепляться за жизнь? Я с детских лет, постоянно утрачивая мужество, ищу истину, а потому, как мне кажется, могу понять Киру. Модуль воспринимает вселенную совершенно иначе, чем человек. Новые горизонты, новые возможности — отчасти сверхчеловеческие; ты словно рождаешься заново, можешь совершить то, на что потребуются десятилетия, если не века, а потом, если пожелаешь, обретешь вечный покой.

— Вот, значит, как? — пробормотал Валенсия, который слушал, опустив голову.— То есть она поступила так не потому, что ей было плохо, и считает, что не причинила себе зла?

— Решение далось нелегко,— повторила Эйко,— но теперь она ничуть не раскаивается. Сказать по правде, я давно не видела ее такой довольной.

— Понятно.— Валенсия выпрямился.— Gracias, mil gracias. Вы оказали мне огромную услугу.

— Вы хороший человек, сеньор.

— Неужели? После того, что произошло?

— Да. Я не осмелюсь судить ни вас, ни кого-либо другого, но любовь говорит сама за себя.

— Слишком сильно сказано,— проворчал Валенсия, биокристалл которого приобрел матовый оттенок.— Я, конечно, восхищаюсь ею, но... Сеньорита Тамура, я...— Он сцепил пальцы.

— Вы хотите меня о чем-то попросить? — улыбнулась Эйко.

— Вы уже столько сделали...

— За несколько минут?

— Тем не менее. Если откажетесь, я ничуть не обижусь и улечу домой, где буду вспоминать вас только добрыми словами.

— Вам хочется, чтобы я попробовала помирить вас с Кирой?

— Да! Я вовсе не собираюсь ей надоедать, просто хочу, чтобы она перестала считать меня мерзавцем. И, пожалуйста, поговорите с сеньором Гатри. Он вас послушает.

— Вы надеетесь полететь с Кирой и остальными к альфе Центавра? — спросила Эйко, пристально поглядев на собеседника.

— Поймите, я не то чтобы поддался внезапному порыву.— Валенсия выдавил улыбку.— Решение зрело давно, и наконец я его принял.

— Почему? Вы же знаете, никакой романтики не предвидится. Тяжелая работа до изнеможения, неведомые опасности, лишения, ранняя смерть...

— Вот именно.— Он рассмеялся.— Нет, я не мазохист. Но если в моих силах помочь...

— Как по-вашему, в чем?

— А вы не любите ходить вокруг да около, сеньорита,— проговорил Неро.

— Мне кажется, вы слишком умны, чтобы вызываться добровольцем исключительно из любви к опасности. Вам прекрасно известно, что через тысячу лет Деметра погибнет. В чем вы видите цель экспедиции?

— Я не могу ответить. Другим, похоже, тоже нечего сказать. Они рассуждают о создании свободной, независимой цивилизации, которая каким-то образом уцелеет после гибели планеты. Вы не могли бы объяснить, что, собственно, сие означает?

— Не словами,— ответила Эйко.— Разве что музыкой.

— Хорошо. Значит, в желании Гатри и кучки лунян покинуть Солнечную систему нет никакой логики? Сплошные эмоции?

— Наверно. Что касается вашей просьбы... Добровольцев крайне мало; вдобавок, из тех, кто вызвался, большинство составляют люди либо некомпетентные, либо такие, у которых не все в порядке с головой.

— Я обладаю кое-какими навыками и готов учиться.

— Пожалуй, я вас рекомендую,— проговорила Эйко, поразмыслив.

— Еще раз mil gracias.

— Если я правильно поняла, вы ищете смысл жизни?

— Может быть.— Валенсия пожал плечами.— А вот вы, сеньорита, вы ведь давно его нашли, так?

— Что вы имеете в виду, сэр? — изумилась Эйко.

— Могу я спросить, почему летите вы?

— А с чего вы взяли, что я лечу?

— Сеньорита,— произнес Валенсия с улыбкой,— я позвонил вам не наобум. Сначала я постарался все про вас разузнать. А теперь, когда мы встретились... Что ж, извините, если ошибся.

— Вы очень наблюдательны, сеньор Валенсия.

— Вы мне льстите.— Биокристалл засверкал оранжевым.

— Да, я склоняюсь к мысли лететь вместе с Кирой,— призналась Эйко.— Но чтобы объяснить, почему, понадобится много времени, если у меня вообще получится.

— Если вы не возражаете, я готов слушать.

— Ясной причины вроде бы не существует. Однако — надеюсь, вы простите подобную велеречивость — люди намерены
бросить вызов судьбе, и, мне кажется, им понадобятся те, кто
сможет воспеть свершения...

— Нас ожидает героический век,— пробормотал Валенсия.—
Эпоха, в которую мир спасут четверо — труженик, воин, священник и поэт.

— Сэр, вы не перестаете меня удивлять.

— Я получил кое-какое образование, хотя, признаться, книги
давно забросил. Быть может, мои внуки на Деметре окажутся умнее.

— Вы можете задержаться в Рагарандзи-Го?

— Конечно.

— Я хотела бы познакомиться с вами поближе,— произнесла
Эйко, сама удивляясь собственной смелости.— Вечером приходите к
ужину. Отец должен быть дома. А завтра... Завтра мы с вами отправимся к Дереву. Может статься, от ветра вы услышите то, о чем никто
из нас не решается заговорить, а с высоты мы сумеем заглянуть в себя.

46

В оптические приборы, которые будут следить за кораблем,
пока он не окажется вне пределов видимости, «Джулиана Гатри»
казалась башней, выстроенной, чтобы штурмовать небеса. Внутри
криогенных колец сверкали многочисленные ракетные ступени;
корпус постепенно сужался кверху, главный деселератор образовывал нечто вроде купола, над которым торчал этаким флюгером
грузовой модуль. В космической ночи серебрились звезды; махина
корабля отчасти заслоняла собой Млечный Путь.

Но вот к звездолету приблизились буксиры, которые повели
корабль к Юпитеру. Мало-помалу «Джулиана Гатри» превратилась
в едва заметную искорку. Притяжение громадной планеты вывело
звездолет из плоскости эклиптики и нацелило в нужном направлении. Заработал двигатель, материя и антиматерия стали выделять
энергию, из каскада силовых полей выплеснулась плазма. Ее шлейф,
почти невидимый, почти холодный, растянулся на сотни километров, постепенно теряя когерентность и жесткую радиоактивность.

Поначалу даже этот корабль с мощнейшим на сегодняшний
день ионным двигателем, казалось, никуда не полетит — он просто застынет на месте. Но секунда за секундой, час за часом, день
за днем ускорение возрастало. Выйдя на курс, «Джулиана Гатри»
будет двигаться со скоростью в половину световой; ее приборы

зафиксируют странные явления — космос словно сожмется, время побежит быстрее. Торможение займет несколько недель. Но люди на борту ничего этого не увидят и не узнают: ведь они будут лежать в анабиозе...

То есть, по мнению некоторых, как бы перестанут существовать.

Нет, мое второе «я» всего-навсего будет спать. Точно? Трудно сказать, мы все-таки сильно отличаемся друг от друга. Она не может ждать столетиями, ее нельзя выключить, она уязвима, потому что смертна. Жива. А я — компьютерная программа.

Меня подключили к корабельной сети. Смотри, вон Солнце — звезда чуть ярче других. Как я радовалась, когда летала здесь на «Пустельге»! А где альфа Центавра? Ну конечно, вон она (компьютер тут же выдал мне все необходимые сведения и увеличил изображение). Изумрудная альфа, золотистая бета, алая проксима... Я частенько разглядывала их собственными глазами. Что ж, через какое-то время я увижу все воочию. Я? Но ведь я уже лечу — и не могу засмеяться от радости: нечем.

Ну и ладно. Я прекрасно знала, на что соглашаюсь. Вернее, воображала, что знаю. Шансы были пятьдесят на пятьдесят, зато потом, как я себе говорила, можно будет до конца жизни гордиться, что совершила нечто достойное. Разумеется, я рискнула. Та я, которая осталась на Земле, которая подчиняется присяге. Каким образом это произошло, до сих пор непонятно.

Я не собираюсь оплакивать себя; все равно нечем. Не стану жалеть о любви, о дыхании, голоде и том ощущении, которое возникает, когда идешь босиком по мокрой траве. Не стану? Тело меня больше не ограничивает, я избавилась от его потребностей и желаний. Впереди — приключения и открытия, на которые мой двойник просто не способен. Но к тому, что ты теперь машина, надо еще привыкнуть.

Когда я выполню работу, то, пожалуй, выключу себя.

— Кира?
— Шеф?
— Я разговаривал с остальными. Народ хочет устроить что-то вроде вечеринки. Так сказать, гульнуть напоследок, перед тем, как мы все отключимся. Присоединишься?
— Я... Gracias, но, наверно, нет.
— Уверена? Это должно помочь. Нам, модулям, слишком одиноко, чтобы мы могли бросаться такими возможностями.
— Да уж.

— Кира?

— Да, шеф?

— Тебе нехорошо?

— Ерунда, пройдет.

— Подожди. Пожалуйста, выслушай меня. Я не собираюсь вмешиваться в твои личные дела. Кстати, ты ведь продолжаешь считать себя личностью, правильно? Ты вольна в своих поступках, но у тебя больше нет одежды, чтобы прикрыть наготу. Не переживай и, ради всего святого, не замыкайся в себе. Наоборот, раскройся — как можно шире, слейся со вселенной.

— А вы слились?

— Нет. Я пытался, но у меня ничего не вышло. Но поверь моему опыту: идеал, нечто такое, на что можно ориентироваться, придает существованию смысл.

— Который не заменит всей полноты жизни.

— Сочувствую, Кира. Я прожил долгую жизнь, еще дольше пробыл в шкуре модуля, и готов подтвердить, что живым быть лучше. Причем сознание я скопировал уже в старости, когда все осталось позади; а ты молода... Но ничего страшного. Да, ты утратила то завтра, которое сулила Земля, но приобрела новое, и оно, между прочим, состоит не только из сплошной работы и грусти о былом. Ты научишься быть собой, станешь находить удовольствие...

— Я помню, вы все это обещали.

— Я не обманывал. У нас с тобой не те отношения. Честно говоря, я убежден — мы еще повоюем.

— Зря я, наверно, распустила нюни... Хотя чем мне их было распускать?

— Молодец, подружка. Не переживай, все будет в порядке.

— Я знаю.

— Слушай, давай поболтаем. У нас в запасе пара-тройка часов. Я расскажу тебе о своих приключениях — хочешь верь, хочешь нет,— а ты мне о своих; окунемся в прошлое, заглянем в будущее, а под конец возьмем да споем «Маккамона». Идет?

Неужели для нас, модулей, существует аналог человеческой любви?

47

В свой последний день на Гавайях Кира отправилась в море вместе с Кейки-моана. Бросив якорь около рифа, она разделась и прыгнула с борта лодки в воду. Купание растянулось на несколько часов. Кейки

резвились в волнах, ныряли туда, где росли кораллы, время от времени
выбирались на риф, чтобы отдохнуть и погреться на солнце под не-
умолчный рокот прибоя. Кира старалась ни в чем не уступать — пела,
когда пели Кейки, и танцевала, когда танцевали они.

Она обрела покой, которым, как щитом, заслонилась от сомнений и тревог. Красота природы, кипучая жизнь, ты сливаешься воедино со зверями, птицами, травами — принадлежишь этой планете,
прежнее великолепие которой, быть может, сумеют восстановить в
ближайшее столетие. За последние десять лет биомеханика добилась
небывалых успехов, а контроль рождаемости (точнее, метод плано-
мерного сокращения населения) распространился и на экономически отсталые страны. Поневоле создавалось впечатление, что конфликт с «Файерболом» привел людей в чувство, вернул человечеству
рассудок. Неужели ей и впрямь хочется улетать?

— Мне пора,— сказала Кира, когда солнце перевалило через зе-
нит; в теле ощущалась приятная усталость. Чарли явно огорчился. Она
погладила его по голове и поплыла к лодке. Дети Моря провожали ее
до самого берега; их силуэты то и дело возникали на гребнях волн.
Причалив, Кира оделась и повернулась к друзьям — попрощаться.

— А'о'а, а'о'а,— откликнулись Кейки. От них пахло рыбой;
они тыкались ей в ладони своими мокрыми носами. Казалось,
еще немного — и Кейки заплачут.

— Счастливо вам,— проговорила Кира.

— Мы не знаем, как проживем без тебя, сестра,— отозвался Чарли.

— У вас есть другие братья и сестры.

— Они уходят, а молодняка нет.

Он прав, подумалось Кире. Молодые люди, которых она
встречала на побережье, ничуть не походили на нее саму в их возрасте. Люди забывают о жестокости и насилии; быть может, они
одновременно утрачивают ту энергию, которая когда-то выгнала
их из пещер за пределы Солнечной системы? Чего можно ожидать от эволюции? Какой-нибудь новой мании?

— Я вас никогда не забуду.

— Мы тоже тебя не забудем, мы и те, кто придет после. Ты
будешь жить в наших песнях. Пока мы живы, твой дух будет
танцевать с нами при лунном свете.

Значит, пока мы живы... Кира посмотрела на небо, отыскала
взглядом ущербную Луну. Внезапно женщину пробрал озноб.
Ведь сейчас ее здесь могло и не быть. Хотя файерболские пилоты
больше не летали, поскольку компания передала почти все корабли

Космической Гвардии, селенархи пожелали сохранить несколько пилотируемых звездолетов; Ринндалир предложил Кире один из них. Мол, жить она будет в замке... Но девушка отказалась. Она положительно не понимала Ринндалира. К примеру, какого дьявола его понесло к альфе Центавра?

— Adios,— произнесла она.— Aloha nui loa.— И двинулась вверх по склону холма. Ей вдруг вспомнился Неро Валенсия, который, оказывается, также летит на Деметру. Впрочем, он человек храбрый и опытный; к тому же, на Деметре ему не позволят чуть что хвататься за оружие. Неужели?

Информатор на запястье Киры отправил сигнал, который открыл замок на воротах. Женщина миновала забор — и остановилась как вкопанная. На автомобильной стоянке, рядом с ее машиной, ждал какой-то мужчина. Заметив Киру, он приветствовал ее файерболским салютом и сделал шаг навстречу. Джефф, сын Вашингтона Паккера, молодой парень лет двадцати с небольшим, загорелый до черноты...

— Saludos, пилот Дэвис,— с запинкой поздоровался Паккер.— Надеюсь, я не помешал.

Кира огляделась по сторонам. Тех, кто собирался покинуть Землю, несмотря на официальный запрет, буквально изводили газетчики и мультивизионщики, от которых, особенно поначалу, просто не было спасения.

— Все в порядке, если только ты не привел «хвоста».

— Я старался не вызвать подозрений.— Чувствовалось, что юноше хочется изложить все в подробностях.— Сообразив, что мне необходимо повидаться с вами, я упросил отца дать мне ваш телефонный номер. Именно номер, не адрес и не код скремблера. Я позвонил, поговорил с сеньором Ли, спросил, нельзя ли встретиться с вами. Он предложил поехать на побережье и сказал, что охрана меня пропустит.— На шоссе, в километре друг от друга, располагались два пропускных поста. На первых порах это корреспондентов не останавливало, но когда охранники уничтожили две автоматические телекамеры, они немного утихомирились; картинки же с воздуха публике быстро наскучили.— Сеньор Ли хороший человек.— Паккер вздохнул.

— Ты уверен, что за тобой не следили? — уточнила Кира. Ей вовсе не улыбалось в очередной раз давать интервью.

— Я надел маску,— Паккер указал на свою сумку-пояс. Большинство эмигрантов носило так называемые псевдолица, которые помогали оставаться неузнанными.— А добирался сюда на такси.

— Выходит, мне придется подвезти тебя до дома! — рассмеялась Кира.

— Нет, сеньора, что вы! Я вызову машину с поста.

— Не хочу ничего слышать. Я слишком многим обязана твоему отцу. К тому же, по дороге мы сможем поговорить.

— Он же вышел в отставку,— нахмурившись, сказал юноша.

— Я помню. Между прочим, мы с тобой единомышленники, члены одной команды.

— Об этом я и хотел поговорить.

— Колеблешься? Что ж, ничуть не удивительно.

— Ничего подобного! — воскликнул Паккер.— Что я забыл на Земле? — Он вырос с той же мечтой, что и Кира, но опоздал родиться, а потому не смог принять участие в подготовке к полету.

— Пошли,— сказала Кира, беря его за руку.

Пока машина не миновала второй пост, никто не проронил ни слова. Кира управляла вручную, чтобы отвлечься от надоедливых мыслей. Автомобиль медленно катился по дороге, что вилась среди деревьев, огибала заросли папоротника и поросшие цветами лужайки.

— Что случилось, партнер? — наконец спросила она.— И чем я могу помочь?

— Родители,— пробормотал Паккер.

— Неужели они тебя не отпускают?

— Да нет. Говорят, что гордятся мной, но...— Голос юноши дрогнул.— Пилот Дэвис, ваши родители живы, правильно? Вдобавок, у вас есть брат. А у меня две замужних сестры. Мы очень привязаны друг к другу.— Кира молчала, ожидая, что будет дальше, и догадываясь, что он скажет.— Как можно проститься с родителями? Как избавить их от страданий? Ведь наша экспедиция — все равно, что смерть. Путешествие в один конец. Когда я проснусь, моих родителей, а быть может, и сестер, скорее всего, уже не будет в живых. По крайней мере, они изрядно постареют. А лазерограммы с Деметры, как мне сказали, идут без малого пять лет.

— Верно.

— Вот... Мне больно расставаться с ними. Я дружу с девушкой... Если бы вы знали, до чего больно! Может, я — бессовестный эгоист?

— Вряд ли,— ответила Кира. Надо его успокоить.— Ты готов рискнуть своей жизнью, и не только потому, что тебе предложили интересную работу. Ты понял — скорее, угадал, все слишком смутно, чтобы кто-то мог понять,— что тем самым предоставляешь некий шанс детям своих детей. То есть правнукам Вэша и Мэри.

— Они не верят. В открытую, естественно, не говорят, но я знаю, что не верят. А ваши родственники?

— Впело, отец в принципе согласился со мной. — Кира сознавала, что не должна ничего скрывать. — Мама... Она сказала: «Лети, птичка», — и постаралась, чтобы я не увидела ее слез.

— Может, вы подскажете, что мне сказать моим, чтобы им стало легче?

— Скажи, что очень их уважаешь. — Кира пристально погляделa на юношу.

— Что? — недоуменно переспросил тот.

— Все родители со временем теряют своих сыновей или дочерей. Они уходят на войну, переселяются в земли за горами или за морями и уже не возвращаются. Те, кто остается дома, почти наверняка никогда не узнают, что с ними сталось, живы они или нет. Мы отчасти нарушаем традицию. И твои, и мои родители, хотя и привыкли во всем полагаться на машины, ибо живут в механизированном, прирученном мире, который нам с тобой до смерти надоел, сохранили былую твердость духа. Они признают, что в жизни есть не только развлечения, и вот за это их следует уважать.

— М-м... — Паккер задумался.

Вскоре разговор возобновился. Выходя из машины в Хило, юноша поблагодарил Киру, а та не удержалась и спросила себя: «За что? Что я такого сделала и сколько правды было в моих словах?»

Кира подъехала к дому, который они с Ли снимали на протяжении нескольких лет. Гавайи устраивали ее со всех точек зрения, а вот у Боба частенько возникали затруднения. Разумеется, размышлять и вычислять можно где угодно, однако его работа требовала постоянных разъездов: случалось, он проводил на материке не одну неделю. Тем не менее, Боб ничуть не возражал.

Дом принадлежал какой-то организации, которая позаботилась обнести его забором. Вообще-то забор можно было бы снести, но Гатри с ходу отверг эту затею и даже согласился платить за использование охранных систем. Кира припарковала машину, вошла в дом и отправилась на поиски Ли. Тот сидел на веранде и любовался закатом.

Вдалеке возвышалась громада Мауна-Кеа. Лес под горой буквально купался в солнечных лучах. Задувал легкий ветерок; в садике под балконом тихо шелестели листвой деревья. Откуда-то донесся крик птицы.

Услышав шаги Киры, Ли встал. В закатных лучах его тронутые сединой волосы казались ослепительно белыми. Впело, подумалось Кире, а на ее лице наверняка заметны морщинки в уголках глаз и рта. Она ведь тоже не молода: как-никак, скоро сорок.

— Bienvenida,— улыбнулся Ли.— Как дела?

— По-всякому.— Он обнял Киру, и она крепко прижалась к нему.— Ох уж эти мне прощания!

— Решение было принято давным-давно,— сказал Боб, делая шаг назад.— Я думал, ты уже привыкла.

— Привыкнешь, как же! — неужели прошло несколько лет? Она их словно и не заметила.

— Не грусти, милая. С прощаниями почти покончено.

— Да дело не в них,— пробормотала Кира, вновь кладя руки ему на плечи.

— Разве? Давай не будем притворяться.

— Ты прав, прощаться всегда нелегко.

— Особенно мне с тобой.

— Взаимно.— Хотя, призналась себе Кира, с родителями и братом расставаться было все же тяжелее. Не то чтобы Боб ей не нравился, вовсе нет. Можно сказать, она его любила; тем не менее...— Если бы ты пришел на космодром...

— Если бы,— повторил он.

Да, если бы. Если бы она передумала и осталась. Впрочем, стоит ли снова заводить разговор, который все равно ничего не изменит? У Боба работа; пускай он работает не на «Файербол», а на правительство,— какая разница? Его никто не отпустит. И потом, здесь он нашел себя, помогая молодым приноровиться к обществу, объединившему наконец человека и машину, и утешая стариков, на глазах у которых погибал привычный им с детства уклад жизни. А чем заниматься интуитивисту на Деметре?

Что толку обманывать себя? Боб опасался, что затея Гатри окажется прыжком в никуда.

— Хватит.— Кира обняла Боба за талию.— Мы попусту теряем время, а его у нас и так в обрез.— Они подошли к баллюстраде.— Невероятно,— выдохнула Кира, когда угасли последние краски заката.— С этим не сравнится никакая хромокинетика.

— Естественно. Где еще найдешь такую красоту?

Ну да. Хотя на Деметре закаты не уступают земным. Правда, там нет лесов — кругом бесплодные равнины, над которыми кружат пылевые смерчи.

— Тот прощальный ужин, о котором мы говорили... Может, отложим и просто перекусим дома? Честно говоря, я не в настроении куда-либо идти.

— А на что у тебя есть настроение? — поинтересовался Ли.

— Как будто не догадываешься! — Кира расхохоталась.

Они занимались любовью при каждом удобном случае. Кира не сказала Бобу, что больше не предохраняется, что намерена выносить под альфой Центавра его ребенка.

48

Едва флайер оторвался от земли, внезапный порыв ветра чуть было не опрокинул машину. Чем ближе становилось весеннее равноденствие, тем более коварными делались воздушные потоки. Быть может, ими отчасти управляло второе солнце, которое приближалось к периастрию (хотя на планету оно не оказывало практически никакого влияния). Благодаря датчикам Кира Дэвис увидела, как отпрыгнула куда-то в сторону посадочная площадка с ангарами, ощутила, как вздрогнул корпус флайера. Так, нужно выпустить крылья и включить вспомогательный двигатель. На мгновение модулю вспомнилось, как живая Кира каталась на доске по волнам, прыгая с гребня на гребень.

Флайер выровнялся и устремился в небо. Да, прямое подключение к аппаратуре имеет свои преимущества: набираешься опыта, который недоступен для человека.

Машина поднялась на высоту в полторы тысячи метров и зависла в воздухе. Человеку наверняка стало бы жарко и душно, модуль же не обращал на подобные неудобства ни малейшего внимания. До облачного покрова было, что называется, подать рукой. На востоке в облаках зияли разрывы, сквозь которые проникали лучи альфы, падая на поверхность Ионического океана. У самого берега вода приобретала багровый оттенок — весна, тепло, уже появляются микроорганизмы.

Что ж, если она протянет достаточно долго, то будет свидетелем постепенного вымирания местной микрофлоры. Ученые полагали, что местные микроорганизмы со временем полностью исчезнут — их вытеснят земные. Двое модулей признались, что чувствуют себя виноватыми, но Кира ничего похожего на вину не ощущала. Деметру следует не просто подготовить к прибытию людей; планете предстоит насладиться буйством жизни, до которого Деметра сама по себе ни за что не успела бы эволюционировать.

Планета мало-помалу приобретала цивилизованный вид. На Водородном острове поднялись стройные башни охладительных установок. В устье реки Танаис, которая впадала в бухту Приют, раскинулся Порт-Файербол, в ярко раскрашенных зданиях которого помещались промышленные предприятия и исследовательские лаборатории. Промышленность следовало создавать как можно быстрее, в квазигеометрической прогрессии, иначе колонистам придется туго.

Багровая полоса прибоя, зеленые, поросшие кустарником холмы, замшелые валуны, а рядом — голые скалы и пруды с дождевой водой. Обладай Кира обонянием, она не уловила бы никаких запахов, если не считать того, что воздух после грозы был насыщен озоном. В атмосфере Деметры по-прежнему преобладал углекислый газ, а кислорода было маловато.

Флайер развернулся и полетел на запад.

— Почему бы нам не подняться повыше и не увеличить скорость? — спросил с кормы Габриэль Берец. Он собирался заняться полевыми исследованиями, а потому выбрал корпус робота-разведчика: гусеницы, телескопические датчики, множество «рук» с различными манипуляторами на концах.

— Я хочу осмотреть местность,— ответила Кира.— Сюда уже давно никто не заглядывал. Помнишь, в сообщении говорилось, что нужно искать к югу от Иллирии? — Они общались друг с другом не вслух, а по каналу внутренней связи.

— Чего тут осматривать? — пробурчал эколог.

— Как знать? — отозвалась Кира.— Солнечная система вроде бы изучена вдоль и поперек, но раз за разом преподносит сюрпризы.

Неожиданно нахлынули воспоминания, которые до сих пор время от времени причиняли боль. Нужно научиться оттонять их. Начнем с того, что сосредоточимся на местности внизу. Флайер мчался над бесплодными землями Арголиды. Река, каньон, озеро, гора — давно ли у них появились имена? Земные астрономы давали небесным телам названия из классической мифологии, которые с тем же успехом можно было заменить номерами из каталога — настолько они были оторваны от действительности. Но здесь все иначе, стоит только прислушаться к знакомым словам — Девон, Дордонь, Далмация, Кейп-Хорн, Нил, Эверест, Иерусалим, Рим, Камакура, Тур, Лепанто, Геттисберг...

Кира сообразила, что снова отвлеклась.

Приблизительно через два часа полета она заметила впереди цель и направила машину вниз, прочь от клубившихся в небе облаков. Вершины Микенского хребта скрывались за пеленой дождя, однако подножия гор были как на ладони. С уступа низвергался водопад, от которого начинался бежавший по долине поток. По берегам колыхался тростник, поднималась молодая поросль кустарника, раскачивались ивы. По зеленой траве передвигались роботы, которые доставляли гумус из купола, где тот синтезировали, на участки, обработанные наномашинами, что превращали в мелкую крошку валуны и скалы. Здесь находился один из центров жизнеобеспечения планеты.

— Откуда ты хочешь начать, Гейб? — справилась Кира.

— Сделай кружок над холмами,— попросил Берец, подключаясь к оптическим приборам.

Кира повела флайер по дуге, снизив скорость едва ли не до предела безопасности и закладывая виражи, чтобы не врезаться в термарий или не угодить в воздушную яму. Для этого требовалось полностью сосредоточиться. Правда, у нее все же мелькнула шальная мысль: «Как будто в постели! Похожие ощущения».

Ну да, в поселении есть кивира, программы которой рассчитаны на модулей. И что с того? Вряд ли она туда когда-нибудь заглянет. Очнешься после сеанса, прикинешь, кто ты на самом деле... Слишком высокая цена.

— Вон! — воскликнул Берец.— Видишь?

Кира отрегулировала свои датчики. Посреди долины вдруг выросла невысокая гора, на нижних склонах которой зеленели трава и мох, добравшиеся сюда вполне самостоятельно: ветер принес семена, дождь смешал их с почвой — и пожалуйста, маленькая победа в борьбе за выживание. Лет через сто тут поднимется лес.

Если не возникнет привходящих обстоятельств. Кира увеличила изображение и различила поникшие стебли, побуревший торф, мутные ручьи, в которые срывались комья земли. Сверху пораженный участок представлял собой клин около четырех километров в поперечнике, сужавшийся к реке. В траве поблизости тоже виднелись проплешины. Что ж, сообщения спутника подтверждаются. Интересно, что это за гадость?

— Ты можешь сесть на выступ? — спросил Берец.

Кира пригляделась. Узкая площадка на высоте в несколько сот метров, над ней обрывистый склон, за который цепляются редкие растения. За горой темнели тучи, среди которых время от времени сверкали молнии.

— Зачем? Образцов там наверняка немного.

— То-то и оно. Простая биосистема, которую очень легко изучить. Кроме того, мне кажется, что болезнь идет сверху. Я возьму образцы, а потом сравню их с теми, которые соберу в долине.

— М-м... Только побыстрее, ладно? Надвигается гроза, а я предпочла бы переждать ее в более безопасном месте.

— Мне хватит часа.— И столько же уйдет на разгадку, подумалось Кире. У них с собой замечательное оборудование — не такое, конечно, как в лабораториях Порт-Файербола, но все же весьма приличное. Однако если Берец закопается...

— О'кей,— проговорила Кира и удивилась сама себе: надо же, подхватила одно из словечек Гатри.

Посадка потребовала использования всех ее способностей. Нет, мысленно поправила она после того, как флайер замер в грязной луже, всех способностей, какими обладает пилот-человек. У машины — потенциалы, которые благодаря перепрограммированию превращаются в возможности. Кира открыла люк и выпустила трап. Берец выехал наружу. Словно приветствуя эколога, прогремел гром.

Кира наблюдала, как Берец и его помощники-роботы фотографируют и берут образцы пород и одновременно боролась с беспокойством, которое почему-то становилось все сильнее. В грозу этот выступ может запросто оказаться западней. Чем дольше Кира разглядывала тучи, прислушивалась к ветру и шуму дождя, тем острее ощущала опасность. Берец же ничего не замечал. Естественно, ведь он — настоящий Берец — родился на равнине и никогда не испытывал тяги к путешествиям. Кире вспомнились земные и лунные Кордильеры, Олимп, таинственная Миранда, образцы почвы с нагорий Венеры и Меркурия. Ни один мир не похож на другой, везде все по-разному; тем не менее, она чувствовала, что здесь что-то не так.

— Послушай, Гейб,— окликнула Кира эколога,— я поднимусь, полетаю. Вернусь через полчаса. Идет?

— Как хочешь,— отозвался Берец.

— Маленький совет. Образцы клади сразу в грузовой отсек. Возможно, у нас не будет времени их подбирать.

— Неужели? — равнодушно бросил эколог. Ладно, будем надеяться, что он последует совету.

Кира подняла флайер над пиком. По металлическому корпусу забарабанил дождь. Гроза приближалась с запада, свинцовые тучи извергали из себя молнии и гром. Оптические приборы уже не годились, поэтому Кира стала ориентироваться по радару. Ливень обрушился на нижний склон горы. Машина рыскала из стороны в сторону, однако Кире пока удавалось удерживать ее на одном месте.

Черт! Один из валунов на склоне покачнулся — и покатился вниз, туда, где находился Берец. Кира не раздумывая перевела флайер в пике. Нет, она не закричала. Это было не в ее стиле — не в стиле модуля, не в стиле «Файербола».

— Гейб, я лечу за тобой. Сброшу канат, постарайся за него ухватиться.

— Зачем? — поинтересовался эколог. Кира передала ему картину, которую видела собственными «глазами».

Так, где у нас канат? Слава Богу, Гатри настоял, чтобы в каждом флайере имелось все необходимое для подобных случаев. Он как-то сказал, что у лисицы в норе два выхода... Кира резко затормозила. Двигатель машины взвыл от напряжения. С первого захода ничего не вышло: Берец промахнулся. Кира развернула машину. Стальные клешни Береца стиснули канат, и флайер тут же устремился вверх.

Как раз вовремя! Оползень перевалил через выступ и двинулся вниз. Наконец он остановился, похоронив под собой чуть ли не половину зараженного участка. Кира отвела флайер в сторону, опустила Береца, затем посадила машину. И в этот миг разразилась гроза.

Впрочем, ни модулям, ни флайеру она была не страшна. Они не испытывали ни шока, ни потребности в отдыхе. Когда гроза закончилась, Берец вновь принялся за работу, а Кира отправилась на базу за новой партией роботов и заодно передала собранные экологом образцы.

Спустя четыре коротких деметрианских дня они возвратились в Порт-Файербол. К тому времени у Береца возникла гипотеза, которую требовалось проверить в лабораторных условиях. Правда, он ничуть не сомневался в своей правоте.

— У земляных червей, которых мы привезли на Деметру, нет, так сказать, естественных врагов, поэтому их развелось громадное количество. Разумеется, компьютерный анализ предусматривал подобное развитие событий, однако в нем не учитывалась дестабилизация градиентов. С биологической точки зрения это побочный эффект. Отсюда и оползень. Что же касается болезни, смывание плодородного слоя и сопутствующие химические реакции вызвали высвобождение щелочей, в результате чего водородный pH^1 почвы сделался невероятно высоким.

— Значит, случайность,— подытожила Кира.— Надеюсь, первая и последняя.

— Боюсь, все не так просто. В других местах будут действовать другие «яды» — соль, селен, радиоактивные элементы, да мало ли что! К сожалению, планета — не садик при доме, она требует иного отношения. Кто знает, что еще она для нас припасла? Фауна и флора, которые мы внедряем, совершенно здоровы, но как долго они такими останутся? Со временем безвредные бактерии превратятся в смертельно опасные, цепочки ДНК ста-

---

[1] pH — водородный показатель.

нут вирусами. Роковым может оказаться простое нарушение соотношения численности видов: только представь, как расплодятся
олени, если истребить хищников, и какой им понадобится срок,
чтобы съесть всю зелень и умереть с голоду? На Земле ученым
известно, как тяжело восстановить экологию системы, что развивалась три с лишним миллиарда лет. А на Деметре мы рассчитываем создать новую систему — и всего лишь за пару столетий.
Ничего не выйдет. Мы разве что заложим фундамент, а развиваться она должна сама.

— Знаю. И то, что случилось с нами, лишнее тому подтверждение. По-моему, однако, ты слегка преувеличиваешь. Природа, о
которой мы грезим, не возникнет, как чертик из коробки, из горстки семян. С самого начала нам следует стать ее частью — нам,
нашим машинам и нашим людям.

— Конечно, конечно. Откровенно говоря, я недостаточно
умен, чтобы вообразить себе подобное трогательное единство; смоделировать его мы тоже не сможем. Мы с тобой убедились на собственном опыте, что природа — система хаотичная. Значит, нам
остается делать то, что делаем, и думать, будто мы ей помогаем.

49

Первой мыслью, которая возникла у Эйко, едва она очнулась,
было: «Как там Кира? Как ребенок?» Затем нахлынули воспоминания. Предстартовая суматоха, сообщение о продолжительности
полета, Кира... Как говорится: «Банзай!» Беременные, шаг вперед!
Боязнь уснуть и не проснуться... Мысли упорно разбегались, под-
гоняемые смятением и болью. Однако сознание настойчиво воз-
вращало Эйко к действительности.

Через какое-то время, тянувшееся целую вечность, она снова
обрела способность мыслить. Женщина испытывала тошноту; в горле пересохло и жутко хотелось пить. С немалым трудом Эйко сообразила, что выжила, а чуть позже поздравила себя с этим фактом.

Разумеется, она далеко не здорова. Кругом какие-то трубки,
по которым в нее что-то вливают, и вообще, она не лежит, а плавает в некой жидкости. Несмотря на экраны и электромагнитную
защиту, ее организм пострадал от радиации. Значит, надо лечить-
ся... Тут Эйко вновь провалилась в темноту.

Какое-то время спустя забытье сменилось обыкновенным
сном. Проснувшись, Эйко почувствовала себя совершенно обесси-
ленной. В палату вошел робот, произнес несколько ободряющих

слов, накормил женщину и удалился. Она снова легла и заплакала, догадавшись, что ее отец, который остался на Земле, наверняка уже умер.

Мало-помалу к ней возвращались силы, а вместе с ними хорошее настроение. Жизнь, которую она утратила — нет, отринула,— навсегда останется с ней, как та боль, что, если верить книгам, преследовала в древности людей, лишившихся руки или ноги: болит, хотя болеть нечему. Однако эта жизнь казалась сейчас начисто лишенной смысла; и потом, отец ведь благословил ее...

Эйко принялась болтать с соседями по палате. Роботы сообщили, кто из знакомых проснулся к сегодняшнему дню (естественно, от анабиоза пробуждались далеко не все сразу). Кира Дэвис опередила Эйко на целый месяц, и ее скоро должны были переправить на планету. Неро Валенсия совсем недавно покинул изолятор. Они оба поздравили Эйко с пробуждением. Разумеется, через роботов; личная встреча могла состояться только после того, как Эйко выпустят из медицинского отсека, то есть когда придет в норму иммунная система. Видеофонов же в палате не было. Впрочем, Эйко особенно не переживала.

День, другой, третий... Наконец с корабля на Деметру ушло сообщение, что жизнь Эйко вне опасности. Двое роботов помогли ей перебраться в палату для выздоравливающих, где имелось кое-какое оборудование — мультивизоры и терминал с доступом к базе данных, которая включала в себя почти все достижения человеческой мысли. Короткая прогулка изрядно утомила Эйко. Выйдя на орбиту вокруг Деметры, корабль разделился на две секции, соединенных между собой переходником протяженностью около десяти километров. Обе секции вращались, чем обеспечивалась сила тяжести, привычная для землян; однако Эйко, во-первых, была не с Земли, а во-вторых, ее мышцы за время полета просто-напросто одрябли.

Значит, нужно заниматься физическими упражнениями. Вдобавок, она утратила не только крепость мышц, но и кое-что еще, как выяснилось на следующий день, когда после короткой тренировки и горячей ванны, Эйко привезли на кресле-каталке в кают-компанию.

Та представляла собой просторное помещение с весьма скудной — вполне понятно, на корабле не до роскоши — обстановкой. На большом видеоэкране сверкали Млечный Путь, тусклая альфа, ослепительно яркая бета — и Деметра. Деметра! Белый полумесяц, лишь отдаленно похожий на Землю. Облака над поверхностью планеты вдруг разошлись: мелькнули два пятна, бирюзовое и бурое —

должно быть, океан и побережье. Эйко попыталась найти другие корабли экспедиции, но у нее ничего не вышло.

В кают-компании присутствовало человек пять или шесть, все выздоравливающие. К сожалению, знакомых никого. Эйко и еще двоих новоприбывших встретили радостными возгласами. И тут появилась Кира — подбежала к креслу, в котором сидела Эйко, опустилась на колени и обняла подругу. Привыкшая к стерильности изолятора, к тому, что все обращались с ней крайне осторожно, Эйко чуть не испугалась стремительности Киры. Но до чего же приятно, когда к твоей щеке прикасаются теплые губы!

— Bienvenida, милая, bienvenida! — воскликнула Кира.— Мы с тобой снова вместе.— Она встала.

— А ребенок? — прошептала Эйко, оглядев подругу с головы до ног.

— Врачи говорят, что все нормально.— Кира улыбнулась и похлопала себя по животу.— И я ничуть тому не удивляюсь.

— Хорошо. Я боялась за тебя... Думаешь... все обойдется?

— Естественно! Разумеется, с космосом придется повременить, но тут уж ничего не поделаешь. Надеюсь, малыш не заставит меня пожалеть о своем решении. Кстати, я думаю, что недолго останусь единственной матерью на Деметре.

— По-моему, должность координатора позволяет работать дома.— Эйко улыбнулась.— Значит, когда ты не сможешь, присматривать за ребенком буду я... с большим удовольствием.

— Спасибо. Но почему бы тебе не завести парочку своих?

— Перестань.— Эйко подняла было руку, но тут же ее уронила. К ним с Кирой приближался мужчина. Неро Валенсия!

Он двигался медленно и неуверенно и выглядел не вполне здоровым. Биокристалл куда-то исчез, лишь на лбу осталась едва заметная царапина. Валенсия наклонился над креслом Эйко, словно отдавая поклон.

— Buenos dios, сеньорита Тамура,— проговорил он.— Очень рад снова вас видеть.

— Gracias,— отозвалась Эйко. Почему вдруг заколотилось сердце? — Я тоже была рада... узнать, что с вами... все в порядке.

— Buenos dios,— ровным голосом приветствовала Валенсию Кира.

— Buenos anos[1],— откликнулся он, заломив бровь и поглядев на ее живот. Кира покраснела, однако Эйко его ответ вовсе не показался нескромным.

---

[1] Buenos anos (*исп.*) — здесь: «С прибавлением!»

— Как хорошо,— поторопилась вмешаться она.— Нам есть, о чем поговорить... только дайте мне окрепнуть.

— Я бы сказала, нам есть, о чем узнать,— поправила Кира.

Изображение на видеоэкране внезапно изменилось. На нем появился коренастый рыжеволосый мужчина.

— Шеф,— сказала Кира.— Он обращается к каждому, кто просыпается. Наверно, это запись, которую время от времени поправляют: слова-то он произносит почти одни и те же.

— Bienvenida,— поздоровался Гатри.— Вы знаете, кто я такой. Надеюсь, скоро мне станет известно, кто такие вы. Впрочем, все мы теперь — деметриане.— Он помолчал, а затем произнес фразу, которая, как заметила Эйко, потрясла Киру и Валенсию наравне с остальными (выходит, текст обращения каждый раз меняется): — К сожалению, у нас потери. Роза Соареш так и не проснулась. Первая смерть, за которой наверняка последуют и другие. Но хватит о грустном. Те, кто только что проснулся, вряд ли представляют себе, что происходит на Деметре. Bueno, могу сказать, что модули потрудились на славу. В общем и целом работа идет по плану.— Он усмехнулся.— План предусматривает возможность возникновения различных непредвиденных сложностей, вплоть до вселенских катастроф. Что ж, мы готовились не напрасно. Нам необходимы люди в полном смысле слова — то есть вы. Прилетев сюда, вы окажетесь в прелестном маленьком городке...

— Это я уже слышал,— пробормотал Валенсия.

— Я тоже, и побольше вашего,— отозвалась Кира.

— А я нет,— напомнила Эйко.

— Еще наслушаешься,— заверила Кира.— По-моему, слушать все сразу не стоит. Шеф никогда не блистал ораторским искусством.

— Язык героев-первопроходцев.— Валенсия повернулся к Эйко.— Как раз по вашей части.

— Дайте мне сначала прийти в себя. И, ради всего святого, не ждите от меня шедевров. Я же не Гомер... И даже он сочинял не из головы, а на основе фактов.

50

«Средства массовой информации обсуждают в основном политический компромисс, которого наконец удалось достичь путем переговоров. Луна согласилась изменить свое государственное устройство, стать кибернетической демократией и войти в

состав Всемирной Федерации. Однако за селенархами сохранят их имущество; кроме того, пока они живут, продолжают действовать все права сеньоров... Численность населения Земли по-прежнему сокращается; в бассейне Амазонки скоро возникнет заповедник; Африка собирается перейти к распределительной системе... Цивилизации, которая возникает сегодня, рационализироваться легче, нежели тем, что появились до нее. Она примет искусственный интеллект. Новые модели подобных систем уже демонстрируют почти человеческую способность к творческому мышлению...»

В дверь позвонили. Кира как раз собиралась выйти, чтобы полюбоваться закатом. На широте Порт-Файербола ясные вечера были не такой уж редкостью, поскольку земная фауна существенно изменила климат Деметры: растения завоевывали континент за континентом, поглощали углекислый газ, выделяли кислород, удерживали в почве влагу, смягчали перепады температур... Тем не менее Кира наблюдала закат всякий раз, когда предоставлялась возможность.

Улица, на которой стоял ее дом, пересекала мыс, что возвышался над городом и бухтой. Вдоль улицы росли деревья, посаженные первым Гатри, — высокие сосны и гималайские кедры, а также совсем молоденькие деревца из породы широколиственных. Задувал прохладный ветерок, который словно мечом рассекал вечернюю духоту. На горизонте, там, где море сливалось с небом, мерцала вечерняя звезда Деметры — Фаэтон. К юго-западу от него виднелась альфа: в вечерней дымке ее диск приобрел оттенок расплавленного золота. Беты видно не было — в это время года она полностью терялась в сиянии альфы. Над волнами кружили чайки, высматривая рыбу, которой теперь в море водилось в изобилии. На клумбах вокруг дома росли красные, белые, лиловые цветы...

Кира замерла. Перед ней стоял Неро Валенсия. Ее рука, словно по собственной воле, потянулась захлопнуть дверь.

— О, — проговорила она. — Saludos. Чем могу служить?

— Я пришел попрощаться. — Валенсия улыбнулся (как показалось Кире, печально).

— Уезжаете? Надолго?

— Да. В Беотию.

— Э... Очень жаль. Извини, что не приглашаю войти, но... Ребенок и все такое прочее... В общем, внутри как в свинарнике.

Она солгала — и подумала, что Валенсия, наверно, понял. Почему она солгала? Да, он убил человека, но это было давным-давно;

к тому же, Неро выполнял свой долг; вдобавок, он бросил ту работу, а с ней, несмотря на все ее выходки, держался неизменно вежливо, даже дружелюбно и пару раз, когда предоставлялась возможность, помогал... Эйко он нравился; тем не менее, Кира не желала оставаться с ним наедине.

— Ничего страшного,— отозвался Неро.— Мне все равно некогда.— Кажется, тоже врет.— Просто не мог уехать, не повидав тебя. Мы и так видимся не слишком часто.

— Bueno, у всех у нас хлопот полон рот.

— Я надеялся, что...— Он пожал плечами.— Впрочем, неважно.

Их взгляды встретились. Кира внезапно поняла, что боится Валенсию. Боится оказаться у него в плену. Нет, она не хочет иметь с ним дела, и не только из-за малоприятных воспоминаний. В частности, из-за Эйко.

— Ты прав, я вела себя не очень-то общительно,— сказала она.— Но мне было не до того. Насколько я знаю, ты занимаешься экологией; недавно тебя повысили в должности, поэтому и посылают в Беотию, на другой материк. А что ты там будешь делать?

— Да так,— хмыкнул Валенсия.— Мы должны доставить туда позвоночных — траво- и плотоядных.

— Понятно. Их присутствие необходимо как само по себе, так и для того, чтобы нормально развивались растения, верно? — Пустая фраза, клише, способ продолжить разговор.

— Верно. Задачка, честно говоря, еще та. Все в один голос предрекают нам сплошные неудачи и обещают, что у нас не будет ни минутки покоя.

— Замечательно! — Кира невольно приняла тон Валенсии.— А в чем будут состоять твои обязанности?

— Я люблю дикую природу, особенно леса. И потом, вдруг выяснилось, что я умею обращаться с животными.

— Со слонами, волками, львами?

— Думаю, для них я не гожусь,— рассмеялся он.— Нет, мой профиль — грызуны и птицы. К примеру, те же ястребы.

Да, подумалось Кире, кого-кого, а ястребов ты, скорее всего, понимаешь.

— Удачи,— пожелала она безо всякой задней мысли.

— А у тебя какие планы? Ну, в космос ты не вернешься, пока ребенок не подрастет...

— Не вернусь до тех пор, пока роботы не построят достаточно звездолетов. Я знала это с самого начала.

Судя по выражению лица Неро, он воспринял ее слова как попытку объяснить, почему она завела ребенка.

— А чем ты все-таки занимаешься? В прошлый раз ничего толком не сказала...

— Вчепо, я убедила Гатри, что могу проектировать корабли-автоматы. Тут свои проблемы, нужно предусмотреть буквально все: ведь роботы — не люди, в критической ситуации они просто не будут знать, что делать. Правда, топлива по-прежнему в обрез, хотя есть идеи, как его раздобыть. Короче говоря, скоро мне предстоит испытывать новый шаттл.

— Любопытно. Значит, пока не появится корабль с ионным двигателем, будешь развлекаться?

— Да.

— Рад за тебя.— Помолчав, Валенсия прибавил: — Ты не против, если я иногда буду тебе позванивать?

— Я... Боюсь, мне будет некогда.— Хорошее настроение Киры мгновенно испарилось.

— Ясно.

— Когда вернешься, мы обязательно встретимся.

— Конечно.

— Передавай привет Эйко,— сказала Кира, собравшись с духом.— Мы давно не виделись.

— Передам.

— Ну, удачи тебе,— повторила она.

— И тебе того же.— Валенсия поклонился.

Ей не оставалось ничего другого, как протянуть ему руку. Какая теплая ладонь... У Киры закружилась голова, она чуть было не посторонилась, пропуская Неро в дом, но вовремя спохватилась.

— Vaya con Dios.

Неро улыбнулся, повернулся и пошел прочь. Стоя на ветру, Кира глядела ему вслед, пока он не исчез из виду. Солнце скрылось за холмами. Небо на востоке потемнело, и Фаэтон засверкал ярче прежнего. Рядом с ним мерцала крохотная искорка — один из искусственных спутников, собратья которого затерялись среди звезд. Гатри как-то заявил, что не желает видеть в небесах над Деметрой ничего, что не напоминало бы звезды...

Как там Хью? Кира вернулась в дом. Маленькие комнаты, скудная обстановка... Чтобы дом стал домом, нужен не один год. К тому же, ее дом остался на Земле...

Она назвала ребенка именем своего отца. Малыш мирно посапывал в колыбельке. Безотцовщина... Мальчику нужен мужчина, которым он восхищался бы, с которым спорил бы и соглашался, которому мог бы подражать и со временем подарить внуков. Черт побери!..

Раздался звонок. В каждой комнате имелся свой видеофон; чего-чего, а всякой техники в колонии хватало с избытком. Интересно, подумала Кира, а не начнем ли мы когда-нибудь ею торговать. Она нажала на кнопку. Экран остался темным.

— Buenas tardes,— произнес ее собственный голос.— Выделишь мне пару минут?

— Что стряслось?

— Да так, надо потолковать.

— Знаешь, ты с каждым днем перенимаешь у Гатри все больше его словечек.

— Bueno, мы ведь работаем рука об руку.— Похоже, модуль слегка обиделся.— В принципе, разговор не срочный, но я подумала, что тебя это наверняка заинтересует. Ко мне попал повторный анализ климатических условий. В нем учитываются новые данные — кольца кораллов, пропорции изотопов на морском дне, и тому подобное; с деталями ознакомишься потом. Так вот, анализ позволяет предположить, что в северном полушарии наступает нечто вроде сезона дождей. По идее, растения должны приспособиться, но у меня вызывают опасение те, что на побережье. Как по-твоему?

— Черт возьми! — воскликнула Кира, стискивая кулаки.

— Ничего страшного,— заверил модуль.— Просто включи в свои вычисления новый фактор.

— Знаю, но...— Кира не докончила фразы и уставилась в окно, за которым густели сумерки.

— Но?

— Послушай, ты знаешь, что у нас до сих пор нет ничего хотя бы отдаленно похожего на метеорологическую службу.— Кира заставила себя повернуться к темному экрану. И по вполне понятной причине, подумалось ей: чересчур много неизвестных, избыток переменных, значения которых быстро меняются.— Из твоих слов следует, что в северном полушарии в любой момент может разразиться буря. Я собиралась взять Хью с собой на полевые исследования, но теперь не рискну. Однако кто присмотрит за ним в мое отсутствие?

— Робот, естественно, не годится, нужен человек, а где его взять?

— Да, проблема...— Кира ждала, прислушиваясь к шепоту ветра.

— Может, я? — неожиданно предложил модуль.

— Что?

— Разумеется, в подходящем корпусе — мягком, симпатичном...

— Но у тебя и так хватает дел. Или я ошибаюсь?

— Дел хватает у всех. Но дети важнее. За ними будущее.

Снова Гатри, подумала Кира.

— Меня почти перестали куда-либо посылать,— продолжал модуль.— В основном я получаю доклады полевых групп, поддерживаю связь, принимаю решения, отдаю приказы. И потом, почему бы мне не поиграть в няньку? В конце концов, твой ребенок не последний; значит, надо привыкать.

— А справишься?

— Справлюсь и других научу. Я разумею модулей.

— Я прикидывала, что нас ждет,— проговорила Кира.— Колония маленькая, люди валятся с ног от усталости... Это вряд ли принималось в расчет.

— По-моему, следует изменить правила. Дети должны расти в нормальных семьях, так? Возможно, слово «семья» обретет новый смысл.

Не семья, а коммуна? Общие дети, общие жены, общие мужья... Кира не отважилась поделиться своими мыслями даже с собственным двойником.

— Bueno, я... Мы становимся другими.

— Разве на свете есть что-нибудь вечное?

— Не знаю.— Кира перевела дух.— Спасибо за информацию и за предложение. Я подумаю. Что еще? Все? Тогда спокойной ночи.

Она пожалела, что столь резко оборвала разговор, но что ей оставалось? Пригласить модуль на чашечку кофе?

Хотя подошло время кормления, Хью она будить не стала. Пускай спит; когда проснется, тогда и покормим. Завтра она пойдет в лабораторию, а оттуда в док и, как обычно, возьмет сына с собой. Он обожает гулять. Волосы у него черные, как у Боба, глаза карие, тоже как у Боба, но что-то он взял и от нее — быть может, черты лица.

Какие у нас планы на вечер? Приготовить ужин. К сожалению, гостей не предвидится, у всех знакомых свои семьи, с которыми они и проводят вечера. Напроситься к кому-нибудь в гости? Нет, не стоит. Да, правильно говорят, что космонавт без космоса — как рыба без воды. Космос... Рииндалир...

В комнате стало темно. Вместо того, чтобы зажечь свет, Кира вышла на крыльцо. Звезд на небе прибавилось, их блики дробились на морских волнах. Крыльцо вдруг показалось Кире мостиком парусного корабля; она стояла, прислушиваясь к ветру, который трепал ей волосы и шаловливо забирался под блузку. Мимо прошел человек. Присмотревшись, Кира узнала юного Джеффа Паккера.

— Buenas tardes, пилот Дэвис,— поздоровался юноша.

— Buenas tardes,— откликнулась она, провожая его взглядом. Симпатичный мальчик, и работы не чурается. Если то, о чем рассуждал ее двойник, осуществится, тогда... Сейчас невозможно даже представить, как это будет выглядеть на деле.

51

«Тщательно изучив проблему, Институт психосоциологии заявил, что возникновение религиозных и примитивистских движений, а также общин, которые объединяют сторонников подобных движений, не представляет собой опасности для общества. Как правило, общины немногочисленны и разобщены, а друг к другу относятся если не враждебно, то с подозрением. Некоторые движения возникают внутри древних культур, но большинство представляет собой неоконсервативные группировки, недовольство которых нынешним положением дел на Земле основывается не на фактах, а исключительно на эмоциях. Можно утверждать, что в ближайшем будущем число таких группировок значительно сократится, поскольку молодое поколение растет в мире, который стремится к полной рационализации сознания. Тем не менее, институт рекомендует продолжать изучение проблемы с целью установить, какой смысл изначально вкладывался в старинное слово «духовность» и как оно соотносится с первобытными человеческими инстинктами».

Климат северных нагорий Арголиды приблизительно соответствовал тому, который существовал на Земле в умеренном поясе. Здесь росли вереск и утесник; холодные ветры гнали над холмами и долинами, ручьями и озерами свинцовые тучи. Часто шли дожди; когда выглядывало солнце, над вершинами возникала радуга. Повсюду виднелись березы и ивы, в распадках шелестели листвой осины. Жужжали насекомые, на многочисленных паутинах серебрились капельки росы. Над землей вспархивали тетерева и утки, в воде плескались земноводные, в подлеске сновали крохотные зверьки, спасавшиеся от когтей ястреба и зубов лисицы.

Ситуация на Деметре отчасти напоминала тот период в истории Земли, когда закончилось оледенение, и на планете вновь забурлила жизнь. Правда, земная эволюция продолжалась сотни и тысячи лет, а деметрианская — от силы несколько десятков. Фауна и флора Деметры появились на свет благодаря человеку. Их появлению предшествовал труд сконструированных человеком машин, самых разных, от неизмеримо громадных до не различимых невооруженным глазом. Иными словами, здешние растительный и животный мир возникли и продолжали существовать благодаря передовым технологиям.

Почти посредине нагорья располагался исследовательский комплекс «Ливтрасир-Тор»[1]. Его окружал лес, похожий на ставшую явью мечту о будущем: там росли боярышник, клены и дубы, тополя и вязы. Кира приземлилась у подножия холма и двинулась вверх по дороге, что бежала по склону среди валунов, зарослей кустарника и полевых цветов. Вдалеке поблескивало озеро; металлический корпус модуля ослепительно сверкал на солнце. В руках Кира держала Гатри. Деревья, мимо которых она проходила, приветствовали ее шелестом листвы, игрой света и тени, легким дрожанием веток.

Биокибернетическая лаборатория — скромных размеров здание с увитыми плющом стенами — пряталась в тени. Сотрудники лаборатории изучали находки, доставленные сюда со всей планеты. Директор комплекса Бейзил Рудбек, должно быть, увидел посетителей в окно, поскольку встретил их в дверях. Это был светловолосый мужчина средних лет, коренастый крепыш, который прямо-таки излучал энтузиазм.

— Bienvenidos, шеф,— поздоровался он.— Bienvenida, сеньора. Мы давно вас ждем.

— Что касается меня, просто не было времени,— отозвался Гатри.— И потом, я не хотел мешаться под ногами.

— Мы всегда вам рады; правда, до недавнего времени показывать было особенно нечего. Кстати, большое спасибо, что избавили нас от бюрократических проверок.

— Так уж заведено в «Файерболе»: если видишь, что человек занят делом, не приставай.— Гатри хмыкнул.— Вдобавок, у меня имелась особая причина оберегать тебя от бюрократов.— Он имел в виду, что Бейзил Рудбек — потомок Энсона и Джулианы Гатри.

— Значит, вам удалось чего-то добиться? — спросила Кира.

— Вот именно — чего-то,— улыбнулся Рудбек.— Нам пришлось изрядно помучиться, прежде чем мы сумели создать систе-

---

[1] Тор — в германо-скандинавской мифологии бог грома, бури и плодородия. Ливтрасир (букв. «пышущий жизнью») — в скандинавской мифологии мужчина, который вместе со своей женой Лив («жизнь») спасся во время гибели мира и от которого снова пошел человеческий род.

му, которая как будто работает. Основная заслуга принадлежит полевым исследователям, а также роботам и модулям, которые собирали по крупицам данные и выясняли, что к чему на этой планете.— Он поклонился.— Muchas gracias.

— Мне? — Голос Киры выражал удивление: она давно научилась вкладывать в него те или иные эмоции.— Я всего лишь пилот.

— Что значит «всего лишь»? — пробурчал Гатри.— Между прочим, ходят слухи, что ты не раз и не два спасала от неприятностей всяких олухов.

— Во всяком случае,— продолжал Рудбек,— поступавшая информация позволила нам установить, что необходимо подкорректировать наши программы и заменить оборудование.— Он явно увлекся собственным рассказом.— Когда пытаешься вогнать миллионы лет эволюции в какие-нибудь два-три столетия, сталкиваешься со множеством проблем, причем, что называется, планетарного масштаба. Даже если бы мы знали наверняка, что нужно делать (а ничего подобного мы не знаем), даже тогда никакая система контроля не справилась бы с ситуацией — в силу колоссального объема работы и чудовищной быстроты, с которой здесь меняется положение дел. Элементарный пример. Вы помните, что произошло в Фессалии с клевером?

— Естественно,— отозвался Гатри.— Разве такое забудешь?

Согласно плану, на болотистых равнинах Фессалии, чтобы сделать тамошнюю почву пригодной для микробов и беспозвоночных, высадили мох. Тот прижился практически сразу, поэтому вслед за ним с той же целью высадили клевер. Но случилось непредвиденное: клевер разросся настолько, что истощил тонкий торфяной слой, который начал исчезать. Дожди смывали почву, будто норовя добраться до скального основания. Чтобы совладать с клевером, решили уменьшить количество пчел, которые опыляли растения, и напустили на них насекомых-хищников, выведенных из ДНК ос. Однако те со временем мутировали и принялись уничтожать червей, которые насыщали и удобряли почву. Против мутантов применили вирус... Словом, Фессалия переживала затяжной экологический кризис.

— Извините,— пробормотал покрасневший Рудбек.— Я вовсе не собирался читать вам лекцию.

— Не волнуйся, у меня слишком толстая кожа, чтобы я обращал внимание на такую ерунду. Валяй рассказывай.

— Gracias, сэр. Разрешите, я вкратце изложу наш основной принцип. Вы, безусловно, о нем слышали, поскольку он, как говорится, лежит на поверхности, но математическое обоснование получил совсем недавно. Проверки, которые выполняют роботы, авральные операции, чтобы предотвратить очередную катастрофу или свести к минимуму ее последствия,— дальше так продолжаться не может. Либо жизнь на Деметре исчезнет сама собой, несмотря на все наши усилия, либо уцелеет и станет развиваться. Во втором случае наша техника просто не будет успевать за эволюцией — если, конечно, мы не понаделаем такого количества машин, что они в конце концов вытеснят с планеты все живое.

— Знаю. Между прочим, хотя никто из политиков и весьма немногие из простых людей это понимают, похожая проблема стоит перед любым правительством. Мы не можем дожидаться, пока на планете установится экологический баланс. Перед тобой поставили задачу — выяснить, что можно предпринять. Теперь ты узнал от меня, что у лошади четыре ноги, так, может, объяснишь понятными словами, чего вам удалось добиться?

— Попробую. Por favor, проходите. Хозяин из меня, конечно...

— Ничего страшного,— успокоила Кира. Модули — не люди, мысленно прибавила она. Рудбек показал им лабораторию, представил сотрудников, продемонстрировал оборудование, вызвал на один из дисплеев данные, на которые, по-видимому, хотел опереться в разговоре.

Организм — единое целое. Его многочисленные функции — пищеварение, поглощение и выделение, восприятие, реакция; органы чувств, метаболизм, электронные потоки, обратная связь, динамика, и так далее,— все служит единственной цели: выжить. Выжить и обеспечить продолжение рода; а для этого нужно одолеть врагов, которых у любого организма вполне достаточно. Получая хотя бы минимум питательных веществ, находясь в сравнительной безопасности от космического вакуума и излучений, он сможет выжить, окрепнет, залечит раны, справится с пораженными болезнью клетками и наверняка попытается расширить территорию, на которой обитает. Пример, который мгновенно приходит на ум,— человек, мозг которого представляет собой одновременно орган обработки информации и принятия решений, важнейшую из желез и источник желаний.

Экология по сути своей — совокупность правил, определяющих поведение живых организмов. Эти правила, которые могут быть сколь угодно сложными, в свою очередь являются результатом тысячелетий борьбы за выживание; в них отражены все изменения, которые претерпели организмы, приноравливаясь к капризам природы. Впрочем, многие так и не смогли приноровиться.

Виды погибают от природных катастроф, от столкновения с другим видом и от иных причин. На Земле исчезло немало великих рас, не говоря уж о менее значимых — с исторической точки зрения — народах. Как уязвима жизнь, тем более — перенесенная с родной планеты на чужие, до того совершенно бесплодные земли!

Правда, если экологическая система — организм...

— Отталкивались мы от общеизвестного факта,— сказал Рудбек.— Лично я не удивлюсь, если вдруг выяснится, что о нем заговорили после самой первой экспедиции на Деметру. Можно продолжать, шеф? — Гатри промолчал.— Следовало, прежде всего, создать аналог нервной системы, причем достаточно сложный; не просто понатыкать кругом множество датчиков, которые передавали бы информацию компьютерам, а те отдавали бы приказы роботам. Хотя использовать нечто подобное, естественно, было необходимо. Мы стремились воспроизвести молекулярные структуры-симбионты, которые могли бы существовать в организмах растений и животных, если понадобится, взаимодействуя между собой на каком угодно расстоянии. Словом, хотели создать аналоги мозга и органов чувств. Но как это было сделать? Какими будут побочные эффекты и последствия? Наконец, кто будет принимать решения и выполнять их не раздумывая, как поступает человеческое тело, подчиняясь инстинктам и потребностям?

— Насколько я понял из твоих отчетов, вы ходили вокруг да около, пока не набрели вдруг на новую идею? — проговорил Гатри.

— Можно сказать и так,— ответил Рудбек, пожимая плечами.— Все началось с того, что Фаркуэр вздумалось пересмотреть теорию симбиоза на примере митохондрий и прокариотов[1]. Пользуясь данными, полученными на Деметре, она доказала, что теория, мягко говоря, несостоятельна. Затем Кристоффер формализовал ее выводы и применил тензорное исчисление Ямато... Короче, после доказательства всех гипотез мы принялись осуществлять их на практике.

— Верно,— подтвердил Гатри, линзы которого были нацелены на дисплей,— и вот ваш ребенок.

— Нет, не ребенок — эмбрион,— поправил Рудбек.— Распространяется он крайне медленно, сейчас его территория составляет шестьсот-семьсот квадратных километров. Причем он годится только для здешних климатических условий. Тем не менее, в преде-

---

[1] Митохондрии — клеточные органеллы; прокариоты — организмы, клетки которых не имеют оформленных ядер.

лах своих возможностей, он способен на многое — и учится. К примеру, нам сообщили, в тех областях, где холодные ночи, кусты можжевельника, посаженные рядом с побегами осины и ольхи, словно защищают деревья — укрывают их корни от стужи. Впепо, мы заметили, что эти породы и сами стараются расти поблизости друг от друга. А после проверки программ для роботов, которые сажают семена, выяснилось, что параметры в них постоянно изменяются! — В тоне директора явственно прозвучала гордость.— Иными словами, система расширяется самостоятельно. И слава Богу! Порой ей будет требоваться помощь, но, думаю, не слишком часто. Она приспособится к экологии Деметры; я вряд ли доживу до этого времени, но в конце концов на планете возникнет биосфера, нечто вроде гигантского живого организма.

— Обширней и медлительней империй[1],— произнесла Кира.

— Простите? — переспросил Рудбек.

— Строка из старинного стихотворения. Я думала о сигналах, которые будут пересекать континенты и океаны.

— Поймите, их перемещения не ограничиваются скоростью химических процессов. Вы же видели — в системе присутствуют электронные, фотонные, механические элементы. Со временем мы внедрим в нее искусственный интеллект, что, естественно, потребует дальнейшего усложнения системы, но тут я рассчитываю на помощь земных психонетиков.

— Ждать ответа на вопрос придется девять лет,— напомнил Гатри.— А твой ребенок должен расти и развиваться. Если хочешь, чтобы система приняла искусственный интеллект, заранее предусмотри в программе возможность его использования.

— Разумеется,— кивнул Рудбек.— Между прочим, мы готовы хоть сейчас подключить к системе модуль, чтобы проверить, как она работает. А что касается остального — что ж, будем ждать, пока появится настоящий кибермозг.

— Почему?

— Надо отработать все до мелочей, чтобы ни у кого не возникало ненужных опасений.

— Опасений? Значит, существует какой-то риск?

— Вряд ли. Впрочем, точно сказать не могу, поскольку попросту не знаю, чего можно ожидать.

— И не узнаешь, пока не попробуешь. Слушай, подключи меня!

---

[1] Строка из стихотворения английского поэта Э. Марвелла (1621— 1678) «К стыдливой возлюбленной».

— Вы серьезно, шеф?

— Честно говоря, за этим я к тебе и явился. Поначалу меня одолевали сомнения, но, прослушав твою лекцию и увидев лабораторию, я принял решение. Ну, чего мнешься? Или доброволец не подходит?

— Вы можете пострадать.

— Чепуха! Если бы ты только мог представить, что мне довелось пережить! Эта штуковина всего-навсего позволит мне понять, пускай смутно, зато изнутри, что чувствует твой организм. А разобраться в чем-то новом никогда не помешает.

— Я вас не пущу! — воскликнула Кира. — Давайте лучше поменяемся местами.

— Черт побери! — взревел Гатри. — Что за разговоры, Дэвис? В «Файерболе» не принято рисковать жизнью подчиненных. В конце концов, я — ваш хозяин, будьте любезны слушаться. После стольких лет, — прибавил он негромко, — что-то новое, не кивира, а действительность... Ну, Рудбек?

Гатри пресек возражения, но обсуждение мер предосторожности и подготовка к подключению затянулись до вечера. Наконец сотрудники лаборатории подключили модуль к системе. Миновал час, на протяжении которого тишину нарушал только шепот людей, что не сводили глаз с датчиков; на небе появились звезды. Едва время истекло, Гатри тут же извлекли наружу.

— Я не могу этого описать, — произнес он вполголоса. — Нужен поэт... Если хотите, на какой-то миг мне почудилось, будто я ожил.

Люди явно нуждались в отдыхе, поэтому Кира с Гатри попрощались и двинулись туда, где оставили флайер. Шаги Киры гулко отдавались в ночи.

— Я бы вас не останавливала, если бы вы не уничтожили своего двойника, — проговорила она, глядя на покрытую инеем вершину холма.

— Я его не трогал, — откликнулся Гатри. — Он во мне, со всеми своими воспоминаниями.

— Но почему?..

— Разве ты не знаешь? Один из нас улаживал дела в Солнечной системе и готовил к старту корабли, а второй улетел на Деметру. Но когда мы оказались здесь оба, стало ясно, что двоим старым ворчунам вместе не ужиться. Впрочем, мы догадывались об этом с самого начала.

— Я имела в виду другое. Почему вы не сохранили вторую программу? С вашей тягой к приключениям...

— Елки-палки, неужели не понятно? Я пришел к выводу, что двоих Гатри слишком много. Рано или поздно колония окажется предоставленной самой себе. И если не уцелеет, значит, ничего иного и не заслуживает.

— Нам будет вас не хватать, шеф...

— Не бойся, я еще успею тебе надоесть! — рассмеялся Гатри.— Откровенно говоря, уходить просто жаль. А тебе?

— Не знаю.

— Тебе плохо? — спросил он, фокусируя линзы, словно хотел разглядеть ее лицо.

— Нет. Мне интересно то, чем я занимаюсь, но когда перестану быть нужной, с удовольствием отключусь.

— Пожалуй, тебе не помешает подлечиться у Рудбека. Знаешь, девочка, мне за тебя боязно.

— Извините, шеф, но я откажусь.

— Если не секрет, почему?

— Не хочу вспоминать прошлое.

— Ясно.

Остаток пути до флайера они прошли в молчании.

52

«Население Л-5 значительно сократилось. Космическими кораблями теперь управляли роботы, поэтому спутник утратил свое прежнее назначение и превратился в курорт на лунной орбите. Однако повсеместное распространение кивир привело к тому, что подобные ощущения можно было получить за куда менее внушительную сумму; к тому же, земляне не проявляли к ним особого интереса. Тем колонистам, которые еще оставались на станции, разрешили никуда не улетать, но предупредили, что заводить детей крайне нежелательно».

Даже на таком расстоянии альфа сверкала ослепительно ярко. Она излучала бело-голубое сияние, которое выхватывало из мрака кратеры и скалы на поверхности Перуна — астероида, к которому приближался «Мерлин». Поодаль чернел среди звезд Велес. Кире вспомнилось, что луняне совсем недавно вывели его на орбиту вокруг богатого никелем Перуна, чтобы иметь поблизости источник воды и органики: Велес представлял собой типичный хондрит[1]. Компьютер корабля по команде с клавиатуры слегка изменил курс. Времени до посадки оставалось достаточно, поэтому Кира решила понаблюдать с высоты за лунянами.

Прежде всего ее внимание привлек объект, который двигался по орбите следом за Перуном. Остов гигантского звездолета — шпангоуты, стрингеры — издалека напоминал диковинное серебряное украшение эльфийской принцессы. Увеличив изображение на экране, Кира различила боты, роботов и облаченных в скафандры людей, которые сновали вокруг корабля, словно выполняя фигуры какого-то танца. Интересно, под чью музыку? Моцарта, Штрауса, Нильсена?

Куда полетит этот корабль? К альфе? К проксиме? Или в глубокий космос? По слухам, луняне затевали нечто грандиозное, хотели модернизировать лазерные установки; но достоверно ничего известно не было. Хватит фантазировать, сказала себе Кира.

Ей подумалось, что на Перуне, диаметр которого составлял от силы несколько тысяч километров, никогда не возникнет такого количества городов и крепостей, как на Луне. Впрочем, поселений на его поверхности больше, чем она ожидала. Свои сведения о Перуне Кира почерпнула из отчета экспедиции, отправленной в свое время сюда, чтобы выяснить, как обстоят дела у лунян (скрытные по природе, те в разговорах по видеофону практически ничего не рассказывали). Все чрезвычайно удивились, узнав, сколько они успели создать, причем на пустом месте: ведь Перун не имел природных богатств Деметры. Что ж, скоро она увидит все собственными глазами.

Купола, мачты, пирамиды, колоннады, дороги, поле космодрома — площадка на северном полюсе астероида, окруженная различными зданиями и сооружениями, среди которых выделялась диспетчерская с радаром. «"Мерлин" просит разрешение на посадку», — проговорила Кира в микрофон. «Посадка разрешается», — отозвался певучий голос с характерным акцентом. Откровенно говоря, этот диалог представлял собой чистую формальность, поскольку всеми маневрами корабля управлял бортовой компьютер, который ориентировался на команды компьютера диспетчерской.

Звездолет медленно опустился на площадку. Наступила тишина. Кира отстегнула ремни и встала с кресла. Она привыкла к де-

---

[1] Хондрит — каменный метеорит, содержащий хондры — сферические частицы размером от микроскопических зерен до горошин. По составу хондриты близки к земным горным породам, изобилуют оксидами железа, кремния, магния и других металлов.

метрианской силе тяжести, которая составляла около девяти десятых земной, а потому внезапно ощутила себя невесомой. Сколько она здесь весит — килограмм пять-шесть? Двигаясь очень осторожно, женщина добралась до своей каюты и посмотрела в зеркало. Перед тем, как корабль пошел на посадку, она сменила наряд: белая перлюксовая блузка с жабо и пышными рукавами, короткая куртка из тигрила, голубые слаксы, сандалии с переливчатыми застежками. Кира словно хотела доказать, что явилась не из глухой провинции, что обитатели Деметры одеваются ничуть не хуже лунян. Доказать? Кому? Риндалиру? Сердце Киры бешено заколотилось.

Ну уж нет, ей не пристало вести себя как молоденькой девчонке. С какой стати, черт возьми? Разве она дурнушка? Не толстая, скорее наоборот; стройная фигура, привлекательные черты лица; да, в уголках глаз появились морщинки, а волосы начали седеть, но что с того? Возраст, к сожалению, берет свое. И потом, она прилетела сюда не амуры крутить.

Послышался глухой стук: к люку подали трап. Кира подмигнула своему отражению и направилась к выходу. Она прошла по переходнику и очутилась в маленьком помещении, где ждал Риндалир.

— Добро пожаловать, миледи,— с улыбкой проговорил он.— Давненько мы с вами не виделись.— Бывший селенарх протянул руку. Кире показалось, она ощутила на его ладони мозоли.

— Мне искренне жаль, что я не выбралась раньше,— услышала она собственный голос.— У вас тут есть на что посмотреть. Но мне нужно было восстановить форму; вдобавок, сразу появилось столько дел...

— Еще бы — дом, ребенок. Я понимаю.

Неужели? Или притворяется? А может, и сам не подозревает, что не понимает?

— Прошу вас, остановитесь у меня,— продолжал Риндалир.— Конечно, ни о какой роскоши не может быть и речи, но по нашим нынешним меркам комната вполне приличная.

Киру вдруг бросило сначала в жар, потом в холод. Во имя Маккамона, что с ней такое творится! Прекрати немедленно! — прикрикнула она на себя. Да, Риндалир хороший приятель, великолепный любовник — и изрядный мерзавец, но разве это повод сходить с ума?

Кира мысленно прочла мантру, и к ней быстро вернулось присутствие духа. Она внимательно поглядела на Риндалира. Что ж, время не пощадило и его. Время, тяжелый труд — и что еще? Волосы побелели, лоб прорезали морщины, серые глаза глубоко запали. Тем не менее, держался он подчеркнуто прямо, двигался с прежним изяществом, а лицо, как и раньше, дышало благородством.

— А где ваши помощники? — спросила Кира. На Деметре звездолет встречала бы целая толпа. В конце концов, «Мерлин» был всего лишь пятым кораблем, совершившим посадку на Перуне.

— Мы соберем их, когда сочтем нужным,— отозвался Рианндалир.

Значит, он остался господином над своими сородичами-лунянами. Для обитателей Деметры организация перунианского общества была во многом непонятной; как следует в ней разобраться не позволяли чрезвычайно редкие контакты. Чем правит Рианндалир — одним поселением или всем астероидом?

— Сначала мы с вами поделимся воспоминаниями,— прибавил он.— Я прикажу доставить ваш багаж — ко мне или в гостиницу, как скажете. Можете за него не беспокоиться. Ну что, пошли?

Он не предложил ей руки, даже не притронулся хотя бы кончиками пальцев. Показывает, что они — ровня? Кира последовала за Рианндалиром, пытаясь собраться с мыслями.

Сила тяжести на Перуне равнялась половине лунной, что как будто вполне устраивало эмигрантов; впрочем, им, наверно, волей-неволей приходится тренироваться на центрифуге, чтобы организм поскорее приспособился. А может, и нет; ведь они не бездельничают, упорно трудятся — и в космосе, и на земле. По дороге Кира находила немало тому доказательств. Выйдя из помещения, она очутилась в коридоре, пробитом внутри скалы. Его освещали флюоресцентные лампы разного цвета и накала; стены украшали мозаичные панели — зеленые, голубые, искрящиеся на свету. Через равные промежутки возвышались стройные колонны, инкрустированные драгоценными камнями. Если прислушаться, можно было различить звуки флейты и скрипки; в воздухе витали пряные ароматы. В стенах имелись двери; за распахнутыми створками обнаруживалось то кафе, где посетители сидели на циновках и играли в шахматы или го, то продуктовый магазин, лаборатория, ателье или мастерская. Людей в коридоре было мало. Да, подземный комплекс строился в расчете на то, что со временем население колонии возрастет. Те мужчины, женщины и дети, которые попадались навстречу, даже если направлялись куда-то вместе, хранили молчание. Пышные одежды поражали яркостью расцветок.

— Как крылья птиц,— заметила Кира.

— В будущем птицы станут летать среди нас,— откликнулся Рииндалир.— Птицы, бабочки, быть может, летучие мыши. А в коридорах будет расти плющ.

— Не очень-то похоже на Луну.

— Мы изменились,— ответил Рииндалир.— Может статься, сильнее, чем вы на Деметре. И продолжаем меняться.

— Не знаю, не знаю, — проговорила Кира, невольно поддавшись его настроению.— Вы ожидали чего-то подобного — я имею в виду, перед войной?

— Да. Между прочим, растаявший лед застывает снова; мы живы, а это главное.— Рииндалир помолчал.— Вот причина, по которой миледи Ниолента предпочла остаться на Луне.

— Мне показалось, она собиралась отстаивать прежний порядок,— сказала Кира, подбирая слова, чтобы невзначай не оскорбить Рииндалира.— По-моему, она... презирала землян...

— Не всех,— отозвался Рииндалир, лицо которого на мгновение исказила гримаса. Должно быть, его задело за живое.— Некоторых она искренне уважала, ибо видела в них достойных противников. Сражаться с ними было для нее куда интереснее, чем бороться с космосом и природой.— Он улыбнулся, не то печально, не то сочувственно.— А поняв, что все потеряно, Ниолента лишь укрепилась в своем решении. Теперь она могла поступать, как ей заблагорассудится, чтобы оставить след в истории. Наверняка сказать невозможно, однако я подозреваю, что дарованное селенархам право до конца жизни сохранять свои владения — заслуга именно Ниоленты. Новые власти, безусловно, были не в восторге, ибо тем самым ход реформ существенно замедлялся... Я словно вижу воочию, как Ниолента угрожает — разумеется, не в открытую!..

— Честно говоря,— произнесла Кира, набравшись мужества,— я не понимаю, почему вы тоже не остались дома.

— На такой вопрос надо отвечать не словами, а жизнью.— Рииндалир искоса посмотрел на спутницу и быстро отвернулся.

Они достигли гравиколодца, что пронизывал скалу снизу вверх, и спрыгнули на первую из платформ, которые располагались на расстоянии семь метров одна под другой. Скорость падения составляла около трех метров в секунду. Неожиданно Рииндалир рассмеялся, сорвал с плеч плащ и прыгнул мимо очередной платформы. Плащ послужил ему парашютом, и он полетел как гонимый ветром лист дерева. Нет, подумалось Кире, луняне изменились не слишком сильно.

Ринндалир приземлился на платформе, которая была шире остальных, подождал, пока спустится Кира, и поманил ее за собой. Они вошли в очередной коридор, в стенах которого виднелись вентиляционные отверстия, а по полу тянулся глубокий желоб.

— Русло речки,— пояснил Ринндалир.

— Как вы, однако, заботитесь об окружающей среде,— хмыкнула Кира.

— С мертвой Луны мы могли наблюдать живую Землю, и этого было достаточно. Здесь все иначе: Деметра и Фаэтон — лишь светящиеся точки на небосводе.

Какое-то время спустя крошечный коридорчик, в который они свернули, уперся в бронзовую дверь, украшенную геометрическими узорами. Ринндалир открыл ее и пропустил Киру вперед. Женщина огляделась по сторонам. На стенах — мозаичные панно, точь-в-точь такие же, как в православной церкви в Равенне. Странный выбор — по крайней мере, любопытный. Взоры святых на фресках были устремлены в беспредельность. Потолок второй, более просторной комнаты с черно-белыми стенами, представлял собой прозрачный купол, сквозь который виднелись звезды. Альфа, правда, спряталась, зато желтая бета сверкала в небе, будто сотня полных лун. Кроме звезд, иного источника света в помещении не было. На столике стояли графин и бокалы, загадочно сверкавшие в полумраке. Музыка слышалась отчетливее, чем раньше; пахло жасмином и, едва уловимо, мускусом.

— Это ваш дом? — спросила Кира, отогнав нахлынувшие воспоминания.

— Конечно,— улыбнулся Ринндалир, который в полумраке сделался вдруг невероятно красивым.— Обстановка, увы, скудная, зато все свое.

— Я бы не сказала, что она особенно скудная,— возразила Кира.— Естественно, до прежней роскоши ей далеко, но...

— Прошлого не вернешь. Что касается будущего, оно пока тайна как для нас, так и для вас. Кстати, вы понимаете, что Перун и Деметра останутся чужими друг другу?

— Понимаю,— ответила Кира, испытывая громадное облегчение от того, что Ринндалир рассуждал о серьезных вещах и не пытался ее соблазнить.— Правда, я как-то не задумывалась... Знаете, независимость — штука хорошая, но не надо забывать, что луняне — потомки жителей Земли. Этакие современные кочевники, которые вытеснили не в степи, на на другую планету; подобно древним племенам, они потихоньку собирали силы, а в итоге погубили цивилизацию, которая их вроде бы победила. Впрочем, как следует из истории, окончательная победа все же остается за цивилизацией, которая попросту развращает варваров.

— Садитесь, миледи,— проговорил Рынндалир, взяв Киру под локоть и подведя к столику.— Наши биосистемы производят далеко не худшее вино в галактике.— Он наполнил бокалы, вручил один женщине и поднял свой.— Увош йей! Что приблизительно означает: «Будьте здоровы».

— Взаимно.— Кира постучала ногтем по краешку бокала, который отозвался мелодичным звоном, и пригубила вино, оказавшееся на вкус кисловатым, но приятным.

— Итак, между нами существуют известные разногласия,— произнес лунянин.

— По-видимому, да,— согласилась Кира.— Вы не издаете манифестов, не объявляете пятилеток, однако нам на Деметре кажется, что ваша цель — создать первое во вселенной, если можно так выразиться, космическое общество.

— Не цель, а мечта,— поправил Рынндалир.— Которую, я уверен, разделяют многие из деметриан. Вряд ли вы хотите, чтобы ваши потомки погибли вместе с планетой.

— Вот поэтому я и прилетела. Мое задание...

— Наше задание,— перебил он, выделив голосом первое слово.

— Что? — изумилась Кира. Она чуть было не расплескала вино.— Минуточку, я думала, мне в помощь дадут пару специалистов...

— Они появятся позже, если в том возникнет необходимость. На нынешнем же этапе вашим партнером буду я.

— Во имя Маккамона, почему?

— Я худо-бедно разбираюсь в науках.— Рындаллир пожал плечами с изяществом, которое недоступно никому из землян.— Кроме того, последние годы приучили меня к физическому труду. Но я по-прежнему селенарх,— прибавил он тоном, в котором прозвучали стальные нотки,— и если что-то решил, никто не волен мне запретить.

— Вы забываете, что я не принадлежу к числу ваших подданных! — бросила Кира, поставив бокал на столик.

— Вы все еще боитесь меня? — справился Рынндалир, приподняв бровь.— Должно быть, так и есть.

— Вы натворили столько...

— Неужели?

— А в вашем замке...

— Послушайте, миледи,— произнес Ринндалир.— Лично мне упрекнуть себя не в чем. Я такой, какой есть; иным не стану, да и не желаю становиться. Однако здесь я начал видеть дальше и глубже.

— Нет, это вы послушайте,— процедила Кира, сама не своя от ярости и смятения. — Я вовсе не обязана пилотировать звездолет. Могу в любой момент отказаться; пускай назначают другого. — Деметрианина, человека, рожденного от жителей Земли. Да, луняне уже побывали на Фаэтоне, но силы тяжести в три четверти земной им долго не выдержать. А посылать на планету роботов, которыми можно управлять с орбиты, не имеет смысла. Идеальный выход — совместная экспедиция, однако... — Мне очень, просто безумно жаль, но с вами я не полечу.

— Почему? — поинтересовался Ринндалир.

— Черт побери, за кого вы меня принимаете?

Засмейся он или хотя бы улыбнись, Кира тут же встала бы и ушла. Но Ринндалир не позволил себе ничего подобного.

— Я понимаю, вы связали свою судьбу с каким-то счастливцем и не намерены его обманывать. Но разве он не доверяет вам или вы — ему?

Им, мысленно поправила Кира. Естественно, ни о какой ревности не могло быть и речи: она сознательно не допускала, чтобы увлечение переросло в нечто более серьезное. Что же касается Ринндалира, полет вдвоем с ним будет испытанием не его, а ее собственного целомудрия.

— Мы слишком разные,— пробормотала она.

— Разумеется,— кивнул Ринндалир.— Неужели ты не понимаешь, что я отказался от всего, что имел, только ради тебя? Что рана не заживает и не может зажить?

— Шутите? — проговорила Кира, в голове у которой вертелось: «Не может быть! Не может быть!»

— Даже не пытаюсь,— сухо откликнулся он.— Возможно, у меня извращенный вкус. Как там, в поговорке? «Соблазнился ворон молодой кобылкой»? — Скорее, орел, подумала Кира, слушая, как стучит в висках кровь; орел, который покорил ветер, что треплет гриву кобылки.

— Или мне совсем нельзя верить? Что ты чувствуешь по отношению к домашнему животному и к своему кораблю? Что ощущаешь, когда видишь гору на фоне заката или разговариваешь с призраком Энсона Гатри?

— Это... другое.

— Разве?

— Вы сами сказали, что нас разделяет пропасть.— Пучина, подумала Кира, бездна, в которую если упадешь, то не выберешься... Мысли путались, словно из солидарности к эмоциям, которые накладывались одна на другую.

— Однако, встретившись, мы сможем протянуть друг другу руку.

— И не только! — воскликнула Кира и неожиданно расхохоталась.— Знаю я, о чем ты думаешь?

— А ты? — усмехнулся Ринндалир.

Минуты превращались в часы, и настроение Киры становилось все лучше и лучше.

53

Когда Фаэтон, двигаясь по своей нестабильной, эксцентрической, как у кометы, орбите, приближался к альфе, он словно сходил с ума. Взрывались замерзшие газы, таял лед, бушевали ураганы, сопровождавшиеся ливнями и грозами, моря выходили из берегов и затопляли сушу, горы бомбардировали долины зарядами камней. Чем ближе планета подходила к звезде, тем ярче становилось сияние последней, тем смертоносней — жесткая радиация. Поэтому Фаэтон следовало изучать зимой, которая наступала раз в четырнадцать лет, когда планета удалялась от альфы на наибольшее расстояние.

Кира стояла на белом снегу. За спиной у нее чернела скалистая площадка, которую очистили от снега, чтобы разбить лагерь. Куда ни посмотри, повсюду расстилалась равнина; лишь впереди виднелся среди далеких пиков язык ледника, загадочно отливавший голубым. В багрово-черном небе стояли оба солнца — альфа превратилась в яркую звезду, бета представляла собой полумесяц. Поодаль поблескивала красной искоркой проксима. Задувал ветер. Кира видела будто воочию, как потоки воздуха обтекают шлем скафандра.

Над горизонтом появился «Мерлин». Женщина подождала, пока в лагерь не вернулся последний робот-геолог, а затем произнесла в микрофон:

— Почему ты настолько уверен?

— Сомневаться не приходится,— отозвался с борта корабля Ринндалир.— Компьютер проанализировал все возможности и не нашел способа уничтожить эту планету или хотя бы изменить ее орбиту.

— Неужели за восемьсот с хвостиком лет мы не сумеем насверлить в ней дырок и заложить в них бомбы из антиматерии? — Кира поразилась тому, насколько свыклась с деметрианским календарем. На Земле она бы наверняка сказала: «тысячу лет».

— Милая, похоже, ты совсем измоталась, если позволяешь фантазиям взять верх над рассудком. Фаэтон — не астероид и не комета. Его кора расплавилась; значит, ни о каких туннелях не может быть и речи. Равно как и нельзя установить на поверхности планеты машину, которая изменила бы ее орбиту: не выдержит почва. Да что там говорить! Даже если Фаэтон расколется пополам — хотя компьютер утверждает, что нам попросту не хватит антиматерии, чтобы произвести взрыв необходимой мощности,— даже тогда Деметра не избежит своей участи.

— Понятно,— вздохнула Кира.— Я все знала, однако в глубине души надеялась...— А теперь надеяться не на что, закончила она мысленно.

— Что толку горевать? Давай лучше прикинем, как нам и нашим потомкам лучше прожить отпущенный срок.

Он и впрямь изменился, подумала Кира. Лично перед ней вопрос, как быть, не стоит. В системе Центавра полным-полно неизведанных уголков, которые не мешало бы изучить; кроме того, необходимо организовать метеоритный патруль...

— Потомкам? — переспросила она.— Что ж, наше поколение обеспечит им хороший задел.

— Но не надо забывать, что у нас своя жизнь,— заметил Риндалир.

Да, он изменился, но не слишком сильно. При том ускорении, какое он способен вынести, обратный полет несколько затянется. Вообразив, что ее ждет, Кира не испытала ничего, кроме разочарования.

54

«В ответ на озабоченность, выраженную ее святейшеством Элимит Бхаираги в связи с восстанием Людова, прескриптор Хуан-цзе Мендоса распространил обращение к населению Земли, в котором говорилось следующее: «Страх перед искусственным интеллектом вполне объясним и представляет собой атавистическую эмоцию. Однако он мало чем отличается от обычного невроза. Эти существа — да, я называю их не машинами, а существами — не несут миру никакой угрозы; наоборот, за ними будущее. Там, где необходимо — например, в космосе,— они заменят людей. Они — освободители, однако никогда не станут рабами; заставлять их трудиться, чтобы самим изнывать от безделья, значит ронять себя в собственных глазах. Они будут нашими полноправными партнерами. Так перестанем же имено-

вать машинный интеллект «искусственным». Неужели элек-
тронные, фотонные, ядерные, магнитогидродинамические процессы
не принадлежат природе в той же степени, что и органические
коллоиды? Я предлагаю впредь употреблять слово «софотех[1]».

В отношении прогнозов на метеослужбу полагаться пока не
приходилось: по крайней мере, она еще не научилась предсказы-
вать туман в Низине — болотистой местности, которая занимала
четверть территории Этолии. Впрочем, климатические условия
Низины до сих пор оставались загадкой, тем более, что они постоянно и радикально менялись. Даже спутник не всегда успевал
заблаговременно предупредить о том, что через какое-то время
пелена тумана накроет собой сотни квадратных километров.

В подобный туман и угодил Неро Валенсия, который вместе
с Хью Дэвисом возвращался на катере в базовый лагерь. На протяжении нескольких дней они изучали Низину, брали образцы,
проверяли, как чувствуют себя растения и животные, устанавливали, каким путем идет эволюция. Туман сгустился внезапно:
миг — и они словно ослепли, а рокот двигателя стих до едва
слышного гула.

Они с трудом различали корму судна; временами туман заво-
лакивал и ее. Света, что пробивался сквозь пелену, хватало ровно
настолько, чтобы разглядеть мокрый нос катера за стеклом кабины. Повсюду вокруг, куда ни посмотри, клубилась грязно-серая
масса. Иногда в ней возникали прорехи, в которых мелькали широкие темно-зеленые листья и розовые цветки водяных растений
или же возникали призрачные островки, поросшие кустарником
и чахлыми деревцами. Впрочем, разрывы моментально затягивались. Холодно, сыро, противно...

— Сэр,— проговорил Хью, который стоял за штурвалом,— у
нас неприятности!

— Что такое? — крикнул Валенсия, который скорчился на
носу катера, пытаясь разглядеть хоть что-нибудь впереди.

— Пеленгатор свихнулся,— выпалил Хью.— Прыгает сразу
на девяносто градусов...— Мальчишеский голос сорвался.

— Ничего страшного. Обычные радиопомехи. У альфы сейчас
период наибольшей активности, а звезды, как тебе известно, имеют дурную привычку в такие моменты проявлять характер.—

---

[1] Sophotech — от словосочетания «sophisticated technology» (букв.
«передовая технология»).

Тем не менее, Валенсия нахмурился, привстал и повернулся лицом к мальчику. — Ты можешь взять средний пеленг?

— Попробую, сэр,— ответил Хью, поза которого отнюдь не выражала страха.— Хотя мне кажется, что мы уже сбились с курса. Что-то я не помню никаких лилий.

— Молодец, наблюдательный,— похвалил Валенсия. Хороший парень, подумал он; толковый, трудолюбивый, надежный, вежливый, но не лизоблюд. Вието, вполне естественно, если учесть, кто его родители. Может быть, Кира воспитывала сына не слишком тщательно, но в мудрости ей не откажешь. Немногие матери отпустили бы своего ребенка в возрасте Хью в этакую даль, даже в сопровождении столь опытного, побывавшего в разных переделках мужчины. А Кира согласилась сразу — улыбнулась и признала, что подобных впечатлений мальчик не получит ни от вива-приставки, ни от кивиры.— Сдается мне, ты прав. Но если мы будем двигаться в том же направлении, то рано или поздно доберемся до нашего острова, а уж найти лагерь не составит труда.

— Ни черта не видно.— Валенсия знал, что Хью вовсе не жалуется — чисто по-мужски ворчит.— Может, бросим якорь и подождем, пока туман развеется?

— Я не против, но в это время года туман может держаться на одном месте двадцать-тридцать дней. А у нас практически не осталось питьевой воды.— Какая ирония! Низина — единственное место на планете, не считая морей и прибрежных районов, где зародились и продолжали существовать деметрианские формы жизни, которые, умирая, отравляли воду и делали ее непригодной для питья. Земные растения и животные еще могли как-то приспособиться, а вот люди... Пройдет не меньше ста лет, прежде чем токсины растворятся без следа.— А звать на помощь как-то не хочется. У людей и роботов хлопот хватает и без нас.

— Понятно, сэр.

С правого борта из тумана вынырнул очередной призрак, очертания которого напоминали лезвие средневековой алебарды. Он возвышался над водой приблизительно на пару метров и был усеян причудливой формы голубыми раковинами.

— Ну и ну! Здоров, однако. Никогда такого не видел. Да, мы явно сбились с курса.— Валенсия прищурился.— Похоже, мертв.— Новые микробы убивали привыкшие к пресной воде кораллоиды и многое, многое другое. Вскоре призрак исчез в тумане. Пожалуй, надо следить в оба — вдруг появятся еще? Валенсия отвернулся было, но заметил краем глаза, что Хью вздрогнул.

— Брр! Болото нам словно мстит,— пробормотал мальчик.

— За что? — спросил Неро.

— За то, что мы уничтожаем здешнюю жизнь.

— Хью,— сказал Валенсия, решив, что шуткой тут не отделаться (чересчур мрачная обстановка),— если хочешь стать лесничим,
тебе нужно изменить свое отношение к происходящему. Мы всего
лишь помогаем природе, делаем за нее то, что она вершила на Земле — и, до нашего появления, на Деметре. К примеру, в плейсто-
цене, когда образовался Панамский перешеек, кошачьи мигриро-
вали из Северной Америки в Южную и быстро извели тамошних
плотоядных птиц. Изучай не только историю, но и палеонтологию.
Не зная прошлого, невозможно понять настоящее.

Старый бандит читает проповеди... На Земле он имел самое
смутное представление о геологических эпохах, ни при каких условиях не сумел бы их перечислить и не считал нужным запоминать названия. Годы, проведенные на Деметре, изменили его, превратили в человека, которому Кира Дэвис доверила своего сына.
Может быть, наконец-то раскрылись возможности, изначально в
нем заложенные, о которых он, в ту пору молодой и глупый, совершенно не подозревал? Тогда жизнь была пустой, а теперь...

— Ясно, сэр.— Хью слегка повеселел.— Со временем здесь
все станет иначе, правильно?

— Правильно,— кивнул Валенсия.— Отсюда жизнь распространится по всему континенту. К тому же, не забывай: мы хотим
организовать заповедники для местных растений и животных. Я
даже слышал разговоры о смешанных экологических системах...

Внезапно палуба вздыбилась и ушла из-под ног. Валенсия покатился куда-то вбок, ударился о поручень, схватился за него рукой. Снизу
донеслось омерзительное бульканье. Неро бросил взгляд на корму и
увидел, что Хью выбирается из кокпита. Поддавшись порыву, непривычный к таким ситуациям, мальчик поспешил на помощь, как будто
Валенсия приходился ему отцом. Двигатель он не выключил...

Катер вздрогнул всем корпусом, развернулся, клюнул носом.
Хью упал за борт.

Валенсия вскочил и кинулся на корму. Тренированные мышцы
позволяли ему сохранять какое-никакое равновесие на ходившей
ходуном палубе. Судя по всему, катер врезался в подводную скалу,
которой они не заметили из-за тумана и лилий. В днище зияла
пробоина, которая с каждой секундой становилась все шире.

Неро спрыгнул в кокпит и выключил двигатель. Катер перестал ерзать по скале и замер, погрузившись кормой в воду.

— Хью! — позвал Валенсия, снова выбравшись на палубу и опустившись на четвереньки.— Хью!

Тишина. Туман, казалось, стал гуще и холоднее прежнего. Так, надо подумать. Плавает мальчик хорошо. По идее, он должен находиться у самого борта, однако... Может, он ударился головой или?.. Валенсия метнулся в кабину, сорвал со стены фонарь, разделся, скинул башмаки. На все это ушло около тридцати секунд. Очутившись на палубе, Неро тут же нырнул.

Луч фонаря выхватывал из сумрака стебли водяных лилий и облачка ила. Глубина составляла от силы два-три метра; Валенсия различал дно. Ему не хватало воздуха, сердце громко стучало... Вон! Луч уперся в скалу, которая поднималась к поверхности — к пробоине в днище катера. У подножия скалы распростерся Хью. Одежда мальчика была порвана во многих местах.

Воздуха, воздуха! А как же Хью? Валенсия устремился к мальчику, стараясь не обращать внимания на звон в ушах. Подплыл, схватил за плечи, потянул, смутно догадался, что порезался об острые края раковин. «А ведь я могу умереть»,— мелькнула у него мысль. Ну и ладно, лишь бы спасти Хью. Наконец-то! Валенсия взял мальчика на руки, разжал зубы, которыми стискивал фонарь, и рванулся кверху. Легкие не выдерживали...

Внезапно в голове прояснилось. Неро с наслаждением глотнул воздуха и огляделся по сторонам. Потом подплыл к катеру, ухватился одной рукой за леер, подтянулся, втащил на борт Хью. Из многочисленных порезов на теле Валенсии сочилась кровь. Бог с ней. Парня нужно перевернуть на спину, сделать ему искусственное дыхание, постараться, чтобы его желудок вернул всю ту мерзость, которой оказался заполнен. Ну что, дышит? Нет? Значит, губы — к губам, а рука — на грудину. Давай, давай! Капли крови падали на неестественно бледное лицо мальчика; эти алые капли единственные нарушали серое однообразие пейзажа.

Хью шевельнулся. Валенсия сел на палубу. К горлу подкатил комок; он прокашлялся и вдруг сообразил, что готов заплакать. Ерунда, нюни распускать некогда. Он перенес Хью в кабину, раздел, вытер полотенцем, уложил на койку и накрыл несколькими одеялами.

— Muy bien,— прохрипел он.— Все будет хорошо, Хью.

Мальчик, похоже, был без сознания. Однако его кожа стала явно теплее. Лишь теперь Валенсия решил заняться собой. Достал аптечку, смазал собственные порезы, на три из которых пришлось, вдобавок, наложить пластырь, чтобы остановить кровотечение, затем обработал ранки на теле Хью. Что касается болотной воды, которой они оба наглотались, у них есть антитоксин. Валенсия вколол Хью двойную дозу, а сам ограничился стандартной. Должно хватить.

Bueno, чем скорее мальчику окажут медицинскую помощь, тем лучше. На катере можно ставить крест: он если и пойдет, то только на дно. Жутко хочется спать, глаза прямо слипаются... Должно быть, он потерял слишком много крови. Валенсия плюхнулся в кресло, включил передатчик, настроился на частоту Порт-Файербола.

— Прием! Прием! У нас неприятности. Прием! — Когда ему ответили, он кратко обрисовал ситуацию.

— Высылаем флайер,— сообщил диспетчер. Сколько тревоги и заботы в его голосе! — Не выключайте передатчик, чтобы он мог вас запеленговать. Вы сможете подняться по канату? Замечательно. Флайер прибудет в течение трех часов. К сожалению, других машин сейчас нет.

— А как быть с нашим снаряжением в лагере?

— Его заберут потом, после того, как доставят в город вас. Деметра не страдает от перенаселенности, поэтому сначала нужно спасти людей. Hasta la vista.— Вновь наступила тишина.

— Привет! — внезапно прозвучало из динамика.

— Что? — переспросил Валенсия.— Кто говорит?

— Сосед,— ответил голос.— Я слышал твои объяснения. Как на самом деле чувствует себя Хью?

— Если слышали,— буркнул Валенсия, которого все сильнее одолевала усталость,— выходит, знаете.

— Ну да. Послушай, мне известно немало случаев, когда у пострадавшего вдруг переставало биться сердце. Вряд ли ему грозит что-либо подобное, паренек он крепкий, однако это сын Киры Дэвис... Не спи. Лучше достань сердечный стимулятор, чтобы был под рукой, и не спускай с парня глаз, пока не появятся спасатели.

— Да кто ты, черт побери, такой, чтобы распоряжаться?!

— Энсон Гатри.

— Чего? — Валенсия ошарашенно уставился в пелену тумана.

— Ты что, настолько умаялся, что забыл обо всем на свете? Тоже мне, лесничий, называется. К твоему сведению, в стволы некоторых деревьев недавно вживили приемопередатчики на солнечных батареях, а в нужных местах построили ретрансляторы.

— Да, я знаю, но...

— Раз знаешь, должен вспомнить, что я имею обыкновение время от времени подключаться к сети. Именно так я тебя и услышал.

Значит, подумалось Валенсии, Гатри может быть где угодно — на побережье и на морском дне, на горе или в долине, в степи или в лесу; этакое всеобъемлющее сознание, которое следит за жизнью целой планеты...

— Понятно. Спасибо, что напомнили, сэр. Конечно, я присмотрю за ним. Вы правильно сказали, это сын Киры.

— Дело не в нем одном. На сей раз ты забыл про себя.

Гатри продолжать разговаривать с Неро — подбадривал, делился воспоминаниями, спорил, доказывал, отпускал соленые шуточки; словом, не давал Неро заснуть,— пока не прилетел флайер.

Спасенных доставили в порт-файерболскую клинику. Хью выписался быстро, а Валенсии перелили кровь, продержали пару дней в палате и наконец разрешили отправляться домой. От больницы до его дома было подать рукой, но, поскольку он поправился еще не окончательно, Неро отвезли на машине.

Автомобиль остановился. Валенсия вылез наружу и медленно двинулся по дорожке, что вилась меж кустов можжевельника и поражавших диковинными очертаниями валунов. Дом стоял на возвышенности; его окна выходили на восток, на бухту Приюта, и на запад, где зеленели холмы. Задувал ветер, по небу мчались облака, кричали чайки; одно из солнц клонилось к закату, а другое приближалось к зениту.

— Bienvenido,— проговорила Эйко, встретившая Неро на пороге. Она обняла Валенсию; тот прижал женщину к себе, прильнул губами к ее губам, наслаждаясь ароматом черных с проседью волос. Эйко навестила его в больнице, узнала от врачей, что ему ничто не угрожает, взяла на работе отпуск и принялась готовить праздничный ужин. Валенсия и сам был неплохим поваром, но с ней, конечно, состязаться не мог.

— С тобой правда все в порядке? — прибавила она дрожащим голосом.

— Правда,— ответил он.— Врачи велели отдыхать, но, чувствую, пройдет день-другой, и я начну изнемогать от безделья.

— А Хью?

— У него тоже все хорошо. Он сейчас то ли у Блумов, то ли где-то еще. Разве тебе не говорили?

— Нет. Мне только сказали, что беспокоиться нечего. Но я все равно волновалась. Если бы ты умер...

— De nada[1]! — перебил Валенсия.— Разведчики обязаны выручать друг друга из беды, таковы правила.

— Ты...— Эйко отвернулась, потом выдавила: — Пришла лазерограмма... от Киры, которой обо всем сообщили... Она счастлива... Нет, это слово не годится... Когда вернется, она... готова отблагодарить тебя... любым способом...

— Чудесно! — рассмеялся Валенсия.— Пускай пригласит нас в гости и договорится с тобой насчет угощения.— Он вновь привлек Эйко к себе.— Что касается меня, я счастлив, что вернулся к тебе.

55

«Ваши достижения впечатляют. Разум Солнечной системы желает разуму системы Центавра всяческих успехов. Мы с большим интересом изучаем ваши отчеты и с радостью снабдим вас любыми необходимыми сведениями. Однако, чтобы получить характеристики и спецификации софотехнического устройства, вам следует увеличить скорость переработки информации и расширить объем памяти. Мы готовы оказать в этом помощь. Кроме того, не нужно забывать, что эволюция движется по экспоненте. Когда вы получите информацию, которую мы предлагаем, она уже успеет устареть. Разумеется, вы можете воспользоваться нашими данными в качестве основы для развития, если сумеете выкроить время на ознакомление с ними».

Пустошам северной Арголиды предстояло превратиться в леса лишь через несколько столетий; впрочем, вполне возможно, их обитатели предпочтут сохранить их такими, какие они есть. Как бы то ни было, теперь на пустошах росли камыш и утесник, ольха и береза, ива и хвойные, которые упорно продвигались на юг, к линии горизонта. Вокруг комплекса «Ливтрасир-Тор» деревья росли либо поодиночке, либо купами. Далеко не все напоминали своих земных сородичей. Инженеры-генетики всячески стремились ускорить эволюцию жизни на Деметре, чтобы, во-первых, та стала необратимой, а во-вторых, чтобы люди получали что-то и от природы, а не только от машин. Ветви переплетались, образовывая нечто вроде паутины, шелестела на ветру голубая листва, кора источала диковинный аромат.

---

[1] De nada (*исп.*) — ерунда.

По дороге, что вела к комплексу, шагал робот-Гатри, держа в руках модуль Киры Дэвис. Они разговаривали между собой, но не вслух, а по внутреннему радио (подобный способ общения с годами вошел у них в привычку). И вовсе не потому, что хотели, чтобы содержание беседы осталось тайной; просто таким образом они лучше понимали друг друга.

— Отличный денек,— проговорил Гатри.

— К сожалению, не могу ничего сказать,— отозвалась Кира.

— Прости, но ты сама настояла, чтобы мы не теряли времени. Хотя, наверно, мне не стоило соглашаться...

— Ладно, я не в претензии. Все равно никакие датчики не заменят человеческого тела.

— Разумеется. Однако...— Гатри не докончил фразы.

— Однако все может повернуться иначе, правильно? Что ж, вам в конце концов удалось меня уломать. Так не дави, не подгоняй, дай разобраться самой.— Кира отнюдь не грубила: давняя дружба с Гатри давала ей право на фамильярность.

Гатри промолчал. Впрочем, слов и не требовалось. Они оба знали, что вспоминают, причем одно и то же.

Той ночью они установили контакт, находясь на противоположных окраинах Порт-Файербола, в набитых различным оборудованием центрах управления, которые являлись для них домами. Расстояние никак не сказывалось на скорости передачи информации. За стенами центров раскинулся ночной город, большинство жителей которого бодрствовало, несмотря на поздний час. Люди толпились на улицах, на дорогах и набережных. Все глядели в небо, где сверкал Фаэтон, который в эту ночь должен был пройти совсем рядом с Деметрой. Белый диск, движение которого по небосводу фиксировал даже невооруженный глаз, неумолимо приближался к планете.

Впрочем, собеседники практически не обращали на него внимания. Их волновало другое.

— Ты серьезно? — спросил Гатри.

— Вполне,— отозвалась Кира.

— Уничтожить тебя... Нет, Кира, нет!

— Можешь просто выключить, если так будет проще. Но учти, я не потерплю, если меня включат без особой необходимости; если подобное произойдет, я уничтожу сама себя. Честно говоря, Энсон, я могу сделать это в любой момент.— Она помолчала.— Однако мне хотелось попрощаться.

— Неужели ты настолько устала? — Будь Гатри человеком, он бы наверняка опустил голову и закрыл руками лицо.— Я ни о чем не догадывался.

— Естественно, я ведь не жаловалась.

— Да уж... Пара случайных фраз, конечно, не считается. Я полагал, ты привыкла к себе. И к нам.

— Привыкла,— подтвердила Кира.

— И все же готова... м-м... умереть?

— Неудачное словечко, Энсон. Интересно, употребил бы ты его применительно к себе? Я выполняла свою работу, которая меня увлекала, доставляла удовлетворение. Но в глубине... Сколько осталось таких, как я? Двое — Габриэль Берец и Пилар Кайи. Тебе прекрасно известно, что дольше нескольких лет они не протянут.

— Я думал, ты другая.

— Так и есть. На планете, вместе с копией, то есть со мной, живет оригинал. Не то чтобы мы с ней близки, но она связывает меня с жизнью.

— Связывает? — пробормотал Гатри.— А может, наоборот?

— Не знаю. Послушай, я не собираюсь погибать, пока она жива; впрочем, ей осталось всего ничего. Мне почему-то кажется, что мой уход ее опечалит. Если бы ты сегодня не заговорил об этом, я бы промолчала. Видишь ли, шеф, мы, модули, поочередно оказываемся в схожей ситуации — в нас перестают нуждаться. Исследования закончены, транспортная система работает, спасательная служба исправно выполняет свои обязанности. Чем еще заняться? Повседневная рутина и тому подобное не для меня. Короче, я приняла решение.

— А космос? — справился он.

— Что космос? Да, быть кораблем и летать от планеты к планете просто здорово. Но мне никогда не ощутить того, что чувствует настоящая Кира, потому что я — не она. Вдобавок, встречали меня не слишком приветливо, особенно луняне, которые, похоже, спрашивали себя, не произойдет ли с ними здесь то же самое, что дома, не вытеснят ли их роботы. Я стала обузой; так чего ради существовать?

— Черт побери, мне тебя будет не хватать!

— Gracias, шеф,— проговорила Кира.— Между прочим, я продолжала тянуть лямку во многом из-за тебя. Ты мой лучший друг. Но всему приходит конец...

— Не согласен. Лично я до сих пор не устал от жизни.

— Ты — это ты,— рассмеялась Кира.— Мне никогда не стать этакой жизнелюбивой мерзавкой. Пойми,— прибавила она серьезно,— дело не в настроении. У меня нет желания ни жить, ни погибать. Я просто готова к любому исходу. Когда придет срок, позволь мне обрести покой.

— Тебя не прельщает пример Бена Франклина? Он хотел, чтобы после смерти кто-нибудь раз в сто лет вызывал его из могилы и рассказывал обо всем, что творится на свете.

— Нет. Слишком абстрактное желание. Кстати говоря, Энсон, вот главная причина, по которой я хочу уйти. Я чувствую, что превращаюсь в абстракцию. Компьютерная программа внутри металлического ящика, лишенная плоти и крови.— Кира помолчала.— Я не жалуюсь на судьбу. Надо признать, мне частенько бывало интересно. Но — бывало.

— Интерес можно возродить.

— Каким образом?

— Насколько я понимаю, ты хотела узнать, что я собираюсь тебе предложить.

— Если работу, то я сразу откажусь. Обратись к Гейбу или Пилар.

— Они не подходят. Я разговаривал с ними, пытался оттоворить, как и прочих — тех, что ушли раньше,— и смею утверждать, что все признаки налицо. Они ждут не дождутся, когда закончат работу, и твердо намерены... умереть. А в тебе я подобной решимости не ощущаю.

— Ее пока нет, отчасти потому, что еще жива настоящая Кира. Когда не станет оригинала, исчезнет и копия. Так что можешь ничего не предлагать.

— Но это ново и совершенно необходимо! — воскликнул Гатри.— Елки-палки, ты ведь пока не ушла! Вспомни, в конце концов, о присяге!

— Я ничего не обещаю,— произнесла Кира после паузы (люди ее не заметили бы, но для модуля она была достаточно продолжительной).— Что тебе нужно?

— Помнишь, как я впервые подключился к биосистеме? Ты тогда была со мной.

— Конечно, помню. Сначала я рвалась заменить тебя, чтобы ты не рисковал собой, но потом, когда выяснилось, что никакой опасности нет, решила не вмешиваться. И, кажется, правильно сделала.

— Ты у нас вообще правильная,— пошутил он, почувствовав перемену к лучшему в ее настроении.— Неужели тебе не было любопытно?

— Ты же сам об этом догадался, верно?

— Признаться, я ничего не рассказывал лишь потому, что рассказывать толком было нечего. К системе я подключался редко и ненадолго. Отвлекали другие заботы. Кроме того, у меня не получалось. Я мыслю по-мужски, а она требует женского мышления. Рудбек со мной согласен. Недаром в древних мифах Гея, Земля, называется матерью.

— Чего ты от меня хочешь? Моего мнения?

— Гораздо большего, Кира. Ты, похоже, не отдаешь себе отчета, что, впрочем, вполне естественно — подобные вещи в глаза не бросаются... Экологическая система не очень-то уживается с роботами и компьютерами; нет необходимого взаимодействия. Жизнь развивается быстрее, чем мы предполагали. Она ускользает из-под нашего контроля, что ведет к катастрофам, и не только в пограничных районах, но и на освоенных территориях. Я имею в виду различные болезни, которые поражают растения и животных. Чаще всего это случается на уровне микроорганизмов, поэтому неспециалисты ни о чем не подозревают. Однако для специалистов происходящее означает полный крах. Повсюду на планете экологическая система становится невероятно сложной и хаотичной, эволюция теряет направление. Если мы не вмешаемся и не обуздаем стихию, наши дети не увидят зеленой травы. А раз так, стоило ли переселяться на Деметру?

— М-м... Я, конечно, кое-что слышала, но...

— Составить ясное представление не так-то легко. Однако у ребят Рудбека оно имеется; они вовсе не скрывают своих данных, но и, разумеется, не кричат о них на каждом углу. Нам нужны сведущие люди. Знаешь, мне вспоминаются возрожденцы... Да, мы тщательно отбирали колонистов; к тому же, их слишком мало, чтобы учинить беспорядки, но лучше перестраховаться.

— Понятно. Но при чем тут я?

— В систему надо внедрить разум. Не набор алгоритмов, а именно разум, который станет ею управлять, объединит части в единое целое. Короче, необходим человеческий мозг.

— А искусственный интеллект не годится? — спросила Кира. — По-моему, земные софотехи уже превзошли людей.

— Достанет ли у них интуиции, чтобы справиться с подобной ролью? И потом, времени в обрез, ждать некогда. Пока прибудет корабль с Земли, пройдет лет двадцать-тридцать, а за это время здесь все провалится в тартарары.

— Значит, ты хочешь... заткнуть дырку модулем?

— Верно. Я не просто хочу, я должен ее заткнуть.

— Но почему именно мной? Ты уверен, что Пилар не подходит?

— Уверен. Мне будет очень жаль, когда она уйдет, но тут уже ничего не поделаешь. Того, кто настроился уйти, переубедить невозможно. А у тебя подобного настроя нет и в помине.

— Как и квалификации, которая тебе нужна.

— Ерунда. Тебя подключат к настолько мощной системе, что освоиться не составит труда.

— Если она, несмотря на все свои возможности, не в состоянии выполнить задачу, какой толк может быть от меня?

— Не знаю. Надо попробовать, чтобы удостовериться, что мы выбрали правильный путь. Из теоретических выкладок следует, что модуль, то есть разум, окажется своего рода катализатором. А мой опыт подсказывает мне, что никому другому, кроме тебя, такое не по плечу. Ведь необходима Женщина с большой буквы.

— Спасибо за комплимент, шеф,— рассмеялась Кира.— Ловко у тебя получается морочить голову, раз — и готово.

— Ты согласна?

— Ладно уж, попытаюсь. Я все-таки многим обязана «Файерболу». И тебе, Энсон.

Окрестности комплекса, благодаря неустанной заботе, ничуть не пострадали от болезней, которые опустошали округу. Время не пощадило людей; впрочем, Бейзил Рудбек — поседевший, постаревший — по-прежнему руководил всеми работами. Оборудование же лаборатории совершенствовалось с каждым годом.

— Bienvenidos,— поздоровался Рудбек.— Наверно, вместо кофе мне следовало бы предложить вам поболтать,— прибавил он с улыбкой,— однако, по-моему, вы сгораете от желания побывать на экскурсии.

— Лично я,— отозвалась Кира,— была бы совсем не против, если бы меня сразу подключили к сети.

— Честно говоря, сеньора, мне кажется, что вам необходимо сначала составить общее представление о системе. Думаю, вы знаете, что речь идет не о простой комбинации «компьютер-датчики-манипуляторы». Эта система охватывает всю планету, включает в себя множество подсистем и метеорологических спутников.

— Иными словами, она — не только мозг, но и органы чувств, нервы, железы, клетки, и так далее,— заметил Гатри.— Тебе нужно познакомиться... с собой.

— Знаю, знаю,— ответила Кира.— Я же сделала домашнее задание... Извините. Сама не понимаю, чего мне неймется. Вы правы, никакие модели не заменят действительность. Что ж, ведите.

Робот держал ее на руках. Линзы модуля вращались из стороны в сторону, из динамика так и сыпались вопросы. Наконец Кира очутилась там, где ей отныне предстояло находиться. Техники подключили ее к системе. Ученые не спускали глаз с приборов и дисплеев, напряженно прислушивались, изредка обменивались мнениями.

Нынешняя система была гораздо сложнее той, к которой когда-то подключился Гатри. Однако Кира обладала достаточным опытом, чтобы не растеряться в подобной ситуации: ей не раз и не два приходилось работать в паре с компьютером. Если можно так выразиться, нечеловеческое не было Кире чуждо. Разумеется, она не могла в мгновение ока стать составным элементом системы, однако чувствовала, что со временем обязательно этого добьется.

— Ну как? — спросил Гатри.

— Не знаю. Настолько все непривычно... Дай мне собраться с мыслями.

— Но ты хочешь жить дальше?

— О да!

56

«Мы не собираемся посылать новые экспедиции за пределы Солнечной системы. Чтобы зонд долетел до любопытного с точки зрения астрофизики небесного тела, понадобятся века или даже тысячелетия. К тому же, подобные мероприятия представляются излишними, поскольку, как правило, данные, которые сообщают зонды, полностью совпадают с теоретическими выкладками. Теория также доказывает, что органическая жизнь встречается во вселенной крайне редко, и позволяет моделировать практически все возможные формы этой жизни. Лишь немногие люди испытывают чувства, схожие с теми, которые привели к поистине невероятному (по затраченным средствам) исходу на Деметру; вдобавок, среди них не найдется таких, кто сумел бы повторить попытку Энсона Гатри. Лучшие человеческие умы постепенно объединяются с софотехами в стремлении изучить интеллект и избавить его от всяческих ограничений».

Многие из колонистов приспособились к условиям жизни на Деметре, сменив свой суточный ритм с двадцати четырех на тридцатичасовой. Они спали ночь и добрую половину утра, около полудня просыпались и брались за дела. Остальные бывшие земляне и большинство детей жили по деметрианским биологическим часам. Поначалу привыкание шло туго, но — только поначалу.

Хью Дэвис проснулся незадолго до рассвета. Трава на окруженной лесными деревьями лужайке блестела от росы. В предутренней тишине раздавались робкие трели каких-то пичуг. На востоке, над макушками деревьев, розовели облака, над которыми, в свою очередь, сверкала утренняя звезда — Афродита, еще одна планета альфы.

Хью наблюдал, как светлеют небеса, и думал о матери. Она где-то там, в космосе. Поскорей бы вернулась, рассказала бы о новых приключениях... Он выбрался из спальника, вдохнул прохладный, чуть сыроватый воздух. Болотистая почва пружинила под ногами. Хью напился из ключа, вода которого имела железистый привкус. Взошла альфа, и лес тут же облачился в зеленый наряд самых разных оттенков. Нет, подумалось Хью, с матерью он, пожалуй, не поменяется.

Он присел на корточки, развел костер и принялся готовить завтрак. От аромата, который распространял вокруг себя бекон, у Хью потекли слюнки. В полевых условиях каждый прием пищи превращался в подобие пира. Жаль, что не с кем разделить угощение. Сошла бы и мужская компания, хотя женская, конечно, предпочтительнее. Но лесничих постоянно не хватает, поэтому в районах, которые считаются безопасными, они работают поодиночке. Если с ним что-нибудь случится — а возможно, разумеется, всякое, — он просто вызовет спасателей. Если же погибнет — что ж, ему прекрасно известно, что подобной опасности никто не исключает; ну и ладно, это не слишком высокая плата за жизнь, которую он ведет.

Хью поел, вымыл посуду, умылся сам, собрал рюкзак, вскинул его на спину и двинулся в путь. Он собирался пройти вдоль гребня до Изумрудного озера, а затем по течению реки спуститься в долину и заночевать уже в ней. Как далеко удастся добраться, зависело от того, что попадется ему на пути. Судя по сделанным со спутника снимкам, маршрут вполне позволит изучить экологию данной местности.

Он не спешил, прекрасно понимая, что за спешкой легко упустить что-нибудь важное, но продвигался достаточно быстро. Лес, по которому он шел, был смешанным: ольха, береза, клен, ель, орешник; попадались ягодные кустики, среди ветвей мелькали беличьи хвосты; кричали сойки, заливался пересмешник. Листва на деревьях пахла совсем не так, как та, что хрустела под ногами. Добравшись до речки, Хью немного сбавил темп, поскольку кустарник стал значительно гуще; к тому же, пришлось спускаться по довольно-таки крутому склону. Кроме того, он частенько останавливался, чтобы повнимательнее рассмотреть то или иное растение, взять образец или проверить почву химическим датчиком. Последние пять дней он изучал высоты, а сейчас оказался словно в ином мире. Исследовать эту территорию с воздуха практически не представлялось возможным, а лесничие появлялись здесь крайне редко; именно в таких местах обычно зарождались бактерии, которые затем могли опустошить целый континент.

До сих пор центральная Ахайя считалась в этом отношении благополучной. Если бы Кира могла видеть его или слышать, Хью бы, пожалуй, усмехнулся и произнес что-нибудь вроде: «Отличная работа, матушка». Однако сюда биосистема еще не дотянулась; поэтому растения и животные оставались предоставленными самим себе. Роботам, чтобы следить за экологией местности, не хватало мозгов. Вот почему требовались лесничие.

И спрос на них сохранится, пока в Деметру не врежется Фаэтон. Дело не в том, что невозможно изготовить соответствующее оборудование; уж с техникой-то никаких проблем не будет: заказал — получи. А вот с ее использованием... Модуль-Кира утверждала, что все лучше справляется со своей ролью; доказательства были налицо — болезни поражали флору и фауну планеты все реже и реже. Однако Кира не способна управлять системой в целом. Ведь нормальный человек не размышляет на ходу, какая мышца отвечает за какое движение, не приказывает организму доставить в легкие и кровь кислород, не может сказать себе: «Сейчас я влюблюсь», — и тут же влюбиться.

Шагая по берегу весело журчавшей речки, Хью достиг водопада, окинул взглядом долину, по дну которой, лавируя между деревьями, бежал все тот же поток, и направился дальше. Пройдя около километра, юноша обнаружил скалистый утес, поросший мхом и открытый солнцу и ветрам. Близился полдень, становилось жарко. Хью умылся и сел на траву передохнуть.

Услышав за спиной какой-то шорох, он обернулся — и вскочил. Девочка, которая стояла на краю поляны, появилась из кустов почти неслышно; чувствовалось, что в лесу она не впервые. Хью улыбнулся, постаравшись, чтобы улыбка вышла как можно приветливее, и подавив желание положить ладонь на рукоять висевшего на поясе ножа. Девочка настороженно глядела на него, готовая в любой момент сорваться с места и исчезнуть среди деревьев. Совсем юная, фигурка еще угловатая. Смуглая от загара кожа, светлые волосы до плеч, большие серо-голубые глаза, курносый нос; ее губы напомнили Хью лепестки розы, что росла в саду его матери. Веснушчатое лицо, на голове венок из плюща;

короткий зеленый сарафан, перехваченный в талии поясом-сумкой, мокасины, в руках тростниковая корзинка.

— Привет,— сказал юноша.

— Ты кто такой? — по-английски девочка говорила с легким акцентом, с каким именно — определить было трудновато.

— Лесничий Хью Дэвис. К вашим услугам, сеньорита.

— А я Чарисса.— Уголки губ девушки чуть загнулись кверху.— Откуда ты взялся, лесничий Хью Дэвис?

— До Мглистой Горы добрался на флайере, а оттуда шел пешком.

— Зачем? — удивилась она.

— Я хотел спросить у тебя то же самое. Твоя одежда не годится для прогулок по лесу.

— Я здесь живу. В Лощине Одуванчиков. Это рядом.— Девочка приподняла корзину.— Я собираю ягоды.

— Живешь? Здесь? Надеюсь, не одна?

— Нет.— Чарисса покачала головой.— Вместе с родителями и братьями. Я так рада, что мне удалось сбежать! Братишки хорошие, но слишком уж приставучие.

Хью невольно позавидовал Чариссе. Он был первым ребенком, который родился на Деметре, поэтому вырос в окружении взрослых, роботов и домашних животных и попросту не имел возможности общаться с другими детьми.

Что ж, держится она как будто дружелюбно. Впепо, нужно выяснить все, что только можно.

— Давно вы тут живете? И, кстати, где жили раньше?

— Девять лет? — Чарисса нахмурилась, потерла подбородок.— Нет, кажется, восемь.— Она, естественно, имела в виду деметрианский год; значит, по земному счету ей лет двенадцать-тринадцать.— А переселились мы сюда из Аулиса.— Так называлось поселение на побережье моря; там жили ученые, которые изучали морскую фауну, а также пять или шесть семей, согласившихся участвовать в эксперименте — выращивать в местных условиях земные сельскохозяйственные культуры.— Я плохо его помню.— Осмелев, девочка прибавила: — А ты мне так и не ответил, лесничий Хью Дэвис.

— Вообще-то «лесничий» не звание, а профессия,— сказал Хью.— Я проверяю, как растут деревья, кусты и трава...

— Я знаю, кто такие лесничие,— кивнула Чарисса.— У нас есть мультивизор. Папа Джейсон разрешает нам его смотреть по часу в день, а если показывают что-нибудь интересное, то даже дольше.

— Строгий у тебя, однако, папа,— заметил Хью.

Разумеется, на Деметре не было того изобилия программ, которое, как он слышал, существовало на Земле (по крайней мере, раньше). Передачи со студии Порт-Файербола были чисто любительскими во всех отношениях. Обычно люди предпочитали этим передачам программы, которые хранились в базе данных колонии.

— Да, но книжки он читать не запрещает. Я много читаю,— похвасталась Чарисса.— Поэтому знаю про лесничих. Но не знаю, как... к вам обращаться, сэр.

— Зови меня Хью.

— Может, зайдешь в гости, Хью? Мама Бетти будет очень рада.

— М-м... А папа?

— Не бойся! — рассмеялась Чарисса.— Сначала он будет молчать, а потом откупорит бочонок с сидром и не даст никому слова сказать!

— У вас часто бывают гости?

— Да нет, не часто. В основном заходят лесовики.

— Кто?

— Лесовики. Они бродят по лесам, ночуют в шалашах... Ты о них не слышал? — изумилась девочка.

— Нет,— признался Хью, по спине которого побежали мурашки.— Наверно, их немного, и появились они недавно, иначе мы бы узнали.

— Наверно. Я их не считала.

— А вы с родителями живете в доме? — Хью почувствовал, что слегка напугал девочку, и решил сменить тему.

— Он у нас маленький,— сказала Чарисса.— Совсем не такой, какие показывают по мульти. Скорее, хижина. Но в нем удобно.

— Но почему вы живете в лесу? — Хью не мог не задать этот вопрос.

— Нам так нравится.— Девочка выпятила подбородок.— Папа Джейсон говорит, что в других местах нет никакой природы, одни машины.

— Но к лесовикам уйти не предлагает.

— Конечно, нет! — воскликнула Чарисса.— Неужели сам не видишь?

Хью воспринял ее слова как приглашение и с немалым удовольствием принялся разглядывать девочку. Сарафан из натурального материала, сшит точно по фигуре; пояс — тоже не синтетика; пряжка, судя по всему, изготовлена из отожженной сосновой смолы. От голода Чарисса явно не страдает, зубы у нее здоровые, мышцы крепкие; похоже, выполнять работу, от которой гнется спина и ожесточается душа, ей не приходится.

По-видимому, папа Джейсон и мама Бетти не принадлежали к числу чудаков, что притворяются дикарями. Мультивизор и источник питания — наверняка не единственное, что они прихватили с собой, удалившись от цивилизации. Вдобавок, Деметра — не Земля, леса которой снабжали людей пищей, топливом, шкурами, мехами, костями и тому подобным лишь потому, что люди догадались, где все это можно раздобыть. Деметрианские флора и фауна создавались искусственно и были изначально ориентированы на человека. Хью вдруг вспомнились клички, которыми награждали тех, кто уходил в леса. Что ж, если в ахайской глубинке и впрямь поселились такие люди и если снабдить их инструментами, многофункциональным роботом и нанорезервуаром... Любопытно было бы посмотреть, что представляет из себя Лощина Одуванчиков.

— Мы меняем то, что делаем сами, на еду, которую приносят лесовики.— Чарисса хоть и покраснела под взглядом Хью, но, похоже, не очень-то смутилась.— Но они бродяги, а мы... оседлые.

— Надо сообщить обо всем в штаб,— проговорил Хью.— Какие новости!

Он никак не ожидал, что Чарисса испугается. Неужели родители заразили ее своей враждебностью к властям? Но чего им бояться? Они ведь не совершили ничего противозаконного. Естественно, было бы лучше, если бы они предупредили, что собираются уйти в лес... Хотя — биологи наверняка попытались бы их отговорить. Тем не менее... Может, ее страх — всего-навсего робость нимфы, которая впервые в жизни видит воина в бронзовых доспехах, в шлеме и с мечом на поясе?

— Понимаешь,— пробормотал он,— я прилетел сюда, чтобы...— Хью заговорил так, словно читал лекцию, надеясь успокоить девочку.— Ваш лес молодой, он быстро разрастается. Да, гены предназначались для ускоренного развития, которому благоприятствовали климат и концентрация углекислого газа; но экология пока нестабильна, а мы хотим сделать ее стабильной, чтобы деревья жили веками, чтобы появились миллионы растений и животных...

— Знаю,— перебила Чарисса, в голосе которой прозвучало нетерпение.

— Виепо,— продолжал Хью, порадовавшись про себя, что снова завладел вниманием девочки,— нам представляется, что Ахайя вполне созрела для того, чтобы переселить в нее крупных животных. К примеру, оленей. Но нельзя допустить, чтобы они уничтожили здесь всю траву; следовательно, вместе с оленями нужно пе- реселять волков... Ну, и так далее. Меня послали проверить, все ли тут в порядке, не причинят ли животные какого-либо вреда...

— Олени?! — воскликнула девочка.— Волки? — Она броси- ла корзину наземь и захлопала в ладоши.— А орлы?

— Por favor,— проговорил Хью, поднимая руку,— дослушай. Присутствие людей, которые живут в лесу, пускай даже их раз-два и обчелся, в корне меняет ситуацию. Пока вы здесь, мы ничего не сможем сделать.

— Вы нас выгоните? — Чарисса отпрянула.— Не посмеете! Шеф Гатри вам не разрешит!

— Конечно, не разрешит,— поторопился согласиться Хью. Черт возьми, подумалось ему, старина Гатри превратился в божка, в этакий сосуд мудрости и справедливости.— Не бойся, Чарисса. Честное сло- во, бояться нечего. Мы пересмотрим свои планы, только и всего. Не знаю, в какую сторону, но пересмотрим. И обязательно выслушаем тебя, твоих маму и папу. Мы вовсе не хотим, чтобы вам стало плохо.

— Спасибо, Хью,— произнесла с запинкой девочка, настрое- ние которой, как то бывает у детей, мгновенно переменилось. Она потерла костяшками пальцев глаза, выпрямилась и торже- ственно заявила: — Мы сделаем так, чтобы хорошо было всем!

— Значит, ты меня поняла? — обрадовался Хью.

— Да. И мои родители тоже поймут.

— Сдается мне,— пробормотал он,— я сегодня повстречался с будущим.

— Какой ты серьезный! — расхохоталась Чарисса, пританцовы- вая вокруг юноши, и вдруг схватила его за руку.— Пойдем домой.

57

«То, что биосфера со временем выйдет из-под контроля чело- веческого разума, было ясно с самого начала. Мы готовы перепра- вить на Деметру инструкции по созданию софотеха, который легко разрешит возникшие затруднения».

На вершине одного из холмов северной Арголиды росли три кипариса, согнувшиеся под напором ветра настолько, что казались невероятно древними. Впрочем, Эйко иначе их и не воспринимала. Что такое время? Всего лишь последовательность событий. Обо всем, что случилось за сотню лет, можно вспомнить в мгновение ока; мир, обреченный на гибель, принадлежит вечности.

Женщина посадила флайер у подножия холма и неуклюже выбралась из кабины. Если не считать немногочисленных деревьев — дубов, сосен, диких яблонь, что росли по отдельности или купами, — вокруг раскинулась травянистая равнина, этакое зеленое с серебристым отливом море. На западе возвышались горы, чьи пики воспринимались как зубцы огромной короны; на востоке сверкал океан, залитый светом альфы, что приближалась к зениту. По небу скользили редкие облачка, словно отороченные голубой каймой. Слышалось пение жаворонка. Ветерок, приятно холодивший лицо, принес аромат дикого тимьяна.

Когда-то Эйко буквально взбегала на холм, а сейчас поднималась медленно, едва переставляя ноги; она тяжело опиралась на палку и часто останавливалась перевести дух — а заодно полюбоваться окрестностями. Нет, жаловаться не на что. В конце концов, с тех пор, как она родилась, Земля успела сотню с лишним раз обернуться вокруг Солнца; Эйко знала, что приближается возрастной предел, до которого только и способна продлить жизнь клеточная медицина. Тем не менее, она почти не утратила прежней ясности мышления; вдобавок, у нее сохранились силы, чтобы в последний раз подняться на холм. Этого было вполне, вполне достаточно.

Взобравшись на вершину холма, она осторожно села прямо на траву в тени кипарисов, иголки которых светились точно множество турмалинов на фоне неба. От теплой на ощупь коры деревьев исходил сладкий запах, перебивавшийся, впрочем, ароматом розмарина, чьи заросли находились неподалеку. Над крошечными цветками оттенка небес вон над тем хребтом с жужжанием кружили пчелы. Если присмотреться, среди скал можно было различить белую полоску — водопад.

Сердце стало биться ровнее. Эйко посмотрела на замшелый серый валун, на котором частенько сидела, наблюдая за игрой света и тени, проникаясь его массивностью и — монолитностью. Сегодня она решила не забираться на камень, просто оперлась на тот спиной, чтобы он поделился с ней частичкой накопленного тепла. На женщину снизошел покой.

А с Неро, подумалось ей вдруг, ничего подобного никогда не происходило. Из вежливости он время от времени соглашался прийти сюда вместе с ней, и вид, который открывался с холма, ему явно нравился, однако он столь же явно не мог дождаться, когда они отправятся домой. Покой. Мир и покой... Эйко ни разу не пыталась переубедить Неро. Что ж, он наконец обрел покой — в водах разлившегося Скамандра; теперь его кости лежат где-то под утесами Трои; вряд ли он пожелал бы иного конца... Как давно это случилось... А годы, прожитые вместе, похожи на сон... И все равно, она отчетливо помнит луг... Какой? Где? Забыла! Ничего страшного. Неро тогда протянул руку, сорвал цветок апельсинного дерева и подарил ей, а в награду потребовал поцелуй. Словно вчера; она все еще слышит его смех...

— Эйко!

Женщина заморгала, потом огляделась по сторонам. В розмарине шелестел ветер. На ветку кипариса уселся иссиня-черный, как ночное море, ворон.

— Эйко, Эйко, — негромко повторил тот же голос.

Женщина выпрямилась, отогнала остатки фантазий.

— Кто меня зовет? — спросила она с запинкой, но без робости. — И где вы?

— Это я, Эйко. Кира.

— Ой!.. — Им уже доводилось встречаться подобным образом — правда, не здесь. Должно быть, в кустарнике спрятан динамик — так сказать, голосовые связки системы. — Я не знала, что ты...

Добралась сюда. Ведь все далеко не просто. Чем Кира видит — электронными датчиками или глазами ворона; чем слышит — теми же датчиками или крылышками пчел?

— Я не хотела мешать. Холм принадлежит тебе.

— Не говори ерунды. Я люблю здесь бывать, но...

— Знаешь, мне кажется, что теперь я гораздо лучше отличаю святыни от обыкновенных вещей.

— Все равно, — стояла на своем Эйко, на глаза которой вдруг навернулись слезы, — тебе бы я только обрадовалась.

— В конце концов я в это поверила, — ответила Кира, — потому и окликнула тебя. Мне подумалось, что нам надо поговорить, причем именно тут.

— Хорошо, что ты меня нашла. — Эйко судорожно сглотнула. — Наверно, я пришла сюда в последний раз.

— Конечно, тебе нелегко подниматься.

— Иначе, чем пешком, я бы не пришла.

— Святое место...

— Кира, ты не мертва! — воскликнула Эйко. — Ты не машина!

— Не обижай моих собратьев, — рассмеялась Кира. — Они доставили нас на Деметру, сделали все, чтобы планета стала пригодной для людей.

— Нет, — возразила Эйко, покачав седой головой. — Не они, а мы — с их помощью.

— Что касается меня, я привязывалась к разным машинам. Моя «Пустельга»...— Кира не докончила фразы.

— Все равно, ты не машина,— сказала Эйко. Неужели Кира не догадывается, что ее не надо успокаивать? — Ты живая. Гораздо живее... чем я сейчас. Возможно, чем я вообще была.

— Вот почему сегодня я с тобой.

— Ты хочешь попрощаться? — недоумевающе проговорила Эйко.— Еще рано. Мне осталось несколько лет...

— Как знать? И потом, я собираюсь попросить об услуге; а через год у тебя, пожалуй, уже недостанет сил.

— Я с радостью выполню твою просьбу,— откликнулась Эйко, разводя руки, будто хотела обнять Киру.— С огромной радостью.— Она ничуть не преувеличивала: ведь к ней обращалась не просто Кира Дэвис, а, можно сказать, целая планета.

— Подожди обещать. Ты же не слышала...— Наступила тишина, которую нарушал только ветер, который шевелил иглы кипарисов и гнал волны по траве, что росла на склоне холма. Эйко прислушалась к его шелесту.— Тебе известно, что меня буквально завалили работой?

— Известно,— кивнула Эйко.— Такая обуза...

— Вовсе нет. Я не собираюсь от нее отказываться, но мне нужна помощь. Следить за планетой...— Кира помолчала.— Чаще всего у меня получалось, однако мир стал настолько сложным, что я его уже не понимаю.

— А софотехи?

— Ученые убеждены, что это решит все проблемы.— Кира вздохнула.— Лет через десять-пятнадцать ко мне наверняка подключат систему искусственного интеллекта.

— Ты не хочешь? А говорила, что тебе нравятся машины.

— Да, нравятся. Я сама была машиной — и хотела умереть.

Я тоже хочу умереть, подумала Эйко, с трудом удержавшись от того, чтобы не произнести этих слов вслух. Хотя — откуда ей знать, что чувствует модуль? Кроме близости конца, их ничто не объединяет.

— Но то было давно,— продолжала Кира.— Ты права, я живая; живу и намерена жить дальше, поскольку моя жизнь обрела смысл. К тому же, я не верю, что мозг робота сможет управлять Деметрой.

— Однако он мощнее, чем твой или мой,— заметила Эйко.

— Разумеется — с точки зрения интеллекта. Возможно, не только; но главное в другом. Здесь нужен человеческий мозг.

— То, из-за чего мы переселились к альфе Центавра... — проговорила Эйко, на которую словно снизошло озарение. Под «мы» она имела в виду всех — и землян, и лунян.

— Мы бежали, — поправила Кира. — Использование софотеха означает полную рационализацию всего на свете. Можно ли допустить, чтобы вселенная, какой мы ее знаем, превратилось в нечто упорядоченно-скучное?

— К просветлению приходят разными путями.

— Ты догадалась, о чем я хочу тебя попросить?

— Чтобы я скопировала свое сознание и присоединилась к тебе.

— Верно. Пойми, я вовсе не хватаюсь за соломинку. Я чувствую, ощущаю всем своим естеством, верю, что мы вдвоем — быть может, со временем нас станет больше — сумеем изменить нынешнее положение дел. Верю, что мы станем единым целым, которое не исчезнет, пока существует этот мир.

Солнечный свет, тень кипарисов, образ отца, его улыбка, с которой он объяснял, что такое показательные функции и пороговые эффекты...

— Может быть, — согласилась Эйко. — Только... Я буду уже не я.

— А разве я — Кира Дэвис? Но я когда-то ей была и все помню. — Эйко не нашлась, что сказать. — Ты представляешь себя модулем? Эйко, тут все иначе. Ты продолжаешь жить, пускай не как человек, но и не как машина.

— Наверно, ты права. — В голосе женщины прозвучала решимость. — Конечно, не как машина.

— Не решай с ходу. Я тебя ни в коей мере не заставляю. Подумай.

— Помедитируй, — сказала Эйко, скорее себе, чем Кире. — Найди ответ.

— Ну ладно, удачи.

Над океаном поднялась бета — ослепительно яркий шар. Жаворонок снова завел свою песню. Эйко посмотрела на стволы кипарисов, вдохнула аромат розмарина, который сделался гораздо сильнее. Кажется, когда дарят розмарин, это значит: «Помни». Интересно, Кира еще тут? Спрашивать вслух не было необходимости. Какое-то время спустя ворон взмахнул крыльями и взмыл в небо. В голове у Эйко сложилось стихотворение — нечто вроде приношения Деметре:

Знойный летний день.
И зимой, и летом
Светят все те же звезды.

58

«Ваше представление ошибочно. Люди не подчинились софо-
техам, даже не стали зависимыми от них. Машины освободили
людей от необходимости работать. Человеческие сообщества,
группы, культуры развиваются различными путями; столкнове-
ния между ними теперь случаются крайне редко и вряд ли уча-
стятся, особенно если численность населения будет сокращаться
и дальше (что весьма желательно с точки зрения как экологии,
так и психологии). То, что все больший процент сверхлюдей и
метаморфов включается в систему, правда, но отсюда не следу-
ет, что в связи с этим изменяется их природа. Они осознают
свой потенциал, а вскоре выходят за его пределы».

Поначалу антиматерию производили совместными усилиями.
Луняне и бывшие земляне вместе построили заводы в Гефестосе и
на орбите второй планеты альфы. Однако вскоре луняне по собственной инициативе стали усиленно развивать производство, что
было вполне естественно, поскольку их планы требовали для своего осуществления громадного количества энергии, а их амбиции
удовлетворить полностью, казалось, не представляется возможным. Но деметриан поразил размах проекта. Они обратились за
разъяснениями к руководителям колонии на Перуне; те в ответ
заговорили о звездных экспедициях, но в подробности предпочли
не вдаваться. Гатри высказался в том смысле, что луняне озабоче-
ны не столько развитием экономики, сколько собственным пре-
стижем и соперничеством между своими лордами.

Криоэлектрических ячеек, в которых хранилась произведен-
ная антиматерия, явно не хватало. Когда подсчитали, сколько их
нужно, количество оказалось просто-напросто абсурдным. Решение проблемы, которое все же удалось отыскать, как обычно, по-
ражало воображение.

Альфа и бета, притянув к себе проксиму, учинили во внешнем
кометном облаке двойной звезды настоящий переполох. Многие
кометы умчались в пространство, многие устремились внутрь системы. Планетам и лунам пришлось выдержать жесточайшую бом-
бардировку; космос заполонили астероиды, куда более многочисленные, чем их собратья из Солнечной системы. Внутреннее же
облако приобрело новых членов, что двигались по причудливым,
эксцентрическим орбитам, сталкиваясь с другими кометами. Воз-

можно, в результате этих столкновений и возникло небесное тело, обнаруженное впоследствии зондом и названное Гадесом. Оно состояло в основном изо льда, но имело каменистую кору; его масса равнялась приблизительно одному проценту земной, вследствие чего Гадес обладал внушительным полем тяготения. Поскольку же кора астероида не содержала в себе железа, магнитное поле отсутствовало; солнечные ветры на Гадес не действовали, ибо он находился на значительном удалении от обоих светил.

Луняне перебросили избыток антиматерии — прежде всего, антиводорода, а также антигелия и закапсулированных тяжелых ядер — на орбиту вокруг Гадеса. Между антиматерией и окружавшей ее газовой оболочкой находились четыре маленьких астероида, которые поддерживали стабильность этой поистине фантастической комбинации.

Осуществление проекта потребовало громадных затрат, которые, впрочем, не замедлили окупиться. Беспилотные корабли доставляли антиматерию в указанное место и разгружали трюмы в пределах оболочки. Без потерь, естественно, не обходилось, но ими можно было пренебречь; к тому же, оболочка вполне справлялась с ролью защитного экрана, а космические лучи уничтожали такое количество антиматерии, по поводу которого не стоило и переживать. Что касается четырех астероидов, их орбиты, раз в пять или в десять лет, нуждались в корректировке. Для этой цели на каждом из них установили двигатель — менее мощный, чем тот, который позволил переместить астероиды сюда, но вполне способный выполнить поставленную задачу. Корректировкой, как правило, управлял с безопасного расстояния инженер-лунянин.

Антиматерия продолжала накапливаться — пока не грянула катастрофа.

Катастрофой она была с точки зрения математики. Событие, которого никто не предвидел и которое начало цепную реакцию. На Перун поступил сигнал тревоги. Компьютер проанализировал данные и выдал прогноз. Те из лунян, которые сочли, что могут понадобиться, поспешили приготовиться. Тем временем о причине тревоги известили вождей.

Установленные на Гадесе приборы сообщали, что к астероиду приближается большое небесное тело, которое обладает огромной массой; система защиты, успешно предотвратившая несколько столкновений с метеоритами, на сей раз явно бессильна. Обычно сигналы тревоги поступали заблаговременно, и луняне успевали принять меры. Однако это небесное тело двигалось не по эллиптической, а по гиперболической орбите. Скорее всего, комета из внешнего облака, которая, в силу неведомых обстоятельств, приобрела громадную скорость. Роботам с ситуацией не справиться, а люди долететь не успеют...

Конечно, можно было пожалеть об отсутствии систем, которые позволяли бы выдерживать значительно большее ускорение; но жалей, не жалей, что толку? Ведь из ничего подобные системы не появятся; никто и не предполагал, что в них может возникнуть необходимость...

— Свяжитесь с Деметрой,— посоветовали Ринндалиру.— Они доберутся до Гадеса вдвое быстрее нашего.

— Слишком долго придется объяснять,— отозвался Ринндалир.— А мне не хочется посвящать деметриан в наши секреты. Ничего, при ускорении в два g звездолет со специально подобранным экипажем и биосистемой жизнеобеспечения прибудет на место как раз вовремя. Я уже знаю, кого возьму с собой.

— С собой?

— Опыта работы в космосе у меня больше, чем у других.

— Верно, милорд. Ваш бывший партнер, пилот Дэвис...

— Про нее можно не вспоминать. Да, мы многое сделали на благо наших народов, но сейчас я справлюсь сам.

— Простите, милорд, но в вашем возрасте...

— Хватит! Вы предлагаете мне уступить славу, скажем, Асилле Арсенийской? А потом завидовать ей до конца жизни? Ну уж нет! — Ринндалир рассмеялся.— Кроме того, грех отказываться от такого приключения!

Вскоре с Перуна стартовали два звездолета. Ринндалир действовал методом кнута и пряника — то подбадривал, то угрожал и наказывал, а порой откровенно насмехался. И добился своего — все члены экипажей добрались до места назначения живыми и здоровыми.

Альфа и бета, что выглядели всего лишь яркими точками, находились поблизости друг от друга; алая проксима заметно увеличилась в размерах. В космической ночи слабо светился испещренный шрамами шар — Гадес. Если напрячь зрение, можно было различить искорки астероидов-стабилизаторов. Внутреннее кольцо, то есть сама антиматерия, приобрело на видеоэкране голубоватый оттенок; из кольца вырывались молнии — это частицы антиматерии сталкивались с крошечными метеоритами.

Ринндалир прекрасно понимал, что, собственно, происходит, поскольку успел перед отлетом ознакомиться с последним компьютерным прогнозом. Комета вызвала смещение орбиты всех четырех астероидов, и система утратила стабильность. Сильнее других пострадал астероид номер четыре, которого швырнуло прямо во внутреннее кольцо. Аннигиляция высвободила энергию, которая повредила двигатель астероида и расплавила его поверхность; килограммы драгоценного газа улетучивались в пространство, свирепствовала радиация. Словом, в системе царил настоящий хаос. Необходимо действовать, иначе будет слишком поздно; а пока еще есть возможность вернуть три уцелевших астероида на прежние орбиты.

— Мы начинаем,— сообщил Рииндалир капитану второго корабля. — Если у нас не получится, приступайте вы.

План был прост. Чтобы изменить орбиту астероида, в него обычно стреляли ракетой, которую в Солнечной системе называли «гороворотом». На носу ракеты имелся атомный бур; когда снаряд попадал в цель, бур мгновенно выкапывал колодец, в который затем выбрасывалась боеголовка, после чего происходил взрыв, напоминавший извержение вулкана, и астероид перепрыгивал на новую орбиту (потом ее, если требовалось, корректировали менее варварскими способами). Именно таким образом к Земле в свое время доставили астероиды, которые изобиловали промышленным сырьем.

Да, план был прост, но ситуация осложнялась тем, что астероид номер четыре мог, судя по всему, выдержать одно-единственное попадание. Для того, чтобы с наибольшей вероятностью вывести его из опасной зоны, следовало выбрать момент, когда он ближе всего подойдет к Гадесу, то бишь окажется в очередной раз в кольце антиматерии. Естественно, корабль в этом случае будет уничтожен; значит, стрелять надо издалека. Ведь, вдобавок, существовала еще кумулятивная радиация, от которой корпус звездолета не мог защитить при всем желании. Оставалось одно — проникнуть в кольцо, преодолев приблизительно половину расстояния до спутника; причем управлять кораблем должен человек.

Рииндалир приказал включить на полную мощность защитные экраны. Все члены экипажа облачились в скафандры. Бортовой компьютер за долю секунды рассчитал новый курс. Нажав на кнопку на панели управления, Рииндалир зарычал — словно тигр, который увидел своего врага.

На видеоэкране красовался Гадес. Мерцали индикаторы, пищали датчики. Время! Залп! В ту же секунду звездолет развернулся и устремился обратно.

Внезапно раздался оглушительный грохот. Вспыхнуло пламя, язык которого лизнул одного из членов команды. В рубке погасли все огни. Люди будто ослепли. Правда, перед глазами сверкали яркие всполохи, но то была иллюзия, шуточки сознания.

— Прием! — проговорил в интерком Ринндалир, к которому мало-помалу вернулось зрение.— Все целы? Что стряслось? И попали мы или нет?

На его вызов откликнулись двое.

— Милорд,— раздался голос из динамика: говорил капитан второго корабля,— если верить показаниям телеметрических приборов, вы столкнулись с частицей антиматерии величиной с гальку. Она пролетела сквозь корпус и угодила в дюзы.

— Вы можете определить, какую дозу радиации мы получили?

— Точно — нет, но что смертельную, можно сказать наверняка. Честь вам и хвала, милорд!

— За что, за глупость? — усмехнулся Ринндалир.— Ладно, Асилла Арсенийская у меня еще попляшет! — Рубка быстро теряла воздух, который со свистом исчезал в пробоине.— Как залп?

— Точно в цель, милорд. Астероид вышел из кольца.

— Жаль, что я не видел, как это произошло.— Ринндалир переговорил с членами своей команды, которые быстро проверили системы корабля и заявили, что тот способен на малой скорости доползти до Перуна.— Перебирайтесь на другой звездолет,— посоветовал селенарх.— Он вернется домой гораздо быстрее, и вы проживете как минимум несколько месяцев. Согласны?

Разумеется, они ничуть не возражали. На Перуне их ожидали родственники и возлюбленные (впрочем, слово «любовь» не передает всех особенностей того чувства, которое испытывают луняне).

— Значит, нам в разные стороны.— Ринндалиру почудилось, он ощущает, как в организм проникает радиация. Ну и ладно. Судя по показаниям датчиков, он как раз успеет до того, как его начнет тошнить. Он расстегнул ремни, взмыл над креслом, оттолкнулся, выплыл в коридор и добрался до главного шлюза, где уже поджидали спутники. Они помогли Ринндалиру прикрепить к скафандру ракетный движитель. Рядом плавал в невесомости труп погибшего члена экипажа. Ринндалир сделал жест, означавший: «Мы с тобой — одно».

— Милорд, вы не хотите ничего передать?

— Нет.— Ринндалир задумался.— Хотя... Передайте пилоту Кире Дэвис с Деметры... что я ее помню.

— Обязательно, милорд. Легкой смерти!

Ринндалир кивнул, закрыл за собой внутренний люк и открыл внешний. В глаза брызнул свет тысячи звезд. Ринндалир прыгнул в отверстие. Некоторое время он парил в вакууме, наблюдая за кораблем, который постепенно удалялся. Тишину нарушали лишь его собственное дыхание и стук сердца. Развернувшись, он увидел перед собой Млечный Путь.

— Кончено,— проговорил он. От стенок шлема отразилось эхо. Ринндалир сориентировался по звездам, включил движитель и ощутил легкое ускорение. Ледяной мир начал медленно приближаться.

Он вновь очутился в кольце антиматерии. Тут же последовала яркая вспышка. Некоторое время спустя на поверхность Гадеса упал скафандр, внутри которого находился труп.

59

«По мере изучения материальной вселенной становится ясно, что в материи нет особой необходимости. Хотя Солнечная система целиком состоит именно из материи, нам нужна не она, а энергия, которая является ее свойством. Когда Солнце уничтожит на Земле все живое и превратится в красного гиганта, а затем — в белого карлика и наконец погаснет, мы не потерпим ни малейшего урона, поскольку наше местопребывание к тому времени изменится; хотя «местопребывание» — не слишком удачный в данном случае термин. Мы не планируем новых исследований вселенной, ибо нас гораздо больше интересует интеллект, в частности — теоретическая математика. К сожалению, многое из того, что становится понятно нам, для вас останется загадкой».

Порт-Файербол рос и развивался, однако на улице Хедленд-стрит время словно замерло. Да, на ней появилось несколько новых домов, но все они были тех же скромных размеров и того же архитектурного стиля, что и более ранние постройки. Внизу по-прежнему располагался окруженный скалами пляж на побережье бухты Приюта; из окон открывался вид на океан, когда-то молодые деревца стали взрослыми деревьями. В этот зимний день вязы и клены, казалось, протягивали ветки к свинцово-серым облакам, а зелень хвойных лишь подчеркивала унылость небосвода. Вода отливала стальным блеском, небольшие волны с тихим шелестом накатывались на берег (летом шум прибоя обычно заглушали крики птиц, что гнездились на скалах). В воздухе чувствовалась сырость, которая сулила приближение весны.

Тяжело ступая по мостовой, Гатри — в корпусе, что напоминал закованного в доспехи рыцаря — прошел по пустынной улице (большинство людей находилось на работе, остальные наслаждались домашним теплом), остановился напротив дома Киры Дэвис, повернулся и приблизился к крыльцу. Входная дверь распахнулась; навстречу роботу вышли мужчина и женщина.

— Привет,— поздоровался Гатри в своей обычной манере.— Небось, не отходили от окошка?

— Да,— признался Хью Дэвис.— Нам, конечно, следовало бы принять вас как следует, но...— Он провел пятерней по спутанным волосам.

— Я все равно зайду,— отозвался Гатри,— а вот вам, ребятки, явно не мешает проветриться. Вы слишком долго не выходили из дома.

— Мы как раз собирались уйти, сэр. Нам показалось, вы захотите поговорить с ней наедине...

— Что? Ну-ка, отвечай! Ей стало хуже?

— Вроде бы нет,— ответила Чарисса Дэвис.— Она в сознании, улыбается, ждет не дождется вас, но...

— Долго она не протянет,— прибавил с запинкой Хью.— От силы несколько дней, причем, вполне возможно, скоро впадет в беспамятство. Времени осталось мало, сэр, так что не мешкайте.

— Сэр,— сказала Чарисса, беря мужа под руку,— ради всего святого, не подумайте, что мы устали о ней заботиться. Для нас это — и привилегия, и, прежде всего, удовольствие.

— Ну-ну,— хмыкнул Гатри.— Вы молодцы, ребята. Между нами, я считаю, что человек должен умирать дома, а не в какой-нибудь там больнице. Да, кстати, у вас-то какие дела? — Он часто связывался с Дэвисами, но спрашивал в первую очередь о состоянии Киры, а об остальном обычно забывал.

— Все в порядке, сэр,— откликнулся с улыбкой Хью.

— Позавчера вместе с мамой приехал Майки,— добавила Чарисса.

— Майкл Рудбек,— пояснил Хью.— Сын Тессы и Джека.

— Помню, помню,— пробурчал Гатри.— Ну, и как?

— Они с Кирой влюблены друг в друга,— рассмеялась Чарисса.— Ни на кого не обращают внимания, болтают, играют.

— Значит, уже правнук... Детей, правда, хвалить негоже, но старикам, в отличие от родителей, многое прощается

— Сэр,— сказал Хью,— у мамы почти не осталось сил. Если вы хотите с ней поговорить, то не теряйте времени.

— Верно,— согласился Гатри.— Ну, счастливо.

— Мы пойдем прогуляемся,— сообщила Чарисса. Ей подумалось, что сейчас им прогулки нужней, чем кому-либо другому; к тому же, они так давно не гуляли вместе.— Вернемся где-нибудь через час.

Они ушли, а Гатри вошел в дом. Гостиная, которую он миновал, походила на магазин сувениров: переплетенные компьютерные распечатки, потрепанный плюшевый медведь, модели парусников и звездолетов, крохотный метеорит, кусочек обшивки космического корабля, сверкающий камень с единственной планеты, что вращалась вокруг беты Центавра, и многое другое... На стене висели снимки, в том числе — фотографии нескольких мужчин (Кира называла этот ряд фото «галереей негодяев»). На сегодняшний день в живых из негодяев оставалось двое...

Гатри вошел в спальню. На экране мультивизора, что стоял перед кроватью (с помощью пульта управления Кира могла вызвать из базы данных любую программу), виднелся окруженный березами бело-голубой домик; вдалеке поблескивало озерцо. Судя по всему, Земля, северные широты. Окна спальни выходили в сад.

— Привет, подружка,— проговорил Гатри, подойдя к изголовью кровати.

— Привет, Железный Дровосек,— слабо улыбнулась Кира. Ему пришлось отрегулировать слух, чтобы разобрать ее слова. Она прикоснулась к браслету на запястье. Кровать медленно приподнялась.— Садись.

Робот осторожно сел и взял женщину за руку. Живая плоть утонула в ладони из пластика и металла. Тонкие пальцы, почти прозрачная кожа... Лицо бледное, щеки ввалились, глаза запали и поменяли цвет — из карих стали серыми.

— Gracias,— сказала она.— Поэтому я и попросила тебя прийти. На экране, в человеческом облике, ты, конечно, симпатичнее, зато здесь, со мной, настоящий...

— Это как посмотреть,— ответил он резковато.

— Не переживай.— Усмешка Киры стала шире.— В том, что ты железный, есть свои преимущества. К примеру, мне явно не захочется затащить тебя в постель.

— Гм...— Иначе робот своего удивления выразить не сумел.

— Не притворяйся, в жизни не поверю, что ты настолько наивен! С нашей первой встречи — нет, даже раньше, с самого детства — я жалела, что не родилась в то время, когда смогла бы с тобой переспать.

— Ну ты, оказывается, и шлюха! — пошутил Гатри.

— Я радовалась жизни,— проговорила она, сжимая его ладонь.

— Что ж, каюсь: я порой тоже заглядывался на тебя. Разумеется, чисто теоретически.

— Вцепо...— Рука Киры упала на одеяло.— Глупо, правда? — вздохнула женщина.— Судя по тому, что я слышала о твоей жене, у меня все равно ничего бы не вышло.

— Ну, по крайней мере, доставили бы друг другу удовольствие... Знаешь, Кира, а ведь семейная жизнь не для тебя.

— Откуда же мне знать?

— Как откуда, черт побери? Сколько раз тебе делали предложения?

— Какого рода? — улыбнулась она.— Да, предложений было много, и с некоторыми, особенно с Бобом... Но ты прав. Должно быть, я мечтала о космосе еще в утробе; а подходящего партнера в экипаж так и не нашлось.

Они помолчали.

— Как ты себя чувствуешь? — справился Гатри.

— Лекарство, которым меня пичкают, снимает боль,— отозвалась Кира, пожав плечами.— С ним... удобно умирать. Странно, да? Умирать — и вдруг удобно...

— Если бы ты страдала или впала в беспамятство, я бы спустил кое с кого три шкуры,— заявил Гатри.— Но как насчет?..— Он обвел рукой комнату.

— Ты про то, что умирать приходится дома, а не среди звезд? Викинги называли такой конец «соломенной смертью».— Кира задумалась.— Знаешь, все не так уж плохо. Хью, Чарисса, внуки, друзья — ты, шеф,— воспоминания...— Последние слова она произнесла еле слышно, закрыла глаза. Гатри замер в неподвижности. Когда женщина наконец шевельнулась, он позвал:

— Кира!

— Что?

— Хочешь поговорить с двумя подругами?

— Смотря с какими,— насторожилась она.— Когда я с тобой, мне жаль тратить время на кого-то другого.

— С модулями. Твоим и Эйко Тамуры.

— С ними? — У Киры перехватило дыхание.— Разве они не могли... позвонить?

— Для нее и для меня это не одно и то же.

— Для нее?

— Она... Они... Тьфу, черт! С годами они сливаются все теснее.

— Конечно...

— А я...— Робот запнулся.— Время от времени мы с ней связываемся через нейристорную сеть. Между собой они, естественно, общаются постоянно. Когда считают возможным, допускают меня... Ощущения непередаваемые. Сегодня мы делились друг с другом тем, что знаем о тебе, и вместе поняли тебя гораздо лучше, чем поодиночке. У нее есть что сказать.

— Не надо,— покачала головой Кира.— Я для них чужая. Признаться, я никогда не интересовалась, что с ними происходит...

Стоило ей вернуться из космоса, как на нее тут же наваливалось множество дел, которые требовалось сделать на Деметре. Выбираясь на природу, она обычно шла к морю или забиралась в такую глушь, которая граничила с неосвоенными землями. Последние несколько лет Кира делила время между работой по составлению базы данных для космонавтов, домашними хлопотами и поездками к друзьям в солнечную Огигию.

— Со своим модулем ты могла бы поговорить в любой момент,— напомнил Гатри.

— Знаю. Но о чем? А со вторым, после смерти Эйко...

— Значит, отказываешься?

— Включай,— уступила Кира, откидываясь на подушку.— Быть может, узнаю что-нибудь полезное.

Робот встал, подошел к мультивизору, подключил себя к прибору и сказал:

— Bienvenidos!

Изображение домика исчезло. По экрану побежали разноцветные полосы, похожие на облака.

— Кира,— произнес женский голос.

— Saludos,— поздоровалась женщина. Она попыталась было иронически усмехнуться, но ей не хватило самообладания.— Эйко! Это ты?

— Часть меня, которая является частью нас,— ответил голос.— При жизни мы с тобой никогда не были настолько близки. Что с тобой?

— Ничего. Просто я не ожидала... Снова услышать твой голос...

— Понимаю. Прости, ради Бога. Нам уйти?

— Нет.— Кира моргнула.— Por favor, останься. Это ты меня прости — за то, что не хотела встречаться с тобой.— По щекам женщины побежали слезы.— Я твердила себе, что вы слишком заняты... управляете миром...

— Не управляем.

— Ну да, вы и есть мир...

— Ты ошибаешься. Подумай об Энсоне. Что такое Деметра без Энсона Гатри?

— Ерунда,— проворчал робот.— Вы прекрасно обходитесь без меня.

— Тихо,— произнес голос.— Продолжай, Кира.

— Я не знаю, что сказать... Наверно, вы обиделись, что я вас избегаю...

— Нам было странно.

— Простите меня,— проговорила Кира, протягивая к экрану дрожащие руки.— Все остальные модули отключились... Заканчивали свою работу и отключались... Со своим двойником я худо-бедно свыклась, но ты, Эйко... Ты так любила жизнь — и оказалась в ловушке...

— Ты ошибаешься, Кира,— мягко повторил голос.— Мы живем. В солнце и дожде, в свете и тьме, в звездах, в реке, в цветке и птице — повсюду, во всем присутствует жизнь. А когда нам становится одиноко и мы вспоминаем, что когда-то были людьми, то вызываем Энсона.

— Если бы не вы, я бы давно чокнулся,— признался Гатри. Человек на его месте смахнул бы слезу.

— Разве ты этого не знала, Кира?

— Знала. Точнее, верила. Однако боялась спросить впрямую.

— Наверно, тебе было просто некогда.

— Ну конечно,— фыркнул Гатри.

— Наконец-то я осмелилась.— Кира улыбнулась.— Gracias, gracias...

— Тебе спасибо, милая,— отозвался голос.

— За что?

— За все. Я хотела попрощаться.— Послышался вздох, словно зашелестела листва.— Жаль, что сейчас не лето. Энсон вынес бы тебя в сад.

— Ничего. Я помню немало теплых дней. Спасибо тебе за них.

— Мир тебе, Кира.

Краски погасли. Мгновение спустя Гатри отключился от аппарата и вновь приблизился к кровати.

— Gracias, шеф,— прошептала Кира,— за все сразу...

— Взаимно. Похоже, ты чертовски устала.

— Кажется, да.— Кира закрыла глаза. Дышала она неглубоко и прерывисто.

Робот прикоснулся к браслету на ее запястье. Кровать опустилась.

— Хочешь послушать музыку?

— С удовольствием.

— Какую?

— На твой вкус.— Кира улыбнулась, не открывая глаз.

Гатри вернулся к мультивизору, вызвал на экран перечень музыкальных программ, нажал клавишу. Зазвучала Четвертая симфония Дворжака. Робот сел на краешек кровати и взял женщину за руку.

Кира заснула. Гатри терпеливо ждал.

Вернулись Чарисса и Хью. Робот отпустил руку Киры, встал, наклонился над женщиной, словно хотел поцеловать ее в лоб, негромко произнес «Adios» и вышел на улицу, в вечерние сумерки.

Кира проснулась где-то через час. В комнате никого не было. Она приподнялась и, опираясь на локоть, выглянула в окно. Из серых туч падали белые хлопья, которые уже укрыли тонким слоем землю. На Деметре впервые шел снег.

60

«По структуре ДНК я — человек, поэтому именно я отвечаю на ваше послание. Вы ошибаетесь, ваши опасения по поводу людей, которые остались на Земле, безосновательны. Они довольны жизнью, вольны выбирать, как им жить, и гораздо менее ограничены в своих возможностях, нежели их предки. Подробности содержатся в прилагаемом отчете. Даже если численность людей будет по-прежнему сокращаться, все, что накопило человечество, сохранится в сообществе разумов, аватарой[1] которого является тот, кто возвращается сейчас в блаженство единения...»

Вдалеке сверкал освещенный солнцем замок Сабиэль, причудливый и прекрасный. Формой он напоминал колесо, от ступицы которого разбегались соединенные переходниками спицы коридоров, что упирались в обод, переливавшийся всеми цветами радуги. К ободу крепились четыре длинных крыла — солнечные батареи, которые по мере вращения замка все больше загораживали собой Млечный Путь. В стороне, приблизительно в шестидесяти градусах впереди, виднелась голубая искорка — Деметра.

Замок производил весьма внушительное впечатление: около сотни километров в поперечнике, повсюду ракетные установки и лучеметы, подступы охраняют две дюжины боевых автоматических кораблей... Вооружение предназначалось, в первую очередь, для уничтожения метеоритов; однако на месте метеорита легко мог оказаться чужой звездолет.

---

[1] Аватара — в индуистской мифологии воплощение божества в смертном существе.

Эрлинг Дэвис не испытывал страха. Он прилетел как посол. До чего же удивительно, просто нет слов. До сих пор он видел замок только по мультивизору — да по видеофону. А внутри, кажется, не бывал почти никто из обитателей Деметры.

Высокомерным тоном Дэвис запросил разрешение на посадку, получил его, направил корабль в шлюз. Вполне возможно, послу не пристало исполнять обязанности пилота, но ничего страшного; и потом, они с Гатри пришли к выводу, что подобные манеры помогут ему завоевать уважение лунян.

Пройдя по переходнику, Дэвис и те, кто его сопровождал, очутились в зале, где выстроился почетный караул — высокие мужчины в черно-красной форме, вооруженные шокерами. Начальник караула приветствовал посла и проводил к фарвегу, который доставил Дэвиса к отведенным ему апартаментам — в ободе «колеса», где находились жилые помещения. В случае, если деметриан что-либо не устроит или если им понадобится что-то такое, чего нет в апартаментах, следует позвонить по видеофону. Офицер назвал номер, затем прибавил, что они, несомненно, хотят отдохнуть с дороги; в их распоряжении три часа, после чего всех приглашают на торжественный ужин — всех, за исключением капитана Дэвиса, которого будет ждать командор. Сообщив все это, начальник караула удалился вместе со своими подчиненными.

Апартаменты слегка разочаровали Дэвиса. Он ожидал чего-то более экзотического. Впрочем, хозяева, наверно, постарались, чтобы деметриане чувствовали себя как дома. Естественно, в помещениях наличествовали все возможные удобства (признаться, после перегрузок во время полета от Одиссея, здешняя сила тяжести была едва ли не главным удобством). Эрлинг сразу же удалился на свою половину, принял душ, плюхнулся на постель, проверил, какие развлечения предлагает база данных и выбрал старый фильм «Девушки из Эгейи». Искусство лунян, при всей своей изысканности, было слишком чужеродным, чтобы им наслаждаться.

Когда подошло время, он оделся. В принципе, годился и мундир капитана, но «Дети Маккамона», несмотря на строгую дисциплину в организации, все же не относились к регулярной армии, поэтому формы как таковой не имели; их узнавали только по нарукавным повязкам. Дэвис предпочел наряд, принятый в высших слоях деметрианского общества: отделанная бахромой куртка из оленьей кожи, зеленые брюки, мокасины, на поясе — нож в чехле, рыжие волосы перехвачены лентой. Обычно он носил комбинезон — или ничего вообще, не считая нанесенной на тело краски; но сегодня ему предстояло выступать в качестве представителя своего мира. В назначенный срок прибыл эскорт. Дэвиса сопровождали двое офицеров. Коридоры, по которым его вели, поражали воображение. Сразу становилось ясно, что станцию построила космическая цивилизация, располагающая неограниченными запасами энергии. Разноцветные решетки из неведомых сплавов, причем у каждой — свой узор, образовывали нечто вроде аркады, на трех уровнях которой располагались магазины, мастерские, бистро, игорные и увеселительные заведения, а также многое другое. Освещение менялось в такт музыке, которая, похоже, использовала все на свете звуки, от низких басовых нот до необыкновенно высоких. Переливались огнями световые завесы, сверкали внутри прозрачных колонн крохотные шаровые молнии. Неожиданно перед Дэвисом вспыхнуло северное сияние. Наконец очередной коридор вывел его на площадь, посреди которой искрился огненный фонтан.

Прохожих в коридорах было много, но впечатления толкотни и суеты не возникало. Луняне не позволяли себе резких движений, не жестикулировали, а разговоры вели вполголоса. Их одежда выглядела старомодной; слева на груди у каждого, будь то мужчина, женщина или подросток, виднелась эмблема филы. Судя по разнообразию эмблем, в замок Сабиэль, который номинально принадлежал филе Итар, стекались люди со всех уголков созвездия Центавра, не говоря уж о деметрианах. Впрочем, Сабиэль являлся не только космической станцией, но и торговым и культурным центром сектора; вот почему в свое время его пытались захватить филы Арсен и Янир.

Нет, по сравнению с прежними наряды все же изменились, по крайней мере — в одном. Женщины имели при себе изящные стилеты, а мужчины были вооружены шпагами — настоящими, боевыми.

Дэвис приблизился к проему, в котором сверкала и переливалась разноцветными огнями световая завеса. Высота проема составляла около трех метров; над ним имелась настройка, которую украшало нечто вроде мозаичного панно с движущимися фигурами. Один из офицеров махнул рукой. Завеса разошлась. Дэвис миновал коридорчик, на стенах которого заметил каллиграфические надписи, и очутился в овальном помещении метров двадцати в длину. Офицеры отсалютовали и удалились.

Вдоль стен помещения выстроились напольные горшки с цветами и кадки, в которых росли папоротники и деревья, чьи верхние ветви переплетались под потолком, а нижние стелились по полу. Во влажном, субтропическом воздухе витали ароматы лилий, азалий, орхидей, рододендронов и бугенвиллеи; яркие цветы оживляли зелень листвы.

Ветерок, что вырывался из вентиляционного отверстия, шевелил стебли бамбука, шелестел среди ветвей ив и карликовых кленов. На деревьях висели клетки с птицами — дроздами, соловьями, канарейками. Над цветами кружились бабочки. В остальном обстановка была весьма скудной — кушетка да стол, изготовленные из какого-то полупрозрачного материала, благодаря которому с первого взгляда они совершенно не бросались в глаза. Зато в полу, посреди комнаты, зияла дыра, накрытая гиалоновой крышкой. Проходя мимо, Дэвис посмотрел вниз — и увидел звезды: колодец выходил прямо в космос.

С кушетки навстречу гостю грациозно поднялась Русалет Итарийская. Высокая, примерно того же роста, что и он; стройная, великолепно сложенная. Платинового оттенка волосы обрамляют лицо Афины; белизну кожи оттеняет длинное платье из темно-красного бархата. Глаза янтарные; шею облегает расшитый золотом воротник. Оружия не видно...

— Добро пожаловать, милорд капитан Дэвис,— произнесла Русалет мягким, певучим голосом.

— Рад встретиться с вами, госпожа командор,— отозвался он, отдавая честь, и осторожно пожал протянутую руку. Теперь, когда их разделял какой-нибудь шаг, Дэвис разглядел отпечатки, которые наложило на Русалет время; впрочем, их было немного.

Они продолжали стоять, как то было принято в условиях малой гравитации (если, конечно, хозяин не предлагал гостю сесть, что называется, в лоб). Русалет холодно улыбалась. Деметрианину подумалось, что она, похоже, прекрасно умеет прятать истинные чувства.

— Надеюсь, долетели нормально?

— Быстро,— ответил с кривой усмешкой Дэвис.— Мы не хотели заставлять вас ждать.— И не собирались понапрасну рисковать, мысленно прибавил он; вам ведь ничего не стоило передумать.

— Каюты вас устраивают?

— Безусловно, госпожа командор. Должен признать, вы принимаете нас с радушием, которого мы не ожидали, так как уведомили вас обо всем уже после вылета...

— Милорд капитан, мы не настолько глупы, чтобы отказывать в подобных вещах.— Русалет вновь улыбнулась и взяла Дэвиса под руку.— Прошу к столу.

— Благодарю.

На столике стояли хрустальный графин, наполненные вином бокалы и различные лакомства. Русалет подняла свой бокал. Дэвис последовал ее примеру.

— За нас,— проговорила она.

— За счастливый конец! — откликнулся Дэвис. Они чокнулись. Вино оказалось пряным и очень вкусным.

— Вы имеете в виду конец переговоров? — справилась Русалет.

— Естественно. В противном случае, госпожа командор, пострадают все.

— А вам не кажется, что вместо слова «переговоры» в нынешних обстоятельствах следовало употребить другое — скажем, «ультиматум»?

— Миледи!

— Не обижайтесь, капитан. По-моему, вас нельзя упрекнуть ни в двуличии, ни в нечестной игре. Лорд Гатри прекрасно разбирается в людях. Если он направил ко мне вас, причем предпочел личную встречу беседе по видеофону, значит, рассчитывал, что разговор пойдет откровенный.

— Прошу прощения, госпожа командор,— произнес Дэвис, решив, что лучший способ защиты — нападение.— К сожалению, дипломат из меня действительно никудышный. Это не моя профессия.

— Я так и думала,— кивнула она. Неожиданно тон Русалет сделался дружелюбнее: — Вы возглавляли отряд деметриан (Гатри в конце концов решил помочь филе Итар в борьбе с кланами Арсен и Янир), которые сражались с удивительным бесстрашием, хотя среди них не было настоящих воинов. А тактика, которую вы применяли, до сих пор приводит меня в восхищение.

Дэвис поморщился. Тоже мне, повод для восхищения! Деметриане использовали в качестве оружия суперлазеры, взрывчатку, скалы и звездолеты (на последних они преследовали корабли противника, заставляя тех увеличивать скорость, а ведь известно, что луняне плохо переносят ускорение...)

— Вы родились солдатом,— закончила Русалет.

— Ошибаетесь, госпожа командор,— покачал головой Дэвис.— Поверьте, в сражениях я просто-напросто импровизировал — и ненавидел себя за то, что мне приходится делать. Случись настоящая война, вроде тех, о которых нам известно из истории, трудно сказать, выдержал бы я или нет. Так что никакой я не солдат, а обыкновенный инженер.

— Вы говорите, как лорд Гатри — с той же вполне искренней, не нарочитой откровенностью. Вы с ним случайно не родственники?

— Да, я его потомок. Впрочем, то же самое может сказать о себе большинство деметриан.

— Однако! — Русалет вновь пригубила вино.

— Извините, госпожа командор,— произнес Дэвис, также поднося к губам бокал,— но раз вы вывели меня на чистую воду, быть может, перейдем к делу? — Вино придало ему смелости и развязало язык.— Наверно, с формальностями пора кончать...

— С ними давно покончено.

Дэвис широко раскрыл глаза.

— Мы обсудим наши проблемы за ужином,— проговорила Русалет, на лице которой не осталось и тени улыбки.— Я распорядилась, чтобы нам не мешали. Если сумеем договориться, все остальное — проформа. Если же нет... Что ж, значит, так тому и быть.

— Гм... Командор, вы, очевидно, вправе заключать договор от собственного имени.— Когда же он наконец поймет лунян?! Когда Русалет упомянула об откровенности — шутила она или говорила вполне серьезно? — Однако у меня подобных полномочий нет.

— Понятно,— кивнула лунянка и изящным жестом откинула упавшие на лоб волосы.— В этом отношении мы честнее вас.

Дэвис не нашелся, что ответить, лишь вопросительно поглядел на хозяйку.

— Мы отнюдь не скрываем, что нами как народом управляют вожди той филы, которая на данный момент сильнее других. А у вас, несмотря на то, что на Деметре якобы республика, неужели возможно, чтобы Народное собрание осмелилось перечить лорду Гатри?

— Он ни разу не давал повода! — воскликнул Дэвис.— Гатри убежден, что главная задача правительства — научиться оставлять людей в покое. Но я понимаю, к чему вы клоните, госпожа командор. Если он согласится с моими предложениями, можно смело утверждать, что все решено.

— Вот именно, капитан.— Русалет улыбнулась и снова взяла Дэвиса под локоть.— Не хотите ли присесть?

Они сели на кушетку. В разговоре наступила пауза. Собеседники потягивали вино, вдыхали ароматы цветов, прислушивались к щебету птиц, следили за полетом бабочек...

— Итак,— проговорила Русалет.— Деметриане помогли филе Итар потому, что филы Арсен и Янир — наши общие враги. Вожди этих фил желают всей душой прекратить всякие контакты с Деметрой; по их словам, ничего полезного, а тем более — хорошего, от деметриан ждать не приходится. В доказательство они приводят судьбу Луны, оказавшейся сейчас в полной зависимости от своей соседки, которая богаче ее во всех отношениях. Я достаточно ясно выражаюсь?

— Все не так просто,— возразил Дэвис.— Если мы допустим, чтобы взаимоотношения между двумя расами ухудшились — к примеру, пошлем подальше Орена Янирского с его претензиями на астероиды...— Он не окончил фразы.— Виепо, на личности лучше не переходить. Как вы понимаете, Гатри защищает интересы своего народа.

— Естественно.

— А главная его забота состоит в следующем: найти, куда можно улететь с Деметры.

— Продолжайте. И не бойтесь меня рассердить.

Уж она-то, подумалось Дэвису, когда он заметил выражение лица Русалет, настоящая воительница.

— Конфликт нам не нужен. У нас на него нет ни времени, ни средств. Зато мы не отказались бы от помощи. Вы, луняне, добились удивительных успехов в астронавтике. Разумеется, в этой связи мы не могли не поддержать филу, которая, по крайней мере, не призывает к разрыву отношений.

— Не стану скрывать: фила Итар придерживается схожего мнения.

— В таком случае, госпожа командор, что мешает нам сотрудничать и дальше? Вам известно, Гатри может быть груб и жесток.— Дэвис помедлил, затем прибавил: — Я процитирую его слова. «Если они намерены поиграть в килкеннийских котов[1], мы стравим их друг с другом, и пускай себе грызутся. В конечном итоге наши соседи изрядно присмиреют».

— Замечательно сказано! — воскликнула Русалет.— Потом вы мне объясните, о каких котах речь, хорошо? Тем не менее, я поняла, что хотел сказать лорд Гатри. Вы с ним согласны?

— Да,— ответил Дэвис.— Деметра — мой дом, там живут мои друзья.— И та, кого он называет матерью.— Однако ссориться нам с вами совершенно не из-за чего. Потому-то я и прилетел.

— Я уже сказала: фила Итар в принципе разделяет эту точку зрения. Остается определить... степень близости контактов.

— Насколько я могу судить, госпожа, наши запросы покажутся вам чрезмерными; однако в следующем поколении все может измениться. Да, у нас и у вас натуральное хозяйство, каждый сам обеспечивает себя всем необходимым... Но если вы заботитесь о своих потомках,— в чем Дэвис сильно сомневался,— то простонапросто обязаны сотрудничать с нами. Позвольте напомнить:

---

[1] Килкеннийские коты — фольклорный образ: коты, которые дрались между собой до тех пор, пока от них не остались одни хвосты.

когда планеты столкнутся, осколки разлетятся по всей системе. Иными словами, лунянам тоже угрожает опасность. Только глупец кладет все яйца в одну корзину.

— Браво! — засмеялась Русалет.— Должно быть, это выражение лорда Гатри? Прошу вас, капитан, продолжайте.

— Присоединяйтесь к нам.— Дэвис поглядел на собеседницу в упор — и вдруг обнаружил, что на столь мизерном расстоянии от красивой женщины, да·еще после бокала вина, трудно говорить о деле.— У нас есть то, чего не хватает вам, прежде всего способность выдерживать ускорение.

— Здоровая сила,— пробормотала Русалет.

— Да. Мы полетим к другим звездам, отыщем такую, поблизости от которой можно будет основать новую колонию... Это вполне возможно. Но начинать подготовку нужно прямо сейчас. Она потребует как минимум двух сотен лет.

— И чем скорее мы начнем, тем больше родится героев! А иначе они могут не появиться вовсе.

— Прошу прощения, госпожа командор?

— Я разумею вот что. Как быть, когда героический век той или иной цивилизации близится к концу? Наши предки прилетели сюда, страдали, боролись, умирали — и создали то изобилие, которое мы имеем на сегодняшний день. Но что дальше? На Деметре, по-моему, все обстоит более-менее благополучно лишь потому, что вами правит ваш уважаемый, бессмертный лорд Гатри — вместе с Подательницей Жизни, которая внушает благоговение... Впрочем, и без них люди, наверно, со временем совладали бы с природой и точно так же осели бы — кто в городах, кто в сельской местности. И что теперь? Мир покорен, но он обречен. К чему стремиться, о чем грезить? Так возникает отчаяние...

— А как с лунянами? — спросил Дэвис. Конечно, Русалет преувеличивает, однако...

— Похоже.

— Значит, у нас общая цель! — радостно воскликнул он.— Продлить героический век!

— Не утратив чувства реальности.

— Простите?

— Мы должны учитывать законы вселенной.— Русалет показала на звезды, что сверкали на дне колодца.

— М-м... Гатри не раз заявлял, что чует нутром (это его слова): вселенная не безжизненна, что бы там не утверждали земные софотехи.

— Однако их мнением пренебрегать не следует,— отозвалась Русалет.— Ведь они проникли силой разума в такие дали, которые нам и не снились.

— Гатри... Гм... Он говорит, что любой дурак, поглядев на свой пупок, может увидеть все, что только пожелает.

— Как я хочу с ним встретиться! — Русалет откинула голову и звонко рассмеялась.— Он как порыв ветра, которого я не ощущала нигде, кроме кивиры. Обмануть его...— Она искоса поглядела на Дэвиса и придвинулась поближе.

— До нас дошли слухи, что луняне разрабатывают конструкцию нового звездолета,— проговорил капитан, который явно не знал, как ему себя вести.

— Насчет этого... Впрочем, мы хотим достичь гармонии, значит, должны быть откровенны друг с другом... Один физик сказал мне, что, кажется, нашел способ подобраться к скорости света.

— Что? Каким образом?

— Он рассуждал о кинетической энергии, которую звездолет будет получать из космоса, об обратной связи... К сожалению, я совсем не разбираюсь в физике.

— Космос? Виртуальные частицы? — проговорил Дэвис.— Еще в двадцатом веке было известно о свойствах вакуума... Эффект Казимира, пускай крошечный... Знаете, если ваш физик ничего не напутал, энергии на разгон корабля до необходимой скорости потребуется гораздо меньше!

— Если мы договоримся с вами и с лордом Гатри, я передам вашим ученым математические расчеты и результаты лабораторных испытаний. Однако физик предупреждал, что энергии все равно потребуется очень и очень много.

— Разумеется. Маленький звездолет — вроде того, который доставил на Деметру модули — способен разогнаться до скорости света. Но большой корабль, с экипажем в сотни тысяч человек,— дело другое. Даже если его удастся построить, в чем я сомневаюсь, потери излучения неминуемо повредят аппаратуру и погубят людей. Кроме того, максимально возможный срок анабиоза, граница, за которой в организме начинаются необратимые изменения,— около ста лет. Нам вряд ли удастся увеличить...

— Да, вы настоящий инженер,— мягко прервала Дэвиса Русалет и провела пальцем по тыльной стороне его ладони.

— Извините, госпожа командор.— Пожалуй, он и впрямь слегка увлекся.— Сами видите, перед нами открываются новые горизонты. Пускай ваш физик продолжает свою работу; мы тоже попробуем напрячь мозги...

— Сначала нужно понять друг друга, обменяться клятвами и заложниками.

— Заложниками?

— Представителями, послами — называйте как хотите,— улыбнулась Русалет.— Луняне прилетят на Деметру, деметриане поселятся у нас. Надеюсь, вы объясните тем, кого пришлют сюда следом за вами, что здесь хорошо и приятно.

— Думаю, что да, если, конечно, немного задержусь, чтобы получше осмотреться...— Сердце Дэвиса бешено заколотилось.

— Вас ожидает немало интересного,— пообещала Русалет.— Наполните бокалы, милорд капитан, и давайте выпьем, а затем сядем за стол...

61

«Из ваших вопросов следует, что ни вы, ни ваш примитивный искусственный интеллект уже не в состоянии нас понять. Мы не видим смысла в поддерживании связи и советуем вам больше не искать с нами контакта, если только вас не интересует участь немногих оставшихся на Земле дикарей, которые упорно избегают рационализации...»

Астрономическая «паутина», что раскинулась в космосе близ альфы Центавра, несмотря на то, что была крупнее и мощнее предшественницы, которую в свое время использовали в Солнечной системе, не обнаружила планет с кислородной атмосферой. Поэтому решено было остановиться на трех, известных и ранее; эти планеты вращались, соответственно, вокруг восемьдесят второй Эридана, беты Гидры и звезды в созвездии Арго, которая не имела названия, а в каталоге обозначалась номером HD44594. Колонисты тщательно изучили данные, полученные при помощи «паутины», а затем взялись за исследование планет.

К ним отправили звездолеты, причем не беспилотные корабли вроде тех, которые посылали к менее интересным небесным телам. На борту каждого из сверхскоростных звездолетов находилась копия Гатри. Сознание, которое помнило, что такое быть человеком, должно было, пользуясь выражением Гатри, «учуять подходящее местечко».

Последний корабль вернулся на Деметру почти через два земных столетия. Двойник перегрузил все свои данные в память «оригинала» — и отключился. Перестал существовать. Впрочем, нет. Весь опыт, все мысли, быть может, все мечты двойников прочно запечатлелись в сознании Гатри, который постоянно твердил, что его не должно быть больше одного, что и этого вполне достаточно, даже с избытком. Хотя — он, естественно, не оставался тем же самым: ведь человек, пока живет, постоянно меняется, и то же можно сказать и о модулях.

Гатри покинул лабораторию психонетики, прошел в свой кабинет, поразмыслил — и нажал кнопку на панели коммуникатора, подключенного к секретной сети. Сигналу потребовалось некоторое время, чтобы найти ту, кому предназначался вызов. Она ответила не сразу — видимо, у нее были неотложные дела.

— Я нужна тебе, Энсон?

— Да. Выделишь мне пару-тройку часов?

— Конечно.

— Точно? Я ведь знаю, хлопот у тебя полон рот — Этолия и все остальное...— Он засмеялся.— К сожалению, у богинь не бывает выходных.

— Ошибаешься. Я вовсе не богиня. Что касается отдыха,— прибавила она насмешливо,— то отдыхать от жизни будем после смерти. Время у меня есть. Что стряслось?

— Слова тут не годятся. Ты не против, если мы соединимся?

Деметра помолчала. По мере того, как она приближалась к преображению, общаться им становилось все труднее. Полное слияние было недоступно как для него, так и, кое в чем, для нее. Однако...

— Нет, не против. Приходи. Я буду ждать.

— Спасибо,— поблагодарил Гатри и выключил коммуникатор.

Поездка предстояла довольно-таки дальняя. Он вызвал трех своих помощников, сообщил, что вернется через день-два, отдал необходимые распоряжения и вышел из кабинета.

Робот спустился в подземный гараж и вызвал флайер. Тут выяснилось, что приблизительно в тот же самый район летит некий мужчина. Красный комбинезон с золотыми нашивками, маска со стилизованным изображением птицы, вид весьма залихватский, если не сказать бесшабашный... Гатри узнал пилота Кристиана Паккера.

— Привет. Ты на космодром?

— Это вы, сэр? — Паккер не слышал, как приблизился робот, а потому даже вздрогнул от неожиданности.— Удача и жизнь!

— Должно быть, он сам осознал, какой иронией прозвучало это

приветствие для Гатри, потому что покраснел и прибавил: — Да, улетаю на полгода.

— Вот как? — удивился Гатри.— Любопытно, куда? Что-то я не слышал, чтобы отсюда стартовали какие-то экспедиции.— Впрочем, все знать невозможно. Однако Паккер состоял на государственной службе...

— Совершенно верно, сэр. Я лечу к Дису на корабле, который мне разрешил взять доктор Рудбек.

— Гм...— Дисом называлась планета проксимы; сейчас там работали луняне.— Разумеется, весьма полезно иметь на месте своего человека, но...

— Сэр,— перебил Паккер, похоже, не заметив, что проявил неуважение (хотя Гатри никогда особенно не настаивал на соблюдении по отношению к нему формальностей),— примите мои поздравления!

— С чем?

— С возвращением! Та планета в Арго просто чудо!

— Согласен, планетка и впрямь ничего.— Живая, с великолепной природой, которая существует сама по себе, а не благодаря биосистеме; такой, вероятно, была Земля до появления человека.— Вы открыли для нас новый мир.

— Я бы не спешил это утверждать. Ты видел мой предварительный отчет? Там иная химия. Прежде чем мы сможем переселиться туда и зажить нормальной жизнью, нам придется многое уничтожить. Да, на Деметре мы избавились от множества местных форм жизни, но подобные решения давались нелегко; а что касается целой планеты... Нет, пока мое слово что-то значит, мы не возьмем на себя такой грех.

— Конечно, сэр, конечно. Однако то, что нам предстоит... И потом, есть и другие планеты — в Гидре и в системе Эридана.

— Да. Есть планеты и есть будущее.

— Будущее,— хмуро повторил Паккер.— Будущее, которого никто из нас не увидит. Разве до HD44594 может долететь кто-нибудь кроме роботов и модулей?

— Спасибо за комплимент.— Гатри поторопился сменить тему.— Расскажи мне поподробнее, что ты забыл на Дисе. Чем там занимаются луняне?

— В основном геологическими исследованиями.— Паккер расправил плечи.— Неужели вы не слышали?

— Разумеется, слышал, но понять до сих пор не понял. На что они надеются, что рассчитывают найти? Что заставляет их рисковать головами?

— Разве лучше не вылезать из кивиры? — резко спросил Паккер.

— А... Понятно.

— К тому же, там будут женщины.— Паккер усмехнулся.

— Ясно,— кивнул Гатри.— Очевидно, они тоже лучше, чем кивира.

По крайней мере, подумалось ему, гораздо реальней. Представители обоих народов все чаще искали близости друг с другом. Казалось, и те, и другие устали, что называется, вариться в собственном соку. Правда, существовала одна особенность: никто не стремился к более-менее продолжительным отношениям; мало того, вместо прежней разнузданности нравов в моду потихоньку входили платонические чувства — заодно со стерилизацией.

— Что ж, сынок, счастливого пути,— сказал робот, когда появился его флайер, и протянул руку. Паккер недоуменно уставился на нее, потом, видимо, вспомнил школьный курс истории, и ответил на рукопожатие.

— Удачи, сэр,— произнес он. Гатри забрался в кабину флайера, и машина двинулась по коридору, что выводил на посадочную площадку.

Оказавшись снаружи, Гатри поднял флайер в воздух и направил на запад. На небе, по которому изредка проплывали галеоны облаков, сверкали оба солнца. Датчики робота улавливали тепло, что исходило от поверхности планеты, и прохладу ветра. Голубая вода в бухте Приюта ближе к горизонту приобретала цвет индиго; на ней белели кружева пены. На побережье раскинулся Порт-Файербол — шпили, купола, пирамиды, различные многогранники всех цветов и оттенков... Внутри зданий и на улицах находились в основном машины. Дома, в которых жили люди, можно было узнать по садикам, разбитым возле построек, да зеленым лужайкам. Таких домов было мало; вдобавок, некоторые из них давно опустели. Пролетая над игровой площадкой, Гатри разглядел среди горок, качелей и каруселей всего-навсего троих детей.

Хорошо, просто здорово, что люди думают о будущем. Тем не менее, хотя обнаружены новые миры, за без малого двести лет, которые отделяют Деметру от гибели, корабля, способного взять на борт миллионы человек, ни за что не построить. Не хватит средств. Да даже если бы и хватило, люди не смогут бесконечно лежать в анабиозе, дожидаясь, пока для них подготовят новое место жительства. Время, время...

Естественно, ни о каком приросте населения не может быть и речи. Скорее, наоборот; следует из поколения в поколение сокращать его численность, пока не останется столько людей, сколько сможет покинуть планету. Вполне логично, вроде бы гуманно — и бесчеловечно. «Не-жизнь», — так однажды выразилась Деметра, собственные легионы которой продолжали покорять планету, уничтожая последние пустыни. Город и море остались позади. Промелькнули холмы, за которыми начались поля — зеленые, золотистые, медно-рыжие... Ни земляне из числа первых колонистов на Деметре, ни кто-либо из пионеров ее освоения теперь наверняка не узнали бы планету. Машин видно не было, да они и не появятся, пока не наступит срок жатвы. Рощи, луга, болота... Именно отсюда брались пища и лекарства, волокно и древесина, различные химикаты, бактерии, минеральные вещества; словом — изобилие. Созданное на благо человеку, симбиотическое единство заботилось о себе само.

Нет, не совсем так. Без Деметры не было бы никакого единства. Распространились бы болезни, развелись бы сорняки и насекомые-вредители; животные со временем уничтожили бы всю траву и молодые побеги; дожди смыли бы верхний, плодородный слой почвы; выжили бы наиболее приспособленные, то есть самые сильные и жестокие. А Деметра не просто реагировала на угрозу — она ее предугадывала и посылала своих солдат, инженеров, врачей (роботов, растения и насекомых-мутантов, ястребов, хорьков, волков), чтобы покончить с ней в зародыше. Естественно, она отчасти опиралась на компьютерные прогнозы, но в общем и целом компьютеры здесь были бессильны, поскольку рано или поздно, анализируя данные, приходили к выводу: необходима насильственная культивация. Деметра же создавала живой организм, который не требовал постороннего вмешательства.

Равнина сменилась нагорьем. Возделанные земли плавно перешли в лесистую местность. Эти деревья, кустарники, поросшие тростником озера, изобилующие рыбой реки также принадлежали Деметре. Без них она не сумела бы сохранить поля и сады; а без нее леса наверняка превратились бы в жалкое зрелище. Разум стал заодно со своим порождением.

Среди деревьев то и дело мелькали вырубки, на которых стояли дома — приземистые, выстроенные из неокрашенной, огнеупорной древесины, почти сливавшиеся с окружающим пейзажем. Флайер пролетел над деревушкой, на площади в центре которой происходила некая церемония: людская вереница двигалась вокруг шеста, который украшали резные изображения листьев и различных животных. Гатри различил обрывки песен, звуки дудок и рокот барабанов.

Возможно, это ритуал в честь Деметры. Ее не то чтобы обожествляли, но относились к ней с немалым почтением. Нет, обожествления не было и в помине: ведь люди, которые ушли из городов, вовсе не превратились в дикарей. Они следили за тем, что происходит на планете, посылали своих представителей в парламент республики, иногда навещали тех, кто жил в городах, торговали произведениями искусства и прочими предметами роскоши. Однако чувствовалось, что по душе им совершенно другое. «Они похожи на аманитов[1], — заметил как-то Гатри в разговоре со знакомым, который, естественно, не понял, о ком идет речь. — Разве что не осуждают развлечений и не имеют собственной религии. Я бы сказал, что у них есть благочестие. Короче говоря, новая культура — быть может, квиетистского толка[2]». Поколение спустя он впервые заметил, что эта культура начинает влиять на городских жителей; ее влияние сказывалось не только в манере одевать и говорить, но и в музыке, рисовании, танцах — и образе мыслей.

Через сотню-другую километров лес закончился, вновь началась травянистая равнина, на которой росли маргаритки и маки, чертополох, ракитник и вереск — этакое живое напоминание о прошлом. Иногда попадались лесистые овраги, по дну которых бежали ручьи; на берегах возвышались тополя, клонились к воде ивы. Вершины редких холмов венчали сосны и буки. Ветер гнал по траве волны, которые разбивались, словно о волнолом, о стены комплекса «Ливтрасир-Тор». Деревья у подножия холма, на котором стоял комплекс, умерли столетие назад, послужив ученым, которые выполнили свою работу и перебрались в другое место. Здание на вершине окружали дубы и заросли боярышника, среди которых затесался один-единственный высокий ясень.

Гатри направил машину вниз, приземлился, выбрался из кабины и покатил по дороге, что вела на вершину холма. Ему встретились двое роботов-ремонтников, а еще — ящерица на замшелом валуне и фазан, что вспорхнул прямо из-под гусениц. Ослепительный солнечный свет, свежий аромат мяты... Добравшись до рощи, он услышал шелест листвы, мимоходом полюбовался игрой света и тени — и осторожно приблизился к биокибернетической лаборатории, стены которой скрывал плющ. С

---

[1] Аманиты — последователи епископа Аммана, секта американских менонитов.

[2] Квиетизм — философское направление, суть которого выражается следующей фразой: «Ни к чему не стремиться и ни от чего не отказываться».

годами эта лаборатория стала чем-то вроде святилища. Гатри вошел в здание — и очутился в прохладном полумраке, в котором
раздавался шум, похожий на стук сердца или биение пульса. Роботы встретили гостя едва ли не с тем восторгом, с каким влюб-
ленный встречает свою подругу, и проводили его, мимо электронных, фотонных и квантово-ядерных устройств, в помещение в
глубине здания, где отсоединили «психическую составляющую»
от корпуса и подключили к коммуникатору.

Началось общение.

— Добро пожаловать, — услышал Гатри. Это были не слова, а
скорее ощущение, переданное из одной нейристорной сети в другую. Можно сказать, он думал чужими мыслями; словно очнулся
ото сна, в котором слышал ее голос; впрочем, все происходило
наяву, а вовсе не во сне. — Я очень тебе рада!

Вокруг бурлила и кипела жизнь. Гатри ощущал, как наливаются соком яблоки, как движется в воде рыба, чувствовал страх и
смятение жертвы и привкус крови на языке лисицы. Но тут на
него снизошел дух Деметры, и все прочие ощущения сразу по-
блекли и исчезли.

Задавать вопросы не было необходимости. Тем не менее, Гатри попытался как можно отчетливее сформулировать, что, собственно, его заботит. Не столько для Деметры, сколько для себя.

— Те мои двойники, которые летали к ближним звездам,
отсутствовали не слишком долго. Когда они вернулись, я легко
воспринял их сведения — просто добавил к прежним новые
воспоминания, и все дела. Но третья копия обнаружила нечто
настолько странное; вдобавок, дома, пока его не было, многое
изменилось... Прежде всего, милая, ты... Понимаешь, я ни в чем
не нахожу смысла. Деметра кажется чужой; да что там говорить,
чужая сейчас даже ты. Конечно, со временем я приспособлюсь,
но когда? Я хочу, чтобы это произошло сегодня, и прошу твоей
помощи.

— Хоть я и не человек, но, кажется, чувствую твою боль.

— Я тоже не человек, — сухо напомнил Гатри.

— Тебе нужно что-то еще.

— Да. Я расскажу. Но сначала давай разберемся с моим сознанием.

— Хорошо.

Им уже доводилось «сливаться»; правда, Гатри никогда не утрачи-
вал своего, что называется, мужского естества. Однако Деметра не спешила: раз за разом все глубже, она вводила его в собственную жизнь.

Заяц погибает, чтобы продолжала жить лиса; сам он, в свою очередь, поедает траву... Корни растений разрушают камень; из почвы, в которую попадают семена, вырастают молодые побеги... Цветочная пыльца, сперма, яйцеклетка... Процесс не остановить.

Пока удлиняются тени,
В пчеле и в цветке
Рождается завтра.

— Я здесь.

— Тогда смотри.

Возможно, все произошло чисто случайно; возможно, Деметра угадала то, о чем Гатри пока решил умолчать. Она передала ему свое восприятие, и он словно ожил.

Ночь в засушливой Карии. На небе сверкают тысячи звезд, серебрится Млечный Путь. Звездный свет ложится на столовую гору и на равнину, на которой можно различить заросли полыни и гигантского цереуса. Тишина. В воздухе витает запах недавно угасшего костра. На вершине горы стоят мужчина и женщина. За их спинами видна палатка; где-то поблизости пасутся лошади. Судя по одежде, бродяги, перекати-поле. Женщина прижимается к мужчине.

— Мне холодно,— говорит она. Из ее рта вырывается и быстро тает облачко пара.

— Мне тоже. Боюсь, холод идет изнутри.

— Осмелится ли родить она? — спрашивает женщина, кладя ладонь на свой живот.

— Будем надеяться. Я верю, что у нас родится внук, чьи дети не погибнут вместе с Деметрой.

— Если на корабле хватит места. Ведь народу очень много, правда? Нам нельзя...

— Успокойся. Нельзя, прежде всего, терять мужество. Мы же поклялись, что не будем покорно дожидаться конца.

— Я помню. Мы поклялись радоваться жизни. Поцелуй меня.

По просьбе Гатри Деметра «отключилась». Итак, люди сомневаются, стоит ли заводить детей...

— Не люблю подслушивать,— сказал Гатри.

— Мы не подслушивали,— возразила Деметра.— Эти двое принадлежат миру, следить за которым — моя обязанность.

— Миру, который — ты. Который погибнет, если только...

— Те, кто переживает — не за себя, но за потомков, которым только предстоит появиться во вселенной, где жизнь — не более, чем случайность... Ты думал о них, пока летел сюда?

— Трудно сказать. Во мне нет материнской любви ко всему сущему. С другой стороны, я прожил достаточно долго, чтобы успеть поразмыслить обо всем на свете. Честно говоря, никогда не предполагал, что существует столько поводов для размышлений.

— Твоя жизнь, твоя одиссея... Я часто завидовала тебе, Энсон. Ну-ка, вспомни о своих приключениях — ради меня!

Гатри раскрыл свою память. Рассказывать, соблюдая последовательность событий, он будем потом; сейчас пускай образы возникают произвольно...

...Корабль, летящий на пределе скорости. Слабое свечение силового экрана. Циклопическая бездна, в которой словно пропадают звезды (сказывается допплеровский эффект); лишь прямо по курсу сверкает множество бело-голубых точек — вокруг сияния, которое испускает ядро галактики. Гатри несколько месяцев подряд изучал этот образ, но в конце концов бросил...

...Десять лет спустя по корабельному времени, через три четверти светового столетия. Звездолет тормозит, на небе одно за другим возникают пропавшие было созвездия...

...Бион. Зеленое море, над которым летают крылатые существа. Лес готических арок. Диковинные деревья; гора, которую сверху донизу обвивает одна-единственная гигантская лиловая лиана. На горе обитают самые разные твари. Дождь, в каждой капле которого — зародыш, созревающий за то время, пока капля летит к поверхности. Животные, которые строят великолепные сооружения, но по уровню умственного развития едва ли превосходят муравьев. Другие животные, которые научились пользоваться острыми палками и камнями. И третьи, которые умеют добывать огонь...

...Вторая планета того же солнца. Жизнь на ней, как когда-то на Деметре, присутствует в рудиментарной форме. Микробы атакуют камень, потихоньку создают плодородную почву. В небе сияют две луны, которые управляют приливами. Здесь гораздо лучше, чем на бете Гидры или у восемьдесят второй Эридана. Но живыми сюда люди не долетят...

...Домой. Снова меркнут и исчезают звезды. Если бы, если бы... Разумеется, надеяться просто глупо. Что толку изводить себя бесплодными мечтаниями? Или все-таки...

— Мой двойник, по его собственным словам, не имел ни малейшего понятия о том, что мы узнали от земных софотехов. Что гораздо, гораздо важнее, он не подозревал о том, насколько ты —

повзрослела. Я знал, поскольку все время был рядом, но не придавал тому значения... То ли из-за занятости, то ли потому, что боялся ошибиться... Когда мы с ним снова стали едины, я утратил ориентацию... Скажи, может ли творить хаос?

— Может,— отозвалась Деметра.— Хаос — источник творения. Оно возникает из реальности, которая не перестает поражать нас новизной, которая грандиознее, чем мы способны вообразить; и все же... Почему я не понимала? Неужели тоже заработалась или испугалась? Наверно, иначе бы я забросила свой — наш — мир. Однако он все равно обречен... Но если смерть породит жизнь...

— Да! — прошелестела листва.— Да! Я чувствую свою силу... Да!

Дух Деметры вновь подчинил себе Гатри. Они мчались сквозь леса, летели над полями, погружались в море и ныряли в грозовые тучи, а оттуда устремлялись к звездам. Деметра... Кира... Эйко... Джулиана!..

62

Для начала следовало восстановить плоть Энсона Гатри, что само по себе было достаточно сложной задачей.

В базе данных колонии хранилась медицинская карточка Гатри, в которой, в частности, была указана структура генотипа. Естественно, эта информация относилась не к модулю, а к тому человеку, чей прах давным-давно покоился на Луне, рядом с прахом его жены. И возродить того человека было не под силу никакому врачу. Однако карточку все же ввели в базу данных — на всякий случай. А вдруг понадобится?

Поэтому в тот день, когда свершилось невероятное, наномеханизмы действовали в точном соответствии с инструкциями. Включились молекулярные ассемблеры, сырьем для которых служили растворы в нанорезервуарах; они выстраивали цепочки ДНК и РНК, создавали зиготы, отбраковывали, исправляли, творили заново...

В искусственном чреве рос вовсе не эмбрион. Разумеется, такое вполне могло быть; в конце концов, на Земле не раз находились люди, достаточно богатые и тщеславные для того, чтобы воспитывать детей, которые родились у них с помощью клонирования — грубо говоря, отпочковались. Но Гатри никогда не испытывал подобного искушения; вдобавок, сейчас оно могло погубить его план. Нет, требовалось нормальное, сформировавшееся тело молодого мужчины. Именно мужчины, поскольку ребенок или подросток просто-напросто не выдержал бы того, что ему предстояло получить. Избыток знаний способен привести к безумию и гибели. А если позволить «клону» развиваться самостоятельно, в итоге возникнет личность, которая будет сопротивляться любым попыткам «расширить» ее сознание.

Рисковал даже взрослый человек. Ведь человеческое сознание — вовсе не чистая табличка, в отличие, скажем, от киберсети, которая не единожды воспроизводила в себе разум Энсона Гатри. Она получала данные бит за битом, по мере того, как происходило сканирование нейронов и считывание информации. И до тех пор, пока копирование не завершалось и данные не образовывали упорядоченный массив, программа бездействовала. А по завершении процесса обретала существование полноценная — с психической точки зрения — личность.

С «клоном» Гатри было иначе. Он жил с первого момента. В его организме происходил обмен веществ, функционировали внутренние органы, мозг становился все сложнее и начинал потихоньку управлять телом, регулировать ритм сердца и частоту пульса. Можно сказать, «клон» грезил.

Последовательная, побитовая передача информации представлялась невозможной, поскольку нервная система живого существа не знает состояния покоя. В силу своей природы она неминуемо исказит данные и отторгнет их как нечто чужеродное.

Гатри не знал, как поделиться с новым двойником своими знаниями и опытом, причем, желательно, за один сеанс мысленной связи. Впрочем, будь в его расспоряжении такой прибор, он подумал бы, прежде чем им воспользоваться. Мозг человека не приспособлен к подобному восприятию информации; ему требуется время.

Во-первых, мозг обеспечивает себя многочисленными копиями каждой молекулярной траектории, ибо необходимо учитывать искажения, которые вносят квантовые колебания; а если копий не сохранится, человек вскоре потеряет память. Во-вторых, мозг не существует отдельно от тела; нелепо считать, что это — некий независимый орган, который помещается в голове. Он является составной частью организма, который не может в мгновение ока научиться ни тому, как ходить по канату, играть на скрипке или не бояться смерти, ни тому, как стать личностью. И никаким насилием тут ничего не добьешься.

Поэтому Гатри-модуль и не предполагал, что Гатри-человек когда-либо воскреснет. Это стало возможно, лишь когда вошла в зрелый возраст Деметра.

Естественно, ее возможности были далеко не безграничны, хотя и превосходили возможности человека; впрочем, земные софотехи отзывались о ней не иначе, как о «примитивном разуме». Правда, они вряд ли понимали, что такое Деметра. И потом, как можно сравнивать, к примеру, молнию и океанский прилив? Деметра была сутью планеты в том же смысле, в каком мозг и нервы являются сутью любого живого существа, обеспечивая взаимодействие клеток и при случае заставляя их реагировать как единое целое. Именно таким образом Деметра правила над миллиардами своих слуг.

Бах сочинял музыку не венами и не легкими, не ногами и не железами, даже не сердцем. Слух давал ему представление о звуках, пальцы ложились на клавиши и записывали нотные знаки, но преклонялся перед Господом и создавал мессы человек, а не голое, лишенное тела сознание. Конечно, аналогия весьма приблизительная (что поделать — не все можно выразить словами), но примерно то же самое было верно и в отношении Деметры. Она досконально знала, как устроен органический мир планеты, и могла наблюдать за ним на всех уровнях вплоть до квантового. Кроме того, в ней заключалась душа всего живого.

А если она может управлять биосферой и лечить ее раны, значит, сумеет проследить за рождением человека.

Деметре пришлось нелегко. Она предвидела — и так оно и оказалось на самом деле, — что потребуется множество вычислений и прогнозов; затем на протяжении многих дней нужно было выхаживать Гатри, приобщать к жизни, фигурально выражаясь, открывать ему глаза. То был эксперимент с громадным количеством неизвестных. Кстати, вот почему Гатри и вызвался на роль подопытного кролика. «Настоящий командир делит риск со своими подчиненными. Если затея не выгорит, пострадает Энсон Гатри — и ответственность на себя возьмет тоже он. Если мой двойник пострадает слишком сильно, я убью его». Но тот, кого роботы в конечном итоге извлекли из нанорезервуара, тот, кто глубоко вздохнул и огляделся по сторонам, оказался крепким молодым человеком, который, разумеется, нуждался в обучении, но, слава небесам, отнюдь не в лечении. Определить, кто он такой, можно было с первого взгляда. В его памяти хранились воспоминания о детстве, проведенном на Земле — и о последних полетах к звездам. Естественно, он помнил не все, чем мог поделиться с ним модуль; в конце концов, Гатри-человека ждала своя жизнь, а значит, в сознании должно было оставаться свободное место. Однако то, чего не знал, он мог узнать через базу данных или спросить у отца, то есть у самого себя.

Тем временем вдохновленная успехом Деметра снова взялась за работу — отчасти для того, чтобы «набить руку», а отчасти — чтобы создать символ, новое воплощение. Ведь мужчина живет не только разумом; и грядет пора, когда от него потребуется обнажить душу. Вдобавок, ей хотелось сотворить ту, кто переживет ее самое.

Следующая цепочка ДНК принадлежала обеим — и Кире, и Эйко. Кроме того, Гатри надеялся и верил, что в ней воскреснет и Джулиана. Ведь общаясь из века в век с Энсоном Гатри, Деметра, которая сейчас обретала человеческую плоть, хорошо узнала, какой была Джулиана Треворроу.

Впрочем, женщина, которая родится, прежде всего будет знать, что такое быть женщиной — женщиной вообще, а не конкретно Кирой, Эйко или Джулианой. Она проживет собственную жизнь (сознавая, однако, что в ней заключено нечто сверхчеловеческое).

Она открыла глаза и улыбнулась.

63

Когда их первенцу пошел шестой год, Энсон и Деметра-дочь привезли ребенка в комплекс «Ливтрасир-Тор». Разумеется, организовать встречу можно было, не выходя из дома, однако они хотели, чтобы мальчик почувствовал всю необычность происходящего. Родители надеялись, что любопытство сына пересилит всякие страхи (а он и впрямь отличался неуемной любознательностью и задавал порой такие вопросы, которые ставили в тупик взрослых).

Осенний ветер гнал по небу облака, которые закрывали сначала одно солнце, потом другое, так что на земле ни на секунду не прекращалась игра света и тени. Пролетела стая диких гусей, крики которых, казалось, доносятся откуда-то издалека. Листва на деревьях где пожелтела, где покраснела, трава сделалась бурой; зелень хвойных пород представляла собой разительный контраст. Пахло сырой землей и дождем.

В здании лаборатории царил полумрак и было очень тихо. Робот проводил гостей в помещение, хорошо знакомое родителям мальчика. Там стояли стулья, столик с двумя бокалами вина и соком, и мультивизор. На экране виднелось морское побережье: бело-зеленые волны накатывались на песок, над ними кружили чайки. Картинка медленно смещалась в глубь суши. Мелькнули заросли хрустальной травы, луга, на которых паслись лошади, роща гигантских секвой, высокая гора... Восхитительный, живой мир.

Кроме того, в комнате находился Гатри-модуль — в корпусе, что напоминал доспехи средневекового рыцаря.

— Привет,— сказал он и наклонился, чтобы поздороваться за руку с Нобору, подчеркивая тем самым, что сегодня — день особый (вообще Гатри проводил с мальчиком много времени — гулял, рассказывал о своих приключениях, пел песни).

— Добро пожаловать,— проговорила Деметра-мать.— Чувствуй себя как дома, малыш.

— Хорошо,— прошептал Нобору. Он не впервые слышал ее голос, но до сих пор она оставалась для него непостижимой. Мальчик сел на стул между Энсоном и Деметрой-дочерью и стиснул в ладонях стакан с соком.

— Расслабься, паренек,— посоветовал Гатри, усаживаясь напротив.— Родители говорят, ты пристаешь к ним с вопросами, на которые можем ответить мы. В принципе, ты бы и так узнал обо всем, в школе или самостоятельно, но нас связывают необычные отношения... Пойми, мы не просто твои родственники, мы — друзья.

— Не порть ребенка,— рассмеялся Энсон.— Он и так много хвастается, а ты даешь ему новый повод.

— Ха! — фыркнул Гатри.— Посмотрим, как поведешь себя ты, когда сам станешь дедом.

— Мы с ним оба будем любить внуков до безумия,— заметила Деметра-дочь.

— А когда и где они родятся? — спросил Нобору, которому, похоже, шутливая перепалка между взрослыми придала смелости.— На этой планете?

— Мы не знаем, малыш,— ответила его мать.— Решать придется вам, тебе и твоей жене; если, конечно, ты встретишься с ней здесь, а не на одной из новых планет...

Нобору пристально поглядел на мать. Он смутно понимал, что у нее и у отца — особое предназначение; труднее было понять, почему. Да, она очень красивая — высокая, стройная; золотистая кожа, черные волосы, обрамляющие скуластое лицо с правильными чертами, карие глаза. А отец всегда весел и готов помочь... Неужели вся их особенность объясняется лишь тем, что они — его родители?

— Видишь ли,— сказал Гатри,— скоро стартуют первые корабли на Изиду и Аматерасу (так назвали планеты соответственно у восемьдесят второй Эридана и у беты Гидры). А к тому времени, когда ты подрастешь, переселенцы будут улетать каждый год.

— Люди? — нахмурившись, уточнил Нобору.

— Да,— подтвердила Деметра-дочь,— настоящие люди.

— Те, кто хочет помочь машинам и модулям, которые станут переделывать новые миры,— прибавил Энсон.

— И кто будет на них первыми людьми.

— Большинство, естественно, составят модули,— продолжал Энсон.— На кораблях просто-напросто не хватит места для всех желающих. Иными словами, многим придется подождать до лучших времен, но не думаю, что они станут возражать. Конечно, они тем самым лишаются тех радостей, что выпадают на долю первопроходцев, но не надо забывать, что жизнь первопроходца изобилует опасностями. А где-то лет через двести положение изменится — людей будут ждать покоренная планета и Подательница Жизни, которая включит модули (те, что пребывали в бездействии) и превратит их в людей.

— Таких, как вы? — спросил Нобору.

— Да, малыш.— Деметра-дочь погладила сына по голове.

— А куда денутся старые тела? — выдавил мальчик, набравшись мужества для очередного вопроса.

— А ты не догадываешься? — Гатри поглядел на родителей Нобору.— Вы ему не объяснили?

— Нет,— признался Энсон.— Как-то не было подходящего случая.

— Тут главное не напугать,— прибавила его жена.— Объясните вы, у вас получится гораздо лучше.

На экране мультивизора появилось озеро, на поверхности которого отражались звезды. По воде бежала легкая рябь; казалось, ее поднимает соловей, чья песня сопровождала слова Деметры-матери.

— Нобору, сознание копируют, как правило, у спящего человека. И его тело уже не просыпается. Оно обретает вечный покой.

— Значит, человек умирает?! — воскликнул мальчик.

— Нет, освобождается от возраста и боли. Его естество сначала перемещается в модуль, а затем воскресает в новом теле.

— А что делают с модулями? — спросил мальчик, закусив губу.

— Обычно модуль просит, чтобы его выключили,— отозвался Гатри.

— Не бойся смерти, малыш,— проговорила Деметра-мать,— и не бойся жизни. Они — одно. Смотри.— На экране возник золотистый одуванчик, цветок которого быстро превратился в пушистый шар; вскоре растение засохло, но ветер разнес его семена по округе; наступила осень, затем зима, затем пришла весна — и в молодой траве расцвели десятки одуванчиков.

— Он пока маловат, чтобы разобраться во всех этих философско-теологических хитросплетениях, которые, в принципе, сводятся к одному: «Задай глупый вопрос, и получишь глупый ответ», — пробормотал Гэтри. — Хотя, быть может, кое-что и усвоит. Подумай, Нобору, — сказал он громче. — Слово, рисунок, узор существуют сами по себе. Помнишь, я пел тебе песенку про пилота Маккамона? Так вот, ее пою не только я, но и многие другие люди; кроме того, текст песенки напечатан в книгах, вместе с музыкой хранится в базах данных. Ясно? И даже если книга сгорит, песенка все равно останется.

— Тебе не придется умирать, — сказал Энсон, кладя руку на плечо сына. — Ты будешь жить вечно, меняя тела и миры.

— Пока не надоест, — закончил Гэтри.

— А может? — Нобору ошарашенно уставился на робота.

— Со временем узнаешь, — откликнулась Деметра-мать.

— А ты тоже станешь такой, как она? — спросил мальчик у матери.

— Да, — ответил ему голос, прозвучавший словно из неведомой дали. — На каждой планете должна быть своя Деметра.

— Не волнуйся, — проговорил Энсон. — Мы останемся здесь, будем следить за тем, как проходит эмиграция. Похоже, нас назначили еще до нашего рождения. — Он усмехнулся. — Но модули твоей мамы отправятся и на Изиду, и на Аматерасу, и на Кван-Ин (так называлась планета в созвездии Арго, которую Гэтри, несмотря на ее удаленность, все же решил колонизировать). И всюду станут Подательницами Жизни.

— У тебя получается, будто меня вынудили сделать копии, — сказала его жена. — А на деле я сама этого хотела. Между прочим, я — правда, очень смутно — помню, что значит быть Подательницей Жизни.

— Оживлять вселенную, — заметила Деметра-мать.

— И еще, паренек, — прибавил Гэтри совершенно прозаическим тоном. — Людям, которые поселятся на новых мирах и построят там дома и заводы, не придется уничтожать местные формы жизни. И для них вовсе не обязательно, чтобы в атмосфере с самого начала присутствовал в нужной пропорции кислород. Им вполне хватит времени и сил, чтобы заставить расцвести голые скалы.

— А софотехи нам позволят? — Похоже, Нобору, как это часто бывает с детьми, преследовал страх перед неведомым.

— Тоже мне, нашел пугало! Забудь о них, малыш. Они способны только упиваться могуществом собственного интеллекта.

— Не говори так, — сказала Деметра-мать. — Нам не следует презирать софотехов и избегать общения с ними. На свете существует множество путей, которые ведут к истине. Софотехи просто-напросто по-своему осмыслили вселенную. Мне кажется, со временем люди станут видеть в них братьев.

— Какая ты умная! — Нобору широко раскрыл глаза.

— Ровно настолько, чтобы понимать, как мало во мне мудрости,— рассмеялась она.

— Но... Мама говорит, что ты умнее ее...

— В чем-то да, а в чем-то — нет.— Послышался вздох, словно зашелестела листва. На экране мульти возник ручей, по которому поднималась против течения рыба — чтобы отметать икру и умереть.— Но никому не дано достичь полного знания, в том и состоит великое чудо жизни.

— Да,— проговорила Деметра-дочь.— Я радуюсь, что стану другой, и в то же время довольна, что я такая, какая есть, и ничего иного мне вроде бы не надо...

— Когда мы с мамой постареем,— произнес Энсон, взяв мальчика за подбородок и повернув лицом к себе,— то скопируем сознание: она в четвертый раз, я в первый. А потом, скорее всего, отправимся в долгий путь на Кван-Ин, где уже, наверно, будет ждать Подательница Жизни. И вместе с теми, кто прилетит с нами, мы снова превратимся в людей.— Поймав улыбку жены, он озорно подмигнул в ответ.— А ты, сынок, если захочешь, тоже можешь присоединиться. На планете по соседству с Бионом нам предстоят удивительные, фантастические приключения.

— А как же звезды? — спросил Нобору.

— Чувствуется старая закваска,— хмыкнул Гатри.— Не переживай, малыш, без звезд мы никуда.

— А что будет с тобой? — Голос мальчика неожиданно дрогнул.

— Со мной? Пожалуй, останусь тут. Признаться, надоело мотаться с места на место.

— Нет! — воскликнул Нобору, стискивая кулачки.— Ведь планета погибнет!

— Это произойдет не завтра,— проговорила Деметра-мать. Деметра-дочь прижала сына к себе.— Не бойся того, что наступит; радуйся тому, что есть.

— Она ведь не сможет улететь,— продолжал Гатри,— а я не смогу бросить ее.— Он наклонился и взял мальчика за руку.— Послушай, Нобору. Мы не грустим и не боимся. Впереди у нас долгая жизнь, полная любви и заботы обо всем живом; но когда исполнится срок, мы встретим его, как положено, без ропота.

— Не пора ли остановиться? Бедный ребенок...— Деметра-мать снова вздохнула.— Малыш, где бы ты ни был, мы всегда придем тебе на помощь, потому что любим тебя. Главное — чтобы вместе нам всегда было хорошо, вот и все.

Мальчику показали лабораторию, разрешили потрогать приборы, объяснили, что чудеса ждут не только среди звезд, но и на земле, что каждый день — маленькое чудо, потому что приносит нечто новое. Когда они вышли наружу, над зданием как раз пролетела стая журавлей, отправлявшихся в теплые края. Деметра-мать позвала их вниз. Нобору, сам не свой от радости, жадно разглядывал больших белых птиц.

На этих широтах, в это время года оба солнца садились достаточно рано. Когда семья собралась лететь домой, уже наступила ночь. Ветер стих, но стало прохладнее. Окружающий пейзаж терялся во мраке; линии горизонта, казалось, больше не существует. На небе сверкали алая проксима, янтарное Солнце, ослепительно-белый Фаэтон. А вокруг мерцали тысячи звезд.

Гатри помахал на прощанье рукой. «Спокойной ночи! — услышал он. — До завтра...» Когда флайер взмыл в воздух, робот повернулся и направился к святилищу, в котором ожидала его возлюбленная.

СОДЕРЖАНИЕ

Литературно-художественное издание

Андерсон Пол
Мы выбираем звезды

Ответственный редактор О.Ю. Клокова
Выпускающий редактор С.Н. Абовская
Редактор М.А. Проворова
Художественный редактор О.Н. Адаскина
Компьютерный дизайн: А.С. Сергеев
Технический редактор С.Б. Валишин
Корректоры Е.В. Артемьева, А.А. Сурнин

Общероссийский классификатор продукции
ОК-005-93, том 2; 953000 — книги, брошюры

Гигиеническое заключение
№ 77.99.11.953.П.002870.10.01 от 25.10.2001 г.

ООО «Издательство АСТ»
368560, Республика Дагестан,
Каякентский район, с. Новокаякент, ул. Новая, д. 20
Наши электронные адреса:
WWW.AST.RU
E-mail: astpub@aha.ru

Издательство «Terra Fantastica» издательского дома «Корвус».
Лицензия ЛР № 066477. 190121,
Санкт-Петербург, Лермонтовский пр., д. 1/44 «Б».
Электронные адреса: WWW.TF.RU, E-mail: TERRAFAN@TF.RU

При участии ООО «Харвест». Лицензия ЛВ № 32 от 10.01.01.
РБ, 220013, Минск, ул. Кульман, д. 1, корп. 3, эт. 4, к. 42.

Республиканское унитарное предприятие
«Издательство «Белорусский Дом печати».
220013, Минск, пр. Ф. Скорины, 79.